Stefan Murr wurde 1919 als Enkel des Schriftstellers Ludwig Ganghofer in München geboren. Nach dem Abitur erlebte er den Zweiten Weltkrieg als Offizier, die Eroberung Berlins durch die Sowjets befreite ihn aus einer Gefängnishaft, in die er wegen seiner Mitgliedschaft in einer Widerstandsgruppe geraten war. Von der Kriegsgefangenschaft in Rußland zurückgekehrt, widmete er sich dem Studium der Rechte, das er mit der Promotion abschloß. Als einer der ersten deutschsprachigen Autoren des Genres veröffentlichte Stefan Murr seit 1959 eine stattliche Reihe von Kriminalromanen. 1982 wagte er mit »Affäre Nachtfrost« den Schritt zum großen zeitgeschichtlichen Spannungsroman – eine Weiterentwicklung, welche 1986 auch mit »Die Nacht vor Barbarossa« die rückhaltlose Zustimmung der Kritik fand.

D1723630

Von Stefan Murr ist bisher
als Knaur-Taschenbuch erschienen:

»*Affäre Nachtfrost*« (Band 1258)

Vollständige Taschenbuchausgabe
© Droemersche Verlagsanstalt Th. Knaur Nachf., München 1984
Das Werk einschließlich aller seiner Teile ist urheberrechtlich geschützt.
Jede Verwertung außerhalb der engen Grenzen des Urheberrechts-
gesetzes ist ohne Zustimmung des Verlags unzulässig und strafbar.
Das gilt insbesondere für Vervielfältigungen, Übersetzungen,
Mikroverfilmung und die Einspeicherung und Verarbeitung
in elektronischen Systemen.
Umschlagfoto Tony Stone Associates
Druck und Bindung Clausen & Bosse, Leck
Printed in Germany   5 4 3 2
ISBN 3-426-01465-3

Stefan Murr:
Die Toten der Nefud

Roman

Für ihre Unterstützung bei der sachgerechten Darstellung atomtechnischer und atomwirtschaftlicher Einzelheiten danke ich meinen Freunden Dr. DIETER WALLHEINKE, Erlangen, und GUY RAYMOND, Paris.

Der Abdruck des Zitats aus ERNST JÜNGERS »Heliopolis. Rückblick auf eine Stadt« erfolgt mit freundlicher Genehmigung der Verlagsgemeinschaft Ernst Klett – J. G. Cotta'sche Buchhandlung Nachf. Stuttgart.

ISBN 3-426-01465-3   980

NEFUD (arabisch An Nafud), ausgedehnte
Sandwüste (Dünen) im Norden der arabischen
Halbinsel, Saudi-Arabien; erstreckt sich etwa
300 km in O-W- und 200 km in N-S-Richtung;
an ihren nordwestlichen Rändern übergehend
in die bis zu 2500 m Höhe ansteigenden
Flexurstufen des Djabal Al Lawz und des
Djabal Ash Shifa.
(Meyers »Enzyklopädisches Lexikon«)

Am 7. Juni 1981 zerstörte eine Gruppe von 16 israelischen Kampfflugzeugen der Typen F-15 und F-16 den mit französischer und italienischer Hilfe entwickelten irakischen Kernreaktor in Al Tuwaitha, 20 km südostwärts von Bagdad. Eine in vermeintlicher Moral der arabischen Welt verpflichtete, ölabhängige und über die Tatsachen uninformierte westliche Öffentlichkeit beeilte sich, alsbald die OPERATION BABYLON ausschließlich als einen willkürlichen Piratenakt ungezügelten israelischen Hochmuts zu verurteilen. In Wahrheit erfolgte jedoch gerade diese Luftunternehmung nicht nur im Zuge israelischer strategischer Überlegungen, sondern darüber hinaus im existentiellen Interesse eines Großteils der arabischen Staaten sowie der übrigen zivilisierten Welt. Die Fakten sind bekannt. Der nachfolgende Roman spielt vor dem Hintergrund dieses Ereignisses.

I

Der Raum, in dem sich dies alles zutrug, liegt tief unter der Erde. Er gehört zu den weitverzweigten und unzerstörbaren Anlagen der Kommandobehörden der 6. US-Flotte, errichtet unter den Hügelketten, die das einstmals liebliche Neapel umgeben. Lage und Aufgaben dieser Einrichtungen sind zumindest den Einheimischen ziemlich genau bekannt. Aber die Eingänge sind streng bewacht, und das Personal, das hier arbeitet, ist zum Stillschweigen über alles verpflichtet, was seinen Dienst betrifft, sowie über das, was es hier sieht, hört, veranlaßt oder weitergibt.

Seit Enrico Berlinguer den Kurs der italienischen KP von Moskau unabhängiger gemacht hatte, saß man hier wieder etwas sorgloser, manche sogar nachlässiger als zu den Zeiten, da man ständig mit einem möglichen ferngesteuerten Umsturzversuch linksradikaler Kräfte hatte rechnen müssen.

So ging es auch dem Staff-Sergeant Tom Osborne, einem Mann, dessen Name nicht notiert zu werden braucht und der nur genannt wird, weil er zufällig an jenem Morgen, an welchem das verschlüsselte Fernschreiben aus Paris eintraf, im Auswertungsraum Dienst tat. Zwar standen der Central Intelligence Agency, im allgemeinen unter der Buchstabengruppe CIA bekannt, keinerlei Weisungs- oder Befehlsbefugnisse gegenüber den Kommandostellen der 6. Flotte zu, es gab jedoch eine interne Dienstanweisung, wonach Wünsche der Agency zu berücksichtigen waren, soweit die operative Lage es zuließ.

An diesem späten Vormittag des 7. September 1978 ließ die operative Lage es zu. Also schaltete Tom Osborne das Terminal ein und richtete von seinem Schaltpult aus die starren Teleskopaugen des über der nordostarabischen Sandwüste stehenden Aufklärungssatelliten TRW-1010, einer Weiterentwicklung des in der Öffentlichkeit unter dem Kosenamen »Big Bird« bekannten Musters, auf die Region, die das Fernschreiben in seiner Hand bezeichnete. Im schwärzlichen Tiefblau ihrer 165 000 Meter Höhe bewegten sich die Objektive wie von Geisterhand berührt und richteten sich auf jene geographische Zone, die im Norden begrenzt wird von den in der steilstehenden Sonne kahl aufragenden Höhenzügen des Djabal Al Lawz, im Westen von dem wie ein blauer Zipfel in die arabische Halbinsel hineinragenden Golf von Aqabah und die im Osten und Süden übergeht in die endlosen, sandigen Weiten der Wüste Nefud sowie in die längs der Südostküste des Roten Meeres sich hinziehende Landschaft Hedschas, den ursprünglichen Kern des saudischen Königreichs.

»Something wrong?« Tom Osbornes Pultnachbar bemerkte die erwachende Aktivität neben sich und wollte wissen, was los sei, denn der Dienst in diesen unterirdischen Kommandoräumen war in der Regel eintönig. »Ein Flugzeugabsturz«, antwortete der Staff-Sergeant wortkarg. Nichts Besonderes also, schien das zu besagen. Doch diese Routineantwort sollte sich als untertrieben erweisen, denn in Wirklichkeit begann in dieser Minute eine Kette von Ereignissen, welche die Geschicke des gesamten Nahen und Mittleren Ostens in eine veränderte Richtung drängten.

Das Fernschreiben in seiner Hand informierte Tom Osborne darüber, daß vor 25 Minuten ein zweimotoriges Verkehrsflugzeug des deutschen Modells Dornier »DO 28 D«, eine Skyservant, auf dem Flug vom ägyptischen Hurghadah nach Bi'r Ibn Hirmas in Saudi-Arabien abgestürzt sei. TRW-1010 solle die Absturzstelle ausfindig machen, dort Aufklärung betreiben, vor allem aber nach etwaigen Überlebenden forschen. Geschäftsmäßig, routiniert, doch nicht gerade übereilt legte Tom Osborne für die Objekte des Satelliten den angegebenen Kurs der Maschine koordinatenmäßig fest und ließ Big Birds

Automatik anlaufen. Exakt folgten die brillant scharfen Späheraugen dem eingegebenen Kurs. Vor Tom Osborne zog auf dem Bildschirm die Küste des Roten Meeres vorbei, gefolgt von den teils sandigen, teils steinübersäten, teils felsigen Landstrichen der arabischen Wüste, die da, wo sie in Gebirge übergingen, scharf durchfurcht waren von den Schlagschatten lebloser Abgründe. Während Tom Osborne dieses Panorama langsam an sich vorübergleiten ließ, wobei er manchmal die Brennweite des Objektivs vorsichtig veränderte, um das eine oder andere Detail näher zu sich heranzuholen, überlegte er: Big Bird selbst hatte die gemeldete Flugbewegung nicht bemerkt. Allerdings handelte es sich bei dem Tom Osborne genannten Typ auch um eine Verkehrsmaschine mit Kolbenmotoren und einem weit geringeren Wärmeausstoß, als ihn die Kampfflugzeuge verursachten, die der Satellit gewöhnlich zu registrieren hatte. Auf das Rote Meer und die Straße von Tiran waren Big Birds Augen ohnehin nicht gerichtet gewesen, denn dort gab es eine see- und bodengestützte israelisch-amerikanische Luftraumüberwachung auf Radarbasis, der gewöhnlich nichts entging.

Während Tom Osborne noch darüber nachsann, welche Bewandtnis es wohl mit dem ihm vom Pariser Stützpunkt des CIA gemeldeten Flugzeug haben mochte, entdeckte er das Wrack. Big Birds Augen waren unbestechlich und von der Klarheit eines Spiegels. Und doch wären sie wertlos gewesen ohne den Scharfblick, das Training und die Aufmerksamkeit der Augen des erfahrenen Personals, das ihn bediente. Auf diesen geschulten Kräften lastete in Spannungszeiten eine schier unerträgliche Verantwortung. Und diese Phasen häuften sich, seit die durch unbeschränkte Waffenverkäufe der Industrieländer verschuldeten Weltkrisen in ihrem Ablauf mehr und mehr in den Griff einer von Tag zu Tag raffinierteren Technik gerieten.

Die abgestürzte Skyservant lag zertrümmert und ineinandergestaucht an der Steilhangflanke eines wulstförmigen, felsigen Höhenzuges, der von der Sonne beschienen war. Tom Osborne bemerkte das Wrack, weil ein kopfkissengroßes Metallstück hell in der Sonne glänzte. Der Staff-Sergeant wußte, daß das einzige, was in der leblosen Einöde Glanz ausstrahlen konnte, ein Produkt der Technik sein mußte und folglich nur zu dem vermißten Flugzeug gehören konnte. Mit einer fast gelangweilten Bewegung lenkte er die Folgeautomatik des Satelliten, bis das Objekt starr auf das glänzende Metallteil in der Steinwüste an den Ausläufern der Nefud gerichtet war. Dann regulierte er Fokus und Schärfe und holte das Bild so nahe zu sich heran, daß Einzelheiten erkennbar wurden. Er sah deutlich die verformten Umrisse der Kabine, einer Tragfläche sowie der beiden Motoren an einen mit großen Felsbrocken übersäten Steilhang geklebt. Das glänzende Stück Metall erkannte er als die Innenseite der halb abgerissenen und nach außen geschlagenen Kabinentür. Der Anblick war von einer gespenstischen, tödlichen Starre. Tom Osbornes Augen verweilten auf dem Bild, bis die Erdumdrehung das Aluminiumblech unendlich langsam von der Sonne fortbewegte und die Spiegelung erlosch.

Sobald das geschah, machte er sich daran, die Koordinaten festzulegen, um die sein unbekannter Auftraggeber gebeten hatte. Doch plötzlich schreckte er aus seiner akkuraten und abgemessenen Routine auf. In unmittelbarer Nähe des Flugzeugwracks bewegte sich etwas. Er verlängerte die Brennweite, das Bild kam näher zu ihm heran, wurde aber gleichzeitig etwas unscharf. Dennoch erkannte Tom Osborne hier 37 Meter unter der Erdoberfläche bei Neapel auf seinem Bildschirm, daß dort in den glühenden Randgebirgen der Wüste Nefud ein Mensch – nein, sogar zwei – den Absturz des Flugzeugs überlebt hatten. In einiger Entfernung voneinander begannen zwei staubbedeckte Bündel fast gleichzeitig, sich einander zu nähern. Aus der Langsamkeit ihrer Bewegungen schloß Tom Osborne, daß sie krochen. Der Staff-Sergeant hatte in Vietnam gekämpft und besaß sowohl Vorstellungskraft als auch Erinnerungsvermögen genug, um nachempfinden zu können, was in diesem Augenblick in der Nefud vorging.

»Just take a look«, sagte er zu seinem Pultnachbarn, worauf der hinter ihn trat, um auch auf den Bildschirm zu blicken. »Arme Hunde«, sagte Osbornes Kollege. »Schätze, die haben um die neunzig Grad Fahrenheit im Schatten! Und es gibt nicht mal einen. Was ist denn passiert mit dem Vogel?«

Tom Osborne hob ratlos die Schultern. Er besaß keine Information außer dem dürren, abgehackten Text des Fernschreibens. Aber der Anblick, der sich ihm auf dem Bildschirm bot, brachte ihn auf den Gedanken, daß seinen Auftraggebern in Paris an einigen Fotos von der Situation in der Nefud gelegen sein könne. Und so verwandelte er durch einen einfachen Knopfdruck, mit veränderten Brennweiten und in unterschiedlicher Schärfe, mehrere der Echtzeit-Fernsehszenen in Schwarz-Weiß-Vergrößerungen. Bereits nach wenigen Augenblicken lagen die entwickelten Aufnahmen in Hochglanz vor ihm. Der Beobachtungssatellit, der im arabischen Spannungsbereich unter Tom Osbornes Leitung für die Vereinigten Stabschefs sowie den Direktor des CIA im Nahen Osten arbeitete, stand in 165 000 Meter Höhe ziemlich senkrecht über dem jordanischen Bay'ir. Das noch nicht zufriedenstellend gelöste Problem der Raumsonde bestand in der Diskrepanz von Vergrößerung und Tiefenschärfe. Tom Osborne hatte sich bemüht, einen brauchbaren Kompromiß zwischen beiden fotografisch festzuhalten. Er schickte die Aufnahmen nach Paris, begleitet von einem Fernschreiben, worin er den Absturz des deutschen Flugzeugs in der Nefud bestätigte, die Koordinaten lieferte und außerdem meldete, daß anscheinend zwei nicht näher identifizierbare Personen das Unglück überlebt hätten.

In den frühen Nachmittagsstunden erhielt er die Weisung, dafür Sorge zu tragen, daß in den kommenden Tagen regelmäßig über Situation und Verhalten der Überlebenden nach Paris berichtet würde. In der Auswertungsstelle bei Neapel herrschte die Meinung vor, solche Berichte würde man nicht über einen längeren Zeitraum hinweg zu geben brauchen. Diese Meinung änderte sich jedoch, als gegen vier Uhr nachmittags erkennbar wurde, daß die beiden Überlebenden des Flugzeugabsturzes, ungeachtet der mörderischen Hitze und der unwirtlichen Umgebung, das Wrack verlassen und offensichtlich den Entschluß gefaßt hatten, zu Fuß den etwa 60 Kilometer entfernten Golf von Aqabah zu erreichen. Auf diesem Weg begleiteten sie die ungeteilte Aufmerksamkeit Big Birds und das wachsende Interesse seines im Turnus wechselnden Bedienungspersonals.

Über dem Unglücksort stand die Sonne fast im Zenit. Der Raum, in dem er zu erwachen glaubte, mußte ein Dom von gewaltigen Ausmaßen sein. Von den hohen Mauern hallten seine eigenen Worte wider, die er abgerissen und unzusammenhängend stammelte. Er wußte natürlich noch nicht, wo die Schmerzen herkamen, die im Rhythmus seines laut pochenden Herzens in seinem Kopf hämmerten. Noch kannte er nicht die Ursache für das Maschenwerk beißender Schmerzen, die seine Hände und sein Gesicht als brennendes Geflecht überzogen. Es wurde ihm allerdings klar, daß seine Gehirnfunktionen noch intakt sein mußten, weil er sonst weder Schmerz empfinden noch seinen Herzschlag hören, oder die heißen Wellen hätte spüren können, die über seinen Körper strichen. Das zweite Gefühl, dessen er sich bewußt wurde, war das der Angst. Er hatte Angst davor, seine Augen zu öffnen, deren schmerzende Lider geschwollen schienen. Denn wenn er die Augen öffnete und wenn er mit ihnen wirklich sehen könnte wie vorher, so würde sich mit grausamer Deutlichkeit womöglich all das bestätigen, was er befürchtete. Er hielt also seine Augen bewußt geschlossen, doch nach einiger Zeit begann er unendlich langsam, seine Glieder zu erproben, in ungeheurer Anspannung darauf lauernd, ob alle Bewegungen durchführbar seien, ob alle Mechanismen sich in Gang setzen ließen. Wieder spürte er den brennenden Schmerz, als er mit den Händen um sich zu tasten begann. Bei dem Versuch, die Beine und das Becken zu bewegen, spürte er nichts, nur Hitze, und sein ganzer Körper sackte ein wenig tiefer. Er streckte die Arme aus und drehte den Kopf. Nichts. Nirgends der große Schmerz, den er fürchtete, nur wieder das Absakken, Versinken in etwas Unbekanntes, Fremdes.

Mit einer gewaltigen Kraftanstrengung, die scheinbar die gesamte Kopfhaut straffte und zurückzog, stülpte er endlich die brennenden Lider nach oben, und im selben Augenblick schien das Räderwerk seiner Kombinationsfähigkeit wieder ineinanderzugreifen. Er erkannte, daß er den Absturz des Flugzeugs überlebt hatte. Sein Kopf schmerzte nach wie vor, aber er versuchte trotzdem, sich zu konzentrieren. Alle Denkvorgänge strengten an und waren ungeheuer mühsam. Nur zweierlei realisierte er mit übernatürlicher Deutlichkeit: die tödliche Stille ringsumher und die Tatsache, daß es sich bei den heißen Wellen, die er spürte, um einen leichten Wind handelte, der sich über zyklopenhaft aufgetürmten Steinmassen mit Hitze vollgesogen hatte, die sich nun mit jeder Bewegung der trockenen Luft über ihn ergoß. Ein unangenehmer Geruch nach Trockenheit, Staub und Sand drang in seine Nasenlöcher. Er konnte jetzt seine unmittelbare Umgebung ausmachen. Sein Körper lag, halb hängend und mit jeder noch so winzigen Regung weiter abrutschend, in der harten, bräunlichgrünen Wirrnis eines Dorngesträuchs, das sich steil an einer Felsbarriere hinaufzog. Über ihrem zerklüfteten Rand erblickte er einen von der Hitze ausgebleichten Himmelsstreifen. Jedesmal, wenn er Kopf oder Hände bewegte, überzogen die unnachgiebigen, zähen Dornen seine Haut mit schmerzenden Striemen. Das war es, was er vorhin gespürt hatte, als er die Lider noch geschlossen hielt. Zum Glück entdeckte er an keiner Stelle seines Körpers das verhaßte und verräterische Rot, spürte er nirgends die klebrige Konsistenz von gerinnendem Blut.

Beim Betrachten der Hände fiel sein Blick auf die Armbanduhr. Sie zeigte zwölf Minuten nach elf am Dienstag, den 7. September. Sie funktionierte wohl noch, denn er sah den Sekundenzeiger rotieren. Um ihn her war es so still, daß er vorübergehend sogar glaubte, das Ticken der Uhr zu vernehmen. Sein erster bewußter Impuls war das Bedürfnis, Hände und Gesicht vor der Sonne zu schützen. Er beobachtete mit Schrecken, daß Handrücken und Gelenke bereits eine hochrote Färbung annahmen, und fragte sich voller Bangen, wie wohl die Haut seines Gesichtes aussehen mochte. Langsam und mit äußerster Vorsicht darauf bedacht, nicht noch tiefer in das Gestrüpp zu geraten, manövrierte er sich in eine Art Hockstellung und befreite sich sorgfältig aus dem zähen Gezweig des Dornbuschs. Er durfte keinen Riß in seiner Kleidung riskieren, denn er hatte jetzt die Gewißheit vor Augen, daß er in den kommenden Tagen jeden Quadratzentimeter Stoff ebenso nötig brauchen würde wie Luft zum Atmen.

Endlich konnte er sich mühsam erheben. Unsicher und benommen stand er unter der lautlosen Hitzeglocke. Er lachte über sich selbst, als er sich dabei ertappte, wie er in einem verzweifelten Rückgriff auf alte Gewohnheiten den Binder zurechtzog. Von der in der Stille fast dröhnenden Lautstärke seines eigenen Gelächters fuhr er zusammen. Es war jetzt kurz nach elf, und dort, wo in etwa einer Dreiviertelstunde die Sonne stehen würde, mußte Süden sein. Er versuchte, in dieser Richtung irgendeinen Felsen, einen Berg oder einen anderen markanten Punkt auszumachen. Aber wohin er auch blickte, überall wellten sich gleichförmig ineinandergeschobene Höhenrücken, zwischen denen die steigende Sonne allmählich auch die letzten gnädigen Schatten fortbrannte. Unmittelbar zu seinen Füßen erstreckte sich ein wannenförmig ausgehöhltes Tal, dessen Sohle von Steinmassen unvorstellbaren Ausmaßes bedeckt war. Wie an ein imaginäres Ufer geschwemmt, klammerte sich das Dorngebüsch an den abschüssigen Talrand. In der Ferne bemerkte er zwei oder drei weitere unscheinbare Zeugen eines kümmerlichen Wachstums, in halbwegs geschützte Nischen hineingeweht, verloren zwischen Gestein, Sand und endlosen Halden rötlich-braunen Gerölls.

Wenn ich jetzt der Versuchung erliege, mich dem Selbstmitleid hinzugeben, dann werde ich wahnsinnig, dachte er. Oder bin ich's etwa schon? Ich, Dr. Martin Conrath, 49 Jahre alt, Diplomphysiker, derzeit Chef de Départment de la Sûreté des Materiaux Radio-actifs in dem Pariser Weltunternehmen Technucléaire, dieses beteiligt mit 45% an dem Konsortium CERBAG, das beauftragt ist mit der Errichtung eines Atomreaktors für den Irak.

Allmählich reaktivierten seine Gehirnfunktionen sich wieder so weit, daß er sich daran zu erinnern vermochte, wie er hierhergekommen war. Dieser Flug in die Einöde im äußersten Nordwesten Saudi-Arabiens war nach monatelangen Vorbereitungen und zähen Verhandlungen in Paris mit saudischen Stellen und Unternehmen, die zum Konsortium gehörten, und darüber hinaus mit Mitgliedern der französischen Regierung zustande gekommen. Im Palais de l'Élysée war man nämlich nach dem unter amerikanischem Druck erfolgten Sturz Chiracs, der Quittung für den französischen Flirt mit der Produktion einer pakistanischen Atombombe, in nuklearen Fragen gleichzeitig hell- und schwerhörig geworden. Den Ausschlag gegeben hatte schließlich das Interesse einer Gruppe hoher ägyptischer Offiziere, die angesichts der Fortschritte in der Herstellung israelischer Atomköpfe und Trägersysteme und der daraus erwachsenden Bedrohung für den Assuandamm eine zunehmende sowohl politische als auch strategische Isolierung ihres Landes befürchteten. Und das, wie sich in nicht allzu ferner Zukunft zeigen sollte, zu Recht. Mit der Unterstützung der ägyptischen Militärs war es Technucléaire schließlich doch noch geglückt, die moralischen Bedenken durch die Hoffnung auf wirtschaftliche Vorteile zu zerstreuen, und vor wenigen Tagen hatte sich die geheime Delegation, ohne jegliches Aufsehen zu erregen, in einem Kairoer Hotel zusammengefunden. Gestern abend, erinnerte sich Martin Conrath, hatte ihn Paul Mialhe durch eine Reihe von Bars geschleppt und versucht, ihn noch einmal darauf festzulegen, welche Bedenken bei den Verhandlungen mit den Saudis herunterzuspielen und welche gar nicht erst aufzurollen waren. Die arabischen Partner bei diesen Gesprächen hielten große Stücke auf die Franzosen, von denen es hieß, sie seien mit ihren Sicherheitsanforderungen weit weniger kleinlich als die Deutschen. Der Champagnertour der vergangenen Nacht, rekonstruierte Martin Conrath, verdankte er wohl auch seinen entsetzlich schweren Kopf, dem darüber hinaus die Folgen der Bewußtlosigkeit zusetzten.

Heute morgen war man schon sehr früh von einem Kairoer Militärflugplatz aus gestartet und die 350 Kilometer nach Hurghadah, einem Eldorado für Korallentaucher an der Rotmeerküste, geflogen. Von dort aus sollte ein deutsches Verkehrsflugzeug benützt werden, das regelmäßig ägyptische und britische Ingenieure zu den Baustellen der Hedschasbahn in Saudi-Arabien beförderte und das offiziell von der saudischen, der israelischen sowie der amerikanischen Luftüberwachung an der Straße von Tiran akzeptiert war und bei Radarkontakt eine entsprechende Kennung abstrahlte. Martin Conrath erinnerte sich noch daran, daß man die Maschine gewechselt hatte.

Das war, schätzte er nach einem prüfenden Blick auf seine Uhr, vor etwas mehr als vier Stunden geschehen. Dann konnte er also schätzungsweise höchstens dreieinhalb Stunden mit ungeschütztem Gesicht und bloßen Händen in der mitleidlos auf ihn herunterbrennenden Sonne gelegen haben. Wenn bereits eine so kurze Zeitspanne genügte, um der sonnenungewohnten Haut derart zuzusetzen . . . er wagte nicht weiterzudenken. In diesem Augenblick spürte er zum erstenmal den Durst; zwar noch schwach und unterdrückbar, aber immerhin stark genug, um eine neue Befürchtung in ihm aufkeimen zu lassen. Was würde geschehen, wenn er unter den Trümmern des Flugzeugs nichts Trinkbares fand? Unter den Trümmern des Flugzeugs, fuhr es durch sein Gehirn, zum Teufel, wo war es denn eigentlich, dieses Flugzeug? Martin Conrath blickte an sich hinunter. Er stand in dieser schier endlosen Wüstenei in einem eleganten, von Geröll und Dornen schon reichlich strapazierten dunkelblauen Anzug, mit schmalgestreifter Krawatte in Hell- und Dunkelblau, passend zum hellblauen Hemd. Der Kragenknopf war korrekt geschlossen. Die schlichten, aber sündteuren schwarzen Straßenschuhe hatte er erst vor einer knappen Woche bei Charles Jourdan in der Rue Saint Honoré in Paris gekauft. Er schirmte mit der Hand die Augen gegen die Sonne ab und merkte auf einmal, daß er sich in der Gefahr befand abzurutschen. Die Stelle, an der er stand, glich einer abschüssigen Geröllhalde, deren unteres Ende einen steilen Absturz zu dem wannenförmigen Tal hin bildete. Als Martin Conrath versuchte, sich ein paar Schritte zu bewegen, lösten sich einzelne Steinbrocken und polterten mit dumpfem Aufschlag ins Tal hinab. Er blieb wie angewurzelt stehen, denn noch bevor er die Trümmer des Flugzeugs entdeckte, bemerkte er de Rovignant.

Der war freilich kaum zu erkennen. Er saß seitlich an einen riesigen Felsbrocken gelehnt und hatte die gespreizten Beine ausgestreckt. Sein rechter Arm hing schlaff am Körper herab, blasse Finger krallten sich in lockeres Geröll. Der linke Arm war bemitleidenswert abgeknickt. De Rovignant saß starr und in einer so unnatürlichen Haltung da, als habe er Angst, sich zu bewegen. Daß er lebte, schloß Conrath nur aus seinen Augen, die tränend und blaßrosa gerändert jeder seiner Bewegungen so mißtrauisch folgten, als sei Martin sein persönlicher Feind, der ihn zusätzlich zu den Schrecken des alptraumhaften Erlebnisses bedrohe. Auch auf de Rovignants Gesicht und Händen zeichnete sich das gefährliche Rot des beginnenden Sonnenbrandes ab. Zum Glück hatte die Sonne den Zenit bereits überschritten. Sie bildete an der Nordseite des Steinbrockens, an den de Rovignant sich lehnte, schon einen Schattenstreifen von der Tiefe einer Handkante. De Rovignants sonst wohlgepflegtes, ergrauendes Haar fiel ihm jetzt wirr in die Stirn und über die Augen. Sein hellgrauer Anzug und der leichte Mantel waren bedeckt von einem feingemahlenen, weißlichgrauen Gesteinsstaub. Unter dem zurückgeschlagenen Mantel glänzte es rot und naß. Martin Conraths Blick fiel auf de Rovignants zerrissene Hose. An der Außenseite des rechten Oberschenkels lag das Fleisch offen. Bisweilen senkte de Rovignant die Augen auf seine Verletzung, dann richtete er sie erneut auf Conraths Gesicht, zuerst mitleidheischend und gleich darauf wieder mißtrauisch.

»Sie dürfen nicht in der Sonne bleiben«, wandte sich Conrath an de Rovignant. »Kommen Sie rüber in den Schatten.«

»Ich kann nicht«, stieß der Franzose hervor. Martin Conrath mußte sich überwinden, um die offenliegende Wunde zu betrachten, aus der langsam ein wenig Blut sickerte. Sie war flach und ziemlich breit, aber nirgends war die weißliche, harte Substanz bloßen Knochens zu sehen. Charles de Rovignant hatte eine einfache Fleischwunde.

»Schmerzen?« fragte Conrath. »Es brennt wie verrückt«, stöhnte de Rovignant wehleidig. »Los«, drängte Conrath. »Sie müssen in den Schatten. Ich helfe Ihnen.«

Martin Conrath kniete sich vorsichtig in das lockere, abrutschgefährdete Gestein und kroch langsam auf de Rovignant zu. Der Franzose machte eine ebenso verzweifelte wie vergebliche Bewegung, um seine Lage zu ändern. Dies war der Augenblick, in dem Big Birds Echtzeitdarstellung den Staff-Sergeant Tom Osborne im vollklimatisierten, abgedunkelten Auswertungsraum nahe Neapel darauf aufmerksam machte, daß sich am Unfallort zwei Überlebende befanden.

Martin Conrath hatte de Rovignant erreicht. Er richtete sich halb hoch, faßte ihn unter den Achseln und versuchte, ihn auf die andere Seite des Felsens zu zerren. Endlich gelang es ihm, den Verletzten halb in den Schatten zu schleifen. De Rovignant wirkte abwesend, ja abgestumpft und gleichgültig. Conrath ging es besser als ihm, denn er versuchte wenigstens, irgend etwas Nutzbringendes zu tun, um ihre Lage zu erleichtern. Aber er brauchte de Rovignants Hilfe, denn er selbst hatte geschlafen und wußte nicht, wann, wo und wie das Unglück sich zugetragen hatte. Er verfluchte jetzt seine Beeinflußbarkeit und Labilität, die es Paul Mialhe ermöglicht hatten, ihn zu der nächtlichen Champagner- und Bauchtanztour zu überreden. Heute morgen hatte ihm einer der beiden

Piloten, wahrscheinlich Hilary, zynisch die Angst vor der Luftkrankheit in der kleinen zweimotorigen Propellermaschine suggeriert. Er hatte daraufhin zwei oder sogar drei Tabletten gegen Reisebeschwerden geschluckt, war eingeschlafen und vor kurzem hier im spröden Dorngesträuch erwacht. Er empfand sich selbst in dieser Einöde wie ein Wesen aus einer anderen Welt. Die Lücke in seinem Gedächtnis konnte nur de Rovignant ausfüllen. Aber den würde er nicht zum Reden bringen, solange der Franzose wie gebannt auf seinen blutenden Schenkel starrte.

»Können Sie das Bein bewegen?« fragte Conrath. De Rovignants Antwort bestand aus einem kaum merklichen Schulterzucken. »Versuchen Sie es«, drängte Conrath, und als de Rovignant nicht reagierte, schob er sein Handgelenk unter die Kniekehle des anderen.

»Was wollen Sie denn?« keuchte de Rovignant undeutlich. »Was haben Sie mit mir vor?« Was Katrin nur an diesem Menschen findet, fuhr es Conrath durch den Kopf, an einem Mann, der sich hier, in diesem Augenblick, als ein ganz gewöhnlicher Waschlappen erweist und angesichts einer ordinären Fleischwunde in Verzweiflung gerät. Martin Conrath hob den Unterarm. Das Bein des Franzosen knickte ab. Wenn der Schenkel gebrochen wäre, müßte de Rovignant jetzt vor Schmerz brüllen. Doch der stöhnte nur leise vor sich hin.

»Versuchen Sie es selbst«, sagte Conrath und ließ das Bein zu Boden gleiten. De Rovignant stöhnte erneut und vollführte mit dem verletzten Bein eine winzige Bewegung. Aber Conrath atmete erleichtert auf. Seine Spannung ebbte ab, da er aus dieser kleinen Regung schloß, daß de Rovignant zumindest gewillt war, zu seiner Rettung beizutragen und sich selbst fortzubewegen. Es war ihm klar, daß er die Wunde würde verbinden müssen, wenn er de Rovignants Aufmerksamkeit von seiner Verletzung ablenken und auf lebenswichtige Fragen konzentrieren wollte.

»Ihr Unterhemd, Rovignant«, befahl er. »Ziehen Sie Mantel, Jackett und Hemd aus, rasch!«

De Rovignant bemühte sich mit zusammengebissenen Zähnen zu gehorchen, wobei sich der kranke Arm als schweres Hindernis erwies. Wie Katrin wohl reagieren mochte, wenn ihr klar würde, daß sie im Begriff stand, gleichzeitig mit gesellschaftlicher Karriere auch die Stelle einer Krankenpflegerin zu übernehmen?

»Warum nicht das Oberhemd?« fragte de Rovignant.

»Weil Sie das noch dringend brauchen werden«, erwiderte Conrath, half dem Verletzten aus Mantel und Jackett und löste seine Krawatte. Dann schälte er ihn aus dem Oberhemd und zog ihm vorsichtig das Unterhemd über den Kopf.

»Hoch mit dem Hintern«, kommandierte er, und als de Rovignant das Becken wirklich anhob, streifte er ihm die zerfetzte Hose von den Schenkeln nach unten. Dann zog Conrath seine eigene Jacke aus, breitete sie auf den Erdboden, legte de Rovignants Unterhemd darauf und zerriß es mühsam in zwei Teile. Schließlich wickelte er eine Hälfte so um den Oberschenkel des Verletzten, daß der weiße Stoff die Wunde voll bedeckte. Aus der Krawatte fertigte er eine Behelfsbinde, die den Verband zusammenhielt. Als die beiden Männer in gemeinsamer Anstrengung de Rovignants Hose wieder hochgezogen hatten, schien der Verletzte in etwas besserer Verfassung als vorher. Er wollte jetzt sogar rauchen.

»Lassen Sie den Unsinn«, sagte Conrath. »Ihre Kehle wird ohnehin noch genug strapaziert.«

Martin Conraths Blick glitt über die wilde Szenerie ringsum, schweifte über ein Meer von Höhenrücken und Taleinschnitten, von Steinbrocken, Felsbändern und Abstürzen. Schließlich folgten seine Augen einem Wink de Rovignants schräg nach oben, und dort entdeckte er endlich das Flugzeug oder vielmehr das, was davon übriggeblieben war. Ein zusammengedroschener Haufen verbogenen Blechs ragte aus einer Mulde in der Felswand über ihnen, die fast senkrecht stehenden Tragflächen waren geknickt, verbeult und verschrammt. Einer der Motoren war aufgerissen, den anderen erblickte Conrath nach einigem Suchen weiter unten zwischen Geröll und Fels-

brocken. Ein Rest der Kabine klebte nach vorn zusammenge-
staucht am Gestein. Das Fahrwerk lag in einiger Entfernung,
wie von einem Kind, das keine Lust mehr zum Spielen hat,
zwischen die Felsen geworfen. Mit Schrecken bemerkte Conrath, daß all diese Trümmer matt und glanzlos im Gelände
verstreut waren, mit Ausnahme eines kopfkissengroßen Alu-
miniumteils. Dieses Metallstück gehörte zur Kabinentür, die
nach außen geschlagen war und von welcher sich die Kunst-
stoffverkleidung losgerissen hatte, die nun im Wind hin und
her flatterte. Ein solch spärlicher Blickfang würde die Suche
nach der Maschine, selbst wenn jemand sie eingeleitet haben
sollte, außerordentlich erschweren.
Conraths Schreck über diese Entdeckung wurde im nächsten
Augenblick von einem zweiten überlagert. Als er einen prüfenden Blick hinauf zum Hauptteil des Wracks warf, entdeckte er zwischen verbeulten Zellenteilen und zerknicktem Ge-
stänge ein schmales Rinnsal hellen, glitzernden Rots, das aus
dem Schatten, der dort oben schon herrschte, ins Sonnenlicht
rann und versickerte. Magisch angezogen folgte Conraths
Blick der Blutbahn bis zu ihrem Ursprung. Zwischen den
Trümmern sah er die schrecklich verdrehten Körper der beiden Piloten, die heute morgen so munter ins Cockpit geklet-
tert waren, der eine im kurzärmeligen blauen Fliegerhemd, in
einem grünlichen Lumberjack mit blaugrauem Halstuch der
andere. Über dem Schädel des Copiloten spannte sich noch
immer der Bügel des Kopfhörers, über welchen er den Funk-
verkehr verfolgt hatte. Jetzt war dieser Kopfhörer ebenso tot
wie der Flieger. Was hatte der Mann als letztes gehört? Was
hatte er gesagt? Und zu wem? Es gab nur eine einzige Möglichkeit, das zu erfahren: Conrath mußte aus de Rovignant
herausbekommen, was der von den letzten Minuten vor dem
Absturz wußte.
Es wurde eine mühsame Unterhaltung. Erst nach mehreren
gescheiterten Versuchen brachte Martin Conrath den Franzosen dazu, sich zu erinnern. Jawohl, man sei drüben in Ägypten gestartet, die Maschine sei gestiegen, er habe die Insel

Gezair Gifatin rechts und später die Insel Gezirat Shadwan links unter sich liegen sehen.

»Auf welche Höhe ist die Maschine gestiegen?« wollte Conrath wissen, aber de Rovignant zuckte nur mit den Schultern.

»Ich bin schließlich kein Experte, wissen Sie.«

»Aber Sie sind doch schon selbst geflogen. Erinnern Sie sich: eintausend, zweitausend, dreitausend? Was konnten Sie unter sich erkennen? Häuser vielleicht?«

»Häuser!« De Rovignant verzog den Mund.

»Also, was dann?«

»Verdammtes blaues Wasser«, antwortete de Rovignant. »Und ab und zu eine Sandinsel drin.«

»Sonst nichts?« forschte Conrath. »Keine Schiffe?«

»Schiffe, ja. Ein paar Schiffe haben wir überflogen.«

»Was konnten Sie denn darauf erkennen?«

»Ich habe bloß gesehen, daß es Kriegsschiffe waren«, sagte der Franzose.

»Das ist doch völlig unwichtig«, meinte Conrath ungeduldig und ohne auch nur im geringsten zu ahnen, in welch schwerwiegendem Irrtum er sich befand. »Konnten Sie denn nicht aus Einzelheiten und Größe Rückschlüsse auf die Flughöhe der Maschine ziehen?«

»Ich könnte es bestenfalls schätzen. Aber legen Sie mich nicht fest«, sagte de Rovignant nach einer Weile in einer Mischung aus kleinlauter Verzagtheit und seinem gewohnten listigen Mißtrauen.

»Wie käme ich dazu, Sie festzulegen«, antwortete Conrath gereizt. »Also los, Mann, schätzen Sie schon!«

»Zweitausend Meter«, sagte de Rovignant und schwieg. »Dann kam plötzlich aus heiterem Himmel eine furchtbar dröhnende Erschütterung«, berichtete er nach einer Pause weiter. »Sie haben sich zwar im Schlaf bewegt, sind aber nicht aufgewacht. Paul Mialhe und ich, wir sind in Panik geraten. Die beiden Piloten haben uns zugeschrien, daß wir beschossen worden seien und notlanden müßten.«

»Beschossen? Von wem?«

»Für Einzelheiten war keine Zeit. Die beiden wollten wenden und entweder im Schutz der Schiffe oder einer Insel runtergehen, aber sie stellten fest, daß die Maschine seitwärts steuerlos war.« De Rovignant brach ab und durchlebte noch einmal den Schrecken, der ihn in diesen Sekunden durchzuckt hatte.

»Und dann?« fragte Conrath nach einer Weile.

»Dann war die Rede von einem Wadi Al Afal«, murmelte de Rovignant. »Das lag angeblich direkt auf unserem Kurs, und dort hätten sie vielleicht landen können, weil da eine Piste verläuft.«

»Ein Flugplatz?«

»Nein, sie sprachen von einer Autopiste. Aber sie konnten sie nicht erreichen.«

»Warum nicht?« fragte Conrath.

»Weil sie das Flugzeug nur mit Hilfe des einen Motors und der Flächenverwindung auf einem Kurs halten konnten, der in einem flachen Rechtsbogen verlief. Außerdem verloren wir ständig an Höhe.«

»Wenn es wenigstens ein Linksbogen gewesen wäre«, murmelte Conrath mutlos. »Dann hätte die Maschine möglicherweise die Golfküste erreicht. Haben die Piloten denn nicht versucht, über Funk Hilfe zu bekommen?«

»Sie hatten überhaupt keinen Funkkontakt«, sagte de Rovignant. »Hurghadah hatte sich abgemeldet, und vom Tower in Tabuk kam noch keine Antwort.«

»Tower ist gut«, höhnte Conrath. »So, wie ich die Lage einschätze, gibt es dort allenfalls eine Baracke zum Schutz gegen den Wüstensand, und in der schlafen die Burschen vermutlich, statt zu arbeiten. Aber wie kam es denn zu dem Absturz hier?« fragte er weiter und machte mit der Hand eine vage Bewegung in die Runde. »Wo ist eigentlich Paul?«

Der Franzose deutete mit dem Kinn nach Westen. »Mialhe ist tot«, sagte er müde. »Die Maschine sank tiefer und tiefer. Hilary und der Copilot konnten sie nicht mehr hochreißen.

Schließlich schlug sie mit dem Leitwerk auf eine Felsrippe, die ihr das Heck abriß. Irgendwo da drüben muß das gewesen sein. Mialhe wurde nach hinten ins Freie gezogen, durch den Luftsog, oder was weiß ich. Jedenfalls gab es eine riesige Staubwolke, und dann ging alles wahnsinnig schnell. Sekunden später müssen wir gegen diesen Steilhang gerast sein. »Ich glaube«, fügte de Rovignant schaudernd hinzu, »ich bin zusammen mit meinem Sitz aus der aufschlagenden Maschine geschleudert worden. Diesem Umstand verdanke ich vermutlich mein Leben.«

»Rovignant«, beschwor Conrath den Franzosen, nachdem er stockend seinen Bericht beendet hatte, »strengen Sie jetzt mal Ihr Gedächtnis an und versuchen Sie, sich zu erinnern, wieviel Zeit zwischen dem Überfliegen der arabischen Küste und dem Aufprall hier vergangen ist.« De Rovignant legte sein Gesicht in Falten, dachte nach und erklärte schließlich, daß er das unmöglich präzise angeben könne. Conrath beugte sich über ihn und rüttelte ihn an beiden Schultern.

»Sie müssen es versuchen. Denken Sie nach, Mann! Davon hängt es ab, ob wir lebend hier rauskommen oder nicht. Sie müssen doch wissen, ob es Stunden gedauert hat. Viertelstunden oder Minuten. Was haben Sie denn getan, als wir die Küste überflogen? Geträumt?«

»Ich habe meine Fingernägel gerichtet«, antwortete de Rovignant trotzig. »Hier, mit diesem Messer.« Er griff mit der gesunden Hand in die Jackentasche, brachte ein Kombimesser zum Vorschein, an dem auch ein Maniküreset befestigt war, und reichte es Conrath.

»Immerhin haben Sie es hinterher wieder zusammengeklappt und eingesteckt«, sagte Conrath und ließ das Instrument zwischen zwei Fingern wippen. »Na los doch, Mann! Besinnen Sie sich! Was haben Sie dann gemacht?«

De Rovignant hob die Schultern. »Ich habe schrecklichen Durst«, sagte er.

Conrath sah ihn nur mitleidig an. Ein paar Sekunden lang schwiegen beide. Plötzlich verfärbte sich de Rovignant, und sein Gesicht wurde unter dem Sonnenbrand so blaß wie ein Leichentuch. Er hatte begriffen, welches Schicksal ihnen wahrscheinlich bevorstand. Schon bei dem Gedanken an die drohende Gefahr nahmen seine Augen jenen gehetzten, angstvollen Ausdruck an, den Martin Conrath bis ans Ende seines Lebens nicht mehr vergessen sollte. »Rovignant«, sagte er so ruhig wie möglich, »was haben Sie getan, als Sie mit Ihren Nägeln fertig waren?«

»Ist denn das so wichtig?« jammerte der Franzose. »Mein Gott . . .«

»Was haben Sie gemacht?« wiederholte Conrath mit mühsam erkämpfter Geduld.

»Ob Sie es glauben oder nicht, ich habe zum Fenster hinausgesehen«, fuhr de Rovignant plötzlich unbeherrscht auf. »Fünf Minuten vielleicht, oder auch zehn, ich weiß es nicht, Sie hartnäckiger Idiot! Sie Perfektionist mit Ihrer albernen deutschen Gründlichkeit!«

»Die Ihnen möglicherweise das Leben rettet«, entgegnete Conrath kühl. »Aber lassen wir das. Weiter, was haben Sie dann gemacht?«

»Als wir die Küste überflogen, habe ich auf die Uhr gesehen.« De Rovignant war zurückgesunken, und seine Stimme klang jetzt resigniert.

»Das ist schon etwas«, sagte Conrath, immer noch geduldig. »Und wie spät war es da?«

»Das weiß ich nicht mehr«, antwortete de Rovignant niedergeschlagen. »Ich weiß nur noch, daß wir zu dem Zeitpunkt ziemlich genau eine halbe Stunde in der Luft waren. Ich wollte feststellen, wie lange wir über dem Wasser flogen. Bloß . . . wie spät es da war, weiß ich nicht mehr.«

»Aber ich«, sagte Conrath. »Denn ich habe auf die Uhr gesehen, als wir in Hurghadah starteten. Und da war es genau fünf nach acht. Also muß es, als Sie auf die Uhr schauten, acht Uhr fünfunddreißig gewesen sein. Wie lange hat es dann noch bis zur Explosion gedauert?«

De Rovignant starrte Conrath eine Weile sprachlos an. »Die

kam sofort«, sagte er schließlich. »Daran kann ich mich jetzt, wo Sie danach fragen, genau erinnern.«

»Was heißt sofort?« bohrte Conrath weiter. »Nach einer Minute? Zwei? Fünf?« De Rovignant war wieder im Begriff, die Beherrschung zu verlieren. Conrath sah es ihm an.

»Mann, so begreifen Sie doch, Rovignant«, redete er deshalb beschwörend auf ihn ein. »Jede Minute Flugzeit sind genau sechs Kilometer Luftlinie Fußmarsch.«

Jetzt verstand de Rovignant endlich. »Es geschah gleichzeitig«, versicherte er. »Es waren keine Minuten mehr dazwischen und auch keine Sekunden. Ich sah vor uns die Küste auftauchen, und im selben Moment erfolgte die Explosion.«

Erleichtert lehnte Martin Conrath sich in den schmalen Schattenstreifen des Felsblocks zurück. »So«, sagte er. »Und wieviel Zeit lag zwischen der Explosion und der Bruchlandung hier?«

»Eine Ewigkeit«, stöhnte der Franzose.

»Das reicht mir nicht. Wie lange dauerte diese Ewigkeit?«

De Rovignant zermarterte sein Gehirn, doch ohne Erfolg. »Schätzen Sie mal eine bestimmte Zeit ab, wenn Ihr Leben auf dem Spiel steht. Sie haben gut reden. Sie haben geschlafen und von allem nichts gemerkt.«

»Philosophieren führt uns nicht weiter«, sagte Conrath. »Denken Sie nach, Mann, oder wir verrecken hier beide.«

»Ich krepiere sowieso«, brachte de Rovignant kläglich heraus.

»Und Sie meinen wohl, was mit mir passiert, kann Ihnen dann egal sein? Haben Sie sich mal vor Augen gehalten, wie Sie hier umkommen werden, wenn Sie nichts unternehmen?«

»Ich weiß seit Jahren, auf welche Weise ich zugrunde gehe«, murmelte de Rovignant, »wenn ich einmal in so eine Situation komme wie diese hier.« Er machte eine Pause, dann schrie er Conrath an: »Ich bin hochgradig zuckerkrank! Diabetes mellitus, verstehen Sie?«

»Das habe ich nicht gewußt.«

»Ich sehe nicht ein«, erwiderte de Rovignant hochmütig, »weshalb ich vor meinen Mitarbeitern meine Schwächen bloßstellen sollte. Damit sie mich nachher in der Hand haben, vielleicht? Allerdings dachte ich, Ihre Frau hätte es Ihnen erzählt.«

»Über Ihre Krankheiten habe ich mit Katrin nicht gesprochen«, sagte Martin Conrath leidenschaftslos. »Sie überschätzen mein Interesse an dieser Affäre. Im Herbst, sobald ich wieder in Paris bin, wird die Scheidung über die Bühne gehen. Damit ist das Kapitel für mich abgeschlossen. Im übrigen wünsche ich Ihnen viel Glück mit Katrin. Das Vergnügen hatten Sie ja schon, soviel ich weiß.« Conraths Sarkasmus angesichts dieser ausweglosen Situation verschlug de Rovignant die Sprache.

»Mein Gott, Sie müssen mich ja hassen«, murmelte er schließlich. »Und ich bin vollständig hilflos. Ich bin Ihnen ausgeliefert.«

»Davor haben Sie Angst, nicht wahr? Aber ich will Ihnen die Wahrheit sagen: Wenn ich hier jemals wieder rauskomme, dann ist es nur in meinem Interesse, daß Sie es auch tun. Daß Sie durch Ihre Krankheit umgekommen sind, könnte ich nicht beweisen. Zwar könnte umgekehrt niemand meine Schuld an Ihrem Tod bezeugen, und ich würde freigesprochen, aber ein Verdacht bliebe an mir hängen. Angestellter rächt sich an Vorgesetztem, der ihm die Frau ausgespannt hat. Moralischer Sumpf bei der Technucléaire. Aus dieser Wüste allein rauszukommen wäre das Dümmste, was mir passieren könnte. Also nehmen Sie endlich Vernunft an.«

Eine Weile schwiegen die beiden Männer erschöpft und starrten vor sich hin, während die Sonne langsam weiterkroch. Endlich raffte Conrath sich auf. »Lassen Sie uns die Uhren vergleichen«, sagte er. »Die Zeit ist das Wichtigste, was wir im Augenblick haben. Wie spät ist es auf Ihrer Uhr?«

De Rovignant hob den gesunden Arm und schüttelte den Mantelärmel zurück. »Acht Uhr fünfzig«, sagte er, lehnte den Kopf wieder an den Felsen und schloß die Augen. Die Antwort des Franzosen elektrisierte Martin Conrath. Die Zeitangabe stimmte auf keinen Fall. An das Glück, das diese Tatsache verhieß, wagte Conrath zunächst freilich nicht zu glauben. Die Zeiger seiner Armbanduhr wiesen auf zwanzig Minuten vor eins. Er beugte sich zu Rovignant hinüber und rüttelte ihn an der Schulter, bis er endlich langsam den Kopf drehte.

»Schauen Sie noch mal auf die Uhr«, drängte er mit kaum verborgener Spannung in seiner Stimme. »Prüfen Sie, ob sie geht.«

De Rovignant hob den Arm erst vor die Augen, dann hielt er ihn ans Ohr. »Sie steht«, sagte er resigniert, aber Martin Conrath hätte über diese Mitteilung in Jubelrufe ausbrechen mögen.

»Sie muß einen Schlag bekommen haben«, sagte er. »Und das kann nur beim Aufprall geschehen sein. Wenn meine Theorie stimmt, dann ist das Flugzeug genau um acht Uhr fünfzig hier aufgeschlagen.«

De Rovignant hatte Conrath das Gesicht zugewandt. Sein Oberkörper lehnte noch immer am Felsen. Er bot einen kläglichen Anblick. »Und was schließen Sie daraus, Conrath?« fragte er verständnislos.

Von diesem Mann war keine Hilfe zu erwarten. Er würde allenfalls eine Last sein. Dennoch setzte Conrath ihm seine Überlegungen auseinander. »Daraus schließe ich«, sagte er geduldig, »daß wir nach dem Überfliegen der Küste noch eine Viertelstunde in der Luft waren. Eine Viertelstunde bei leichtem Gegenwind entspricht bei durchschnittlicher Fluggeschwindigkeit einer Strecke von knapp hundert Kilometern. Da unsere Maschine beschädigt und außerdem ein Triebwerk ausgefallen war, dürfte sie eine wesentlich geringere Entfernung zurückgelegt haben. Das bedeutet, daß wir nach meiner Berechnung nicht weiter als fünfzig oder sechzig Kilometer vom Roten Meer entfernt sind. Etwa genauso weit dürfte es auch bis zum Golf von Aqabah sein. Und da liegt unsere Chance.«

»Ich weiß gar nicht, wovon Sie reden«, klagte de Rovignant. »Es wird uns doch jemand hier rausholen.«

»Geben Sie sich keiner falschen Hoffnung hin«, sagte Conrath. »Woher sollen die in Tabuk denn wissen, daß wir überhaupt gestartet sind, wenn Hilary noch keinen Funkkontakt mit ihnen hatte? Die Ägypter können hier ohne Sondergenehmigung keine Suchaktion durchführen und die Israelis erst recht nicht. Bis die dazu erforderlichen juristischen und diplomatischen Vereinbarungen getroffen wären, würden Tage verstreichen, und selbst wenn sie die Erlaubnis bekämen, wäre es noch sehr fraglich, ob man uns finden würde. Da müßte schon einer im Hubschrauber oder im Tiefflug direkt über diese Stelle hier kommen und dabei höllisch aufpassen. Nein, bevor uns hier in ein, zwei Wochen vielleicht einer durch Zufall findet, sind wir verdurstet und verhungert. Da mach' ich mich lieber auf den Weg zum Golf rüber.«

Martin Conrath gebrauchte das saloppe Wort »rüber«, weil ihn der unerwartete Hoffnungsschimmer so optimistisch stimmte, daß ihm in diesem Augenblick fünfzig Kilometer durch die Ausläufer der Nefud als ein bloßer Katzensprung erschienen. Doch hatte er dabei nicht bedacht, daß de Rovignant verletzt war, an Diabetes litt und überdies durch einen von Geburt an verkrüppelten Arm behindert wurde. Ging ihn das, was mit de Rovignant geschah, eigentlich etwas an? Mußte er überhaupt darauf Rücksicht nehmen, daß de Rovignant verletzt und zuckerkrank war und einen verkrüppelten Arm hatte?

»Ich bleibe hier«, sagte de Rovignant hartnäckig. »Und Ihnen gebe ich die dienstliche Anweisung, sich nicht von der Stelle zu rühren. Überlegen Sie mal, Conrath, was wollen Sie denn am Roten Meer? Dort ist nur unbesiedeltes Gebiet, genauso schlimm wie hier.«

»Ich will nicht ans Rote Meer«, korrigierte Conrath. »Ich will an den Golf.«

»Nein, das werde ich verhindern!« De Rovignant bemühte sich, seinem Tonfall einen Anflug jener Autorität zu verleihen, die er in seinem chromblinkenden Pariser Büro, ausgestattet mit kubistischen Gemälden von Gris, Delauney und Gleizes, um sich verbreitete. Doch dieser Versuch mißlang kläglich. »Am Golf haben Sie nur dann eine Chance, wenn Sie auch hinüberkommen.«

»Sie wissen selbst«, antwortete Conrath, »daß unser Geschäft hier illegal ist.«

»Nicht das Geschäft ist illegal«, widersprach de Rovignant, »nur die Leute, mit denen wir darüber verhandeln.«

»Und dennoch wollen Sie hier warten, bis vielleicht die Saudis Sie finden? Das kann unsere Gastgeber den Kopf kosten. Und uns auch.«

»Trotzdem nützt Ihnen der Golf nur dann etwas, wenn Sie auch auf die andere Seite kommen. Und auf dem Sinai sitzen die Israelis. Was, meinen Sie, werden die über das Projekt Tammuz 17 von uns wissen wollen? Und welche Methoden werden sie wohl anwenden, um es rauszukriegen? Das kann den Zusammenbruch des Konsortiums bedeuten. Zumindest einen Milliardenverlust. Von der entscheidenden Stärkung der israelischen Strategie ganz zu schweigen.«

In diesem Augenblick wurden die beiden Männer durch ein häßliches, metallisch scharrendes Geräusch aufgeschreckt. Steine kollerten, Sand rutschte, dann war es wieder so still wie vorher. Die Männer starrten mit angehaltenem Atem zu dem Flugzeugwrack hinauf, das aus seiner halb schwebenden Lage etwas abgesackt war. Ob die in der Gluthitze fortschreitende Ausdehnung des Materials oder ob die stetige Einwirkung des schwachen, aber gleichmäßigen Windes diese Veränderung verursacht hatte, wußte weder Conrath noch de Rovignant zu sagen. Aber beiden war klar, daß es Gefahr bedeutete, an dieser Stelle zu bleiben. Auch durften sie nach diesem Vorfall nicht mehr daran denken, das Wrack, das dort oben am Felsen klebte, zu untersuchen.

»Stellen Sie sich mal vor«, sagte Conrath, »wie diese paar Trümmer hier, wir selbst und unsere unmittelbare Umgebung aus der Luft aussehen. Ein Nichts, eine Winzigkeit. Ich lass' es nicht darauf ankommen, ob jemand eine solche Winzigkeit durch Zufall bemerkt. Außerdem besteht die einzige Möglichkeit, an Nahrungsmittel und Getränke zu kommen, darin, die Notration zu finden, die im Heck des Flugzeugs verstaut war. Die Heckteile müßten westlich von uns abgerissen sein, wenn Ihre Beobachtung stimmt.«

»Ich bleibe hier«, wiederholte de Rovignant eigensinnig, »und warte, bis sie mich holen.«

»Dann warten Sie, bis Sie schwarz werden«, sagte Conrath. Er hatte den Versuch aufgegeben, de Rovignant zu überreden oder gar zu überzeugen. Er würde nachts marschieren. In der letzten, durchzechten Nacht hatte er beobachtet, daß Vollmond bevorstand. Er würde also Glück haben und die Kühle der Nacht ausnutzen können, ohne in der Finsternis umherirren zu müssen. Dr. Conrath überprüfte den Trick, mit Hilfe des kleinen Zeigers seiner Armbanduhr am Sonnenstand die Südrichtung zu bestimmen, ein Trick, den Parteigenosse Hoelzner ihm und seinen Klassenkameraden vor mehr als dreißig Jahren bei Geländespielen und Wanderungen beigebracht hatte. Er kannte diesen Trick noch, und er funktionierte. Um vier Uhr nachmittags brach Martin Conrath auf, um noch bei Tageslicht nach den Hecktrümmern des Flugzeugs zu suchen. Sein Taschentuch hatte er sich mit Hilfe der Krawatte um den Kopf gebunden. »Sie haben jetzt noch die Chance, mitzukommen«, sagte er zu de Rovignant. »Anderenfalls marschiere ich allein.«

»Sie sind verrückt, Conrath«, keuchte der Franzose. »Sie schaffen das nie. Sie sind wahnsinnig.«

Conrath wandte sich wortlos um und stapfte entschlossen durch das Geröll. Gesteinsbrocken kollerten zu Tal. Etwas weiter unten kam er ins Rutschen, konnte sich aber aufrechthalten, blieb stehen und sah sich um. Hinter ihm hatte de Rovignant sich hochgerafft, stand zum erstenmal seit dem Morgen schwankend auf den Beinen, kam Conrath nach. »Sie können mich doch hier nicht allein lassen«, keuchte er. Conrath sah an einem dunklen Fleck auf dem Hosenbein des anderen, daß der Notverband, den er angelegt hatte, schon durchgeblutet war. Morgen früh, bei der nächsten Rast, würde er die Wunde mit der zweiten Hälfte des Unterhemdes umwickeln. Conrath gab de Rovignant, seit er von dessen Krankheit wußte, keine große Chance mehr. Seine eigene Hose hielt ohne Gürtel. Er zog ihn aus den Schlaufen und warf ihn dem Franzosen zu. Dann half er ihm, das Hemd zum Schutz gegen die Sonne um den Kopf zu binden. Nebeneinander rutschten und stolperten sie den steinigen Abhang hinunter in das wannenförmige Tal. Hoch über sich hörten sie ein Knirschen und Krachen. Die Reste des Flugzeugs gerieten aus ihrem labilen Gleichgewicht und stürzten, die Leichen der beiden Piloten unter sich begrabend, zu Tal. Noch lange stand eine graugelbe Staubwolke über der Aufschlagstelle, ehe der Wind sie langsam davontrieb. Die beiden Männer waren allein, nichts als zwei Ameisen in einer leblosen Steinwüste, deren Anblick Conrath an den Erdtrichter aus Dantes Inferno denken ließ. Seine Berechnungen erwiesen sich als zutreffend. Gegen halb sechs stießen sie in westlicher Richtung auf die Leiche Paul Mialhes. Ein paar Dutzend Meter weiter ragte das graugrüne Seitenleitwerk der Skyservant aus der Geröllwüste. Martin Conrath wandte sich um. Die Stelle, von der sie aufgebrochen waren, war von hier aus schon nicht mehr zu sehen. De Rovignant stöhnte. Die Hitze schlug sie fast zu Boden.

Es war der Abend des zweiten Tages nach dem Absturz, der 9. September, wie Conrath mit Hilfe seiner Armbanduhr feststellte. Die Sonne stand eine Handbreit über dem westlichen Horizont. In den beiden vergangenen Nächten hatten sie sich bemüht, bei Morgengrauen nicht in einem Wadi, auf der Talsohle eines Trockenbettes, haltzumachen, sondern oben auf dem Kamm eines Höhenrückens, um die Etappe der kommenden Nacht nicht mit einem Anstieg, sondern mit dem Marsch auf relativ ebener Fläche oder aber mit einem Abstieg zu beginnen. Auf diese Weise nutzten sie die letzten Strahlen der Abendsonne und hatten nach ihrem Untergang für eine weitere Stunde ihren schimmernden Widerschein am Horizont als Richtpunkt. Danach wurde es rasch dunkel, aber Martin Conrath orientierte sich am gleißenden Flimmern der Venus direkt vor sich und marschierte den ihn überholenden Planeten nach; zu seiner Rechten war der helle Glanz des Polarsterns. Sie brauchten ja nur die ungefähre Richtung einzuhalten, dann mußten sie irgendwann an eine Straße kommen oder ans Meer. Wenn es zu heiß wurde, rasteten sie – tagsüber im Schatten überhängender Blöcke, nachts an windgeschützten Plätzen, wo sie der eisige Lufthauch, in den sich der heiße Wüstenwind nach Eintritt der Dunkelheit verwandelte, nicht traf.

Immer wieder versuchte Martin Conrath, sich die Karte ins Gedächtnis zurückzurufen, die er unter dem hellen Tiefstrahler im Billardzimmer der ägyptischen Botschaft in Paris gesehen hatte, als Offiziere der Luftwaffe den vorgesehenen Kurs gewissenhaft überprüften. Er war dankbar dafür, daß er sich aus purer Neugier für die Ausführungen des jungen Majors und die Fragen Paul Mialhes interessiert hatte, statt wie de Rovignant seinen eigenen Gedanken nachzuhängen. Der Franzose hatte nur eine vage Ahnung von ihrem Standort, und sein Mißtrauen Conrath gegenüber war groß. Doch Martin Conrath täuschte ihn nicht. Wie eine Lanzenspitze ragt der Golf von Aqabah vom Roten Meer aus in Süd-Nord-Richtung zwischen die Gebirgswüsten des Sinai und des saudiarabischen Hochlandes hinein. Wenn sie den Westkurs ungefähr einhalten konnten, mußten sie auf den Golf oder auf die Wüstenpiste treffen, die unweit von ihm das Gebirge durchzieht. Falls Conraths Berechnungen zutrafen, war die Strecke, die sie von der Küste trennte, nicht länger als der Weg, den man daheim in Paris mühe- und bedenkenlos zurücklegte, um den Sonntagnachmittagskaffee einzunehmen. Hier wurde freilich ihr Marsch dadurch erschwert, daß die Wüste von mehreren Höhenzügen durchschnitten wird, deren erster As Shifa heißt und mit seiner höchsten Erhebung bis auf 2600 Meter ansteigt. Diesen höchsten Gipfel, den Djabal al Lawz, glaubte Conrath gestern nachmittag in nördlicher, später nordöstlicher Richtung ausgemacht zu haben. Er schloß daraus, daß sie den Höhenzug an einer seiner begehbaren Senken wahrscheinlich schon hinter sich gebracht hatten. Die Wüste war vor ihnen durchschnitten von zahllosen Tälern und Wadis mit weniger krassen Höhenunterschieden, die aber dennoch alle mühsam überwunden werden mußten, ohne daß sie der Versuchung erliegen durften, die bequeme Nord-Süd-Richtung einzuschlagen.

Den Tag über hatten sie geschlafen, falls der nervöse Zustand des Halbwachens, in den jeder von ihnen bisweilen vor Erschöpfung verfiel, diesen Namen verdient. Es ging um die letzten Kubikzentimeter trinkbarer Flüssigkeit, die sie bei sich hatten. Selbst im Schlaf lagen sie auf der Lauer, wachsam und gespannt, ob nicht der andere sich heimlich an die restlichen Viertelliterbüchsen Fruchtsaft heranmachte. Besonders Conrath durfte sich nicht von de Rovignant überrumpeln lassen, denn er verwahrte den Schlüssel für ihr weiteres Schicksal in Gestalt des Kombimessers, das er an der Absturzstelle an sich genommen und de Rovignant nicht zurückgegeben hatte. Daran befand sich ein Werkzeug, mit dessen Hilfe sich die Verlötung der Fruchtsaftdosen öffnen ließ. Die kleine, ebenfalls am Messer befestigte Feile benutzte de Rovignant normalerweise, um seine Insulin-Ampullen zu köpfen. Aber Ampullen und Spritze befanden sich bei seinem Gepäck im Heck der Maschine. Über zwei Stunden hatte er am Abend vor zwei Tagen in weitem Umkreis die Stelle abgesucht, an welcher sie Paul Mialhes Leiche und Heckteile des Flugzeugs gefunden hatten. Nach zwei Stunden zwang ihn der Einbruch der Dunkelheit, die Suche aufzugeben, ohne daß er auch nur eine Spur von dem Privatgepäck entdeckt hatte, das ihm das Leben hätte retten können. Es war, als habe der Teufel seine Hand im Spiel.

Conrath hatte während dieser Zeit bei seinem toten Freund gewacht. Pauls Mund war weit geöffnet, so als habe er im Angesicht des Todes laut aufgeschrien. Die Lider aber hielt er krampfhaft geschlossen, wie um die letzten Sekunden vor dem unweigerlichen Ende nicht sehenden Auges mitzuerleben. Der schonungslose Aufprall hatte seine Glieder zerschmettert und seinem Leben wahrscheinlich sehr schnell ein Ende gesetzt. Pauls Haar war wirr, staubig und blutdurchtränkt. Nur die lebensfeindliche, in ihrer Starre fast unwirkliche Einöde ringsumher hatte Martin Conrath den Gedanken ertragen lassen, daß er nie wieder die leichtfertigen Zynismen von Pauls spöttischen Lippen hören würde, die bisweilen hatten vergessen lassen, daß auch Mialhe einst als glühender Idealist der Durchsetzungskraft von Humanität, Vernunft und Gerechtigkeit vertraut hatte. Dr. Martin Conrath war einer der wenigen, die wußten, daß Pauls Zynismus lediglich ein Schutzmechanismus gewesen war, hinter dem er sich verschanzte, um sich das wirkliche Ausmaß der europäischen Dekadenz nicht eingestehen zu müssen.

Aus einem der kräftigen, wohlgeformten Ohren war ein dünnes Rinnsal Blut geflossen. Conrath hatte es bemerkt, als er den Leichnam umdrehte, um ihm den leichten, hellen Mantel sowie Hemd, Hose und Schuhe auszuziehen. Nachdem er das getan hatte, war auch er auf die Suche gegangen. Die Explosion hatte an den Wrackteilen, die weitverstreut umherlagen, deutliche Verbrennungsspuren hinterlassen. Manche Stücke waren scheinbar völlig vernichtet. Bis zum Einbruch der Nacht hatte Conrath in mühsamer Suche sechs Dosen Fruchtsaft gefunden. Jetzt, zwei Tage später, besaßen sie davon noch eine volle und eine angebrochene. Er war außerdem auf fünf Packungen einer Art Dauerbrot, drei Behälter mit energiespendender Schokolade deutscher Herkunft, zwei kleine Büchsen Milch- und eine Dose Eipulver gestoßen. Alles andere, was ihm bei seiner Suche in die Finger geriet, war entweder nebensächlich oder unbrauchbar.

Als sie sich an diesem ersten Abend hinter einem riesigen Stein zusammengekauert hatten, war die nahende Verzweiflung wieder ein wenig zurückgewichen, wie ein Raubtier auf der Jagd, dem sein Instinkt verrät, daß die Beute noch zu kräftig ist für den Vernichtungsschlag.

Am Morgen des nächsten Tages hatte de Rovignant erneut die Suche nach seinen Medikamenten aufgenommen. Conrath hatte ihn dabei beobachtet. Der Franzose mit seinem verdammten Diabetes, den er aus purer Profitsucht für die Technucléaire und aus privater Machtgier leichtfertig ignoriert hatte, als er sich in das Risiko dieser abenteuerlichen Reise stürzte, war weit anfälliger gegen Strapazen, Schmerz und Erschöpfung als Martin Conrath. Er war binnen kurzem auf Insulin-Injektionen angewiesen. Der Fruchtsaft, den Conrath gefunden hatte, war Gift für ihn, und außerdem steigerte er den Durst. Also hatte der Franzose mit Recht Angst. Er neigte instinktiv dazu, am Unglücksort zu bleiben, in der Hoffnung, möglichst bald gefunden zu werden. Für Conrath dagegen, der an eine rasche und erfolgreiche Suche nach dem verschollenen Flugzeug nicht glaubte, kam alles darauf an, so schnell wie möglich zur Küste zu gelangen. Der Franzose und er waren in dieser Situation also von Natur aus Todfeinde, und sie wußten es beide. Als de Rovignant erschöpft und entmutigt von der ergebnislosen Suche zurück in den kargen Schatten gekrochen war, hatten sie sich gegenseitig in die unrasierten, von den übergehängten Mänteln halb verhüllten Gesichter gestarrt, und jeder hatte gewußt, daß sein Leben in Gefahr war.

Von da an wurde jede Rast und jeder Erschöpfungsschlaf zu einem lauernden Kriegszustand, in welchem die übermüdeten Hirne mißtrauische Wachen aufstellten. Conrath hatte Angst davor, daß de Rovignant sich heimlich über den restlichen Fruchtsaft hermachte, und der Franzose rechnete ständig damit, daß Conrath ihn entweder umbrachte oder ihn zumindest bei der nächstbesten Gelegenheit verließ. Manchmal fuhren beide gleichzeitig aus dem Halbschlaf hoch, starrten einander sekundenlang an und legten sich dann wieder nieder, jeder den anderen im Auge behaltend, bis der halbwache Erschöpfungsschlaf sie erneut überfiel und alles von vorne begann.

Auf diese Weise waren sie in zwei Tagen und zwei Nächten bis zu der Stelle gelangt, an der sie sich jetzt, am 9. September gegen siebzehn Uhr, befanden. Sie sprachen kaum noch miteinander, und wenn sie es taten, waren ihre Stimmen rauh und unverständlich. Die Beine schmerzten vom Zusammenprall mit scharfkantigen Felsbrocken, die Knochen glühten im Fleisch wie Eisenstangen, die Schenkel waren an den Innenseiten aufgerieben und brannten, die Gesichter schmerzten in der Sonne.

De Rovignant verlangte etwas zu trinken. »Conrath, Sie haben noch eine volle Dose«, sagte er, »ja sogar noch etwas mehr. Und ich? Kaum noch ein paar Tropfen.«

»Wir hatten beide gleich viel«, entgegnete Conrath. »Sie können mich nicht für Ihre Krankheit verantwortlich machen.« Er trank den Rest seiner vorletzten Dose aus und warf sie zwischen das Geröll. De Rovignant hob sie gierig auf, kippte den Kopf nach rückwärts, setzte die Dose an und hoffte auf einen letzten, einen allerletzten Tropfen. Als er die Hand mit der geleerten Dose sinken ließ, hielt Martin Conrath das Kombimesser in der Hand, die lange Klinge herausgeklappt, um damit den Verschluß der letzten Dose zu öffnen. Conrath blickte auf, als de Rovignant plötzlich leicht schwankend vor ihm stand. Er hörte, wie der Franzose die leere Fruchtsaftdose wieder zwischen die Steine fallen ließ. De Rovignant konnte gar nichts anderes denken, als daß das geöffnete Messer ihm galt. Welcher Augenblick wäre günstiger, um ihn, den störenden Zögerer, den Kranken, der zuviel Flüssigkeit verbraucht, der Kräfte kostet und das Tempo verlangsamt, ins Jenseits zu befördern, als dieser an der Schwelle der dritten Nacht, die entweder für beide auf Tod oder für einen von ihnen auf Überleben erkennen würde. Conrath wußte in diesem Moment, daß kein Gericht je begreifen würde, was hier in dieser glühenden Steinwüste in ihm und seinem Gegner vorgegangen war, ehe

Charles de Rovignant plötzlich seine einknickenden Beine in Bewegung setzte. Ob es die fast schon zur Routine gewordene Gewohnheit war, loszumarschieren, wenn die Abendsonne eine Handbreit über dem Horizont stand, ob es die Angst vor der vermeintlichen Lebensgefahr war, angestaute Verzweiflung, beginnender Irrsinn, was de Rovignant plötzlich aus dem Schatten trieb und vorantaumeln, dann torkelnd davonlaufen ließ, würde niemand je erfahren. Martin Conrath raffte sich hoch, in der einen Hand de Rovignants aufgeklapptes Messer, in der anderen die letzte Fruchtsaftdose. Charles, wollte er hinter dem Franzosen herrufen, Rovignant, ich würde es doch niemals tun. Nicht einmal, um mich selbst zu retten, könnte ich einen Menschen töten. Hören Sie, Charles, wenn ich das plante, hätte ich es doch längst getan. Schon als wir noch so viel zu trinken hatten, daß ich allein auf jeden Fall durchgekommen wäre. Das alles wollte Martin Conrath den davoneilenden, stolpernden, taumelnden Narren nachschreien, dessen Silhouette wie in einer tragikomischen Pantomime im mitleidlosen Sonnenlicht auf und ab tanzte, während sie sich weiter und weiter von ihm entfernte. Aber was aus Conraths Kehle kam, klang wie das rauhe Knurren einen Hundes, dem man seinen Knochen wegzieht, und war kaum über die nächsten Meter hin hörbar. Noch während sich Conrath gegen die Erkenntnis wehrte, daß er sich de Rovignant nicht mehr bemerkbar machen konnte, verschwand die schwankende Silhouette des Franzosen plötzlich aus seinem Gesichtskreis. Er hörte nur schwach aus der Ferne das trockene Rutschen von Schutt. Eine dünne, harmlose Wolke Sandstaub stieg ins Sonnenlicht, verbreiterte sich und zerging. Entsetzt ließ Martin Conrath Messer und Dose fallen und rannte de Rovignant nach. Zwanzig Meter, fünfzig, hundert, wie weit hatte die Angst den Franzosen in diesen wenigen Minuten vorangetrieben? Dann hatte Conrath plötzlich keine Felsbrocken und Gesteinstrümmer mehr vor sich, sondern nur noch rötlich schimmernde, in geheimnisvolle Schatten getauchte Tiefe, auf deren Grund kein Sonnenstrahl drang.

Conrath mußte die Hand schirmend über die Augen halten, um abschätzen zu können, wie tief der Abgrund war, in den die Hochterrasse mündete. Er warf sich auf den Bauch, kroch über das immer noch Hitze abstrahlende Geröll weiter nach vorne und starrte hinab. Nichts regte sich mehr dort unten, kein Stein kollerte, kein Stöhnen drang herauf. De Rovignant hatte nicht einmal mehr geschrien, als er abstürzte. Er war völlig entkräftet gewesen. Seinen Leichnam konnte Conrath nirgends entdecken. Er ließ den Kopf auf die Unterarme sinken und schloß die Augen. Ihn überkam zuerst ein Gefühl großer Einsamkeit, doch dann eine unbeschreibliche Erleichterung. Denn jetzt, nach dem Tode de Rovignants, würde er die Golfküste erreichen. Das spürte er.

Als die Sonne des 10. September aus den Weiten der Nefud hinter Martin aufglühte, machte er halt und bereitete die dritte Tagesrast vor. In seinem Auswertungsraum unter den lieblichen Hügeln, die Neapel umgeben, richtete Tom Osborne zur selben Zeit Big Birds starres Teleskopauge von den Flugplätzen, potentiellen Aufmarschräumen und Kasernen des Nahen Ostens weg auf die Gegend, in der vor drei Tagen die Skyservant abgestürzt war. Nach einigem Suchen stellte er dreierlei fest. Zum einen schleppte sich nur noch eine Person mühsam dem sattblauen Blinddarm des Golfs von Aqabah entgegen; zweitens hatte diese Person während der Nacht irgendwo und wahrscheinlich ohne es selbst zu bemerken, die 320 Kilometer lange Straße zwischen den Dörfern Haql und Ash Shayk Humayd überquert; und drittens trennten den Überlebenden nur noch 19 Kilometer Luftlinie von der Ostküste des Golfs.

»There's only one guy left«, sagte Tom Osborne zu seinem Pultnachbarn, der ihm wie jeden Morgen über die Schulter blickte. »Da ist nur noch einer. Oder siehst du den anderen irgendwo?«

Sie veränderten die Einstellung, verlängerten die Brennweite, tasteten die Umgebung ab, aber es blieb bei jener einzelnen Person, die sie dabei beobachteten, wie sie sich hinter einem schattenspendenden Block zum Schlafen niederlegte. Von der Kälte der Nächte und der Hitze der Tage, von den Schmerzen, dem Durst und der Erschöpfung übertrug der Bildschirm nichts in die abgedunkelte Kühle des Auswertungsraums.

»Die wievielte Meldung ist das heute?« fragte Toms Pultnachbar.

»Die vierte. Warum?«

»Und es sucht immer noch niemand nach den Burschen?«

»Es ist nur noch einer«, wiederholte Tom Osborne.

»Eben«, sagte sein Kollege. »Weißt du, was ich allmählich glaube?«

Tom Osborne zuckte mit den Schultern.

»Die lassen die Kerle absichtlich da drüben verrecken. Sieht jedenfalls ganz danach aus, findest du nicht?«

»Geht's dich was an?« fragte Tom Osborne.

»Nein«, kam widerstrebend die Antwort. »Aber trotzdem . . .«

»Kannst du was ändern?«

»Natürlich nicht, verdammt noch mal! Aber einfach zuschauen, wie man Menschen absichtlich verrecken läßt . . .«

»Hör mal«, unterbrach ihn Tom Osborne, »es sieht vielleicht so aus, aber du weißt es nicht genau. Und außerdem sind, seit die Welt besteht, in diesem dreckigen Geschäft Unzählige auf elende Weise umgekommen. Der einzige Unterschied ist, daß du heute dabei zuschauen kannst. Das ist alles. Also mach die Augen zu, denk an deine Gwen und vergiß es.« Und während er wie an jedem Morgen seit dem 7. September Big Bird seine Hochglanzkopien abverlangte, fuhr Osborne fort: »Wer weiß, vielleicht sind das so 'n paar verdammte Iwans oder welche von Arafats Leuten, oder es ist sonstwas mit denen los, wovon wir einen Dreck verstehen. Die da oben werden's schon wissen. Laß es gut sein und mach deinen Job.«

Tom Osborne zog das Telefon zu sich herüber, um wie jeden Morgen seine fernmündliche Meldung über das, was Big Bird ihm zeigte, durchzugeben.

»Was ist denn das für 'n Bursche, mit dem du da immer telefonierst?«

»Keine Ahnung«, sagte Osborne. »Geht mich ja auch nichts an. Und dich ebensowenig. Ursprünglich kriegte ich meine Befehle aus Paris. Mehr weiß ich nicht, und mehr interessiert mich auch nicht.«

Tatsache war, daß man Tom Osborne ein Stichwort zugeteilt hatte, auf dessen Nennung hin ihn die elektronische Vermittlung jeden Morgen mit einer englisch sprechenden Stimme verband, die ihm Fragen stellte und der er dann seine neuesten Beobachtungen übermittelte. Selbstverständlich hatte er darauf bestanden, daß dieses Arrangement von seinem Vorgesetzten bestätigt wurde, denn in diesem Job war schnell eine nicht wieder gutzumachende Panne gestrickt, und Osborne legte Wert darauf, nach jeder Richtung hin abgedeckt zu sein.

Die Verbindung kam zustande wie jeden Tag. Tom Osborne berichtete seinem Gesprächspartner, was Big Bird enthüllte.

»Der Mann schläft jetzt«, antwortete er auf eine entsprechende Frage.

»Welcher ist es?« wollte der Mann am anderen Ende der Leitung wissen.

»Der im dunklen Anzug«, sagte Tom Osborne.

»Allerdings kann man kaum noch Einzelheiten erkennen. Das Gelände und die Person haben fast eine einheitliche Färbung. Das muß am Sand liegen. Solange sie sich in den Felsen aufhielten, war das Bild wesentlich schärfer.«

Toms Gesprächspartner überging diese Feststellung. »Und den anderen können Sie überhaupt nicht mehr entdecken?«

»Nein, Sir.«

»Sie haben das gewissenhaft überprüft?«

»Gewiß, Sir. Wir nehmen an, daß der Mann im hellen Anzug gestern abend oder während der Nacht umgekommen ist.«

»I guess so. So wird's wohl sein.«

Im stillen mußte Tom Osborne seinem Pultnachbarn recht geben. Der kalten und unbeteiligten Stimme war nichts davon anzumerken, ob den Sprecher der Gegenstand ihrer Unterhaltung auch nur im geringsten berührte. Weiß Gott in was für einem Streß solche Burschen stecken, dachte der autoritätsgläubige, überdurchschnittlich zuverlässige Staff-Sergeant. Oder was die alles an Verantwortung um die Ohren haben, vielleicht muß man da wirklich andere Maßstäbe gelten lassen.

Der Mann, über den Tom Osborne nachdachte, residierte in einem Palais aus der Belle Époque, das mit raffiniertesten Mitteln modernisiert war. Über steile, schiefergraue Dachpartien stiegen schlanke Schornsteine empor, herrliche Stuckarbeiten zierten die Fassaden, zu einer stillen Sackstraße hin schloß ein hohes, schmiedeeisernes Gitter mit frisch vergoldeten Spitzen, dessen Tor stets verschlossen war, das Grundstück ab. Der Name der Straße soll aus Sicherheitsgründen verschwiegen werden, aber wenn der Mann, der soeben mit Tom Osborne telefoniert hatte, zum Fenster hinaussah, erblickte er das leuchtende Grüngold der uralten Bäume des Parc Monceau.

Cassyan Combrove freilich schenkte dem wundervollen Herbsttag draußen keine Beachtung. Er saß am Louis XVI.-Schreibtisch seines mit antiken Möbeln eingerichteten Arbeitszimmers und zog die Fotografien, die während der letzten drei Tage aus Neapel eingetroffen waren, zu sich heran. Eine nach der anderen unterzog er sie noch einmal, zeitweise unter Zuhilfenahme einer Lupe, einer eingehenden Prüfung. Endlich legte er den Stapel vor sich auf die Tischplatte und klingelte nach seinem Sekretär. Der junge Mann, ein zweifellos strebsamer Karrierebeamter im tadellosen Straßenanzug, blieb in respektvoller Haltung nahe der mit Goldornamenten geschmückten Tür stehen und wartete auf seine Anweisungen. Es waren nur zwei.

»Es gibt bei der Technucléaire«, klang es fast beiläufig vom Schreibtisch herüber, »zwei Leute in Spitzenpositionen: Paul

Mialhe und Charles de Rovignant. Die Technucléaire, wie Sie wissen, baut Atommeiler für den Irak und verhandelt mit saudischen Stellen insgeheim über das gleiche Projekt . . .«

Der Mann an der Tür nickte. Cassyan Combrove fuhr fort: »Ich möchte einen Bericht über den Gesundheitszustand beider Männer in allen Einzelheiten. Vor allem soweit er verheimlicht und von der ärztlichen Schweigepflicht gedeckt wird.«

»Gewiß, Sir.«

»Und noch etwas: Irgendwo in dieser Stadt wohnt eine Deutsche. Sie heißt Katrin Conrath. Ich will sie so bald wie möglich hier in meinem Zimmer sehen. Sie werden das arrangieren?«

»Selbstverständlich, Sir.«

Der Mann verschwand und zog die Tür hinter sich zu. Combrove erhob sich hinter seinem Schreibtisch, durchquerte den Raum und zog an der rückwärtigen Wand eine weinrote Portiere auf. Dahinter erschien eine überdimensionale Karte des Nahen Ostens, auf der Lage und Bedeutung aller politischen und militärischen Zentren eingetragen waren, darunter solche, von deren Existenz die Weltöffentlichkeit bisher nicht einmal etwas ahnte. Cassyan Combrove wechselte die Brille, senkte den runden Geheimratskopf mit dem ergrauenden, schütteren Haar und suchte mit akribischer Pedanterie im Licht des Strahlers den Ort, auf den Big Birds starres Auge heute morgen gerichtet war.

Unweit vom Ostufer des Golfs von Aqabah lag Martin Conrath im Geröll und versuchte zu schlafen. Aber seine Gedanken hielten ihn davon ab. Er dachte an Cassyan Combrove. Er hatte den Gang der Ereignisse, angefangen von jenem heißen Junitag in der ägyptischen Botschaft in Paris bis zum gegenwärtigen Augenblick noch einmal in allen Einzelheiten nachvollzogen. Die Sicherheit des Fluges war ihnen von den verantwortlichen Stellen ausdrücklich garantiert worden. Die

Saudis hatten nichts gegen einen Informationsflug ägyptischer und britischer Ingenieure einzuwenden gehabt. Die abgestrahlte Radarkennung galt und funktionierte. Die israelische und die US-Luftraumüberwachung waren verständigt und hatten ihr Placet gegeben. Wenn das Flugzeug also mit Raketen beschossen worden war, dann konnte das nur aufgrund einer Panne geschehen sein, oder – und diese Möglichkeit schob sich in Martin Conraths Gehirn immer mehr in den Vordergrund – es handelte sich um wohlüberlegte, kaltblütige Absicht.

Und immer stärker bildete sich in dem Überlebenden nahe dem Ostufer des Golfs von Aqabah die Überzeugung, daß dies der letzte Akt eines gigantischen Zweikampfs war, der ziemlich genau vor fünfunddreißig Jahren seinen Anfang genommen hatte.

2

Das Zelt der Kompaniebefehlsstelle, in der das Feldtelefon klingelte, war zur Hälfte in den noch weichen Erdboden eingegraben. Der Kompaniechef, ein Oberleutnant, nahm selbst den Hörer ab und meldete sich. Sein Hauptfeldwebel, der an den Munitionsbestandslisten des Tages schrieb, blickte auf, als er seinen Vorgesetzten sagen hörte:

»Das darf doch nicht wahr sein.«

Der Gesprächspartner des Oberleutnants war der Bataillonsadjutant, mit dem er sich duzte. Der Feldwebel lauschte den Antworten und Fragen seines Chefs, im Zivilberuf Inhaber eines Herrenbekleidungsgeschäfts in Lüdenscheid, der übrigens zusammen mit dem Feldwebel vier Tage später beim letzten Versuch, die Werman-Linie der Russen zu durchbrechen, fallen sollte. Als zweifle er am eigenen Verstand, schüttelte der Offizier schließlich den Kopf und legte auf.

»Wimberger«, sagte er. »Gehen Sie rüber und holen Sie mir den Conrath. Wie er geht und steht. Den wird es glatt vom Stuhl reißen, den Mann.«

Der Feldwebel verließ das Stabszelt und kehrte nach wenigen Minuten mit dem Unteroffizier Carl Conrath zurück, der trotz der Anweisung des Oberleutnants in seine verschlissene Feldbluse geschlüpft war und die Mütze aufgesetzt hatte. Conrath machte seine Ehrenbezeigung, nahm die Mütze ab und blieb am Eingang stehen.

»Conrath«, begann der Offizier und drehte sich auf der Munitionskiste, die ihm als Sitz diente, ganz zu dem Unteroffizier um. »Sie packen Ihre Sachen, begeben sich zum Troß, holen

dort Ihr großes Gepäck und melden sich beim Schreibstuben-
unteroffizier des Bataillonsstabs. Die stellen schon Ihren
Marschbefehl aus.«

»Urlaub?« fragte der Unteroffizier.

Der Oberleutnant stand auf.

»Nein«, sagte er. »Ein Blitzfernschreiben Ihres Wehrbezirks-
amtes. Sie sind auf Befehl des Führers sofort aus dem aktiven
Wehrdienst zu entlassen und UK zu stellen. Alles Weitere
erfahren Sie direkt vom Bataillonsstab.«

Da Carl Conrath wie betäubt vor sich hinstarrte, fragte der
Oberleutnant: »Haben Sie mich verstanden, Unteroffizier
Conrath?«

»Jawohl, Herr Oberleutnant.«

»Was war doch gleich Ihr Zivilberuf, Conrath?«

»Ich bin Chemiker, Herr Oberleutnant.«

»Ach ja, richtig. Können Sie sich von alldem ein Bild machen?«

»Jawohl, Herr Oberleutnant.«

Der Offizier schwieg einige Augenblicke, wahrscheinlich in
der Hoffnung, Conrath werde ihm Einzelheiten mitteilen. Da
Conrath jedoch beharrlich schwieg, half er nach. »Nun?«

»Wenn das auf eine Führerweisung hin geschieht, bin ich
nicht befugt, Auskunft zu geben, Herr Oberleutnant.«

Der Kompaniechef verschränkte die Arme vor der Brust und
wippte auf den Fußballen, als er weitersprach: »Was es mit
der Chemie auf sich hat, mögen die Götter wissen, Conrath.
Aber jedenfalls hat Ihnen der Führer einen unschätzbaren
Dienst erwiesen. Sie wissen, daß wir übermorgen noch einmal
die Werman-Linie angreifen?«

»Jawohl, Herr Oberleutnant.«

»Und daß deshalb absolute Urlaubssperre verhängt wurde?«

»Jawohl, Herr Oberleutnant.«

»Na schön«, sagte der Offizier. »Sie werden dann also nicht
mehr dabeisein. Dazu kann man Sie nur beglückwünschen.
Sie packen Ihre Sachen . . .«

»Noch heute?«

»Sofort«, entschied der Offizier mit einem Blick auf die Armbanduhr. »Bei Dunkelwerden schicke ich die Munitionswagen los. Da können Sie aufsitzen. Inzwischen schreibe ich einen Brief, den Sie mit nach Deutschland nehmen.«

»Jawohl, Herr Oberleutnant.«

»Und jetzt stehen Sie bequem, Conrath.«

In diesem Augenblick fuhr ein feines, messerscharfes Winseln durch die Luft, gefolgt von drei- oder viermaligem krachendem Einschlag in einiger Entfernung und von dem Geräusch splitternd niederstürzender Äste und Stämme. Der Feldwebel steckte vorsichtig den Kopf hinaus. »Der Iwan ist nervös, tastet schon wieder die Gegend ab, Herr Oberleutnant«, meldete er.

»Hoffentlich haben die nicht Wind von unserem geplanten Angriff bekommen«, sagte Conrath.

»Das kann Ihnen doch jetzt gleichgültig sein«, erwiderte der Oberleutnant. »Warum schlagen Sie eigentlich seit Jahren die Reserveoffizierslaufbahn aus, Conrath?«

»Es gibt da gewisse Hindernisse«, gestand Conrath nach kurzem Zögern. »Ihr Vorgänger wußte davon, Herr Oberleutnant. Die einschlägigen Unterlagen sind beim Bataillon. Aber mein Fall kann Ihnen ja jetzt gleichgültig sein, wie mir der bevorstehende Angriff.«

Von draußen drang wieder das dünne, von einer Detonation gefolgte Winseln des russischen Störfeuers herein.

»Na schön«, sagte der Oberleutnant. »Machen Sie sich fertig, und melden Sie sich anschließend bei mir ab.«

Als Carl Conrath das Stabszelt verlassen hatte, wandte der Offizier sich an seinen Hauptfeldwebel. »Haben Sie eine Ahnung, was da anliegt?«

»Sie meinen die Freistellung?«

»Nein, das Hindernis.«

»Er hat eine jüdische Frau«, sagte der Feldwebel und machte sich wieder an seine Munitionsbestandslisten, um das letzte Tageslicht auszunutzen. Der Oberleutnant schüttelte den Kopf. »Sorgen haben die. Leutnant darf er nicht werden. Aber der Führer läßt ihn freistellen, bloß weil er Chemiker ist. Was soll man davon halten?«

»Daß die Sache, wegen der er freigestellt wird, sehr wichtig ist, Herr Oberleutnant. Wichtiger als denen ihr Judenfimmel. Die Ehe war übrigens schon privilegiert, als er voriges Jahr zum Bataillon kam. Ich habe läuten hören, als ob Conrath an der Konstruktion von Raketen beteiligt ist, mit denen sie in Berlin den Krieg gewinnen wollen.«

Der Oberleutnant schüttelte wieder den Kopf.

»Sorgen haben die«, wiederholte er. »Mit der Offensive auf den Nachschubhafen der Russen bleiben wir liegen, die Engländer fangen an, unsere Städte in Schutt zu legen, demnächst führt Amerika Krieg gegen uns, und in Berlin haben sie nichts anderes zu tun, als sich um jüdische Ehefrauen zu kümmern.«

Carl Conrath packte seine Sachen, bestaunt und beneidet von seinen Kameraden. Briefe wurden geschrieben und Grüße aufgetragen, und bei einsetzender Dämmerung brach Carl Conrath feldmarschmäßig aus der Stellung auf, um seinem Führer einen weit wertvolleren Dienst zu leisten, als sich mit einer Infanteriegeschützkompanie des XXXVI. Armeekorps in den düsteren, melancholischen Fichtenwäldern Nordkareliens sinnlos verheizen zu lassen. Er ließ sich seine Erleichterung nicht anmerken, als er auf der pferdebespannten Protze kauerte und darauf lauschte, wie das dünne Winseln und satte Krachen hinter ihm leiser und leiser wurden. Dunkel standen die Wälder ringsumher, halb verborgen darin die zusammengeschossenen Blockhausbunker der Russen, die die deutschen Truppen auf ihrem Vormarsch bis zum endgültigen Halt an der Seensperre des Werman erobert hatten. Rechts und links der ausgefahrenen Erdstraße lagerten getarnte Trosse und Stäbe. Es roch nach Holzrauch, Pferdemist und Ozon. Eine Front am Ende der Welt. Unteroffizier Carl Conrath erhielt beim Bataillonsstab seinen Marschbefehl ausgehändigt, fuhr, behängt mit Gepäck, Karabiner, Stahlhelm und Gasmaske, weiter, nächtigte in einer Baracke beim Feldflugplatz der Jägerstaffel von Alakurtti, um am nächsten Morgen mit einer Kuriermaschine der Luftwaffe die Heimreise nach Deutschland anzutreten. Das Flugzeug brachte ihn nach der Stadt Turku. Dort bestieg Conrath einen Frachter, der Nachschub für die finnische Front geholt hatte und nun Verwundete nach Swinemünde transportierte. Conrath war einer der ganz wenigen, die keiner ärztlichen Betreuung bedurften. Er stand am Heck, beobachtete das Kielwasser und sah Hafen und Stadt langsam verschwinden. Ein Lebensabschnitt war für ihn zu Ende. Zwar trug er noch die Uniform, war noch Angehöriger der Wehrmacht, aber das bedeutete nur noch eine leere, formelhafte Hülle. Mechanisch erwies er den verwundeten Offizieren und den Militärärzten an Bord seine Ehrenbezeigungen. Es befriedigte Carl Conrath zutiefst, daß nicht einer von ihnen ahnte, welche Wendung sein Leben in kurzer Zeit nehmen würde. Und in der Tat wußte an Bord des Dampfers »Kolberg« niemand, nicht einmal Conrath selbst, daß der Führer mit ihm einen Ingenieur vom Wehrdienst freigestellt hatte, dessen Vorarbeiten es den Amerikanern knapp zwanzig Jahre später ermöglichen sollten, zur Eroberung des Weltalls aufzubrechen.

In Swinemünde betrat er deutschen Boden. Ein Schnellzug brachte ihn nach Berlin, wo er am Stettiner Bahnhof von seiner Frau Ruth und seinem Sohn Martin begrüßt wurde, der damals dreizehn Jahre alt war. Als Fronturlauber mit Marschgepäck konnte er zu dieser Zeit sogar noch ein Taxi ergattern, das die Familie zu dem Bürgerhaus am Lützowplatz brachte, in dem die Conraths eine Vierzimmerwohnung im zweiten Stock besaßen. Ruth Conrath war von der Rückkehr ihres Mannes von der Eismeerfront nicht überrascht.

»Ich wußte es schon, bevor du aus Stettin angerufen hast«, sagte sie, als das Taxi die Siegessäule umrundete und nach Süden in den Tiergarten einbog, den die gepflegten Bauten fast aller ausländischen Missionen säumten.

»*Woher* wußtest du es denn?« fragte Conrath.

»Man hat zweimal angerufen, einmal das Ministerium und einmal die Luftwaffe. Ich weiß nicht genau, wer dich sprechen wollte. Aber sie melden sich wieder. Und außerdem sind zwei Briefe vom Wehrbezirkskommando für dich gekommen. Es war also nicht schwer zu erraten, daß du bald vor der Tür stehen würdest. Was hat das alles zu bedeuten, Carl?«

»Ich werde entlassen«, sagte Carl Conrath trocken.

Sein Blick fiel durch die Bäume auf die Umrisse einer riesigen Baustelle, die sich brutal mitten in die herrlichen Parkanlagen fraß.

»Was wird denn das?«

»Wie es heißt, eine riesige Flakstellung für die schwersten Geschütze. Es wird alles hochbetoniert. Im Humboldt-, im Friedrichshain und in der Hasenheide sind auch solche Baustellen. Dabei sind wir doch gar nicht angegriffen worden.«

Carl Conrath sah seine Frau eine Weile schweigend an.

»Die werden schon wissen, wat se machen«, mischte der Taxifahrer sich ein, ohne den Kopf zu wenden. »Schließlich is' der Hermann Meier ja im Wort, wa?«

Carl Conrath verstand diese Andeutung nicht, doch sein Sohn klärte ihn auf: »Reichsmarschall Hermann Göring hat versichert, er wolle Meier heißen, wenn auch nur ein einziges feindliches Flugzeug über die Reichsgrenzen kommt.«

»Und nu' sind et schon 'n paar hundert jeworden«, meinte der Taxifahrer. »Dabei hat der Reichsmarschall sich noch nich' mal entschieden, wie er jeschrieben werden will. Mit ei, ai, ey oder ay.« Der Mann drehte kurz den Kopf nach hinten und lachte. »Da jibt et nu' nischt wie vorsorjlich die Flak in Stellung bringen, wa?«

»Sie dürfen nicht so über den Reichsmarschall reden«, rief Martin aufgebracht. »Er war im Weltkrieg ein tapferer Flieger. Ich habe ein Buch darüber gelesen.«

»Is' schon jut, mein Junge. War nich' so jemeint«, beschwichtigte ihn der Taxifahrer. »Ihr braucht eben eure Vorbilder, wa? Damit wir nich' noch mal so baden jehn, wie's letzte Mal. Na, ordentlich de Russen verhaun, Herr Unteroffizier?«

»Wir sind vor Murmansk steckengeblieben«, antwortete Conrath abwesend. »Sie können sich nicht vorstellen, was da los ist. Nichts als Dreck, Sumpf, Mücken und Leichen.«

»Det is' nur vorüberjehend«, sagte der Taxifahrer begütigend. »Unsere ham vorjestern Kiew jenommen. Und auf Moskau rücken se ooch vor. Det is' nur vorüberjehend. Und det is' ja ooch nur 'n Nebenkriegsschauplatz da oben.«

»Hast du auch ein Eisernes Kreuz, Vati?« wollte der Junge wissen.

»Nein, Martin.«

»Schade«, schmollte der Junge. »Dem Kai sein Vater, der hat eins. Aber wenn du jetzt entlassen wirst, dann kannst du ja auch keins mehr kriegen.«

»Vati ist auch ohne Eisernes Kreuz ein guter Soldat«, sagte Ruth.

»Aber an einem Eisernen Kreuz sieht man, daß einer tapfer ist«, entgegnete Martin, und seine Mutter war froh, daß der Wagen soeben den Lützowplatz erreichte.

»Wie war doch jleich die Nummer?« fragte der Fahrer.

»Elf«, sagte Carl Conrath.

In der Wohnung hatte sich nichts verändert. Nur die Fenster waren durch häßliche Verdunkelungsvorrichtungen verunstaltet. An den Hausmauern wiesen große Pfeile auf die Eingänge der Luftschutzräume hin, und im Treppenhaus prangten Plakate mit Verhaltensregeln bei Luftangriffen. Aber noch konnte man in Berlin beinahe ruhig schlafen. Für Carl Conrath war es fast eine kultische Handlung, als er in dem altmodisch geräumigen Badezimmer die Uniform der Wehrmacht des Großdeutschen Reiches auszog, in dem Bewußtsein, daß es zum vorletzten Male geschah. Während er sich Dreck und Schweiß vom Körper wusch, fiel ihm ein, daß an der Front, von der er kam, zwischen Alakurtti und Kandalakscha, in diesen Minuten der Angriff des Korps anrollte. Wenn sie nur nicht wieder liegenbleiben, dachte Conrath und versuchte sich vorzustellen, was in diesen Stunden mit seinen Kameraden geschah.

Später, als der Junge schon im Bett war, saßen Conrath und seine Frau bei abgedunkeltem Licht in der anheimelnden Küche. Sie ging auf den Hof hinaus, und so brauchte Ruth hier nicht die wichtigtuerischen, herrischen Stimmen zu fürchten, die von der Straße her »Licht aus« schrien, sobald irgendwo ein heller Schimmer sichtbar wurde.

»Ich habe mich sehr nach dir gesehnt«, flüsterte Ruth.

»Ist es schwer?« fragte Carl Conrath.

»Es geht«, sagte Ruth. »Du bist ja Frontsoldat, und da halten sie sich zurück. Aber die anderen werden mehr und mehr schikaniert. Mit einer engstirnigen Kleinlichkeit, die du dir gar nicht vorstellen kannst. Juden dürfen keine Straßenbahn benutzen, sich auf keine Parkbank setzen, keine öffentliche Badeanstalt besuchen, keinen Volksempfänger kaufen, kein . . .«

»Sei still, Ruth, um Gottes willen«, sagte Conrath.

»Nein, Carl«, widersprach seine Frau. »Hör es dir nur an, damit du weißt, wofür ihr eure Opfer bringt, da draußen an der Front.«

»Ich weiß es auch so, Ruth«, antwortete Carl. »Seit ich das ›J‹ in deinem Paß gesehen habe, weiß ich genug. Aus der Revolution der Spießbürger von damals ist der Terror von Verrückten und Verbrechern geworden. Du brauchst mir nichts zu sagen. Wie steht es mit dem Jungen?«

Über Ruth Conraths verhärmtes, aber immer noch schönes Gesicht mit den ausdrucksvollen braunen Augen glitt der Hauch eines Lächelns.

»Den Jungen habe ich bis jetzt aus allem raushalten können. Er ist immer noch auf der Privatschule in Wilmersdorf und weiß von nichts. Aber du hast ja gehört, was er dort für Redensarten lernt.«

»Das muß man vielleicht in Kauf nehmen«, murmelte Carl Conrath.

»Aber wie lange noch?« fragte Ruth. »Noch ist ja alles nicht so schlimm. Nur, wie lange wird das so bleiben? Sie ziehen die Schraube so systematisch enger und enger, daß ein ausgeklügeltes Programm dahinterstecken muß.«

»Das Parteiprogramm aus dem Jahre 1920«, sagte Carl Conrath.

»Nein, Carl«, widersprach Ruth. »Damit ist es nicht getan, glaub es mir. Die belassen es nicht bei rhetorischem Geschwätz. Die machen ernst.«

Ruth hatte sich bisher beherrscht, aber plötzlich brach ihre mühsam aufgebaute Selbstdisziplin zusammen, und schluchzend barg sie ihr Gesicht an der Schulter ihres Mannes. »Ich habe so furchtbare Angst«, klagte sie. »Wenn man das alles Monat für Monat mit sich alleine abmachen muß, Carl . . . Die Zukunft liegt vor mir wie ein drohender Abgrund. Und manchmal kommt sie mir vor wie die Hölle. Oder kannst du dir vorstellen, daß diese Kerle beim Verbot von Volksempfängern und Badeanstalten haltmachen?«

Carl Conrath wischte seiner Frau die Tränen ab.

»Du bist jetzt nicht mehr alleine, Ruth. Ich bin wieder da und helfe dir.«

Ruth Conrath hob den Kopf und richtete sich auf. Sie strich sich die Haare aus der Stirn und versuchte vergeblich, die Tränen zurückzuhalten. »Aber wie wird es sein, wenn du ab jetzt kein Frontsoldat mehr bist?« fragte sie, ratlos ihr Taschentuch in der Hand knüllend. »Wird dann nicht alles viel schlimmer für uns?«

»Ruth«, antwortete Carl Conrath. »Ich bin auf Weisung des Führers freigestellt worden. Die wissen, daß ich in einer Mischehe lebe. Wenn sie trotzdem diesen Schritt getan haben, dann brauchen sie mich. Dann haben sie gemerkt, daß das Wasser steigt, daß es ihnen an den Kragen geht und daß sie das Strahltriebwerk- und Raketenprogramm doch durchführen müssen, das sie nach dem Polenfeldzug so großmäulig kaltgestellt haben. Ich kann mir vorstellen, daß die Versuchsserie jetzt oben in Anklan mit Hochdruck vorangetrieben werden soll und daß Dornberger oder von Braun mich angefordert haben, weil ich ihnen für einen wichtigen Teilbereich die Schlüsselkenntnis liefern kann.« Carl Conrath faßte seine Frau beschwörend an beiden Schultern. »Beruhige dich, Ruth. Wir haben das Schlimmste überstanden. An dir kann sich in Zukunft keiner mehr vergreifen und an dem Jungen auch nicht. Das verspreche ich dir.«

Es gelang Ruth Conrath schließlich, ihre Fassung zurückzugewinnen. Noch einmal fuhr sie sich mit dem naßgeweinten Taschentuch über das Gesicht, dann steckte sie es ein.

»Und wie wird das alles einmal enden, Carl?« fragte sie. Ihr Mann beugte sich unter der tiefhängenden, abgeschirmten Lampe zu ihr hinüber. »Was ich jetzt sage, darf niemals ein Dritter erfahren, Ruth. Das sage ich nur dir, und du vergißt es, sobald du es gehört hast: Die Nazis haben ihren Krieg schon verloren. Und sie wissen es auch. Uns steht ein Inferno bevor. Aber am Ende werden sie untergehen.«

»Woher willst du das wissen, Carl? Sie marschieren auf Moskau. Und sie haben Kiew eingenommen.«

»Sie werden vielleicht noch mehr erobern«, sagte Carl Conrath. »Napoleon ist auch auf Moskau marschiert. Aber ich habe eine Offensive gesehen, die liegenblieb; die erste in diesem Krieg; eine, von der die Zivilbevölkerung niemals etwas gehört hat. Ich habe Russen gesehen, die mit den Zähnen auf uns losgegangen sind, bevor sie in ihren Bunkern totgeschlagen wurden, kein Wehrmachtbericht hat je etwas davon erwähnt. Dieser Amateurfeldherr unterschätzt alles, mit Ausnahme seiner eigenen Person. Der Krieg kann nur in eine Katastrophe münden, glaub es mir.«

»Wie lange wird es noch dauern, Carl? Werden wir das durchhalten? Juden müssen sich seit kurzem durch einen gelben Stern erkennbar machen.«

»Was sagst du da?« Carl Conrath richtete sich im Sitzen auf, und Ruth sah, wie er vor Zorn rot anlief.

»Du wirst keinen solchen Stern tragen, Ruth.«

»Bis jetzt sind Mischehenjuden von dem Erlaß ausgenommen, Carl. Aber wie lange noch?«

»Es ist ein Wettlauf gegen die Zeit«, antwortete ihr Mann. »Überleben ist alles, was zählt. Ich habe mir in Karelien Gedanken über die Zukunft gemacht. Ich möchte Claire bitten, den Jungen zu sich nach Krumbach zu nehmen und dort auf die Schule zu schicken. Dann ist er hier aus der Schußlinie, und wir haben Bewegungs- und Entscheidungsfreiheit.«

Claire Conrath, die Witwe von Carls verstorbenem älteren Bruder, lebte zurückgezogen in Oberfranken. Sie war eine resolute Vierzigerin, die sich um Politik nicht kümmerte. Claire hatte zwar das Herz auf dem rechten Fleck, war aber andererseits nicht frei von der begründeten Angst des Durchschnittsmenschen, in dieser aus den Fugen geratenen Zeit zwischen die Mühlsteine zu geraten.

»Glaubst du denn, Claire wäre einverstanden?« fragte Ruth skeptisch.

»Bis heute war ich darüber natürlich auch im Zweifel, Ruth. Aber jetzt, wo wir die Autorität des Führers im Rücken haben, kann ich es ihr vorschlagen. Ich werde sie morgen anrufen. Mir steht noch Urlaub zu. Vielleicht können wir das alles ordnen, bevor mein neuer Dienst beginnt.«

Etwas von Carl Conraths Entschlossenheit, aus einer günstigen Position heraus den Dämonen die Stirn zu bieten, strömte auf seine Frau über. Ein wenig Zuversicht kam auf in der nächtlichen Küche, umflossen vom Lichtschein der abgeschirmten Lampe, die weltferne Abgeschiedenheit suggerierte. In dieser Nacht gab es keine Einflüge, weder auf Berlin noch auf Hamburg oder das Ruhrgebiet. Der dunkle Himmel blieb still, wolkenverhangen und friedlich. Sie sahen beim Schein der Lampe die Briefe durch, die angekommen waren, und fanden darin bestätigt, was Carl Conrath schon vermutet hatte. Die Behörden maßen der Aufgabe, um derentwillen man den Unteroffizier Carl Conrath von der Front zurückgeholt hatte, große Wichtigkeit bei. Eine handgeschriebene Notiz Ruths, die unter die Papiere geraten war, erinnerte daran, daß Arthur Stoeßner zweimal angerufen und nach Carl gefragt hatte.

»Oberst hat er gesagt«, erklärte Ruth, die Arthur Stoeßner bei einem Abendessen in einem renommierten Restaurant kennengelernt hatte, damals vor zwei Jahren, als die Mannschaft für die Peenemünder Projekte zum erstenmal zusammengetroffen war. Zu der Zeit war Arthur Stoeßner noch Major gewesen und hatte Ruth zur Begrüßung und beim Abschied artig die Hand geküßt. Auf dem Heimweg hatte Ruth ihren Mann nach der Rosette des hellroten Ordensbandes gefragt, die aus dem Knopfloch seiner rechten Brusttasche blühte.

»Diese Burschen nennen das den Blutorden«, hatte Carl geantwortet. »Den bekamen die Haudegen, die 1923 in München mit dabei waren, als es mit Hitler zum erstenmal schiefging. Wer damals überlebt hatte, bekam dieses Band.«

Ruth betrachtete den Zettel in ihrer Hand. »Ein gutes Zeichen oder ein schlechtes, Carl?« fragte sie. »Das sind doch die ältesten der alten Kämpfer?«

Carl Conrath zuckte mit den Schultern. »Nur ein Zeichen, daß Stoeßner auch an der Ostsee wieder mit von der Partie ist.«

»Weiß er etwas davon, wie es mit uns steht?«

»Keine Ahnung. Wie war er denn am Telefon?«

»Wie damals. Gnädige Frau hin und gnädige Frau her. Höflich, ein bißchen polterig, ungeduldig auf dein Kommen.«

Arthur Stoeßner, Jahrgang 1890, war ein Landsknecht von Geburt und von Statur, unfähig, ein friedliches, bürgerliches Leben mit gemäßigten Ansichten zu führen, überzeugt davon, daß Gerechtigkeit nur mit Waffen herbeizuführen sei und daß die Sache, für die er die Waffen führte, automatisch auch die gerechte sei. Er gehörte zu denen, die erst spät begriffen hatten, daß es mit dem deutschen Kaiserreich auch ohne den Dolchstoß von 1918, an dessen Legende er fest glaubte, zu Ende gewesen wäre, und die sich demnach mit der Republik, welche der Ignoranz der Monarchie zwangsläufig folgte, nie hatten anfreunden können. 1912 schon Leutnant, 1916 Kompaniechef vor Verdun, 1918 im Stabe einer Division, 1919 im Baltikum, 1921 in der Schwarzen Reichswehr, 1923 mit Ludendorff und Hitler vor der Feldherrnhalle; danach im Untergrund; 1929 wieder in der Reichswehr, 1935 Übernahme in Hitlers neue Luftwaffe, 1936 Major, 1939 Oberstleutnant, 1941 Kommandeur einer Flakbrigade im Osten, Panzerbrecher, Festungsknacker, Oberst und Ritterkreuzträger und noch immer davon überzeugt, der gerechten Sache zu dienen. Dieser Mann also hatte zweimal nach Carl Conrath gefragt, und Ruths Skepsis ihm gegenüber war, ungeachtet des Handkusses vor zwei Jahren, nur allzu verständlich. Es gab unzählige Stoeßners in der Wehrmacht, und viele von ihnen waren zu Hermann Görings Luftwaffe übergewechselt, weil ihnen die Liberalität, die der offene Kragen versprach, mehr zusagte als der zopfige Kastengeist der vom Adel beherrschten Feldgrauen. Sie waren ungebärdige, bramarbasierende große Kinder, von ebenso eiserner Charakterstärke wie Prinzipienstarre; mit einem Wort, die Avantgarde, welche die borniert Siegermächte von 1919 auf den Weg geschickt hatten, um zwangsläufig einem Hitler zur Macht zu verhelfen.

Ein Mann wie Oberst Arthur Stoeßner wohnte in Berlin in aller Regel im zentral gelegenen Hotel am Steinplatz, das zwar die Bombennächte und Endkämpfe des Zweiten Weltkrieges, nicht aber die Korruptionswellen der Nachkriegszeit überlebt hat. Ruth Conrath hatte die Telefonnummer notiert. »Ich rufe ihn morgen an. Aber erst, wenn ich aus der Wehrmacht entlassen bin«, sagte Carl Conrath.

»Du hast eine ganze Menge vor in den paar Tagen, die dir vielleicht nur bleiben«, meinte Ruth.

Am nächsten Tag erschien der Unteroffizier Carl Conrath auf dem Wehrbezirkskommando, gab sein Soldbuch und seine Erkennungsmarke ab und erhielt seinen berichtigten Wehrpaß und sein Entlassungsschreiben ausgehändigt, wonach er sich wieder als Zivilist mit Anspruch auf die Verpflegungssätze für Normalverbraucher zu betrachten hatte. Er fuhr zurück in seine Wohnung am Lützowplatz und zog zum wirklich allerletzten Mal seine Uniform aus. Als er sich anschließend bei Oberst Stoeßner telefonisch anmeldete, verwendete er wieder seinen bei der Wehrmacht unterschlagenen Doktortitel.

Zum Steinplatz fuhr er mit der Straßenbahn. Im dämmrigen Hintergrund der Hotelhalle wartete Stoeßner schon auf ihn. Mächtig und fliegerblau mit roten Kragenspiegeln und schimmernden Orden erhob sich der Offizier aus einem tiefen Ledersessel, um Conrath entgegenzugehen. Die Begrüßung zwischen dem Zivilisten und dem Offizier war kameradschaftlich. Conraths Schultern wurden Opfer schwerer Attacken der beringten Pranken Stoeßners, Kognak wurde augenzwinkernd geordert und stillschweigend doppelstöckig gebracht, denn das Personal wußte, was man Görings Garden schuldig war. Und außerdem bezahlten die Herren gut. Schließlich versank auch Dr. Conrath in einem der tiefen Ledersessel und ließ sich von Oberst Stoeßner mit gedämpfter Stimme erzählen, wie man ihn vor Smolensk von seiner siegreichen Brigade weggeholt habe. Auch er war nach Peenemünde versetzt.

»Die militärische Abteilung der Flugkörpererprobung ist der Luftwaffe unterstellt und mir anvertraut worden. Obwohl ich mich in Rußland beim stürmischen Vormarsch ganz in meinem Element gefühlt habe, konnte ich natürlich mein neues Kommando nicht ablehnen, denn schließlich handelt es sich ja um die Geheimwaffe, mit welcher der Führer den Krieg gewinnen wird, nicht wahr, mein lieber Conrath? Und das auch noch schnell, wenn ihr Wissenschaftler eure Pflicht tut. Was haben Sie denn so getrieben, seit wir uns das letzte Mal ... Ach so, ja, richtig, Infanterie, nicht wahr? Unteroffizier, aha, soso.«

Carl Conrath berichtete dem Offizier leidenschaftslos von den Sümpfen Nordkareliens, aus denen man die Leichen der Gefallenen nicht mehr bergen konnte, von liegengebliebenen Offensiven, vom verzweifelten Kampf Mann gegen Mann um jeden einzelnen russischen Blockhausbunker, von der Abgeschnittenheit von Bahn und Hafen und von der Lethargie, welche die Truppe überfallen hatte. »Gerade jetzt«, Dr. Conrath sah auf die Uhr. »Gerade jetzt rollt wieder ein Angriff des Korps. Aber ich habe so meine Zweifel.«

Zu diesem Zeitpunkt waren der Oberleutnant, sein Hauptfeldwebel und viele der Kameraden, die ihm Briefe an Zuhause mitgegeben hatten, schon tot, lagen gefallen in den Sümpfen, aus denen ihre Leichen nicht geborgen werden konnten. Nur, Dr. Carl Conrath wußte das noch nicht.

»Na, Conrath«, dröhnte der Oberst, nachdem er einige Sekunden lang aus dem Konzept gebracht geschwiegen hatte. »Na, Conrath, dann können Sie ja eigentlich nur heilfroh sein.«

»Bin ich auch, Oberst Stoeßner, bin ich auch. Ich bin riesig froh, an einem Projekt mitzuarbeiten, das uns hilft, den Krieg zu gewinnen. Und das auch noch schnell.«

Der Oberst bot ihm an, ihn am übernächsten Tag, wenn sein neuer Dienstwagen zur Verfügung stehe, mit an die Ostseeküste zu nehmen. Conrath nahm dankend an. Der Oberst verabschiedete sich mit einem höflichen Gruß an die gnädige Frau. Als Conrath auf die Straße trat, dämmerte schon der Abend über der Stadt. Es war bedeckt und regnete leicht. Wieder verstrich die Nacht in trügerischer, einlullender Ruhe, die viele hoffen ließ, daß vielleicht alles gar nicht so schlimm sei.

Von zu Hause aus telefonierte Carl Conrath mit seiner Schwägerin Claire, die sich nach einigen Rückfragen bereit erklärte, über seinen Vorschlag nachzudenken, sobald Carl Näheres über die Rücksichten seitens der Behörden sagen könne, mit denen in seiner neuen Stellung zu rechnen sei. Carl müsse sie verstehen. Verschwinden lassen könne man Martin nicht. Die Schule besuchen müsse er nun einmal, und mit den geltenden Gesetzen wolle sie nicht in Konflikt geraten, auch wenn diese Gesetze verbrecherisch seien. Als Carl und Ruth sich später über dieses Gespräch unterhielten, brachten sie für Claires Standpunkt sogar Verständnis auf. Noch war Martin ja auch in keiner Weise bedroht. Sie beschlossen also, dem Jungen vorerst nichts zu sagen und das Abkommen mit Claire zu regeln, sobald sie über nähere Informationen verfügten.

Ganz ohne Hintergedanken geschah es nicht, daß Dr. Conrath dem Oberst vorschlug, die Fahrt an die Ostsee am Sonntag anzutreten. Der Offizier willigte ein, und sie verabredeten, daß Stoeßner ihn um 9.30 Uhr an seiner Wohnung abholen solle. Auf diese Weise konnte die ganze Nachbarschaft sehen, daß der riesige, blaugrau gespritzte Horch mit einem Stander vor dem Haus anhielt, in dem die Conraths wohnten. Ob Hausmeister, Blockleiter, Kirchenbesucher oder Spaziergänger, die zum nahen Tiergarten unterwegs waren, sie alle beobachteten, wie der Fahrer, ein Wachtmeister der Flakartillerie, aus dem Wagen sprang, in strammer Haltung die Fondtür aufriß und den Oberst aussteigen ließ. Stoeßner schritt mit auf dem Rücken verschränkten Armen den Gehsteig ab, während der Unteroffizier läutete, im Haus verschwand und nach einiger Zeit mit Dr. Conraths Koffern wieder erschien, gefolgt von Conrath, seiner Frau und seinem Sohn. Jeder sah, wie der ordengeschmückte, riesige Offizier vor Ruth Conrath salutierte, sie mit einer galanten Verbeugung begrüßte und Martin übers Haar strich, bevor er Carl Conrath die Hand schüttelte, wie der Wachtmeister das Gepäck verstaute und dann neben der Fondtür wartete, während sein Chef sich mit Ruth und dem Jungen unterhielt. Mit der ihm eigenen, etwas hölzernen Herzlichkeit verabschiedete Oberst Stoeßner sich schließlich von Ruth und Martin und legte Conrath auffordernd die Hand auf den Arm, worauf Conrath als erster den Wagen bestieg. Der Fahrer schlug die Tür zu, setzte sich hinters Steuer und startete den Wagen, dem Ruth und Martin nachwinkten, bis er um die Ecke verschwand. Das war ein Schauspiel. Sogar den Blutorden hat er gehabt, und gesprochen hat er mit den Conraths wie mit seinesgleichen. Einer wollte sogar das goldene Parteiabzeichen an seiner Brust bemerkt haben. Gestern war er doch noch ein simpler Unteroffizier, der Conrath, und heute ließ ihn so ein hohes Tier vor sich in den Dienstwagen steigen und von einem Wachtmeister seine Koffer tragen. Die einen, die den Vorfall mit eigenen Augen gesehen hatten, fragten sich, ob denn wirklich alles stimme, was über die Conraths geflüstert wurde, die anderen verstanden die Welt nicht mehr. Stracks setzten sich die kleinen Spitzel und Denunzianten des SD in Bewegung, um ihre

Beobachtung kopfschüttelnd an ihre Auftragsstellen weiterzuleiten. Einige freuten sich und begannen wieder an das Gute im Nationalsozialismus zu glauben, während Martin mit seiner Mutter die Treppe hinaufstieg und strahlte, weil sein Vati wenigstens einen Freund hatte, der das Eiserne Kreuz besaß.

Als Oberst Stoeßners Dienstwagen das Weichbild der Stadt verlassen hatte, fuhr er durch dunkle Kiefernwälder und vorbei an blauschimmernden Seen. Der schöne Herbstsonntag hatte viele Berliner ins Freie gelockt, die auf Fahrrädern oder zu Fuß Erholung suchten. Als man die Dörfer Wandlitz und Klosterfelde passiert hatte, wandte Carl Conrath sich an seinen Begleiter mit der Frage: »Wissen Sie eigentlich, daß meine Frau Jüdin ist, Herr Oberst?«

»Sie sind kein Unteroffizier mehr«, sagte der Oberst. »Lassen Sie den Dienstgrad weg und nennen Sie mich Stoeßner. Wir ziehen am gleichen Strang, Sie und ich. Und so redet es sich leichter.«

»Sie haben mir noch nicht geantwortet«, sagte Conrath.

»Natürlich weiß ich das. Ich wußte es bereits, als wir zusammen zum ersten Peenemünder Aufguß kommandiert waren. Es ging damals schon darum, was wichtiger sei, Ihre Kenntnisse und Erfahrungen oder die Tatsache, daß Sie unpassend verheiratet sind. Sie wissen, wie man sich entschieden hat, sowohl damals wie heute.«

»Sie haben meine Frau behandelt wie Ihre eigene.«

»Den Luxus einer eigenen Frau kann ich mir nicht leisten«, sagte der Offizier lachend. Carl Conrath aber blieb ernst.

»Die meisten Leute würden sich davor drücken, überhaupt mit ihr gesehen zu werden«, sagte er so niedergeschlagen, daß der Oberst ihm das Gesicht zuwandte.

»Ich bin noch niemals ein Duckmäuser gewesen, Conrath, der sein Verhalten danach ausrichtet, was gerade erwünscht oder unerwünscht ist. Ich kann es mir leisten, meinem eigenen Ich treu zu bleiben. Und außerdem finde ich Ihre Frau äußerst scharmant.«

»Ich weiß gar nicht, wie ich Ihnen danken soll«, sagte Conrath.

»Überhaupt nicht«, antwortete Oberst Stoeßner. »Weil das für einen Ehrenmann selbstverständlich ist.« Er rückte auf dem Fondsitz näher an Conrath heran. »Ich bin damals zur Partei gestoßen«, sagte er, »weil die als einzige verhindert hat, daß alles, was uns heilig war und wofür wir gekämpft hatten, in den Dreck gezogen wurde. Wir waren für die Wiederherstellung von Deutschlands Ehre, Größe und Macht, und nicht dafür, unschuldige und ungefährliche Menschen zu schikanieren.«

»Aber den Antisemitismus hatte die Partei doch von Anfang an in ihrem Programm«, entgegnete Conrath.

»Ich muß Ihnen gestehen, daß ich dieses Programm erst gelesen habe, nachdem ich längst unterschrieben hatte. Und dann – solchen Mumpitz hatten die Parteien dutzendweise in ihren Programmen.«

»Sie wollen damit sagen, daß Sie es nicht ernst genommen haben«, ergänzte Conrath.

»Genau«, antwortete der Offizier. »Niemand hat es ernst genommen, und den meisten war es auch egal, weil alles andere wichtiger war. Die Juden waren das letzte, woran damals einer dachte. Wenigstens mir ging es so.«

»Und als dann die Nürnberger Gesetze kamen?« forschte Conrath.

»Ich war nicht damit einverstanden«, antwortete Stoeßner. »Aber ich befand mich damals mitten im Aufbau meiner zweiten militärischen Karriere. Ich bin mit Haut und Haaren Soldat, wissen Sie. Der Aufbau der neuen Wehrmacht verdrängte bei mir alles andere. Der Führer wird schon wissen, was er tut, dachte ich mir. Und viele meiner Kameraden dachten genauso. Wenn der Führer der Meinung ist, der Einfluß einer kleinen Minderheit würde zu groß, dann muß man deren Macht eben stutzen.«

»Und das Problem hat Sie ja auch nie direkt betroffen, nicht wahr?«

»Das kam hinzu«, räumte der Oberst ein. »Es ging uns gar nichts an. Aber daß jetzt untergeordnete Stellen mit ihren kleinlichen Schikanen herumstänkern, während der Führer durch die Leitung des Krieges völlig in Anspruch genommen ist, das erbost mich.«

»Sie meinen wirklich, daß der Führer von alledem keine Ahnung hat? Weder vom Straßenbahnverbot noch von den Parkbänken und Badeanstalten oder vom Judenstern?«

»Es kann gar nicht anders sein, Conrath. Überlegen Sie mal ... Andernfalls wäre ja alles nichts als ein ungeheurer Schwindel. So etwas darf man nicht einmal denken.«

Dr. Carl Conrath antwortete hierauf nicht. Sein Gesprächspartner war sensibel genug, um aus diesem Schweigen den richtigen Schluß zu ziehen. Er blickte Conrath forschend ins Gesicht. »Oder denken Sie vielleicht so etwas?«

Carl Conrath schwieg eine lange Zeit, während derer er die Augen seines Nachbarn ständig prüfend auf sich gerichtet spürte. »Ich bin befangen, Stoeßner«, sagte er schließlich. »Denn ich habe eine jüdische Frau, die ich liebe. Und einen Jungen, der sie braucht. Vergessen Sie das nicht. Wir können nur hoffen, daß Sie recht behalten.«

Jetzt war es der Offizier, der sich in Schweigen hüllte. Er wandte sich ab und sah nachdenklich hinaus in die melancholische Landschaft der Mark Brandenburg, die an den Wagenfenstern vorbeiflog. Das Dorf Kienitz tauchte auf, dann Groß-Schönebeck mit seinen einstöckigen Katen und dem zweigeschossigen Krug. Danach fuhren sie über die endlose Gerade, die das Wildparadies der Schorfheide durchschneidet. Als der Wagen sich dem Forsthaus Groß-Dölln näherte, nahm der Fahrer den Fuß vom Gas.

»Wir werden gestoppt, Herr Oberst.«

Stoeßner sah nach vorn und erblickte einen Posten in Stahlhelm und mit Kelle, der neben seinem Motorrad mitten auf der Fahrbahn stand und die Straße sperrte.

»Unerhört«, murrte der Offizier, kurbelte das Fenster herunter und herrschte den Posten an, ob er denn keine Augen habe und daß er gefälligst darauf achten solle, wem er sich in den Weg stelle. Der Mann wandte sich um, erkannte den Rang des Offiziers, kam heran und nahm Haltung an.

»Der Herr Reichsmarschall, Herr Oberst. Der Herr Reichsmarschall haben unbedingten Vorrang. Bedaure sehr, Herr Oberst.«

In der Tat befanden sie sich an der Stelle, wo von rechts her aus der Tiefe des Forstes der Weg zu Görings Jagdhaus »Karinhall« in die Straße einmündete. Das zwanzig oder dreißig Meter zurückgesetzte Gittertor stand weit offen, die Wache war herausgetreten und präsentierte das Gewehr. In rascher Fahrt nahte die Wagenkolonne des Oberbefehlshabers der Luftwaffe, die sich gegenwärtig in ihrem schwersten Einsatz seit Kriegsbeginn befand. Die Kolonne bog in die Straße ein. Der Reichsmarschall sah den gestoppten Horch, erkannte den Offizier im Fond und ließ anhalten. Als Oberst Stoeßner begriff, daß dieses Manöver ihm galt, verließ er seinen Wagen und überquerte in straffem Schritt die Straße. Neben Görings Fahrzeug blieb er stehen und wartete, bis der Reichsmarschall sich in ungesunder Körperfülle mühsam herausgewuchtet hatte. Dann legte Stoeßner die Hand an die Mütze. »Herr Reichsmarschall, melde gehorsamst, Oberst Stoeßner, schwere Flakkampfgruppe 101, versetzt zur Heeresversuchsanstalt Peenemünde, auf dem Weg dorthin.«

Bis hierher hatte Stoeßner im ernsthaften Ton militärischer Disziplin gesprochen, aber als jetzt auch Göring die Hand an den Mützenschirm legte, da lachten beide. Görings behandschuhte Hände packten Stoeßner an beiden Oberarmen. »Steh bequem! Mensch, Arthur, daß wir uns hier begegnen, das freut mich. Wo hast du die Hunderterste verlassen?«

»Dreißig Kilometer vor Wjasma, Reichsmarschall. Und ich hab's ungern getan.«

»Ich weiß, du alter Haudegen, aber wir haben dir das wichtigste Vorhaben des ganzen Krieges anvertraut. Das wird dich entschädigen. Mit unbegrenzten Vollmachten übrigens, mit fast unbegrenzten, versteht sich. Ich wünsche dir Glück, alter Schwede, Glück und Erfolg. Was für einen Zivilisten hast du denn da bei dir?«

Beide Männer sahen hinüber zu Stoeßners Wagen, in dessen dämmrigem Innern man undeutlich die Silhouette Conraths wahrnehmen konnte.

»Das ist Dr. Carl Conrath, Reichsmarschall, der für uns die Antriebsaggregate entwickeln wird. In der Forschungsstelle soll er den Posten eines Chefingenieurs bekleiden.«

»Eines Chefingenieurs, soso«, sagte Göring, aber seine Gedanken waren schon wieder weit weg. »Sobald ich kann, werd' ich euch da oben besuchen, Arthur. Bis dahin viel Glück. Und du weißt, daß der Führer auf euch baut.«

»Jawohl, Reichsmarschall, gehorsamsten Dank.«

Göring zwängte sich wieder in seinen Wagen, die Kolonne brauste in Richtung Berlin davon, Arthur Stoeßner ging knallenden Schrittes quer über die Straße zurück zu seinem Auto und stieg ein.

»Ich bin neben ihm marschiert, damals an der Feldherrnhalle. Seitdem darf ich ihn duzen. Er läßt alles Gute wünschen.«

»Danke«, erwiderte Conrath trocken.

»Er muß krank sein«, erwiderte Stoeßner sorgenvoll. »Dieser Körperumfang, das ist nicht normal.«

Conrath unterließ es, Stoeßner an Berichte zu erinnern, die er selbst seit langem kannte und denen zufolge Göring die Macht und die Verantwortung nicht ertrug, weshalb er in Ausschweifungen und Drogen Vergessen suchte und dem Wohlleben ergeben war.

Der Oberst verscheuchte indessen seine sorgenvollen Gedanken bald wieder. Der Wagen passierte Prenzlau und Pasewalk, durchquerte das melancholische Vorpommern und näherte sich in schneller Fahrt dem Städtchen Anklam. Hinter Anklam bog man rechts ab in Richtung Wolgast mit seinem kleinen, beschaulichen Fischerhafen. Bereits als sie sich der Insel Usedom näherten, bemerkten sie einen für den Sonntagnachmittag ungewöhnlich hektischen Betrieb. Arbeitskolonnen marschierten vor ihnen her, Lastkraftwagen verstopften die Fahrwege, später sahen sie Berge von Material rechts und links der Straße aufgehäuft. In Trassenheide errichtete man riesige Barackenlager für die Fremdarbeiter, die man zwang, an der Forschungsstelle mitzuarbeiten. In dem ehemals verschlafenen Dorf Karlshagen entstanden ausgedehnte Anlagen in Massivbauweise, die der Fahrer als die Wohnsiedlungen für das Zivilpersonal vorstellte, dessen Bestand auf über 3000 Personen geplant war. Die Einrichtungen zur Entwicklung der Raketen- und Fernlenkwaffen lagen, in dichten Kiefernwäldern verborgen, auf dem Nordwestzipfel der Insel. Hier befanden sich Montagehallen und Windkanäle, Prüfstände und Meßstrecken, Testbahnen und Abschußrampen. Bevor man in dieses Allerheiligste gelangte, mußte man sich einer dreimaligen Kontrolle unterziehen. Ferner waren in diesem Bezirk die Stäbe, Leitstände und die geheimsten Planungsabteilungen untergebracht.

Es gab für die Forschung, Entwicklung und Erprobung der einzelnen hierher verlegten Projekte bereits genaue Konzepte, und mit generalstabsmäßiger Präzision preußischen Stils lief nun ein Programm an, das in kurzer Zeit vor allem der britischen Regierung größte Sorge bereiten sollte. Für Privatleben blieb den Männern, die hier arbeiteten, nicht viel Zeit. In mancher Hinsicht durfte es für Carl Conrath als Glück gelten, daß sein Antrag, seine Familie zu sich nach Karlshagen zu holen, ebenso abgelehnt wurde wie viele andere auch. Immerhin hatte er es mit Hilfe der Projektleitung erreicht, daß Martin zum Jahreswechsel zu Claire nach Krumbach ziehen konnte. Carl war in der Lage, seiner Schwägerin die Zusage zu machen, daß in Martins Papieren jeder Hinweis darauf unterbleiben würde, daß er – wie es im damaligen Amtsjargon hieß – ein Mischling ersten Grades war.

»Ich bin glücklich, daß der Junge aus der Schußlinie ist«, sagte Ruth, als sie mit ihrem Mann von Krumbach nach Berlin zurückfuhr. »Alles andere ist jetzt nicht mehr so schlimm.«

»Hoffentlich kommt er nicht allzusehr ins Fahrwasser der Nazis«, meinte Carl. »Mit Endsieg, ein Volk, ein Reich, ein Führer und was sonst noch dazugehört.«

Martins Mutter zuckte unter dem Reisekostüm mit den Schultern. »Und wenn schon, Carl. Schließlich hat er ja auch einen Vater, der sein Bestes für den Endsieg des Führers tut, nicht wahr?«

Zwar lächelte Ruth Conrath, als sie das sagte, aber sie hatte mit ihren Worten Carls wunden Punkt getroffen. An der Peenemünder Forschungsstelle konnte ein Mann wie er guten Gewissens nur dann mitarbeiten, wenn er fest davon überzeugt war, daß die neuentwickelten Projekte nichts mehr zu einem Sieg des nationalsozialistischen Deutschlands beitragen würden. Aber angesichts der Mittel und der Energie, die in Peenemünde investiert wurden, fiel es ihm von Woche zu Woche schwerer, an einer solchen Überzeugung festzuhalten.

»Du glaubst nicht, was die da reinstecken, Ruth«, sagte er resigniert. Ihr Gespräch fand auf einem zugigen Umsteigebahnhof statt, während die allmählich zum gewohnten Bild gewordenen langen Züge mit Kriegsmaterial und Truppen an ihnen vorüberrollten. »Und ich kann mir nicht die geringste Verzögerung, keinen noch so winzigen Fehler leisten, denn ich bin für euch beide der einzige Schutz. Ich muß all meine Kraft in diese Sache stecken. Denn natürlich achten sie auf mich. Das ist eine Sache des langen Atems. Ich hoffe, daß wir ihn haben.«

Als Antwort griff Ruth wie in einer Geste verschwiegenen Vertrauens nach der Hand ihres Mannes und drückte sie. Dann fuhr der Zug ein, und sie konnten das Thema nicht weiterverfolgen.

»Das Schlimmste haben wir hinter uns«, flüsterte Ruth ihrem Mann noch zu, bevor sie sich zusammen mit vielen anderen in einen der überfüllten Waggons drängten. Ihre Hoffnung erwies sich freilich, wie jedermann weiß, als trügerisch.

Solange er lebte, vergaß Carl Conrath jenen Sonntagnachmittag im Januar nicht, als es an der Tür seiner kleinen Wohnung läutete, wo er sogar in seiner freien Zeit noch über Berechnungen und Berichten saß. Es war ein kalter Tag. Das Thermometer zeigte 15 Grad unter null. Der Himmel war bedeckt, und ein stürmischer Wind rüttelte an den Ästen der kahlen Laubbäume und bog die Föhren nieder. Carl Conrath hatte sich eben eine Kanne Tee aufgebrüht und eine Pfeife angezündet. Er hörte, wie es ein zweites Mal läutete, diesmal länger und drängender. Er trat ans Fenster und sah hinaus. Unten stand Stoeßners Dienstwagen. Der Wachtmeister im Mantel war ausgestiegen, trampelte mit den Füßen und schlug die Oberarme gegen den Körper, um sich warm zu halten. In diesem Augenblick läutete es ungeduldig zum drittenmal, und gleichzeitig klopfte der Oberst mit dem Fingerknöchel gegen die Türfüllung. Carl Conrath öffnete erstaunt, denn Hektik war er von Arthur Stoeßner nicht gewohnt. Der Anblick des Obersten im schon dämmrig werdenden Stiegenhaus erschreckte ihn. Der Offizier trug einen graublauen Ledermantel und eine Feldmütze auf dem Kopf. Seine Augen hatten eine dunkelgraue Färbung angenommen und schienen dennoch zu brennen. Sein Gesicht war kalkweiß, seine Wangen wirkten eingefallen, die Lippen verkniffen. Dr. Conrath nahm die Pfeife aus dem Mund.

»Stell keine Fragen«, beschwor ihn der Oberst, noch bevor Conrath ein einziges Wort herausbringen konnte. »Stell keine Fragen, zieh dich an und komm. Ich warte im Wagen.«

Damit wandte Stoeßner sich um, und Conrath hörte ihn die Treppen hinunterpoltern. Stoeßners Tonfall und Stimme duldeten weder Aufschub noch Widerspruch. Also ging Conrath zurück in seine Wohnung, zerrte den pelzgefütterten Mantel und die Pelzmütze aus dem Schrank, schlang einen Wollschal um den Hals, verließ die Wohnung und eilte die Treppe hinab. Dabei überlegte er, aus welchem Grund Arthur Stoeßner ihn wohl zum erstenmal, seit sie sich kannten und ohne ihn auch nur gefragt zu haben, duzte. Stoeßner saß schon im Wagen, der Fahrer hielt Conrath die Tür auf und schlug sie hinter ihm zu. Als er hinter dem Steuer saß, wandte er fragend den Kopf. »Wohin, Herr Oberst?«

»Irgendwohin, Thomas«, sagte Stoeßner. »Fahr raus an den Strand und bleib irgendwo stehen.«

Zur See hin gab es flache Dünen, die an einzelnen Stellen von betonierten Zufahrtswegen durchbrochen wurden. Dahinter verlief eine breite, ebenfalls betonierte Straße parallel zum Ufer. An diese Straße, die sich in der grauen Ferne verlor, waren in Abständen von mehreren hundert Metern seewärts vorgebaute Plattformen angeschlossen, auf denen Fernlenkwaffen und Geschütze zu Erprobungszwecken abgefeuert werden konnten. Jetzt waren die Plattformen einsam und leer. Irgendwo in dieser winddurchtobten Einöde hielt der Wachtmeister den Horch an.

»Warte hier auf uns«, sagte der Oberst, grub die Hände in die Taschen seines Ledermantels und stapfte die Straße entlang.

»Wo kommen Sie her, Stoeßner?« fragte Carl Conrath, als er den Offizier eingeholt hatte.

»Du kannst mich duzen«, sagte Stoeßner. »Wenn nicht jetzt, dann nie. Das, was ich dir zu sagen habe, kann man ohnehin vor niemandem aussprechen, den man mit ›Sie‹ anredet. Verstehst du?«

»Nein«, sagte Carl Conrath. »Du hast mir noch nicht verraten, wo du herkommst.«

»Direkt aus Berlin, Carl. Ich war dienstlich im Ministerium und gestern abend bei meiner Schwester in Dahlem. Ihr Mann, mein Schwager, verstehst du, ist Ministerialdirigent bei Frick. Wir verplaudern also den Abend in aller Gemütlichkeit, reden von diesem und jenem, trinken noch eine Flasche, hören eine Platte. Dann gehen wir schlafen und . . .« Der Oberst stockte.

»Und?«

Stoeßner blieb stehen. Conrath wandte sich um und sah ihm forschend ins Gesicht. Stoeßner zog die Hände aus den Ta-

schen seines Ledermantels, ergriff Conraths Mantelaufschläge und fuhr mit gepreßter Stimme fort: »Heute morgen nach
dem Frühstück führt dieser Mensch mich durch den Garten,
zeigt mir seine Vogelhäuschen und erzählt mir dabei, daß er
am vergangenen Dienstag vom Ministerium aus zu einer
Konferenz am Wannsee abkommandiert war.«

»Und?« fragte Conrath noch einmal. »Darf er das nicht? Was
war denn auf dieser Konferenz?«

»Ich bringe es nicht heraus, Carl«, sagte der Oberst und ließ
Conraths Mantelaufschläge los. »Ich bin deutscher Offizier.
Seit 32 Jahren und in Ehren. Ich bringe es nicht heraus.«

Jetzt wußte Carl Conrath auf einmal, was in den Augen des
Obersten brannte. Es war unaussprechliche Scham. Stoeßner
wandte sich ab, hielt das Gesicht dem Nordwind entgegen
und sagte tonlos: »Sie haben auf dieser Konferenz beschlossen, das Judenproblem endgültig zu lösen.«

Carl Conrath stand wie versteinert und brachte kein Wort heraus.

»Was heißt endgültig, Arthur?« stammelte er endlich mühsam. »Auswanderung, Ghettos, Sterilisation? Was heißt endgültig?«

»Endgültig heißt Mord«, entgegnete Oberst Stoeßner und
blickte Conrath ins Gesicht. »Reinhard Heydrich im Auftrag
Himmlers hat den Ministerialbeamten bei dieser Konferenz,
die ganze zwanzig Minuten dauerte, mitgeteilt, daß man die
Judenfrage dadurch zu lösen beabsichtigt, daß man die elf
Millionen europäischer Juden in unserem Machtbereich ausmerzt, wie er sich ausdrückte.«

Carl Conrath begriff nicht. Sein Gesicht war gezeichnet von
einem tölpelhaft wirkenden, fragenden Unglauben.

»Ausmerzt«, schrie Stoeßner deshalb noch einmal in dieses
Gesicht. »Verstehst du jetzt, Doktor Carl Conrath, Raketen-
bauer des Führers?«

»Du bist krank«, sagte Conrath begütigend. »Du bist ja halb
von Sinnen. Du mußt zum Arzt. Mann, Arthur, was ist denn
mit dir?«

Conrath rüttelte den Offizier an beiden Schultern. Stoeßner sah ein, daß er auf diese Weise nicht weiterkam. Er selbst war heute morgen ähnlich betäubt vor seinem Schwager gestanden, wie Conrath jetzt vor ihm. Der Oberst zwang sich zu Ruhe und Sachlichkeit.

»Es ist wahr, Carl. Ob du's glaubst oder nicht. Aber du mußt es glauben, um deiner Frau willen. Heydrich hat einen Vortrag gehalten, in dem er sagte, nachdem man mit der Auswanderung des Gesindels nicht weitergekommen sei und niemand sonst sie haben wolle, werde man den Abschaum der Menschheit jetzt in den eroberten Osten deportieren, sich dort zu Tode arbeiten lassen und den Rest einer Sonderbehandlung unterziehen, die keiner überlebt.«

Conrath sagte nichts. Oberst Stoeßner nahm seine Wanderung wieder auf, nachdem er sich vergewissert hatte, daß der Fahrer außer Hörweite war. Die beiden Männer entfernten sich jetzt vorsichtshalber noch weiter von dem wartenden Fahrzeug.

»Du glaubst es nicht, Carl?«

»Nein«, sagte Conrath.

»Versteh' ich«, entgegnete der Offizier. »Das hab' ich meinem Herrn Schwager heute morgen auch erklärt, als der mir diese Ungeheuerlichkeit zwischen seinen verdammten Vogelhäuschen so ganz beiläufig berichtete. Wenn das wahr wäre, hab' ich zu ihm gesagt, dann dürftest du mir das gar nicht erzählen, du Spaßvogel. Wieso? hat er geantwortet. Du bist doch Blutordensträger, einer von den allerersten, die dabei waren. Wem sollte ich das sonst erzählen dürfen, wenn nicht dir? Ich habe mich vor ihn hingestellt, Carl, und hab' ihn angeschrien: Wenn du dir einen dreckigen Scherz mit mir erlaubst, ich schwör dir, dann schieß' ich dich über den Haufen. Das muß ziemlich ernst geklungen haben, denn er hat es mit der Angst bekommen und mich in sein Arbeitszimmer in der Mansarde geführt. Dort hat er mit wichtiger Miene eine versperrte Mappe aufgeschlossen und ein Dokument herausgeholt. Zwei Seiten Maschine, Datum, Betreff, Verteiler, bürokratisch deutsch, Stempel quer drüber: Geheime Reichssache. Das Protokoll der Wannsee-Besprechung vom 20. Januar, sagt er und gibt mir das Ding. Vielleicht glaubst du mir jetzt. Ich hab' alles gelesen und mußte mich setzen, Carl. Mir wurde schwarz vor den Augen.« Es trat eine Pause ein. Dann fuhr der Oberst fort: »Und unten spielte meine Schwester Ingeborg Chopin.«

»Du gibst mir dein Ehrenwort auf das alles?«

»Ich schwöre es dir.«

Wieder trat eine Pause ein. »Das schaffen die nicht«, sagte Conrath schließlich. »Elf Millionen. Wie wollen sie das machen?«

»Die schaffen das«, antwortete der Offizier. »Auch darüber wurde bei der Konferenz gesprochen. Es soll schon Massenerschießungen großen Stils gegeben haben. Aber sie reden von riesigen Lagern, von Gasduschen und von Verbrennungsanlagen. Erste Deportationen sollen schon anlaufen.«

»Aber so etwas kann doch Hitler nicht verborgen bleiben«, meinte Conrath nach einer Weile kopfschüttelnd. Oberst Stoeßner stieß ein bitteres Lachen aus sich heraus, das der Wind mit sich forttrug. »Denkst du an unser Gespräch im September, an dem Tag, als wir Göring begegneten? Aber hör mir gut zu, Carl, das Wannsee-Protokoll beginnt folgendermaßen: An Stelle der Auswanderung ist nunmehr als weitere Lösungsmöglichkeit der Judenfrage, nach vorheriger Genehmigung durch den Führer, die Evakuierung nach dem Osten getreten. Und am Schluß heißt es: Mit der Bitte des Chefs der Sicherheitspolizei und des SD an die Konferenzteilnehmer, ihm bei der Durchführung der Lösungsarbeiten ihre volle Unterstützung zu gewähren, wurde die Besprechung geschlossen. Zwischen diesen beiden Sätzen steht das Todesurteil für elf Millionen Menschen, wenn die ihren Vorsatz verwirklichen können. Und der Führer hat das genehmigt.«

Lange schwieg Carl Conrath. Er brauchte Zeit, um das Gehörte aufzunehmen und zu verarbeiten. »Es wird Ausnahmen geben«, sagte er schließlich verstört.

»Ein verständlicher Wunschtraum«, entgegnete der Oberst. »Aber er wird nicht in Erfüllung gehen. Wenn das alles wahr ist, und ich zweifle nicht mehr daran, dann wird die einzige Ausnahme nicht die sein, daß sie die Juden am Leben lassen, sondern daß sie den arischen Ehegatten auch noch umbringen. Seit ich diesen kaltschnäuzigen Wisch gelesen habe, weiß ich, daß es Teufel gibt.«

»Was wirst du tun?«

»Ich habe mich schon entschlossen. Ich werde mich beim Reichsmarschall zum Rapport melden und ihn fragen, ob dieser Bericht der Wahrheit entspricht und ob er davon Kenntnis hat. Bejaht er das, dann knalle ich ihm meine Orden und meinen Säbel vor die Füße und quittiere den Dienst.«

»Du bist eben durch und durch Soldat«, sagte Carl Conrath. »Aber ich bitte dich dennoch, nichts dergleichen zu tun. Du gefährdest dich selbst, deinen Informanten, mich, meine Frau und meinen Jungen, der von nichts eine Ahnung hat. Und du verbaust dir jede Chance zum Widerstand.«

»Ich kann keine Sabotage betreiben, Carl. Ich habe einen Eid geschworen ... Ich kann nicht eigenmächtig bestimmen, wann er gültig ist und wann nicht. Mir liegt das nicht. Ich muß den geraden Weg gehen. Aber laß uns von etwas Wichtigerem reden. Was auch immer an der Geschichte dran ist, und wie schnell oder langsam man diese Operation verwirklicht, Ruth muß aus der Front. Ich brauche dir nicht eigens zu sagen, daß ich für deine Frau was übrig habe. Ich helfe dir, wo immer ich kann. Ein Gutes hat die Skrupellosigkeit meines Schwagers. Nachdem er mir eine geheime Reichssache verraten hat, wird er mir wohl oder übel jeden Wunsch erfüllen müssen, den ich an ihn richte.«

Carl Conrath ergriff spontan die Hand des Obersten und drückte sie. »Das Schlimmste ist, daß ausgerechnet ich diesen Kerlen ihre Waffen baue«, sagte er.

»Und sie abzufeuern, wenn sie fertig sind«, ergänzte Stoeßner, »das ist meine Rolle in diesem Spiel. Aber viel Zeit werden sie nicht mehr haben, Carl. Vor Moskau sind wir liegengeblieben. Den Haufen, den ich dort hingeführt habe, haben sie verheizt. Dort erfrieren Gaul und Mann. Und in der Situation hat er Amerika den Krieg erklärt, Amerika, das schon den letzten Krieg entschieden hat. Er muß verrückt sein, verrückt, verrückt.«

»Das Ende wird kommen, Arthur«, sagte Conrath.

»Ich werde weder unseren Sieg noch unsere Niederlage in diesem Krieg erleben, denn beides wäre mir unerträglich«, sagte Arthur Stoeßner düster. Die beiden Männer wandten sich um und kämpften gegen den eisigen Wind, um zurück zum Wagen zu gelangen. Es war fast dunkel geworden. Wie flüssiges Eisen brandeten die Wellen der Ostsee stark und gleichmäßig an den Strand. Der Boden war von einer leichten Schneedecke überhaucht. Mancher mochte an die Stimmung eines Caspar-David-Friedrich-Gemäldes denken: zwei einsame Männer traten vom Meer zurück in die schattengesättigten Dünen und stiegen in einen Wagen, der aus den Schlitzen seiner Verdunkelungskappen in das kalte Toben des Sturmes blinzelte, als er jetzt gewendet wurde und sich in Bewegung setzte.

Für Carl Conrath kam es darauf an, alles das, was der Oberst ihm anvertraut hatte, so geheim zu halten, wie die geheime Reichssache selbst es war. Er mußte Ruth alles so begreiflich machen, daß sie keinen unheilbaren Schock erlitt. Oberst Stoeßner würde ihnen helfen, einen Ausweg zu finden, aber den Weg, den sie zu gehen hatten, mußten sie allein bewältigen. Das Glück wollte es, daß Carl Conrath ein solcher Weg schon in der ersten schlaflosen Nacht einfiel, die dem schicksalhaften Gespräch an der winterlichen Küste von Usedom folgte. In der schweren Zeit der späten zwanziger Jahre hatten viele deutsche Familien ihre wirtschaftliche Lage dadurch verbessert, daß sie junge Mädchen aus dem währungsstarken Ausland als sogenannte »paying guests« bei sich aufnahmen. Sie boten ihnen Unterkunft und Verpflegung, Familienanschluß, Sprachtraining, kulturelle sowie gesellschaftliche Kontakte gegen einen festen monatlichen Betrag, der oft sogar in ausländischer Währung gezahlt wurde. Ruths Eltern hatten in Freiburg fast ein Jahr lang einen solchen »paying guest« beherbergt, und zwar eine junge Dame namens Maria Castelloni, Tochter eines Schweizer Richters aus dem Tessin, die zu Ruth ein besonders herzliches Verhältnis gehabt und sie auch nach ihrer Heirat mit Carl Conrath noch besucht hatte. Carl kannte sie gut. Seit fünf oder sechs Jahren war sie mit einem Rechtsanwalt aus Graubünden verheiratet und hatte eine kleine Tochter namens Valerie. Conrath wälzte jede Einzelheit über Maria und ihren Charakter, an die er sich erinnern konnte, in seinem zermarterten Kopf hin und her. Er versuchte, sich darüber schlüssig zu werden, welches Risiko er Marias Familie um ihrer Freundschaft mit Ruth willen zumuten könne. Conrath kannte wohl die Gerüchte, die die schweizerischen Behörden als hartherzig gegenüber jüdischen Auswanderern oder gar Flüchtlingen aus Deutschland beschrieben. Obwohl Carl Conraths Grübeleien noch durch die Frage nach dem Schicksal Martins erschwert wurden, kam der Tag, an dem sein logisch geschulter Verstand einen Plan ausgearbeitet hatte. Doch mit ihm kam die gefürchtete Stunde, da er mit Ruth über alles sprechen mußte. Das geschah schon am darauffolgenden Samstagabend in den weitläufigen Anlagen des Berliner Tiergartens. Schwarz standen die Bäume, in mattem Grau prunkten davor die leblosen Statuen der Liechtensteinallee, in den wolkenverhangenen Himmel spreizte die Göttin auf der Siegessäule ihre bronzenen Flügel. Carl Conrath hatte seiner Frau das Bevorstehende schonend in Form von Vermutungen und Befürchtungen mitgeteilt, sie aber schließlich davon überzeugen können, daß sie unbedingt ins Ausland müsse, und zwar in die Schweiz. Das Schwerste war, sie davon abzuhalten, die Schreckensnachricht an ihre Verwandten weiterzuleiten, zwei alte Tanten und einen Vetter, die sie seit dreizehn Jahren nicht mehr gesehen hatte. Sie alle hatten keine Chance, und Ruth sah nach einem zermürbenden

Gespräch ein, daß das Geheimnis gefährdet war, wenn sie es anderen mitteilte, und daß ihre Pflichten Carl und dem Jungen gegenüber Vorrang vor allen anderen Rücksichten hatten. Nun waren sie beim schwierigsten Teil angelangt.

»Natürlich würde Stoeßner dir auch eine offizielle Ausreise in die Schweiz verschaffen können«, sagte Carl. »Aber denk mal darüber nach, was hätten wir damit gewonnen? Wenn du offiziell in die Schweiz gingst, würden sie mich sofort an die Front zurückschicken. Außerdem könnten dann eine Menge Leute Druck auf uns ausüben. Auch für Martin sähe es schlecht aus. Der Junge steht in keinem von unseren Pässen. Ihn eintragen zu lassen, damit er mit dir reisen kann, würde sofort Verdacht wecken. Und außerdem, was würdest du mit Martin in der Schweiz anfangen? Es wird für dich schwer genug sein, dort allein das Ende des Krieges abzuwarten.«

»Aber was sollen wir denn tun?« fragte Ruth mutlos und lauschte dem verwegenen Plan, den Carl ihr vorschlug: »Wir müssen dafür sorgen, daß du einfach nicht mehr existierst. Nur dann kann uns keiner erpressen, mit einem Scheidungsverlangen kommen oder dir nach dem Leben trachten. Der Junge muß bleiben, wo er ist, und stillhalten. Daß ihm nichts passiert, dafür kann Stoeßner sorgen. Und ich muß auch auf meinem Posten bleiben, denn von irgend etwas müssen wir alle leben.«

»Was für ein perverser Wahnsinn«, sagte Ruth und schmiegte sich fester an ihren Mann.

»Dagegen hilft nur eins: noch härter zu sein«, antwortete Carl Conrath. »Hör zu, Liebling, glaubst du, daß du es schaffen könntest, von Taufers in die Schweiz hinüberzukommen?«

»Von Taufers aus?«

»Ja. Taufers ist in Südtirol, gehört also zu Italien. Du erinnerst dich doch an unsere Touren damals und an den Franz Dellago, der uns manchmal die Grenze zur Schweiz gezeigt hat. Weißt du noch, wie wir aus seinem Augenzwinkern geschlossen haben, daß er die Wege, auf denen man dort hinüber kommt, gut kennt?«

»Hast du Vertrauen zu so einem?«

»Ja«, sagte Carl. »Das habe ich. Die eingesessenen Tiroler fühlen sich von Hitler verraten und verkauft, weil er Mussolini die italienischen Erwerbungen von 1918 ausdrücklich bestätigt hat, um Italien in diesem Krieg auf seiner Seite zu haben. So einer wie der Franz freut sich, wenn er den Nazis eins auswischen kann und dabei auch noch was verdient.«

Ruth mußte lachen, als sie an Dellago dachte. »Ob sie ihn nicht eingezogen haben?«

»Den?« fragte Conrath zurück. »Mit seiner schiefen Schulter und in seinem Alter? Den haben sie nicht eingezogen, Ruth. Und der bringt dich rüber, wenn du es dir zutraust.«

»Ich muß es riskieren«, sagte Ruth Conrath. »Ich sehe ein, daß es keinen anderen Weg gibt. Wie lange ist es her, daß wir in Taufers waren?«

»Das sind erst vier Jahre«, sagte Carl. »Es war im Winter 38. Natürlich sind die Grenzen auch dort überwacht, von schweizerischer und auch von italienischer Seite. Aber bei weitem nicht so perfekt wie von unseren eigenen Grenztruppen in Österreich.«

»Und wie kommen wir dorthin, Carl, nach Taufers?«

»Das mußt du alleine schaffen. Jetzt hör gut zu und merke dir jedes Wort. Ich nehme zwei Wochen Urlaub und beantrage für uns beide eine Ausreise nach Italien. Das kann Stoeßner über seinen Schwager erreichen. Ich habe ihn schon gefragt. Wir fahren nach Canazei und mieten in diesem Dorf ein Zimmer. Ein anderes mietest du allein, auf der anderen Seite des Fedajapasses. Dieses zweite Zimmer mietet offiziell eine junge italienische Witwe.«

»Dazu ist mein Italienisch nicht gut genug, Carl. Ich spreche zwar passabel, aber nicht fließend.«

»Das macht nichts. Die Leute in der Gegend sprechen ohnehin starken Dialekt, und außerdem wirst du eben sehr schweigsam sein. Dein Mann ist in Albanien oder in Tripolis gefallen, und du versuchst, auf langen, mehrtägigen Skitouren über deinen Schmerz hinwegzukommen. Eines Morgens brechen wir beide von unserer gemeinsamen Unterkunft aus zu einer völlig wahnsinnigen Marmolatatour auf, vor der uns jeder gewarnt hat. In deinem Rucksack hast du die Kleider der italienischen Witwe. Im Gletschergebiet sehen wir uns bis zum Ende des Krieges zum letztenmal. – Es kommt, wie es kommen muß. In den Schründen verunglückt meine ungeübte Frau, und ich kehre allein und verzweifelt zurück. Um diese Jahreszeit kann ein Toter nicht aus den Gletschern geborgen werden. – In ihrem Zimmer in Fedaja aber erscheint die italienische Witwe, in ihrem Rucksack hat sie Kleider von Ruth Conrath. Sie reist sehr bald nach Bozen weiter, wo sich ihre Spur verliert. Du begibst dich unerkannt nach Taufers, von wo aus Franz Dellago dich in die Schweiz bringt. Das ist der Plan in groben Zügen. Arthur Stoeßner hilft uns mit Karten, Ausrüstung und einer Berechtigung zur Benützung seines Privatwagens sowie mit Benzinbezugsscheinen. Das Auto steht seit Kriegsbeginn in einer Scheune in der Nähe von Salzburg. Dort hat er es untergestellt, als sie ihn im August 39 per Kuriermaschine aus den Ferien holten. Traust du dir zu, dich auf dieses Abenteuer einzulassen?«

Ruth Conrath ging eine Weile schweigend neben ihrem Mann her. Endlich blieb sie stehen und wandte sich ihm zu.

»Es ist sehr riskant«, sagte sie. »Aber falls es stimmt, was du von Arthur Stoeßner erfahren hast, dann ist das Abenteuer nichts im Vergleich zu dem, was uns bevorsteht, wenn wir untätig abwarten. Ja, ich werde es versuchen, allerdings unter einer Bedingung. Du verhilfst mir zu irgendeinem Mittel, mit dem ich schnell und schmerzlos Schluß machen kann, wenn unser Plan mißlingt.«

»Niemals«, sagt Conrath mit brüchiger Stimme. Aber in diesem Augenblick war seine Frau härter und nüchterner als er.

»Carl«, sagte sie, »wir haben viele Jahre glücklich zusammengelebt. Dafür müssen wir dankbar sein. Die Zeichen stehen auf Sturm, ich möchte nicht von Männern mit Totenköpfen an der Mütze als Judenschlampe herumgezerrt und verhört werden. Verstehst du das denn nicht? Wir müssen so hart sein wie die, Carl. Sonst schaffen wir es nicht.«

Carl Conrath sah seine Frau bewundernd an.

»Es fällt dir schwer«, fuhr sie fort, »ein Ende unseres gemeinsamen Lebens überhaupt in Betracht zu ziehen. Aber wenn Arthur Stoeßner wirklich recht hat, würde die Alternative zu meiner Flucht auch ein Ende bedeuten, und dieses Ende würde weit schmerzlicher und außerdem noch würdelos sein. Also, was willst du? Die Wahl ist sogar ziemlich leicht, nicht wahr?«

Carl Conrath zog seine Frau an sich, küßte sie und versprach, ihren Wunsch zu erfüllen. »Ich hätte niemals geglaubt, daß ein Mensch so hassen kann, wie ich diese Leute hasse, die sich das alles ausgedacht haben, Ruth«, sagte er.

»Dein Haß wird uns helfen, ihnen zu entkommen, Carl. Wir müssen versuchen, eine starke Seele zu behalten.«

Daß es Ruth Conrath wenige Wochen später auf diesem verzweifelten Wege wirklich gelang, die italienisch-schweizerische Grenze zu überschreiten, schrieb das Ehepaar einer Kette von Glücksfällen zu, wie sie bisweilen Menschen widerfährt, die sich in tödlicher Gefahr befinden. Der fingierte Unglücksfall in den Spalten des Marmolata-Gletschers, damals noch eine jungfräuliche Eiswüste ohne Lifte, Straßen und Skipisten, erregte keinen Verdacht. Die zuständige Polizeistation in Canazei, bestehend aus zwei älteren Carabinieri und einer Büroangestellten, nahm die Angaben des deutschen Skitouristen zu Protokoll und hielt gleichzeitig fest, daß die momentan wegen der schlechten Wetterverhältnisse aufgeschobene Suche nach der Vermißten angesichts der auf unter zwanzig Grad minus abgesunkenen Temperaturen auch später wenig Erfolg versprach. Vorzeitig aus dem Urlaub zurückgekehrt, meldete Carl Conrath den Unglücksfall auf dem für den Lützowplatz zuständigen Polizeirevier und wurde zu dessen vorgesetzter Behörde beordert. Der diensttuende Polizeirat ließ ihn kühl und unbeteiligt wissen, daß der Fall nach dem Verschollenheitsgesetz zu behandeln sei und eine Todeserklärung erst dann beantragt werden könne, wenn der Leichnam gefunden worden, respektive eine gesetzlich festgesetzte Zahl von Jahren verstrichen sei.

Wenig später erfuhren Arthur Stoeßner und Carl Conrath auf dem mit Franz Dellago vereinbarten, geheimen Weg, daß Dellago Ruth sicher über die Grenze gebracht habe. Jede Entlohnung oder auch nur Erstattung entstandener Kosten lehnte der Südtiroler kategorisch ab.

Eine Zeitlang blieb alles ruhig. Doch dann, eines Tages, wurde Carl Conrath in seinem Konstruktionsbüro nahe dem Erprobungsgelände VII in Peenemünde ein ihm unbekannter Besucher gemeldet, der sich als ein gewisser Robert Steiner von der Leitstelle der Geheimen Staatspolizei in Stralsund vorstellte. Herr Steiner zog die Protokolle der Berliner Polizeistelle zum Fall Ruth Conrath aus seiner abgewetzten Aktentasche und ging mit Carl seine früheren Aussagen im einzelnen durch, wobei er sich die eine oder andere Notiz machte. Endlich stieß der Besucher die Blätter auf seinen Knien zurecht und ließ sie in der Aktenmappe verschwinden, die er neben seinen Stuhl auf den Boden stellte. Dann beugte er sich im Sitzen über den Schreibtisch nach vorn, legte die Unterarme auf die Platte und faltete die Hände. Diese Haltung gab dem, was Herr Steiner sagte, etwas familiär Vertrauliches:

»Ihre Frau ist ja Jüdin gewesen, Herr Doktor, nicht wahr?«

Carl Conrath nickte. Sein Besucher fuhr fort: »Solange Ihre verunglückte Frau nicht für tot erklärt werden kann, müssen Sie sich also damit abfinden, daß Sie offiziell weiterhin in einer Mischehe leben.«

»Das weiß ich«, bestätigte Carl Conrath. »Da kann man eben nichts machen.« Er zuckte mit den Schultern. Da er Ruth am Leben und in Sicherheit wußte, fiel es ihm nicht leicht, das

Maß von Trauer an den Tag zu legen, welches sein polizei-psychologisch geschulter Gast wahrscheinlich von ihm erwar-tete. Aber Robert Steiner deutete sein Schulterzucken ganz anders:

»Sie sollen doch *vor* der Bergtour vor diesem Unternehmen gewarnt worden sein, nicht wahr?« fragte er. »Es gibt also auch Unglücksfälle, die ihr Gutes haben, lieber Doktor, wie? Dieser Unfall wird Ihnen eine Menge Unannehmlichkeiten ersparen, das ist klar. So werden Sie das doch wahrscheinlich auch sehen, nicht wahr? Ein gebildeter Mensch, ganz an vor-derster Front, geistiger Front, versteht sich, für den Führer und das Reich ...« Robert Steiner brach ab und sah Carl Conrath in plump-vertraulicher Weise aufmunternd an.

»Wie soll ich das verstehen?« fragte Conrath, und da er nichts zu befürchten hatte, schwang eine Spur von Amüsement in seinem Tonfall mit. Auch dies deutete Robert Steiner auf sei-ne Weise: »Ich meine ...«, begann er und stockte. »Sehen Sie mal ... wenn Sie uns andeuten könnten, daß Sie der Tod Ihrer jüdischen Frau gar nicht so hart trifft, da diese Ehe sich ohne-hin nicht gut mit Ihren Pflichten bei der Entwicklung der Ver-geltungswaffen des Führers vertrug ...« Steiner sah, wie Carl Conrath verständnislos den Kopf schüttelte, beugte sich noch weiter vor und senkte die Stimme: »Zugunsten der arischen Partner aus unerwünschten Mischehen gehen wir sogar so weit, ihre etwaige Beteiligung am ..., nun, sagen wir, tragi-schen Schicksal der jüdischen Partner nicht als Straftat zu behandeln ... verstehen Sie jetzt ...?«*

---

* In dem Buch von Joseph Walk »Das Sonderrecht für die Juden im NS-Staat«, erschienen im Verlag C. F. Müller, stieß der Autor bei den Recherchen zu diesem Roman in der von Dr. R. W. Kempner verfaßten Einführung auf Seite XIV auf folgende Passage: »Justizministerium und SS vereinbarten, daß die Tötung von Juden kein Verbrechen sei. Das wurde ›gesetzlich‹ geregelt.« Auf eine Anfrage des Autors bei dem Verfasser der Einführung, Rechts-anwalt Robert W. Kempner, nach der Quelle dieser Feststellung, antwortete Dr. Kempner wie folgt: »Die Verabredung zwischen Justizministerium und dem Justitiar der SS ist Gegenstand eines Verfahrens gegen den betreffenden SS-Justitiar gewesen. Wenn ich mich nicht irre, war gegen diesen ein Strafver-

Carl Conrath fühlte sich wie vor den Kopf geschlagen. Er begriff nur langsam, wie Steiners Worte gemeint waren.

»Sie wollen damit sagen, Herr Steiner, daß Sie meine Ehe als aufgelöst betrachten würden, sofern ich Ihnen zu verstehen gebe, daß ich beim Tode meiner Frau . . . na, sagen wir . . . mitgewirkt habe?«

Steiner nickte eifrig. »Sehen Sie, das wäre doch für alle Beteiligten das beste. *Sie* wären die Belastung los, *wir* könnten die Sache aus unseren Archiven streichen, und Ihre überaus wichtige Entwicklungsarbeit würde durch keine Konflikte mehr gestört. Was halten Sie davon?«

»Wie stände es denn mit den Beweisen?« Carl Conrath stellte die Frage aus purer Neugier, um zu erfahren, wie weit die Rassisten ihre Infamie im Zeichen der doppelten Siegrune treiben würden. Er ahnte natürlich nicht, daß genau diese Frage dreieinhalb Jahrzehnte später im Schicksal seines Sohnes Martin eine dramatische Rolle spielen sollte. Steiners Antwort kam ohne Zögern: »Wir gehen davon aus, daß für jeden aufrechten Nationalsozialisten und Deutschen die Befreiung von einem jüdischen Partner nicht nur eine Überzeugungs-, sondern auch eine Ehrensache ist.«

Carl Conrath nickte nachdenklich vor sich hin. »Mit anderen Worten«, sagte er schließlich sarkastisch, »Sie kehren die Beweislast um.«

Steiner nickte zufrieden. »Sie haben es genau verstanden, Herr Doktor.«

»Es liegt natürlich auf der Hand, daß das viele tun würden, denen ihre Vorteile am Herzen liegen«, fuhr Carl Conrath fort. In diesem Augenblick wurde das weitläufige Erprobungs-

---

fahren in Heidelberg eingeleitet, das jedoch eingestellt worden ist. Leider weiß ich nicht mehr den Namen. Aber Herr Dr. Wiesenthal, Wien, weiß über diesen Fall genau Bescheid.« Auf eine weitere Anfrage an Dr. Wiesenthal blieb der Autor ohne Antwort. Der Autor hat daher die Behauptung von Robert W. Kempner als authentisch unterstellt und der Handlung des Romans zugrunde gelegt, obwohl letzte Nachweise über die im Sinne der damaligen Einstellung logische Behandlung von Straftaten gegenüber Juden fehlen.

gelände überschwemmt von einem auf- und abschwellenden Sirenenton. Carl Conrath erhob sich hinter seinem Schreibtisch, und Steiner mußte zwangsläufig das gleiche tun.

»Man braucht mich beim Probelauf«, sagte Conrath.

»Das Wesentliche haben wir ja erledigt«, erwiderte Steiner und suchte seine Sachen zusammen. Nachdem er seinen Hut aufgestülpt hatte, nahm er die abgestoßene Aktentasche in die Linke, erhob die Rechte und sagte: »Heil Hitler, Herr Doktor.«

»Heil Hitler, Herr Steiner«, antwortete Carl Conrath und begleitete seinen Besucher zur Tür, wo ihn eine Ordonnanz aus Oberst Stoeßners Stab in Empfang nahm. Als Conrath die Tür hinter ihm geschlossen hatte, lehnte er sich für Sekunden mit Rücken und Hinterkopf an den Türrahmen und schloß die Augen, bevor er imstande war, in den schweren Pelzmantel zu schlüpfen, um an der Probezündung eines Flüssigtreibstoffes teilzunehmen, die zu seiner Befriedigung zum drittenmal erfolglos verlief.

Nachzutragen bleibt das weitere Schicksal des Obersten Arthur Stoeßner, das einer eigenen Geschichte wert wäre. Der Oberst ließ sich, nachdem er Ruth Conrath zur Flucht verholfen hatte, durch die ihm zugänglichen Quellen darüber unterrichten, ob und wieweit die Beschlüsse der Wannsee-Konferenz erfüllt wurden. Er verfolgte außerdem die Entwicklung der Projekte A 1 und A 4 bis zu ihrer Serienreife, wenngleich er als Kommandeur des Flakregiments, das mit diesen Waffen kämpfen sollte, zu ihrer Fertigstellung wenig beigetragen hatte. Das ganze Jahr 1943 hindurch setzte Arthur Stoeßner sich an der französischen Kanalküste mit einem todesverachtenden Mut, der manchem Beobachter Kopfschütteln abnötigte, den wütenden Luftangriffen alliierter Bomberverbände auf die im Bau befindlichen Abschußrampen aus.

Die Nacht zum 15. Juni 1944 war sternenklar und sehr warm. In seinem unterirdischen Gefechtsstand, nahe dem Pas de Calais, saß der Oberst in Hemdsärmeln an einem rohen Holztisch und schrieb einen Brief, mit dem noch zur gleichen

Stunde ein Kurier zum Landsitz des Oberbefehlshabers der deutschen Luftwaffe, Reichsmarschall Hermann Göring, aufbrechen sollte. Arthur Stoeßner war kein Meister des Formulierens. Er schrieb in holprigen Sätzen und mit steiler, schmuckloser Schrift. Der Brief hatte folgenden Wortlaut: »Reichsmarschall!

Ich weiß jetzt alles. Lange konnte ich nicht daran glauben, daß wirklich geschieht, was vor zweieinhalb Jahren am Wannsee beschlossen wurde. Inzwischen weiß ich, daß Ihr unschuldige und wehrlose Menschen zu Hunderttausenden verschleppt, vergast und ihre Leichen verbrennt. Und ich weiß, Reichsmarschall, daß Du davon Kenntnis hast und daß Du und die anderen, die von Millionen Deutschen noch für anständig gehalten werden, nichts dagegen tun, obwohl Ihr es könntet. Damit hast Du Deutschland, das deutsche Volk, Millionen deutscher Soldaten auf eine in der Geschichte beispiellose Weise verraten. Sogar Deine tapferen Gegner aus dem letzten Weltkrieg hast Du verraten, die glaubten, gegen einen ritterlichen, menschlichen und ehrenhaften Feind zu kämpfen. In der heutigen Nacht wird die von mir befehligte Waffe, die Ihr erstaunlicherweise Vergeltungswaffe nennt, gegen England eingesetzt. Ich kann dieses Kommando mit meiner Ehre als Soldat, Offizier und Mensch nicht vereinbaren und stelle meinen Posten zur Verfügung. Gott schütze Deutschland und strafe seine Führer. Arthur«

Diesen Brief las Hermann Göring in den Vormittagsstunden des 16. Juni stehend hinter seinem riesigen Schreibtisch. Er las ihn ein zweites und ein drittes Mal. Sein fleischiges, bleiches Gesicht lief rot an. Er hob das Kinn und schrie mit gellender Stimme den Namen des diensthabenden Adjutanten. Als die Tür sich öffnete und der General in den Raum stürmte, zerriß der Reichsmarschall mit seinen ringgeschmückten, dicken Fingern den Brief seines alten Kameraden, ließ die Fetzen zu Boden segeln und fegte mit beiden Händen die Orden, die Stoeßner seinem Schreiben beigelegt hatte, von der Schreibtischplatte. Auf dem hellblaugemusterten Teppich landeten das Eiserne Kreuz des Ersten Weltkriegs, das Verwundeten-abzeichen in Silber, das Ritterkreuz, das Deutsche Kreuz in Gold, der Blutorden und das Goldene Parteiabzeichen. Den jungen General, der mitten im Zimmer stand und sprachlos zusah, schrie der Reichsmarschall unbeherrscht an: »Das kommt davon, wenn meine Offiziere sich um Kram kümmern, der sie nichts angeht! Bringen Sie das in Ordnung; so schnell und so unauffällig wie möglich. Und machen Sie mir anschließend Meldung!«

Der Adjutant rief eine Ordonnanz und wies sie an, die Orden aufzuheben. Um den zerrissenen Brief bemühte er sich selbst.

Zu dem Zeitpunkt, da dies in Karinhall geschah, war Oberst Arthur Stoeßner, Kommandeur des Flakregiments, welches die V 1 gegen England einsetzen sollte, bereits seit mehreren Stunden tot. Der Beginn des Vernichtungsfeuers der fliegenden Bomben gegen London war auf 0.30 Uhr festgesetzt. Die Geschosse lagen feuerbereit auf den Rampen, die Bedienungen waren in Gefechtsbereitschaft, man wartete auf den Kommandeur. Als dieser fünf Minuten vor der befohlenen Zeit seinen Platz noch immer nicht eingenommen hatte, schickte man einen Ordonnanzoffizier nach ihm. Als er die Tür zum Unterkunftsraum des Obersten öffnete, sah er, daß Arthur Stoeßner sich eine Kugel in den Kopf geschossen hatte.

Oberst Stoeßners Selbstmord konnte am Ablauf der Geschichte dieser Tage nichts mehr ändern. Es gab einige, die den gleichen Weg gingen wie er, viele traten zum Widerstand, starben elend oder überlebten. Einige waren sehend geworden, viele blieben blind; manche bis auf den heutigen Tag.

3

»Kennen Sie den Rütlischwur?« fragte Präsident Franklin
D. Roosevelt und wies, nachdem er seinen Gast begrüßt hatte,
auf einen der Chippendale-Sessel vor seinem Schreibtisch im
Oval Office des Weißen Hauses. Der Besucher setzte sich
erst, nachdem der Präsident seinen Platz wieder eingenommen hatte. Roosevelt rückte seinen massigen Körper bequem
zurecht, womit er andeutete, daß es ein längeres Gespräch
werden würde. »Rütlischwur«, versuchte der Gast des Präsidenten ihm mühsam nachzusprechen. »Keine Ahnung, nie
gehört. Klingt aber ziemlich nach Europa, oder?«
Der Präsident nickte, wobei sein Kinn die weinrote Fliege ver-
deckte. Als er lächelte, kamen regelmäßige, große weiße Zähne zum Vorschein. Beide Männer hatten eine hohe, gewölbte,
in beginnende Glatze übergehende Stirn, was gemeinhin als
Zeichen von Intelligenz gewertet wird. Beide trugen randlose
Brillen. Über dem Mund des Besuchers wölbte sich ein blon-
der Oberlippenbart.
»Darf ich meine Pfeife rauchen, Mr. President?« fragte Allan
Welsh Dulles.
Roosevelt gestattete es.
»Was hat es mit dem . . . na, mit diesem europäischen Zun-
genbrecher auf sich?« fragte Allan W. Dulles, als seine Pfeife
brannte.
»Nun«, sagte der Präsident, »Sie sind mir von mehreren Seiten
her für eine wichtige Aufgabe in Europa sehr empfohlen wor-
den. Der Rütlischwur, müssen Sie wissen, hat im Jahr 1291 in
der Schweiz stattgefunden . . . Lächeln Sie nicht«, unterbrach

er sich, als er sah, wie sein Gast den Kopf schüttelte. »Lächeln Sie nicht, Allan. Damals fanden sich die Vertreter der drei schweizerischen Urkantone zu einem geheimen Treffen zusammen und verschworen sich gemeinsam gegen die habsburgische Tyrannei.«

»How interesting«, sagte der Besucher trocken und zog, dichte Rauchwolken ausstoßend, an seiner Pfeife. »Well, das ist lange her, Mr. President.«

»Schon«, räumte Roosevelt ein. »Aber hören Sie nur weiter. Es ging für die Schweizer damals um Unabhängigkeit, Freiheit und Demokratie. Und um das gleiche geht es dort noch heute. Wie Sie wissen, ist die Schweiz eines der wenigen Länder, die Herr Hitler noch nicht geschluckt hat. Aber die Schweiz grenzt an Deutschland oder ist von Ländern eingeschlossen, die von der deutschen Wehrmacht besetzt sind oder unter deutschem Einfluß stehen.« Dulles nickte bestätigend.

»Schön«, fuhr der Präsident fort, »ich weiß nicht, ob Ihnen schon bekannt ist, daß wir zusammen mit den Briten planen, ab Spätherbst dieses Jahres in Europa militärisch Fuß zu fassen. Für diesen Zeitpunkt brauchen wir eine freie, starke und unabhängige Schweiz.«

Roosevelt lehnte sich in seinen Sessel zurück und wartete die Wirkung dieser Eröffnungen auf seinen Gast ab.

»Nun gut«, sagte Allan W. Dulles. »Aber was hat das mit dem Schwur von 1291 zu tun?«

»Es war richtig, Sie mir als einen Mann zu beschreiben, der ohne Umschweife zur Sache kommt«, stellte der Präsident befriedigt fest. »Ich werde es Ihnen erklären. Auf die Schweiz wird natürlich massiver deutscher Druck ausgeübt. Und es gibt in der Schweiz starke Gruppierungen, die an Hitlers Endsieg glauben und bereit sind, sich ihm zu unterwerfen. Denen stehen ebenso starke Gruppierungen gegenüber, die das nicht glauben und Freiheit, Unabhängigkeit und Demokratie ihres Landes gegen Hitler verteidigen wollen. Dazu gehören in erster Linie die Offiziere der schweizerischen Armee. Dreihundert von ihnen haben vor Jahresfrist unter Führung ihres Generals Guisan auf dem Rütli – das ist der Name einer Bergwiese am Ufer eines Sees – den historischen Schwur erneuert und im ganzen Lande eine Widerstandsstimmung angefacht, vor der sogar die Deutschen Respekt haben. Dieser General Guisan ist Ihr Mann, Allan.«

»*Mein* Mann, Mr. President? Wie meinen Sie das?«

Der Präsident beugte sich nach vorn über seinen Schreibtisch, und seine Stimme wurde leise und eindringlich: »Ich will Sie nach Bern zu unserer Schweizer Botschaft schicken, Allan. Wir gliedern dieser Botschaft eine neu ins Leben gerufene Abteilung an, die wir Office of Strategic Services nennen wollen. Ihre Aufgabe wird es sein, Ihre Nase aktiv und passiv in alles hineinzustecken, was drüben in Europa vor sich geht.«

»Das ist aber ein schöner Brocken«, entfuhr es dem Besucher des 32. Päsidenten der Vereinigten Staaten von Nordamerika.

»Stimmt«, antwortete Roosevelt. »Das ist es. Zunächst zu den verschiedenen Strömungen in der Schweiz. Wir unterstützen General Guisan und seine Offiziere, die zum Widerstand gegen Hitler entschlossen sind und die Unabhängigkeit der Schweiz erhalten möchten. Zweitens: In Italien steht es nicht zum besten um Mussolini und seine Faschisten. Es gibt dort Dissidenten, die Italiens Rolle in diesem Krieg als katastrophal ansehen und sie beenden wollen. Mussolinis eigener Schwiegersohn, Graf Ciano, gehört zu ihnen. Sollten wir in Süditalien landen, würden wir Leute wie ihn brauchen. Drittens: Die Besatzungspolitik der Deutschen in Frankreich ist so überaus töricht, daß sich sogar im angeblich lethargischen französischen Volk allmählich eine Art Widerstand regt. Diese Leute müssen ermutigt und unterstützt werden. Wir werden sie brauchen, wenn wir eines Tages im Interesse von Onkel Joe – von Stalin, um korrekt zu sein – unsere zweite Front im Westen eröffnen. Von überall her laufen in der Schweiz Nachrichten zusammen und werden weitergegeben. Und es sind sehr gute und zuverlässige Nachrichten, die dort gehandelt werden.« Der Präsident nahm ein Dossier zur Hand, lehnte sich in seinen Sessel zurück und schlug es auf: »Die

Schweizer haben einen hervorragenden Nachrichtendienst aufgebaut. Seine Zentrale sitzt in Luzern. Er nennt sich NS 1. Mit den Verantwortlichen ist sofort Fühlung aufzunehmen, da wir wissen, daß über diesen Nachrichtendienst Informationen an die Russen laufen, die unmittelbar aus Hitlers Hauptquartier stammen. Wir müssen ebenfalls an diese Nachrichten herankommen, Allan. Verstehen Sie jetzt Ihre Aufgabe?«

»Gewiß, Mr. President«, erwiderte Allan W. Dulles in seiner ruhigen und überlegten Art. »Aber ich habe dazu noch eine ganze Menge Fragen.«

»Natürlich«, nickte der Präsident. »Fragen Sie!«

»Wie ist es zum Beispiel mit den Deutschen? Die Nazis werden doch selbst in der Schweiz agitieren. Andererseits gibt es auch einen deutschen Widerstand; und deutsche Flüchtlinge, Oppositionelle, Juden, Deserteure.«

»Die Deutschen, du lieber Himmel«, rief der Präsident, klappte das Dossier zu, ließ es auf die Schreibtischplatte fallen und seufzte, als dächte er an ein ungezogenes Kind. »Hitler hat 90 Prozent der Deutschen eingefangen und auf seine Seite gebracht. Hätten sie seine wirklichen Pläne gekannt, wäre ihm das nicht gelungen. Aber wen die Deutschen einmal auf den Schild gehoben haben, den lassen sie darauf liegen, bis er verfault; mag er sich als noch so dumm oder unmenschlich erweisen. Sie halten ihre törichte Treue für ihre beste nationale Eigenschaft, Allan. Wir müssen gegen diese borniete deutsche Treue kämpfen. Vielleicht kommt es irgendwann einmal zu einem Komplott, zu einem Staatsstreich. Aber das geschieht erst, wenn die mit Rittergütern, Orden und Prestige verwöhnten deutschen Marschälle merken, daß dieser Krieg nicht zu gewinnen ist.«

»Die Deutschen marschieren aufs Wolgaknie und auf den Kaukasus«, sagte Dulles. Der Präsident schwieg eine Weile.

»Ich darf Sie nicht allzusehr in die Kontakte zwischen uns und unseren Verbündeten einweihen, Allan. Aber es gibt erste Anzeichen dafür, daß Hitler sich sowohl in Rußland wie auch in Afrika totlaufen könnte. Sie werden in der Schweiz auf deutsche Dissidenten treffen, die das für möglich halten und bereit sind, gegen Hitler loszuschlagen. Sie müssen diese Leute genau unterscheiden von den Schaumschlägern, Opportunisten und solchen, die nur ihre Angst treibt, aber nicht ihr Widerstandswille. Nein, machen Sie sich besser keine Notizen . . .«, fügte der Präsident rasch hinzu, als er sah, daß sein Besucher Anstalten traf, das eine oder andere in seinem Taschenkalender festzuhalten.

Allan W. Dulles legte Stift und Buch zur Seite und fragte: »Wie sollen wir uns Kaltenbrunner und Canaris gegenüber verhalten, die zweifellos auch fähige Leute in der neutralen Schweiz haben?«

Roosevelt antwortete ohne Zögern: »Wir wollen unter keinen Umständen einen Agentenkrieg auf schweizerischem Boden, Allan. Keine Leichen in dunklen Straßenecken und keine toten Briefkästen! Versuchen Sie, die Deutschen zu entlarven und auszuhorchen. Sie können über unbegrenzte Mittel verfügen, um sie zu kaufen oder zu bestechen. Es ist für uns weit wichtiger, uns diese Leute nutzbar zu machen, als sie auszuschalten. Und ich hoffe, daß die Deutschen ebenso denken.«

Allan W. Dulles nickte. Dann sagte er: »Unseren jüdischen Organisationen wird berichtet, daß die Deutschen den Massenmord an ihrer jüdischen Bevölkerung nicht nur planen, sondern bereits durchführen. Die Zahl jüdischer Flüchtlinge soll enorm gestiegen sein.«

Franklin D. Roosevelt nickte bestätigend, stützte die Ellenbogen auf die Tischplatte und faltete die Hände vor dem großflächigen Gesicht mit dem eine Spur naiv wirkenden Kinn. »Auch mir sind solche Berichte zugegangen, Allan. Ich muß gestehen, daß ich sie nicht glaube. Juden neigen überall in der Welt zu Selbstmitleid und Übertreibung. Die Zionisten lassen nichts unversucht, um unser Mitgefühl zu erwecken und unsere Zustimmung und die unserer britischen Freunde zur Errichtung ihres jüdischen Staates in Palästina zu erhalten. Es kann nicht unsere Aufgabe sein, uns in die europäischen

Minderheitenprobleme einzumischen, Allan. Hitler will die Weltherrschaft an sich reißen. Wir müssen Onkel Joe helfen, das zu verhindern. Alles andere ist zweitrangig. Sonst noch Fragen?«

»Wie steht's mit Personal, Mr. President? Es wird drüben eine Menge Arbeit auf mich zukommen.«

»Eine verständliche Sorge«, sagte Präsident Roosevelt und betätigte einen Klingelknopf an seinem Schreibtisch. Den eintretenden Referenten bat er: »Bringen Sie mir die Personalakte von Lieutenant Cassyan Combrove.«

Der Referent verbeugte sich wortlos und verschwand. Als er wenig später zurückkehrte, überreichte er dem Präsidenten einen Schnellhefter. Roosevelt gab ihn an seinen Besucher weiter. »Lieutenant Cassyan Combrove ist mir für den Ausbau des OSS fast ebenso warm empfohlen worden wie Sie, Allan. Sobald er aus dem Pazifik zurückgekehrt und ausgeheilt ist, wird er Ihr zweiter Mann. Er ist innerhalb von zwei Jahren zum Offizier aufgestiegen, hat bereits als Lieutenant auf Midway gedient und wurde vor wenigen Tagen auf Guadalcanal schwer verwundet. Harter Bursche! Er kennt die Grausamkeit der Schlachten gut genug, um aus eigener Erfahrung zu wissen, daß jede andere Methode, einen Krieg zu gewinnen, humaner ist als der Kampf mit der Waffe. Combrove ist wie geboren für den Aufbau eines Geheimdienstes. Ihr Mann, Allan, wenn Sie ihn haben wollen. Nehmen Sie die Akte mit, und sehen Sie sie eingehend durch. Aber vergessen Sie nicht, die Personalakten der OSS sind streng geheim!«

Der Besucher des Präsidenten klemmte das Dossier unter den Arm, erhob sich und ergriff die Rechte, die Roosevelt ihm jovial entgegenstreckte.

»Werden Sie annehmen, Al?«

»Ich bitte um Bedenkzeit, Mr. President. Bis Ende nächster Woche.«

»Bis morgen«, sagte Präsident Roosevelt. »Nächst der Entscheidung über unsere Landung auf dem europäischen Kriegsschauplatz ist die Stationierung der OSS in der Schweiz unser wichtigstes Projekt. Wenn Sie annehmen, sagen Sie es Hopkins. Wenn Sie nicht akzeptieren, sagen Sie es mir, und begründen Sie Ihre Ablehnung.«

Allan W. Dulles wandte sich um und verließ das Weiße Haus, weitergereicht von Begleitern in Zivil und Uniform, die einander nach einem raffinierten System ablösten.

Präsident Roosevelt klingelte nach seinem Referenten und fragte ihn nach dem nächsten Termin.

»Der Premierminister mit Lord Mountbatten, Mr. Stimson und General Marshall«, informierte ihn der Beamte. »Um vierzehn Uhr, Sir. Die Unterlagen sind vorbereitet. Mr. Hopkins wartet im Vorzimmer.«

Allan Welsh Dulles akzeptierte den Posten, den seine Regierung ihm angeboten hatte, und traf wenige Wochen nach jenem Gespräch im Weißen Haus über verschlungene und gefährliche Reisewege in Bern ein, wo er offiziell zum Personal der Botschaft der Vereinigten Staaten von Nordamerika zählte. Zum Zeitpunkt seines Eintreffens in der Schweiz befand sich Ruth Conrath in einem der verwinkelten Patrizierhäuser der ehrwürdigen Stadt Chur. Es hatte für Maria Gastyger, geborene Castelloni, nicht der geringsten Überlegung bedurft, um der flüchtigen deutschen Jüdin, mit der sie die Erinnerung an eine gemeinsame schöne Jugend verband, ihr Haus zu öffnen. Auch ihren Mann überzeugte sie davon, daß dies ebenso zur Menschlichkeit und christlichen Nächstenliebe wie auch zur Pflicht einer angesehenen und traditionsreichen Schweizer Patrizierfamilie gehöre. Mit Franz Gastyger hatte Ruth allerdings wenig persönlichen Kontakt. Er war Reserveoffizier der schweizerischen Armee, und da er vier Fremdsprachen fließend und eine Reihe weiterer zufriedenstellend beherrschte, hatte man ihn schon zu Kriegsbeginn aktiviert, in den Majorsrang erhoben und einer zentralen Dienststelle des eidgenössischen Nachrichtendienstes in Luzern zugeteilt. Von dort konnte er lediglich am Wochenende seine Familie besuchen. Es war zu dieser Zeit noch durchaus üblich, daß Familien des gehobenen Mittelstandes über zwei oder drei Hausangestellte verfügten, und so hatte es sich leicht einrichten lassen, Ruth Conrath als Kindermädchen für die vierjährige Valerie einzuführen. Doch es war unvermeidlich, daß die dramatischen Ereignisse des Jahres 1942 ihre Schatten bis in die wohlbehütete Abgeschiedenheit des Hauses Gastyger warfen.

»Was sollen wir nur tun?« fragte Maria. »Es wäre einfach verrückt, sich vorzustellen, daß wir dich über Monate oder auch Jahre hier versteckt halten könnten, ohne daß es jemand merkt.«

»Ich habe es von Anfang an gewußt«, sagte Ruth, »daß ich euch in Schwierigkeiten bringe. Ich muß dir gestehen, ich liege oft nachts schlaflos im Bett und frage mich, ob ich Carl so rasch hätte nachgeben dürfen. Vielleicht ist doch alles nicht so schlimm, wie wir gedacht haben. Ich weiß es nicht.«

»Aber ich weiß es«, erwiderte Maria Gastyger. »Wo du hinhörst, erzählen die Leute von immer zahlreicheren Deutschlandflüchtlingen. Die Zeitungen sind voll davon. Franz sagt auch, die Juden seien immer sofort bereit, das Beste zu glauben. Das wäre alles nicht so schlimm, wenn man die Juden in Deutschland offiziell beruhigen würde. Aber das geschieht nicht; eher das Gegenteil.«

»Ich mache mir Vorwürfe«, sagte Ruth. »Mein Gott, Maria, wer hätte je auch nur im Traum an so etwas denken mögen, als du im Haus meiner Eltern warst.«

»Manche haben schon damals daran gedacht«, sagte Maria Gastyger. »Er hat es ja in seinem Buch geschrieben. Aber die Deutschen mochten dieses Buch zwar als Prachtausgabe hinter Glas stehen haben, doch gelesen haben sie es nicht. Und die wenigen, die es lasen, haben es nicht ernst genommen. Franz und ich waren immer skeptisch. Aber das ist ja jetzt alles zu spät, Ruth. Nun bist du bei uns, und wir müssen uns so verhalten, wie es uns ums Herz ist. Wenn wir nur ein wenig mehr für dich tun könnten, als dich zu verstecken und durchzufüttern.«

Die kleine Valerie angelte von außen nach der Klinke, bekam sie tatsächlich zu fassen und schwang, halb am Türgriff hängend, ins Zimmer. Wann denn Tante Ruth nun endlich einmal mit ihr spazierengehe, wie es die Mammi am Anfang versprochen habe, wollte das Kind wissen. Maria Gastyger holte ihre Tochter zu sich und hob sie auf ihren Schoß.

»Hör zu, Valerie«, sagte sie. »Du mußt jetzt einmal gut aufpassen und dir merken, was Mammi dir sagt. Tante Ruth wird zwar im Haus alles mit dir machen und alles für dich tun, sie wird dir vorlesen und dir Geschichten erzählen, mit dir beten und mit dir spielen, sie wird dich baden und dir die Zöpfe flechten. Aber sie wird nie mit dir spazierengehen.«

»Warum nicht, Mammi?« fragte das Kind. »Hat sie mich nicht lieb?« Die Kleine wandte sich um und wiederholte ihre Frage: »Hast du mich nicht lieb, Tante Ruth?«

»Ich habe dich sogar sehr lieb, Valerie«, sagte Ruth und strich dem Kind übers Haar.

»Warum gehst du dann nicht mit mir spazieren?«

Ruth Conrath und Maria Gastyger wechselten einen Blick, dann sagte Maria: »Es gibt draußen böse Menschen, die suchen Tante Ruth, um ihr weh zu tun. Die dürfen nicht wissen, wo Tante Ruth wohnt. Und deshalb darfst du auch niemals jemandem etwas davon sagen, daß sie hier ist.«

Wieder wandte das Kind Ruth Conrath das Gesicht zu, um in ihren Zügen zu lesen, ob eine so ungereimte Geschichte wirklich wahr sein könne. Als die Kleine Tränen in Ruths Augen erblickte, wußte sie, daß ihre Mutter die Wahrheit gesagt hatte. Ruth trocknete ihre Wimpern und sagte: »Wir müssen deine Bärchen baden, Valerie, und den Puppen die Haare waschen. Geh schon nach oben, ich komme gleich.«

Das Kind rutschte vom Schoß seiner Mutter. Ruth Conrath legte mahnend den Finger an die Lippen. Als Valerie ihre Mutter ansah, wiederholte Maria Gastyger die Geste. Da legte auch die kleine Valerie den Finger über ihre vorgestülpten Kinderlippen, ging auf Zehenspitzen zur Tür und verließ das Zimmer.

Zwischen den beiden Frauen löste sich eine Spannung. Ruth Conrath fuhr hoch, warf den Kopf zurück und brach in unterdrücktes Schluchzen aus, das jedoch rasch verebbte. Es war wie ein gegen ihren Willen aus ihr herausbrechender Zorn. »Mein Gott, Maria, es ist entsetzlich, wie sie sogar die Kinder mit hineinziehen. Wie lange wird das noch dauern? Gibt es denn gar keine Hoffnung, daß das jemals endet?«

Für Millionen von Menschen, die sich vor der Vernichtung fürchteten, wäre die Kenntnis von der Existenz der zehn voll ausgerüsteten Reservearmeen, die Stalin hinter Don und Wolga versammelte, um mit ihnen den Ansturm der deutschen Wehrmacht endgültig zu brechen, einer Offenbarung gleichgekommen. Die Tatsache indessen, daß weder der amerikanische Präsident noch die unbekannte Jüdin Ruth Conrath etwas von diesen geheimnisumwitterten Verbänden im Herzen Rußlands ahnten, sollte sich verhängnisvoll auf zahllose Einzelschicksale auswirken.

Franz Gastyger hatte seine Frau ersucht, Ruth Conrath für den heutigen Samstagabend zu einem ausführlichen Gespräch in die Bibliothek zu bitten. Er kam gegen sechs aus Luzern, zog sich zurück, entledigte sich der Uniform und erschien um sieben wie gewohnt zum Abendessen. Ruth und das Kind nahmen an der Mahlzeit teil. Danach brachte Ruth die Kleine zu Bett, und der Hausherr stieg in den Keller hinab, um den Tessiner Rotwein zu holen, der für ihn vor dem Kaminfeuer in der Bibliothek zur Gewohnheit geworden war. Die Bibliothek lag zwar zum Innenhof des Hauses hin, dennoch waren die schweren Veloursvorhänge sorgsam zugezogen, als Ruth Conrath den Raum betrat. Gewöhnlich las der Major an den Abenden zu Hause noch in den wichtigsten Akten, doch heute war sein Schreibtisch leer. Hinter Gastygers rundem Bauerngesicht verbarg sich die skeptische Intelligenz des erfolgreichen Rechtsanwaltes, der er im Zivilberuf war. Aus den Schlitzen seiner grauen Augen kamen abwägende Blicke. Seine Brille war im Dienst nickel- und zu Hause goldgerändert. Sein Mund war immer fest geschlossen und von nüchternem Zuschnitt. Seitdem er zum Major des Nachrichtendienstes avanciert war, lachte Franz Gastyger wenig, weil es in dieser Position wenig zu lachen gab.

»Kommen Sie, Ruth«, sagte er, während er den Wein einschenkte und die Gläser auf dem niedrigen Eichentisch zurechtschob. »Setzen Sie sich. Sie mögen doch meinen Tessiner Roten, nicht wahr?« Ruth Conrath nickte. Das harte Schweizerdeutsch des Majors hatte für sie gleichzeitig etwas Entschlossenes und Väterliches. Sie wußte, daß sie in diesem Haus zur Familie zählte.

»Wir brauchen nicht lange über Ihre Lage zu sprechen«, fuhr der Major fort. »Wir kennen sie, und sie ändert sich nicht dadurch, daß man sie ständig wiederholt. Aber es ist etwas eingetreten, das Sie wissen sollten. Die Amerikaner haben einen Mann herübergeschickt, der sich um die Dinge kümmern soll, die sich in unserem Land hinter den Kulissen vollziehen. Dieser Mann heißt Allan Welsh Dulles. Wir werden von uns aus mit ihm Fühlung aufnehmen, und ich meine, daß wir ihm nahelegen sollten, mit Ihnen zu sprechen. Aber dazu muß ich Ihre Zustimmung haben. Er wird am Dienstag in der Villa Stutz am Vierwaldstätter See erwartet. Was soll ich ihm sagen?«

»Ich bin ein bißchen ratlos, Herr Gastyger«, sagte Ruth Conrath.

»Das kommt wahrscheinlich auch zu plötzlich, Franz«, sagte Maria, die eben eingetreten war. »Ruth weiß doch nicht einmal, was du dir bei diesem Vorschlag gedacht hast.«

Der Major, der es gewohnt war, daß seine eingespielten Mitarbeiter seine Gedankengänge augenblicklich mitvollzogen, verkniff sich ein Lächeln angesichts der Ratlosigkeit der beiden Frauen.

»Sehen Sie«, wandte er sich an Ruth, »bei uns in der Schweiz sitzen Sie doch auf dem Pulverfaß, und zwar in doppelter Hinsicht. Es bedarf nur eines einzigen unvorsichtigen Wortes von dem Kind oder von einer Angestellten, und Ihre Anwesenheit hier wird unseren Behörden bekannt. Wenn das geschieht, werden Sie ausgewiesen. Unser Gesetz duldet nun einmal keine illegalen Einwanderer; auch, ja gerade dann nicht, wenn es sich um jüdische Flüchtlinge handelt. Ausnahmen gelten nur für Schwangere, junge Mütter und Deserteure. Die Kaution für Sie würden wir gern bezahlen, aber das würde gar nichts nützen. Man bringt die deutschen Juden jetzt sogar mit Gewalt über die Grenzen ins Reich zurück.«

»Unglaublich«, sagte Maria. »In einem Land, in dem soviel von Freiheit geredet wird.«

»Das ist nicht gar so unverständlich«, antwortete ihr Mann bedächtig. »Ihr Zivilisten wißt das nicht so. Aber wir erfahren jeden Tag, welch starken politischen Druck das deutsche Reich auf unsere Regierung ausübt. Sie müssen in Bern mit manchem nachgeben, um Schlimmeres zu verhüten.«

»Und da gibt man beim Billigsten nach«, sagte Maria Gastyger. »Abscheulich.«

»Möchtest du einen Krieg gegen die deutsche Wehrmacht führen?« fragte der Major. »Unsere Stadt gehört zur Alpenfestung des Réduit, die General Guisan verteidigen müßte, wenn die Deutschen einmarschieren. – Was aber Ihr Schicksal angeht . . .«, fuhr Gastyger nach einer kurzen Pause zu Ruth gewandt fort, ». . . wenn die Deutschen erfahren, daß Sie hier sind, wäre das Verhängnisvollste nicht Ihre Religion oder Rasse, Ruth, sondern die Tätigkeit Ihres Mannes in Deutschland, von der Sie uns noch nichts erzählt haben. Wenn ich am Dienstag mit Allan Dulles über Sie sprechen soll, muß ich darüber Bescheid wissen.«

»Was würden Sie sich von einem Kontakt mit den Amerikanern versprechen?« fragte Ruth Conrath.

Der Major nahm einen Schluck aus seinem Glas, behielt es in der Hand und sah Ruth nachdenklich an.

»Sie sind eine tapfere Frau, Ruth. Ich brauche bei Ihnen nicht um den heißen Brei herumzureden. Ich verspreche mir davon die Rettung Ihres Lebens. Ob wir den Amerikaner für das Schicksal einer einzelnen deutschen Jüdin erwärmen können, weiß ich nicht. Aber vielleicht kann ich ihn für das interessieren, was Dr. Carl Conrath für die deutsche Wehrmacht entwickelt. Aber dazu müßte ich wissen, um was es sich handelt. Vielleicht kann Dulles Sie nach den Staaten ausfliegen lassen oder Sie bis Kriegsende in die Botschaft nehmen, wo Sie sicherer wären als hier. Aber damit ich das alles überdenken kann, müßten Sie mir wenigstens eine Andeutung machen.«

»Ich schäme mich«, sagte Ruth Conrath.

»Gefühle führen zu nichts«, entgegnete der Major. »Ich brauche Fakten.«

»Du mußt es ihm anvertrauen, Ruth«, sagt Maria Gastyger. »Ich kenne Franz, wenn er so etwas verlangt, ist es unumgänglich. Und wem schadest du damit schon? Doch allenfalls den Nazis.«

»Ob Sie es glauben oder nicht«, begann Ruth Conrath, nachdem sie eine Weile gezögert und ihre Hemmungen bekämpft hatte. »Carl baut an Hitlers Vergeltungswaffen mit. Er entwickelt den Flüssigtreibstoff für eine Fernrakete mit einer Reichweite, die England einschließt. Das ist alles, was ich weiß.«

Major Gastyger stellte das halbleere Glas zurück auf die dunkle Eichenplatte des Kamintischs, ohne den Blick von Ruth Conraths Gesicht zu lassen. »Dann gibt es sie also wirklich«, sagte er endlich. »Die westlichen Generalstäbe rätseln seit Monaten über diese Geheimwaffe, die angeblich den ganzen Krieg umkrempeln kann. Und Sie erzählen davon, als handele es sich um die Eröffnung einer neuen Metzgerei an der Ecke.«

Ruth Conrath saß vorgebeugt da, die Hände zwischen den Knien zusammengelegt, und zuckte mit den Schultern. »Ich kann nichts für die Ironie der Weltgeschichte und für die Schizophrenie des ›Führers‹. Aber was ich Ihnen gesagt habe, ist die Wahrheit. Sie können diese Information verwenden, wie Sie es für richtig halten, Herr Gastyger.«

Die Art und Weise, in der der Major des schweizerischen Nachrichtendienstes NS 1 die Eröffnung Ruth Conraths verwendete, war von seinem Standpunkt aus verantwortungsbewußt und richtig. Das erste Treffen zwischen Gastyger und dem Leiter des Office of Strategic Services der amerikanischen Botschaft in Bern ist zeitlich nicht genau verbürgt. Es fand im Spätherbst oder Frühwinter des spannungsreichen Jahres 1942 statt, welchem jenes bedeutsame Jahr folgte, das den Zweiten Weltkrieg zwar nicht beendete, aber ihn an allen Fronten entschied. Die beiden Männer waren in der Villa Stutz zusammengekommen, von deren Oberstock sich ein faszinierender Ausblick über den Vierwaldstätter See bot. Major Gastyger war in Zivil, denn Beziehungen zwischen dem schweizerischen und dem amerikanischen Nachrichtendienst sollten der Öffentlichkeit sowenig wie möglich bekanntwerden.

Allan W. Dulles im dunkelblauen Nadelstreifenanzug nahm vor Überraschung die obligate Pfeife aus dem Mund, als der Major ihm gegen Ende des Gesprächs fast beiläufig berichtete, daß er Nachrichten über die geheimnisumwitterte deutsche Vergeltungswaffe besitze.

»Ich bewundere unseren Präsidenten«, sagte Dulles. »Roosevelt hat mich darauf vorbereitet, daß hier in der Schweiz heiß gekocht wird.«

»Aber daß es so heiß ist, hätten Sie nicht erwartet, oder? Nun, Sie werden verstehen, daß wir derart heiße Ware nicht kostenlos abgeben können.«

»Natürlich nicht«, sagte Allan W. Dulles. »Was soll die Information kosten, Mr. Gastyger?«

»Vollen diplomatischen Schutz für eine deutsche Jüdin«, erwiderte der Major in der ihm eigenen Mischung aus rauhbeiniger Menschlichkeit und gesetzestreuer Pedanterie. »Andernfalls würde sie früher oder später an die Deutschen ausgeliefert.«

»Und was würde *Ihnen* das ausmachen?« fragte der Amerikaner. Er hatte noch die Worte seines Präsidenten im Ohr: Sie müssen die echten, und nützlichen Dissidenten genau unterscheiden von den Schaumschlägern, Opportunisten und solchen, die nur ihre Angst treibt, aber nicht ihr Widerstandswille ... Es kann nicht unsere Aufgabe sein, uns in die europäischen Minderheitenprobleme einzumischen, Allan. Hitler will die Weltherrschaft an sich reißen. Wir müssen Onkel Joe helfen, das zu verhindern. Alles andere ist zweitrangig. »Ich verstehe Ihre Frage nicht«, drang Franz Gastygers Stimme in seine Gedanken. »Was mir das ausmachen würde? Die Frau ist Gast meines Hauses. Sie hat Vertrauen zu meiner Familie und zur abendländischen Humanität. Sie wissen doch, was die Deutschen mit ihrer jüdischen Bevölkerung machen?«

»Wir haben davon gehört, aber meine Regierung glaubt die Gerüchte nicht. Sie hält sie für zionistische Übertreibungen, mit denen die Juden die Aufmerksamkeit der Weltöffentlichkeit auf ihre Probleme lenken wollen. Meine Regierung hat diverse Berichte erhalten und sie sogar an den Vatikan übermittelt. Aber auch dort fanden sie keinerlei Bestätigung oder gar Beweise. Nein, wir glauben das alles nicht. Es wäre ja auch einfach unfaßbar.«

»Es *ist* unfaßbar«, gab der Major betont zurück.

»Was wissen Sie konkret, Mr. Gastyger?«

»Verschiedenes«, antwortete der Offizier. »Es gibt Berichte von Flüchtlingen, Memoranden unserer eigenen Leute, die in Deutschland leben, es gibt Briefe an die Vertreter der Jewish Agency und des Jüdischen Weltkongresses in Genf. Es heißt, daß viele Juden in Deutschland und Polen sich der drohenden Deportation durch Selbstmord entziehen, Mr. Dulles. Diese Berichte können nicht alle aus der Luft gegriffen sein. Wir wissen, daß seit dem Frühsommer Transporte aus Berlin und Frankfurt laufen. Es ist noch nicht bekannt, wohin die Juden gebracht werden und was mit ihnen geschieht. Geschlossener Arbeitseinsatz, lautet die offizielle Version. Aber es existieren drei Originalfotografien, die Schlimmes vermuten lassen.«

»Ich weiß«, unterbrach der Amerikaner. »Aber der Krieg ist eben grausam, Mr. Gastyger. Noch ist Ihr Land davon verschont geblieben.«

Es trat eine Pause ein. Schließlich fragte Major Gastyger: »Sie akzeptieren den Preis, den ich Ihnen genannt habe, Mr. Dulles?«

Der Amerikaner erhob sich, trat an das große Panoramafenster und sah auf den in herbstlicher Stille ruhenden See hinaus. Es war Krieg. Auf den Schlachtfeldern starben Hunderttausende, im Pazifik sanken Schlachtschiffe, verschwanden ganze Luftgeschwader auf Nimmerwiedersehen, in den nördlichen Meeren froren Schiffe fest und Menschen zu Bein. War es nicht erstaunlich, daß ihn, Allen Welsh Dulles, hier ein Schweizer Bürger mit der angeblichen Bedrohung einer einzelnen deutschen Frau erpreßte? Er schüttelte etwas unwillig den mächtigen Schädel mit den beginnenden Geheimratsecken und wandte sich Major Gastyger wieder zu:

»Wir werden die Angelegenheit im Auge behalten, Mr. Gastyger. Wir werden uns informieren, politisch und sachlich. Mein bester Mann wird den Fall bearbeiten. Vom Präsidenten der Vereinigten Staaten persönlich empfohlen. Wir werden uns wieder an Sie wenden. Am besten über Ihre Dienststelle.«

Auch Franz Gastyger erhob sich. »Wie heißt Ihr Mann, Mr. Dulles? Damit ich weiß, mit wem ich es zu tun habe, wenn er sich meldet.«

»Sein Name ist Cassyan Combrove, er kommt direkt vom fernöstlichen Kriegsschauplatz. Ein Mann, wie geschaffen für den Aufbau eines Geheimdienstes, meint unser Präsident. Sie werden in zwei bis drei Wochen von uns hören.«

Allan W. Dulles ging bei der Errichtung seines Büros in Bern unorthodox vor. Er vermutete nicht nur von vornherein, daß seinen deutschen Gegenspielern seine Anwesenheit in der neutralen Schweiz nicht lange verborgen bleiben würde, sondern er hatte darüber sehr bald auch konkrete Kenntnis. Er versuchte gar nicht erst, sein Büro zu tarnen, sondern richtete sich im Gegenteil ziemlich offen ein und verheimlichte seine Anwesenheit vor niemandem. Wer immer ihn sprechen wollte, konnte das in der Berner Botschaft der Vereinigten Staaten ungehindert tun. Dort allerdings wickelte sich nur der offizielle Verkehr ab. Ein zweites Büro, das in einem behaglichen Haus in der Herrengasse, in Zürichs verwinkelter Innenstadt, eingerichtet wurde, diente dem geheimen Nachrichtendienst. In dieses Gebäude zog wenig später Cassyan Combrove ein, der zuvor von Allan W. Dulles über seine Aufgabe und über die allgemein auf dem Schweizer politischen Parkett zu verfolgende Strategie unterrichtet worden war. Eine der ersten Direktiven, die Combrove von Dulles erhielt, war von entscheidender Bedeutung. Das Gespräch fand in Allan W. Dulles' Dienstzimmer im zweiten Stock des Berner Botschaftsgebäudes statt.

»Mr. Combrove«, sagte Dulles, »bevor Sie Ihre Tätigkeit hier beginnen, sollten Sie folgendes wissen: Es ist eine sonderbare Neutralität, die in diesem Lande herrscht. Denn in vieler Hinsicht sind die Deutschen ebenso auf die Schweiz angewiesen wie umgekehrt. Sie sehen das zum Beispiel daran, daß auch hier Verdunkelung angeordnet ist, obwohl die Schweiz sich gar nicht am Krieg beteiligt. Das hat folgenden Grund. Die britischen Bomberverbände konnten zwar die verdunkelten deutschen Ziele nicht ausmachen, sie aber mit Hilfe der erleuchteten Schweizer Stadtkerne genau anpeilen. Deshalb erzwangen die Deutschen von der Schweiz die Einführung der Verdunkelung, und zwar mit der Drohung, ihr andernfalls die Rohstoffzufuhr über die Häfen von Genua und Savona zu sperren. Was blieb den Schweizern übrig? Sie verdunkelten. Hätte ich auch getan.«

Lieutenant Cassyan Combrove war damals knapp fünfundzwanzig Jahre alt. Aber er sah schon fast genauso aus wie fünfunddreißig Jahre später, bei jener dritten schicksalhaften Begegnung mit Martin Conrath. Wäre nicht ein anderer Adamsapfel in Deutschlands Nachkriegsepoche zu literarischer Berühmtheit gelangt, so müßte Cassyan Combroves Adamsapfel an dieser Stelle beschrieben werden. Doch da inzwischen alle Welt Adamsäpfel in ihren biologischen, organischen und ästhetischen Einzelheiten kennt, kann man ihn übergehen. Sein Adamsapfel war an Cassyan Combroves äußerem Erscheinungsbild zwar das unvergänglichste, keineswegs aber das wichtigste Merkmal. Das lichte Haar auf seinem runden Geheimratskopf schien damals schon einen leichten Grauton zu haben. Auffallend waren seine großen, flach anliegenden Ohren, über welche die Metallbügel einer randlosen Brille gezogen waren. Hinter deren Gläsern lauerten starr und vergrößert wirkende Augen von der Farbe eines Hochgebirgssees bei Dauerregen und von der Unbeweglichkeit eines schlummernden Fisches. Combroves Nase hatte die Eigenart, von der Seite feingeschwungen, von vorne jedoch knollig zu wirken. Der Mund fiel eigentlich erst auf, wenn Combrove sprach. Im Augenblick aber war es Allan W. Dulles, der, während er Combrove prüfend betrachtete, das Wort ergriff: »Natürlich sind auch unsere Freunde aus Canaris' und Kaltenbrunners Garde mit von der Partie. Diese Leute sind nach Anweisung des Präsidenten vorerst als tabu zu betrachten, Combrove. Es wird Ihre wichtigste Aufgabe sein, sie ausfindig zu machen und zu identifizieren. Alles andere ist zweitrangig. Zunächst müssen wir wissen, mit wem wir es zu tun haben. Danach werden wir überprüfen, ob wir diese Burschen umdrehen können, wenn ja, wie, und was es kostet.« Allan W. Dulles brach ab. Doch da Combrove schwieg, fragte er nach einer Weile: »Haben Sie mich verstanden, Lieutenant?« Da brachte Cassyan Combrove die ersten zwei Worte während dieses Gesprächs heraus: »Quite, Sir«, sagte er.

Ein Mensch, so schätzte der erfahrene Advokat Dulles den Mann vor sich ein, dem Selbstbestätigung über alles geht und der deshalb zur Machtausübung neigt; vielleicht auch zum Mißbrauch. Ein Mann, der unerbittlich hassen kann, dennoch tugendhaft bis zur Prüderie, fanatisch bis zur Grausamkeit, in der Tat, der beste Mann, den der Präsident ihm für diese Aufgabe empfehlen konnte. Jetzt war er schlank und drahtig. Wenn er älter ist, befand Dulles, wird sein Körper hager und schlaksig werden. Aber bis dahin war es noch eine lange Zeit.

Es war Cassyan Combrove durchaus bewußt, daß sein Präsident ihn auf die unterste Sprosse der Leiter zu einer bedeutenden Karriere gesetzt hatte, und deshalb packte er seine Aufgabe mit Entschlossenheit an. Die Aktennotiz, die er zwischen einer Menge anderer aus der Hand seines Chefs und den übrigen Botschaftsangehörigen auf seinem Schreibtisch fand und die besagte, daß ein möglicher Draht zu den Geheimwaffen der Deutschen über Major Franz Gastyger in Luzern laufe, erzeugte als vermeintlicher Blindgänger instinktiv das Unbehagen des Amerikaners. Seine Erfahrung hatte ihn gelehrt, daß Fäden, die so spektakulär begannen, häufig sehr bald rissen oder sich zumindest als zu dünn erwiesen, um einen lukrativen Erfolg daran aufzuhängen. Er legte die Notiz deshalb zunächst beiseite und kam erst nach einigen Wochen darauf zurück. Zweifelnd drehte er den Zettel zwischen den Fingern, als er den Major endlich in seiner Dienststelle in Luzern anrief. In der Sachlichkeit, Prägnanz und Kürze ihrer Ausdrucksweise waren der amerikanische Lieutenant und der schweizerische Major sich sehr ähnlich:

»Es geht um die deutschen Waffenentwicklungen«, sagte Cassyan Combrove nach der obligaten Begrüßung. »Ich überprüfe diesen Fall. Darf ich zuerst fragen, Major, ob Sie an uns oder wir an Sie herangetreten sind?«

»Ich habe Mr. Dulles Informationen angeboten«, erwiderte Franz Gastyger. »Und Mr. Dulles hat Interesse dafür gezeigt. Er hat mich davon unterrichtet, daß Sie die Sache bearbeiten.«

»Ich habe seine Notiz vorliegen«, knurrte Combrove. »Was haben Sie uns also anzubieten?«

Franz Gastyger lachte in einer Weise, die seinen Gesprächspartner reizte. »So einfach geht das nicht, Mr. Combrove. Die Information läuft über eine Dame . . .«

»Über eine Frau?« Cassyan Combroves Erstaunen war perfekt.

»Eine Frau, jawohl«, wiederholte Franz Gastyger. »Vielleicht hören Sie sich das, was sie zu sagen hat, einmal an.«

»Schön«, sagte Combrove und zog seinen Terminkalender heran. »Kann sie nach Bern kommen?«

»Die Dame wohnt in Chur«, erklärte Gastyger. »Ihr Aufenthalt in der Schweiz ist illegal.«

Cassyan Combrove reagierte aufmerksam, ja mißtrauisch auf diese Eröffnung. »Aber Sie sind doch«, vergewisserte er sich nach einer Pause, »Sie sind doch der Major im NS 1, Franz Gastyger?«

Der Major bestätigte das, doch es schien ihm wenig ratsam, dem Amerikaner den wirklichen Sachverhalt in vollem Umfang mitzuteilen.

»Kann ich die Dame in Chur besuchen?« fragte der Amerikaner.

»Nein, auch nicht.«

»Aber wie zum Teufel soll ich mir anhören, was sie zu sagen hat, wenn sie weder reisen noch Besuch empfangen darf? Hören Sie zu, Major«, fuhr er nach einiger Überlegung fort, »ich erwarte die Dame in unserem neuen Domizil in Zürich. Dort kann sie mich ganz unauffällig treffen. Wenn *Sie* die Frau unter Ihrem offiziellen Schutz mit dem Auto hinbringen, kann sie die Verdunkelung ausnützen. Geht es am kommenden Mittwoch um neun Uhr abends?«

Für den Major der schweizerischen Armee, Franz Gastyger, bedeutete dieser Vorschlag des Amerikaners ein gravierendes persönliches Risiko, und das, nachdem er schon durch Ruth Conraths unangemeldeten Aufenthalt in seinem Hause gegen die Gesetze verstieß. Aber das Risiko war nichts im Vergleich zu der Gefahr, in welcher Ruth schwebte, wenn er Combroves Vorschlag nicht aufgriff. Nachdem er dies alles überdacht und abgewogen hatte, vernahm er ein ungeduldiges Räuspern seines Gesprächspartners. Der Major straffte sich und stimmte zu. Beide Männer waren sich auch ohne weitere Erörterungen darüber klar, daß Combrove sicherheitshalber die Züricher Adresse nicht am Telefon nennen konnte. Er versprach, sie Gastyger durch persönlichen Kurier zuzuleiten, was er bereits am nächsten Morgen tat. Am Abend des vereinbarten Tages

erreichte der unauffällige Dienstwagen des NS 1 das Weichbild der verdunkelten Stadt Zürich, ohne daß der Major in
eine Kontrolle geraten oder angehalten worden wäre. Er hielt
es für besser, den Wagen nicht in unmittelbarer Nähe des
Hauses in der Herrengasse zu parken. Er hatte lange und
gründlich darüber nachgedacht, ob er Ruth Conrath zu dem
Gespräch begleiten solle und sich schließlich dafür entschieden. Er trug aus diesem Grund Zivilkleidung. Über Aussehen
und genaue Lage des Hauses hatte er sich vorher informieren
lassen, damit er in der Dunkelheit nicht lange zu suchen
brauchte. Das Gebäude war ein schönes Patrizierhaus aus der
Spätrenaissance. Combrove hatte dem Major die Lage des
Klingelknopfes so exakt beschrieben, daß Franz Gastyger ihn
auf Anhieb fand. Fast gleichzeitig schnarrte ein elektrischer
Türöffner. Gastyger und Ruth betraten eine Diele mit Eichen-
boden und Kassettendecke, die nur spärlich erleuchtet war.
Hier unten befanden sich anscheinend Kontore oder Lager-
räume. Von der Treppe her fiel ein Lichtschein auf den Dielen-
boden. Als sie aufblickten, sahen sie die Silhouette eines
Mannes. Gastyger erkannte ihn erst an der Stimme.
»Kommen Sie herauf, Major. Und keine Sorge, ich bin allein
im Haus.«
Ruth Conrath und Franz Gastyger stiegen die Treppe hinauf.
Combrove war vorausgegangen in einen Raum, der zwar angenehm warm, aber spartanisch eingerichtet war. Kein Teppich bedeckte den hellgescheuerten Ahornboden. Von der
ursprünglichen Einrichtung des Zimmers waren ein großer
Frankfurter Wellenschrank und drei alte Ledersessel übriggeblieben, die in der Farbe zu der dunklen Täfelung mit den ein-
gebauten Wandschränken paßten. Wie ein Fremdkörper wirkte ein heller, ebenso einfacher wie häßlicher Schreibtisch, auf
dem eine schwarze Bürolampe brannte. Ihr Lichtkegel war
hart nach unten gerichtet, so daß die obere Hälfte des Raumes
in Dunkel gehüllt blieb. Seinem Präsidenten im Weißen Haus
hatte Cassyan Combrove es dadurch gleichgetan, daß er im
Hintergrund das Sternenbanner aufgehängt hatte. Daneben

lächelte Franklin D. Roosevelt optimistisch auf einer Fotografie, die aus einer Zeit stammte, zu der F.D.R. selbst noch an seinen New Deal geglaubt und jeden Gedanken an Amerikas Eintritt in einen Krieg weit von sich gewiesen hatte. Der Lieutenant zeigte auf zwei Sessel dicht vor seinem Schreibtisch und eröffnete das Gespräch mit einer Frage an Ruth Conrath: »Darf ich Ihren Namen erfahren, Ma'am?«

»Da geht es schon los«, sagte der Major. »Nein, das darf man natürlich erst dann, wenn Sie sich entschieden haben, ob Sie die Bedingungen erfüllen wollen, die an eine Aussage geknüpft sind. Aber darüber wird Ihre Botschaft entscheiden. Fragen Sie die Dame, was Sie wissen möchten, Mr. Combrove.« Gastyger lehnte sich als Zeichen dafür, daß er mit diesem Teil der Sache nichts zu tun hatte, in den ächzenden Sessel zurück und schlug die Beine übereinander. Combrove blickte Ruth forschend an. Sie strich eine Haarsträhne aus der Stirn und versuchte es mit einem Lächeln. Aber mit genau der gleichen Wirkung hätte sie einen Karpfen in seinem Aquarium anlächeln können. »Mr. Gastyger sagte, daß Sie etwas über deutsche Geheimwaffen wissen«, begann der Karpfen das Verhör. Ruth Conrath warf einen hilfesuchenden Blick hinüber zu Major Gastyger, der ihr unmerklich ermutigend zunickte.

»Mein Mann entwickelt den Flüssigtreibstoff für eine Fernrakete, die von der Wehrmacht gegen England eingesetzt werden soll.«

Sowohl der Major wie auch Ruth Conrath waren überrascht von der Reaktion des Amerikaners.

»Ich nehme an, das geschieht in Peenemünde, Ma'am?«

»Woher wissen Sie das?« fragte der Major.

»Wir vermuten seit einiger Zeit, daß die Deutschen Raketen bauen, und vermuten auch, wo und zu welchem Zweck. Wie weit sind Ihre Leute, Ma'am?«

»Das weiß ich nicht«, sagte Ruth.

»Aber Sie wissen doch wenigstens, wie Ihr Mann mit dem Treibstoff vorankommt? Ob er Erfolge hat oder Mißerfolge?

Wann ist mit der Einsatzfähigkeit dieser Ferngeschosse zu rechnen? Was für eine Flugbahn werden sie haben? Welche Wirkung verspricht man sich von ihnen?«

»Darüber weiß ich nichts«, sagte Ruth Conrath mutlos. »Ich weiß nur, daß mein Mann an diesen Waffen arbeitet. Mehr als das hat er mir niemals mitgeteilt.«

Cassyan Combrove richtete seine kalten, eisengrauen Augen auf den Major. Sie kann uns kein Wort mehr berichten, als wir ohnehin schon wissen, schien sein Blick zu sagen, und es fehlte nur das bedauernde Schulterzucken. Was soll ich denn damit anfangen? las der Major in den Augen des Amerikaners. Wie können Sie uns nur mit so einer Lappalie kommen, wo uns wichtige Probleme auf den Nägeln brennen? Combrove wandte sich wieder Ruth zu. »Mehr hat er Ihnen also nicht gesagt. Der pflichtbewußte Deutsche, getreu bis in den Tod. Weiß Ihr Mann denn, was Sie hier treiben, Ma'am?«

»Nein«, erwiderte Ruth Conrath. »Davon hat er keine Ahnung. Er würde es aber billigen, wenn er es wüßte.«

Doch diese Versicherung genügte dem kalten Amerikaner nicht. »Können Sie mit Ihrem Mann in Verbindung treten, Ma'am, oder er mit Ihnen? Können Sie mir Einzelheiten liefern, die wir noch nicht kennen und die für uns von Nutzen wären?«

Da Ruth Conrath nicht sofort antwortete, schaltete der Major sich ein. Er sagte, ohne seine Haltung zu verändern: »Eine solche Kontaktaufnahme ist unmöglich, Mr. Combrove. Diese Frau gilt für die deutschen Behörden als tot, und es würde sowohl ihren wie auch den Kopf ihres Mannes kosten, wenn sie jemals erfahren würden, daß sie noch am Leben ist.«

Die Wirkung dieser Eröffnung auf den Amerikaner war verblüffend. Combrove lehnte sich in seinem Sessel zurück, stützte die Ellenbogen auf die Seitenlehnen und legte die Handflächen vor dem Gesicht aneinander. Seine Augen waren unbeweglich auf Ruth gerichtet. Das dauerte eine ganze Weile. Dann sagte Cassyan Combrove: »Wenn ich mir das alles richtig zurechtlege, nehme ich an, daß Sie Jüdin sind, Ma'am?«

»Was spielt das für eine Rolle, Lieutenant?« fragte der Major nicht ohne Schärfe. Combrove wandte dem Schweizer das Gesicht zu und antwortete mit den Worten seines Präsidenten, die Gastyger schon von Allan Welsh Dulles gehört hatte: »Es kann nicht die Aufgabe der Vereinigten Staaten sein, sich in die europäischen Minderheitenprobleme einzumischen, Sir. Ihre Gewährsperson kann uns über die neuen Waffen nichts sagen, was wir nicht schon wissen. Was sollen wir also mit ihrer Aussage? Sie können uns nicht helfen, Ma'am, und wir können Ihnen nicht helfen.«

»Wie wäre es mit einem Hauch von Menschlichkeit?« fragte der Major und erhob sich. Auch der Amerikaner stand auf, dann folgte Ruth ihrem Beispiel.

»Über Menschlichkeit hat meine Regierung zu entscheiden, nicht ich«, sagte Cassyan Combrove und ging zur Tür.

»Ich riskiere Freiheit und Stellung, um sie vor der Abschiebung zu bewahren«, sagte Franz Gastyger. »Für Sie wäre das alles viel leichter.«

Der Amerikaner hielt die Tür auf. »Es ist Ihre Privatsache, Major, ob Sie Stellung und Freiheit riskieren wollen. Ich muß zugeben, daß Ihr Schützling sehr schön ist. Den Knopf für den Türöffner finden Sie unten rechts neben dem Lichtschalter.«

Wann immer Franz Gastyger sich später an diese Szene erinnerte, wunderte es ihn, daß er nicht die Beherrschung verloren und zugeschlagen hatte. Er hatte es vermutlich aus Rücksicht auf Ruth Conrath nicht getan.

»Und was jetzt?« fragte Ruth niedergeschlagen, als sie die Tür hinter sich zufallen hörte und der Major sie die Straße entlang zum Auto führte.

»Grämen Sie sich nicht, Ruth«, bat Franz Gastyger. »Wenn die Amerikaner nichts tun können, bleiben Sie bei uns, bis der Krieg zu Ende ist. Auch die Mächte der Finsternis sind besiegbar.«

Das erwies sich zwar in nicht allzu ferner Zukunft als richtig, doch für viele, die auf ihn hofften, kam der Sieg zu spät.

Die Männer, die sich auf der Seite der Finsternis verschworen hatten, waren äußerst wachsam. Walther Schellenbergs Auslandsnachrichtendienst des SD hatte schon frühzeitig ein wirksames Agentennetz in der Schweiz gespannt, durch dessen Maschen die Leute vom OSS nicht schlüpfen konnten. Den deutschen Agenten war auch nicht entgangen, daß die OSS eine Dependance in Zürich hatte, um die sich nach und nach ein Personenkreis zu scharen begann, der den Reichsbehörden aus den unterschiedlichsten Gründen ein Dorn im Auge war. Schon frühzeitig hatte Schellenberg deshalb befohlen, alle Personen abzulichten, die diese Dienststelle in Zürich aufsuchten. Er hoffte damit sowohl über diejenigen Aufschluß zu erhalten, die Kontakt mit den Amerikanern suchten, als auch Näheres über Anzahl und Identität des Stabes zu erfahren, den die Amerikaner für ihren Nachrichtendienst einsetzten. Tagsüber benutzten Schellenbergs Spürhunde Kameras mit überlangen Brennweiten, und zur Nachtzeit experimentierte ein Team mit einer eigens für derartige Zwecke entwickelten Infrarottechnik. Auf diese Weise entstand in Berlin in einem aus der Prinz-Albrecht-Straße in die Kurfürstenstraße verlegten Laborkeller eine stattliche Fotogalerie, die von physiognomisch und politpsychologisch geschultem Personal betreut und ausgewertet wurde. Für diese Kartei waren Ruth Conrath und Franz Gastyger sowohl beim Betreten wie auch beim Verlassen des Hauses in der Herrengasse je zweimal fotografiert worden.

Es ist ein Irrtum, daß die Nationalsozialisten ihren Krieg ausschließlich mit ihren Blut-und-Boden-, Windhund- und Kruppstahlparolen geführt hätten. Die waren allenfalls für Gläubige und Toren bestimmt. In Wahrheit gehörten die subversiven Kräfte des Dritten Reiches zu den bis dahin fortschrittlichsten der neueren Geschichte. Sie litten lediglich darunter, daß fast jeder der braunen Potentaten sich seinen eigenen Nachrichtendienst geschaffen hatte, was bewirkte, daß die einzelnen Organisationen teilweise scharf miteinander konkurrierten. So spielte beispielsweise die Abwehr des Admirals Wilhelm Canaris in der Schweiz eine weit geringere Rolle als der Auslandsnachrichtendienst des SS-Brigadeführers Walther Schellenberg. Den Major Franz Gastyger auf der Infrarotaufnahme aus der Züricher Herrengasse erkannte indessen zuerst ein weltläufiger Regierungsrat namens Boettger, der aufgrund seiner Sprachkenntnisse vom privaten Spionagedienst »Reichsforschungsamt« Hermann Görings zur schweizerischen Abteilung von Kaltenbrunners »Amt 6« übergewechselt war.

»Sie haben den Major zweifelsfrei erkannt?« fragte Schellenberg, als ihm am Telefon diese bei der Bildauswertung aufgetretene Identifikation gemeldet wurde. Der Regierungsrat bestätigte dies unter Angabe von Indizien und fügte hinzu: »Major Gastyger gilt als ebenso befähigter wie geradliniger Offizier, Brigadeführer. Wenn dieser Mann sich unter Ausnutzung der Verdunkelung zur Nachtzeit in Begleitung einer fremden Dame mit dem US-Geheimdienst trifft, dann steckt da etwas Wichtiges dahinter.«

»Woher wissen Sie, daß es eine fremde Frau war?« fragte Schellenberg, und Boettger antwortete: »Weil uns Frau Maria Gastyger vom Ansehen bekannt ist. Sie ist eine große, auffallend blonde Erscheinung, während die Frau auf dem Foto dunkelhaarig und zierlich ist.«

Brigadeführer Schellenberg hatte versprochen, sich diese Sache durch den Kopf gehen zu lassen und in Kürze eine Entscheidung zu treffen. Am Spätnachmittag des folgenden Tages befahl er, mit allen Mitteln herauszufinden, wer die Begleiterin des Majors Gastyger gewesen sei. Da diese Dame, dachte Schellenberg, sich nicht offen gezeigt, sondern den Schutz der Dunkelheit gesucht hat und außerdem in Begleitung eines führenden Offiziers des schweizerischen Nachrichtendienstes in Zivil war, könnte es durchaus sein, daß es sich um eine Deutsche, möglicherweise um eine Jüdin, handelt. »Setzen Sie alles daran, das umgehend zu recherchieren«, sagte er. »Es ist uns daran gelegen, Material in die Hand zu bekommen, mit dem wir der Schweizer Regierung nachweisen können, daß ihre Organe unsere Wünsche hinsichtlich der Behandlung jüdischer Flüchtlinge unterlaufen. Der Gruppenführer und der Reichsführer erwarten umgehend Meldung.«

Jedermann wußte damals, daß sich hinter diesen Titeln Kaltenbrunner und Himmler verbargen, und setzte demzufolge alles daran, mit einem positiven Ergebnis Aufsehen zu erregen. So kam das Infrarotfoto aus der Züricher Herrengasse auch jenem Beamten der Geheimen Staatspolizei zu Gesicht, der mit der Bearbeitung der Probleme befaßt gewesen war, die sich aus Ruth Conraths Stellung in einer privilegierten Mischehe ergeben hatten. Eigentlich war die Bildserie dieser Charge nur routinemäßig vorgelegt worden, um sich nicht vorwerfen zu müssen, irgend etwas versäumt zu haben. Als aber der Kriminaloberkommissar Gustav Fleißauf auf einer der Fotografien die Frau des UK-gestellten Infanterie-Unteroffiziers Carl Conrath erkannte, die als vermißt galt und für tot erklärt werden sollte, worüber mit dem arischen Ehepartner noch zu verhandeln war, da löste diese Entdeckung höchsten Alarm aus.

Was mit dem primitiven Zorn Kaltenbrunners darüber begonnen hatte, daß seine Richtlinien zur Behandlung der Judenfrage glatt unterlaufen worden waren, führte am 7. November zu einer Konferenz in Kaltenbrunners Dienstzimmer in der Prinz-Albrecht-Straße, an der außer Kaltenbrunner selbst Schellenberg sowie der Chef des Generalstabs der Luftwaffe, General Hans Jeschonnek, und der Reichsminister für Rüstung und Munition, Parteigenosse Albert Speer, teilnahmen. Ziel dieser Konferenz war für den Chef des Reichssicherheitshauptamtes, die Meldungen seiner Untergebenen zu verifizieren, wonach es sich bei der vor dem Haus des amerikanischen Geheimdienstes in der Schweiz erkannten Jüdin möglicherweise um eine Mitwisserin geheimer Reichssachen handelte.

»Ich muß leider zugeben«, sagte Minister Speer, »daß Carl Conrath als Mitentdecker des Flüssigtreibstoffs unserer raketengetragenen Fernfeuergeschosse an einer Schlüsselposition sitzt.«

»Unentbehrliche Kraft?« wollte Kaltenbrunner wissen.

»Unentbehrlich«, bestätigte Speer nach kurzer Überlegung.

»Das heißt«, fuhr Kaltenbrunner sachlich fort, »daß Conrath die Entwicklung zu Ende führen muß.«

»Und daß erhebliche Verzögerungen im Einsatz der V-Waffen drohen, wenn wir jemand anderen mit seinen Aufgaben betrauen«, ergänzte der General. Dann trat Schweigen ein, das Walther Schellenberg erst nach einigen Sekunden brach. »Was kann diese Frau über das Projekt wissen, meine Herren?«

Die Frage war an Speer und Jeschonnek gerichtet. Speer antwortete zuerst: »Auf jeden Fall dürfte sie über die Existenz des Forschungsobjektes unterrichtet sein, Parteigenosse Schellenberg. Für die Entwicklung der Fernlenkwaffen haben wir Conrath vom Eismeer zurückgeholt. Natürlich sind unsere Mitarbeiter auf ihre Verschwiegenheit vereidigt worden. Aber wieweit sie das einhalten . . .?« Ein Schulterzucken beendete den Satz.

»Conrath hat eine Jüdin zur Frau«, sagte Schellenberg. »Er ist doch dadurch in einer Zwangssituation. Er wird sich gehütet haben, wider den Stachel zu löcken, solange sie in unserem Hoheitsbereich lebte.«

»Aber er hat offenbar rasch dafür gesorgt, daß sie unseren schützenden Fittichen entkam«, sagte Kaltenbrunner. »Ein weiterer Beweis dafür, daß der Führer sich auf dieses Affentheater mit den Mischehen gar nicht hätte einlassen dürfen. Heydrich hat ihn davor gewarnt. Und der Reichsführer auch. So einer Judenschlampe ist schließlich alles zuzutrauen.« Der Luftwaffengeneral erhob sich aus seinem schweren Ledersessel, ging ans Fenster und blickte auf die Glastonnendächer des Anhalter und des Potsdamer Bahnhofs hinaus. Die Streifen an seiner Reithose leuchteten weiß in der Dämmerung.

»Der Vater von Frau Conrath war im Weltkrieg Träger des Maria-Theresien-Ordens, Parteigenosse Kaltenbrunner«, sagte er zum Fenster hin.

»Maria-Theresien-Orden, pah, für Deutschland haben die sich nie eingesetzt.«

»Ihr Landsmann übrigens – und ein Landsmann des Führers«, bemerkte der General und wandte sich den Herren wieder zu. »Sie selbst haben diese Situation verschuldet. Fühlten sich diese Leute nicht persönlich bedroht, wäre Frau Conrath nicht in der Schweiz, und wir säßen nicht hier.«

Kaltenbrunner erwiderte: »Es steht Ihnen nicht zu, die Judenpolitik des Führers zu kritisieren. Wir wissen, daß es in der Luftwaffe Reaktionäre gibt, General Jeschonnek. Aber einige von ihnen wird der Bannstrahl treffen. Ich warne Sie.«

»Meine Herren, lassen Sie uns bei der Sache bleiben«, bat Minister Speer betulich und blätterte in dem vor ihm liegenden Aktenbündel. »Ist irgend etwas darüber bekannt, wieweit der Feind über unsere waffentechnischen Entwicklungen im Bilde ist?«

»Nichts«, sagte General Jeschonnek. »Die wissen gar nichts. Seit fünf Jahren bauen wir Peenemünde systematisch aus, das früher Heeresversuchsanstalt hieß. Bisher gab es noch keine Agententätigkeit dort, keine Luftaufklärung, keinen Fliegerangriff, nichts.«

»Das stimmt«, bestätigte Schellenberg. »Es deckt sich mit unseren Recherchen. Ein deutsches Raketenprogramm ist nach all unseren Agentenberichten bisher weder in Amerika noch in England ein Thema.«

Aus Ernst Kaltenbrunners Augen streifte den General ein gefährlicher Blick. »Dann können wir also davon ausgehen«, sagte er, »daß ein bloßer Hinweis von Frau Conrath auf das Raketenprogramm enormen Schaden anrichten kann.«

Sein kalter Blick wanderte Bestätigung heischend in die Runde. Es ist anzunehmen, daß von den Anwesenden zumindest General Jeschonnek nicht wußte, was dieser Blick Kaltenbrunners bedeutete, und daß Albert Speer es verdrängte.

Schellenberg jedoch kannte seinen Chef und wußte schon, was geschehen würde, noch bevor die beiden bürgerlichen und in Kaltenbrunners Augen reaktionären Teilnehmer der Konferenz sich verabschiedet hatten. Schellenberg starrte gebannt auf Kaltenbrunners bullige Nase, auf seinen unsensiblen Mund, das brutale Kinn und die von Säbelhieben zerfetzte linke Seite seines Gesichts.

»Haben Sie jemanden, Schellenberg, der das zuverlässig und unauffällig erledigen kann?«

Walther Schellenberg hatte einen solchen Mann.

»Schön, es interessiert mich gar nicht, wer das ist und wie er das macht. Wichtig ist nur, daß diese Frau in der Schweiz zum Schweigen gebracht wird, verstehen Sie?«

Schellenberg verstand.

»Folgendes Konzept«, fuhr der kommissarische Chef des Reichssicherheitshauptamtes fort. »Für Conrath ist seine Frau bereits tot. Von ihm können also keine Fragen kommen. Ihr Ableben braucht ihm offiziell nicht einmal mitgeteilt zu werden, verstehen Sie?«

Walther Schellenberg nickte. Kaltenbrunner räusperte sich.

»Conrath kann auf seinem Posten bleiben, und bei dem Sohn drücken wir beide Augen zu«, entschied er.

»Der Sohn ist Mischling ersten Grades, Gruppenführer«, wandte Schellenberg ein.

»Ich weiß«, sagte Kaltenbrunner. »Aber mit dem Bengel halten wir seinen Vater bei der Stange.« Gelassen und beiläufig blätterte er in der Akte und legte sie dann zurück auf die Schreibtischplatte. »Er ist Mitglied der Hitlerjugend, arbeitet im Jugendkriegseinsatz. Conrath wird uns dankbar sein, wenn wir unsere Schutzgarantie für den Sohn einhalten. Und über die Frau erfährt Conrath nichts. Ich weiß nichts, Sie natürlich auch nicht, Schellenberg . . .« Kaltenbrunner brach mit einem Schulterzucken ab. »Wir überlassen die Sache den Schweizer Behörden. Zu geeigneter Zeit setzen Sie das Auswärtige Amt in Kenntnis. Die sollen der Schweizer Regierung eine Demarche vortragen, wonach wir uns die Respektierung unserer

Wünsche hinsichtlich jüdischer Flüchtlinge ausbitten und auf diesen bedauerlichen Zwischenfall hinweisen . . . Ich erwarte eine elegante Lösung der Angelegenheit.«

Der Mann, dem die elegante Lösung der Angelegenheit übertragen wurde, hieß Franz Xaver Bachau, und auch er war Österreicher von Geburt; aus Graz, um genau zu sein. Er gehörte zu jenen, über deren Ruf als einstmals gefeierte Söhne ihres Landes die Republik Österreich nach dem abgeschlossenen Staatsvertrag gar zu gern den Mantel des Vergessens gebreitet hätte; von Adolf Hitler angefangen über Otto Skorzeny und Ernst Kaltenbrunner bis hin zu Globočnic und Seyß-Inquart. Bachau war von kleinbürgerlicher Herkunft, wie viele Massenmörder der damaligen Zeit, und seine beträchtliche Begabung führte schon bald zur Profilneurose. Da er fleißig war, erhielt er Stipendien, studierte einige Semester Jura und erwarb ein Wissen, das er schon bald in die Anwendung rein taktisch orientierter Verhaltensprinzipien umfunktionierte. 1935 stieß er mit dreißig Jahren zu den Nationalsozialisten und erhielt 1938, kurz nach dem Anschluß, zwar keine leitende, aber doch eine Schlüsselstellung bei der Grazer Gestapo und damit eine Machtposition, die um den Preis zahlreicher Menschenleben seinen Inferioritätskomplex schon bald rückstandfrei beseitigte. 1942 hatte Franz Xaver Bachau den Rang eines SS-Sturmbannführers inne, war Mitarbeiter des Amtes 6 und dafür bekannt, daß er auch die kompliziertesten Fälle oft noch gewaltlos und damit unauffällig zu lösen vermochte. Diesem begabten Mann hatte Walther Schellenberg, ergänzt durch mündliche Erläuterungen, die Akte »Mischehe Conrath« übergeben, und Bachau studierte sie in zäher Nachtarbeit in seinem auf die Stadtbahnanlagen hinausgehenden, lieblos möblierten Zimmer in Charlottenburg. Die Möglichkeiten, die ein findiger Kopf wie er aus dem vorliegenden Material herausfilterte, waren ebenso raffiniert wie wirkungsvoll. Bachau trug seinen Plan schon wenige

Tage später Walther Schellenberg vor, der ihm hocherfreut das Placet zur sofortigen Durchführung der Operation erteilte.

In einem fahrplanmäßigen Schnellzug nach Zürich passierte Franz Xaver Bachau in unauffälligem Zivil bei Basel die Schweizer Grenze. Er besaß sowohl die deutsche Ausreiseerlaubnis wie auch das eidgenössische Einreisevisum, denn er war als Angehöriger der Gesandtschaft des Deutschen Reiches in Bern registriert und genoß in dieser Position diplomatische Immunität. Am Baseler Grenzbahnhof bestieg den Zug der Legationsrat Freiherr von Bibra, ebenfalls Mitglied der Gesandtschaft des Reiches und damals trotz seines äußeren Erscheinungsbildes von teils schwedischer Bonhomie, teils britischer Arroganz ein Mann, auf den die Nationalsozialisten sich verlassen konnten. Er übermittelte Bachau die persönlichen Grüße des Gesandten Dr. Kröcher und brachte ihm außerdem zur Kenntnis, daß er selbstverständlich nur formell der Kulturabteilung der Gesandtschaft zugeteilt worden sei. Seine eigentliche Aufgabe, die im übrigen streng geheim war, würde durch keinerlei Einmischung behindert werden.

So erhielt Franz Xaver Bachau einen stets von Akten freien Schreibtisch und bezog ein möbliertes Zimmer in der Innenstadt von Bern, das die deutsche Gesandtschaft für solche Zwecke ständig angemietet hatte, und widmete sich von dieser scheinbar legalen Basis aus der Arbeit an der ihm übertragenen Aufgabe.

Wo er anzusetzen hatte, war klar. Da die in der Züricher Herrengasse entstandenen Fotografien Ruth Conrath in Begleitung des schweizerischen Majors Franz Gastyger zeigten, mußte eine Beziehung zwischen diesen beiden Personen bestehen. Die galt es zunächst aufzudecken. Die Privatadresse des Majors wußte der schweizerische Resident des SD in Zürich rasch zu liefern, und Franz Xaver Bachau begann mit seinen Ermittlungen in der schönen, alten Stadt Chur. Dort war trotz der großen Sicherheitsvorsorge der Familie Gastyger die

Existenz der deutschen Flüchtlingsfrau nicht ganz verborgen geblieben. Zwar hatte niemand diese Frau bisher von Angesicht zu Angesicht gesehen, aber die Gerüchte kamen nicht zum Schweigen, wonach sich in dem weitläufigen, verwinkelten Patrizierhaus der Gastygers eine geheimnisvolle Person aufhalten solle. Man könne das schon am gestiegenen Lebensmittelbedarf merken, und zudem seien vom Hausmädchen und der Köchin auch schon Andeutungen gemacht worden. Der Angehörige der Kulturabteilung der deutschen Gesandtschaft, Franz Xaver Bachau, hatte dies nach und nach in den Geschäften, in denen die Familie Gastyger ihre Einkäufe machte, erfahren und schritt, sobald seine Vermutungen sich zur Gewißheit verdichtet hatten, zur Ausführung des ersten Teils seines Planes. Er wußte, daß der Major sich von Montag bis Sonnabend entweder auf Reisen oder in seiner Luzerner Dienststelle befand. Da er verhindern wollte, daß Ruth Conrath den Offizier einschaltete, ließ er ihr die erste Nachricht an einem Montag zugehen. Er wußte, als er diesen Schritt konzipierte, noch nicht, daß ihm der Zufall insofern zu Hilfe kommen würde, als die Familie Gastyger an diesem Tag zum Weihnachtsurlaub nach Sils Maria aufbrach, wo sie ein Chalet besaß. Bachau hatte sorgfältig abgewogen, ob er Ruth Conrath seine Nachricht direkt oder auf dem Postweg zuspielen solle, und sich endlich für einen Mittelweg entschieden. Er steckte der ein wenig einfältigen Person, die ihm im Fleischerladen als die Köchin der Gastygers bezeichnet worden war, eine handgeschriebene Notiz für Ruth Conrath zu. Er verband das augenzwinkernd mit der Auflage, davon dürfe natürlich außer Ruth Conrath niemand etwas erfahren. Diese Weisung befolgte die gewissenhafte, aber ein wenig dümmliche Köchin. Die Nachricht an Ruth Conrath lautete dahingehend, daß sie über eine zuverlässige Mittelsperson eine Botschaft von ihrem Mann und ihrem Sohn erhalten würde, wenn sich die Gelegenheit zu einem unauffälligen Treffen ergebe. Darunter hatte Franz Xaver Bachau treuherzig die Telefonnummer seiner Berner Zimmervermieterin angegeben.

Von da an wartete Bachau geduldig wie eine Spinne in ihrem Netz jeden Abend auf das Klingeln des Telefons, das nach seiner Kenntnis der menschlichen und insbesondere der Frauenseele erfolgen mußte wie – so drückte er sich später aus – das Amen in der Kirche. Der Anruf kam am zweiten Tag, nachdem Ruth Conrath die Nachricht erhalten hatte. Für Franz Xaver Bachau war es in diesem Augenblick, auf den er sich gewissenhaft vorbereitet hatte, das Wichtigste, zu erfahren, ob sie jemanden ins Vertrauen gezogen hatte und wenn ja, wen und wieweit.

»Frau Conrath«, begann er deshalb mit geheimnisvoll gedämpfter Stimme. »Es ist sehr gefährlich, was ich meinem Freund zuliebe auf mich nehme. Haben Sie die nötige Diskretion gewahrt?«

Ruth Conrath sagte ihrem Henker, daß der Major mit Frau und Tochter ins Engadin gefahren sei und sie sich jetzt ganz unbeaufsichtigt bewegen könne. Dann fragte sie, welche Stelle er für ein unauffälliges Treffen vorschlagen würde. Franz Xaver Bachau hatte auch dies bereits bedacht. Er war sich klar darüber, daß ein weit entfernter Treffpunkt die Furcht, wenn nicht gar den Verdacht Ruth Conraths wecken mußte. Er hatte deshalb geschwankt zwischen einem verschwiegenen, unter geduckten Arkaden versteckten Kaffeehaus in unmittelbarer Nähe des Gastygerschen Anwesens und einem öffentlichen Gebäude, sei es Kirche oder Museum. Er hatte sich schließlich für den St.-Luzius-Dom entschieden, wohin er Ruth Conrath für sechs Uhr am Nachmittag des kommenden Tages bestellte.

In der großen Kirche war es winterlich kalt und still. In einer Ecke flimmerten die faden Lichter einer sparsamen elektrischen Tannenbeleuchtung. Auf der Empore und im Chor brannten, der Zeit entsprechend, nur wenige Lampen. Nach oben hin verlor sich die strenge romanische Architektur in lebloser Finsternis, die nach Weihrauch roch und nach feuchtem Stein. Franz Xaver Bachau war nicht im Zweifel darüber,

wen er vor sich hatte, als Ruth Conrath den schweren Filzvor-
hang, der als Windfang diente, zur Seite schob, stehenblieb
und suchend in die Dämmerung spähte. Bachau trat auf sie zu
in einem hochgeschlossenen Mantel, der Kaltenbrunners
Agenten in der traurigen Dämmerung der abgedunkelten Kirche wie einen Kooperator mit nur geringer geistlicher Potenz
und Zukunft erscheinen ließ. Er fragte mit leiser und diskreter
Stimme vorsichtshalber nach ihrem Namen und dirigierte sie
dann mit gemessenen, auffordernden Gesten in eine dunkle
Ecke, wo ein braungebeizter Beichtstuhl stand. Dort ließ er sie
Platz nehmen, zog den Vorhang vor und begab sich in die
Mittelzelle. Er eröffnete das Gespräch mit der Nachricht,
ihrem Mann und ihrem Sohn gehe es gut – jedenfalls jetzt
noch. Auf Ruths Frage, wie er sie denn gefunden habe, ver-
weigerte Bachau allerdings die Antwort. »Es gibt keinen
Zweifel daran, Frau Conrath«, wagte er sich statt dessen vor,
»daß die Sicherheit Ihrer Familie von der Fiktion abhängt, die
Sie und Ihr Mann geschaffen haben, indem Sie gemeinsam
Ihren Unfalltod vortäuschten.«
Die Frau auf der anderen Seite des Gitters erschrak. »Aber um
Himmels willen«, flüsterte sie, »weiß denn in Deutschland
jemand, daß ich noch am Leben bin?«
Franz Xaver Bachau hatte sich nicht im entferntesten der
Hoffnung hingegeben, sein Opfer schon nach dem zweiten
Satz auf den Weg zu bringen, auf dem er es haben wollte.
»Das ist es ja«, sagte er. »Deswegen habe ich mit Ihnen Ver-
bindung aufgenommen.«
»Das gibt's doch nicht«, flüsterte Ruth. »Ich habe doch, seit
ich hier bin, heute erst zum zweitenmal das Haus verlassen,
und das geschah beide Male im Schutz der Dunkelheit.« Sie
brach ab und fuhr erst nach einer kleinen Weile, in der sie mit
ihrem Schrecken kämpfte, fort: »Hat denn das Kind geplau-
dert? Oder das Personal?«
Der Mann im Innern des Beichtstuhls schüttelte den Kopf.
Als ihm klar wurde, daß seine Gesprächspartnerin das gar
nicht sehen konnte, sagte er: »Ich weiß nicht, welche Stelle

undicht ist, Frau Conrath, aber man hat herausgefunden, daß Sie hier sind. Und für Ihren Mann und den Jungen ist das gefährlich. Sie kennen die Mentalität, die heute in Deutschland herrscht. Ihr Mann arbeitet an einer äußerst wichtigen Erfindung. Sie aber sind eine unerwünschte Person.« Bachau machte eine wirkungsvolle Pause und fuhr dann fort: »Ich unterstütze das Regime nicht, aber was will man als einzelner dagegen tun? Hitler hat es sich in den Kopf gesetzt, das Judenproblem endgültig zu lösen. Und er hat die Macht, es zu tun.«

Da Ruth Conrath nichts erwiderte – was hätte sie auch sagen sollen –, fuhr Bachau nach einer Weile flüsternd fort: »Sie befinden sich hier im neutralen Ausland, Frau Conrath. Im Reich wird die Gefahr, daß sich die feindlichen Nachrichtendienste für die Tätigkeit Ihres Mannes interessieren und sich an *Sie* heranmachen könnten, sehr ernst genommen. Man tappt in den Ministerien und Stäben im dunkeln darüber, was der Feind über das Projekt, an dem Ihr Mann arbeitet, überhaupt schon weiß. Dieser Umstand kann kriegsentscheidend sein. Davon hängt auch für Sie viel ab, verstehen Sie mich?«

»Natürlich verstehe ich das«, flüsterte Ruth eifrig. »Ich kann Ihnen versichern, die ausländischen Mächte wissen fast gar nichts«, beteuerte sie rasch. Zu rasch.

Ruth Conrath erkannte an dem unheilvollen Schweigen, das ihren Worten folgte, den nicht wieder gutzumachenden Fehler, zu dem sie sich hatte hinreißen lassen. Sie wurde sich in diesem Augenblick zum erstenmal darüber klar, daß ihr Schicksal davon abhing, was der Mann, der mit ihr sprach, für Ziele, Pläne und Aufträge hatte. Erst nach einer ihr endlos scheinenden Frist drang die Stimme aus dem Innern des Beichtstuhls mit der unvermeidbaren Frage an ihr Ohr: »Das klingt so, als wüßten Sie Konkretes, Frau Conrath. Woher haben Sie diese Kenntnis?«

Bachau schwieg, und Ruth Conrath suchte nach Ausflüchten. Da ihr nichts einfiel, fuhr Bachau, eindringlicher werdend, fort: »Wenn Sie schon Verbindung zu Feindmächten aufgenommen haben, müssen Sie es mir sagen! Es geht um den Jungen und um Ihren Mann. Und es geht auch um Sie, Frau Conrath. Sie sprachen vorhin davon, daß Sie das Haus Ihrer Gastgeber *zweimal* verlassen haben. Wo waren Sie das erste Mal?«

Eine Weile herrschte Schweigen vor dem Gitter. Dann antwortete Ruth Conrath: »Ich war mit dem Major bei der amerikanischen Botschaft.«

»Was wollten Sie dort, Frau Conrath?«

»Der Major wollte mir zur Ausreise in die Staaten verhelfen. Sie wissen, was man in Deutschland mit meinem Volk macht. Dorthin kann ich nie mehr zurück. Verstehen Sie?«

»Glauben Sie denn nicht auch, daß Hitler den Krieg verliert? Das ist doch nahezu modern geworden, seit seinen Rückschlägen in Afrika und vor Stalingrad.«

»Ich weiß nicht, wer diesen Krieg gewinnen wird«, sagte Ruth Conrath. »Ich weiß nur, wer ihn verlieren wird, nämlich die Zivilisation, die Toleranz und die Menschlichkeit.«

Franz Xaver Bachau räusperte sich amüsiert, denn die von Ruth Conrath genannten Werte waren für ihn keine ernst zu nehmenden Kriegsparteien. »In der amerikanischen Botschaft«, wechselte er das Thema, »ist man also ganz zufällig auf das Aufgabengebiet Ihres Mannes zu sprechen gekommen?«

Ruth Conrath zögerte mit der Antwort. Bachau fuhr fort: »Es hat keinen Zweck, etwas zu verschweigen, Frau Conrath. Es liegt doch alles so offen auf der Hand, daß ich es auch auf andere Weise herausbekommen würde. Sie müssen Vertrauen haben und mir alles sagen. Nur dann können wir Ihnen helfen.«

»Helfen«, brachte Ruth Conrath verzweifelt heraus. »Wie können Sie denn schon helfen? Was wollen Sie tun, wenn selbst die Amerikaner keinen Finger für uns rühren. Wie soll ich Ihnen glauben, wenn Sie mir nicht einmal sagen, wer Sie sind?«

Durch das Außengitter sah Franz Xaver Bachau in der dämmerigen Tiefe des Hauptschiffes einen Kirchendiener lautlos hin und her gehen und mit einer Kerze in der Hand andere Kerzen auf Seitenaltären entzünden. Nachdem Bachau sicher war, daß der Mann nicht in diese entlegene Ecke kommen würde, antwortete er: »Das Mißtrauen ist gegenseitig, Frau Conrath. Sie müssen das auch von meiner Seite her sehen, nicht wahr? Ich kann mich nur dann für Sie exponieren, wenn ich mich darauf verlassen kann, daß Sie mir in dieser überaus brenzligen Situation nichts verschweigen und außerdem die volle Wahrheit sagen. Können Sie mir irgendwie glaubhaft machen, daß Sie den Amerikanern nichts mitgeteilt haben, was für Deutschlands Kriegführung von Wichtigkeit ist? Können Sie mir sagen und nachweisen, mit wem Sie dort gesprochen haben und welchen Rang der Mann in der Botschaftshierarchie einnimmt? Wie kann ich zu Ihnen Vertrauen haben, wenn Sie mich über die Geschäftsgrundlage im unklaren lassen, Frau Conrath?«

»Was kann ich dazu beitragen, Sie zu überzeugen?« fragte Ruth. »Ich kann nicht mehr tun, als die Wahrheit zu sagen. Ich kann auch nicht beurteilen, ob die Wahrheit mir schadet oder nützt.«

»Ich habe nicht einmal eine Ahnung«, sagte Bachau, »ob Sie vielleicht nur ein raffiniertes Spiel mit mir treiben.«

»Ich bin überhaupt nicht raffiniert«, sagte Ruth Conrath. »Ich bin nur eine Frau, die um den Rest ihres Lebensglücks kämpft. Und wahrscheinlich auch noch vergeblich. Was wollen Sie wissen? Fragen Sie, und ich werde Ihnen antworten.«

»Was wissen Sie über den Aufgabenbereich Ihres Mannes?«

»Nur, daß es ein so wichtiger ist, daß mein Mann dafür von der Front zurückgeholt wurde.«

»Keinerlei Einzelheiten?«

»Nein, keine. Mein Mann hätte in unserer Lage verrückt sein müssen, wenn er ausgerechnet mich in Einzelheiten eingeweiht hätte.«

»Da muß ich Ihnen allerdings recht geben, Frau Conrath.«
Die Antwort aus dem Innern des Beichtstuhls erleichterte
Ruth. Sie sah den weiteren Fragen mit ein wenig mehr Fassung entgegen.

»Wie heißt der Mann, mit dem Sie wegen Ihrer Ausreise gesprochen haben? Wo befindet sich seine Dienststelle, und was
hat er für Aufgaben?«

»Das kann ich Ihnen alles nicht beantworten«, gestand
Ruth. »Sie müssen verstehen, daß es mir bei dem Zusammentreffen nur um unsere Zukunft, meine Ehe und das
Glück unserer Familie ging. Ich weiß bloß, daß der Major
mit mir nach Zürich fuhr, wo wir in der Herrengasse mit einem Mann von unscheinbarem Äußeren zusammengetroffen sind. Wer er ist und was er tut, kann ich Ihnen nicht
sagen.«

»Wofür hat dieser Mann sich interessiert?« stieß Franz Xaver
Bachau nach. »Wie intensiv und mit wieviel Sachkunde hat er
Sie ausgefragt? Wieweit ist er über den wirklichen Entwicklungsstand auf der Feindseite informiert? Ist er eine Potenz
oder ein kleines Würstchen? Solange ich das nicht weiß, kann
ich für die Sicherheit Ihres Mannes und Ihres Sohnes nicht
garantieren, das müssen Sie einsehen.«

Für Ruth Conrath schien es, als ließe sich an die letzten Worte
des Mannes doch noch Hoffnung knüpfen. »Lassen Sie mir
etwas Zeit«, bat sie deshalb. »Vielleicht kann ich Ihnen zu
einer Antwort auf Ihre Fragen verhelfen.«

»Sie werden gut daran tun, sich darum zu bemühen«, sagte
der Mann im Innern des Beichtstuhls. »Im Interesse Ihrer
Angehörigen und in Ihrem eigenen.«

Das Gespräch, in das Ruth Conrath anfangs so große Erwartungen gesetzt hatte, war gegen das Ende zu immer bedrohlicher geworden und hatte sie in Wechselbäder von Hoffnung
und Angst gestürzt. Aber genau das war die Absicht des Mannes auf der anderen Seite des Gitters, dessen Flüstern sie jetzt
wieder vernahm, als er, ohne ihre Antwort abzuwarten, fortfuhr: »Gut, Frau Conrath. Sie treffen mich in drei Tagen wie-

der hier, zur gleichen Zeit und an der gleichen Stelle. Vergessen Sie es nicht, in drei Tagen.«

Danach hörte Ruth Conrath nur noch, wie der Fremde den Beichtstuhl verließ und über die steinernen Bodenfliesen des Seitenschiffes davonschlurfte. Als es Ruth endlich gelang, die Halbtür zu entriegeln, den schweren Vorhang zurückzuschieben und sich verstört aufzurichten, war der Fremde schon längst in der Dunkelheit verschwunden.

Über das, was sie zu tun hatte, gab es für Ruth Conrath keinen Zweifel, und so stand sie bereits am nächsten Tag wieder vor der zugleich ehrwürdigen und abweisenden Fassade des Hauses in der Züricher Herrengasse und betätigte den Klingelknopf. Sie hörte das Anschlagen der elektrischen Schelle in der Tiefe des Hauses. Diesmal dauerte es eine Weile, bis die Tür sich öffnete. Und dieses Mal wurde nicht der automatische Türöffner betätigt, sondern im vorsichtig sich verbreiternden Spalt erschien das Gesicht eines Mannes in mittleren Jahren, vom Typ eines Bürovorstehers. Dieser Mann musterte Ruth Conrath eine Weile und fragte sie dann nach ihren Wünschen. Ruth nannte ihren Namen und erklärte, daß sie vor wenigen Wochen zusammen mit dem Major Gastyger hiergewesen sei und einen Herrn im linken, rückwärtigen Zimmer des oberen Stockwerks getroffen habe, den sie unbedingt noch einmal sprechen müsse. Zu ihrem Erstaunen machte der Mann aus dem Namen ihres damaligen Unterhändlers kein Geheimnis.

»Sie meinen Mr. Combrove«, sagte er ruhig. »Einen Moment, Ma'am. Ich werde rückfragen.« Damit schloß er die Tür. Schon nach kurzer Zeit kehrte er zurück und ließ Ruth eintreten. Er wies nur mit der Hand wortlos nach oben, und Ruth Conrath stieg die Treppe hinauf. Oben betrat sie das Zimmer, in dem damals die Konferenz stattgefunden hatte.

»Schließen Sie bitte die Tür, Ma'am«, sagte Cassyan Combrove anstelle einer Begrüßung. Ruth kam seiner Aufforderung nach. Als sie sich dem Amerikaner wieder zuwandte, zeigte er flüchtig auf einen Sessel. Ruth Conrath wußte, daß sie ein gewagtes Spiel trieb, als sie sich setzte, langsam die Beine übereinanderschlug und Cassyan Combrove anlächelte. Sie dachte an seine Bemerkung bei ihrem letzten Besuch. Der Schützling des Majors sei in der Tat sehr schön, hatte er gesagt. Sie hatte nur wenige Trümpfe in ihrem Spiel, aber sie hoffte, ihre Erscheinung könne ein wirksamer sein. Doch sie hatte nicht mit der Kälte ihres Gegenübers gerechnet, der gewohnt war, seine Triebe mit äußerster Disziplin zu kontrollieren. Seine Selbstbestätigung und Befriedigung schöpfte Cassyan Combrove schon damals ausschließlich aus der Ausübung seiner Macht und nicht seiner Männlichkeit.

»Dieses Mal ohne Ihre Schweizergarde, Ma'am?«

»Ganz recht«, sagte Ruth. »Gastygers sind in den Weihnachtsferien, aber mein Anliegen ist dringend.«

Cassyan Combrove nickte, eine Geste, die höfliches, aber skeptisches Interesse andeutete. Nicht sehr wahrscheinlich, daß Sie mir irgend etwas Neues anzubieten haben, aber legen Sie nur los, las Ruth in seiner Miene. Es wäre also an ihr gewesen zu sprechen, doch ihre Stimme schien abhanden gekommen zu sein.

Eine Weile weidete der Amerikaner sich an der Hilflosigkeit seiner Besucherin. Dann rückte er sich in seinem Sessel zurecht und sagte: »Da Sie mich ein zweites Mal mit Ihrem Besuch erfreuen, nehme ich an, daß Sie mir doch noch Informationen bringen, die mich interessieren könnten. Was haben Sie anzubieten?«

Ruth erzählte Cassyan Combrove, was sie erlebt hatte. Sie berichtete von den Gesprächen, die der Fremde in der Metzgerei mit der Köchin geführt, und von der handschriftlichen Notiz, die er ihr mitgegeben hatte.

»Wo ist diese Nachricht?« wollte Combrove wissen und streckte auffordernd die Hand aus, um sie in Empfang zu nehmen. Aber obwohl Ruth Conrath von Schrecken und Angst geplagt war, besaß sie doch genug Überlegung und

Geistesgegenwart, um die wenigen Trümpfe, die sie hatte, nicht vorzeitig preiszugeben.

»Ich habe diese Notiz vernichtet«, sagte sie bedauernd. »Der Mann hatte in der Mitteilung selbst ausdrücklich darum gebeten, und ich rechnete nicht damit, daß Sie sich dafür interessieren könnten.«

Cassyan Combrove sah seine Besucherin eine ganze Weile forschend an. Er war zwar ungemein begabt für die Laufbahn, die er eingeschlagen hatte, aber damals noch nicht sehr erfahren. Er fragte sich deshalb, wen er in dieser zweifellos mutigen und schönen deutschen Jüdin vor sich habe. War sie wirklich ein verfolgter, in Panik geratener Flüchtling, der weiter nichts erhoffte als Schutz und Hilfe, oder war sie eine mit allen Wassern gewaschene deutsche Agentin, die eine Show von raffinierter Brillanz bot und selbst den nüchternen Schweizer Major einlullte, wenn nicht gar vor ihren Wagen gespannt hatte? In beiden Fällen konnte sie ihm, Combrove, gefährlich werden, ein Paradiesvogel, dessen Beweggründe und Aktionsradius für ihn vorerst noch nicht durchschaubar waren. Er fragte also vorsichtig: »Haben Sie mit diesem Mann Verbindung aufgenommen?«

»Ja.«

»Und was ist dabei herausgekommen?«

»Er versicherte mir, daß es meinem Mann und meinem Sohn gutgehe. Jedenfalls noch, wie er sich ausdrückte. Und diese Einschränkung hat mich erschreckt, Mr. Combrove. Seitdem habe ich einfach Angst.«

Der Amerikaner nickte verständnisvoll vor sich hin. »Das klang also nach Erpressung, nicht wahr? Nicht der gute, selbstlose Onkel, der für einen warmen Händedruck geheime Nachrichten von Sohn und Gatten überbringt, sondern . . .«

Combrove brach ab und dachte nach. Als er zu sprechen fortfuhr, war sein Tonfall merkwürdig verändert, interessiert, lauernd und gespannt. »Was wollte der Mann von Ihnen wissen, Ma'am?«

»Das ist es ja, warum ich hier bin«, sagte Ruth Conrath. »Er interessierte sich dafür, was ich von der Arbeit meines Mannes weiß, was ich dem Major und Ihnen darüber gesagt habe und wieviel die Feindmächte, wie er sich ausdrückte, schon darüber erfahren haben könnten. Es sei für meine, meines Mannes und für meines Sohnes Sicherheit von entscheidender Bedeutung, daß ich darüber Auskunft geben könne.«

»Wenn Sie sich dieses Gespräch«, sagte Cassyan Combrove, während er in seinem Sessel nach vorn rückte und sich über den Schreibtisch zu Ruth hinüberbeugte, »wenn Sie sich das Gespräch noch einmal ins Gedächtnis rufen, Ma'am, stand dieser Mann dann Ihrer Meinung nach auf Ihrer Seite oder auf der Seite der Nazis?«

Ruth Conrath brauchte nicht lange zu überlegen. »Er steht auf seiten der Nazis, Mr. Combrove«, antwortete sie. »Das wurde mir aber erst am Ende des Gesprächs klar, so geschickt hatte er es geführt.«

»Also ein Professional?«

»Was ist das?«

»So nennen wir jemanden, der seine . . . Tätigkeit mit Meisterschaft, Erfahrung und für Geld ausübt.«

Ruth Conrath zuckte mit den Schultern und antwortete nicht. Die Spannung ihres Gegenübers schien sich etwas zu lockern. Combrove lehnte sich wieder zurück. »Woher wußte der Mann, daß Sie mit uns gesprochen haben?«

»Ich bin ihm in die Falle gegangen«, sagte Ruth. »Ich habe viel zu spät gemerkt, in was ich da hineingeraten bin.«

»Und woher weiß der Mann meinen Namen, Ma'am?«

»Er kennt Ihren Namen überhaupt nicht, den habe ich doch selbst heute erst erfahren.«

Diese Mitteilung schien den Amerikaner zu befriedigen. »Trösten Sie sich, Ma'am«, sagte er. »Daß Sie sich vergaloppiert haben, hat am wenigsten zu den Informationen dieses Mannes beigetragen. Wir wissen schon seit einigen Wochen, daß Brigadeführer Schellenberg unsere Besucher fotografieren und die Fotos nach Berlin schicken läßt, wo sie vom SD ausgewertet werden. Sie würden das gar zu gerne auch mit unserem Personal machen, um zu erfahren, mit wem sie es zu tun haben. Aber sie ahnen noch nicht, daß wir dieses Haus auch auf einem anderen Weg betreten und verlassen können . . .«

Cassyan Combrove bemerkte, daß Ruth Conrath totenbleich geworden war. Er unterbrach sich und fragte: »Ist Ihnen nicht wohl, Ma'am?«

Ruth Conrath schüttelte langsam den Kopf. »Wenn das stimmt, was Sie sagen, dann ist mein Todesurteil gesprochen.«

Ruth bemerkte, daß der Amerikaner ein Lineal in die Hand genommen hatte und gleichgültig damit spielte. »Und das Ihres Mannes und Ihres Sohnes, nicht wahr?«

Ruth schüttelte den Kopf. »Nein«, sagte sie. »Sie als Amerikaner können sich in die perverse Infamie der Nazis gar nicht hineinversetzen. Mein Mann hilft Hitler, seinen Krieg zu gewinnen . . .«

Der Amerikaner lächelte geringschätzig.

»Oder wenigstens, es zu versuchen«, korrigierte Ruth Conrath sich. »Und mit Martin, unserem Sohn, halten sie ihn bei der Stange.«

»Ihren Kopf hatten Sie damit zu retten versucht, daß Sie untergetaucht sind. Aber statt dessen haben Sie sich vogelfrei gemacht«, sagte Cassyan Combrove.

»Wenn Sie mir nicht helfen wollen«, entgegnete Ruth.

Combrove legte das Lineal an seinen Platz zurück und sagte: »Wir können Ihnen nicht helfen.«

»Sie haben sich schon anderer jüdischer Flüchtlinge angenommen, die aus Deutschland kamen. Es gibt viele, die Sie nach Palästina eingeschleust haben.«

Combrove lachte halb bedauernd, halb geringschätzig. »Das waren die Briten, nicht wir. Und damals war Frieden. Heute ist Krieg. Die Achsenmächte kontrollieren alles. Deutschland sowieso, Österreich auch, Liechtenstein, Italien, Frankreich, jetzt sogar den bisher unbesetzten Teil. Wo wollen Sie hin? Und auf welchem Wege? Haben Sie Geld?«

Da Ruth Conrath niedergeschlagen schwieg, stand der Amerikaner auf und begann eine nachdenkliche Wanderung durchs Zimmer. Schließlich blieb er mit vor der Brust verschränkten Armen vor ihr stehen, und seine kalten Karpfenaugen sahen durch funkelnde Brillengläser auf sie herunter.

»Wie haben Sie denn mit diesem Mann Verbindung aufgenommen?« fragte er.

»Auf dem Zettel, den er mir zuspielte, stand eine Berner Telefonnummer«, antwortete Ruth. »Ich habe dort angerufen. Es meldete sich zuerst eine Frau, deren Namen ich aber nicht verstand, und die rief dann ihren Zimmerherrn an den Apparat.«

»Und diese Nummer haben Sie auch vernichtet?«

»Ich habe sie mir gemerkt«, sagte Ruth und nannte dem Amerikaner die Telefonnummer, die sie im Kopf behalten hatte.

Cassyan Combrove wandte sich um und verließ den Raum. Er überquerte die Diele und betrat ein Zimmer, das provisorisch als Archiv und Büro eingerichtet war. Combrove gab die Berner Telefonnummer einem Mitarbeiter und wies ihn an, eine dringende Verbindung herstellen zu lassen, den Namen des Anschlußinhabers und den des Untermieters herauszubringen und über beide eingehende Ermittlungen anzustellen. Die Verbindung kam rasch zustande, brachte jedoch keinen Erfolg. Der Mann, der den Anruf entgegennahm, erklärte, sein Untermieter habe das Mietverhältnis gelöst und das Zimmer gestern geräumt. Über Namen und nähere Angaben zur Person dürfe er auf Wunsch der Schweizer Behörden keine Auskünfte erteilen. Als der Botschaftsangehörige seinem Vorgesetzten vom Verlauf dieses Telefonats berichtete, versank Cassyan Combrove in tiefes Nachdenken.

Ruth Conrath hatte während der Abwesenheit Combroves Gelegenheit, sich im Zimmer ein wenig umzusehen. Oben auf dem Frankfurter Schrank bemerkte sie im Halbdunkel, in das der Lampenschirm die obere Hälfte des Raumes hüllte, fünf sonderbare Gegenstände, die ihre Aufmerksamkeit erregten. Sie waren knapp faustgroß, von dunkelbrauner Farbe und sahen aus wie Kokosnüsse mit seltsamen, schwärzlichen Fasern auf der Oberfläche. Da Combrove sich Zeit ließ, stand sie auf, um diese merkwürdigen Dinger näher zu betrachten. Sie trat vor den Schrank und erkannte zu ihrem Entsetzen die vermeintlichen Kokosnüsse als winzige Gesichter mit kleinen, vorstehenden, gebleckten Zähnen, nach oben gestülpten, gespenstischen Näslein, die schwärzliche Löcher zeigten, mit braunen Glaskugeln in wimpernlosen Augenhöhlen und mit Ohren in Form und Größe getrockneter Feigen. Die schwärzlichen Fasern waren anscheinend die Haare. In ihrem Schrekken über diese Entdeckung hörte Ruth Conrath nicht, daß der Amerikaner das Zimmer betrat.

»Sie haben die Bekanntschaft meiner fünf Freunde gemacht, Ma'am.« Combrove kam zu ihr, nahm die Schrumpfköpfe einen nach dem anderen liebevoll vom Schrank, betrachtete sie und stellte sie wieder zurück. »Ich kannte sie alle zu Lebzeiten von Angesicht zu Angesicht«, fuhr er fort. »Diese fünf japanischen Gentlemen hatten mich bei der Landung auf Guadalcanal in ihre Gewalt bekommen. Die Luft war erfüllt vom Donner, Eisen und Qualm unserer Schiffsgeschütze. Sie merkten, daß sie verlieren würden, diese Hundesöhne, und waren voller Rachedurst. Sie waren gerade dabei, mir Hände und Füße abzuschneiden, Ma'am, als der erste Zug unserer C-Company in den Busch eindrang und sie überraschte . . .«

Cassyan Combrove unterbrach sich, hielt Ruth Conrath seine Unterarme hin und ließ die Manschetten von den Handgelenken zurückgleiten. »Nicht damit Sie glauben, ich übertreibe«, sagte er, und Ruth Conrath starrte entsetzt auf zwei tief eingekerbte, bläulich-rot unterlaufene Schnittnarben, die sichel-gleich über die Wurzel jeder Hand liefen.

Combrove schob die Manschetten wieder herab. »Unsere Boys haben die Gentlemen mit der Maschinenpistole über meinem Körper zusammengeschossen und mich unter ihren Leichen herausgezogen. Ihre Köpfchen habe ich mir dann präparieren lassen, Ma'am, um nicht zu vergessen, mit wem wir es da drüben zu tun haben, verstehen Sie? Viele von unseren Soldaten machen das, um immer daran erinnert zu werden, worum es in diesem Krieg im Pazifik geht. Wenn die gewinnen, gefriert die Welt zu einem Eisblock zusammen. Gegen die da unten, Ma'am, sind Ihre Nazis ein frommer Knabenkonvikt. Aber nehmen Sie doch wieder Platz, Ma'am ...«

Combrove rückte die zähnefletschenden Schrumpfköpfe auf dem Schrank pedantisch in Reih und Glied und setzte sich Ruth Conrath gegenüber.

»Also«, sagte er, »vielleicht kann ich doch etwas in Ihrer Sache unternehmen. Unsere Nachforschungen nach Ihrem sonderbaren Kirchenfreund verlaufen vorerst im Sande. Wir wollen aber gerne wissen, mit wem wir es zu tun haben. Wenn Sie mir dazu verhelfen würden, ihn kennenzulernen, könnte das an unserem Verhältnis manches ändern. Was meinen Sie, Ma'am?«

Cassyan Combroves Augen ruhten fragend auf dem Gesicht seiner Besucherin.

»Ist das ein Versprechen?« fragte Ruth.

»Wenn Sie von mir Versprechungen erwarten«, sagte Combrove, »verstehen Sie nichts von meinem Job. Aber ich biete Ihnen immerhin eine Chance.«

Ruth Conraths zweites Gespräch mit Franz Xaver Bachau verlief ähnlich wie das erste. Wieder saß der Agent des Dritten Reiches im Innern des Beichtstuhls, so daß Ruth auch dieses Mal seine Gesichtszüge nicht erkennen konnte. Der Unterschied zu ihrer ersten Begegnung bestand jedoch darin, daß diesmal nicht allzu weit entfernt ein Mann in einer Kirchenbank kniete, der in tiefe Andacht versunken schien, in Wahrheit aber den Beichtstuhl permanent, wenn auch unauffällig, im Auge behielt. Bei diesem zweiten Gespräch mit Ruth Conrath ließ Bachau die Maske fallen. Daß Ruth ihm Namen und Personenbeschreibung Cassyan Combroves lieferte, ließ ihn kalt. Das sei als Information, sagte er, überständig und von den Ereignissen überrollt. Er habe ihr im Auftrag der zuständigen Stellen mitzuteilen, daß ihr Mann und ihr Sohn nur noch durch ihren nachweisbaren Tod gerettet werden könnten. Carl Conrath drohe andernfalls ein Hoch- und Landesverratsprozeß, und wie solche Verfahren in Deutschland heute endeten, wisse sie ja wohl. Der Junge sei Mischling ersten Grades. Die Handhabung der Richtlinien zur Endlösung der Judenfrage in Europa würden zunehmend schärfer, jawohl, die umlaufenden Gerüchte entsprächen durchaus der Wahrheit, und obwohl auch er persönlich die Lösung des Judenproblems als unumgänglich betrachte, halte er doch die davon Betroffenen für beklagenswert und habe volles Verständnis für Menschen, die sich den drohenden Qualen auf eigene Weise und mit ihren Mitteln entzögen. Mit anderen Worten und damit er auch recht verstanden werde, das Reich müsse im Interesse der erfolgreichen Beendigung der Arbeiten ihres Mannes darauf bestehen, daß sie aus den von ihr selbst verschuldeten Umständen die Konsequenzen ziehe. Nur dann könne Deutschland den Schutz eines seiner wichtigsten Wissenschaftler garantieren. Auf die verhältnismäßig gefaßte Frage Ruth Conraths, die ja auf ein rettendes Eingreifen Cassyan Combroves hoffte, was denn anderenfalls geschehen würde, antwortete Franz Xaver Bachau kalt, sie wisse ja, daß ihre Anwesenheit in der Schweiz illegal sei. Eine Meldung bei den Behörden des Landes würde ihre zwangsweise Abschiebung nach sich ziehen. Im Reich müsse sie vor ihrem Abtransport ins Lager mit einer peinlichen Überprüfung der Frage rechnen, was sie dem Feind wirklich über die Arbeiten ihres Mannes verraten habe. Ihr Mann und ihr Sohn Martin würden von alledem in Mitleidenschaft gezogen. Wenn sie hingegen ihrem Mann, ihrem Sohn und Deutschland einen unschätzbaren Dienst erweisen wolle, so finde sie ein schmerzloses und rasch wirkendes Mittel auf der Konsole im Innern der Klapptür der Nische, in der sie sitze. Und wirklich ertastete Ruth Conrath an der genannten Stelle eine Dose, die eine ebensolche Zyankalikapsel enthielt, wie ihr Mann ihr bereits eine besorgt hatte und wie sie später auch die Führer des Tausendjährigen Reiches benutzten, um sich der irdischen Strafe für die von ihnen begangenen oder geduldeten Verbrechen auf wohlfeile Weise zu entziehen.

Von diesem unrühmlichen Ende ahnte freilich Franz Xaver Bachau noch nichts, als er zum zweitenmal den vorweihnachtlichen St.-Luzius-Dom zu Chur verließ. Und er ahnte auch nicht, daß ihm Lieutenant Cassyan Combrove heimlich folgte. Der Amerikaner heftete sich dem Deutschen in der verdunkelten Stadt an die Fersen und betrat kurz nach ihm ein Kaffeehaus, das Bachau aufgesucht hatte, um sich aufzuwärmen. Hier sah Combrove seinen Gegenspieler zum erstenmal deutlich vor sich.

Die Theke bildete einen rechten Winkel und war durch tiefhängende Lampen erleuchtet. Eine Espressomaschine zischte. Die Wirtin war von mittlerem Alter und hatte unordentliches Haar. Über den Thekenwinkel hinweg beobachtete Cassyan Combrove den Deutschen, den Vorteil ausnutzend, daß er wußte, wen er vor sich hatte. Er sah einen mittelgroßen Mann Ende dreißig mit einem intelligenten Gesicht von energischem, alpenländischem Schnitt, einen Mann, der ebensogut Sportarzt wie Skitrainer, Staatsanwalt oder Gebirgsjägerhauptmann hätte sein können. Eine Tolle losen, dunkelbraunen Haares fiel ihm in die Stirn. Der Scheitel war korrekt, die Augen waren von einem unergründlichen Veilchenblau, das Ausdruck seelenvoller Tiefe, aber auch ressentimentbeladener Grausamkeit hätte sein können. Demjenigen, der etwas von Physiognomie verstand, wäre der Mund als das wichtigste Merkmal erschienen. Er paßte nicht zu Bachaus Blut-und-Boden-Typ, war breit, aufgeworfen und fleischig, wenn man ihn auch nicht direkt als häßlich hätte bezeichnen können. In diesen Mund schüttete der deutsche Sturmbannführer drei Schnäpse. Bei der Bestellung erkannte man das österreichische Idiom. Ein flüchtiger Blick der tiefblauen Augen streifte sein amerikanisches Gegenüber, als Bachau den schwarzen Mantel zurückschlug, um eine Zigarettenpackung hervorzuholen. Dabei zeigte sich, daß das, was Franz Xaver Bachau wie einen Kooperator hatte wirken lassen, ein altmodischer Ekkenkragen war, um den er eine dunkle Krawatte geschlungen hatte. Cassyan Combrove kam bei seinen Beobachtungen zu dem Ergebnis, daß er einen Mann vor sich hatte, der das, was er tat, nicht unbedingt für einen bestimmten Sinn oder Nutzen, sondern um seiner selbst willen ausführte. Hierin unterschied er sich von Cassyan Combrove, der zwar auch der Faszination der Macht verfallen war, für den aber jede Machtausübung nur legitim war, wenn sie der Glorie, Größe und zivilisatorischen Sendung eines starken, freien und unabhängigen Amerika diente.

Das Interesse des Amerikaners an seiner Person war Franz Xaver Bachau nicht verborgen geblieben, und so wunderte er sich kaum, als der Fremde ihn, kurz nachdem er bezahlt und die Kaffeestube verlassen hatte, auf der dunklen Straße einholte und ansprach.

»Ich nehme an, daß Herr Schellenberg einen Mann in die Schweiz geschickt hat, der die englische Sprache beherrscht?«

Franz Xaver Bachau durchschaute den Zusammenhang schon bei Combroves ersten Worten, was zur Folge hatte, daß er keinerlei kindische Versuche unternahm, seine Identität zu verschleiern. Er antwortete mit einer Gegenfrage: »Sie hat Sie also doch noch einmal aufgesucht?«

»Die Fotos werden Ihnen in etwa zwei Wochen vorliegen«, sagte Combrove.

»Das ist Selbstschutz«, entgegnete Bachau. »Sie müssen das verstehen. Wir können hier in der Schweiz wohl kaum viel erfahren, was für uns von Bedeutung ist. Aber wir müssen versuchen zu verhindern, daß unsere Oppositionellen und Verräter Ihnen Dinge zutragen, deren Verbreitung für uns schädlich ist, Mister . . .?«

Cassyan Combrove hatte weder die Weisung, noch sah er eine Notwendigkeit, aus seinem Namen und seiner Tätigkeit ein Geheimnis zu machen.

»Combrove«, sagte er deshalb ohne Zögern. »Cassyan Combrove. Ich arbeite in Kooperation mit unserer Botschaft in

Bern. Mein Präsident hat den Befehl erteilt, in diesem Land keinen Untergrundkrieg zu beginnen, falls Ihre Regierung ihn uns nicht aufzwingt.«

»Brigadeführer Schellenberg hat das gleiche befohlen, vorausgesetzt, daß Ihre Regierung unsere Kreise nicht stört«, erwiderte Bachau. »Wir wissen, wer mit Ihnen Fühlung aufnimmt. Ein paar verwirrte Oppositionelle, die sich der Täuschung hingeben, daß sie unerkannt bleiben können, ein paar verängstigte Flüchtlinge ... das alles läßt uns kalt. Aber für einige wenige interessieren wir uns doch, nämlich für diejenigen, die unsere Geheimnisse verraten können.«

Der Amerikaner schritt eine Weile wortlos neben Bachau her. »Diese deutsche Jüdin ist Ihnen ein Dorn im Auge, nicht wahr?« fragte er schließlich.

»Ihnen nicht?« fragte Bachau zurück. »Was wollen Sie denn mit ihr anfangen? Um ihretwegen etwas zu riskieren, weiß sie zuwenig. Und was sie weiß, hat sie Ihnen vermutlich ohnehin schon gesagt. Den Gesetzen dieses Landes können Sie sie nicht ohne schwerwiegende diplomatische Verwicklungen entziehen. Eine Ausreise für sie dürfte schwer zu beschaffen sein. Allerdings, vielleicht haben Sie persönliche Motive ...?« Bachau brach zweifelnd ab. Er war überrascht von der Antwort des Amerikaners.

»Für eine Jüdin«, rief Combrove. »Daß ich nicht lache! Aber was will denn der SD mit ihr anfangen? Einen Mord werden Sie nicht inszenieren wollen, wenn ich Ihr Konzept recht verstanden habe.«

»Wir haben das Gesetz auf unserer Seite«, antwortete Franz Xaver Bachau, ohne zu zögern. »Für mich ist das ein Verwaltungsvorgang. Das regeln wir unter uns, Mr. Combrove, und zwar auf elegante Weise. Wir haben da ein Pfeifchen, dessen Ton sich nur wenige entziehen können; die meisten tanzen danach.«

Der Amerikaner ging neben Franz Xaver Bachau her und betrachtete das Profil seines Gesprächspartners mit unverhohlenem Interesse. »Wenn Sie niemand daran hindert, Ihr Instrument zu spielen«, sagte er nach einiger Zeit.

»Wer sollte uns daran hindern, Mr. Combrove?« fragte Bachau. »Sie persönlich bestimmt nicht. Und Amerika ist weit.« Er sah im Gehen zu Combrove hinüber. »Unsere Regierung ist informiert über das Desinteresse Amerikas an den deutschen Juden. Andernfalls hätte sich der Führer nicht entschlossen, dieses Problem auf seine Weise zu lösen. Wir haben die Auswanderung jahrelang angeboten, doch niemand ist darauf eingegangen. Jetzt warten wir auf flammende Proteste, aber es kommen keine ...« Bachau beendete den Satz mit einem Schulterzucken. Nach einer Weile fuhr er sachlich fort: »Alles, was wir von Ihnen in dieser Angelegenheit erwarten, ist, daß Sie uns keine Steine in den Weg legen, und das dürfte im beiderseitigen Interesse sein, Mr. Combrove.«

Diese Überzeugung teilte Cassyan Combrove. Niemand, der seine fünf Sinne beisammen hatte, hätte seine Karriere, seine Macht und seinen Einfluß aufs Spiel gesetzt und eine Konfrontation mit den Deutschen im Herzen eines von ihnen beherrschten Erdteils riskiert, nur um einer Laune der Menschlichkeit nachzugeben, von deren Notwendigkeit er nicht überzeugt war und deren Rentabilität sich nirgends abzeichnete.

»Ihr Führer hat uns den Krieg erklärt«, sagte er nach einer Weile. »Er wird diesen Krieg verlieren, denn es kann nur ein Wahnsinniger sein, der sich uns zum Feind macht. Was die Deutschen tun, bevor wir Europa erobern, kümmert uns nicht. Was sie sich zuschulden kommen lassen, nachdem wir diesen Erdteil haben, werden sie auf Heller und Pfennig bezahlen.«

»Sie sind sehr selbstsicher«, sagte Bachau.

Der Amerikaner lachte. »Waren Sie jemals in den Staaten?«

»Nein«, erwiderte Bachau.

»Sehen Sie«, entgegnete Combrove. »Wenn Sie Amerika kennen würden, wüßten Sie, wer diesen Krieg gewinnen wird. Aber bis dahin haben Sie noch eine Galgenfrist. Wie bleiben wir in Kontakt?«

Bachau antwortete: »Ich bin noch nicht autorisiert worden, meine Identität preiszugeben. Aber ich weiß, daß ein Kontakt auf Missionsebene angestrebt wird, um die Spielregeln auf Schweizer Parkett festzulegen. Die Verhandlungen dürften etwa das gleiche Ergebnis zeitigen wie unser heutiges Gespräch. Bei dieser Kontaktaufnahme wird sich unsere Beziehung zwangsläufig erneuern, Mr. Combrove.«

Franz Xaver Bachau war stehengeblieben, und als der Amerikaner rasch und lautlos in den dunklen Altstadtgassen der Graubündner Hauptstadt Chur verschwand, tauchte auch er im Schatten der verwinkelten Häuser unter.

Für Ruth Conrath war Cassyan Combrove nicht mehr zu sprechen. Am Telefon ließ er sich verleugnen, und bei ihren Besuchen bedauerten seine Mitarbeiter sehr. Nach und nach konnte Ruth sich nicht mehr vorlügen, daß noch Hoffnung bestand. Nachdem ihr Kontakt zu dem Amerikaner abgebrochen war, konnte sie sich ausrechnen, was geschehen würde. Und sie war ehrlich genug, sich die Ausweglosigkeit ihrer Lage einzugestehen. Sie zog sich zurück in ihr Zimmer im Dachgeschoß des Gastygerschen Hauses und schrieb ihrer Freundin Maria einen Brief von drei und einer halben Seite Länge, in dem sie alles berichtete, was sie in diesen Vorweihnachtstagen des Jahres 1942 erlebt hatte. Dann wartete sie bis zum allerletzten Augenblick und zerbiß die beiden Giftkapseln erst an jenem kalten, schneehellen Morgen, an dem das Läuten der Türklingel die Stille des Hauses zerriß und sie die Stimme eines Schweizer Polizisten hörte, der unten in der gewölbten Diele nach ihr fragte.

Nach dem ärztlichen Befund hat sie körperlich nur wenige Sekunden gelitten. In ihrem Brief an Maria Gastyger sollte sich später der Satz finden: »Wie viele glückliche Stunden nehmen wir ohne zu danken hin. Doch vor den wenigen Sekunden des Todes haben wir ein Leben lang Angst. Wie ungereimt ist das alles.«

Franz und Maria Gastyger wurden aus dem Engadin zurückgerufen. Die behördlichen Schritte waren bereits eingeleitet. Als Major Franz Gastyger die polizeiliche Vorladung erhielt, rief seine Frau: »Mein Gott, Franz, wie konnte sie uns nur so etwas antun!« Nach dem endgültigen Abschluß des Falles wurde Frau Gastyger Ruth Conraths Abschiedsbrief ausgehändigt, den sie ungeöffnet in eine Mappe mit alter Weihnachtspost legte, wo sie ihn vergaß.

Zu berichten bleibt noch, daß während der gleichen Weihnachtstage einem fünfzehnjährigen jüdischen Jungen aus Lublin die Flucht aus dem Konzentrationslager Majdanek gelang. Er war einer der ganz wenigen, denen dies jemals glückte. Er hieß Shlomo Shopir, und als er später mit Martin Conrath und dem hinterlassenen Brief seiner Mutter zu tun bekam, trug er schon ein rotes Barett auf dem dichten schwarzen Haar und auf den Schulterstücken seines Khakihemdes die Abzeichen israelischer Generale.

4

Der Tag, an dem die Panzerspitzen der 3. US-Armee das Städtchen Krumbach erreichten, war ungewöhnlich heiß, fast
schwül; eine Seltenheit im Mai. Die Stadt und das hügelige,
licht bewaldete Umland glichen seit Tagen einem Heerlager.
Es schien, als ströme hier, nicht allzu weit von der tschechischen Grenze entfernt, das Strandgut zusammen, das in
diesen letzten Kriegstagen der physischen Vernichtung hatte
entkommen können. Von Osten gelangten die Reste der geschlagenen Heeresgruppe Schörner über die alten Reichsgrenzen nach Oberfranken, gefolgt von einem unübersehba-
ren Flüchtlingsstrom deutscher Volksgruppen, die sich den
bevorstehenden tschechischen Greueltaten noch rechtzeitig
entziehen konnten. Von Westen her sammelten sich Einheiten
des Heeres und der Waffen-SS, die, teils flüchtig, teils in hin-
haltendem Kampf, von Pattons Panzern vor sich hergetrieben
wurden. Die Ortschaften füllten sich mit Flüchtlingen und
Stäben, in den Waldstücken und Bachtälern lagerten Truppen
und häuften sich Berge von zusammengefahrenem oder lie-
gengelassenem Kriegsmaterial der besiegten Armee. In den
Kellern und Untergeschossen sowie in der Turnhalle des
Friedrich-Ludwig-Jahn-Gymnasiums hatte man ein Lazarett
eingerichtet. Nur das Obergeschoß war dem Schulbetrieb belassen worden.

Es begann damit, daß Oberstudienrat Arno Hoelzner zum erstenmal, seit Martin Conrath sich erinnern konnte, ohne sein

Parteiabzeichen in die Klasse kam. Er kaschierte das sehr geschickt, indem er der ungewohnten Schwüle wegen ohne Jackett erschien und zu seinen Knickerbockers nur ein offenes Hemd mit aufgekrempelten Ärmeln trug. Schon während der letzten Tage hatte eine ungeheure Spannung in der Luft gelegen. Bisweilen hatte von fern für Sekunden der Kampflärm über die Wälder gegrollt, dann war es wieder drückend still gewesen.

An diesem 8. Mai 1945, an dem die Amerikaner einmarschierten, ließ Arno Hoelzner nicht wie zahllose andere die ihm anvertraute Stelle im Stich. Der Oberstudienrat kam in die Schule. Im Grunde war er das, was Martin Conrath und viele seiner Kameraden als einen feinen Kerl bezeichneten. Nur einige wenige aus der Klasse waren im Zweifel gewesen, wie Hoelzner sich verhalten würde. Die meisten wußten es. Die Jungen erhoben sich, als der Lehrer die Klasse betrat. Aber sie unterließen den Gruß mit erhobener Hand. Sie spürten alle, daß an diesem Tag etwas Entscheidendes geschehen würde, etwas, das in seiner Bedeutung weit über die Ereignisse in ihrer Heimatstadt hinausging.

»Setzt euch«, sagte Hoelzner, und klappernd und raschelnd rutschten alle in ihre Pultbänke und starrten erwartungsvoll auf ihren Lehrer. Irgend etwas würde passieren, das fühlten sie.

»Man hißt weiße Fahnen in der Stadt«, sagte Arno Hoelzner und begann mit vor der Brust verschränkten Armen vor der Klasse auf und ab zu wandern. »Es heißt, daß die Wehrmacht an allen Fronten kapituliert hat. Der für uns zuständige Divisionskommandeur soll schon entsprechende Befehle haben. Die Waffenruhe soll um Mitternacht eintreten. Eine Abordnung von Volksgenossen hat die Wehrmacht gebeten, die Stadt nicht zu verteidigen, um sinnlose Zerstörungen zu vermeiden. Der General hat dieser Bitte entsprochen und bewaffnete Einheiten aus der Stadt abgezogen. Diese Einheiten werden sich draußen im Umland, Stäbe, Nachschubeinheiten und Lazarette hier in der Stadt den Truppen General Pattons ergeben. Es ist damit zu rechnen, daß amerikanische Verbände der 3. US-Armee in Kürze in Krumbach einrücken.«

»Sauerei«, rief Steinmüller. Arno Hoelzner ließ die Arme sinken und wandte sich Egon Steinmüller zu. »Wie meinst du, Steinmüller?«

Egon Steinmüller war der lautstärkste Vertreter der Hitlerjugend in der Klasse. Sein Vater hatte irgendeinen kleinen Parteiposten im nahe gelegenen Bayreuth inne.

»Der Führer hat befohlen, jeden Quadratmeter deutschen Bodens . . .«

»Der Führer ist tot«, unterbrach der Lehrer den Jungen. »Warst du einmal draußen vor der Stadt, Steinmüller, und hast dir die Truppen angesehen? Womit sollen die noch kämpfen? Mit den Fäusten vielleicht?«

»Jawohl, mit den Fäusten«, schrie Steinmüller, sprang auf, ballte die Fäuste und senkte den Kopf.

Einige begannen zu lachen, andere kicherten. »Halt's Maul, Egon«, schallte es ihm entgegen. »Spiel nicht den dicken Max und setz dich auf deinen Arsch.«

»Ich melde mich freiwillig«, schrie Steinmüller. »Ich geh' hinaus zu den Truppen, ihr Feiglinge.«

Egon Steinmüller machte Anstalten, zur Tür zu rennen, aber Arno Hoelzner kam ihm mit zwei mächtigen Schritten zuvor, packte ihn an der Schulter und zwang ihn auf seinen Platz zurück. »Du bleibst hier, Steinmüller«, sagte er leidenschaftslos. »Solange wir Unterricht haben, befehle ich. Danach kannst du gehen, wohin du willst.« Der Studienrat wandte sich an die anderen Schüler. »Jungs«, begann er, »ich war doch zu euch niemals ungerecht, nicht wahr?« Er sah Martin Conrath direkt an. »Du kannst das bestätigen, Conrath?«

Der Junge nickte.

»Du wirst das den Amerikanern sagen, wenn sie dich fragen?«

Wieder nickte Martin Conrath wortlos. Irgend etwas muß mit mir sein, dachte er. Etwas Besonderes, wovon ich nichts weiß und die anderen offenbar auch nicht. Unsicher sah der junge

Conrath sich um, blickte in leere, unbewegliche Gesichter. Seine Augen hefteten sich wieder auf den Lehrer.

»Wirst du das tun?« wiederholte der Oberstudienrat seine Frage.

»Ja«, sagte Martin. »Aber warum gerade ich? Die anderen können das doch auch bezeugen.«

»Natürlich«, bestätigte Hoelzner. »Die anderen auch. Du hast recht, Conrath. Hat noch jemand Fragen?«

»Wo sind die Amerikaner?« kamen Rufe aus der Klasse. »Muß man denen gehorchen? Was wird mit dem Unterricht? Gibt es schulfrei?«

Der Oberstudienrat beantwortete alles, so gut er konnte. »Die Amerikaner stehen im Nachbarort. Sie werden durch den Wald kommen und die entsprechenden Anordnungen treffen, sobald sie eingerückt sind. Diesen Befehlen muß gehorcht werden, schließlich sind sie die Sieger. Was mit der Schule wird, weiß ich nicht. Vielleicht wird es einige Tage frei geben.« Die Klasse brach in ein Freudengeheul aus, aber Arno Hoelzner dämpfte den Jubel. »Es gibt keinen Grund zur Begeisterung«, sagte er. »Dies ist für uns und für ganz Deutschland eine schwere Stunde. Aber es gibt auch keinen Grund für Panik, Angst und Denunziation. Benehmt euch ehrenhaft wie Deutsche, die für eine gute Sache eingetreten und der Übermacht unterlegen sind. Wir haben alle unsere Pflicht getan, und jetzt ist das wichtigste, daß wir sie auch weiterhin tun. Also wo waren wir stehengeblieben? Ach ja, richtig. Olaf, was weißt du über das Kohlenbecken von Leeds?«

Olaf wußte nicht viel über das Kohlenbecken von Leeds. Er wußte auch in der folgenden Stunde nicht viel über Karl den Sachsenschlächter und in der Deutschstunde Hoelzners nur wenig über Meister Ekkehard und seine Bedeutung für die Dichterschule von St. Gallen. Aber das schadete ihm an diesem Tage wenig. Denn früher als erwartet, nämlich während eben dieser Deutschstunde, kamen die Amerikaner.

Sie zogen weder mit Marschmusik noch mit Kanonendonner ein. Die Invasion begann damit, daß es auf der Straße unter den weitgeöffneten Fenstern auffallend ruhig wurde, so als zöge sich die ganze Stadt in ihre Häuser zurück, abwartend und gespannt darauf, was denn nun geschehen würde. Ganz Krumbach hielt für eine ratlose Viertelstunde den Atem an und wirkte wie eine lautlose, personifizierte Frage. Dann wurde dort, wo der Hauptmarkt sich zur Hermann-Göring-Straße verengte, Motorengeräusch hörbar. Hoelzner hatte seine Klasse auf ihren Plätzen festgehalten und den Jungen verboten, sich – wie sie es wohl gern getan hätten – in Trauben über die Fensterbrüstung zu hängen. Der Oberstudienrat stand eine Weile schweigend vor der Klasse, dann wandte er sich um, stieg auf das Tafelpodium und setzte sich hinter das Katheder. Später behaupteten einige, er habe dabei geweint.

Einer nach dem anderen krochen an diesem Spätvormittag die zerschrammten Sherman-Kampfwagen einer Panzerdivision den Hauptmarkt herauf, bezogen Stellung, drehten sich knirschend im Kreis und senkten die Geschützrohre. Nach ihnen kam Infanterie, die rechts und links an den Häuserwänden entlang marschierte. Die Gewehre hatten sie im Anschlag, die Sturmriemen vorn über den Rand der mit Tarnnetzen bezogenen Helme gespannt. Die Ärmel ihrer Feldblusen waren hochgekrempelt, und manchem klebte die Zigarette im Mundwinkel. Es fiel kein Schuß. Nur eine Schar Tauben flog auf, und ihr Flügelschlag rauschte über die Dächer, bis sie sich anderswo niederließen. Das erste, was die Jungen von den Amerikanern hörten, war ein scharfer Befehl von der Straße herauf: »Shut the windows, damn it! Shut the windows, up there, hurry up.«

Hoelzner erhob sich hinter seinem Katheder, trat ans Fenster und sah hinunter. Mitten auf der Straße stand ein riesiger schwarzer Sergeant, hatte die Mündung des Sturmgewehrs nach oben gerichtet, fuchtelte mit der Waffe herum und wiederholte: »Hurry up, shut the windows, go ahead.«

Hoelzner ging von Fenster zu Fenster, schloß klirrend eines nach dem anderen, drehte sich dann zu seiner Klasse um und sagte: »Sie sind da.«

Vom Balkon des Rathauses hing eine weiße Fahne herab. Weiße Fahnen wehten auch vor zahlreichen anderen Häusern an der Straße. Den Panzern und der Infanterie folgten weitere Fahrzeuge, Jeeps und Trucks. In der Mitte des Hauptmarktes marschierten sie auf und bildeten eine Formation. Die Soldaten lehnten an ihren Fahrzeugen, rauchten, lachten und plauderten. Von der Bevölkerung wagte sich vorerst noch niemand auf die Straße. Im ersten Stock des Rathauses wurden die Balkontüren geöffnet, und zusammen mit zwei GIs betrat der Bürgermeister bleich, aber gefaßt den Balkon. Die drei Männer blickten auf den Platz hinunter. Nach wenigen Minuten tauchten am entgegengesetzten Ende des Marktes drei Fahrzeuge auf, fuhren am Rathaus vor und hielten. Eine Gruppe von Offizieren stieg aus und ging hinein. Darunter war auch der Stadtkommandant, der von diesem Tage an die oberste Autorität in dem Städtchen besaß. Damit war für Krumbach eine Epoche zu Ende, und eine neue begann.

Die Amerikaner besetzten das Schulgebäude. Im Keller fanden sie die Stäbe und darüber das Lazarett. Die Jungen hörten das Rumoren, als unten die Übergabe vollzogen wurde. Wenig später knallten Soldatenstiefel die Steintreppe herauf und den Flur entlang. Es waren fünf Mann. Einer von ihnen öffnete die Tür zum Klassenzimmer, wo Studienrat Hoelzner neben dem Katheder stand und ihm entgegensah.
»Soldaten? SS? Nazis?« Der Amerikaner tat einen Schritt ins Zimmer und sah, daß er Vierzehn- oder Fünfzehnjährige in Zivil vor sich hatte, die ihn teils ängstlich, teils neugierig anstarrten. Erleichtert schob er den Stahlhelm ins Genick.
»Okay, guys, it's just a bunch of kids«, rief er über die Schulter seinen Kameraden zu.
Er wollte die Tür schon wieder schließen, als einer der Jungen aufsprang, auf Hoelzner deutete und rief: »Parteigenosse!«
Die anderen in der Klasse wußten, daß auch Gustav Weglängers Vater Parteigenosse war. Der Amerikaner riß die Tür weit

auf und fixierte Hoelzner, der blaß und sprachlos dastand. Der GI wandte den Kopf.

»Anyone around who speaks German?« rief er, auf einem Gummi kauend, seinen Kameraden auf dem Flur zu. Das Gesicht eines zweiten GI tauchte im Türrahmen auf. Der erste gab eine kurze Erklärung, der andere musterte den Jungen.

»Und du bist wohl sein Lieblingsschüler, was?« fragte er schließlich ironisch.

»Ich habe nichts gegen den Jungen«, versicherte Hoelzner.

»Shut up«, knurrte der andere Amerikaner ihn an. »We ask the questions around here. Jou're a leader?«

»Nein«, antwortete Hoelzner. »Kein Führer.«

»SS?«

»Nein, auch nicht SS«, erwiderte Hoelzner.

In diesem Augenblick bemerkte einer der GIs das Hitlerbild hinter dem Katheder, betrat die Klasse und schob den Gewehrkolben mit einer fast sachten Bewegung so unter den Rahmen, daß das Foto klirrend zu Boden fiel.

»Wo habt ihr das gelernt?« fragte der Soldat, der deutsch sprach. »Wo habt ihr gelernt, andere zu verpfeifen? Bei dem da?« Der Gewehrkolben stocherte in den Glassplittern, die auf dem Boden lagen, während der Soldat mit dem Kopf auf den Lehrer deutete.

Hoelzner schwieg. Der Soldat hatte ein gutmütiges Gesicht, und sein Versuch, dem Gewicht der Stunde entsprechend eine martialische Miene aufzusetzen, blieb ziemlich erfolglos.

»Nazi-Leader?« fragte der andere noch einmal energisch. Hoelzner schüttelte wieder den Kopf.

»Leader?« wiederholte der Soldat und sah die Jungen der Reihe nach an. Dann lachten die beiden GIs los, klemmten die Sturmgewehre unter den Arm, marschierten aus dem Klassenzimmer und gingen mit knirschenden Schritten den Flur entlang. Gleich darauf hörte man ihre Stimmen im Nebenraum.

»Nazi? SS? Leader?« Für die Burschen war das der reine Spaß.

Im Klassenzimmer standen Hoelzner und Gustav Weglänger sich gegenüber. Mit ein paar ausgreifenden Schritten war Hoelzner bei dem Jungen und versetzte ihm eine schallende Ohrfeige.

»Raus, du Scheißkerl«, rief er. »Weißt du, in welcher Klasse du heute noch wärst, wenn du mein Wohlwollen nicht gehabt hättest? Ich freue mich direkt, daß ich dich noch rechtzeitig kennengelernt habe, du Früchtchen. Wenn du meinst, daß du dich auf diese Weise für deine Arreste und Strafarbeiten bei mir revanchieren kannst, dann irrst du dich. Wo du das gelernt hast, wollten die wissen . . .« Hoelzner brach erregt ab. »Bei mir hast du's nicht gelernt«, fuhr er schließlich heftig fort. »Das hast du schon mitgebracht aus dem Kleinkrämermief, wo du herstammst. Bei mir hast du sowas nicht gelernt . . .« Eine zweite Ohrfeige klatschte in Gustav Weglängers Gesicht. »Da, der Jude, der hält den Mund und steht hinter seinem Lehrer. Aber du . . .«

Martin Conrath erinnerte sich später noch oft, daß er sich nach dem vermeintlichen Juden umgesehen hatte, als Hoelzner das sagte, und daß er dabei bemerkte, wie alle anderen ihn anstarrten. Schließlich wurde auch ihm klar, daß der Lehrer ihn meinte. Er blickte auf Hoelzner, lief vor Zorn rot an und ging mit erhobenen Fäusten auf den Oberstudienrat los. Der Judenhaß war den Jungen so eingebleut und eingetrimmt worden, daß weder Martin Conrath noch seine Altersgenossen begreifen konnten, welch grundlegende Änderung in den wenigen Minuten, die vergangen waren, seit der amerikanische Captain im Rathaus von Krumbach verschwunden war, sich in ihrer aller Leben vollzogen hatte. Und doch war es so: Als die Schule an diesem Tag zu Ende war, galt keine der Kategorien mehr, unter denen der Unterricht morgens begonnen hatte. Für Martin Conrath aber bedeutete das, was Hoelzner gesagt hatte, eine grundlose und furchtbare Beleidigung. Hoelzner wehrte Martins erhobene Fäuste ab.

»Es tut mir leid, Conrath«, keuchte er. »Ich hätte das nicht sagen sollen.«

»Ich bin kein Jude, ich bin kein Jude«, brüllte Martin seinen Lehrer an.

»Er ist doch einer, er ist doch einer. Martin, der Jude ...«, grölten die anderen, denen es wie Schuppen von den Augen fiel und die plötzlich die geheimnisvolle, besondere Bewandtnis errieten, die es seit Jahren mit dem aus Berlin zugezogenen Martin Conrath hatte. Es fehlte nicht viel, und seine Klassenkameraden wären über ihn hergefallen, um ihn zu verprügeln. Hoelzner, der Parteigenosse und markige Deutschtümler, war der einzige, der sich vergegenwärtigte, daß es jetzt keine Rolle mehr spielte, ob einer jüdisch oder arisch war.

»Das macht doch heute gar nichts mehr aus«, schrie er der aufgeputschten Schülerhorde zu. »Das ist doch jetzt alles vorbei!«

Für Martin Conrath lag in diesem Ausruf eine ganz entscheidende Erfahrung seines jungen Lebens. Was am Abend des 7. Mai noch eine todeswürdige Schande gewesen war, spielte am Morgen des 8. Mai gar keine Rolle mehr. Ein amerikanischer Captain, der in das Krumbacher Rathaus ging, hatte die Welt verändert.

In diesem Augenblick erschien in der noch offenen Klassentür der einbeinige Studienrat Sommermann, gestützt auf seine Krücken. »Die Militärregierung hat den Unterricht auf unbestimmte Frist suspendiert«, sagte er. »Alle Schüler versammeln sich im Klassenzimmer der 5 a und warten auf Anweisungen für den Heimweg.«

Der Kriegsversehrte verschwand humpelnd aus dem Türrahmen, um seinen Spruch in der nächsten Klasse loszuwerden. Martin Conraths Kameraden nahmen die Mitteilung tobend auf, packten ihre Taschen und rannten ins Klassenzimmer der 5 a. Martin fand sich nach wenigen Minuten mit Arno Hoelzner allein im Raum. Es war sehr still. Nur unten auf der Straße erwachte allmählich wieder das Leben. Amerikanische Patrouillen zogen durch die Stadt, auf dem Markt warfen deutsche Soldaten ihre Handfeuerwaffen auf große Haufen und warteten auf ihren Abtransport in die Gefangenschaft.

»Warum haben Sie das gesagt, Herr Hoelzner?« fragte Martin Conrath.

»Weil es die Wahrheit ist, mein Junge«, erwiderte der Lehrer. »Ich hätte es nicht gesagt, wenn es nicht wahr wäre.«

»Sie wissen doch, woran mein Vater gearbeitet hat. Das hätte man nie einen Juden machen lassen. Sie müssen sich irren. Mein Vater war rein arisch.«

»Aber deine Mutter nicht, Martin. Deine Mutter war Volljüdin. Nur haben deine Eltern dir das verheimlicht, um dich nicht in die Konflikte zu stürzen, die damit verbunden sind, verbunden *waren*, meine ich natürlich. Als deine Mutter verunglückte, ließ man deinen Vater in Ruhe.«

»Und *Sie* haben das gewußt?«

»Von Anfang an, Martin«.

»Und Sie haben mich trotzdem unterrichtet, mich in den Kriegseinsatz geschickt, mich bei Schulfeiern und an nationalen Gedenktagen Gedichte aufsagen lassen? Einmal durfte ich sogar beim feierlichen Treueappell am Geburtstag des Führers die Hakenkreuzfahne am Mast hochziehen, und alle anderen haben mit erhobenem Arm zugesehen . . .« Conrath brach ab und starrte den Oberstudienrat kopfschüttelnd an.

»Wir haben dich auf diese Weise durchgebracht, Martin. Besser, du hast die Hakenkreuzfahne gehißt, als daß sie dich in die Lager geschickt hätten. Wenn es nach den Bestimmungen gegangen wäre, hättest du schon lange nicht mehr auf dem Gymnasium sein dürfen. Und seit ein paar Monaten bestand ein Geheimbefehl, wonach sie dich als Mischling ersten Grades ohne weiteres hätten verschicken können, wenn sie die Wahrheit gekannt hätten.«

Es muß hinzugefügt werden, daß zu diesem Zeitpunkt weder der Schüler Martin Conrath noch der Parteigenosse Arno Hoelzner wußten, was mit den Juden wirklich in den Lagern geschehen war. Beide sollten es erst später erfahren, wodurch in dem einen das Gefühl der Dankbarkeit, in dem anderen die Befriedigung über die eigene Handlungsweise wuchs. Wer allerdings schon an jenem 8. Mai etwas darüber wußte, war der amerikanische Ortskommandant von Krumbach, Captain George W. Ballacue, aber mit ihm kam Martin Conrath erst einige Tage später in Berührung.

»Und warum haben Sie das alles getan, Herr Hoelzner? Es hätte für Sie gefährlich werden und Ihnen Unannehmlichkeiten machen können.«

»Der Befehl kam ursprünglich vom Innenministerium«, antwortete der Lehrer. »Wir mußten es machen. Dann habe ich dich näher kennengelernt und bekam Achtung vor dir. Irgend etwas kann an der Judenpolitik der Partei nicht stimmen, dachte ich mir. Ich war noch nie persönlich mit dem Problem in Berührung gekommen, verstehst du? Ich dachte mir, *wenn* sie schon Ausnahmen machen, warum dann nicht klotzen? Und da habe ich eben getan, was ich konnte.«

»Haben Sie dabei auch daran gedacht, wie der Krieg ausgehen könnte?« fragte Martin Conrath ernsthaft.

»Das habe ich schon«, räumte der Lehrer ein. »Aber ich habe nicht deswegen zu dir gehalten, sondern weil ich dich mag.«

Der Junge schwieg eine Weile. Endlich sagte er: »Wenn das alles stimmt, was Sie gesagt haben, dann werden Ihnen die Amerikaner kein Haar krümmen, Herr Hoelzner. Und für mich ist es von jetzt an vielleicht ein Glück, daß meine Mutter Jüdin war. Für Sie natürlich auch! Übrigens, der Weglänger ist ein gemeiner Schuft.«

Oberstudienrat Arno Hoelzner streckte Martin Conrath die Hand hin. So, wie der Junge erzogen war, schlug er mechanisch die Fersen zusammen und richtete sich stramm auf, als er sie ergriff.

Schon wenige Stunden nach der Übernahme seines Postens im Krumbacher Rathaus wurde sich Captain George W. Ballacue darüber klar, daß er unbelastete Deutsche als Dolmetscher zwischen seinen Truppen und der Stadtbevölkerung brauchte. Er gab deshalb Befehl, entsprechende Bekanntmachungen auszuhängen und Recherchen anzustellen, vor allem in den höheren Schulen. Mit einem Stapel von Unterlagen bekam der amerikanische Captain einen Bericht auf den Schreibtisch, der ihn interessierte. Von einem Nazilehrer war da die Rede, der von einem Nazijungen denunziert worden sei. Ferner wurde von einem Juden berichtet, der angeblich nichts von seiner Abstammung wußte, sich aber schützend vor den Nazilehrer gestellt habe. Captain George W. Ballacue war damals vierunddreißig Jahre alt, doch sein dichtes, streng gescheiteltes, aber gewelltes Haar begann bereits grau zu werden. Seine hellblauen Augen blickten illusionslos in die Welt. Sein Gesicht war glatt rasiert und wirkte sympathisch, jedoch ohne eine Spur von Naivität. Er schüttelte amüsiert den Kopf über den Bericht, den er soeben gelesen hatte, und ordnete an, daß der Jude, ein gewisser Martin Conrath, bei ihm vorsprechen solle.

»Du sollst mal runterkommen zur Kommandantur«, rief der Bote, der an der Gartentür geklingelt hatte, Martin zu. »Die brauchen anscheinend 'nen Dolmetscher.«

»Die haben doch Dolmetscher genug«, rief Martin zurück. »Wo sind die denn alle eingesetzt?«

»Keine Ahnung. Der Befehl kommt vom Captain persönlich.«

»Wieso denn ausgerechnet ich?«

»Keine Ahnung, ein paar andere sind auch bestellt, aber der Captain will unbedingt dich haben.«

Von mir können sie ja nichts wollen, dachte Martin gleichmütig. Das war eine der angenehmen Seiten dieser Monate. Wer immer ihn rief, von wem er auch bestellt wurde, er brauchte keine Angst zu haben. Er hatte zwar während der letzten Jahre überhaupt nicht gewußt, daß er gefährdet gewesen war, aber er hatte auch diese Zeit gut überstanden, und das allein zählte. Man begegnete ihm jetzt mit Achtung, und er hatte keinerlei Veranlassung, wie viele andere seine Taten mühsam zu verharmlosen, sie als Kindereien oder Jugendtorheiten hinzustellen. Wenn ihn jemand rief, dann schwang er sich ohne

Herzklopfen aufs Fahrrad und fuhr hin. Das war in dieser ersten Nachkriegszeit sehr selten.

Captain George W. Ballacue residierte auf Zimmer Nr. 12, das wußte jeder. Als Martin eintrat, saß der Captain korrekt und gerade hinter seinem Schreibtisch. Links von seinem Sessel leuchtete das Sternenbanner. Der Präsident der Vereinigten Staaten, es war damals schon Harry S. Truman, sah durch runde, schwarzgeränderte Brillengläser auf den Besucher herab; von der gleichen Stelle, an der noch vor Wochenfrist Adolf Hitlers Fotografie gehangen hatte.

»Hello«, sagte der Captain. »Take a seat, Martin.«

Martin rückte sich einen Stuhl zurecht und ließ sich vor dem Schreibtisch des Captains nieder. Dies war der erste Eindruck, den sie voneinander gewannen: der Amerikaner wirkte streng, fast preußisch, im erdfarbenen Waffenrock mit Goldknöpfen, olivbraunem Hemd und heller Krawatte. Auf beiden Kragenecken blitzte ein selbstbewußtes US. Der Offizier erblickte einen Jungen mit dunkler Haarsträhne in der Stirn, in kurzer Hose und Kniestrümpfen, einem ärmellosen, ziemlich ausgeleierten Pullover und offenem Hemdkragen darüber. Martin sah den Captain mit großen, neugierigen Augen an und wartete ab, was er sagen würde. Captain Ballacue, der das Gespräch in englischer Sprache führte, wunderte sich, daß Martin ihm ohne sonderliche Mühe folgen konnte.

»Du hast etwas übrig für deinen Lehrer Arno Hoelzner, einen eingeschriebenen Nazi«? fragte er und legte die Akte, in der er gelesen hatte, auf den Schreibtisch. »Wie kommt das?«

Martin antwortete: »Das ist eine ziemlich lange Geschichte. Haben Sie Zeit genug, mich anzuhören, Mr. Captain?«

Ballacue entgegnete: »Du kannst alles mögliche zu mir sagen, mein Junge, bloß nicht ›Mr. Captain‹. Du kannst mich zum Beispiel nur ›Captain‹ nennen, kannst ›Sir‹ sagen oder ›Captain Ballacue‹, meinetwegen auch Mr. Ballacue. Wofür willst du dich entscheiden?«

Nach kurzer Überlegung entschloß sich Martin Conrath, den amerikanischen Captain einfach Mr. Ballacue zu nennen, und das sollte viele Jahre so bleiben, bis diese Anrede eines Tages durch das vertrauliche »George« abgelöst wurde.

»Mr. Ballacue möcht' ich Sie nennen, wenn's recht ist«, sagte Martin.

»Okay, Martin«, nickte der Captain. »Einverstanden. Und jetzt erzähl mir deine Geschichte.«

Da der Junge nicht recht wußte, wo er anfangen sollte, half der Offizier nach: »Es heißt, daß du Jude bist und dennoch Mitglied der Hitlerjugend warst. Stimmt das?«

»Das stimmt nicht, Mr. Ballacue«, sagte Martin.

»Wie ist das möglich, hier steht es doch?«

»Ich bin nicht jüdischen Glaubens, sondern lutherisch reformiert. Ich bin auch nicht Jude, sondern ein Mischling ersten Grades, wenn Sie wissen, was das ist.«

»Das klingt kompliziert«, sagte Captain Ballacue. »Was bedeutet es?«

»Das bedeutet, daß nur meine Mutter Jüdin war, mein Vater jedoch nicht. Aber Herr Hoelzner hat mir gesagt, daß nach den Vorschriften auch Mischlinge verschickt werden konnten.«

Das Gespräch begann den Amerikaner über seine Dienstpflichten hinaus zu interessieren. »Und warum ist das mit dir nicht passiert?« fragte er. »Why did'nt it happen to you?«

»Weil Herr Hoelzner es verhindert hat«, sagte Martin.

Verständnislos schüttelte der Captain den Kopf.

»Ein Nazi?«

»Ja. Er hat mich in die Hitlerjugend gesteckt, mich zum Jugendkriegseinsatz geschickt und immer so getan, als sei ich wie alle anderen.«

»Und er wußte, daß du ein ... ein ... wie war das doch gleich?«

»Mischling ersten Grades.«

»Right. Daß du das warst, wußte er?«

»Natürlich. Ich habe es ja erst von ihm erfahren.«

Captain Ballacue rückte sich in seinem Sessel zurecht und lehnte sich zurück. Auf was für eine unglaubliche Sache war er da gestoßen. Stand nicht in General Eisenhowers Vorschriften, alle Nazis seien Verbrecher und als solche zu behandeln? Die Anführer sollten interniert werden, und für die anderen waren Sonderverfahren geplant, um den Grad ihrer Schuld festzustellen. Irgendwie schuldig, das stand für den General fest, waren sie alle. Und nun stieß er hier in diesem gottverlassenen Nest auf einen Hitlerjungen, der ein Halbjude war, und auf einen Vollnazi, der diesen Halbjuden vor dem Schicksal bewahrt hatte, dem Millionen anderer zum Opfer gefallen waren. Captain George W. Ballacue verstand die Welt nicht mehr. Waren vor einiger Zeit dem Parteigenossen Arno Hoelzner Zweifel daran gekommen, ob mit der Judenpolitik seiner Partei alles stimme, so kamen jetzt dem amerikanischen Captain Zweifel daran, ob die Deutschland-Politik seiner Regierung gut durchdacht sei.

»Kannst du mir erklären, warum der Nazi das alles gemacht hat, Martin?« fragte er, und Martin Conrath erklärte es ihm.

»Zu einem Teil tat er es aus freien Stücken, denn ich bin in der Klasse einer seiner besten Schüler. Er hat mich immer gerecht behandelt. Er hat mir gesagt, daß er mich mag, Mr. Ballacue. Und ich glaube ihm das auch. Andererseits mußte er es einfach tun, weil das Ministerium es von der Schule verlangt hat.«

»Das verstehe ich nicht«, wunderte sich der Captain. »Erklär mir das.«

Martin Conrath stockte, und der Amerikaner bemerkte es. »Warum zögerst du, Martin?«

»Es ist zum Lachen«, meinte der Junge. »Wenn ich das bisher erzählt habe, war ich immer stolz darauf. Aber was Sie als Amerikaner davon halten, weiß ich nicht.«

»Schieß mal los, Martin«, ermunterte ihn Captain Ballacue. »Dann werden wir ja sehen.«

»Mein Vater baute mit an der V 1 und der V 2 für den Führer... für Hitler meine ich natürlich. So, jetzt wissen Sie's. Nun können Sie über mich denken, wie Sie wollen.«

Eine Weile schwieg der Captain und sah den Jungen nachdenklich an.

»*Der* Conrath ist dein Vater«, sagte er schließlich gedehnt. »Der für diese Flugkörper den Flüssigtreibstoff entwickelt hat?«

»Sie kennen seinen Namen, Mr. Ballacue?«

»Wir kennen seit eineinhalb Jahren die Namen aller wichtigen Männer, die an dem Projekt gearbeitet haben. Professor von Braun, General Dornberger, Dr. Thiel, Dr. Conrath, Oberst Stoeßner. Viele von ihnen sind für uns von allergrößtem Interesse.«

»Auch mein Vater, Mr. Ballacue?«

Der Captain öffnete eine Tür seines Schreibtischs und zog einen schmalen Aktenordner hervor, den er in der Hand behielt, während er darin blätterte. Schließlich fand er, was er gesucht hatte, sah hoch und blickte Martin an.

»Ja, auch dein Vater.« Er schaute wieder in die Akte und las ab: »Oberingenieur Dr. Carl Conrath, geboren am 13. August 1901 in Burg bei Magdeburg, wohnhaft in Berlin W 1, Lützowplatz 11.« Ballacue machte eine Pause.

»Das ist wirklich mein Vater«, rief Martin aufgeregt.

Der Offizier klappte das Dossier zu und legte es vor sich auf die Schreibtischplatte.

»Und wo ist dein Vater jetzt, Martin?«

Der Junge schwieg eine Weile. Dann fragte er: »Warum interessiert Sie das, Mr. Ballacue? Wollen Sie ihn internieren oder in Gefangenschaft schicken?«

»Nein«, sagte der Amerikaner. »Männer wie er haben an einem sehr wichtigen Projekt gearbeitet, dem die Zukunft gehört, aber sie taten es im Dienste einer schlechten Sache. Wir wollen sie fragen, ob sie ihre Begabung und ihre Kenntnisse in den kommenden Jahren nicht für eine gute Sache einsetzen wollen, für Freiheit, Frieden, Selbstbestimmung und Menschenwürde, also die Ideale, für die unsere Jungens am Omahastrand gefallen sind.«

»Wie schön«, sagte Martin Conrath ergriffen. »Wie schön Sie

das zu sagen verstehen, Mr. Ballacue. Wenn das Ihre Ziele sind, würde mein Vater gewiß gerne mitmachen.«

»Und wo steckt er, Martin? Hier in unserer Zone? Oder bei den Russen?«

Der Junge antwortete mechanisch, fast ein wenig wie eingelernt: »Mein Vater fiel beim letzten Großangriff Ihrer Bomberverbände auf Berlin am 26. Februar dieses Jahres, als er versuchte, unser brennendes Haus zu löschen. Von beiden ist nichts übriggeblieben. Mein Vater liegt in einem unbekannten Sammelgrab, das Haus brannte vollständig nieder.«

Captain George W. Ballacue war nicht abgebrüht genug, um den Schock des Jungen nicht nachempfinden zu können. Weiß Gott in was für eine Sache er da durch seine Neugier hineingeraten war. Natürlich hatte er die Möglichkeit, die Geschichte auf sich beruhen zu lassen, den Jungen nach Hause zu schicken oder ihn als Hilfsdolmetscher für seine Offiziere zu verwenden. Aber der Fall interessierte ihn doch zu sehr.

»Das tut mir leid, Martin«, sagte er nach einer Weile.

Der Junge zuckte unter dem fadenscheinigen Pullover mit den Schultern und erwiderte: »Das konnten Sie ja nicht wissen. Und Sie waren ja schließlich auch nicht bei den Bombenfliegern.«

Captain Ballacue mochte dem Jungen nicht sagen, daß sein Bedauern seiner Frage und nicht dem Schicksal von Martins Vater gegolten hatte. Er war sich klar darüber, daß er auch mit seiner nächsten Frage Wunden aufreißen würde, aber er stellte sie trotzdem.

»Nimm es mir nicht übel, Martin«, sagte er mitfühlend. »Aber würdest du mir erzählen, was mit deiner Mutter geschehen ist? Du hast mir gesagt, daß sie Jüdin war. Wahrscheinlich lebt sie auch nicht mehr?«

Zur Überraschung des Amerikaners klang die Antwort des Jungen weder verbittert noch traurig. »Nein, Mr. Ballacue. Meine Mutter lebt schon lange nicht mehr. Aber ihr Tod hatte mit ihrer Rasse nichts zu tun. Im Herbst 1941 hat man meinen Vater von der finnischen Front zurückgeholt, von Karelien, wissen Sie, weil er für die Entwicklung der V-Waffen gebraucht wurde. Als er Urlaub bekam, fuhren meine Eltern für ein paar Wochen nach Südtirol, um sich zu erholen. Bei einer gefährlichen Tour auf den Marmolata-Gletscher hatte sie einen tödlichen Unfall.«

»Und wann ist das gewesen, Martin?«

»Am 14. Januar 1942, Mr. Ballacue.«

Der Amerikaner war sprachlos. Er wußte, daß Dr. Carl Conrath zu den Schlüsselpersonen in der Flugkörperentwicklung der Deutschen gehört hatte. Er mußte unersetzlich für die Nazis gewesen sein, wenn sie ihn mit einem solchen Posten betraut hatten, obwohl er eine Jüdin zur Frau hatte. Ballacue sah den Jungen nachdenklich an. Wenn seine Vermutung richtig war, dann bestand durchaus die Möglichkeit, daß an der Darstellung Martin Conraths irgend etwas nicht stimmte. Die Nazibehörden hatten um des Vaters willen ihre Hand über dem Jungen gehalten, soviel stand fest. Aber was war mit Martins Mutter wirklich geschehen? Es gab wahrscheinlich vieles, wovon der Junge überhaupt nichts wußte. Was für ein Mann war Carl Conrath gewesen? Ein Fanatiker, der sich danach gedrängt hatte, an den Vergeltungswaffen des Führers mitzubauen, und der sich seiner lästigen jüdischen Frau auf wohlfeile Weise entledigt hatte? Oder ein in die Enge getriebener Unentbehrlicher, der unter seiner verhaßten Aufgabe und unter dem Druck, der auf seiner Frau lastete, gleichermaßen gelitten hatte? Wer würde jemals über alle diese Fragen Auskunft zu geben vermögen? Martin Conrath dauerte das Schweigen zu lange.

»Wußten Sie nicht, daß mein Vater tot ist?« fragte er. »Es stand bei uns in den Zeitungen.«

Captain Ballacue schüttelte den Kopf und nahm noch einmal die vor ihm liegende Akte zur Hand.

»Nein«, sagte er. »Wir wissen zwar über vieles Bescheid, so zum Beispiel, daß Dr. Thiel bei dem Angriff vom 17. August 1943 auf die Forschungsanstalt umkam und daß Oberst Stoeßner, der Flakkommandeur, der das Teufelszeug auf unsere Nachschubhäfen abfeuern sollte, vor deren Einsatz in den Tod ging. Aber über deinen Vater wußten wir nichts.« Der Captain machte eine Pause. »Das Unglück deiner Mutter hat ihr vieles erspart, glaube ich«, fügte er schließlich nachdenklich hinzu.

»Was wollen Sie damit sagen?« fragte Martin.

»Weißt du wirklich nicht, was man seit 1942 mit den Juden gemacht hat?«

Martin Conrath antwortete: »Doch, Herr Hoelzner hat es mir vor ein paar Tagen erklärt. Sie haben viele zur Arbeit verschickt.«

Der Offizier beugte sich über dem Tisch nach vorn und stützte die Ellenbogen auf. »Und du weißt nicht, was dann mit ihnen passiert ist?«

»Ich wußte ja bis vor kurzem nicht einmal, daß man sie verschickt hat, Mr. Ballacue.«

»Daß man sie in riesige Lager gesteckt, umgebracht und ihre Leichen verbrannt hat, das wußtest du nicht? Die Geschichte wird es erweisen, aber im Moment sieht es so aus, als hätte Hitler seine Wehrmacht hauptsächlich deshalb in den Krieg geschickt, um seinen perversen Judenhaß austoben zu können. Wir haben die Lager gefunden und die Opfer gesehen, Martin, glaub mir.«

Martin Conrath wurde blaß. »Das ist nicht wahr, Mr. Ballacue. Wie können Sie nur so etwas sagen. Deutschland hat den Krieg anständig geführt und ritterlich verloren. Das hat uns Herr Hoelzner noch an dem Tag gesagt, an dem Ihre Truppen hier einrückten. Nein, ich glaube Ihnen nicht. Das ist eine verlogene Propaganda.«

Da war es nun, und George W. Ballacue begegnete ihm zum erstenmal, dem Phänomen, daß die meisten Deutschen allen Ernstes behaupteten, von den Greueltaten der letzten Jahre nichts gewußt zu haben. Hier kam die Behauptung sogar aus dem Munde eines jüdischen oder doch zur Hälfte jüdischen Jungen, der obendrein einer nationalsozialistischen Organisation angehört hatte. Das stimmte den Amerikaner nachdenklich. Dieser Junge war von den Geschehnissen unberührt geblieben wie Jesus, als er übers Wasser wandelte, idealistisch und rein, ein Wunder.

Captain George W. Ballacue entwickelte schon bald eine tiefe Zuneigung für den Waisenjungen. Er hatte von Martin erfahren, daß vom Besitz der Familie nichts über den Krieg gerettet worden war. Die Tante, bei der er lebte, war krank, und das kleine Haus, das sie bewohnte, würde ihrer Tochter zufallen, die in Portugal verheiratet war. Dann hatte der Captain den Oberstudienrat Arno Hoelzner zu sich auf die Kommandantur bestellt und ihn über Martin ausgefragt. Das Gespräch zwischen dem deutschen Parteigenossen und dem amerikanischen Offizier war anfangs verkrampft und holprig verlaufen. Aber schließlich hatte Ballacue doch erfahren, daß sein Schützling eine besondere Begabung für moderne Fremdsprachen und Physik besaß. Der Captain hatte zuerst mit Hoelzner, dann mit der Tante und schließlich mit Martin selbst über die Zukunft des Jungen geredet. Während eines Heimaturlaubs hatte er dann in Washington mit seiner Frau Ethel gesprochen. Da die Ehe der Ballacues aller Voraussicht nach kinderlos bleiben würde, erhielt George ihre Zustimmung, für die Ausbildung von Martin Conrath, der ihm unter so merkwürdigen Umständen begegnet war, zu sorgen.

Martin bestand sein Abitur am 9. September 1948. Zu dieser Zeit war George W. Ballacue schon Major und einer Dienststelle der US-Militärregierung in München zugeteilt, wo Martin sein Studium der Physik begann. In München war Martin schon einmal gewesen. Damals war die Stadt freilich noch nicht zerstört. Nur eines war in seiner Erinnerung und in der Wirklichkeit gleich geblieben, der seidige, durchsichtige Himmel, durchstrahlt vom glänzenden Licht der Föhntage. Damals bei seinem Besuch hatte er eine behäbige Stadt mit königlicher Vergangenheit und Baudenkmälern von der Renaissance bis zum Jugendstil kennengelernt, jetzt waren daraus monumentale Ruinen geworden, die man allmählich abzureißen oder wieder aufzubauen begann. Langsam verschwanden die Bretter aus Einfahrten und Fensterhöhlen zerbombter Häuser, quaderförmige Wohnblocks schossen zunächst zaghaft, dann immer schneller auf den Wiesen reich werdender Stadtrandbauern empor. Diejenigen, welche den Trend erahnt und ihn zu nutzen gewußt hatten, besaßen schon ein eigenes Auto. Es dauerte nicht mehr lange, und die Fahrzeuge verstopften die Stadt. Das Geld floß reichlicher und verdiente sich schneller, und abends sah man auf den Straßen die ersten Huren, bevor auch dieses Geschäft sich zur gewinnträchtigen Industrie fortzuentwickeln begann. Man erzählte sich noch von den Zeiten, da man für eine Stange Zigaretten einen Mantel, ein Paar Schuhe oder eine ganze Nacht mit einem halbverhungerten Flüchtlingsmädchen bekommen hatte. Oder aber man hatte für einen Ziervogel aus Porzellan, für eine Miniatur aus Familienbesitz oder eine Almglocke aus Kupfer eben diese Stange Zigaretten eingetauscht, mit der man dann . . . Ja, so war das gewesen, gleich nach dem Krieg. Aber das war jetzt vorbei. Die meisten Leute waren glücklich, daß es sich wieder lohnte zu arbeiten, und sie taten es. Anstelle der wackeligen Baracken, in denen man alte Uniformen der US-Armee verhökert und zerlesene Hefte getauscht hatte, entstanden Würstchenbuden und Eiskioske, und es sollte nicht mehr lange dauern, bis Fabriken und dann ganze Konzerne aus ihnen wurden. Wie die Sahne auf dem Kaffee schwamm eine unverwechselbare Snobiety auf dem neuerblühten Wohlstand, und die Boulevardblätter schufen langsam, aber zielstrebig eine ebenso unverwechselbare Subkultur, die das gesamte öffentliche Leben mit Seichtigkeit durchdrang. Kein Zweifel, München befand sich auf dem Weg zur echten Weltstadt. In dieser Zeit und in dieser Stadt begegnete Martin Conrath zum erstenmal Paul Mialhe.

5

Elf Jahre später starb in Chur Maria Gastyger an einer Blutvergiftung, ausgelöst durch eine geringfügige Verletzung mit der Spitze eines Skistocks, die weder sie noch ihre Familie ernst genommen hatten. Als man sich endlich entschloß, einen Arzt hinzuzuziehen, war es bereits um Tage zu spät. Maria Gastygers Zustand hatte sich so schnell verschlimmert, daß Valerie, die man aus Genf herbeitelefoniert hatte, wo sie Wirtschaftswissenschaft und Sprachen studierte, ihre Mutter nur mehr ohne Bewußtsein antraf. Am Tode Frau Gastygers nahm ein großer Teil der Stadtbevölkerung Anteil. Berge von Blumen häuften sich auf dem Grab, die Besuche und Anrufe im Hause Gastyger rissen nicht ab, Stapel von Beileidskarten türmten sich auf einem Tischchen in der Diele. Franz Gastyger schien es am leichtesten, durch Arbeit über den Schmerz hinwegzukommen, und so nahm er schon am dritten Tag nach der Beisetzung die Pflichten in seiner Anwaltssozietät wieder auf. Der Nachlaß war geregelt, und Franz Gastyger hatte Valerie nur noch gebeten, den persönlichen Besitz ihrer Mutter durchzusehen.

Valerie war in dem weiträumigen, stillen Haus allein. Das Damenzimmer lag zur Straßenseite hinaus, von wo Verkehrslärm hereindrang. Der Raum besaß einen Erker, und darin stand der kleine lombardische Schreibsekretär ihrer Mutter. Er war das letzte, was Valerie durchzusehen hatte, nachdem Wäsche und Kleider sortiert waren und man verschenkt hatte, was keinen Erinnerungswert besaß. Den lombardischen Sekretär hatte Maria ihrer Tochter vermacht, die an diesem Vormittag auf dem seidenbespannten Sessel davor Platz nahm und begann, die kleinen Schubladen eine nach der anderen zu öffnen und ihren Inhalt zu ordnen. Sie fand dort die persönlichen Notizkalender ihrer Mutter für eine Reihe von Jahren sowie Quittungen, Rechnungen über private Einkäufe und die Haushaltsbücher, die Maria Gastyger, pedantisch von Valeries Vater dazu angehalten, geführt hatte. Blechdosen mit angesammeltem Krimskrams und in Schachteln gestopfte oder zu Bündeln zusammengepackte Briefe füllten das unterste Fach. Valerie schwankte, ob sie berechtigt sei, in diesen Briefen zu lesen oder nicht. Sicher waren manche unter ihnen gänzlich ohne Bedeutung, andere betrafen vielleicht ihren Vater, und er würde sie gerne aufheben. So beschloß Valerie, die Korrespondenz auf ihre Absender hin durchzusehen und zu sortieren. Das war eine mühselige, vor allem aber langwierige Arbeit, und Valerie Gastyger war eine moderne junge Dame, gewöhnt an das Lebenstempo unserer Tage. Die meisten Namen, die sie unter den Briefen und Postkarten entzifferte, konnte sie unterbringen. Zweifelsfälle legte sie beiseite. Schon ziemlich am Ende ihrer Arbeit angelangt, hielt sie einen Umschlag in der Hand, der noch verschlossen war und auf der Vorderseite nur die Aufschrift »Maria« trug, flüchtig hingeworfen in einer Handschrift, die Valerie noch nie gesehen hatte. Auf Absender und Datum gab es keinerlei Hinweis. Wieder war Valerie Gastyger im Zweifel, wie sie mit diesem offenkundig persönlichen Schreiben verfahren solle, das an ihre Mutter gerichtet, von ihr aber weder geöffnet noch gelesen worden war. Sie drehte den Umschlag hin und her und entschloß sich endlich, ihn zu öffnen und den Absender zu ermitteln.

Wenige Augenblicke später hielt Valerie drei Blätter eines Briefes in der Hand, an dessen Schluß sie las: »Deine Dich liebende und auf ewig dankbare Ruth.« Sie ließ die Blätter sinken und blickte auf. Kaum jemand erinnert sich leicht an Dinge, die er im Alter von drei oder vier Jahren erlebt hat. Aber der Name Ruth weckte in Valeries Gedächtnis einen Klang.

Wenn sie sich dieser Ruth auch nicht entsann, so erinnerte sie sich doch daran, den Namen – wenn auch höchst selten – von ihren Eltern noch in den letzten Jahren gehört zu haben. Gewiß bin ich berechtigt, den Brief zu lesen, dachte sie.

So erfuhr Valerie Gastyger fast zwanzig Jahre später von den dramatischen Ereignissen, die in jener tragischen Zeit zum Tode Ruth Conraths geführt hatten. Nichts von dem, was ihre Eltern in späteren Jahren über diese Zeit angedeutet oder erzählt hatten, war also übertrieben gewesen. Sie hielt ein Dokument von erschütternder Überzeugungskraft in der Hand. Nachdenklich schob sie den Brief unter ihren Gürtel. Als das Abendessen aufgetragen und sie mit ihrem Vater allein war, zog sie ihn hervor und reichte ihn wortlos über den Tisch.

»Was ist das?« fragte Franz Gastyger, legte das Besteck, das er schon in die Hand genommen hatte, wieder zurück und griff nach dem Umschlag.

»Ich habe diesen Brief heute vormittag gefunden, als ich Mutters Sachen durchsah«, antwortete Valerie.

»Und warum gibst du ihn mir?«

»Er war noch gar nicht geöffnet, Papa. Mutter hat diesen Brief nie gelesen. Aber du solltest es tun. Du kommst darin vor. Und auch von mir ist die Rede.«

Franz Gastyger war ergraut und mit den Jahren noch skeptischer geworden. Während er durch die scharfen Gläser seiner Brille – sie hatte noch immer die gleiche Goldrandfassung wie damals – prüfend das Gesicht seiner Tochter musterte, zog er den Brief aus dem Umschlag. Dann rückte er die Brille zurecht und begann zu lesen.

»Das ist schrecklich«, sagte er leise, nachdem er die Lektüre beendet hatte, und ließ die Hand, die die Blätter hielt, sinken. »Das habe ich gar nicht alles gewußt. Es geschah, während wir mit dir in Sils-Maria in Ferien waren.« Gastyger machte eine Pause, schob umständlich den Brief zurück in seinen Umschlag und blickte nachdenklich auf seine Hände, die ihn hielten »Willst du nicht doch etwas essen?« fragte er schließlich.

»Ich habe keinen Hunger«.

»Ich auch nicht«, sagte Gastyger. »Dann bitte doch Margarethe, uns nachher noch ein Stück Greyerzer und etwas Milch herzustellen, und komm zu mir in die Bibliothek.«

Gastyger erhob sich und verließ das Eßzimmer. Valerie gab seinen Wunsch an die Haushälterin weiter und folgte ihm. In der Bibliothek brannte ein Feuer. Valerie saß in einem der schweren Ledersessel.

»Genau dort hat sie damals auch gesessen«, sagte ihr Vater. »An dem Tag, an dem alles anfing. Ich muß dir erzählen, was nicht in dem Brief steht, damit du die ganze Geschichte kennst. Sonst verstehst du nicht, wie es so weit kommen konnte. Nachdem du den Brief gelesen hast, solltest du auch die Hintergründe kennen.«

Franz Gastyger berichtete seiner Tochter in der ihm eigenen trockenen und leidenschaftslosen Art von der Verbindung ihrer Mutter mit Ruth Conrath und deren Eltern. Sie gehört einer ganz anderen Welt an, dachte er, als er Valerie beim Sprechen ansah. Ihre Generation hält das, was in dieser schrecklichen Zeit geschah, vielleicht gar nicht für möglich. Er erzählte deshalb ausführlich von den Konflikten und Leiden der Juden, von der Völkerwanderung der Todesangst und des Grauens, die ganz Europa überschwemmt hatte, erklärte seiner Tochter, wann und warum sie Ruth Conrath bei sich aufgenommen hatten, und beschrieb die Aussichtslosigkeit, dies alles bis zum Ende durchzuhalten.

»Aber konntet ihr sie denn nicht besser verstecken?« unterbrach Valerie ihren Vater.

»In einer Stadt wie Bern oder Zürich wäre das vielleicht gegangen, weißt du, aber Chur ist eine Kleinstadt. Und du siehst ja, was geschehen ist. Wenn es nicht die Köchin gewesen wäre, die sich verplauderte, dann hättest du es vielleicht getan. Oder irgendeiner wäre durch Zufall auf das Geheimnis gekommen. Ich sah nur die eine Chance, für Ruth bei Dulles in Zürich zu intervenieren.«

»Was war dieser Amerikaner für ein Mensch?« fragte Valerie. »Und was ist aus ihm geworden?«

Anstelle einer Antwort griff Gastyger nach der Zeitung, die auf dem Eichentisch lag, suchte eine bestimmte Stelle heraus, faltete das Blatt und reichte es seiner Tochter.

»Ein Mann, der davon überzeugt ist, daß professionelle Informationsstrategie den Schlüssel für kluge und humane Politik bildet«, sagte er. »Aus dem Geheimdienst, den er damals hier in der Schweiz aufgebaut hat, entwickelte er die Central Intelligence Agency, den weltweiten amerikanischen Nachrichtendienst, eine Organisation mit außerordentlichen Vollmachten und unvorstellbarem Aktionsradius. Erst gestern hat er die Leitung an einen Jüngeren abgegeben. Hier bitte, lies selbst.«

Valerie nahm die Zeitung und blickte auf das Foto des Mannes, der die Ereignisse, über die sie sprachen, entscheidend mitbeeinflußt hatte. Allan Welsh Dulles hatte noch immer den hohen, intelligenten Schädel, die gewölbte Stirn war nun von skeptischen Falten durchfurcht, die illusionslosen Augen blickten durch eine randlose Brille, über dem sensiblen Mund lag jetzt der Schnee eines erbleichten Schnurrbarts. Es war das Gesicht eines Mannes, dem nichts mehr fremd ist, der sich keinen Täuschungen hingibt und der von tiefen Zweifeln erfüllt ist. Und dazu hatte er, wie sich bald zeigen sollte, allen Grund. Valerie Gastyger gab ihrem Vater das Blatt zurück.

»Und die anderen Namen, die in dem Brief erwähnt sind, Cassyan Combrove zum Beispiel?«

»Ich habe ihn selbst kennengelernt«, sagte Franz Gastyger. »Er war damals nach Allan Dulles der zweite Mann in Zürich. Ihm hatte Dulles den Fall Conrath übertragen. Ein Intellektueller. Kalter Bursche. Ich weiß nicht, was aus ihm geworden ist. Ob er nichts für Ruth tun konnte, oder wollte, kann ich nicht beurteilen. Sicher war es für die Amerikaner kompliziert. Aber ich bin immer ein Anhänger des Grundsatzes gewesen: wo ein Wille ist, gibt es auch einen Weg.« Gastyger machte eine Pause und zuckte mit den Schultern. »Wer kann das heute noch sagen. Es waren wilde Zeiten damals.«

Es war offenkundig, daß Franz Gastyger das Gespräch gern

beendet hätte. Aber er kannte die bohrende Energie seiner Tochter in Dingen, die einmal ihre Neugier geweckt hatten.

»Und was ist mit dem anderen, mit diesem Deutschen namens Bachau?«

Wieder ein Schulterzucken. »Keine Ahnung, Vally. Ich höre diesen Namen heute zum erstenmal. Aber er scheint Ruth durch Druck und Erpressung in den Tod getrieben zu haben; jedenfalls schließe ich das aus ihrem Brief.«

»Und Combrove hat nichts getan, um das zu verhindern. Wahrscheinlich hat er sogar dazu beigetragen«, setzte Valerie hinzu. »Sag mal, Papa«, fuhr sie nach einer Weile fort, »war euer Gewissen damals so unbelastet, wie es hätte sein können? Habt ihr die Gefahr ernst genug genommen? Hätte man die Köchin nicht daran hindern können, das Geheimnis zu verraten? Warum hat Mama denn diesen Brief nie geöffnet?«

Franz Gastyger nahm die Brille ab, hielt die Gläser gegen das Feuer und begann blinzelnd und mechanisch, sie zu säubern. Es war eine matte Geste der Verlegenheit.

»Eine Menge Fragen«, sagte er dann resigniert. »Aber von deinem Standpunkt aus kann ich sie verstehen. Wir waren damals davon überzeugt, unser möglichstes zu tun. Wir hätten sicher noch mehr getan, wenn wir gewußt hätten, daß die Deutschen hinter Ruth her waren, aber wir wußten es eben nicht. Und diese Unkenntnis war keine Fahrlässigkeit«, setzte er nach einer kleinen Pause hinzu. »Sie schreibt, die Deutschen hätten uns bei unserem Besuch in der Züricher Herrengasse fotografiert. Vielleicht meinst du, wir hätten das voraussehen müssen, aber die Deutschen waren Meister in ihrem Fach, wahre Teufel, sage ich dir. Sie waren uns und damals auch den Amerikanern weit überlegen. Wir hatten aus diesem Grund schon den Schutz der Dunkelheit für die Fahrt gesucht. Aber die Deutschen waren bereits den einen Schritt weiter, der Ruth das Leben kostete. Es ist schrecklich.«

Valerie Gastyger bemerkte, daß ihr Vater im Begriff war, in düsteren Erinnerungen zu versinken. Aber eines wollte sie doch noch wissen. Deshalb fragte sie: »Und der Brief?«

»Der Brief«, wiederholte Franz Gastyger. »Ruths Selbstmord hat uns damals in große Schwierigkeiten gebracht. Es gab polizeiliche Ermittlungen und eine Durchsuchung ihres Zimmers, Nachrichtendienststellen schalteten sich ein, Zeitungsleute belagerten das Haus. Deine Mutter hatte alle Hände voll zu tun, und der Kopf stand ihr ganz woanders.«

»Willst du damit sagen, daß Mutter den Brief ihrer Freundin einfach vergessen hat?«

»Ich will damit sagen, deine Mutter hat vielleicht vergessen, daß sie während dieser turbulenten Tage überhaupt einen Brief bekommen hatte.«

»Ich kann mich da nicht ganz hineinversetzen«, sagte Valerie. »Was hätte euch denn schon passieren können?«

»Etwas Ernsthaftes nicht«, räumte Franz Gastyger ein. »Rückblickend nichts, was uns mehr als vorübergehende Unannehmlichkeiten hätte bereiten können. Aber das ist ja nun alles vorbei.«

»Nein«, sagte Valerie. »Das stimmt nicht, Papa. Ruth schreibt in diesem Brief zweimal etwas über ihren Sohn Martin. Was ist aus ihm geworden?«

Franz Gastyger hob die Schultern. »Wir wissen es nicht. Ich habe mich gleich nach dem Krieg intensiv darum bemüht, es herauszufinden. Über die Besatzungsmächte, über das Rote Kreuz, über jüdische Organisationen und über die Verfolgtenverbände. Ich konnte nur erfahren, daß Ruths Mann Anfang 1945 bei einem amerikanischen Bombenangriff auf Berlin ums Leben kam. Was aus dem Jungen geworden ist, konnte mir niemand sagen. Vielleicht hat er den Weg gehen müssen, den so viele damals gegangen sind. Warum willst du das wissen, nach so langer Zeit?«

Die Tür öffnete sich, und die Haushälterin betrat die Bibliothek. Auf zwei Holzbrettern servierte sie Käse und Milch und fragte, ob sie noch gebraucht werde.

»Danke, Margarethe«, entgegnete der Hausherr. »Sie können zu Bett gehen.«

Nachdem sie die Tür hinter sich geschlossen hatte, beantwortete Valerie die Frage ihres Vaters: »Wenn er aber doch noch leben sollte, dann wüßte er über das Schicksal seiner Mutter und über ihren Tod ebenso wenig wie du und Mutter während all der Jahre. Und ich finde, er hat ein Recht darauf, die Wahrheit zu erfahren. Meinst du nicht, Papa?«

»Willst du nach ihm suchen, Vally?«

»Es sind viele Jahre vergangen, und die Verhältnisse haben sich normalisiert und geordnet«, sagte Valerie. »Vielleicht ist die Chance, ihn zu finden, jetzt größer als damals. Ich glaube, ich sollte es versuchen.«

»Und was willst du tun, wenn du ihn findest?«

»Dann möchte ich ihn aufsuchen und ihm den Brief seiner Mutter übergeben, wenn es dir recht ist, Papa.«

Rechtsanwalt Franz Gastyger ließ am nächsten Tag in seiner Kanzlei eine Fotokopie von Ruth Conraths Brief anfertigen. Seiner Tochter versicherte er, er werde ihr nichts in den Weg legen. Valerie Gastyger begann mit großer Geduld und Ausdauer die Fahndung nach Martin Conrath. Sie schrieb unzählige Briefe, teils an die gleichen Organisationen, an die auch Franz Gastyger sich schon gewendet hatte, teils an andere und neue. Aber ein Martin Conrath, der in der Schreibweise seines Namens, in seiner Herkunft und in dem Geburtsjahr, das sie für wahrscheinlich hielt, mit demjenigen identisch war, den sie suchte, war nirgendwo registriert, tauchte nirgends auf, war überall unbekannt. Allerdings war er auch nicht unter denen, die mit Sicherheit oder vermutlich deportiert worden waren, und diese Tatsache gab ihr immer wieder Hoffnung. Eines Abends, als sie ihrem Vater von ihren Mißerfolgen berichtete, griff sich Franz Gastyger mit der flachen Hand an die Stirn und rief: »Ich werde allmählich ein alter Esel, Vally, aber das hat auch sein Gutes. Es heißt ja, daß man sich um so weiter zurückerinnert, je älter man wird.«

»Und an was erinnerst du dich, Papa?«

»Ich entsinne mich eines Namens, den Ruth damals ein- oder zweimal erwähnt hat. Es war ein Ortsname: Krumbach! Ich glaube, Krumbach hieß die Stadt, in der die Conraths ihren

Sohn evakuiert hatten. Ich kann mich natürlich irren. Aber immerhin, es könnte eine Spur sein.«

Valerie Gastyger schrieb an das Bürgermeisteramt von Krumbach. Vor wenigen Jahren noch ein bescheidenes Landstädtchen mit kopfsteingepflasterten Straßen, war Krumbach inzwischen avanciert zum Wirtschaftszentrum mit Großmärkten und fahnengeschmückten Automobilvertretungen an der Peripherie, mit Hallenbad, Sportstadion und ausgeschildertem Industriegebiet sowie mit einer Stadtverwaltung aus Glas und Sichtbeton. In diesem Büroklotz gab es einen älteren Beamten, der wöchentlich einmal mit einem Zahnarzt und mit dem Oberstudiendirektor des Friedrich-Ludwig-Jahn-Gymnasiums, Arno Hoelzner, Karten spielte. Dieser Mann kannte die abenteuerliche Geschichte des Halbjuden Martin Conrath.

»Arno, da fragt jemand aus der Schweiz nach deinem Schützling«, sagte er beim nächsten Skatabend und übergab dem Schuldirektor Valerie Gastygers Brief.

Durch ein Schreiben Arno Hoelzners erfuhren Valerie Gastyger und ihr Vater, daß Martin Conrath den Krieg überlebt und inzwischen seine Studien beendet hatte. Derzeit bekleidete er als promovierter Diplomphysiker eine Assistentenstelle an der Technischen Hochschule in München. Ferner enthielt der Brief des alten Lehrers eine Adresse im Westen der Stadt und eine Telefonnummer. Valeries Schätzung nach mußte Martin Conrath jetzt ein- oder zweiunddreißig Jahre alt sein.

Martin Conrath bewohnte damals ein Reihenhaus in der Nähe des Waldfriedhofs. Seit einiger Zeit war er verheiratet mit Katrin, der Tochter des Bauunternehmers Zacharias Westerholdt, der es zu Wohlstand gebracht hatte, indem er im rechten Moment am Rande einer mittelgroßen Stadt mit billigen Reichsmarkkrediten ein ziemlich großes Grundstück mit einem geräumigen Schuppen darauf erworben hatte. Als die hoffnungsvolle, damals noch rundgesichtige Deutsche Mark ihre Macht entfaltete, da stellte sich heraus, daß der Schuppen am Stadtrand wie durch Zauberhand angefüllt war mit Zement, Dachplatten, Zinkrohren, Dämm- und Isoliermaterial sowie anderen Gegenständen jeglicher Art. Diese Dinge hatten zwar denen, die sie losgeworden waren, nichts eingebracht, aber diejenigen, die sie brauchten, mußten hohe Summen dafür bezahlen. Kurz darauf war Zacharias Westerholdt ein Gesellschaftsverhältnis mit einem gewissen Herrn Kohut und einem gewissen Herr Jaeger eingegangen, hatte eine Firma gegründet, in der er zwar nicht haftete, aber hoch am Gewinn beteiligt war, und diese Firma hatte er nach München verlegt.

Katrin war das einzige Kind der Westerholdts. Einige Zeit nach ihrer Reifeprüfung hatte sie, versehen mit einem ansehnlichen Monatswechsel und einem eigenen Wagen, ihren Platz als Studentin der Architektur in Göttingen bezogen. Hier erreichte sie die Nachricht, daß die Kohut KG nach München übersiedelte. Katrin faßte daraufhin den Entschluß, auch nach München zu ziehen. Das schien der bequemste Ausweg aus der peinlichen Situation, daß ihr in Göttingen zwei Liebschaften über den Kopf zu wachsen begannen. Sie unterhielt ein Verhältnis zu einem Professor für Altenglische Literaturgeschichte und ein zweites zu einem jungen Studenten namens Peter Festacker, der blaß, süchtig und ein Gegner der Leistungsgesellschaft war. Schließlich war ihr klargeworden, daß der Professor sich ausschließlich für ihre Figur und speziell für ihre formvollendeten Beine, der junge Kommilitone sich indessen überwiegend für ihren sozialen Background und vor allem für ihr Geld interessierte. Der Professor redete, wenn er sich nicht halbbetrunken mit ihren Beinen im Bett amüsierte, von Shakespeare, Marlowe, Langusten und seiner Einsamkeit, und der junge Prophet saß am liebsten aufrecht wie ein bärtiger Fakir mit untergeschlagenen Beinen mitten im Zimmer auf dem Boden, leckte die Reste aus einer Ölsardinendose und dozierte über Symptomübertragung und Ödipuskomplex. Beide langweilten Katrin immens.

Nachdem sie den Literaturprofessor mit einigem Aufsehen seitens der Nachbarschaft aus ihrer Wohnung gefeuert hatte und von dem Studenten um einen beträchtlichen Geldbetrag erleichtert worden war, traf sie unbeschwert, lebenshungrig und ehrgeizig in München ein. Bald war sie in jenen Kreisen ›in‹, die ihr dank Größe, Publicity und Kredit des väterlichen Unternehmens offenstanden, und man bemerkte schnell, daß sie durchaus in diese Gesellschaft paßte. Katrin war ein äußerst selbständiges Spielzeug, das zwar alles mitmachte, wofür man es aufzog, jedoch niemals durch Originalität oder Individualität unbequem wurde. Sie stand deshalb hoch im Kurs bei den Männern, während sich ihr Verhältnis zu den Frauen um den Gefrierpunkt bewegte. Manche von ihnen beteuerten, daß sie auf dem Rücken eine Schlangenhaut zu spüren glaubten, wenn sie Katrin nur eine Halle oder eine Bar betreten sahen. In dieser Münchner Gesellschaft war Katrin dann zuerst dem ebenso degenerierten wie ausgebufften Baron Jobst von Passeder und später dem in Dingen der feinen Welt äußerst unbewanderten Martin Conrath begegnet.

Am Mittag jenes schönen Spätsommertages, an dem Valerie Gastyger aus Chur ihren Besuch im Reihenhaus im Waldfriedhofviertel angekündigt hatte, stritten Katrin und Martin Conrath auf der von einer Sonnenmarkise überspannten Terrasse zunächst um Vordergründiges. Katrin war für diesen Nachmittag mit ihrem Vater und einigen seiner Geschäftspartner auf dem Golfplatz verabredet, und sie hatte keine Lust, auf dieses Vergnügen zu verzichten, nur weil eine Person auftauchen würde, die angeblich etwas über Martins Mutter zu berichten hatte. Das interessierte doch weiß Gott niemanden mehr, zumindest nicht sie. Sie hatte sich bereits angekleidet, trug grauschwarz- und gelbkarierte Pumphosen und rote Strümpfe, dazu eine olivgrüne, zweireihige Lodenjoppe mit rotem Halstuch und eine Mütze vom gleichen Material und Muster wie die Hose. Martin haßte sie bereits damals in diesem Aufzug. Es ertönte die gewohnte Leier, die Katrin immer anstimmte, wenn sich eine Gelegenheit dazu ergab, so wie ein Tonabnehmer zurückrutscht in eine defekte Plattenrille. Martin verließ die Terrasse und begann ein Beet umzugraben, als Katrin damit anfing.

»Hast du dir die Andeutung durch den Kopf gehen lassen, die Paul gestern gemacht hat? Den Vorschlag, nach Frankreich zu gehen, meine ich?«

»Noch nicht, Katrin«, sagte Martin geduldig. »Schließlich habe ich im Augenblick genügend andere Probleme im Kopf.«

In der Tat war wie fast in jedem der vergangenen Jahre Paul Mialhe aus Frankreich angereist, um mit Martin in Erinnerung an ihre gemeinsame Studentenzeit das Oktoberfest zu besuchen. Er hatte sich unter dem Dach einquartiert.

»Du wirst überhaupt nicht drüber nachdenken, wie ich dich kenne«, sagte Katrin und folgte, die Hände in den Hosentaschen, oben auf der Terrasse schlendernd ihrem Mann, während er unten das Rosenbeet umgrub. »Weil du nämlich mit allem zufrieden bist und absolut keinen Ehrgeiz hast. Sag mal, die Sache mit deiner Habilitation ist endgültig gelaufen, was?«

»Ja«, entgegnete Martin. »Ist sie. Weil der Lehrstuhl hier auf Jahre hinaus voll belegt ist. Und an eine Hochschule in einer anderen Stadt wirst du nicht ziehen wollen. Oder möchtest du vielleicht nach Ingolstadt oder Regensburg?«

Katrin blieb stehen und sah auf ihren Mann herunter. »Regensburg? Ingolstadt? Daß ich nicht lache! Dann bist und bleibst du also weiter nichts als ein kleiner wissenschaftlicher Angestellter, der von der Hand in den Mund lebt?«

»Aber einer von denen«, sagte Martin, »die nicht einmal so schlecht von der Hand in den Mund leben.«

»Pah«, antwortete Katrin. »Was du für Begriffe hast! Wo wären wir denn ohne Papas großzügige Schecks? Der hat sich auch was anderes von dir erwartet als die Notwendigkeit, uns zur Hälfte zu subventionieren und mir noch meinen Wagen zu bezahlen. Wenn wir standesgemäß leben, ohne jede Mark zehnmal umzudrehen, können wir kein Vermögen ansammeln.«

»Stimmt«, sagte Martin. »Für ein Vermögen müßte ich sparen.« Er hörte auf zu graben, stützte sich auf den Spatenstiel und sah zu Katrin hinauf, die sich eine Zigarette anzündete.

»Das muß ein einfacher Arbeiter auch, wenn er nicht später auf einer knappen Rente sitzenbleiben will«, sagte Katrin nachdenklich. »Und da schuften die Frauen noch mit, sonst geht's gar nicht. Einer allein kann gar nicht heranschaffen, was die alles haben wollen. Ich weiß das aus Papas Firma«, setzte sie nach einer Pause hinzu. »Wir sind eine Karikatur von einem Sozialstaat, sagt er immer. Aber das Dumme ist, daß es einen echten Sozialstaat auf dem Niveau gar nicht gibt, was die sich vorstellen, weil das keiner bezahlen könnte. Wenn da mal die Arbeitslosigkeit dazwischenkommt, sagt er, platzt der ganze Wohlstand wie eine Seifenblase.«

»Mein Gott«, sagte Martin. »So habe ich darüber noch gar nicht nachgedacht.«

»Solltest du aber endlich«, rief Katrin. »Du bist doch schließlich ein Intellektueller. Aber du bringst deine Schäfchen nicht so ins trockene, wie andere Intellektuelle das tun. Paul Mialhe zum Beispiel. Ich habe mich erkundigt. Andere in deinem Alter verdienen das Doppelte und Dreifache und haben noch Beteiligung und Spesen.«

»Du sprichst mit deinem Vater über diese Dinge?« fragte Martin, stach den Spaten ins Rosenbeet und kam zu Katrin auf die Terrasse.

»Mit wem sollte ich denn sonst darüber sprechen? Papa ist ein Mann, der die Welt kennt und weiß, wie es in ihr zugeht. Für Träumer ist kein Platz, sagt er. Ich wäre auch lieber ein Träumer, anstatt ständig anderen in die Zähne zu treten . . . Na, du weißt ja, wie er sich ausdrückt.«

»Warum tut er es dann?« fragte Martin.

»Weil er nur so zu dem kommen kann, was er haben möchte. Wer aus dem Nichts etwas hochzieht, der muß schon hart sein, ob er will oder nicht. Papa hat nichts geerbt außer seiner Intelligenz, seinem Egoismus und seinen Ellbogen. Und ihm hat auch kein Mr. Ballacue auf die Beine geholfen, das mußt du berücksichtigen, wenn du schon Vergleiche anstellst.«

»Worauf willst du eigentlich hinaus?« fragte Martin, als seine Frau endlich eine Pause machte und auf die Amulettuhr sah, die sie um die Taille trug.

»Du mußt endlich an eine Stelle, wo du das, was ich von dir erwarte, alleine verdienst. Sprich mit Paul über das, was er gestern angedeutet hat. Paris, das wäre so ungefähr das, was mir vorschwebt. Ich muß los, sonst haben die schon angefangen, wenn ich hinkomme.«

Sie drehte sich um, ging durchs Haus auf die Straße und bestieg draußen ihren zweisitzigen, offenen Triumph in dem Augenblick, als auf der anderen Straßenseite Paul Mialhe seinen havannabraunen Citroën an den Bordstein fuhr und das Heck auf die Hinterachse sacken ließ, wie eine Ente, die sich daranmacht, ein Ei zu legen. Es reichte nur zu einem kurzen Winken, dann fuhr Katrin los. Paul war bei den Conraths wie zu Hause. Er durchschritt das Gartentürchen, umrundete das Haus und traf auf der Terrasse Martin, der mit einem Glas aus dem Wohnzimmer kam.

»Hallo, Paul«, sagte er. »Auch was zu trinken?«

Paul Mialhe beklagte sich über den Föhn, zog das Jackett aus, lockerte die Krawatte und ging ins Haus, um sich einen Drink zu mixen. Mit einem Gin-Tonic in der Hand kam er zurück auf die Terrasse.

Die beiden Freunde hatten eine Reihe von Jahren gemeinsam in München studiert. Sie hatten Sprachen vervollständigt, gemeinsame Bergwanderungen gemacht und ausgedehnte Autotouren in die Alpen unternommen, bei denen sie mit Vorliebe auf karstigen Hochpässen in der Nachbarschaft von Alpenrosen und Murmeltieren am Rande eines Schneefeldes gezeltet und abgekocht hatten. Später hatte Paul München verlassen, um sein Studium der Betriebswirtschaft in Frankreich zu Ende zu führen. Nach einem glänzenden Abschluß war er in eine Firma im Bereich der Energieindustrie eingetreten. In seiner Zeit in Bayern hatte er eine besondere Vorliebe für das Oktoberfest gefaßt. Daher kam es, daß Paul Mialhe fast regelmäßig jeden Herbst mit seinem Citroën im Waldfriedhofviertel auftauchte. »Stimmt etwas nicht mit Katrin?« fragte er, nachdem er sich zu seinem Freund gesetzt hatte.

»Hast du das auch gemerkt?« fragte Martin zurück. »Mit Katrin stimmt eigentlich meist etwas nicht. Und sie äußert es immer sehr deutlich.«

Paul hob Martin sein Glas entgegen. Martin ergriff das seine und dankte.

»Warum läßt du dich nicht scheiden?« fragte Paul.

»Sie bekommt ein Kind«, sagte Martin melancholisch. »Und sie will es haben, obwohl so etwas gar nicht zu ihr paßt.«

»Du lieber Gott, ein Kind«, stöhnte Paul, und es klang wie: »Auch das noch.« Martin lachte.

»Dann kann ich dich ja nie für meine Pläne begeistern«, fuhr Paul fort. »Durch ein Kind ist man noch mehr angebunden als durch eine Frau.«

»Täusch dich nicht.« Martin stimmte nicht in Pauls leichten, süffisanten Konversationston ein, was Paul veranlaßte, den Freund genauer und ein wenig fragend zu mustern. Martin fuhr fort: »Katrin verspricht sich was von der Andeutung, die du gestern gemacht hast. Sie hat an dem Gedanken, nach Frankreich zu gehen, Geschmack gefunden. Paris wäre so ungefähr ihre Größenordnung, sagt sie.«

Paul Mialhe sah Martin eine Weile forschend an. Dann erklärte er: »Paris wäre allerdings erst der zweite Schritt, Martin. Der erste wäre weit weniger attraktiv, dafür aber strengster Geheimhaltung unterworfen.«

»Sprich dich aus, Paul«, antwortete Martin. »Schließlich kam der Anstoß von dir. Sag mir, was dahintersteckt.«

»Wie groß ist deine innere Bindung an die Bundesrepublik, Martin? Ich meine dein Nationalgefühl, dein Verpflichtungsbewußtsein?«

»Warum willst du das wissen?« fragte Martin zurück. »Du

kennst meine Geschichte. Es mag Leute geben, die zu dieser Zweckschöpfung der Bonner Republik Hingabe entwickeln. Ich gehöre nicht zu ihnen. Und ich würde auch niemals gegen die deutsche Teilung arbeiten, weil sie die einzige Garantie dafür ist, daß das, was geschehen ist, nie wieder geschieht. Zum Glück haben sich die Großmächte stillschweigend darüber geeinigt. Die deutsche Nation hat sich unter Hitler ihrer Geschichte und ihrer Zukunft entledigt. Übriggeblieben sind Fragmente, die man mit Ideologien aufgepäppelt hat, von denen eine so verlogen ist wie die andere. Eines ist für die Russen militärisches und dogmatisches Vorfeld unter dem Vorwand der Durchschlagskraft des wissenschaftlichen Sozialismus. Das andere ist für die Amerikaner militärischer Brückenkopf in Europa und Absatzmarkt für Coca-Cola, McDonalds und Computer unter dem Vorwand der Freiheit. Ich verstehe mich nicht als Deutscher, wenn du das meinst. Wenn ich an das Schicksal meiner Eltern und an meine eigene Geschichte denke . . ., nein, Paul, mit meinem Nationalgefühl kannst du mich nicht am Portepee packen, leider.« Martin Conrath hob die Schultern, trank einen Schluck und wiederholte seine Eingangsfrage: »Warum willst du das wissen?«

»Sonderbarerweise freut mich das, was du sagst«, erwiderte Paul Mialhe. »Es freut mich sogar sehr, denn es macht mir die Sache leicht.«

Er stand auf, nahm seinen Drink in die Linke und legte die Rechte freundschaftlich um Martin Conraths Oberarm. »Komm, laß uns hineingehen. Drinnen reden wir weiter.« Martin erhob sich aus seinem Korbsessel und folgte dem Franzosen ins Haus. Paul schloß die Terrassentür, schob den Sicherungshebel nach oben und zog den Store zu. Sie leerten die Gläser, Martin holte Eis und mixte frische Drinks. Als die beiden sich gegenübersaßen, begann Paul Mialhe zu reden.

»Hast du dir schon überlegt, wo du dich engagieren würdest, wenn du einmal, statt im Schatten arroganter Professoren für deren akademischen Ruhm zu arbeiten, Lust bekämest, deine eigene Karriere aufzubauen?«

»Noch nicht«, sagte Martin. »Die Idee einer Veränderung ist erst in den letzten Wochen akut geworden, seit mir klar wurde, daß eine Habilitation hier nach München nicht möglich ist. Aber von München bringe ich Katrin nicht weg.«

»Höchstens nach Paris«, sagte Paul und lachte.

»Wenn es sich überhaupt lohnt, sich zu engagieren«, fuhr Martin fort, »dann würde mein Platz in Israel sein, glaube ich. Für den Aufbau dort habe ich Sympathie. Was dieses Volk antreibt, kann ich verstehen, und ihre Arbeit widerlegt alle Märchen von Feigheit und Untüchtigkeit, die von den Nazis und vorher über sie verbreitet worden sind. Die Sabrahs sind ein Schlag, der mir imponiert.«

»Was sind Sabrahs?« fragte Paul Mialhe.

»Das sind Israeli, die nicht eingewandert, sondern in Israel geboren sind«, erklärte Martin.

»Na schön«, sagte Paul. »Aber du bist kein Sabrah. Vielleicht würden sie dich dort gar nicht haben wollen.«

»Das klingt fast so, als würdest du das wünschen«, entgegnete Martin.

»Rundheraus gesagt, ja. Ich habe dir das schon gestern angedeutet. Ich würde es gerne sehen, wenn du dich für uns erwärmen könntest. Für Frankreich. Du hast sicher in der Zeitung gelesen, daß wir im Februar und im April versuchsweise zwei Plutonium-Waffen gezündet haben.«

Martin Conraths Aufmerksamkeit wuchs. »Ja«, sagte er. »Warum?«

»In wenigen Wochen«, fuhr Paul Mialhe fort, »wird die Nationalversammlung die Finanzierung unserer eigenen Kernwaffenstreitmacht genehmigen.«

Paul Mialhe sah Martin beifallheischend an. Aber Martin antwortete: »Findest du das gut, Paul? Kannst du das unterstützen?«

»Das kann ich«, sagte Paul. »Was der General tut, ist notwendig und richtig. Frankreich ist eine große Nation mit historischen Kategorien, und zwar mit weit größeren als andere Länder, die jetzt schon diese Waffen haben. Wir können uns von ihnen nicht ins dritte Glied drängen lassen. Aber darum geht es mir im Moment gar nicht . . .«, fuhr er fort. »Mit diesem weittragenden Entschluß beginnt eine völlig neue Epoche. Ein Aufbruch sozusagen, mit außerordentlichem Zukunftshorizont. Du weißt, daß ich für die Technucléaire arbeite?«

Martin nickte. »Du hast es mir geschrieben, ja.«

»Schön«, sagte Paul. »Ich habe mit der Technucléaire einen Zehnjahresvertrag als betriebstechnischer und organisatorischer Direktor in der Tasche. Und die Firma wird in der Realisierung dieser neuen Entwicklung führend sein. Die Regierungsgarantien dafür sind gegeben, Pläne sind in Vorbereitung, und zwar sehr weitreichende Pläne, Martin, denn an dieser Entwicklung hängt nicht nur der militärische Komplex, der wahrscheinlich der kleinste ist, sondern vor allem der zivile, der die sogenannte friedliche Nutzung der Atomenergie betrifft. Der Export ist ein weiterer wichtiger Aspekt. Für den Export stellen wir einen technischen Planungsstab zusammen, der in aller Verschwiegenheit auf einer alten Ferme im Albigeois, wo ich ja schon wohne, ein umfassendes Konzept erarbeiten soll, mit dem wir zu gegebener Zeit auf dem Weltmarkt konkurrenzfähig sein wollen. Dazu brauchen wir fähige Spezialisten. Ich habe an dich gedacht. Was sagst du? Hast du Lust?«

»Du hast dich bewundernswert präzise und knapp gefaßt«, sagte Martin nach einer Pause. »Ein Musterbeispiel für Betriebstechnik und Organisation. Aber ich will keine Waffen bauen.«

»Das brauchst du auch nicht. Die Planungen laufen vollständig getrennt von der späteren Produktion. Du kannst sogar einen Vertrag haben, in dem das ausdrücklich berücksichtigt wird.«

»Wie kommst du eigentlich ausgerechnet auf mich?« fragte Martin.

»Ich habe deine Doktorarbeit, die du mir voriges Jahr mitgegeben hast, eingehend studiert und auch den Entwurf deiner Habilitationsschrift. Beide schienen mir bemerkenswert. Ich habe sie de Rovignant gegeben, und er hat sie auch gelesen.«

»Wer ist de Rovignant?«

»Charles de Rovignant ist unser Präsident. Hervorragender Fachmann. Sowohl auf industriellem wie auch auf wissenschaftlichem Gebiet. Hochgebildet, aus steinalter Familie. Wenn du Interesse an unserem Vorschlag hast, möchte er dich kennenlernen.«

Es trat eine längere Pause ein, während der beide Männer an ihren Drinks nippten und Paul Mialhe seinen Freund gespannt ansah.

»Und was würde die Technucléaire bezahlen?« fragte Martin Conrath schließlich und dachte an das Gespräch, das er mit Katrin geführt hatte, bevor sie paradiesvogelgleich in karierten Hosen und roten Strümpfen zum Golfplatz abgerauscht war. Paul Mialhe lachte geringschätzig.

»Ich weiß nicht genau, was du verdienst, aber auf jeden Fall ist es für deine Potenz zuwenig. Ich schätze, bei uns wirst du das Fünffache beziehen und dazu noch Beteiligung und Spesen.«

Bei diesen Worten lachte Martin schallend los und schlug sich mit flachen Händen auf die Schenkel. Paul sah ihn erstaunt an. »Ist dir das zuwenig?«

»Nein«, sagte Martin. »Nein, wirklich nicht, Paul. Aber es ist noch keine Stunde her, daß Katrin mich ermahnt hat, mir eine Stelle zu suchen, die mir erlaubt, sie standesgemäß zu unterhalten.«

»Na, siehst du«, sagte Paul. »Das würde ja passen. Aber im Ernst, Martin, überleg dir mal, wie deine Zukunft in Deutschland aussähe. Ihr seid ein übervölkertes Land mit einer altmodischen, föderativen Verfassung, die man euch nach Kriegsende aufgedrängt hat und die jede effiziente, zentrale Zukunftsplanung versperrt. Ihr rennt euch den Schädel ein an Hunderten von kleinlichen Vorschriften und Einschränkungen, an Länderinteressen, Industrie-Egoismen, Bürgerinitiativen und allgemeiner Stupidität. Wo soll da eine Perspektive herkommen? Denk auch an die Teilung und eure unsichere Politik. Eure Kernenergie geht keinen guten Zeiten entgegen. Für Leute wie dich ist Deutschland ein Schleudersitz. Komm zu uns nach Frankreich. Bei uns gibt es Platz genug, Geld und keine Widerstände. Seit der General am Ruder ist, gibt es wieder Hoffnung für die Zukunft.«

Martin Conrath hatte Mühe, sich nicht von der Begeisterung des Freundes mitreißen zu lassen.

»Ich kann mich mit euren militärischen Ambitionen nicht anfreunden«, sagte er. »Solange jeder glaubt, daß er Macht ausüben muß, wird nichts besser auf dieser Welt.«

»Aber ich bitte dich«, antwortete der Franzose. »Frankreichs Macht war schon immer human. Humaner jedenfalls als die vieler anderer. Und so wird es auch in Zukunft sein. Du hast vorhin selbst von der Coca-Cola- und Computerideologie der Amerikaner gesprochen. Davon will de Gaulle weg. Er will zurück nach Europa. Eine dritte Kraft zwischen den Blöcken. Das geht nicht mit wohlmeinenden Reden, sondern nur wenn man etwas vorzuweisen hat.«

»Mit anderen Worten Macht«, sagte Martin.

»Und staatsmännischen Geist«, ergänzte Paul. »Macht alleine ist unwirksam. Das ist das Geheimnis des Mißerfolges dieses Jahrhunderts.«

»Aller Jahrhunderte«, sagte Martin.

Die Türglocke schlug an.

»Katrin«, sagte Paul Mialhe und trank sein Glas aus. Martin sah auf seine Armbanduhr.

»Nein«, sagte er. »Das ist wahrscheinlich Fräulein Gastyger aus Chur. Sie bringt mir einen hinterlassenen Brief meiner Mutter.«

Paul Mialhe wollte sich erheben.

»Nein, bleib nur«, sagte Martin. »Du störst nicht. Und vielleicht interessiert dich der Besuch.« Er zog seine Krawatte zurecht und ging in die Diele, um zu öffnen.

Valerie hatte die Reise sportlich angetreten. Ein kleiner, aber starkmotoriger italienischer Wagen stand hinter Pauls Citroën, und von dort kam Valerie jetzt aufs Haus zu, nachdem sie noch etwas aus dem Wagen geholt und ihn verschlossen hatte. Sie erschien Martin zielstrebig, energisch und vital, als sie in maßgeschneiderten Hosen und hellbeigem Jerseypullover die Straße überquerte. Sie hatte kurzgeschnittenes, brünettes Haar, eine kecke Nase und ein winziges Grübchen im Kinn. Sie richtete ihre großen grauen Augen forschend auf Martin, nachdem sie die Sonnenbrille abgenommen und sie in einer nicht mehr ganz modernen Tasche verstaut hatte, die an einem Riemen über ihrer Schulter hing. Valerie kam in den Vorgarten und schloß das niedrige Türchen hinter sich.

»Haben Sie Besuch aus dem Albigeois?« fragte sie, als Martin und sie sich einander vorgestellt hatten.

»In der Tat«, sagte Martin. »Kennen Sie die Autonummer?«

»Ich kenne fast alle Autonummern in Frankreich«, erklärte sie. »Störe ich?«

Martin versicherte ihr, sie störe absolut nicht, und entschuldigte pflichtgemäß Katrins Abwesenheit, obwohl er jetzt froh war, daß sie das Golfspiel mit den Bossen der Kohut KG vorgezogen hatte. Denn mit Katrin und Valerie Gastyger, das sah er auf einen Blick, würde es nicht für eine halbe Stunde gutgehen.

Martin machte Valerie und Paul miteinander bekannt. Dann mixte er frische Drinks, eiste sie, und man ging wieder hinaus ins Freie.

Valerie Gastyger begann: »Ich wollte Ihnen am Telefon nicht so viele Einzelheiten mitteilen, Herr Conrath, weil ich merkte, daß Ihnen mein Name überhaupt nichts sagt.«

»Das ist richtig«, erwiderte Martin. »Ich habe mich gewundert, daß Sie eine so weite Reise machen wollen, nur um mir einen Brief zu überbringen, den Sie doch auch hätten schicken können.«

»Sicher, das hätte ich. Aber was zu diesem Brief zu sagen ist, scheint mir für Sie ebenso wichtig wie das Schreiben Ihrer

Mutter. Sie sollten sich das anhören, bevor Sie die Zeilen Ihrer Mutter lesen. Einverstanden?«

»Natürlich«, antwortete Martin. »Aber erlauben Sie mir noch eine Frage. Hat meine Mutter Ihnen diesen Brief geschickt, oder wie sind Sie in seinen Besitz gekommen, Fräulein Gastyger?«

»Ich vermute, daß Sie die Geschichte Ihrer Mutter bis zu dem Tag kennen, an dem sie bei einer Bergwanderung verunglückt sein soll, nicht wahr?« fragte Valerie zurück.

»Sein soll?« wiederholte Martin verständnislos.

»Also hat Ihr Vater Ihnen die Wahrheit verschwiegen und sie dann mit ins Grab genommen?«

»Ich weiß nicht, von welcher Wahrheit Sie sprechen«, sagte Martin. »Aber Sie machen mich neugierig.«

»Ich spreche davon«, sagte Valerie, »daß Ihre Mutter nicht an jenem vierzehnten Januar 1942 in Südtirol gestorben ist, sondern fast ein Jahr später im Haus meiner Eltern in Chur. Zu ihrem Tod haben Umstände und Leute beigetragen, die Sie als ihr Sohn kennen sollten.«

»Also war ihr Tod kein Unfall?«

»Er war vorgetäuscht«, sagte Valerie. »Und das nicht zuletzt Ihretwegen. Aber nun hören Sie zu.«

»Soll ich euch nicht doch besser allein lassen?« Paul Mialhe wollte sich erheben, doch Martin hielt ihn am Unterarm zurück.

»Nein, bleib, Paul, ich könnte sonst am Ende daran zweifeln, das, was Fräulein Gastyger erzählt, wirklich und wahrhaftig gehört zu haben.«

Während der nächsten Stunde berichtete Valerie, von den beiden Männern mit keinem Wort unterbrochen, alles, was ihr Vater ihr selbst erst vor kurzer Zeit mitgeteilt hatte. Sie erzählte, wie die Verbindung zwischen ihrer und Martins Mutter entstanden war, von dem Druck, den Erpressungen und der Angst, der das Ehepaar Conrath ausgesetzt war, und von dem verzweifelten Plan, den sein Vater gefaßt hatte, nachdem er von Oberst Stoeßner die volle Wahrheit über die bevorstehende Judenvernichtung erfahren hatte. Sie schilderte, wie es Ruth geglückt war, in die Schweiz zu entkommen und sich bei ihren Eltern zu verstecken. »Und das ist der Augenblick, in dem der Brief einsetzt«, sagte sie. Sie hob die Umhängetasche auf, die neben ihr auf dem Boden stand, öffnete sie, entnahm ihr den Brief und reichte ihn Martin.

»Dann ist dies sozusagen der Abschiedsbrief meiner Mutter?« fragte Martin, während er den Umschlag entgegennahm und zwischen den Händen drehte.

»Ein Abschiedsbrief Ihrer Mutter an meine«, antwortete Valerie.

»Und warum an Ihre Mutter? Warum nicht an meinen Vater oder an mich?«

»Sie vergessen die Situation der Zeit damals. Wohin hätte sie schreiben sollen? Mit jeder Nachricht an Sie oder an ihren Mann hätte sie gerade die Repressalien heraufbeschworen, die sie durch ihren Selbstmord zu verhindern hoffte. Also schrieb sie an meine Mutter, offenbarte in diesem Brief alle Einzelheiten und nannte alle Personen, die sie zu ihrem verzweifelten Entschluß getrieben hatten. Dieser Brief ist sozusagen ihr Vermächtnis.«

»Und wo hat man sie begraben?« fragte Martin.

»Es gab Friedhöfe bei uns für internierte Soldaten, deutsche und alliierte, sowie für über unserem Gebiet abgeschossene Flieger und Flüchtlinge aus Deutschland, dem besetzten Frankreich und aus Italien. Auf so einem Friedhof hat man Ruth beigesetzt. Aber die Gräber, um die sich niemand kümmerte, hat man vor ein paar Jahren eingeebnet.«

»Und warum, um Himmels willen, hat sich keiner darum gekümmert?« fragte Martin aufgebracht. »Wenn Sie früher zu mir gekommen wären, hätte ich es verhindern können.«

»Ich habe diese Frage erwartet«, sagte Valerie Gastyger. »Sie mußte kommen, und sie ist berechtigt. Diese Frage ist einer der Gründe dafür, daß ich persönlich zu Ihnen gefahren bin. Ich muß für meine Mutter um Entschuldigung bitten. Dieser

Brief wurde ihr in einem Stadium solcher Turbulenz und Hochspannung übergeben, daß sie entweder nicht realisierte, ihn überhaupt erhalten zu haben, oder ihn ganz einfach vergaß. Möglicherweise hat sie ihn irgendwann später gesucht und nicht mehr gefunden, denn er lag in einem Karton voller alter Weihnachts- und Glückwunschkarten. Ich fand ihn erst vor einigen Wochen, als ich nach Mutters Tod ihren privaten Nachlaß ordnete.«

Martin sah die junge Frau einige Sekunden lang sprachlos an, bis Paul Mialhe das Schweigen mit einem Räuspern unterbrach.

»Na schön«, sagte Martin. »Das ist ja nun alles nicht mehr zu ändern.« Er erhob sich energisch, trat ein paar Schritte zur Seite, öffnete den Umschlag und begann, den Brief seiner Mutter zu lesen. Als er damit zu Ende gekommen war, ließ er wortlos die Blätter sinken. Ein paar Sekunden lang stand er regungslos, dann faltete er den Brief zusammen, schob ihn zurück in den Umschlag, legte ihn auf den Tisch und ging mit raschen Schritten ins Haus.

»Es hat ihn doch sehr erschüttert«, sagte Valerie Gastyger leise in französischer Sprache.

»Das schon«, antwortete Paul Mialhe. »Es ist ein Schock für ihn. Aber ich kenne Martin. Da ist noch etwas anderes. Doch darüber wird er erst sprechen, wenn er alle für ihn wichtigen Details herausgefunden hat. Hören Sie . . .«

Paul machte Valerie Gastyger auf ein seltsames Geräusch aufmerksam. Sie drehte sich um und sah durch die offene Terrassentür, wie Martin Stöße alter Zeitungen durchstöberte und hastig in ihnen blätterte. Das dauerte etwa fünf Minuten, dann kam Martin auf die Terrasse zurück und hielt eine aufgeschlagene Zeitung in der Hand. Er warf sie auf den Tisch, setzte sich auf seinen alten Platz und sagte: »Lies das, Paul«.

Paul Mialhe nahm die Zeitung in die Hand und fragte: »Was?«

»Die Kriegsverbrechersache«, entgegnete Martin. »Lies den

Artikel vor, damit Fräulein Gastyger ihn auch kennenlernt. Es wird sie interessieren.«

Paul Mialhe sagte: »Aber die Zeitung ist zwei Wochen alt.«

»Lies trotzdem vor«, bat Martin. »Ich habe mich also wirklich nicht getäuscht.«

Paul Mialhe drückte die Zigarette im Aschenbecher aus, die er sich gerade angezündet hatte, und begann zu lesen:

»›Wieder ein Kriegsverbrecherprozeß vor den Münchener Gerichten. Am kommenden Montag beginnt vor der Großen Strafkammer des Landgerichts München I der Prozeß gegen den vierundfünfzigjährigen ehemaligen SS-Obersturmbannführer Franz Xaver Bachau. Der ehemalige SS-Angehörige soll in den Jahren zwischen 1942 und 1945 von dem damaligen Chef des Reichssicherheitsamtes, Ernst Kaltenbrunner, der im Verlauf der Nürnberger Verfahren zum Tode verurteilt und hingerichtet wurde, sowie vom Chef des SS-Auslandsnachrichtendienstes, SS-Brigadeführer Walther Schellenberg, beauftragt gewesen sein, insbesondere im neutralen Ausland Personen aufzuspüren und beiseite zu schaffen, die den Nationalsozialisten im Weg standen oder für die Kriegsführung des Dritten Reichs als gefährliches Risiko angesehen wurden. Insgesamt hat die Staatsanwaltschaft sechs Fälle vorbereitet, in denen Mordverdacht begründet erscheint. Es sind sowohl von der Anklage wie auch von der Verteidigung zahlreiche Zeugen geladen, darunter auch ein amerikanischer Staatsangehöriger, der während des Krieges als Angehöriger des amerikanischen Geheimdienstes in der Schweiz eine Rolle gespielt haben soll.‹ Das ist alles . . .,« fügte Paul Mialhe hinzu und legte die aufgeschlagene Zeitung zurück auf den Tisch.

»Das genügt«, sagte Martin. »Vielleicht ist Fräulein Gastyger gerade rechtzeitig mit diesem Brief gekommen.«

»Ich verstehe gar nichts«, sagte Paul und sah von einem zum anderen. Valerie Gastyger antwortete an Martins Stelle: »Franz Xaver Bachau hieß der deutsche Agent, der Herrn Conraths Mutter erpreßt und sie so unter Druck gesetzt hat, daß sie schließlich im Hause meiner Eltern den Tod suchte.«

»Lies den Brief«, fügte Martin hinzu, und Paul Mialhe nahm den Umschlag vom Tisch, zog die Blätter heraus und faltete sie auseinander. Nachdem er sie aufmerksam durchgelesen hatte, ließ er die Hand sinken. »Das ist unglaublich«, sagte er schließlich. »Ich kann deine Abneigung gegen dieses Land immer besser verstehen.«

Martin Conrath ging auf diese Feststellung seines Freundes nicht ein. »Hast du«, fragte er statt dessen, »hast du auch nur den geringsten Zweifel, daß der Amerikaner, der während des Krieges in der Schweiz eine Rolle beim Geheimdienst gespielt haben soll, mit dem Cassyan Combrove identisch ist, über den meine Mutter schreibt?«

»Nicht den geringsten«, sagte Paul Mialhe. »Und wenn dieser Mann gegen Bachau aussagen soll, dann wird er das wohl oder übel unter dem Namen tun müssen, unter dem er auch damals agiert hat. Du kannst in der Verhandlung die beiden Männer, von denen deine Mutter schreibt, von Angesicht zu Angesicht vor dir sehen.«

Paul Mialhe nahm die Gläser und ging ins Haus, um frische Drinks zu bereiten. Das Eis war inzwischen zerlaufen. Martin Conrath und Valerie Gastyger blieben auf der Terrasse allein.

»Es tut mir leid«, sagte Valerie, »daß ich Sie in all diese Dinge gestürzt habe.«

»Machen Sie sich keine Gedanken«, antwortete Martin. »Wahrscheinlich haben Sie mir dabei geholfen, einen Entschluß zu fassen, zu dem ich mich sonst wohl kaum hätte durchringen können.«

Schweigend saßen sie nebeneinander, bis Paul mit den Drinks zurückkam. Für den strahlenden Spätsommernachmittag, der windstill zwischen den Häusern lagerte und einen schwachen Geruch welkender Rosen in den Garten trug, hatten die drei weder Auge noch Ohr.

6

Es war kurz vor sechs, als Paul und Martin sich an der verabredeten Stelle trafen. Der Besucherstrom zur Festwiese glich einer Völkerwanderung. Der Himmel entfaltete ein Farbenspiel, das von türkisfarben bis pfirsichzart reichte. Vor diesem Hintergrund hielt die patinaüberzogene bayerische Bronzedame mit der einen Hand grüßend ihren Lorbeerkranz in die Höhe und drückte mit der anderen den Feldblumenstrauß gegen den Griff ihres Schwertes. Die beiden Männer waren alsbald eingekeilt zwischen schiebenden, drängenden Menschenmassen, die sich in den Budenstraßen zwischen den Karussells und Ständen hin- und herschoben. Es roch nach Fisch, türkischem Honig, gebrannten Mandeln und gebratenen Hühnern. Lebkuchenherzen wurden verkauft, Äffchen mit bunten Hüten federten an Gummis auf und nieder, aus Geisterbahnen zeterte auf- und abschwellendes, schauderhaftes und doch die Neugier anreizendes Geplärr. Im schwingenden Glanz flimmernder Lichterketten fuhr, drehte sich, stürzte, hob und senkte sich, lärmte, schüttelte und stieß alles vom Kettenkarussell bis zum Toboggan, von Krauses waghalsiger Achterbahn bis zu Schreibers Himmelsfliegern und Blaumeyers rasender Gaudizentrifuge. Noch war die Lust- und Launewelt in Ordnung, die Schausteller rieben sich die Hände und hatten deren alle voll zu tun. Aus den riesigen Zelten schmetterte Marschmusik, und wenn sich die Türen öffneten, quoll Bierdunst ins Freie.

Aus irgendeinem Grund liebte Paul Mialhe diese Atmosphäre. Er fand sie einmalig auf der Welt. Vielleicht hing es mit dem Savoir-vivre der Franzosen zusammen, für die das *l'abri de la masse,* die Gleichzeitigkeit von Bad und Geborgenheit in der Menge also, geheimnisvoll und aufregend ist. Nachdem sie alles eine Stunde lang betrachtet hatten und von Menschen mit erwartungsvoll glänzenden Augen hin- und hergeschoben worden waren, bekam Paul Lust, eine Tasse Kaffee zu trinken und eine Weile irgendwo zu sitzen, wo der Lärm nicht so stark war. Sie zogen durch eine Reihe von Kaffeebuden und Würstchenterrassen und landeten schließlich in einem Etablissement, das sich als Hippodrom bezeichnete. Die prunkvolle Fassade aus weißem, rotem und goldfarbenem Neobarock warb mit riesigen Spiegeln und Plüschportieren. Eine üppige Blondine saß hinter der Kasse. Sie bezahlten ihren Eintritt und betraten die Reithalle. Um eine sägemehlbestreute, ovale Arena zog sich eine Galerie mit Tischen, an denen die Gäste sich stärkten und den Reitlustigen zusahen. Der Raum war weiß und pompejanischrot gehalten. Es roch nach Schweiß und Stall, und die Luft war geschwängert von Tabakrauch, denn auch das Hippodrom war gut besucht.

Während die beiden Freunde ihre Würstchen verzehrten, Kaffee tranken und sich unterhielten, wurden in der Arena von einem hohlwangigen Burschen ausgemergelte Pferde zu den heiser krächzenden Klängen einer vorsintflutlichen Musikanlage herumgeführt. Die Gäule schlugen manchmal nach einem langatmigen Peitschenschlag in der Mitte der Manege für ein paar Takte einen langweiligen Trab ein, fielen aber gleich darauf wieder mit gesenkten Köpfen in ihren ursprünglichen Trott zurück. Auf ihren Rücken hockten Vergnügungssüchtige aller Altersstufen: vom pausbäckigen Dorfbuben über den ernsthaft aufrecht sitzenden Querulanten mit stechendem Blick und Trachtenhut bis hin zur Vorstadtgroßmama in wallenden Gewändern und der molligen Hausfrau in gedrehter Lockenpracht, mit unzüchtig gerafftem Rock und gerötetem Gesicht – wobei unklar blieb, ob letzteres eine Folge von Spaß, Scham oder von beidem war.

Diese weißwurstdampfende Stadt des Bieres und der Künste, der epikureischen Lebenskunst und der dogmatischen Verranntheit, der genialischen Schlamperei und des emsigen Geschäftemachens, die es innerhalb weniger Jahre von der unheimlichen Hauptstadt der Bewegung bis zur heimlichen Hauptstadt der Bonner Republik gebracht hatte, bot solches denen, die begierig waren, aus ihrer Haut zu schlüpfen, in zwei Zeiträumen des weißblauen Kalenders, einmal zum Oktoberfest und ein zweites Mal nach fast regelmäßigem Sechsmonatsturnus, vor den Fastenwochen.

»Vielleicht trägt dieser Rhythmus des organisierten Selbstentäußerungstaumels dazu bei, daß man selbst außerhalb der Schwemme des Hofbräuhauses leichter zusammenfindet, aber auch auseinandergeht als jenseits des Mains.«

Es war ein einfacher Peitschenknall, der diese Philosophie, die Martin Conrath seinem französischen Freund soeben vortrug, unterbrach. Dieser Peitschenknall klang anders als die vorherigen, energischer, zielbewußter, und knapper. Als Martin und Paul, aufmerksam geworden, in die Manege hinabblickten, sahen sie, daß sich die Szene verändert hatte. Das Regiment in der Mitte der zottelnden Gäule hatte stämmig und peitschenknallend Franz Xaver Bachau übernommen. Paul und Martin erkannten ihn in derselben Sekunde und starrten einander sprachlos an.

»Damit hatte ich ja gar nicht gerechnet, daß der Mann in Haft ist«, sagte Paul Mialhe, nachdem er sich von seiner Überraschung erholt hatte. »Aber daß er seelenruhig hier einen Reitstall dirigiert, während es für ihn um lebenslänglich geht, das frappiert mich doch.«

»Jemand muß ihm die Kaution bezahlt haben«, antwortete Martin nachdenklich. »Anders ist das nicht zu erklären.«

Je länger sie den Mann dort unten betrachteten, desto größer wurde ihr Erstaunen. Von den Problemen und der Belastung eines schicksalhaften Prozesses war Franz Xaver Bachau nichts anzusehen. Auch die asketische Priesterhaftigkeit, mit der er einst Ernst Kaltenbrunners delikate Aufträge erledigt hatte, war verschwunden. Seine Gestalt wirkte gedrungen, untersetzt, und er hatte auffallend breite Schultern. Er trug lederbesetzte, elegant geschnittene Reithosen aus schiefergrauem Kammgarn und schmalschäftige Stiefel. Beide hatten früher zu seiner Uniform gehört. Über einem Rollkragenhemd und einem bräunlichen Lumberjack saß ein großvolumiger Kopf. Die ergrauende Haartolle zeigte den gleichen Ansatz wie ehedem. Den aufgeworfenen Mund umrahmte ein kurzgehaltener, graumelierter Bart. Unverändert waren nur die tiefblauen Augen. Martin Conrath ertappte sich bei einer geheimen Spannung jeweils auf den Augenblick, da der Mann unten in der Manege nach seiner langsamen Drehung ihm das Gesicht mit diesen Augen wieder zuwandte. Er dachte daran, wie er Bachau im Gerichtssaal beobachtet hatte. Dort war er in einem unscheinbaren Straßenanzug, mit artig gefalteten Händen in der Anklagebank gestanden und hatte dem Schwurgericht versichert, nie in seinem Leben einen Mord begangen und auch im Kriege, den er nicht mitgemacht hatte, keinen Menschen getötet zu haben. Dann hatte er sich bescheiden wieder gesetzt, mit aufmerksamen, tiefblauen Augen den Verlauf der Verhandlung verfolgt und den Aufmarsch der Zeugen beobachtet. Der Schwurgerichtssaal war nicht einmal besonders voll gewesen. Schon die Prozesse gegen die millionenfachen Mörder einer vergangenen Zeit hatten nur wenig Echo in der Öffentlichkeit gefunden, weil das Ungeheuerliche, das dort verhandelt wurde, das Fassungsvermögen von Sensationslust und Neugier überforderte. Die Anklage gegen einen, auf den lediglich der Verdacht ganzer sechs zweifelhafter Morde fiel, war wiederum zu bescheiden, um Interesse wecken zu können. Nichts Aufregendes war hier zu erwarten, keine anrüchigen Details, keine schlüpfrigen Intimitäten, keine detaillierten Aussagen minderjähriger Mädchen mit prickelndem Ausschluß der Öffentlichkeit gerade in dem Augenblick der Verhandlung, in dem es spannend wurde. Angeklagt war ein Mensch, der offensichtlich seine Befehle ausgeführt hatte, sonst nichts; und das zu einer Zeit, die man schon vergessen hatte, wobei man es auch gerne belassen wollte. Jeder andere Prozeß war da interessanter, selbst wenn es nur um ein einziges Opfer ging, dessen Schicksal die meinungsbildenden Boulevardblätter ausschlachteten, um die Volksseele zu gerechtem Zorn aufzuheizen.

Einen Augenblick lang schienen Bachaus kühle Augen die beiden Männer auf der Empore zu betrachten, aber das konnte nur eine Täuschung gewesen sein, sonst hätte Bachau noch ein zweites Mal herübergesehen, oder er hätte es länger getan.

»Der Mann wird freigesprochen«, sagte Paul. »Und er weiß es. Diese Sicherheit ist unfaßbar.«

»Wenn das Recht in den anderen Fällen ebenso auf seiner Seite ist wie in meinem . . .«, antwortete Martin, ohne seinen Satz zu beenden. Er sah wieder den Oberstaatsanwalt vor sich, in dessen Büro sie nach der Hauptverhandlung gegen Franz Xaver Bachau zu dritt gesessen hatten und dem Valerie Gastyger Ruth Conraths Brief als Anklageunterlage für einen siebten Fall unterbreitet hatte. Der Oberstaatsanwalt hatte offensichtlich weder Lust noch Interesse, die Anklage gegen Bachau mit komplizierten Ermittlungsarbeiten nochmals zu erweitern. Mit dieser Einstellung hatte er, wie Martin, Paul und Valerie nachher vermuteten, von Anfang an Ruths Brief gelesen. Er war ein trockener, phantasieloser Jurist um die Vierzig, der möglicherweise von den Schrecken der Vergangenheit zunächst nichts gewußt hatte, anschließend erschrocken und dann abgestumpft war. Das sei natürlich alles sehr tragisch, hatte er gesagt, aber überhaupt kein Straftatbestand. Eindeutiger Suizid und als solcher nicht verfolgbar. Man habe keine Handhabe gegen denjenigen, der zu diesem Selbstmord beigetragen, dazu angestiftet oder verführt habe. Gewiß, wenn die Aussage dieses Briefes wirklich Tatsache sei und sich beweisen ließe, dann könne man immerhin an den Tatbestand einer Nötigung oder Erpressung denken. Aber schließlich sei der nachgelassene Brief eines Opfers kein schlüssiger Beweis, das müsse man einsehen. Es fehle jede Beglaubigungsmöglichkeit, und – ohne persönlich an der Authentizität des Dokumentes zu zweifeln – als Jurist müsse er auf dem Nachweis der Echtheit des Briefes und der Wahrheit seines Inhalts bestehen. Nein, er sehe wirklich keinerlei Möglichkeit, diese Sache vor Gericht zu bringen, leider. Man dürfe auch nicht vergessen, daß der Zeuge Cassyan Combrove, immerhin Angehöriger der US-Streitkräfte in Frankfurt, behaupte, den Angeklagten in der Schweiz gut gekannt zu haben. Gerade das werde nun durch den Brief eindrucksvoll bestätigt. Combrove aber habe den Mordverdacht gegen Bachau in zwei anderen Fällen aus der Schweiz entkräften können. Nein, nein, wenn man diesem Fall Conrath auch noch nachgehen wolle, begebe man sich juristisch auf schwankenden Boden. Damit war der Oberstaatsanwalt aufgestanden und hatte seinen Besuchern das Ende der Unterredung signalisiert.

»Wenn Sie meine Ansicht«, hatte er abschließend gesagt, »noch einmal nachprüfen lassen wollen, dann rate ich Ihnen zur Konsultation eines Rechtsanwalts, damit keine Zweifel an der Effizienz von Recht und Justiz zurückbleiben.«

Diesem Rat war man gefolgt. Die Anwälte der Bauunternehmung Westerholdt hatten ihre Kanzlei in der Sonnenstraße. Ein Anruf von Zacharias Westerholdt hatte einen der Juniorpartner aufgescheucht, sich der Sache anzunehmen, doch dieser junge, aber ausgefuchste Advokat kam schließlich zum gleichen Ergebnis wie sein Kollege von der anderen Seite der Barriere. »Wenn Sie mich fragen«, und man hatte ihn ja gefragt, »so läßt man von so was am besten die Finger.«

Und nun hatten sie Franz Xaver Bachau vor sich, wie er mit tänzelnden Bewegungen, vergleichbar denen eines Zirkusdirektors, die dickbäuchigen Gäule mit ihrer Fracht von Vorstadtomas, Querulanten, rotbackigen Buben und kichernden Hausfrauen gelassen und peitschenknallend in die Runde trieb.

»Ob dem dieser Stall hier gehört?« fragte Paul Mialhe nachdenklich.

»Vielleicht ist er Angestellter oder Pächter«, antwortete Martin. »Von irgend etwas müssen ja auch solche Burschen leben. Man kann sich glücklich preisen, wenn so einer kein Landgerichtsrat oder Abgeordneter ist; oder Berater des Bundeskanzlers, wie der Judenrechtskommentator Globke bei Adenauer.« Paul und Martin sahen zu Bachau hinunter, als der krächzende Musikautomat stillstand, die Besucher von den Pferdrükken rutschten und Bachau die lange Peitsche in den Köcher an der Bandenwand steckte, während der hohlwangige Bursche die Gäule in ihre Boxen führte. Bachau klopfte seine Hände ab und stapfte quer über den Sägemehlboden. Sie folgten ihm mit den Blicken, während er zielbewußt auf der gegenüberliegenden Seite, wo sich auch der Ausgang befand, die Holztreppe zur Empore hinaufstieg und zwischen den Tischen hindurch in den Hintergrund ging, der von mattleuchtenden Wandarmen nur schwach erhellt wurde. Sie sahen, wie Bachau sich dort an einem Tisch niederließ, an dem schon ein anderer Mann saß, den sie nur undeutlich wahrnahmen.

»Sein Anwalt vielleicht«, sagte Martin. »Oder ein Freund. Es ist ja auch egal, was der privat hier treibt. Ich glaube, der Anwalt vom alten Westerholdt hat wirklich recht. Es wäre am klügsten, das alles zu vergessen.«

Martin änderte jedoch diesen Entschluß in dem Augenblick, da Bachau und der Unbekannte aufgestanden waren und dem Ausgang zustrebten. Paul und er sahen aufmerksam hinüber. Sie erblickten einen Mann, der größer war als Bachau, mit einem runden und doch kastenförmig wirkenden Schädel, mit Geheimratsecken und kurzgeschnittenem Haar, das schütter und grau wurde. Vor kalten Karpfenaugen saß eine randlose Brille. Er bewegte sich mit einer sonderbar schlenkernden Mechanik der Arme und Beine, die an die Vorwärtsbewegung einer gefährlichen Spinne erinnerte.

»Diesen Mann habe ich im Gerichtssaal gesehen«, sagte Martin. »Er war unter den Zuschauern. Er saß einige Reihen hinter uns und folgte der Verhandlung überaus aufmerksam.«

»Denk mal dran, daß wir diesen Combrove bei seinem Auftritt gar nicht erlebt haben, weil wir einen Tag zu spät kamen, sagte

Paul. »Und dann halte dir vor Augen, daß der Mann die Schlüsselperson dieses Prozesses ist . . .«

»Du hast recht, Paul«, sagte Martin. »Dieser Mann da drüben muß Cassyan Combrove sein. Ich will das genau wissen, hörst du? Was macht der Hauptentlastungszeuge privat mit dem Angeklagten auf dem Oktoberfest? Los, ihnen nach . . .« Sie sprangen auf, Martin zerrte einen Geldschein hervor und warf ihn auf den Tisch, dann drängten sie sich auf den Ausgang zu und traten ins Freie. Sie starrten in die flimmernde, kreisende, schaukelnde Lichterwelt, elektrische Klaviere und Orgeln hämmerten ihre Rhythmen in ihre Ohren, und vor ihnen in der Budenstraße drängte sich die Menschenmasse, in der Franz Xaver Bachau und Cassyan Combrove verschwunden waren.

Die Spannung ebbte ab, und Enttäuschung breitete sich aus. Aber das Mißgeschick ließ sich nicht mehr ändern. Auch Martin und Paul setzten ihren Streifzug durch die Lärm-, Bier- und Talmiwelt der Festwiese fort. Es war inzwischen vollständig dunkel geworden, und die Stimmung befand sich auf dem Höhepunkt. Paul Mialhe wollte zum Abschluß eines der riesigen Bierzelte besuchen. Diese Zelte waren ein Inferno. An fünftausend Menschen saßen hier, schrien, tranken, lachten, sangen, und unter den Rhythmen der auf einem hölzernen Podest in der Mitte thronenden Blaskapelle erzitterte die zur Qualmschicht verdichtete Luft. Auf Trachtenhüten schwankten sattfarbene Gamsbärte oder weißflockender Adlerflaum. Durch zwei Zelte hatten sich Paul und Martin bereits auf der Suche nach einem Sitzplatz gedrängt und soeben ein drittes betreten. Sie hatten einen Seitengang schon fast zur Halfte passiert, als Martin plötzlich Pauls Hand auf seinem Unterarm fühlte und stehenblieb. Eine Kellnerin mit zwei Fäusten voll triefender Krüge rempelte sie an und schimpfte, andere Besucher wollten sie weiterschieben, doch Martin Conrath blieb reglos stehen und folgte Pauls Blick nach links, wo inmitten der an langen, rohen Tischen trinkenden und schwitzenden Menschen Franz Xaver Bachau mit dem Mann saß, den sie für Cassyan Combrove hielten.

Sie sprachen sich nicht einmal ab, ehe sie kehrtmachten und den nächsten Durchlaß in der trennenden Holzbarriere suchten. Sie schoben sich zwischen Tischen und Bankreihen hindurch. Plötzlich war in der Nähe der beiden Männer, auf die sie es abgesehen hatten, ein Stück Holzbohle frei, erst rückte einer, dann noch jemand, und schließlich saßen sie, eingequetscht zwischen fremden Menschen, am selben Tisch wie Bachau und der mutmaßliche Amerikaner und hatten schwere Krüge vor sich, an denen Bierschaum herunterrann.

Bachau erkannte sie. Er sah zweimal zu ihnen herüber, aber er wußte anscheinend nicht, wo er die beiden Gesichter einordnen sollte. Doch es beunruhigte ihn, daß diese beiden Männer, gewissermaßen mit System, jedesmal, wenn ein Wechsel in der Reihe der Trinker eintrat, näher an sie heranrückten, bis Paul Mialhe endlich unmittelbar neben Bachau und Martin ihm schräg gegenüber saß. Bachau flüsterte Combrove eine Bemerkung zu, und der richtete seine starren Augen zuerst auf Paul Mialhe, dann auf Martin Conrath. Seine Erfahrung ermöglichte es ihm, ihre Gesichter sofort einzuordnen. Er erinnerte sich auch an die Frau, die diese Männer an einem der Verhandlungstage der vorigen Woche zu Franz Xaver Bachaus Prozeß begleitet hatte. Aber es war ihm unmöglich, zu ahnen oder zu erraten, in welcher Beziehung die beiden zu diesem Prozeß standen.

»Sagt Ihnen der Name Conrath etwas?« schrie Martin nach einer Weile zu Bachau hinüber, als die Lautstärke der Walzermusik für ein paar Sekunden abebbte und die Leute am Tisch aufhörten zu schunkeln. Die vier Männer, von denen zwei absolut noch nicht wußten, was sie von den beiden anderen zu halten hatten, starrten einander an. Da sich in Bachaus Gesicht keine Reaktion zeigte, schrie Paul ihn an: »Conrath hat mein Freund gesagt. Ruth Conrath. Sagt Ihnen das nichts, Bachau?«

Bachau sah von einem zum anderen. Sein Blick blieb auf Martins Gesicht haften.

»Woher kennen Sie mich?«

»Aus Ihrem Prozeß, Bachau.«

»Daher können Sie keinen Namen Conrath kennen. Sie lügen. Dieser Name kommt im Prozeß nicht vor.«

»Aber er steht unter einem Brief, den meine Mutter am Heiligabend des Jahres 1942 in Chur geschrieben hat, Bachau. Dieser Name ist auch der meinige. In dem Brief kommen auch die Namen Franz Xaver Bachau und Cassyan Combrove vor.«

Als der Name Combrove fiel, beugte sich der Amerikaner zu Bachau hinüber und stellte ihm eine Frage, die Bachau beantwortete, worauf Combroves Augen sich auf Martin Conraths Gesicht richteten. In diesem Augenblick setzte die Musik wieder mit voller Lautstärke ein, und der Bayerische Defiliermarsch biß förmlich den Dunst, ja das ganze riesige Zelt in Stücke, begeistert begleitet von Tausenden im Takt auf die Holztische knallenden Maßkrügen. Paul Mialhe sah sich in der Runde um. Er konnte sich vorstellen, warum Pariser Intellektuelle Absinth und schottische Adelige Whiskey, warum Einbeinige, Gestrauchelte oder Gestrandete in Berlin, London und Athen, warum Väter von zwölf Kindern und Krebskranke Schnaps saufen. Er konnte sich ein Bild von allen Frustrationen machen, die Menschen unserer Zivilisation dazu bringen, sich selber im Alkohol zu entfliehen. Aber die Trinklust der Bayern würde für ihn immer ein Phänomen bleiben, Spaß um des Spaßes willen, Rausch um des Rausches willen, gigantische, barockbeschwingte Glückseligkeit des oberländischen Gemütes, in deren fortgeschrittenem Stadium alle Menschen zu Brüdern, alle Probleme zu Bierschaum und alle Feinde zu Nachbarn werden. Gerade stieg ein grobknochiger Mann mit starrglänzenden Augen auf den Tisch und hielt einen Vortrag über das Ausharren auf verlorenem Posten, wozu der auseinanderfallende Gamsbart auf seinem Hut bedrohlich wippte.

»Was wollen Sie von mir?« fragte Bachau über den Tisch hinweg.

»Dieser Brief wirft einige Fragen auf, Bachau, und da sie im

Prozeß nicht gestellt werden, müssen wir sie Ihnen vorlegen.«

»Wer ist der Mann?« fragte Bachau, und sein Kopf deutete mit einer knappen Neigung auf Paul Mialhe, der neben ihm saß.

»Das ist mein Freund«, sagte Martin. »Ein Franzose. Er ist mit dem ganzen Vorgang vertraut.«

»Ihr Zeuge sozusagen.«

»Wenn Sie so wollen, ja.«

In diesem Augenblick schaltete Cassyan Combrove sich in das Gespräch ein. »Haben Sie den Brief bei sich, Mr. Conrath?« fragte er in überraschend fließendem Deutsch.

»Ja«, antwortete Martin.

»In diesem Fall schlage ich vor, das Gespräch in meiner Wohnung fortzusetzen. Mr. Bachau und ich sind bereit, uns anzuhören, was Sie zu sagen haben. Einverstanden?«

»Selbstverständlich.«

Nachdem sie bezahlt hatten, nahmen sie Combrove und Bachau in die Mitte und ließen sich zu Combroves Wagen führen, den er am Rand der Festwiese abgestellt hatte. Es war eines jener bauchigen Ungetüme, wie sie in den fünfziger Jahren üblich waren, mit dem hellgrünen Kennzeichen der US-Streitkräfte. Paul Mialhe und Bachau bestiegen den Fond, Combrove fuhr, und Martin setzte sich neben ihn. Combrove benutzte keine der großen Verkehrsadern. Der Wagen schlich sich hinunter zur Isar, verlor sich dann in schmaler und schmaler werdenden Straßen, rollte auf Seitenwegen durch die Randgebiete zweier Villenvororte, wo Martin Conrath hinter einer Biegung den Club erkannte, in dem Katrin mit ihrem Vater Golf spielte. Sie überquerten auf eiserner Brücke eine Bahnanlage und befanden sich plötzlich in gemächlicher Fahrt neben einer vier Meter hohen, weißgekalkten Mauer, die in unerwarteter Länge rechts die Straße säumte. Nach einiger Zeit tauchte eine durch Eisenblechtore gesicherte Einfahrt auf. Aus der Mauer sprang eine gläserne Kanzel vor. Combrove betätigte schon aus der Entfernung die Blinkhupe. Drinnen erhob sich ein Mann in der grünen Uniform der Bereitschaftspolizei, setzte die Mütze auf, schnallte das Koppel um und trat auf die Straße hinaus, als der Wagen die Einfahrt erreichte. Der Polizist bückte sich und blickte hinein. Als er den Fahrer erkannte, richtete er sich auf, salutierte respektvoll und begab sich zurück in seine Glaskanzel, um mittels eines elektrischen Mechanismus die schweren Flügel des Tores zu öffnen. Cassyan Combroves Wagen bog ein auf das Gelände des Bundesdeutschen Nachrichtendienstes BND. Er durchquerte die weitläufigen, von zahlreichen Peitschenlampen hell erleuchteten Anlagen. In dem rückwärtigen, zu einem Waldstück hin gelegenen Teil des Areals gelangten sie an eine zwar nicht abgesperrte, aber doch abgegrenzte Villengruppe, die zu Nazizeiten als Wohnungen des Führungspersonals in den Komplex mit einbezogen worden waren. Vor einem dieser Häuser hielt Combrove den Wagen an und stellte den Motor ab. Wortlos stieg er aus und ging voran. Die anderen folgten. Laut klappten die Wagentüren in der Stille der Nacht. Im Hause war kein Lichtschein zu sehen.

»Meine Wohnung, wenn ich in München zu tun habe«, sagte Combrove, während er die Tür öffnete. Das Haus war in den zwanziger oder dreißiger Jahren erbaut worden, und Combrove nahm sich in der engen, ein wenig hochbeinig kalten Bürgerlichkeit dieses Stils sonderbar unpassend aus. Aber wo paßt ein Mann wie Combrove überhaupt hin, dachte Martin. In welchem Milieu würde er natürlich und dazugehörig wirken? Sicher nicht in einer Familie mit Frau und tollenden Kindern, mit schwanzwedelndem Hund und Campingausflügen zum Wochenende. Auch nicht in gemütlicher Runde ehemaliger Schulkameraden oder Sportkumpel. Nein, dachte Martin und nahm auf eine Handbewegung Combroves hin in einem karg eingerichteten Raum an einem viereckigen Tisch unter einer zopfigen Hängelampe Platz. Nein, dieser Mann war ein Einzelgänger, von niemandem abhängig und auf niemanden angewiesen. Am ehesten ähnelte ihm in dieser Runde noch Franz Xaver Bachau. Martin Conrath konnte nicht ahnen, daß er damit der Wahrheit und dem Geheimnis Cassyan Combroves sehr nahe kam, ja daß er den gleichen Eindruck von ihm hatte, der sich achtzehn Jahre zuvor in der US-Botschaft in Bern einem Mann namens Allan W. Dulles aufgedrängt hatte. Dulles, der im Gegensatz zu Martin über eine große Erfahrung in der Analyse von Charakteren verfügte, hatte Combrove als einen Mann eingeschätzt, der zur Machtausübung neigt, vielleicht auch zum Mißbrauch, der unerbittlich hassen kann, tugendhaft bis zur Prüderie und fanatisch bis zur Grausamkeit ist; als einen Robespierre im Nachrichtendienst des mächtigsten Landes der Erde.

Es gab in der Wohnung weder Alkohol noch Zigaretten. Der einzige Luxus, den die Besucher entdecken konnten, bestand aus zwei Allerweltssesseln an der Stirnwand des Wohnraumes, zwischen denen unter einer Stehlampe ein Tischchen stand, auf dem die Karten zu einer begonnenen, komplizierten Patience ausgebreitet lagen. Wie damals in dem Dienstzimmer in der Züricher Herrengasse prangte im Hintergrund das lasche Sternenbanner, und daneben hing das Bild des vierunddreißigsten Präsidenten der USA. Es war der Sieger von Omaha, Dwight D. Eisenhower. An einer Wand stand ein Schrank, auf dem Martin, wie schon vor Jahren seine Mutter, die kokosnußartigen Schrumpfköpfe der fünf Japaner bemerkte, die sich um Cassyan Combroves Entwicklung zu unnachgiebiger Härte verdient gemacht hatten.

Dies war der äußere Rahmen, in dem das Gespräch stattfand, das keiner der Teilnehmer bis zum Ende seines Lebens vergessen sollte. Combrove bemerkte Paul Mialhes forschenden Blick hinüber zu dem Kartentisch, wo auf flaschengrünem Filz die Patiencekarten schimmerten.

»So eine haben Sie noch nie gesehen, nicht wahr?« fragte Combrove. Paul Mialhe bestätigte das. »Wissen Sie, was Patience bedeutet, Mr. Mialhe?« fuhr der Amerikaner fort.

Paul lachte. »Das Wort stammt aus meiner Muttersprache und heißt Geduld.«

»Geduld, sehen Sie, das ist es. Dies ist eine Stufenpatience aus zwei kompletten Spielen. Die erste geht nur dann auf, wenn auch die zweite die Lösung in sich birgt. Ich habe sie selbst erfunden. Sie klappt nur in einem von zehn Fällen und dauert für Geübte eine Woche. Mein berühmter Chef, Allan Dulles, hat sie niemals geschafft.« Unvermittelt wandte Combrove sich jetzt Martin Conrath zu und fragte: »Was wollen Sie von Mr. Bachau?«

»Sind Sie sein Anwalt?« fragte Martin zurück.

Combrove antwortete zuerst mit einem nachdenklich forschenden Blick und dann mit einem Lächeln, bei dem sich lediglich die Winkel seines schmallippigen Mundes nach unten zogen: »Ich bin Zeuge im Prozeß, in dem Mr. Bachau des Mordes angeklagt ist. In gewisser Weise habe ich die Verantwortung dafür, daß er nicht verurteilt wird. Deshalb frage ich.«

»Sie haben bei Ihren Aussagen Fälle beschönigt und andere stillschweigend übergangen«, sagte Martin.

»Beschönigt?« fragte Combrove. »Mit Stillschweigen übergangen? Haben Sie meine Aussagen gehört, Mr. Conrath?«

Martin verneinte.

»Na, sehen Sie«, sagte der Amerikaner. »Ich habe meine Aussagen nach bestem Wissen und Gewissen gemacht und bin auf die Wahrheit dieser Aussagen nach der Formel ›So wahr mir Gott helfe‹ vereidigt worden.«

»Gott . . .« sagte Paul Mialhe spöttisch.

»Wollen Sie mir einen Vorwurf daraus machen, daß ich die Eidesformel der deutschen Strafjustiz nachgesprochen habe?« erwiderte Combrove trocken. Seine Augen wanderten von Paul Mialhes zu Martins Gesicht. Als keine Antwort erfolgte, spielte wieder das sonderbare, hämische Lächeln um seine Lippen, und er fuhr fort: »Warum ich Fälle stillschweigend übergangen habe? Gentlemen, ich bin in diesem Verfahren nicht der öffentliche Ankläger, sondern ein schlichter Zeuge.

Und als solcher habe ich weder das Recht noch die Pflicht, Fälle zu erwähnen, welche die Anklagebehörde stillschweigend übergeht.«

Dieser Amerikaner war eine Festung, gespickt mit den Geschützen der Schlagfertigkeit und Intelligenz. Paul und Martin spürten das. In den Kasematten dieser Festung hockte der Mann, der Martins Mutter in den Tod getrieben hatte, und konnte schweigen wie ein Grab, weil Combrove die Schlacht im Vorfeld führte und nichts bis zum Kern durchdringen ließ. Paul Mialhe unternahm einen neuen Vorstoß:

»Sie haben bei Ihrer Vernehmung ausgesagt, Mr. Combrove, daß Sie mit Herrn Bachau während des Krieges in der Schweiz zusammen waren und daß Sie ihn als korrekten und gewissenhaften Mann kennengelernt haben, der die ihm übertragenen Pflichten erfüllte und zu einem Mord vollständig unfähig war?«

Cassyan Combrove neigte zustimmend den Kopf.

»Und das haben Sie getan«, nahm Martin das Wort, »obwohl Sie wußten, daß Bachau ein Sonderbotschafter Kaltenbrunners war, mit dem Auftrag, Menschen durch Erpressung und Nötigung so weit zu bringen, das, wozu Herr Bachau angeblich unfähig war, selbst zu tun?«

»Danach bin ich in diesem Verfahren überhaupt nicht gefragt worden«, antwortete Combrove gelangweilt. »Was wollen Sie denn eigentlich?«

»Und das stimmt auch nicht«, ließ Bachau sich mit noch immer hörbarem steiermärkischem Akzent vernehmen. »Zu Erpressung oder Nötigung gehört immerhin die Drohung mit einem rechtswidrigen Nachteil oder Übel. Die Tatsachen, auf die ich gewisse Personen hingewiesen habe, waren damals geltendes Recht, vergessen Sie das bitte nicht.«

Martin Conrath hielt es bei dieser Unterhaltung nicht auf seinem Platz. Er sprang auf und begann erregt und mit vor der Brust verschränkten Armen hin und her zu gehen. Vor Bachaus Stuhl blieb er endlich stehen und sah auf ihn herunter.

»Geltendes *Unrecht*, Bachau«, bellte er. »Vergessen Sie das nicht, wenn Sie schon an mein Erinnerungsvermögen appellieren, Sie . . . Sie . . .«

»Keine Beleidigungen«, sagte Combrove. »Diese Feststellung unterliegt nicht Ihrem emotionalen Dilettantismus, sondern der Beurteilung durch die zuständigen Gerichte.«

Martin wandte sich an den Amerikaner. »Wissen Sie, was mein Freund George W. Ballacue am Tag des Waffenstillstandes, als wir uns kennenlernten, zu mir gesagt hat?«

»George W. Ballacue? Unser Generalkonsul in Bayern?«

»Ja«, antwortete Martin.

»Der ist Ihr Freund?«

»Ich sagte es doch.«

»Und was hat er Ihnen gesagt?«

»Er erklärte mir, wofür eure Soldaten am Omahastrand und später in Frankreich und Deutschland gefallen sind, für Freiheit, Frieden, Selbstbestimmung und Menschenwürde nämlich.«

»Well«, sagte Combrove, »Und? Stimmt das etwa nicht?«

»Sie als ein Exponent dieser hohen moralischen Ansprüche tun sich zusammen mit einem der Nazis, die bekanntlich von keiner dieser Maximen etwas wissen wollten. Sie verteidigen diesen Mann, sorgen für ihn, bezahlen womöglich seine Kaution . . .«

Cassyan Combrove lehnte sich zurück und sah Martin Conrath direkt ins Gesicht. »Ich habe Sie schon einmal gefragt, Conrath, was wollen Sie eigentlich? Wollen Sie Mr. Bachau oder mich, oder uns beide, zur Rede stellen? Wollen Sie uns zur Rechenschaft ziehen? Sie müssen sich wenigstens klar ausdrücken.«

»Ich will wissen, ob es stimmt, was in dem Brief meiner Mutter steht. Ich will die Wahrheit wissen.«

»Und wenn Sie sie kennen? Was dann?«

Da Martin für den Augenblick keine Antwort fand, fuhr Combrove fort: »Lassen Sie uns endlich hören, was in diesem Brief steht, damit wir darüber sprechen können.«

Martin zog seine Brieftasche aus dem Jackett, nahm die drei

Blätter heraus und trat neben den Kartentisch, wo er unter dem Lichtschein der Stehlampe vorzulesen begann. Als er zu Ende war, faltete er die Blätter und steckte sie in die Innentasche seiner Jacke. Eine Weile sagte niemand etwas. Bachau und Combrove waren anscheinend von der Unmittelbarkeit der Erinnerungen nicht unbeeindruckt geblieben. Schließlich legte der Amerikaner die Hände flach auf den Tisch, sah in die Runde und sagte: »Will einer ein Coke? Oder ein Ginger Ale?«

Bachau wollte ein Ginger Ale, und Combrove erhob sich, um es zu holen. Während seiner Abwesenheit stellte sich Martin Conrath vor den Schrank, um die japanischen Schrumpfköpfe zu betrachten. Paul sah es und erhob sich auch.

»Seien Sie vorsichtig«, sagte Bachau vom Tisch herüber. »Berühren Sie sie nicht. Combrove ist mit seinen Gentlemen sehr eigen.«

Martin hatte schon etwas von Schrumpfköpfen gehört, Paul Mialhe noch nicht. Martin erklärte ihm das Verfahren. Während Paul die merkwürdigen Gebilde betrachtete, kam Combrove zurück und brachte zwei Flaschen Ingwerlimonade mit, die er auf den Tisch stellte und öffnete.

»Schon mal so was gesehen?« fragte er und sah flüchtig zu Paul hinüber.

»Nein«, sagte Paul. »Abscheulich. Warum heben Sie das auf?«

»Um immer daran erinnert zu werden, wer Amerikas Feinde sind«, antwortete Combrove. »Mein Land hat viele und erbitterte Feinde.«

Er holte Limonadengläser aus dem Halbdunkel und stellte sie neben die Flaschen.

»Ihr Land hatte auch damals Feinde, Combrove«, sagte Martin. »Dieser Mann war einer von ihnen. Und dennoch haben Sie sich nicht gescheut, mit ihm gemeinsame Sache zu machen. Nicht um Freiheit, Frieden, Selbstbestimmung und Menschenwürde zu verteidigen, sondern um Ihre eigene dreckige Geheimdienstsuppe zu kochen, sich die Arbeit leichtzumachen und um Punkte bei Ihren Vorgesetzten zu sammeln. Das und nichts anderes steht in dem Brief, den ich Ihnen vorgelesen habe.«

»Schön«, sagte Combrove. »Aber das steht nicht in dem Brief, daß auch ich Befehle und Anweisungen meiner Regierung hatte. Daß wir diesen Krieg geführt haben, um Freiheit, Frieden, Selbstbestimmung und Menschenwürde *wiederherzustellen*. Daß die Mittel dazu auf den jeweiligen Seiten unterschiedlich waren, ist allgemein bekannt.«

Cassyan Combrove begann betont langsam, die beiden Limonadengläser einzugießen. Abwechselnd hielt er sie provokativ vergleichend gegen das Licht, wie um damit zu demonstrieren, wie nebensächlich ihm das Gespräch war und wie sehr es ihn langweilte.

»In Anwendung dieser unterschiedlichen Mittel sind Unschuldige krepiert, in zwei Fällen, in denen Sie den da rausgepaukt haben. Auch meine Mutter war sein Opfer, und Sie wußten es. Sie hätten sie retten können oder wenigstens warnen.«

»In diesem Krieg sind mehr als vier Dutzend Millionen Menschen krepiert, wie Sie es auszudrücken belieben. Darunter auch einige meiner Landsleute«, sagte Combrove, stellte eins der Limonadengläser vor Bachau auf den Tisch und hob das andere an die Lippen. »Wenn da jeder Betroffene daherkommen würde, um Rechenschaft zu verlangen . . .« Ein Schulterzucken. »Und wer kann schon sagen, wie viele Emotionen in so einem Brief stecken, Conrath. Sie sollten das nicht zu wörtlich nehmen.«

In diesem Augenblick brach Martins Selbstbeherrschung zusammen. Mit der Linken schlug er Combrove das Glas aus der Hand, und die Rechte drosch dem Amerikaner ins Gesicht.

»Lassen Sie endlich Ihre verdammte Limonade, Mann, und bekennen Sie Farbe.« Martin wollte noch einmal zuschlagen, aber Paul und Bachau waren schon hinter ihm und hielten seine Arme fest.

»Um Himmels willen, Conrath, Sie wissen nicht, wen Sie

schlagen«, keuchte Bachau. Bei dem folgenden Handgemenge stürzten Möbel um, und die Limonade floß auf den Teppich. Cassyan Combrove hob seine zu Boden gefallene Brille auf und betrachtete sie sorgsam. Er rieb sich gelassen die klebrige Flüssigkeit von Anzug und Krawatte und sah Martin Conrath dann kurzsichtig an.

»Sie hätten das besser unterlassen, Mr. Conrath. Das war nicht gut für Sie.«

»Entschuldigen Sie«, sagte Martin und schüttelte Pauls und Bachaus Hände ab. »Mir sind die Pferde durchgegangen.«

»Das ist nicht entschuldbar«, erwiderte der Amerikaner eisig. »Aber Sie haben mir noch immer nicht gesagt, was Sie wollen.«

»Ich wollte einmal Männer, die das alles gemacht haben und es nicht einmal bereuen, aus der Nähe sehen«, sagte Martin verächtlich.

Bachau öffnete die Zimmertür. Draußen in der dämmrigen Diele standen drei Herren von unbestimmbarem Äußeren. Zwei von ihnen traten rasch hinter Paul und Martin und zwangen ihre Arme routiniert in einen Polizeigriff. Der dritte faßte in Martins Brusttasche, zog den Brief hervor und übergab ihn Bachau, der ihn an Combrove weiterreichte. Der Mann öffnete daraufhin die Haustür, und die beiden anderen beförderten Paul und Martin ins Freie, ohne ihren Griff zu lockern. Ein in der Nähe haltendes Taxi wurde angelassen. Die Scheinwerfer leuchteten auf, und der Wagen kam heran.

»Wir haben kein Taxi bestellt, verdammt noch mal«, keuchte Paul Mialhe.

Einer der Männer öffnete den rückwärtigen Wagenschlag und sagte: »Schätze, es wird sich für Sie rentieren, dieses Taxi trotzdem zu benutzen.«

Die beiden anderen drängten Paul und Martin ins Wageninnere, einer schlug die Fondtür zu und gab dem Wagendach einen hörbaren Klaps mit der flachen Hand. Das Taxi fuhr den Weg zurück, den sie in Combroves Wagen gekommen waren. Durch die Heckscheibe bemerkten die beiden Freunde, daß ihnen Combroves große Limousine mit eingeschaltetem Standlicht folgte. Innen saßen die drei, mit denen sie soeben unfreiwillig Bekanntschaft gemacht hatten.

»Bin gespannt, was jetzt passiert«, sagte Paul. »Wilder Westen wird bei euch doch wohl noch nicht gespielt.«

Vor dem Taxi öffnete sich geisterhaft das große Eisenblechtor und entließ sie in die Nacht.

»Immerhin weiß er, daß George Ballacue mein Freund ist«, sagte Martin, sah sich um und nickte befriedigt, als er bemerkte, daß Combroves Limousine hinter den sich wieder schließenden Torflügeln zurückblieb. Martin lehnte sich in die Polster, zog ein Taschentuch hervor und fuhr sich damit über Stirne und Gesicht. Auch Paul Mialhe entspannte sich und sagte: »Ich nehme an, daß du seit heute einen Todfeind hast.«

»Wahrscheinlich«, entgegnete Martin Conrath. »Du allerdings auch. Wir wollen hoffen, daß wir nie wieder mit ihm zu tun haben werden.«

In dem Haus, das die beiden Freunde gerade verlassen hatten, räumte ein junger, hübscher Chinese das verwüstete Zimmer auf, stellte die Stühle an ihren Platz und säuberte den Teppich von der ausgeflossenen Limonade. Danach verschwand er so schweigend, wie er gekommen war. Man hörte nicht einmal das Schließen der Tür. Die beiden Männer saßen in den altmodischen Sesseln rechts und links des Kartentisches. Bachau hätte sich gern eine Zigarette angezündet, aber er wußte, daß er das in diesem Haus nicht durfte. Er streckte die Hand über den Tisch, und der Amerikaner reichte ihm den Brief.

»Eine Kopie«, bemerkte er verächtlich. »Ich hätte daran denken müssen.«

Bachau drehte die Blätter hin und her, um sie zu begutachten, und sagte: »*Ich habe* daran gedacht. Er wäre ein Dummkopf, wenn er das Original mit sich herumschleppen würde. Aber es ist besser, du hast die Kopie als gar nichts. Mit diesem Brief kann er gerichtlich nichts anfangen . . .« Er hielt inne, weil er bemerkte, daß Combrove ihm gar nicht folgte. Plötzlich schnellte dessen Hand vor, und mechanisch, wie durch ein ferngesteuertes Relais gelenkt, fielen Karten, wurden umgedreht und wechselten die Plätze.

»Kaum zu glauben«, sagte Combrove. »Als ich wegfuhr, um dich zu treffen, sah ich noch nicht die geringste Chance. Und jetzt . . .« Er richtete sich auf und lehnte sich zurück, ». . . jetzt könnte es sein, daß sie morgen oder übermorgen aufgeht.«

Während Cassyan Combrove seinen Gast triumphierend ansah, servierte der Chinese leise und behende Kaffee.

»Was sagtest du vorhin?« fragte Combrove, als der Junge das Zimmer wieder verlassen hatte.

»Ich meine, daß er mit diesem Brief vor Gericht nichts anfangen kann«, antwortete Bachau. »Aber es ist unangenehm genug, wenn so etwas Emotionen aufpeitscht. Du hast es ja gesehen.«

»Ich bin streng erzogen worden«, murmelte Cassyan Combrove. »Aber mich hat noch niemals jemand geohrfeigt. Das blieb als erstem so einem Judenbürschchen vorbehalten.« Der Amerikaner versuchte, diesen Gedanken zu verdrängen, was ihm jedoch nicht gelang. Er versuchte den Kaffee. Aber der war selbst für seine harten Lippen, denen gewöhnlich kein Getränk der Welt zu heiß schien, noch nicht genießbar.

Das Taxi, in dem Paul und Martin saßen, hielt in einem Waldstück. Das Licht ging an, der Fahrer griff nach hinten und öffnete wortlos die Tür.

»Wir sind noch nicht da«, sagte Martin beunruhigt.

»Doch«, antwortete der Fahrer wortkarg. »Steigen Sie aus.«

»Hören Sie . . .« wollte Paul Mialhe auffahren, doch der Fahrer wandte sich um und legte den rechten Unterarm drohend auf die Rückenlehne des Vordersitzes.

»Steigen Sie aus«, wiederholte er. »Oder haben Sie noch nicht gemerkt, daß Sie glimpflich davongekommen sind? Schätze, daß Sie das Ihrer Bekanntschaft mit Ballacue verdanken.«

»Sie haben uns abgehört«, sagte Paul erbost, doch der Fahrer gab keine Antwort, sondern beschrieb nur mit der Hand, ohne den Arm dabei zu bewegen, eine nachdrücklich auffordernde Geste. Paul und Martin verzichteten auf eine Auseinandersetzung.

»Wieviel?« fragte Martin und kramte Geld aus seiner Jackentasche.

»Der Fahrpreis bis hierher ist bezahlt«, sagte der Mann. »Verlassen Sie den Wagen.«

Paul und Martin sahen sich an und stiegen kopfschüttelnd aus. Einer der beiden schlug, noch immer sprachlos, die Tür zu, und das Taxi fuhr an. Der Fahrer löschte die Lichter, so daß es unmöglich war, das Kennzeichen abzulesen. Es blieb den beiden Freunden nichts anderes übrig, als gegen halb zwei Uhr früh den Weg in die Stadt zu Fuß anzutreten.

»Ob wir das wirklich und wahrhaftig erlebt haben?« fragte Martin.

»Sieh mal nach, ob du deinen Brief noch hast«, antwortete Paul spöttisch. Martins Griff in die Brusttasche war rein mechanisch. »Ein Glück, daß es nur die Kopie war«, sagte er.

»Ich bin nicht sicher, ob dir das Original noch irgendwas nützen wird«, antwortete Paul.

»Und was jetzt?« fragte Martin.

»Erst schlafen, dann überlegen«, sagte Paul. »Hast du schon mal dran gedacht, was deine Frau zu alldem sagen wird?«

Es war sicherlich nicht der beste Gedanke, bei der Aufklärung des nächtlichen Erlebnisses die Münchener Stadtpolizei zu bemühen. Sie wurden in dem unwirtlichen Bau an der Ettstraße von Zimmer zu Zimmer und von Stockwerk zu Stockwerk geschickt, bis sich endlich ein jüngerer, hölzerner Angestellter in kehligem Bayerisch bereit erklärte, ihre Geschichte wenigstens anzuhören. Als er das getan hatte, schüttelte er den Kopf.

»Und den Brief wollen S' also wiederhaben?«

»Nein, nein«, sagte Martin. »Das war ja nur eine Kopie.«

»Ja also, was wollen S' denn nachher?« wunderte sich der Bayer. »Wenn Eahna nix gscheh'n is und aa nix fehlt . . .?«

Freiheitsberaubung, sagte Martin, um ein Haar Körperverletzung, er redete etwas von Rechtsstaat, Freiheit und Menschenwürde daher, aber der Bayer zuckte mit den Schultern und fragte, wo das denn eigentlich passiert sei. Als Martin ihm die Gegend beschrieb, machte er erleichtert einen langen Strich quer durch alles, was er bisher aufgeschrieben hatte, und sagte: »Da ist die amerikanische Militärpolizei zuständig.« Dann riß er den Zettel vom Block, versenkte ihn genüßlich im Papierkorb und erhob sich, um seinen beiden ebenso billig wie rasch losgewordenen Besuchern die Tür zu öffnen.

Auf der Straße blieb Martin stehen und sagte zu Paul: »Das Beste, was du mit einer deutschen Behörde tun kannst, ist, dich möglichst von ihr fernzuhalten.«

»Das ist in allen Ländern so«, entgegnete Paul. »Bei uns ganz besonders. Da sind sie nämlich nicht nur dumm, sondern auch noch brutal.«

»Das trauen sie sich hier noch nicht«, sagte Martin. »Nazi-Vergangenheit. Sie haben Angst, in die gleiche Kiste gesteckt zu werden. Was machen wir jetzt? Militärpolizei?«

»Du bist verrückt«, sagte Paul. »Wenn die sich schon so anstellen, die es nichts angeht, was glaubst du, würden wir bei denen erleben, die es vielleicht doch etwas angeht? Ich habe eine bessere Idee. Wie wäre es mit George Ballacue?«

Diese Idee erwies sich als ausgezeichnet. Das erste Treffen fand in den repräsentativen Räumen des Generalkonsulats an der Königinstraße statt. Ein fünfzig Quadratmeter großer Raum, Spannteppich, Mahagonischreibtisch, quaderförmige, schwere Polstermöbel in weinrotem Leder. Auch hier an einer Stange die Flagge und daneben das welterobernde Säuglingslächeln Dwight D. Eisenhowers. Die Frustrationen Koreas lagen damals schon hinter den Vereinigten Staaten, und die bitteren Lehren von Vietnam hatten sie noch vor sich, so daß ihre

Geschicke vorübergehend von atemholender Vernunft bestimmt zu sein schienen. Die wirklich umwälzenden Krisen waren noch nicht in Sicht. Entsprechend optimistisch kam George W. Ballacue seinen beiden Besuchern entgegen und nötigte sie in die weinroten Ledersessel. Er trug schon die Brille und den Oberlippenbart, die später charakteristisch für die Karikaturen werden sollten, mit denen ihn die Presse bedachte. Die unbestechlichen, noch skeptischer gewordenen hellblauen Augen erinnerten nur noch wenig an den jungen Captain von einst, der von Amerikas humaner Sendung so felsenfest überzeugt gewesen war. George W. Ballacue befand sich zu diesem Zeitpunkt schon auf dem Karrierepfad ins State Department von Washington. Das, was Martin ihm vortrug, fand sowohl menschlich wie auch sachlich sein größtes Interesse. Er hielt diese Unterhaltung für keinen Gegenstand, den zu klären ein halbstündiges Gespräch genügt, und so fand das zweite Treffen der drei Männer nicht ganz eine Woche später im Landhaus des Konsuls in Grünwald statt.

Damals in Krumbach hatte Captain George W. Ballacue in den zwei beschlagnahmten Vorderzimmern des Bäckers Kunzemann am Oberen Markt gewohnt. Heute stellten die Vereinigten Staaten ihrem Konsul in Bayern nicht nur eine chrom- und glasblitzende Stadtresidenz, sondern auch ein repräsentatives Wohnhaus in einem vornehmen Vorort zur Verfügung. Freilich hatte dieser Vorort sich inzwischen gewandelt und war vom Refugium der Angehörigen der alten Klasse mit ihren ein wenig steifen Villen und zerzausten Gärten zum sorgfältig abgeschirmten Getto der Neureichen geworden, die mit weit mehr Geld, jedoch mit weit weniger Kultur und Geschmack ausgestattet waren. Abweisende Mauern oder Hecken zur Straßenseite, dahinter geduckte Wohnforts mit wuchtigen Schloten, effektvoll verkorksten Dachpartien nebst einem ungeheuren Aufwand an Wohlstand signalisierendem Schmiedeeisen, an Wagenrädern und Holzbalken. Getönte Fensterscheiben, dahinter grüne Witwen und altdeutsche Stilmöbel, türkisschimmernde Becken luxuriöser Swimmingpools unter freiem Himmel, Hollywood-Schaukeln wie tropische Blüten zwischen Ziersträuchern versteckt, gelangweilte Töchter vor einem Stoß ungelesener Zeitschriften und gelegentlich das törichte Gekläff eines degenerierten Pudels. Inmitten dieses Viertels stand das Anwesen, das George W. Ballacue, seine Frau Ethel und ihr Personal bewohnten.

Sie läuteten, und ein Diener öffnete. Er nahm ihnen die leichten Regenmäntel ab, die sie über den Arm gehängt trugen, und führte sie in den Wohnraum.

Dort hatte Ethel Ballacue den Tee vorbereitet. Sie stammte aus einer englischen Aristokratenfamilie und hatte Stil und Sitten ihrer Heimat beibehalten. Dazu gehörte es, artig von Beiläufigkeiten zu reden, bis man die erste Tasse Tee zu Ende genippt und das erste schmalbrüstige Sandwich gegessen hatte. Auch mußte Mrs. Ballacue erst Paul kennenlernen. Schweigend servierte eine junge Schwarze. Nachdem der Konsul sich eine Zigarre entzündet hatte, was Ethel mit einem nachsichtigen Lächeln und einem leisen »Nicht schon wieder, George«, quittierte, kam man zur Sache.

Zuerst berichtete Martin vom Besuch Valerie Gastygers und wiederholte alles, was sie erzählt hatte. Danach reichte er den Ballacues eine zweite Kopie vom Brief seiner Mutter, die sie aufmerksam lasen, wobei Mrs. Ballacue ein altmodisches Klapplorgnon mit Perlmuttfassung benutzte, wie weder Martin noch Paul jemals eines gesehen hatten. Nach einer Weile sagte George: »Ich muß an den Tag denken, Martin, als wir uns im Rathaus von Krumbach kennenlernten und du mir deine Geschichte erzähltest. Ich habe es dir damals nicht gesagt, aber ich hielt es für wahrscheinlich, daß etwas Ähnliches mit deiner Mutter geschehen sei.«

»Was hat dich zu dieser Vermutung veranlaßt?« fragte Martin.

»Die Geschichte klang unwahrscheinlich.«

»Du bist also nicht überrascht.«

»Nein«, sagte George zögernd. »Ich bin bestürzt, aber nicht überrascht.«

»Über das Schicksal deiner Mutter«, ergänzte Ethel.

»Und über das, was ihr Brief über Combrove enthält«, fügte George Ballacue hinzu.

»Der Name ist dir ein Begriff?« fragte Martin.

»Der Name schon. Ich kann dir nicht genau sagen, wo er einzuordnen ist, aber das kann ich herausbekommen. Er sitzt irgendwo in der Spitze des CIA, Mitteleuropa ist sein Operationsgebiet.«

Ballacues Gäste berichteten in allen Einzelheiten vom Besuch des Oktoberfestes und dem anschließenden Gespräch in Combroves Wohnung. Sie versetzten George Ballacue und seine Frau in sprachloses Staunen.

»Noch mal«, sagte der Konsul nach einer Weile. »Erzähl uns das noch mal, sonst glaube ich es nämlich nicht.«

»Paul Mialhe kann alles bestätigen«, sagte Martin. »Aber ich erzähle es auch gern noch einmal.« Und er wiederholte zumindest das Kernstück seiner Erzählung, das der Franzose Wort für Wort beglaubigte.

»Dann habe ich also recht«, sagte George, nachdem Martin geendet hatte. »Pullach ist keineswegs der Amtsplatz Combroves. Der ist in Frankfurt oder in Heidelberg, wahrscheinlich eher in Frankfurt beim Headquarter für Europa. Er muß dort ein Top-Mann sein, denn nur dann verfügt man über ein Nebenlogis beim Bundesnachrichtendienst mit Ausstattung und Personal. Ich fürchte, mit deiner Ohrfeige hast du dich ganz schön in die Nesseln gesetzt.«

»Ich habe ihm das auch gesagt, Sir«, murmelte Paul. »Aber er unterschätzt es. Was halten Sie für gefährlicher, Martins Wissen vom wahren Schuldigen am Tod seiner Mutter oder die Ohrfeige?«

»Ich halte etwas ganz anderes für das Gefährlichste«, sagte George Ballacue. »Etwas, woran ihr noch gar nicht gedacht habt. Cassyan Combrove hat die Kaution bezahlt, die Bachau auf freien Fuß setzt, und ihr wißt das oder vermutet es wenigstens. Und damit könntet ihr möglicherweise darauf kommen, daß die Verbindung zwischen Combrove und Bachau nicht mit dem Abschluß des Krieges geendet hat, sondern bis zum heutigen Tag fortgeführt worden ist.«

»Welche Gründe kann Combrove für eine solche Beziehung gehabt haben?« fragte Martin ratlos. »Bei Bachau kann man das ja noch verstehen, aber Combrove? Ein Amerikaner? Und in mächtiger Position?«

George W. Ballacue hob die Schultern. »Ich kann es mir nicht erklären. Aber es muß so sein.«

»Wenn man das der Presse zuspielen würde? Und dem Gericht?« sagte Paul Mialhe nachdenklich. »Die Sache mit der Kaution, meine ich. Ein Zeuge, der dem Angeklagten die Kaution bezahlt?« Ballacue wandte sich dem Franzosen zu. »Können Sie es beweisen, Paul?«

»Nein«, sagte Paul. »Natürlich nicht. Und was das schlimmste ist: Wir haben überhaupt kein beweiskräftiges Dokument mehr in der Hand. Martin kann das Original des Briefes seiner Mutter nirgends finden!«

Ballacue sagte: »Jetzt muß ich euch etwas erklären, das ihr wissen müßt. Der CIA entwickelt in unserem Lande zunehmend ein Eigenleben, das sie mehr und mehr von den demokratischen Kontrollen und vom Zugriff der Gerichte unabhängig macht. Unter dem Vorwand der Gefährdung der äußeren und inneren Sicherheit ist bei uns beinahe alles möglich und erlaubt. An einen Mann wie Combrove kommt ihr – und noch dazu in diesem praktisch besetzten Land – nur ran, wenn ihr hieb- und stichfeste Beweise habt. Und selbst dann, Martin, hast du nur eine Chance, wenn der Betroffene nichts dagegen hat. Hat er etwas dagegen, kann es leicht sein, daß du selbst verschwindest, bevor du aussagen kannst, oder dein Zeuge, bevor er dazukommt, etwas zu beweisen. Verstanden?«

»Natürlich«, antwortete Martin.

Schweigen trat ein. Ethel Ballacue sagte schließlich: »George hat recht. Wir haben eine Menge Prozesse erlebt, in denen es so abgelaufen ist.«

»In der Ettstraße hat man uns empfohlen, uns an die Militärpolizei zu wenden«, sagte Martin, und George Ballacue widmete ihm ein nachsichtiges Lächeln.

»Die Militärpolizei ist ausschließlich zuständig für Truppendelikte, Jungs. Und die Agency ist vom Militär ebenso unabhängig wie vom State Department oder vom US-Konsul in Bayern.«

»Mit anderen Worten, wir sollen die Finger da raushalten, George?« knurrte Martin.

»Exakt, mein Junge. Nicht mit anderen Worten, sondern mit diesen.«

Der Konsul lehnte sich in seinem Sessel zurück und setzte seine erloschene Zigarre erneut in Brand. Dann drehte er sie um und betrachtete die Glut. »Es tut mir leid, euch das so deutlich sagen zu müssen.« Wieder schwiegen alle einige Sekunden, dann rückte George Ballacue sich zurecht und fügte hinzu: »Wenn bei der nächsten Präsidentschaftswahl die Demokraten gewinnen, könnte es sein, daß sich etwas ändert. Aber vorher nicht.«

»Wie kommst du zu diesem Schluß, George?« fragte Martin. Ethel antwortete für ihren Mann: »Dann erhält der junge Kennedy das Amt des Präsidenten und wird seinen Bruder Bob zum Justizminister machen. Und Bob Kennedy ist unerschütterlich für die Durchsetzung von Law and Order, nicht wahr, George?«

»Wir hoffen, daß es so kommt«, sagte George. »Es tut mir leid, daß ich dir nicht helfen kann, Martin. Vergiß es und denk an deine Zukunft. Dein Land kann dich brauchen, und mein Land könnte es auch.«

»Auch wir hätten ihn gern«, sagte Paul Mialhe.

»Ich kann Martin verstehen«, meinte Ethel. »Du könntest doch veranlassen, George, daß man Erkundigungen über Cassyan Combrove einzieht. Martin sollte wenigstens wissen, mit wem er es da zu tun hat.«

»Ethel hat recht«, sagte George Ballacue. »So weit reicht mein Arm. Vielleicht stoßen wir wenigstens auf die Hintergründe dieser sonderbaren Kameraderie. Aber es wird einige Zeit dauern. Ich gebe euch Bescheid, wenn meine Recherchen abgeschlossen sind.«

»Gehen wir zum Abendbrot.« Ethel erhob sich, und unter der Tür zum Speisezimmer stand die junge Schwarze in weißer Schürze und mit weißem Häubchen.

George Ballacue hatte vorausgesehen, daß es lange dauern würde, bis er Näheres über Cassyan Combrove in Erfahrung bringen könnte. Es sollte Dezember darüber werden. Wie jedes Jahr hatten die Ballacues Martin und Katrin zusammen mit einer langen Galerie kirchlicher, politischer und wirtschaftlicher Würdenträger, zu welch letzteren Martins Schwiegereltern zählten, zur traditionellen Nikolausfeier am Vorabend des sechsten Dezember eingeladen. Diesmal war auch Paul Mialhe mit von der Partie, der eigens aus Frankreich angereist war. Das Dossier über Cassyan Combrove war gerade eingetroffen, als am fünften Dezember, einem regnerischen und finsteren Tag, der die Straßen der Stadt mit Matsch bedeckt hatte, die Gäste der vorgezogenen Santa-Claus-Party an der Residenz des amerikanischen Konsuls vorfuhren. Überall in der Stadt waren Tannenbäume aufgestellt, von denen Kaskaden blendender Lichter auf den Asphalt herabfluteten, wo sie sich, gemeinsam mit den Lichtern der halben Million Autos der Stadt, in gemütvoller Vorweihnachtsstimmung widerspiegelten. In den hell erleuchteten Auslagen bot man alles dar, womit die rasch aufeinanderfolgenden Wellen einer raffiniert manipulierten Bedarfsökonomie die Menschen in Atem hielten: auf die Freß- und Trink- folgte die Reisewelle, die abgelöst wurde von der Autowelle, der Stereowelle, der Sektwelle, der Fernsehwelle, der Lederwelle, der Wohnungswelle, der Pelzwelle und zahllosen den anderen Wellen. Noch stiegen das Sozialprodukt, die Investitionen, das Einkommen, die Ausgaben, die Beschäftigtenziffern, die Löhne, die Beamtenzahl, die Soziallasten, die Zahl importierter Arbeitskräfte, das Rüstungsaufkommen, die Kosten und damit auch die Preise. Nur zwei Dinge sanken, der Wert des Geldes und das Vertrauen in die Stetigkeit und Zuverlässigkeit der Zukunft.

Die Inflationierung nicht nur der Finanzen, sondern auch der geistigen und sozialen Existenzkoordinaten der Fortschrittsgesellschaft begann sich von ferne abzuzeichnen. Allerdings bemerkten das nur ein paar lächerliche Schwarzseher, und die hatten es zu sehr geringem Ansehen in einer Gesellschaft gebracht, die mit verbissener Energie auf dem Umweg über kurzfristigen Wohlstand ihrem langfristigen Untergang zuzustreben schien. Immerhin lag der warnende Paukenschlag der ersten Wachstumskrise noch mehr als ein Jahrzehnt im Schoß ungewisser Zukunft, und man war allgemein der ebenso landläufigen wie falschen Meinung, alles sei in bester Ordnung, und jeder könne sich guten Mutes in Richtung auf jenen Dezembertag voranbewegen, über dessen wirkliche Bedeutung die Anhänger eines gewissen Jesus Christus und die Bewunderer des John Maynard Keynes höchst zerstritten waren.

Ein Hauch von Selbstzufriedenheit erfüllte die Gäste des Konsuls. Pausenlos fuhren die schweren Limousinen unter das Vordach der Residenz. Militärpolizisten mit weißem Koppelzeug, weißen Mützenrändern und weißen Handschuhen öffneten Wagenschläge und salutierten vor Gästen in Uniform oder im Abendanzug. Flure und Räume des wohlig durchwärmten Hauses waren erfüllt von unbeschwert plaudernden Menschen, die Hand mit dem Cocktailglas in Brusthöhe erhoben. Es duftete nach Krokant und gebrannten Mandeln, violettes, türkisfarbenes und rosarotes Licht floß aus ungezählten Lampions zusammen, und aus unsichtbaren Lautsprechern quollen Music-in-the-air-Rhythmen. Später spielte eine Militärkapelle Weihnachts-Blues.
In einer Gruppe würdiger Honoratioren aus der Wirtschaft sah man Zacharias Westerholdt und seine Frau Rosalind. Martin zeigte Paul das Paar aus der Entfernung. Zacharias war zu jener Klasse arriviert, die es ihrem Status schuldete, an or-

ganisierten Großwildjagden teilzunehmen, die sich unabhängig werdende Staaten in Zentralafrika teuer bezahlen ließen. Er stand in maßgeschneidertem Smoking mit affektiertem Schalkragen und etwas zu breit gezupfter Fliege inmitten seiner Geschäftspartner. Eine fast weiße Haartolle fiel über die gebräunte, durch tiefe Querfalten niedrig wirkende Stirn, vor den Augen trug er eine schwere, dunkelumrandete Hornbrille, Kinn und Wangen wurden durch tief eingegrabene Falten vom Mund getrennt, in dem Gold aufleuchtete, wenn er sprach. Zacharias Westerholdt sprach im Augenblick von seinem Geschäft. Er war gefragt worden, ob es wahr sei, daß er beabsichtige, die Entscheidungen allmählich an einen Junior zu delegieren.

»Aber ich bitte Sie, meine Herren, davon kann doch gar keine Rede sein. Kohut hat zwar den jungen Mann mit einem Zweijahresvertrag in die Firma genommen. Aber wir sind uns einig, daraus wird nichts. Jeder weiß inzwischen, daß Herr Riedinger einer von diesen modernen Hasardeuren ist, ein Mann mit krankhaftem Geltungsdrang und zuviel Lebenshunger. Ein typischer Hektiker, dem alles zu langsam geht und dem alles zuwenig ist. Er würde die Firma nicht einmal über die nächsten zehn Jahre bringen. Er hat das Nachkriegsprinzip ›Lebe jetzt und zahle später‹ noch mal umfunktioniert in ›Lebe jetzt und zahle gar nicht‹. Sobald ich mich zurückzöge, würde er investieren wie verrückt, in der trügerischen Hoffnung, daß der Markt bis in alle Ewigkeit aufnimmt, was produziert wird. Er würde Überkapazitäten schaffen, Überbeschäftigung und Überproduktion. Doch ich weiß jetzt schon, wie teuer wir eines Tages werden bezahlen müssen, wenn der Boom zurückgeht und Millionen Ausländer auf unserem Sozialetat liegen.«

Erstaunen breitete sich aus, Einwände wurden laut. Aber Zacharias Westerholdt fuhr fort: »Sie wundern sich, meine Herren, daß einer es wagt, die Wahrheit zu sagen. Aber lieber sage ich sie jetzt, als in zehn oder zwanzig Jahren zu denen zu gehören, die sie vertuschen müssen.«

In diesem Augenblick machte man Westerholdt darauf aufmerksam, daß seine Tochter den Saal betreten hatte. Westerholdt wandte sich um. Er erinnerte sich an die gleiche Party vor drei Jahren, auf der seine Tochter den Baron Jobst von Passeder in einer Weise vor den Kopf gestoßen hatte, daß München noch fast ein Jahr später davon sprach. Heute war sie nicht in das sonst von ihr bevorzugte jugendliche Weiß gekleidet, sondern trug ein halblanges Cocktailkleid aus schmeichelndem, mausgrauem Changeant, dazu Perlen und Brillantohrringe und ein Mützchen aus grauem Samt über dem kurzgeschnittenen blonden Haar. Martin und Paul beobachteten ihren Auftritt. Mit einer energischen und doch gelassenen Geste streifte sie den mausgrauen Handschuh vom Unterarm, winkte ihrem Vater zu, lächelte ihre Mutter an und kam dann auf ihren Mann und Paul zu. Die Herren der Gruppe um Zacharias Westerholdt sahen ihr nach. Man machte dem Vater Komplimente. Aber nur Martin Conrath wußte, woran Westerholdt in diesem Augenblick dachte, nämlich daran, wie er seine Tochter in einer für ihn höchst prekären Situation unter die Haube gebracht hatte.

Das Gespräch hatte im Frühjahr in Westerholdts Privathaus stattgefunden. Glastüren führten auf großflächige Terrassen, altdeutsch stilisiertes, wuchtiges Mobiliar dominierte, hinter den Türen langer Wandschränke versteckten sich Bildbände, Hausbar, Akten. Auf niederen Tischen stapelten sich Pläne. Ein Zigarrenabschneider war in den Zahn eines Elefanten eingearbeitet. Westerholdt hatte Martin Cognac angeboten, Zigarren, Zigaretten, aber Martin hatte dankend abgelehnt. Schließlich hatte Zacharias Westerholdt sich auf die gepolsterte Couch neben Martin gesetzt, eine Zigarre angezündet und durch den Rauch der ersten Züge hindurch das Gespräch begonnen. »Sie sind also entschlossen, meine Tochter Katrin zu heiraten?«
Martin nickte.

»Nun«, sagte Westerholdt durch eine weitere bläuliche Wolke Zigarrenrauch, die er mit ungeduldiger Hand auseinandertrieb. »Ich nehme an, daß Sie sich das eingehend überlegt haben?«

»Ja«, antwortete Martin. »Katrin und ich sind uns einig, Herr Westerholdt.«

»Und das«, stellte der Bauunternehmer fest, »ist auch schon allgemein bekannt, soweit ich höre.«

Martin antwortete, daß er nichts publiziert habe, daß er und Katrin aber keinerlei Geheimnis aus ihren Absichten machten und er jetzt nach Grünwald gekommen sei, um Westerholdt um seine Zustimmung zu bitten. Zacharias Westerholdt saß in seiner Sofaecke, die ein wenig krummen Beine so übereinandergeschlagen, daß der Unterschenkel des einen im eleganten dunkelblauen Strumpf auf dem Knie des anderen ruhte. Er hatte den rechten Ellbogen auf die Seitenlehne gestützt, hielt die verknöcherte Hand mit der Zigarre nach oben und sah Martin mit einem Ausdruck von der Seite an, als wolle er, bevor er weiterrede, Martins Gemütszustand prüfen.

»Wenn Sie mir das vor sechs Wochen gesagt hätten, Doktor, dann hätte ich Ihnen die Zustimmung nicht gegeben, obschon Sie sie ja strenggenommen gar nicht brauchen.«

»Und warum hätten Sie das nicht getan?«

»Tja«, antwortete der Unternehmer. »Weil es mir um Sie leid tut. Das muß ich Ihnen ganz offen sagen, mein Lieber. Und vor ein paar Wochen hätte ich auch noch mein Gewissen sprechen lassen können, um Sie von einem unüberlegten Schritt zurückzuhalten. Aber heute ist mir das unmöglich, heute muß ich sogar darauf bestehen, daß Sie Ihre Absicht verwirklichen.«

Martin hatte ziemlich verstört den Kopf geschüttelt und etwas gemurmelt, aus dem hervorging, daß Westerholdt ihm seine Worte näher erklären möge.

»Ich muß Ihnen das auf jeden Fall erklären«, bestätigte Westerholdt. »Schon damit Sie wissen, was auf Sie zukommt. Und ich sage Ihnen auch gleich, daß meine Tochter alles bestreiten wird, was ich Ihnen erzähle. Und meine Frau auch. Meine Frau glaubt es nämlich heute noch nicht, obschon es so viele Leute wissen, daß es mich wundert, daß ausgerechnet *Sie* noch nichts davon erfahren haben. Hören Sie, junger Mann, Katrin hat hier mit einem verheirateten Adeligen ein Verhältnis angefangen, und der war schließlich sogar bereit, sich wegen Katrin scheiden zu lassen. Dieser Herr hat mit mir einen Vertrag geschlossen, wonach er mir beim Tode seines Vaters, übrigens eines der ältesten Feudalaristokraten der Welt von vorgestern, ein Grundstück überlassen würde, das mich jetzt dreieinhalb Millionen kostet.«

Martin hatte sich, nachdem die Unterhaltung doch etwas weniger feierlich geworden war, in seine Sofaecke zurückgelehnt. »Warum«, fragte er seinen zukünftigen Schwiegervater, »warum sagen Sie mir das alles? Von dem Baron Passeder hat mir Katrin schon selbst erzählt.«

»So«, sagte Westerholdt. »Hat Sie Ihnen also den Wind aus den Segeln genommen? Oder wollen Sie sie nur in Schutz nehmen, Doktor? Das würde ich Ihnen nämlich zutrauen.« Dann beugte er sich zu Martin hinüber und fuhr bedeutungsvoll fort: »Erstens, Doktor, hat der Baron Passeder den Vertrag in der Erwartung abgeschlossen, daß meine Tochter ihn heiratet. Zweitens dachte meine Tochter nicht im Traum an so etwas, sondern stieß den Baron und seine Frau in einer Weise vor den Kopf, daß die Münchner Schickeria vor Wut aufheulte und gegen mich und die gesamte Bauwirtschaft Sturm lief. Drittens ist der alte Passeder vor einem Jahr gestorben, und auf dem Grundstück stehen schon meine Bauten im Rohbauwert von vier bis fünf Millionen. Die Auflassung muß ich jetzt einklagen, und ob ich diesen Prozeß gewinne, steht in den Sternen. Auf jeden Fall bin ich aber samt der Firma und meiner Familie kompromittiert, wenn ich ihn auch nur anfasse. Für dieses Prunkgeschäft habe ich eine Provision von hundertfünfzig Mille bezahlt . . .«, eine vage Bewegung mit der Hand, welche die Zigarre hielt, ». . . die ich allerdings zurückfordern kann, falls ich den Prozeß verliere. Vorläufig hat meine Tochter das Geld kassiert, weil sie mit dem Baron direkt im Bett verhandelt hat, ohne zwischengeschalteten Makler oder Agenten. Das, mein lieber Junge, ist nüchtern betrachtet die Lage der Dinge.«

Westerholdt schwieg ein paar Sekunden lang und schüttelte den Kopf, als wundere er sich jedesmal aufs neue, wenn er über diese Ereignisse nachdachte. Dann holte er die Cognacflasche und fragte, ob Martin jetzt nicht doch einen Schluck wolle. Diesmal nahm Martin an.

»Ich habe mir also gedacht«, sagte Westerholdt, nachdem sie angestoßen hatten, »wenn das Mädel aus der Schußlinie kommt, kann sie die hundertfuffzig Mille behalten, soweit sie sie noch nicht verbraten hat, denn Katrin hat Ansprüche, das kann ich Ihnen versichern. Und mit dem Baron kann ich mich irgendwie einigen, wenn gewährleistet ist, daß von Katrins Seite her keine Jauchekübel mehr auf den Hochadel ausgeschüttet werden.«

Westerholdt hatte sich wieder zurückgelehnt, die Fingerspitzen seiner gespreizten Hände aneinandergelegt und Martin so auffordernd gemustert, daß Martin es als ritterliche Pflicht angesehen hatte, ihm aus der vertrackten Situation herauszuhelfen, in die seine Tochter ihn gebracht hatte.

»Sie sagen mir absolut nichts Neues, Herr Westerholdt«, bemerkte er deshalb in der ihm eigenen Großzügigkeit. »Katrin hat mir, wie gesagt, von ihrer Liaison mit dem Baron Passeder erzählt, und ich kann mir natürlich auch vorstellen, wie weit das gegangen ist. Aber eine moderne Frau hat das Recht, ihre Erfahrungen zu sammeln, finden Sie nicht auch? Es wäre kleinbürgerlich, dagegen etwas einzuwenden. Was der Baron Passeder mit Ihnen zu regeln hat, geht mich nichts an, vor allem dann nicht, wenn Sie Katrin aus der Sache raushalten. Und Katrin und ich verstehen uns schließlich ausgezeichnet.«

»Gewiß, gewiß.« Der alte Westerholdt hatte sehr genau zugehört und den Augenblick, da das Spiel für ihn gewonnen war, präzise erfaßt.

»Sehen Sie mal, mein Junge«, stieß er freundschaftlich nach. »Fürs erste hat diese Heirat für mich und für Sie nur positive Aspekte. Und Sie können doch aus der Sache jederzeit wieder raus, wenn Sie wollen. Sie haben immerhin eine wissenschaftliche Position, und wenn meine Tochter zu anspruchsvoll ist . . . na ja . . . den Scheck kann ich ja monatlich auf Katrin ausstellen, wenn Ihnen das unangenehm ist. Stimmt es, daß Sie Ambitionen ins Ausland haben? Na sehen Sie, da hätten Sie in Katrin einen Mordskumpel! Die arrangiert Ihnen ohne Wimperzucken jeden Kontakt, den Sie brauchen.«

An all dies erinnerte sich Martin in dem Augenblick, als Katrin auf ihn zukam, ihn mit delftblauem Augenaufschlag anblickte und eine Eisblume von Kuß auf seine Wange hauchte, während sie gleichzeitig Paul die Hand so unter die Nase hielt, daß es für den wohlerzogenen Franzosen unumgänglich wurde, sie zu küssen.

Als der Generalkonsul um zweiundzwanzig Uhr den Raum betrat, empfing ihn lebhafter Applaus. Frischer Champagner wurde gereicht, man gruppierte sich so, daß die Damen die vorhandenen Sitzgelegenheiten zur Verfügung hatten, während die Herren sich zwanglos aufstellten, die Arme vor der Brust gekreuzt. Weiß leuchteten makellose Manschetten, es wurde ruhig, dann still.

Er habe es sich, führte George W. Ballacue aus, zur Aufgabe gemacht, den Kontakt zwischen den Vereinigten Staaten und Deutschland dadurch zu fördern, daß er jeweils am Nikolaustag aus einem großen Sack Nüsse, Äpfel, Süßigkeiten und andere Gaben verteile. Gedämpftes Lachen und Applaus folgten seinen Worten. Die Flügeltüren öffneten sich, in hohen, tressengeschmückten Mützen aus himmelblauem Satin, ebensolchen Boleros und Röckchen mit nackten Schenkeln, in knallroten Stiefeletten, zog rhythmisch stampfend eine Spielmannsgruppe ein, bestehend aus vierundzwanzig vierzehnjährigen Mädchen und angeführt von einer Tambourmajorin von höchstens zehn, die ihren knaufbesetzten Stab schwang, kreisen ließ, zur Decke emporwarf und ihn geschickt wieder auffing. Der warme Beifall für die Worte des Konsuls fiel zusammen mit dem Applaus für die Gruppe und verstärkte sich noch, als hinter den Mädchen ein riesiger, mit Goldlamé beklebter Schlitten hereinschwankte, gezogen von acht Kindern mit angeklebten Goldflügeln. Auf dem Schlitten thronte Santa Claus mit seinem Sack. Santa Claus trug eine erdbeerfarbene Zipfelmütze, einen ebensolchen Mantel, über den ein schneeweißer Wattebart wallte, und hatte erdbeerfarbene Bäckchen. Der Spielmannszug stellte sich auf, die Mädchen stampften auf der Stelle, die Tambourmajorin drehte ihren Stock und reckte den Knauf zur Zimmerdecke. Die Trommeln und Pfeifen schwiegen, der Beifall der Gäste flaute ab. Der Nikolaus öffnete seinen Sack, verhaltene Melodien durchtönten den -Raum.

In diesem Jahr, so habe er sich gedacht, fuhr George W. Ballacue in seiner Ansprache fort, könne ein Bild des Vizepräsidenten der Vereinigten Staaten, im Silberrahmen und mit persönlichem Namenszug, die Aufmerksamkeit seiner deutschen Freunde vielleicht auf sich ziehen. Santa Claus reichte George Ballacue einen flachen Karton. Der Konsul öffnete ihn und hielt ihn mit beiden Händen hoch über seinen Kopf, so daß jeder das verkniffene Viehzüchtergesicht unter dem breitrandigen Texanerhut sehen konnte. Es war bereits der neue Vize Kennedys, Lyndon B. Johnson, der Mann, dem es vorbehalten sein sollte, Amerika vollends in seinen folgenschwersten Irrtum zu manövrieren.

Während der Generalkonsul das Verteilen der Geschenke dem Nikolaus überließ, fingen Paul und Martin einen Blick auf, der sie unauffällig in das persönliche Büro des Konsuls beorderte. Als sie es betraten, schloß George Ballacue hinter ihnen die Tür sowie die gepolsterte Innentür und führte sie hinüber zu seinem Schreibtisch, wo ein Colonel von mächtiger Statur in petrolfarbener Uniform ihnen aus fast ebenso blauen, aber womöglich noch skeptischeren Augen, wie Ballacue sie besaß, entgegenblickte.

»Colonel Blake Torrington«, stellte Ballacue vor und nannte

dem Offizier Pauls und Martins Namen. Die Männer setzten sich, der Konsul hinter die anderen vor seinen Schreibtisch.

»Colonel Torrington ist der G-2 Offizier unserer USAREUR-Stäbe in Frankfurt«, sagte Ballacue. »Ich nehme an, ich brauche euch nicht auseinanderzusetzen, was es bedeutet, daß er eigens wegen eurer Sache rübergeflogen ist?«

»Soviel Wirbel war aber absolut nicht beabsichtigt«, wandte Martin ein. »So dringend ist die Sache doch gar nicht, George.«

»Sie haben nach Cassyan Combrove gefragt, Mr. Conrath«, sagte der Offizier. »Da gibt es zwei Möglichkeiten. Entweder wir kümmern uns nicht darum und geben keine Auskunft, oder aber wir nehmen eine solche Anfrage ernst, entschließen uns, darauf zu reagieren, und schalten gleichzeitig sämtliche Sicherungen ein, die erforderlich sind.«

»Und für die zweite Möglichkeit haben Sie sich entschieden, nicht wahr?« fragte Martin.

»Ja«, sagte der Colonel. »Wenn Mr. Ballacue uns befragt, hat er triftige Gründe, und wir antworten ihm, aber ich muß die Männer sehen, die dahinterstecken. Aus diesem Grunde bin ich hier.«

»Aber es ist nichts als reine Neugier«, platzte Paul Mialhe heraus.

»In diesem Fall gibt es nichts, was nur Neugier wäre«, antwortete Torrington. »Sie sind doch befreundet mit Mr. Conrath?«

»Ja«, bestätigte Paul. Der Colonel wandte sich an Martin. »Und Sie hatten einen Zusammenstoß mit Mr. Combrove?«

»Ich bedaure das natürlich«, sagte Martin.

»Das ändert die Sache nicht mehr«, antwortete der Offizier. »Soweit mir Mr. Ballacue berichtet hat, sind Sie tief in die Persönlichkeitssphäre eines Mannes eingedrungen, der das unter keinen Umständen dulden kann.«

»Wir konnten gar nichts dafür«, sagte Paul konsterniert. »Es hat sich einfach so ergeben.«

»In einem Bierzelt, ich weiß«, sagte Blake Torrington. »Aber auch das ändert nichts mehr an den Tatsachen. Mr. Combrove gehört zu den Männern im Nachrichtendienst, die entweder selbst gefährdet sein können, wenn man sie hinterfragt, oder die dem Frager gefährlich werden. Wir haben zunächst einmal ermittelt, wie es in Ihrem Fall liegt, und sind zu dem Ergebnis gelangt, daß Sie, Gentlemen, die Gefährdeten sind. Und zwar alle beide. Nachdem Mr. Ballacue sich eingeschaltet hat, sind wir bereit, Sie soweit zu informieren, wie Sie es brauchen. Wir haben eine Personalakte zusammengestellt, die wir auch für unseren eigenen Bedarf verwenden können. Die Kopie dieser Akte erhält zu treuen Händen und in voller Verantwortung Mr. Ballacue. Er kann sie unter Verschluß aufbewahren, vernichten, Ihnen aushändigen oder mir zurückgeben. Nur darf sie nicht in falsche Hände fallen. Sie kennen die Rivalitäten zwischen US-Army, G-2 und CIA?«

»Ich habe das angedeutet«, sagte George Ballacue. »Die Herren wissen soviel wie nötig.«

»Cassyan Combrove«, begann der Colonel, »ist einer der Männer der ersten Stunde des amerikanischen Geheimdienstes. Ihre Mutter hatte recht, wenn sie ihn in engsten Zusammenhang mit der Gründung der OSS unter Allan Dulles in der Schweiz stellte. Er hat dort Hervorragendes für unsere Luft- und späteren Landoperationen in Deutschland und für die deutsche Kapitulation in Italien geleistet, hat einen Teil der deutschen Aufklärung in der Schweiz unterlaufen und für sich nutzbar gemacht. Der Name Bachau taucht in den uns zugänglichen Unterlagen nirgends auf, aber es ist sehr wahrscheinlich, daß dieser Mann bei Combroves Aktionen eine bedeutende Rolle gespielt hat.«

»Eine Art Doppelagent?« fragte George Ballacue interessiert.

»Nicht ganz«, antwortete der Colonel. »Wir vermuten eher, daß er unbewußt ein Köder war, den Combrove benutzt hat.«

»Und als Ansatzpunkt dafür diente meine Mutter«, sagte Martin Conrath bitter.

»Es ging damals um weit mehr als um Einzelschicksale, Mr. Conrath«, entgegnete der Offizier. »Es ging um den Fortbestand der zivilisierten Welt.«

»So etwas Ähnliches hat auch Combrove gesagt. Und das hat mich meine Selbstbeherrschung gekostet«, gestand Martin.

Der Amerikaner lächelte. »Dann hoffe ich, daß Sie sich heute besser in der Hand haben. Und nun hören Sie zu, damit wir nicht die ganze Party versäumen. Vielleicht wissen Sie, daß die Aufgaben des CIA grob gesehen in drei Hauptbereiche eingeteilt sind. Das sind die zentrale Sichtung und Auswertung der gesammelten Nachrichten und die zentrale Planung der nationalen und überseeischen politischen wie militärischen Aktivitäten, die das National Security Council, der Präsident, das State Department oder das Verteidigungsministerium für erforderlich halten. All dies ist verbunden mit Verwaltungsvorgängen und Analyseprozessen, die drüben in den Staaten ablaufen und von Leuten durchgeführt werden, die dort tätig sind. Das geschieht unter Leitung des Direktors der Agency, der bis vor wenigen Wochen Allan Dulles war, den Ihre Mutter in ihrem Brief erwähnt, dem sie aber persönlich nie begegnet ist. Die Exekutive der Aufgabenbereiche erfolgt weltweit aufgeteilt unmittelbar in Übersee. Hierzu ernennt der Direktor der Agency regionale Direktoren für bestimmte Gebiete bzw. Schwerpunkte. Mr. Dulles hat im Rahmen dieser Organisation Cassyan Combrove vor sechzehn Monaten zum Direktor für Zentraleuropa ernannt und ihm damit bei der gegenwärtigen Weltlage einen der wichtigsten Posten anvertraut. Mr. Cassyan Combrove hat als Mann der ersten Stunde sehr enge Beziehungen zu den übrigen Gründungsmitgliedern der Agency, wie sich schon in seinem Verhältnis zu Mr. Dulles gezeigt hat. Er unterhält aber auch Kontakte zu anderen . . .« Blake Torrington wandte sich an George Ballacue. »Würden Sie mir bitte das Dossier herübergeben, Sir?«

Der Konsul händigte ihm das gewünschte Aktenstück aus. Der Offizier schlug es auf, blätterte, suchte und wurde fündig. »Hier ist es. Combrove steht in ständigem Kontakt zu Männern wie James Angleton, Harry Rositzke, Tom Karamessines, John Broth, Lyman Kirkpatrick, Michael Burk, Tom

Braden, Stewart Alsop, John Shaheen, Bill Colby und auch zu Richard Helms, der vor kurzem Direktor der Agency geworden ist.«

»Du lieber Himmel, haben Sie exakt recherchiert«, sagte Martin beeindruckt.

Der Colonel klappte das Dossier zu, reichte es dem Konsul über den Schreibtisch zurück und sagte zu Martin: »Entweder ganz oder gar nicht. Das ist bei G-2 unser Prinzip. Ich erwähnte ja schon, daß diese Recherchen auch für uns von Bedeutung sind. Besonders aber für Sie, Mr. Conrath. Ich erschrak vorhin, als Sie meinten, die Sache sei doch gar nicht so wichtig. Möglicherweise machen Sie sich die Bedeutung all dieser Fakten für Ihre Person noch gar nicht klar? Ihr Kontrahent verfügt über optimale Beziehungen zu den entscheidenden Männern des CIA, und er zählt zum Kreis derjenigen, die früher oder später selbst Direktor der Agency werden könnten. Die Geheimnisse eines solchen Mannes zu kennen und ihn außerdem noch geohrfeigt zu haben ist mehr als gefährlich. Sie sollten sich das vergegenwärtigen.« Der Offizier wandte sich erneut an den Konsul. »Machen *Sie* ihm das klar, Sir, wenn er es mir nicht glauben sollte.«

Eine Weile herrschte nach diesen Eröffnungen des Colonels Schweigen in der Runde. Dumpf klangen vom Erdgeschoß die Rhythmen des Rock herauf, der gerade gespielt wurde. Erst nach einer Weile bewegte George Ballacue sich im Sessel und suchte nach einer Zigarre, die er umständlich entzündete, nachdem die anderen sein Angebot dankend abgelehnt hatten. »Ich denke, das wird nicht nötig sein, Torrington«, sagte er. »Nur ein Idiot könnte Ihre Warnung in den Wind schlagen. Und Mr. Conrath ist kein Idiot.«

»Ich muß noch etwas hinzufügen«, fuhr der Offizier fort. »Es ist natürlich von äußerster Wichtigkeit, daß Combrove nie von den Nachforschungen über ihn erfährt. Wir haben das Unsere dazu getan. Sehen Sie zu, daß auch von Ihrer Seite nichts über diesen Kreis hinausdringt.«

Statt einer Antwort gab der Konsul das Dossier an Torrington zurück. »Schließen Sie es gut weg. Ich glaube, wir wissen genug.«

Der Colonel hob seinen Aktenkoffer vom Boden auf und verstaute das Dossier sorgfältig darin. »Ich bin Ihnen sehr dankbar, Sir«, sagte er. »Ich hätte mich natürlich der Order, es Ihnen zu überlassen, nicht widersetzen können, aber ich gebe zu, ich hätte es ungern getan.«

»Es ist eine regelrechte Bombe, Ihr Dossier. Ich nehme an, daß keiner der Herren das, was wir eben gehört haben, schriftlich braucht. Ich hätte nicht im Traum daran gedacht, daß so etwas herauskommen könnte, als ihr im Herbst bei Ethel und mir zum Dinner wart.«

Colonel Torrington stellte den Aktenkoffer zurück auf den Boden. »Zur Abrundung des Bildes habe ich auch Combroves Privatleben untersuchen lassen«, sagte er. »Die Familie stammt aus Polen und lebt in der zweiten Generation in den Staaten. Der Vater hieß ursprünglich Kaczyan Gombrowsky. Er hat seinen Namen amerikanisieren lassen in Cassyan Combrove, wie ja auch der Sohn heißt. Die Combroves hatten keinen sehr guten Start. Sie wanderten 1921 aus, als die Polen, die von den Russen aus den Operationsgebieten evakuiert worden waren, in ihre Heimat zurückkehrten und ein ausgeplündertes, zerstörtes Land vorfanden. Der alte Combrove war Handwerker, betrieb eine Färberei. Mit den polnischen Methoden hätte er zwar im fortgeschrittenen Amerika nichts mehr anfangen können, aber er hatte Ersparnisse, mit denen er etwas anderes aufbauen wollte. Man dachte an ein Kaffeehaus oder einen Drugstore. Der Vater wurde in zwei Etappen um sein Geld betrogen. Er saß einem Auswanderungs- und kurz danach einem Einwanderungsbetrüger auf und verlor alles, was er besaß. Gewährsleute munkelten etwas von jüdischen Machenschaften. Vater Combrove kam nicht mehr auf die Beine und schuftete sich für seinen Sohn in den Schlachthäusern Chicagos zu Tode. Immerhin erarbeitete er seinem Sohn die High-School und schickte ihn 1937 oder 38 zum Militär, wo der Junge rasch aufstieg. Kaltblütigkeit und

Todesverachtung brachten ihm im Pazifik den Offiziersrang ein. Von dort holte ihn Roosevelt für Dulles und die OSS. Politisch gehört er zur äußersten Rechten, ist im Ku-Klux-Klan, im Veteranenverband, ein Japanhasser und Anti-Bürgerrechtler, auf keinen Fall ein Judenfreund, doch ein glühender Patriot. Er ist der Mann der MacCarthys, Wallaces, Barry Goldwaters und anderer rabiater Ultra-Republikaner. Über Charakter und Temperament war wenig in Erfahrung zu bringen, aber die Herren haben ihn ja unmittelbar erlebt. Sicher können sie mehr zu diesem Komplex sagen als ich.« Eine kurze Pause trat ein, und der Colonel sah in die Runde, als erwarte er noch eine Frage. »Tja, das wär's«, meinte er, als sie ausblieb, und erhob sich. Die anderen folgten seinem Beispiel, und Ballacue drückte seine angerauchte Zigarre im Aschenbecher aus. Ehe die Männer das Büro verließen, verschloß er den Aktenkoffer des Colonels in seinem Schreibtisch.

Die drei Zivilisten in ihren vorzüglich geschneiderten Smokings und der Colonel in seiner makellosen Uniform boten ein elegantes Bild, als sie lässig über die breite, teppichbespannte Treppe nach unten in die Halle kamen, in der die Stimmung merklich gestiegen war. In einem Nebenraum spielte die Jazzband der Air Force abwechselnd Dixieland, Swing und Rock, und man tanzte begeistert dazu. Der Konsul und der Colonel hatten Pflichten, begrüßten Honoratioren, wurden angesprochen. Westerholdt war noch immer umringt von leitenden Herren aus der Wirtschaft, die seinen weitsichtigen, aber schockierenden ökonomischen Theorien mit Schaudern lauschten und insgeheim hofften, er möge sich irren. Katrin hatte um sich einen Kreis jüngerer Männer geschart, aus dem immer dann ein Lachen aufklang, wenn Katrin eine ihrer ebenso taktlosen wie treffenden Spitzen losließ. Die Runde wurde mißgünstig beäugt von den in Gruppen zusammenstehenden Damen dieser Herren, die angesichts der Ausgelassenheit ihrer Partner die Schlangenhaut auf dem Rücken empfanden, die Katrin bekanntlich bei nicht männlichen Wesen zu erzeugen vermochte.

Paul Mialhe und Martin Conrath nutzten die taktische Gunst des Augenblicks und begaben sich an die Bar, wo Paul die Initiative ergriff. »Ich nehme an, du kannst auch einen doppelten Cognac vertragen? Ich brauche jedenfalls einen.«

Beide stürzten das Getränk in einem Zug hinunter, sobald der Barkeeper die Gläser vor sie hingestellt hatte.

»Jetzt ist mir wohler«, sagte Martin, zog sein Taschentuch hervor und tupfte sich den Mund ab.

»Mir nicht«, meinte Paul Mialhe trocken, und das hätte niemanden wundergenommen, der die beiden jungen Männer kannte, denn zum damaligen Zeitpunkt war Paul Mialhe fraglos der größere Realist. »Eine erstaunliche Schilderung«, fuhr der Franzose nach einer Pause fort, »die der Colonel da gegeben hat. Wenn ich alles zusammenzähle und einen Strich mache, dann steht darunter ein mehr als ernüchterndes Ergebnis.«

»Ein amerikanischer Rassist«, sagte Martin nachdenklich. »Du hast wahrscheinlich völlig recht mit deinen Bedenken, genau wie du an jenem Abend recht hattest, als du prophezeitest, daß wir uns einen Todfeind geschaffen haben.«

»Seine japanischen Schrumpfköpfe haben wir mit eigenen Augen gesehen. Daß ein solcher Mann nicht gerade ein Schwarzenfreund ist und auch die Juden nicht mag, leuchtet ein.« Paul Mialhe unterbrach sich, sah Martin an und bestellte noch zwei Doppelte. »Für so einen Chauvinisten gibt es vermutlich überhaupt nur eine akzeptable Gruppe, nämlich weiße Amerikaner. Und mit dieser Grundeinstellung trifft er sich nahtlos mit den Anschauungen eines Ex-Nazi, der von seinem Hintergrund her Juden und Kommunisten haßt.«

»Und der sie 1942 erfolgreich bekämpft hat«, fügte Martin hinzu. »Das würde mit Sicherheit die sonderbare Beziehung zwischen Bachau und Combrove von damals erklären. Und wer weiß, vielleicht sogar ihre Fortsetzung bis heute.«

»Natürlich, Mann«, rief Paul. »Und für ein effektives Zusammenwirken der beiden ist es erforderlich, daß der Ex-Nazi rehabilitiert wird und aus der Schußlinie gerät. Daher Cassyan Combrove als Zeuge und daher die stillschweigende Hinterlegung der Kaution. Was sagst du jetzt?«

»Daß ich Colonel Torrington zu außerordentlichem Dank verpflichtet bin«, gestand Martin aufatmend und leerte auch den zweiten Doppelstöckigen in einem einzigen Zug.

Gegen Mitternacht traten sie in Pauls Citroën den Heimweg an. Paul steuerte den Wagen souverän durch die Innenstadt mit ihren föhnsturmverblasenen Adventstransparenten und durchnäßten Tannenbäumen, deren kerzenbesetzte Äste beängstigend hin und her schwankten. Von umsatzstimulierender Weihnachtsfreude war in dieser Nacht keine Spur. Katrin, im Nerz, saß neben Paul. Sie wandte den Kopf, als Martin nach vorn rückte, das Gesicht zwischen die beiden schob und die Unterarme auf die Rücklehnen der Vordersitze legte. »Ich hab's mir überlegt, Paul«, sagte er ohne erklärende Einleitung. »Teile de Rovignant mit, daß ich bereit bin, mich bei ihm vorzustellen.«

Paul Mialhe antwortete nicht. Er hatte etwas Ähnliches nach den Vorfällen dieses Abends erwartet, und es freute ihn, daß Martins Einverständnis jetzt schon kam. Katrin sah ihren Mann ein paar Sekunden lang überrascht und sprachlos an. »Das kommt ja aus völlig heiterem Himmel«, sagte sie endlich.

»Findest du?« antwortete Martin.

»Hast du Gründe?« erkundigte sich Katrin.

Martin Conrath sah nach vorn, während Paul den Wagen durch die Lindwurmstraße stadtauswärts steuerte.

»Sicher hat er die«, sagte Paul nach einer ganzen Weile.

»Und eines Tages wird er sie dir vielleicht auch sagen.«

7

Katrin und Martin Conraths Kind wäre, hätte Katrin nicht im fünften Monat noch einen Abgang gehabt, ein Mädchen geworden. Nach diesem Erlebnis hatte Katrin von Kindern mehr als genug. Von wem sie sich ursprünglich hatte breitschlagen lassen, der Babyromantik überhaupt das Wort zu reden, war in der Folge nicht mehr festzustellen. Wahrscheinlich kam aber der Verdienst ihrer Mutter Rosalind zu, denn Katrin wendete viel Mühe und Zeit dafür auf, ihre Mutter davon zu überzeugen, daß Kinderkriegen mit Unästhetik beginne, mit infernalischem Gestank weitergehe und in einem Meer von Sorgen ende. Weshalb sollte sie dies alles noch ein zweites Mal auf sich nehmen, nachdem sie die Unästhetik hinreichend absolviert, aber sich Gestank und Sorgen gottlob erspart hatte? Danach glaubte Katrin Conrath eine innere Berechtigung zu spüren, sich das Leben so angenehm wie möglich zu machen.

Martins Vertrag mit der Technucléaire war 1963 zustandegekommen, nachdem Martin in Erlangen mit einer Schrift über Probleme der Kerntechnik habilitiert, den an ihn ergehenden Ruf jedoch ausgeschlagen hatte. So konnte de Rovignant mit Recht behaupten, er habe einen deutschen Spitzenwissenschaftler engagiert, einen, der eine Position in der französischen Wirtschaft der Professur an einer heimischen Hochschule vorzog.

Der Anfang war schwer gewesen. Die Technucléaire hatte den Conraths das Haus Albert Fougeacs mit seinen fast meterdicken Mauern und dem patioähnlichen Innenhof mit modernen Heizungsanlagen und herrlichen Bädern ausstatten lassen, doch es war ein Bauernhaus geblieben.

Martins Karriere hatte viel Zeit in Anspruch genommen, soviel, wie es dauert, bis ein Talentierter zum Könner wird. Doch Martin hatte das Glück, daß die Technuc – wie das Unternehmen im Sprachgebrauch des Alltags abgekürzt wurde – an einem Könner gelegen war und daß ein solcher hier nicht wie anderswo als verdächtig und sein Talent als gefährlich galten. Katrin war der Aufstieg viel zu langsam gegangen. Ihr hätte eine Übergangszeit von sechs Wochen auf der Ferme im Albigeois bei weitem genügt, doch als sie schließlich sechs Jahre dort zubringen mußten, wurden die Spannungen zwischen ihr und Martin unerträglich. Allein die Aussicht auf einen wohlklingenden Titel ihres Mannes und auf die Übersiedlung nach Paris hatten die Ehe aufrechterhalten. Paul Mialhe war die Krise nicht verborgen geblieben. Eines Abends im Herbst hatte er sich, während sie mit ausgestreckten Beinen vor einem der mächtigen, rußgeschwärzten Kamine in der Ferme saßen, mit Martin darüber unterhalten.

»Der Charakter deiner Frau ist mir unergründlich«, fing Paul unvermittelt an und stellte die Rotweinflasche weg, aus der er sich eingegossen hatte.

»Sie ist eigentlich nicht so schwer zu verstehen«, sagte Martin. »Du mußt nur an eine Eidechse denken. Sie läßt sich bloß da nieder, wo eitel Sonnenschein herrscht.«

»Genügt ihr denn die Offerte der Technuc nicht?« fragte Paul.

»Was habt ihr denn in Deutschland schon gehabt? Reihenhaus, nicht gerade ganz auf der grünen Wiese, aber fast, montags und donnerstags Status-Tennis der Halbarrivierten in aufblasbarer Gummihalle, Erstwagen der oberen Mittelklasse, zum Einkaufen Zweitwagen der unteren Kleinwagenklasse, einmal jährlich Grillurlaub auf Mallorca oder Rhodos sowie einmal Skischaukelarrangement in Kitzbühel oder am Pordoijoch; der Rest des Jahres: Schema F!«

»Das ist für viele der Existenzrhythmus in Deutschland«,

sagte Martin. »Was willst du mehr, Paul? Die Leute sind zufrieden, wenn sie nicht schlechter manipuliert werden.«

Paul Mialhe schüttelte den Kopf. »Ihr zelebriert ein synthetisches Lebensgefühl. Jeder strebt nur danach, daß es so aussieht, als wäre er das, was wirklich zu werden er zu faul oder zu feige ist. Bei euch hat man auch die Elite auf den kleinsten gemeinsamen Nenner gleichgeschaltet.«

»Verdammt hartes Urteil«, knurrte Martin.

»Hier lassen sie uns wenigstens ästhetisch noch ein bißchen Freiraum. Bedeutet Katrin der Adel der Landschaft gar nichts? Die Würde der Leute, vor allem der einfachen? Ihr habt ein charaktervolles und traditionsreiches Landhaus ganz für euch allein. Was will sie denn mehr?«

»Du vergißt, daß sie de Rovignants Bungalow an der Côte gesehen hat, nicht zu vergessen seine Segeljacht und Fotos von seinen Partys in Paris.«

»De Rovignant«, sagte Paul nach einer Weile. »Natürlich, daran hätte ich denken sollen. Den Lebensstandard der de Rovignants kann man hier nicht mit Arbeit erreichen. Das ist Generationensache. Allerdings wird dir der Reichtum hier auch nicht weggesteuert.« Paul Mialhe schüttelte den Kopf. »De Rovignant, natürlich. So ein Leben würde ihr passen! Aber das schaffst du nie, Martin, das soll sie sich aus dem Kopf schlagen. Du erreichst zwar bei der Technuc bestimmt eine ganze Menge, mehr als du in Deutschland je erreichen würdest, aber das Niveau der de Rovignants nicht.«

»Und wenn meine Frau sich das *nicht* aus dem Kopf schlägt?« Paul sah seinen Freund eine Weile konsterniert an. Doch Martins Frage hatte absolut ernsthaft geklungen.

»Wie meinst du das?« wollte Paul wissen.

»Du mußt bei Katrin immer folgendermaßen denken«, erläuterte Martin. »Wenn etwas nicht von allein geht, dann wird es gehend gemacht. Das Prinzip stammt vom alten Westerholdt.«

»Dann müßte sie schon de Rovignant heiraten«, sagte Paul leichthin und ohne Überlegung. Martins nüchterne Antwort überraschte ihn: »Eben«, sagte er. Paul Mialhe richtete sich im Sessel auf und sah Martin direkt an. »Hast du Anhaltspunkte für so etwas?«

»Weiter keine, als daß ich ihren materialistischen Eidechsencharakter kenne.«

»Wie alt ist Katrin?«

»Knapp fünfunddreißig«, sagte Martin müde. »Und um wie viele Jahre ist de Rovignants Frau älter als er?«

»Um mindestens fünf, wenn nicht mehr«, sagte Paul. »Und außerdem ist sie krank.«

Martin nickte. »Siehst du, das weiß Katrin natürlich genausogut wie wir. Und so was reitet eine Frau wie sie glatt ab.«

»Was kann es sein?« fragte Paul. »Doch nicht Bett?«

Martin lachte. »Katrin ist eine Frau, die weder hält, was sie verspricht, noch was andere sich von ihr versprechen. Sie ist ein faules, eitles und anspruchsvolles Nichts, das nicht in der Lage ist, etwas zu genießen.«

»Aber sie sieht verdammt gut aus«, sagte Paul. »Außerdem ist sie gesellschaftlich versiert, spricht mehrere Sprachen, segelt und spielt Golf. Sie hätte also alles, was de Rovignant braucht.«

»Und de Rovignant hat alles, was Katrin braucht«, sagte Martin. »Sexuell wird er keine allzu hohen Ansprüche stellen.«

»Und geistig auch nicht, denn er ist zwar glänzend ausgebildet, aber ein Fachidiot. Alle Welt wird ihn bewundern, wenn es ihm gelingt, eine so auffallende Schönheit an sich zu binden. Das und ein repräsentatives Haus, mehr wird er nicht wollen.«

»Und das kann meine Frau ihm als Äquivalent für ein Leben auf der Butterseite schon liefern«, sagte Martin.

Der schwere Rhônewein entfaltete seine wohltuende Wirkung.

»Spekulationen«, sagte Paul Mialhe, nachdem er Holz auf das Feuer geschichtet und Wein nachgegossen hatte. »Ich habe dich schon vor ein paar Jahren gefragt, warum du dich nicht scheiden läßt.«

»Damals bekamen wir ein Kind, und heute ist es mir zu teuer«, sagte Martin wehmütig. »Mit dem Kind hat sie mich reingelegt, und wenn ich ihr jetzt einen Grund gäbe, was meinst du wohl, würde der Alte aus mir herauswirtschaften? Der hat damals hundertfünfzigtausend in die Heirat reingebuttert, die er bestimmt noch nicht verschmerzt hat. Ich muß mich still verhalten wie ein Mäuschen in seinem Loch. Offensiv wird sie erst werden, wenn ich den Direktorenposten endlich habe. Ohne Sicherheiten unternimmt meine Frau nichts, Paul. Sei es bei mir oder bei einem anderen.«

»Langzeitstrategie«, sagte Paul. »Und was hält dich davon ab, dich anderweitig zu entschädigen?«

»Kein Interesse an Abenteuern«, sagte Martin. »Da müßte schon etwas ganz Besonderes kommen.«

Das Besondere kam. Aber es dauerte noch ein wenig. Vorher bekam Martin den Direktorenposten. Seit die Force de Frappe ihre ersten Schritte getan und schließlich die Kinderschuhe hinter sich gelassen hatte, waren die sechziger Jahre mit einem unvorstellbaren Aufschwung im nuklearen Bereich verstrichen. Die Technucléaire war zum beherrschenden und technisch modernsten Unternehmen der Energiegewinnung aufgerückt. In der weltabgeschiedenen Ferne aus der Albigenserzeit hatte ein Brain-Trust die Unternehmensstrategie für den Inlandsbedarf und den möglichen Export französischer Kerntechnik entwickelt. Auch die Außenpolitik des Landes war eingeschaltet, die ihrerseits mit dem beabsichtigten Nuklear-Export in engem Rückwirkungsverhältnis stand. Auf diese Weise war es zu sachlichen und persönlichen Kontakten mit den ministeriellen Stellen in Paris und schließlich zur Gründung des Commissariat à l'Énergie Atomique (CEA) gekommen. Im Nahen und Mittleren Osten richtete sich das Augenmerk auf die arabischen Staaten. Auf sie war man wegen des Ölimports angewiesen, und zudem war man mit vielen von ihnen noch aus der Kolonialzeit wirtschaftlich und politisch verbunden. Zu Israel unterhielt Frankreich keine befriedigenden wirtschaftlichen Beziehungen. In zunehmendem Maß beschafften sich die Israeli seit dem Sechstagekrieg ihr schweres militärisches Gerät in den USA, oder sie entwikkelten es selbst. Der kurze Flirt über die von Israel erworbenen Mirage-Jäger endete schnell, und die Israeli kauften leistungsfähigere Waffen von den Amerikanern, die sie ihnen bereitwillig lieferten. Nach bisher unbewiesenen Gerüchten hatten die Israeli sich nahe an eine nukleare Option herangearbeitet, die Moshe Dayan als »Bombe in der Schublade« bezeichnete. Die bloße Spekulation mit ihr hatte den Jom-Kippur-Krieg beendet und zugunsten Israels entschieden.

Mit der Aussicht auf einen beträchtlichen Ausbau ihrer Kapazitäten auf militärischem und zivilem Sektor im Mutterland und gestützt auf nicht unerhebliche Exporterwartungen, hatte die Technucléaire ihre wissenschaftlichen, technischen und kaufmännischen Einrichtungen auf volle Leistung gebracht und den Firmensitz nach Paris zurückverlegt, wo ihr ein Glas- und Betonmonster auf der Défense zur Verfügung stand. Aus den Fenstern des Gebäudes schweifte der Blick nach Nordwesten bis zu den Wäldern von St. Germain und folgte in umgekehrter Richtung dem schnurgeraden Graben der Champs-Élysées bis mitten hinein ins Herz der Stadt, wo die noblen Flügel des Louvre die Tuilerien umarmen. Diese Aussicht hat auf der Welt nicht ihresgleichen und ist vor allem am Abend, wenn die Lichterstadt ihren Charme entfaltet, von unwiderstehlichem Reiz.

Im Januar 1976, als die Iraker zum zweitenmal nach Frankreich kamen, hatte die Technucléaire die Zusagen erfüllt, die man Martin bei seiner Einstellung gemacht hatte. Doktor Martin Conrath war zu diesem Zeitpunkt zu einem Rang aufgestiegen, den man in einem vergleichbaren deutschen Unternehmen als »Hauptabteilungsleiter Kerntechnik« bezeichnen würde. Paul hatte mit seinen Voraussagen recht behalten. Martin war auf der zweiten Ebene der Hierarchie ein unverzichtbarer Spezialist geworden, ohne dessen Wissen und Erfahrung die Unternehmensleitung keine Entscheidungen zu treffen vermochte. Die Positionen, die Entscheidungsgewalt besaßen, waren freilich durch ein ungeschriebenes Gesetz den Angehörigen der Elitefamilien vorbehalten. Einer solchen entstammte unbestreitbar der Präsident des Unternehmens, Charles de Rovignant. Ein Ausländer hatte keine Chance, in eine solche Stellung aufzurücken, und schon gar nicht ein Deutscher. Doch unterhalb dieser Schwelle fehlte es dem Ehepaar Conrath an nichts, was das Leben angenehm macht. Mit der Verlegung des Unternehmenssitzes nach Paris und der Beförderung Martins war die Zeit gekommen, eine ständige Wohnung in der Hauptstadt einzurichten. Hierbei hatte Katrin die in ihr ruhenden ästhetischen Gaben mit Hilfe des väterlichen Kapitals voll zur Entfaltung gebracht.

Es war eine Seltenheit, daß in der Cité des Fleurs Häuser zum Verkauf angeboten wurden. Die Cité des Fleurs ist eine Besonderheit von Paris. Sie wird gebildet von einer schmalen, an beiden Seiten durch kunstvolle Gittertore abgeschlossenen Straße im 17. Arrondissement, zwischen dem Boulevard Bessièrs und der Avenue de Clichy. In der Belle Epoque entstanden dort dicht aneinandergebaute Wohnhäuser mit verschwiegenen Vorgärten als für die damalige Zeit bescheidene Refugien gestürzter Größen aus der Napoleonischen Ära. Diese ersten Reihenhauskonzepte des verarmten Adels sind heute Relikte von unschätzbarem Charme und werden zu horrenden Preisen gehandelt. Die Straße ist für den öffentlichen Verkehr vollkommen gesperrt. Zwischen überhohen Bordsteinen verläuft eine einzige, in der Spurbreite geplattete Fahrbahn, doch die Autos bleiben draußen vor den Gittertoren oder finden in einer der wenigen Garagenboxen Platz. Innerhalb dieser abgeschiedenen Oase, umrauscht, aber nicht gestört vom turbulenten Leben der Weltstadt, hatte Zacharias Westerholdt mit Argusaugen zugegriffen, als ihm seine Tochter ein Maklerangebot mit Foto und Preisvorstellung nach München geschickt hatte. Man konnte gegen den alten Westerholdt alles mögliche vorbringen, doch sein Instinkt für Wert und Wertsteigerung war bewundernswert. Seine Tochter hatte dieses – im heutigen Paris für einen Mann in abhängiger

Stellung mehr als standesgemäße – Domizil mit beachtlichem Geschmack eingerichtet.

Von dieser Wohnung hatte Paul Mialhe seinen Freund am 18. November 1975 abgeholt, an dem die Verträge zwischen Frankreich und dem Irak unterzeichnet wurden. Die Vorgespräche über französische Nukleartechnik für den Irak liefen seit mehreren Jahren. Was die Iraker wünschten, war klar; was die Franzosen liefern konnten, auch. Über technische und wirtschaftliche Details wurde seit September verhandelt. Die Gespräche hatten im geheimen stattgefunden, an Örtlichkeiten, die den Medien und der Presse nicht zugänglich waren. Charles de Rovignant hatte die Weisung erteilt: »Was die Öffentlichkeit wissen muß, wird sie aus den Vertragstexten und dem Schlußcommuniqué erfahren. Über Details und Insiderinformationen aber haben wir mit dem Irak auf dessen Wunsch Geheimhaltung vereinbart.«

An diesem etwas diesigen, aber noch warmen 18. November war es soweit. Für die Unterzeichnung hatte der Premierminister einen würdigen Rahmen zur Verfügung gestellt, nämlich die Bibliothek seines Hauses. Es war ein zweistöckiger Raum mit Deckengemälde und goldgeschmückter Eichengalerie. In Nischen mit goldverzierten Ecken prangten drei Oudry-Originale, auf denen sich Jagdhunde mit seelenvollen Augen in graziösen Posen präsentierten. Einer von ihnen schien zu schmunzeln, aber es blieb ungeklärt, ob über den Maler, den Betrachter oder über die illustre Gesellschaft, die sich unter seinen verspielt zum Sprung erhobenen Vorderläufen versammelte. Die beiden Delegationen betraten zur gleichen Sekunde den Bibliothekssaal durch zwei verschiedene Eingänge. Frankreichs Protokoll, in Jahrhunderten ungebrochener Geschichte bewährt, funktionierte vorbildlich. Livrierte Bedienstete ließen die Flügeltüren aufspringen, andere in unauffälligen, gedeckten Straßenanzügen rückten die Sessel an dem langen Tisch zurecht, an dem die Zeremonie stattfinden sollte. Hinter diesem Tisch warteten bereits aufgereiht die Statisten, welche auf beiden Seiten die Vorarbeiten geleistet und damit die Voraussetzungen für den feierlichen Akt geschaffen hatten, dem beizuwohnen sie heute für würdig befunden wurden. Unter den Gästen waren auch Charles de Rovignant, Paul Mialhe und Dr. Martin Conrath. Vor dem Tisch hatte sich die Presse aufgebaut, deren Lichter zu einem flüsternden Gewitter aufblitzten, untermalt vom Klicken der Auslöser und vom Summen der Kameras. Die Delegationen beider Länder schritten aufeinander zu und schüttelten sich die Hände. Für die Franzosen waren hohe Ministerialbeamte erschienen. Der Irak wurde vertreten von Saddam Hussein, zum damaligen Zeitpunkt Vizepräsident der Irakischen Republik, aber bereits gestützt auf die Organisation der sowjetfreundlichen Baath-Partei, starker Mann des Landes, grausam, rücksichtslos und machtbewußt, ein Mensch mit quadratischem Schädel, schwarzen, stechenden Augen und niedrigem Haaransatz. Ihm folgten sein Außenhandelsminister und der Sonderminister für Energie. Sie alle trugen maßgeschneiderte Anzüge, die freilich etwas zu dunkel und zu neu waren, um wirklich vornehm zu wirken, und die deshalb von der unaufdringlichen Eleganz der Franzosen unvorteilhaft abstachen. Die Konferenzteilnehmer bekamen ihre Sessel zugewiesen, es folgte ein Händedruck für das Fernsehen, und man nahm Platz. Das Unterzeichnen der vorbereiteten Dokumente verlief, wie stets bei solchen Zeremonien, schnell und routiniert. Als das letzte Papier unterschrieben und die Mappen ausgetauscht waren, applaudierte die hinter dem Tisch aufgereihte Gruppe langanhaltend und gedämpft. Kaum einer wußte, was in den Dokumenten stand, die niemand außer den Verhandelnden gesehen hatte. Fast alle wußten jedoch, was *nicht* darin stand, weil jeder von ihnen daran mitgearbeitet hatte zu verhindern, daß die Wahrheit aus den Vertragstexten hervorging. Als der Beifall verebbte, erhob sich der französische Ministerialbeamte, klappte die Brille auseinander und schob sie vor die Augen. Er nahm eine vorbereitete Rede zur Hand und wandte sich an die Iraker. Zunächst sprach er von den völkerverbindenden und segensvollen Auswirkungen internationalen und interkontinentalen Handels und davon, daß Wohlstand und wirtschaftliche Prosperität die unabdingbaren Voraussetzungen für Frieden und Freiheit seien. Dann versicherte der Vortragende, daß man mit der vereinbarten nukleartechnischen Kooperation einen wirkungsvollen Beitrag zum Frieden im Nahen Osten zu leisten beabsichtige. Der Franzose schloß mit dem Versprechen, daß Frankreich alles in seiner Macht Stehende tun werde, um an einer weltweiten friedlichen Nutzung der zur Verfügung stehenden Energiequellen mitzuwirken. Der Redner nahm seine Brille ab, faltete das Konzept und überreichte es Saddam Hussein, der sich erhob und ihm die Hand schüttelte. In dem erneut aufklingenden Beifall ging eine halblaute Bemerkung Paul Mialhes unter. Martin beugte sich zu dem Freund hinüber und flüsterte: »Wie meinst du?«

»Alter Heuchler«, wiederholte Paul klar und deutlich. »Der wird weniger heucheln«, fügte er hinzu, als der Sonderminister für Energie des Irak sich erhob, seine blitzenden Augen unter den buschigen Brauen in die Runde schweifen ließ und ohne vorbereitetes Konzept eine viel kürzere Rede hielt als der Franzose.

Der Iraker erinnerte daran, daß sein Land schon 1959 in die Internationale Atomenergie-Kommission aufgenommen worden sei, am 29. Oktober 1969 den Atomwaffensperrvertrag unterzeichnet und diesen am 14. März 1972 ratifiziert habe. An diese Feststellungen schloß der Minister die Versicherung an, daß sein Land alle ihm auferlegten Verpflichtungen einhalten und für Frieden, Wohlstand und Völkerverständigung eintreten werde.

Unter den Gästen, die dem Iraker nach seiner Rede Beifall spendeten, waren manche, die an der Aufrichtigkeit seiner Versicherungen zweifelten. Einer aber befand sich darunter, für dessen Regierung die Zeremonie, der er soeben beigewohnt hatte, höchste Alarmstufe bedeutete. Das war Mordechay Molech, Hauptmann der Reserve in der israelischen Armee und als Geheimagent des Mossad unter die Statisten geschleust, welche die nichtssagenden Reden zu beklatschen hatten, die bei solchen Gelegenheiten gehalten wurden. Aber waren sie wirklich so nichtssagend? Zumindest an die Rede des Irakers schlossen sich bange Fragen an. Warum hob der schlaue Iraker Umstände und Absichten hervor, die selbstverständlich sein sollten? Nämlich, daß ein Land die Verträge, die es abgeschlossen hat, auch zu halten beabsichtigt? Der israelische Offizier kabelte diese Frage unverzüglich von der Mission seines Landes aus an seine Regierung in Jerusalem, und Dr. Martin Conrath stellte sie nachdenklich seinem Freund Paul Mialhe, während ihr Dienstwagen auf der Fahrt zur Défense die Etoile umrundete. Präsident de Rovignant hatte eine Konferenz der Führungsspitze der Technucléaire einberufen. Die Antworten, die Israels Kabinett und Paul Mialhe auf die an sie gestellten Fragen gaben, waren absolut deckungsgleich. Beim Abschluß der Verträge war der Irak noch von einem anderen System und unter Verfolgung einer anderen Politik regiert worden. Die Ratifizierung des Atomwaffensperrvertrages hatte man ausdrücklich mit der Erklärung verbunden, dieser Akt schließe keineswegs eine Anerkennung Israels ein. Wenn der Iraker also die allgemein bekannten Fakten noch einmal ausdrücklich hervorgehoben und betont habe, daß er sie einzuhalten gedenke, dann lasse dies auf insgeheim gehegte ganz andere Absichten schließen.

Die Konferenz der Führungsspitze der Technucléaire fand im sechzehnten Obergeschoß der Tour Technucléaire in dem für diese Zwecke entworfenen Sitzungssaal statt. De Rovignant, in der ihm angeborenen süffisanten Arroganz, äußerte sich mehr als zufrieden über die Unterzeichnung des französisch-irakischen Kooperationsvertrages und gab der zwanzigköpfigen Versammlung folgende Erklärung ab:
»Ich lasse Ihnen allen den offiziellen Text der Vereinbarung aushändigen. Aus diesem Text können Sie jedoch nicht allzuviel entnehmen. Deshalb sind die Kontexte beigefügt, soweit

sie unseren Konzern betreffen. Die Abmachungen unterliegen zwar ab sofort keiner staatlichen Geheimhaltungsstufe mehr, aber es wäre dennoch aus Konkurrenzgründen erwünscht, Einzelheiten vertraulich zu behandeln und nicht über den Kreis der hier Anwesenden hinaus zu publizieren. Im Verbund mit der Vereinbarung über den Export von Know-how und die Erstellung entsprechender Einrichtungen ist die Errichtung zweier Kernreaktoren auf irakischem Boden, nahe der Hauptstadt Bagdad, vorgesehen, nämlich der Bau eines 70-Megawatt-Reaktors mit der Bezeichnung Osiris und eines zweiten, weit kleineren Forschungsreaktors mit Namen Isis. Geplant ist ferner die Errichtung kernphysikalischer Speziallaboratorien zur Datensammlung für Bau, Betrieb und Verwaltung der gelieferten Anlagen.«

Im folgenden unterrichtete der Präsident des Unternehmens seine Mitarbeiter über die Errichtung des Konsortiums »Centre d'études et recherches, Bagdad« (CERBAG), an welchem die Technucléaire zu einem nennenswerten Anteil beteiligt sein würde.* Es folgten Einzelheiten über Umfang, Zusammensetzung und Einsatz des französischen Personals, das für den Bau und die Überwachung des Betriebes sowie für die Schulung irakischer Fachkräfte auf französischem Territorium vorgesehen war. Das Ende des Vortrags bildeten einige Bemerkungen de Rovignants zum innerbetrieblichen Ablauf der bevorstehenden Aktivitäten und obligate Wünsche für ein angenehmes Wochenende. Die Versammlung löste sich auf. Die Teilnehmer versenkten die Broschüren, die de Rovignant hatte austeilen lassen, in ihre Aktentaschen, in der festen Absicht, sich damit nicht vor dem Morgen des kommenden Montags zu beschäftigen.

---

* Dieses Gesamtprojekt lief zunächst an unter der gemeinsamen Vertragsbezeichnung Osirak, jedoch benannten die Iraker das Projekt schon sehr bald um in »Tammuz 17«, das Datum, an welchem die Baath-Partei 1963 durch einen blutigen Staatsstreich zur Macht gekommen war. Dabei lief der 70-Megawatt-Reaktor Osiris unter dem Namen Tammuz I, der kleinere Forschungsreaktor Isis unter dem Namen Tammuz II.

»Wie angenehm wird dein Wochenende sein?« fragte Paul Mialhe, als sie in ihre Mäntel geschlüpft waren und auf den Aufzug warteten. Seine ironische Anspielung auf die lauen Wünsche ihres gemeinsamen Chefs war unüberhörbar.

»Sehr angenehm«, antwortete Martin zufrieden. »Denn meine Schwiegermutter in München hat Geburtstag.«

Als Paul ihn fragend ansah, fuhr Martin fort: »Katrin ist übers Wochenende hingeflogen. Deshalb sind meine Aussichten auf ein angenehmes Wochenende sehr gut.«

»Ich verstehe«, sagte Paul und klopfte Martin vertraulich auf den Oberarm. In dem Augenblick öffneten sich die Teleskoptüren des Aufzuges vor ihnen.

»Nein, das verstehst du absolut nicht, mein Lieber«, antwortete Martin, während sie nach unten sausten. »Du bist doch der Mann der . . . wie nennst du es gleich?«

»Der Weekend-Papillons«, sagte Paul lachend. »Als ob du es dir nicht merken könntest.«

»Schön«, sagte Martin. »Also . . . der Mann der Weekend-Papillons. Ich aber bin glücklich, wenn ich drei Tage lang keinen Rock sehe.«

»Was wirst du also tun, während ich meine Schmetterlingssammlung erweitere?«

Der Aufzug hielt. Sie betraten die Halle. »Ich werde mir ein Feuer anzünden, eine gute Flasche aufmachen, meine Schallplatten ordnen, und dann werde ich das da lesen.« Martin klopfte mit der flachen Hand auf die Dokumentenmappe, in der er die Broschüren untergebracht hatte, die ihm ausgehändigt worden waren. Paul Mialhe verzog abschätzig das Gesicht.

»Du wirst es nie lernen, daß dich dein Job nicht mehr interessieren sollte, wenn du den Staub dieser heiligen Hallen von deinen Füßen geschüttelt hast. Du bist und bleibst eben ein Deutscher«, fügte er hinzu, als sie das Glasflügelportal durchquert hatten und auf die Place de Reflets hinaustraten. Paul Mialhe warf den Kopf in den Nacken und sah an den gigantischen Glasfronten der Wolkenkratzer hinauf. »Place des Reflets«, sagte er spöttisch. »Platz der Spiegelungen.«

»Die Architekten behaupten, daß sie mit solchen Glasfronten noch das letzte Abendlicht aus der Normandie in diesen Affenkäfig hereinholen«, murmelte Martin.

»Ich weiß. Aber ich sage dir, daß sich hier weiter nichts spiegelt als ein Glasmonster im Glas der anderen. Hätte Kafka das gekannt, hätte er sein ›Schloß‹ umgeschrieben.«

Beide Männer erinnerten sich daran, daß sie mit einem Firmenwagen gekommen waren und Pauls Citroën noch immer Stoßstange an Stoßstange mit anderen Autos in einer Gosse im 2. Arrondissement stand und die Geschäfte der Hunde an seinen Reifen herunterrinnen ließ. Auf der Place des Reflets ein Taxi zu ergattern war von den megalomanischen Baumeistern des Prunkwerkes zu einem Kunststück gemacht worden, das die sinnvolle und kenntnisreiche Benützung zahlloser Tunnels, Treppen, Rollbänder und Durchgänge erforderte. Endlich gelang es ihnen, und das Taxi fädelte sich in die vierspurigen Fahrzeugkolonnen ein, die am Freitagnachmittag dem Stadtzentrum zustrebten. An der Avenue de Clichy, wo zwischen unauffälligen Häusern verborgen der Eingang in die Cité des Fleurs lag, ließ Paul Mialhe seinen Freund aussteigen und verabschiedete sich von ihm.

»Adieu, du Schmetterlingssammler«, sagte Martin, und Paul, der schon die Tür des Taxis hatte zuziehen wollen, stieß sie auffordernd noch einmal auf. Als Martin lachend den Kopf schüttelte, sagte Paul: »Du kannst mir ja am Montag sagen, was in den Akten steht.«

Martin sah dem Taxi nach, bis es im Verkehrsstrom verschwand. Dann wandte er sich um und klopfte an die Glasscheibe der winzigen Wäscherei, die gleichzeitig als Conciergerie diente und in der das Schmiedeeisenportal der Cité für deren Bewohner elektrisch bedient wurde. Eine Frau sah nach draußen und grüßte, als sie Martin erkannte. Martin grüßte zurück, durchschritt das Tor und war nach wenigen Sekunden in einer Welt verschwiegener Gärten und geheimnisvoller Gaslaternen, charmanter Stuckfassaden und traulich erleuchteter Ochsenaugenfenster in steil aufragenden, schiefergrauen Dächern. Zutrauliche und doch distanzierte Katzen strichen bisweilen mit senkrecht aufgerichtetem Schwanz um seine Beine. Eines dieser in nobler Abgeschiedenheit in ihren Gärten vor sich hinträumenden Häuser gehörte ihm. Martin Conrath genoß es besonders, sein Heim zu betreten, wenn er allein war. Nachdem die Haustür hinter ihm zugefallen war, schloß er die Läden vor den hohen Fenstern und zog die Gardinen zu. Er ging in den Keller, holte Brennholz und schichtete es neben der Feuerstelle auf. Im Ankleideraum im ersten Stock entledigte er sich seines Anzuges und seiner Krawatte, schlüpfte in einen bequemen Pullover und band ein Halstuch um. Gegen sechs Uhr verließ er noch einmal das Haus und begab sich in die Imbißstube, die in der Parallelstraße ein junger Tunesier betrieb. Dort verzehrte er ein auf einfachste Weise zubereitetes, vorzügliches Cous-Cous. Danach begann sein freier Abend. Martin entzündete das Feuer, mixte sich einen Longdrink und dann einen zweiten, zog die Dokumentenmappe, die er zunächst achtlos aufs Sofa geworfen hatte, zu sich herüber und nahm die Schriftstücke heraus, die ihm heute nachmittag übergeben worden waren.

Eigentlich hatte er nur einen neugierigen Blick hineinwerfen wollen, aber dann las er sich schon nach den ersten Seiten fest. Behaglich versank er in den weichen Polstern, die Katrin ausgesucht hatte. In einer Hinsicht hatte Paul Mialhe recht; Martin Conrath gehörte in der Tat zu jenem sprichwörtlichen Typ des Deutschen, der die Arbeit als Teil seines Lebensinhalts ansieht und nicht nach amerikanischer Manier nur als einen Job. Gegen halb elf begab Martin sich in sein Arbeitszimmer im Souterrain, von wo er sich einen Rechenschieber und den Taschenrechner sowie Bleistift und Papier holte. Um halb zwei waren zahlreiche Blätter mit Notizen und Formeln bedeckt. Martin Conrath legte die Unterlagen aus der Hand, schürte das Kaminfeuer und dachte nach. Als er bei Paul Mialhe anrief, war es viertel vor drei.

»Zieh dich an, Paul, und komm sofort zu mir«, sagte er, als er Paul endlich aus dem Schlaf geklingelt hatte. Ob er völlig blödsinnig geworden sei, wollte Paul wissen, jetzt mitten in der Nacht.

»Schmeiß deine Biene raus und komm«, sagte Martin ungerührt.

»Hat das denn nicht bis morgen Zeit?« knurrte Paul.

Martin sagte: »Wir kennen uns jetzt seit über zwanzig Jahren, Paul. Und du weißt, wenn ich's dringlich mache, hab' ich Gründe. Zeit? Natürlich hat es Zeit bis morgen. Es hat sogar noch ein paar Monate Zeit, aber mir brennt es auf den Nägeln, ich will mit dir sprechen, und zwar sofort. Mein Wagen steht auf dem Parkplatz vor Charles de Gaulle, weil meine Frau nicht mit dem Taxi zum Flughafen fahren konnte, sonst würd' ich ja zu dir kommen.«

Martin legte auf, und Paul knallte den Hörer so vernehmlich auf die Gabel, daß die Kleine, deren Haar neben ihm aus den Decken ragte, erschrocken hochfuhr. Eigentlich hatte Martin ja recht. Was verschaffte diesen Flittchen, wenn sie *mit* ihm geschlafen hatten, den Anspruch, auch noch *bei* ihm zu schlafen, sich in sein Leben einzudrängen, um möglichst auch noch mit ihm zu frühstücken und ihn von seinen Freunden fernzuhalten?

»Raus«, scheuchte er das nackte Etwas hoch, das sich aus den Decken schälte und eine Schnute zog. »Mach dich auf die Socken. In zehn Minuten bist du draußen.«

Vielleicht sollte er doch heiraten, damit wenigstens dies einmal aufhörte. Es war jedesmal der gleiche Film, nur auf einer anderen Leinwand. Aber als er an Martin und dessen Ehe dachte, wurde er wieder unsicher.

»Ruf dir ein Taxi«, knurrte er das Mädchen an, als sie verlangte, er solle sie wenigstens nach Hause bringen. Voller Ekel hörte er aus dem Badezimmer, wie sie mit vor Zorn zitternder Stimme telefonierte. Immerhin war sie innerhalb der ihr zugestandenen zehn Minuten fertig und verließ mit Paul die Wohnung. Mit Genugtuung vernahm Paul, als er abschloß, ihre Drohung, er habe sie zum letztenmal gesehen.

Paul Mialhe wohnte in der Nähe der Place de la Nation. Er benutzte St. Antoine, Beaumarchais, du Temple, Bonne-Nouvelle, Poissonière, Montmartre und Haussmann, bog hinter der Oper ab zur Trinité, brauste wie ein Narr durch die Rue de Clichy und hinunter zur Place de Clichy. Der Fahrzeugstrom steckte in der Querrichtung, und Paul brauchte in einer Mischung aus Geduld, Brutalität und Gelassenheit etwa eine Viertelstunde, bis er sich zentimeterweise mit Kupplung und Hupe in Richtung auf la Fourche durchgekämpft hatte. Als er eine schlecht ausgeschilderte Umleitung auf der Höhe von la Fourche gemeistert hatte und endlich an Martins Haustür klingelte, war es kurz vor halb vier, und Paul brauchte dringend etwas zu trinken.

»Du bist wirklich verrückt geworden«, sagte er, als er die Erträge von Martins nächtlicher Arbeit auf dem Sofa vor dem Kamin bemerkte. Er stürzte den Whisky, den Martin ihm zurechtgemacht hatte, in einem Zug hinunter, ließ sich in die Kissen fallen und stellte das Glas auf den Tisch.

»Schönen Dank auch«, sagte er. »Ich hab' den Papillon gefeuert.«

»De Rovignant hat mich hintergangen«, sagte Martin. Paul streckte die Beine aus, räkelte sich, sah Martin an wie ein Wundertier und antwortete dozierend:

»Über de Rovignant kann man eine Menge sagen, Martin. Zum Beispiel, daß er eitel, empfindlich und kränkelnd ist; auch, daß fachliche Qualifikation und psychische Dekadenz seine Persönlichkeit nur in einem sehr labilen und anfälligen Gleichgewicht halten. Aber er ist nicht heimtückisch, wortbrüchig oder verantwortungslos. Das paßt einfach nicht zu unserem alten Adel, auch wenn er noch so degeneriert ist. De Rovignant hat dich aus eurer übervölkerten und zersiedelten Kleinbürgerrepublik herausgeholt, wo die verkehrten Leute zu Geld gekommen sind, und hat dir Freiraum, eine anspruchsvolle Aufgabe und ein Leben in Wohlstand in der schönsten Stadt der Welt verschafft. Ich finde, die Behauptung, er hätte dich hintergangen, ist eine Unverschämtheit.«

»Hör mal zu«, sagte Martin, legte Holz nach und setzte sich neben Paul aufs Sofa. »Ich habe dir damals in München gesagt, daß ich unter der Bedingung zu euch komme, daß ich keine Waffen bauen muß. Und das steht auch in meinem Vertrag mit der Technucléaire. Dort heißt es, ich werde eingestellt als Konstrukteur kernphysikalischer Anlagen zur Erzeugung von *wirtschaftlich* nutzbarer Sekundärenergie.«

»Und?« fragte Paul. »Hast du bisher auch nur eine einzige Revolverkugel für de Rovignant konstruiert? Geschweige denn eine Atombombe?«

»Du hast natürlich recht«, sagte Martin. »Und es geht auch nicht so sehr um mich als um die Gesamtheit. Du bist kein Physiker, nicht einmal ein Techniker, sondern Kybernetiker. Vielleicht sagt dir die Angabe 4×10^{14} net/cm^2 gar nichts?«

»Nichts«, sagte Paul. »Diesen Ansatz habe ich noch nie gehört. Und wenn ich ihn je gehört haben sollte, dann habe ich ihn vergessen. Solche Formeln interessieren mich nicht.«

Paul Mialhe zeigte sich indessen doch interessiert, als Martin ihm sagte, daß dieser Ansatz möglicherweise Weltgeschichte machen würde. Da Paul aus Erfahrung wußte, daß Martin selten einfach so dahinredete, bat er ihn um eine nähere Erklärung.

Martin antwortete: »Möglicherweise hat de Rovignant nicht mehr daran gedacht, daß ich den MTR, den Material-Test-Reaktor Osiris, maßgeblich mitentwickelt habe. Oder es ist ihm egal.«

Paul Mialhe schüttelte den Kopf. »Aber unser Osiris-Reaktor steht in aller Seelenruhe draußen in Saclay und testet Baumaterialien für die weitere Reaktorentwicklung. Worauf willst du denn um Himmels willen hinaus, Martin?«

»Unser Osiris-Reaktor wird in etwas abgeänderter, prinzipiell aber gleicher Konstruktion in den nächsten beiden Jahren in der Nähe von Bagdad für Saddam Hussein nachgebaut«, sagte Martin.

Paul Mialhe schüttelte unwillig den Kopf, so als frage er sich, wegen was für einer Lächerlichkeit Martin ihn mitten in der Nacht aus dem Bett geholt habe.

»Dafür hätte ich meine Mieze nicht nach Hause jagen müssen«, sagte er. »Was soll ich denn mit deinem Gerede anfangen?«

»Das ist sehr einfach«, sagte Martin und nahm einige der von ihm angestellten Berechnungen zur Hand. »Unter radioaktiver Bestrahlung ändern Materialien ihre Eigenschaften. Für den Reaktorbau müssen also alle zur Konstruktion vorgesehenen Materialien auf ihre Reaktionen unter Strahleneinwirkung getestet werden, nicht wahr?«

Paul nickte.

»Schön«, fuhr Martin fort. »Osiris und damit auch das Ding, das wir in Bagdad bauen sollen, *ist* ein Test-Reaktor.«

Paul wurde ungeduldig. »Mann«, sagte er. »Die wollen eben auch Materialien prüfen und Konstruktionen testen!«

»Ich weiß«, sagte Martin, »daß es nicht so ist. Einen MTR brauchen große Industrienationen für die Testphase der Entwicklung umfangreicher industrieller Kraftwerke. Wofür braucht der Irak mit seinen elf Millionen Analphabeten, Kurden, Beduinen und Nomaden Einrichtungen, wie England, Frankreich oder Japan sie sich leisten? Zur Beleuchtung seiner Folterzellen oder öffentlichen Hinrichtungen vielleicht? In den nächsten hundert Jahren entwickelt der Irak keine Industrie, die im entferntesten den Einsatz auch nur eines einzigen MTR wirtschaftlich rechtfertigt.«

»Und warum kauft Saddam Hussein ihn dann deiner Meinung nach?«

»Das ist der Punkt«, sagte Martin befriedigt. »Dieser MTR vom Typ Osiris hat eine ganz besondere Eigenschaft. Und wenn es für den Irak keine wirtschaftlichen Gründe gibt, ihn zu erwerben, dann sind es diese: Die Neutronenflußdichte von 4×10^{14} net/cm², du erinnerst dich, ist für diesen Reaktortyp charakteristisch. Man kann ihn ebensogut zur Materialtestung wie auch zur Gewinnung von Plutonium benutzen. Es gibt eine versteckte Fußnote in diesen Unterlagen, über die ich gestolpert bin und deren technischen Gehalt ich nachgerechnet habe. Die Iraker stehen außer mit uns auch noch mit Italien in Verhandlungen, die in Kürze abgeschlossen werden sollen. Italien will dem Irak Ausrüstung und technisches Know-how zur Lösung bedeutender nuklearer Probleme einschließlich der Wiederaufarbeitung nuklearen Materials und eines besonderen Systems für die Wiederverwendung bestrahlten Kernbrennstoffes liefern. Dies ist nur eine lapidare Umschreibung für die langfristige Möglichkeit der Plutoniumgewinnung, mein Freund. Und was das bedeutet, brauche ich dir wohl nicht zu sagen, oder?«

Paul Mialhe antwortete nicht, sondern richtete sich auf und starrte Martin einige Sekunden lang an. »Das hast du alles aus diesem Material hier herausgerechnet?« fragte er schließlich ungläubig.

»Ja«, antwortete Martin. »Und noch weit mehr. Nach dem Text dieses Vertrages hat Frankreich sich verpflichtet, an den Irak zum Betrieb des Projektes 80 Kilogramm hoch angereichertes Uran zu liefern.«

Martin warf Paul den engbekritzelten Block zu. Der fing ihn auf und begann zu lesen. Martin stand auf, steckte die Hände in die Hosentaschen und trat hinter Paul.

»Langweile dich nicht mit den Einzelheiten der Berechnung, Paul. Kurz und bündig: Wenn die beiden Reaktoren stehen und auf Leistung gebracht werden, kann Saddam Hussein schon in Kürze über wenig, aber spaltbares Uranium U^{235}, ausreichend für die Herstellung von einigen Bomben im Hiroshima-Maßstab, verfügen. Ich weiß nicht, ob dir bekannt ist, daß Saddam Hussein ein skrupelloser Verbrecher ist? In Verbindung mit seiner Person läßt dieses Projekt nur den Schluß auf ein Langzeitkonzept zu.«

»Ich habe mich noch nie so intensiv mit diesen Dingen beschäftigt«, murmelte Paul Mialhe nach einer Weile.

»Als Kybernetiker und Betriebstechniker brauchst du das auch nicht«, sagte Martin. »Aber ich als Direktor für Kerntechnik muß es wohl oder übel.«

»Und was bedeutet das alles, wenn man es zu Ende denkt?«

»Krieg«, sagte Martin. »Saddam Hussein will Krieg. Und de Rovignant weiß das. Deshalb sagte ich vorhin, daß er mich hintergangen hat.«

»Und daß ich den Franzosen während der Unterzeichnungszeremonie einen Heuchler nannte, war also intuitiv richtig«, sagte Paul. Martin trat ans Fenster, zog die Gardine auf und stieß die Läden nach außen. Helligkeit brach herein. Es war acht Uhr, und der Tag wurde sonnig.

Paul Mialhe machte sich daran, die ausgebrannte Feuerstelle auszuräumen, während Martin sich in die Küche begab, um das Frühstück zu bereiten. Als sie einander gegenübersaßen und die Eier aufklopften, sagte Paul: »Du bist zu gewissenhaft.«

»Du bist nicht mitschuldig«, sagte Martin. »Deshalb hast du leicht reden, aber ich habe mitkonstruiert und muß deshalb mein Gewissen prüfen.«

»Es kommt auf etwas ganz anderes an«, sagte Paul. »Wer hoch angereichertes Uranium verwendet, hat immerhin zwei Optionen, eine friedliche und eine kriegerische. Aber wer die Herstellung spaltbaren Plutoniums abdeckt, kann nur eines im Sinn haben. Das ist nicht Sache der Wirtschaft, sondern der Politik. Jeder Mißbrauch ist Sache der Politik.«

»Wir wissen das und wirken dennoch mit«, sagte Martin. »Wer ist der wirkliche Verantwortliche? Der Konstrukteur, der bona fide konstruiert? De Rovignant, der den Minister nicht informiert? Der Minister, der wider besseres Wissen handelt? Das war ja alles noch harmlos, als es nur um ein paar hunderttausend Tote auf den Schlachtfeldern ging, aber jetzt, wo jedes technische oder menschliche Versagen den Holocaust heraufbeschwört?«

Das Telefon im Hintergrund des Zimmers auf einer Konsole klingelte. Martin legte die Serviette auf den Tisch und stand auf. Er hob ab und nannte seinen Namen. »Armbruster?« hörte Paul Mialhe ihn unsicher fragen. »Nie gehört. Valerie Armbruster . . . entschuldigen Sie, aber . . .«

Martin bemerkte, wie Paul ihm ein Zeichen machte. »Valerie hieß doch die junge Dame aus der Schweiz, die wir damals in München trafen«, hörte er Paul sagen.

»Gastyger?« erinnerte Martin sich. »Valerie Gastyger aus Chur? Sind Sie es wirklich? Wie lange ist das her, daß wir uns trafen? Und Sie denken noch an mich? Wo sind Sie, Valerie? In Paris?«

Valerie Armbruster, geborene Gastyger, war am Morgen des 19. November 1975 tatsächlich in Paris.

8

Der Zufall wollte es, daß zur gleichen Zeit und von Martin Conraths Wohnung nicht allzu weit entfernt über das gleiche gesprochen wurde, worüber Paul und Martin sich unterhalten hatten. Dieses Gespräch fand statt in einem kleinen Salon der israelischen Botschaft an der Place d'Israël Ampère im 8. Arrondissement. Der wichtigste Mann, der sich als stummer Zuhörer im Hintergrund hielt, war Motta Gur, Generalleutnant und Stabschef der israelischen Streitkräfte, von Verteidigungsminister Shimon Peres persönlich entsandt, um sich anzuhören, was Hauptmann Motta Molech über die gestrigen Ereignisse mitzuteilen hatte und wie sein direkter Vorgesetzter, der Chef der Aman, des militärischen Nachrichtendienstes der israelischen Armee, Generalmajor Shlomo Shopir, es beurteilen würde. Der Botschafter war an diesem Samstagvormittag verhindert, und subalternes Personal wollten die Militärs nicht dabeihaben. Wenn es erforderlich werden sollte, die Franzosen in dieser Angelegenheit zu informieren, würde man dem Botschafter alles Nötige über das Außenministerium mitteilen. Das wichtigste war herauszufinden, was am 18. November tatsächlich geschehen war, und jeder der anwesenden Männer wußte, daß das nicht zu erreichen war, indem man die Zeitungen las. Vieles mußte berücksichtigt und in Betracht gezogen werden, von der Charakterstruktur der beteiligten Akteure über die politischen Ziele des Iraks bis hin zu den dominierenden wirtschaftlichen Interessen Frankreichs. Alle Anwesenden trugen unauffälliges Zivil. Motta Gur, ein großer Mann mit ovalem Gesicht und hohem Schädel, war die beherrschende Figur. Dichtes, dunkles Haar wellte sich über einer mächtigen Stirn. Schmale, skeptische Augen blickten auf die großformatige Fotografie aus dem Bibliothekssaal des Ministeriums, die Motta Molech hatte beschaffen können. Der sensible, intelligente Mund war leicht geöffnet, und die Schneidezähne massierten nachdenklich die Unterlippe. General Gur wußte, daß die Männer, welche sich auf dem Foto lächelnd die Hände schüttelten, zwar die Verantwortlichen, aber nur vordergründig orientiert waren. Die Potenz stand hinter den Mächtigen und klatschte in die Hände. Motta Gurs Augen musterten die Männer. »Shmuel«, sagte er, ohne den Blick von dem Foto zu wenden, zu Shlomo Shopir. »Laß diese Herren im Hintergrund nicht außer Betracht. Das sind diejenigen, die jetzt schon wissen, was wir erst erfahren müssen.«

»Ich habe das bereits recherchiert«, sagte Molech. »Die Araber fallen für unsere Zwecke aus. Unter den Franzosen ist weder ein Jude festzustellen noch jemand, der mit uns sympathisiert.«

Motta Gur nickte und gab das Foto weiter. General Shopir sagte: »Wir müssen uns die Frage stellen, was will der Irak? Welcher Mittel will er sich dabei bedienen, und was haben die Ausrüstungen, über die gestern die Verträge geschlossen wurden, mit diesen Mitteln und Zielen zu tun? Ich hoffe, es ist euch recht, wenn ich soweit wie möglich aushole . . .«

Ein Räuspern unterbrach den Offizier. Shopir lächelte und zog das in den Hals übergehende Kinn noch weiter ein. »Aber natürlich nur soweit wie erforderlich«, fuhr er fort und begann vorzutragen.

»An drei arabischen Feldzügen gegen unser Land war der Irak maßgeblich beteiligt. Ich erinnere euch an die Überfälle der Truppen der arabischen Liga von 1948 und 1967. Beide Male konnten wir die Oberhand behalten, und Gott weiß, was geschehen wäre, hätten wir es nicht getan. Ich erinnere euch an den Jom-Kippur-Tag von 1973, wo uns unsere Vertrauensseligkeit und Sorglosigkeit um Haaresbreite an den Rand des

Unterganges gebracht hätten. Damals hat Arik Sharon mit seiner Panzerdivision das Land gerettet, indem er Ägyptens 3. Armee auf afrikanischem Boden festnagelte, bis sie Waffenstillstand schließen mußten. Der Irak kämpfte zusammen mit Syrern und Jordaniern an unserer Ostfront. Und nachdem sie keine gemeinsame Grenze mit uns haben, zog der Irak jedesmal nach dem Ende der Kämpfe seine Truppen auf eigenes Territorium zurück, verweigerte uns jede Feuereinstellungs- oder Waffenruhevereinbarung und erschien nach einiger Zeit, wiederaufgerüstet und wohlvorbereitet, erneut auf dem Schlachtfeld. Ich muß euch nicht daran erinnern, daß der Irak das einzige arabische Land ist, das sich in einem permanenten erklärten Krieg mit uns befindet.«

General Gur wurde ungeduldig. »Mach es kurz, Shmuel, wir wissen alle, daß der Irak seit dem Machtantritt Kassems, und besonders seitdem Saddam Hussein Einfluß gewinnt, zunehmend aggressiv und militant wird und sich in Abenteuer nicht nur mit uns, sondern auch mit anderen Nationen einläßt. Mit den Kurden, den Syrern, nicht zu vergessen die Ansprüche, die er gegen Kuwait erhebt.«

»Ganz recht, der Irak mit Saddam Hussein an der Spitze wäre unberechenbar, Motta«, antwortete Shlomo Shopir. »Und aus diesem Grunde kann es uns nicht gleichgültig sein, was Saddam Hussein mit dem nuklearen Material machen will oder machen könnte, das die öl- und geldgierigen Franzosen ihm liefern wollen.«

General Gur mußte sich erneut eingestehen, daß sein Land keinen besseren Mann an die Spitze der Aman, seines wichtigsten Nachrichtendienstes, hätte setzen können als diesen energischen Polen, dem es vor Jahren als einem der ganz wenigen und noch dazu im zarten Alter von fünfzehn Jahren geglückt war, die ausgeklügelte Vernichtungsmaschinerie der Nazis zu überlisten und im auf vollen Touren arbeitenden Lager von Majdanek dem Tod von der Schippe zu springen. Einen solchen Mann konnte nichts und niemand täuschen.

»Vielleicht langweile ich euch erneut mit dem, was ich sage, aber denkt bitte daran, daß der Irak schon am 20. Juli 1960 ein Abkommen über die Errichtung eines Forschungsreaktors mit den Russen abgeschlossen hat.«

General Gur stöhnte ungeduldig. »Das ist fünfzehn Jahre her, Shmuel«.

»Gewiß«, sagte Shopir. »Und er ist vor zehn Jahren fertig geworden. Es ist ein Reaktor mit einer Leistung von zwei Megawatt mit der Bezeichnung IRT 2000. Seit zehn Jahren also wird dieses Ding vom Irak betrieben.«

»Shmuel«, mahnte Motta Gur.

»Es ist wichtig, Motta«, sagte Shopir. »Diese Anlage wäre völlig ausreichend für die Bedürfnisse eines Landes der Dritten Welt zum Studium moderner Technologien auf dem nuklearen Sektor. Aber jetzt auf einmal soll sie nicht mehr genügen? Was veranlaßt diesen Herrscher über elf Millionen absichtlich dumm gehaltener und manipulierbarer Schreihälse, mit einer kärglichen Wirtschaft, aber einer riesigen Armee, plötzlich eine nukleare Ausrüstung einzuhandeln, die für seine Zwecke um drei Schuhnummern zu groß ist, frage ich euch? Ihr dürft nicht vergessen, daß der Vertrag, den man gestern unterzeichnet hat, nicht über die eigentlichen Wünsche der Iraker an Frankreich geschlossen wurde. Ursprünglich wollten diese Hammeltreiber nämlich einen 500-Megawatt-Gas-Graphit-Reaktor in Auftrag geben. Aber das haben sogar die Franzosen abgelehnt.«

General Shopir hatte sich in Harnisch geredet und machte eine Pause. Er stand auf, trat ans Fenster und sah ein paar Sekunden lang hinunter auf den vollgeparkten Innenhof der Botschaft. Dann wandte er sich wieder zu den beiden anderen: »Wenn ich mir das alles vor Augen halte und gegeneinander abwäge«, sagte er, »dann strebt Hussein für den Irak eine atomare Option an, mit der er es sich aussuchen kann, ob er uns von der Landkarte weg erpreßt oder ohne lange Vorreden auslöscht.«

»Ziemlich kühne Rückschlüsse«, sagte General Gur, aber jetzt hatte Shlomo Shopir den Stabschef dort, wo er ihn haben wollte. Mordechai Molech öffnete seine Aktentasche, weil er wußte, was bevorstand.

»O nein, Verehrtester«, sagte Shopir mit einer Spur von Triumph in seiner Stimme. »Das sind Husseins eigene Worte.« Er streckte die Hand aus, der Hauptmann übergab ihm eine an der richtigen Stelle aufgeschlagene Nummer der libanesischen Zeitung Al Usbu Al-Arabi vom 8. September, und Shopir reichte sie an den Stabschef weiter.

»Lies das«, sagte Shopir knapp, und Motta Gur las: *»Unser Erwerb nuklearer Technologie war der erste arabische Versuch einer atomaren Bewaffnung, obschon das offizielle Ziel des Reaktorbaus nicht die Herstellung von Kernwaffen umfaßte.«*

Mordechai Gur sah auf. »Laß mir das fotokopieren, Shlomo. Warum habe ich das nicht längst? Es ist über zwei Monate alt.«

»Sieh mal in deiner Mappe für unerledigte Vorgänge nach, Motta. Dort ruht es wahrscheinlich seit zwei Monaten. Manchmal bedarf es solcher Warnschüsse wie dem gestrigen, um euch mit der Nase auf das zu stoßen, was um euch herum vorgeht. Weißt du, was Arik Sharon machen würde, wenn er an deiner Stelle wäre? Er würde Jets losschicken und diese Einrichtungen zusammenbomben lassen, bevor es zu spät ist.«

»Nun, nun, mal nicht so rasch, Shmuel«, sagte Gur und gab die gefaltete Zeitung an Shopir zurück. »Wenn du recht hast, wird die Operation im Irak auch den Großmächten nicht entgehen. Von denen kann keine daran interessiert sein, von Hussein via Israel ausgehebelt zu werden. Die lesen schließlich auch Zeitung.«

»Aber die lesen sie mit anderen Augen als wir, weil es nicht um ihren Kragen geht, sondern um unseren. Mit dem, was sie bereit waren, an den Irak zu liefern, haben die Russen sich verantwortungsbewußt und korrekt verhalten. Das kann man nicht bestreiten. Bei den Franzosen liegt der Fall anders. Was die Amerikaner dazu sagen, muß man abwarten. USIB hat einen neuen Spezialisten für den Nahen Osten ernannt. Er soll hier in Paris residieren. Motta . . .«

Der ungeduldigen Aufforderung an Hauptmann Molech kam dieser prompt nach, indem er die gewünschte Information aus seiner unergründlichen Aktentasche hervorzauberte.

»Der Mann heißt Cassyan Combrove«, las er ab. »Ein Karrierist mit Aussicht auf eine Spitzenposition. Er ist strikt abgeschirmt, und wir haben noch keine detaillierten Nachrichten über ihn. Das wenige, was gerüchtweise verlautet, klingt jedoch nicht günstig.«

»In dieser Hinsicht haben wir uns noch nie auf die Amerikaner verlassen«, gab Shopir zu bedenken. »Die können mit ihren Satelliten zwar Liebespärchen bespitzeln, aber wo gesunder Menschenverstand gefragt ist, sieht's bei denen meist trübe aus. Ein Vorteil scheint zu sein, daß Präsident Ford die Washingtoner Außenpolitik unverändert auf den Analysen von Unterstaatssekretär George W. Ballacue aufbaut. Ballacue gilt als Freund Israels. Es soll da sogar eine gefühlvolle Romanze mit einem deutschen jüdischen Jungen aus der Kriegszeit gegeben haben.«

General Mordechai Gur, Generalstabschef der israelischen Armee, winkte ab. Dies schien ihm nicht der rechte Zeitpunkt, gefühlvolle Romanzen aus dem Kriege vorzutragen.

»Wie lange haben wir Galgenfrist, Shlomo?« fragte er, und Shopir antwortete: »Mindestens zwei, höchstens fünf Jahre. Aber bis dahin müssen wir uns entschließen, wie wir reagieren. Und falls wir uns für eine militärische Reaktion entscheiden, müssen wir in zwei Jahren die Mittel dazu haben.«

Eine Weile schwieg Motta Gur und dachte nach. »Was wird Aman unternehmen?«

General Shopir sagte: »Wir müssen bis in alle Einzelheiten erfahren, was Hussein sich da bauen läßt, um beurteilen zu können, was er damit anfangen kann.« Motta Gur wußte bei Shopir die Geschicke seines Landes in den besten Händen und nickte. »Ich werde Shimon darüber berichten«, sagte er. »Und ihr haltet mich auf dem laufenden. Wenn ihr im Ausland die Hilfe der Mossad braucht, werden wir sie beauftragen.«

»Danke, Motta«, antwortete General Shopir und fuhr eindringlich fort: »Sag Peres und Rabin, noch ist alles nur aus Papier. Aber wenn es einmal aus Stahl und Beton sein wird, ist es zu spät. Dann werden wir tanzen müssen, wie Hussein und Ghaddafi pfeifen, selbst dann, wenn wir in Dimonah erfolgreich sind. Nehmt es nicht zu leicht, sag das Peres und Rabin.«

Mit dieser eindringlichen Warnung Shlomo Shopirs beendeten die Männer an der Place d'Israël Ampère ihr Gespräch.

Die Generale Gur und Shopir landeten ungefähr zum gleichen Zeitpunkt auf dem heimatlichen Flughafen Lod, als Martin Conrath in Paris eine Überraschung erlebte. Er band sich vor dem Spiegel im Ankleidezimmer die Smokingschleife, als er unten auf dem schmalen Fahrweg Motorengeräusch hörte. Er hatte keinerlei Zweifel, daß es sich um seinen eigenen Wagen handelte, der draußen vorfuhr. Katrin kam vom Flughafen um vierundzwanzig Stunden früher als beabsichtigt. Schon klappte die Wagentür zu, das Gartentor klirrte, und Martin wußte genau, was jetzt von ihm erwartet wurde. Wenn Katrin das Auto benutzte, pflegte sie es auf dem Fahrweg stehenzulassen, von wo Martin es so rasch wie möglich in die schwer zugängliche Garage bugsieren mußte, weil es den einspurigen Fahrweg für jegliches andere Fahrzeug blockierte. Martin überlegte. Er hätte natürlich ohne weiteres behaupten können, daß er durch einen Anruf in München von Katrins vorzeitiger Rückkehr erfahren und sich umgezogen habe, um mit ihr auszugehen. Aber er sah das nicht ein. Er hatte nichts zu verbergen und würde ihr die Wahrheit sagen. Er schlüpfte vor dem Spiegel in die Smokingjacke und zog sie mit energischen Bewegungen zurecht, wie ein General den Waffenrock vor der Schlacht. Er bemerkte dabei, daß er noch sehr gut aussah mit seinen 47 Jahren. Einsfünfundachtzig groß, fast schlank und in ungebeugter Haltung. Ein ganz wenig schütter wurde das immer noch dunkle, glattgekämmte Haar, und der durchschimmernde Schädel zeigte eine gute Form. Die etwas tief in den Höhlen liegenden, großen dunklen Augen blickten ihren Besitzer im Spiegel kampflustig an, bevor Dr. Martin Conrath sich jetzt umwandte, um, wie er wohl wußte, seiner Frau Katrin unvermeidlich den Krieg zu erklären.

Er begegnete ihr im Entree. Sie war im Ozelot und hob gerade vor dem Spiegel mit beiden Händen einen breitrandigen Hut von ihrem immer noch unverändert blonden, jetzt schulterlangen Haar. Es begann schon, als sie Martin im Spiegel hinter ihrem Rücken die Treppen herunterkommen sah.

»Kaum zu glauben«, sagte sie. »Ich kann mich gar nicht mehr erinnern, wann du zum letztenmal einen Smoking anhattest, für etwas, das wir beide gemeinsam unternommen haben.«

»Wenn du mir gesagt hättest, daß du heute abend zurückkommst, hätte ich mir den Abend freigehalten«, sagte Martin.

»Und auch den Smoking bereitgelegt?« Katrin schlüpfte aus dem Mantel, und Martin nahm ihn ihr ab und hängte ihn auf einen Bügel. Sie drehte sich um.

»Willst du nicht den Wagen in die Garage fahren?«

»Ich nehme ihn gleich selbst«, sagte Martin. »Dann brauche ich kein Taxi zu bestellen. Und ich bin ohnehin schon etwas spät.«

»Wer ist es?« Katrin wandte sich wieder dem Spiegel zu und ordnete mit beiden Händen locker und geschickt ihr Haar. Warum sie vermute, daß es überhaupt jemand sei? Katrin lachte wissend und wendete sich endgültig ihrem Mann zu.

»Smoking, mein Lieber, Taschentuch, Eau de Toilette. Und außerdem die ganze Stimmung.«

Es war, sagte sich Martin, völlig unmöglich, ihr in den wenigen jetzt zur Verfügung stehenden Minuten auseinanderzusetzen, wie er über ihre steril gewordene Ehe dachte. Sie würde wahrscheinlich niemals verstehen, daß es zu Smoking, Taschentuch, Eau de Toilette und der »ganzen Stimmung« durchaus auch hätte kommen können, ohne daß es ›jemand war‹. Ganz allein infolge der permanenten Frustration, die sie selbst verbreitete. Also verzichtete er auf Erläuterungen und sagte:

»Es ist eine inzwischen verheiratete Dame, die du vor vierzehn Jahren in unserem Reihenhaus in München im Waldfriedhofviertel kennengelernt hast.«

»Ich erinnere mich«, sagte Katrin. »Abschiedsbrief und so. Schweiz, glaube ich. Und du hast sie seit vierzehn Jahren nicht mehr gesehen?«

Martin nahm seinen Trenchcoat vom Bügel, schlüpfte hinein, knöpfte ihn zu und schlang den Gürtel um die Taille.

»Sie rief heute morgen an, sagte, daß sie in Paris sei und den Abend frei habe. Ich habe ihr versprochen, bei Lamazère mit ihr zu essen, das ist alles. Und nachdem in diesen Tagen ohnehin einiges passiert ist, das mich ziemlich mitnahm, ist mir die Ablenkung recht.«

Man konnte Katrin Conrath gewiß vieles nachsagen, jedoch nicht, daß sie infantil, schlecht erzogen oder primitiv war. Jedenfalls verzichtete sie darauf, in dieser Situation eine Szene zu entfachen. Allerdings ließ sie sich Martin gegenüber auch nicht anmerken, ob sie ihm seine Erklärungen glaubte oder nicht. Sie reagierte wie eine Dame, wünschte ihm viel Vergnügen und ermahnte ihn, seine Hausschlüssel nicht zu vergessen, da sie gewiß schon schlafe, wenn er zurückkomme.

Dann ging sie in den Salon, schaltete das Fernsehgerät ein und beobachtete, bevor sie die Läden schloß und die schweren Portieren zuzog, wie ihr Mann den Wagen bestieg, ihn anließ, die Scheinwerfer einschaltete und in der schmalen Straße zurücksetzte, bis er aus ihrem Gesichtsfeld verschwand.

In den wenigen Sekunden zwischen diesem Vorgang und dem Beginn der aktuellen Abendschau faßte Katrin Conrath einen Entschluß. Es war eine spontane Eingebung, die sie zum Telefonhörer greifen und de Rovignants Privatnummer wählen ließ. Der ungekrönte Zar des Unternehmens war zu Hause. Er schien erfreut, als er Katrins Stimme vernahm. Sie nannte ihren Namen und sagte: »Sie erinnern sich doch,

Monsieur de Rovignant, daß ich eine Einladung zum Abendessen bei Ihnen guthabe?«

Charles de Rovignant lachte. Er erinnerte sich an sein Versprechen. Es war ungefähr sechs oder sieben Monate alt, und er hatte es Katrin gegeben, als sie ihm bei einer Vernissage in gesellschaftlich vollendeter Form aus einer dünkelhaft selbstverschuldeten Verlegenheit geholfen hatte, deren Natur für diese Erzählung ohne größere Bedeutung ist. Katrin hatte nicht damit gerechnet, daß de Rovignant, an dieses Versprechen erinnert, spontan zustimmen würde, es einzulösen. Sie tastete sich weiter vor: »Erinnern Sie sich auch, daß Sie mir sagten, Sie gehörten zu den wenigen, die bei Roger Lamazère jederzeit einen Tisch bekommen können?«

Wieder lachte Charles de Rovignant selbstgefällig und behaglich. »Und Sie erwarten, Madame, daß ich diese Behauptung unter Beweis stelle? Wann? Morgen?«

»In einer Stunde. Ich weiß, daß es eine Zumutung ist, aber mir liegt sehr viel daran.«

Der Ehrgeiz des Industriellen war herausgefordert, und er sagte zu. Er fragte, ob er Katrin abholen dürfe, und sie willigte ein. Dann begann sie, sich mit größter Sorgfalt umzukleiden, denn es war ihre feste Absicht, jede Frau unter den Gästen im Lamazère auszustechen; vor allem aber in den Augen von Charles de Rovignant. Und sie wußte, daß es für sie ein leichtes war, dieses Ziel zu erreichen.

Valerie Armbruster wohnte in einem kleinen, charmanten Hotel an der Rue des Écoles im Quartier Latin. Sie erwartete Martin in der Halle, die so winzig war, daß sie eher an die Diele eines Privathauses erinnerte, mit ihren grazilen Stilmöbeln, von denen man nicht wußte, ob sie geschickte Kopien oder Originale waren. Im Hintergrund gab es eine schwach beleuchtete, unbesetzte Theke. Valerie stand aufrecht am Fenster und sah auf die dunkle Straße hinaus, als Martin die Halle betrat. Beim Geräusch der Drehtür wandte sie den Kopf und kam Martin unbefangen entgegen. Eine ebenso unauffällige wie elegante Tasche war lässig unter ihren linken Arm geschoben. Er spürte durch den Lederhandschuh hindurch die Wärme ihrer kräftigen und doch weichen Hand, die, er erinnerte sich genau, bei ihrer ersten Begegnung entschlossen den Riemen einer Umhängetasche umklammert hatte. Es blieb keine Zeit, Erinnerungen wachzurufen, denn Valerie war eine sehr praktische und unsentimentale Frau.

»Damit haben Sie nicht gerechnet, Herr Conrath, nicht wahr?«

Ihre Begrüßung entsprach ganz der Art, in der er sie kennengelernt hatte, unkompliziert und direkt.

»Störe ich?« Mit dieser Frage hatte sie damals ihre Bekanntschaft eingeleitet.

»Ich hatte nicht damit gerechnet, daß Sie sich noch ein zweites Mal für mich interessieren würden«, sagte Martin, ließ sie durch die Drehtür vorangehen und führte sie draußen in der schmalen Sackgasse zu seinem Wagen.

»Es hat mir schon immer leid getan, daß wir uns nach meinem Besuch in München so rasch aus den Augen verloren haben. Darum war es für mich eine Freude, so unerwartet etwas über Sie zu hören«, sagte sie.

»Über mich?« fragte Martin, während er die Tür des Wagens aufschloß. Danach sah er sie über das Wagendach hinweg an. »Von wem denn?«

»Vor einiger Zeit«, sagte Valerie Armbruster, »war ich in Genf mit einem amerikanischen Regierungsbeamten namens George W. Ballacue zusammen. Er hat mir von Ihnen erzählt und mir gesagt, daß Sie in Paris sind.«

»Sie kennen George?« fragte Martin, als er den Wagen rückwärts aus der Rue des Écoles hinausmanövrierte. »Uns verbindet eine eigenartige Freundschaft«, fuhr er fort, als er sich in den fließenden Verkehr einordnete.

»Ich weiß«, sagte Valerie Armbruster. »Er hat davon gesprochen. Ihr Schicksal scheint ihn sehr beeindruckt zu haben.«

»Er kam nach Deutschland mit einer Armee ebenso vollständiger wie verständlicherweise voreingenommener Sieger. Dann mußte er erkennen, daß jede Medaille zwei Seiten hat, daß es Juden gab, die weder verfolgt worden waren noch vom Holocaust etwas wußten, daß es Raketenkonstrukteure gab, die ihre Arbeit machten, um ihren Ehepartner vor dem Gastod zu retten, daß es Nazilehrer gab, die Zuneigung zu ihren jüdischen Schülern hatten, und Flakkommandeure, die sich erschossen, weil sie sich ihres Oberbefehlshabers schämten. Die Freundschaft zu mir hat sein damaliges Weltbild erschüttert.«

Die Unterhaltung erstarb, denn Martin mußte sich auf den Verkehr konzentrieren. Er nahm den Boul-Mich bis hinüber nach St. Jacques. Von dort ging es schnurgerade über die Rue de Rivoli bis zur Concorde und dann die Champs-Élysées hinauf. In unmittelbarer Nähe des von gleißenden Scheinwerfern angestrahlten Arc de Triomphe parkte er den Wagen auf dem Bürgersteig. Das Restaurant Roger Lamazère lag nur ein paar Straßenzüge weiter in der Rue de Ponthieu.

»Direkt beim Restaurant bekommen wir doch keinen Parkplatz«, sagte Martin. »Ich hoffe, ein paar Schritte zu Fuß machen Ihnen nichts aus?«

Valerie schüttelte, ohne etwas zu sagen, den Kopf. Martin wußte nicht, wie gerne sie diese paar Schritte zu einem langen Spaziergang durch das nächtliche Paris ausgedehnt hätte. Er wunderte sich nur, daß sie ihre Hand unbefangen unter seinen Arm schob, als sie den Weg zum Lamazère einschlugen. Wenige Minuten später sahen sie das Lokal vor sich. In Kursivbuchstaben zeigte eine an einer vorspringenden Brandmauer herabgezogene Leuchtschrift dezent den Namen. Ein Portier in prächtiger Uniform hielt die äußere Glastür auf, ein zweiter die innere. Nach einem diskreten Blick auf das Paar kleidete dieser seine pflichtgemäße Frage in die Form der Feststellung: »Messieurs-dames haben bestellt.«

Als sie eintraten, näherte sich ihnen Madame mit Block, Stift und baumelnder Brille an goldfarbener Kette. Sie erfragte den Namen und strich ihn dann gewissenhaft aus ihrer Liste, während ein Boy Valerie und Martin aus den Mänteln half. Madame gab den Namen halblaut an den Maître in dezentem Schwarz mit silbergrauer Krawatte weiter. Er sah aus wie eine jüngere Ausgabe Jean Gabins von freundlicher, wenn auch distanzierter Art.

Das Lamazère ist in Eierschalenweiß und Altrosa gehalten, wirkungsvoll betont durch einen purpurnen Spannteppich. Den Raum säumt auf halber Höhe eine Galerie, geschmückt mit einem eierschalfarbenen, geschnitzten Holzgeländer. Dort hinauf geleitete der Maître die neuen Gäste und rückte an einem dezent im Hintergrund gedeckten Tisch die Stühle zurecht. Martin überließ Valerie den Platz, von dem aus sie das Lokal beobachten konnte. Wie aus dem Nichts hervorgezaubert, tauchten plötzlich zwei junge Kellner auf, rückten Bestecke, drehten Gläser um und legten pergamentgebundene Speisekarten auf einem Beistelltischchen zurecht. Martin einigte sich mit Valerie auf den Aperitif und bestellte beim Maître. Dann lehnte er sich zurück und sah seine Begleiterin in aller Ruhe an. Valerie trug ein Komplet aus lichtblauer, fließender Seide. Als sie aus dem Jäckchen schlüpfte, kam ein ärmelloses Kleid mit tiefem Ausschnitt zum Vorschein. Um den Hals spannte sich eine dreireihige Perlenkette. Den dunkelblauen Hut mit breiter, schwingender Krempe behielt sie auf. Als sie Martin anlächelte, bildete sich zwischen Nase und Oberlippe eine winzige, sympathische Querfalte.

»Die schönste Sitte in diesem Land«, sagte sie.

»Der Aperitif?« fragte Martin.

»Daß man sich Zeit läßt zum Essen«, antwortete Valerie. »Wie ist es Ihnen in all den Jahren ergangen?« Valerie sah Martin prüfend an.

»Nun«, antwortete Martin. »Ich bin seit einiger Zeit in Paris, meine Arbeit ist befriedigend, mein Einkommen ausreichend. Was will ich mehr?«

»Ich habe mit meiner Frage nicht Ihre Arbeit gemeint. Und auch nicht Ihr Einkommen. Mich interessiert, was aus Ihnen persönlich geworden ist«, sagte sie in der direkten Art, die er nun schon an ihr kannte, und legte ihre Hand auf seine.

»Persönlich«, sagte Martin nach einer Pause und zuckte mit den Schultern. »Darüber nachzudenken habe ich keine Zeit gehabt.« Er machte wieder eine Pause. »Wenigstens bis heute nicht«, fügte er schließlich hinzu. Dann fiel ihm ein, daß er ja wenigstens auf das Interesse Valeries persönlich reagieren könne. Er dreht seine Hand, die unter ihrer lag, und erwiderte ihren Druck.

Valerie fuhr fort, ihren Begleiter prüfend zu betrachten, und Martin hätte sich nicht gewundert, wenn sie ihn gefragt hätte, ob er glücklich sei. Frauen stellen bisweilen solche Fragen. Dr. Conrath hatte im Augenblick keine Lust, sich Gedanken über das Glück zu machen. Vorerst genügte ihm das winzige Glücksgefühl, das er empfand, als Valeries Hand in der seinen lag, während der Kellner den Aperitif servierte und der Maître erschien, um seine Gäste bei der Wahl des Essens zu beraten.

Als sie wieder allein waren, bat Valerie ihren Begleiter, ihr zu erzählen, wie der Prozeß gegen Bachau in München ausgegangen sei. Er berichtete vom Verlauf des Verfahrens und vom Freispruch Franz Xaver Bachaus in der ersten und zweiten Instanz, den er der Zeugenaussage Cassyan Combroves verdankte.

Diskret erschien der Kellner und servierte Avocados in Krabbenmayonnaise. Nach und nach hatte sich das Restaurant mit Gästen gefüllt. Auf der Galerie waren die meisten der von behaglichen Stehlampen erleuchteten Tische besetzt. Der Raum summte von gedämpften Gesprächen, dem Aneinanderklingen der Gläser und dem leisen Klappern von Besteck. Eine Weile beobachteten Valerie und Martin, was um sie herum geschah. Dann fragte Valerie: »Und wie haben Sie damals reagiert?«

Es war das erste Mal seit dieser Zeit, daß Martin wieder an den Abend erinnert wurde, der auf dem Münchner Oktoberfest begonnen und im Pullacher Domizil Cassyan Combroves geendet hatte. Er aß seine Avocado zu Ende, legte den Löffel neben die Schale und wischte sich den Mund ab.

»Das sind Gespenster der Vergangenheit«, sagte er.

»Ich würde natürlich verstehen, wenn Sie nicht darüber sprechen wollen«, sagte Valerie, doch Martin lächelte.

»Falls George wirklich nichts angedeutet hat . . . Ich habe in all den Jahren nicht mehr davon gesprochen. Aber daß gerade Sie es sind, die mich als erste danach fragt, das freut mich. Warum sollte ich es Ihnen nicht erzählen? Es gehört ja sozusagen zu unserer Bekanntschaft. Paul und ich hatten erfolglos versucht, in den Prozeß gegen Bachau einzusteigen. Es war zu spät, die Beweisaufnahme war schon abgeschlossen. Wir konnten niemanden für die Vorfälle von damals interessieren. Eines Tages sahen Paul und ich uns auf dem Oktoberfest Combrove und Bachau gegenüber. Sie nahmen uns mit in die Höhle des Löwen, und wir kamen in eine gefährliche Situation. Die beiden waren unangreifbar, und sie wußten es auch. Ich ließ mich dazu hinreißen, den Amerikaner zu ohrfeigen. Seine Arroganz und Abgebrühtheit brachten mich zur Weißglut. Wir verdankten es damals nur der Freundschaft George Ballacues, daß die Sache harmlos endete. Hat er Ihnen wirklich nichts davon erzählt?«

»Kein Wort«, sagte Valerie, und Martin nickte vor sich hin.

»Er ist klug und verschwiegen. Er hat Ihnen also auch nicht gesagt, auf welche Weise Combrove mir den Brief meiner Mutter abnahm?«

Valerie schüttelte den Kopf.

»Es war nur eine Kopie«, fuhr Martin fort. »Ich kann mich nicht mehr erinnern, wo das Original geblieben ist.«

Valerie sagte: »Das Original liegt in einem Stahlfach unserer Bank in Chur. Ich habe es damals mit zurück in die Schweiz genommen, denn es gehörte ja schließlich zum Nachlaß meiner Mutter. Wenn Sie wollen, lasse ich Ihnen nochmals Kopien machen und schicke sie Ihnen zu.«

»Ich danke Ihnen«, sagte Martin. »Lassen Sie das. Für mich ist diese Sache abgeschlossen. Ich habe versucht, sie zu vergessen, wie Sie sehen.«

Der Kellner räumte das Geschirr ab, ein anderer brachte die

Suppe, eine köstliche Lady Curzon, ein dritter schenkte ein, und Jean Gabin tauchte in einiger Entfernung auf, um nach dem Rechten zu sehen. Valerie, die den Eingang zur Garderobe im Blickfeld hatte, sagte plötzlich: »Eben kommt de Rovignant, Ihr Chef.«

»Woher um Himmels willen kennen Sie de Rovignant?« fragte Martin und griff verblüfft und mechanisch nach seinem Löffel.

»Ich bin in Genf bei einer internationalen Außenhandelsagentur beschäftigt«, sagte Valerie. »Von de Rovignant gehen laufend Reden, Interviews und Fotos durch die Presse. Deren Lektüre gehört zu meinen Aufgaben. Er sieht auf Fotos besser aus als in Wirklichkeit. Oder er ist überarbeitet. Was ist mit seinem linken Arm?«

»Wir sind alle sehr abgearbeitet«, sagte Martin. »Wir haben gestern ein großes Geschäft mit dem Irak unter Dach und Fach gebracht und die Iraker sind harte Verhandlungspartner. Wie kommen Sie auf seinen linken Arm? Er ist verkrüppelt wie bei Wilhelm zwei, spastisch, Kinderlähmung, erblich oder so, ich weiß es nicht genau.«

»Ich habe es beobachtet, als er seiner Begleiterin aus dem Mantel half.«

»Begleiterin?« Martin hielt erneut im Essen inne. »Das gibt es doch nicht.«

Er spürte Valeries Hand auf seinem Unterarm liegen. »Ich weiß nicht, wie das zusammenhängt, aber seine Begleiterin ist Ihre Frau. Sie sind jetzt in der Ecke schräg unter uns. Ich kann sie durch das Geländer hindurch sehen, Sie nicht.«

Martin Conrath starrte Valerie sprachlos an. Sie fuhr fort: »Ihre Frau hat sich seit damals kaum verändert, als sie vom Golfspiel zurückkam und mich übersah. Sie war bildschön. Und das ist sie noch heute.«

»Ist es wirklich eine schlanke, große Frau mit schulterlangem, künstlich ein wenig unordentlich gehaltenen Haar und tiefblauen Augen?«

»Ja«, sagte Valerie. Ihr Gesichtsausdruck wirkte in diesem Moment so angestrengt, daß Martin zum erstenmal vermutete, sie brauche bei gewissen Gelegenheiten eine Brille. »Und sie trägt teuren Schmuck; einen Schmetterling, offensichtlich mit Rubinen und Brillanten besetzt, am Jackenaufschlag und ein ebensolches Armband am Handgelenk.«

Stimmt, dachte Martin. Der Schmuck hatte ihn in London 1200 Pfund gekostet, und das war billig gewesen. Ein Geschenk zum Geburtstag, der wievielte war es denn nur? Der 34., der 35.? An Katrin gingen die Jahre spurlos vorüber. Sie war noch immer von bemerkenswerter Schönheit und fast mädchenhafter Grazie.

»Was hat de Rovignant an? Einen Smoking? Ich frage aus einem bestimmten Grund.«

»Einen Smoking, ja«, sagte Valerie. Sie zog jetzt, wie um die Weinkarte zu studieren, tatsächlich eine Brille aus der Handtasche und setzte sie auf. Sie beließ es dabei, als sie die Karte wieder auf den Tisch zurücklegte. »Ja«, fuhr sie dann fort, »de Rovignant paßt wirklich genau in die Vorstellung, die ich mir von ihm gemacht habe. Arbeitet überwiegend in die eigene Tasche und wenn man nicht aufpaßt, ausschließlich.« Eine kleine Weile beobachtete sie die beiden schweigend. »Hoffentlich treffe ich Sie nicht irgendwie persönlich?«

»Persönlich? Nein«, sagte Martin. »Sie beschreiben aufs Haar den einzigen Typ von Mann, dessen eine Seite imstande ist, ein Unternehmen wie die Technucléaire zu führen. Und dennoch ist dieser Mann auch Stimmungen unterworfen, labil, manchmal sogar depressiv. Ich möchte nicht für ihn einstehen, wenn einmal seine Person gefordert wird und nicht der Präsident des Unternehmens.«

Das Hauptgericht servierte Jean Gabin persönlich mit völlig unbewegtem Gesicht. Er rückte die Teller, dirigierte die Ente heran und ließ sie auf den Beistelltisch plazieren. Ein Boy reichte ihm das Flambiergerät. Während der Maître mit geschickten Händen gleich einem talentierten Magier die bläulichen Flammen auf dem Silbertablett um die Camargue-Ente entfachte und dann die einzelnen Stücke vorlegte, schwiegen

sie. Martin sah zartes Fleisch in tiefbrauner Kruste locker aus-
einanderfallen. Mit einer Art Pinzette nahm Jean Gabin eine
der hauchdünnen Orangenscheiben und legte sie zurück auf
ein Tellerchen, das der Kellner ihm hinhielt. Sie war nicht
hauchdünn genug gewesen. Feinstes Rotkraut, lockere Kro-
ketten, auf dem Beistelltischchen brannte die blaugelbe Flam-
me des Plattenwärmers. Hier in diesem Lokal schienen all die
gediegenen und elitär bewährten Prinzipien einer zwar nicht
immer gerechten, aber doch immerhin geordneten Welt her-
übergerettet worden zu sein in eine Gegenwart, in der sich
mächtige Gruppen ebenso intensiv wie erfolglos um mehr
Ausgleich bemühten. Valerie fuhr in der Unterhaltung fort,
als der Maître sein Kunstwerk beendet hatte. »De Rovignant
sieht wirklich so aus und benimmt sich auch so, wie ich ihn
mir vorgestellt habe. Aber Ihre Frau wirkt eher sanft.«
»Sie sieht aus, als sei sie eine Frau, wie ich sie gar nicht verdie-
ne, nicht wahr?« sagte Martin.
Valerie lachte. »Wie kommen Sie auf so etwas?«
»Sie kommt sich immer so vor«, sagte Martin. »Und manchmal erzählt sie das allen Ernstes auch anderen.«
»Und? Hat sie damit recht?«
»Das ist subjektiv«, sagte Martin. »Haben die beiden eigentlich bemerkt, daß wir sie entdeckt haben?«
»Ich weiß es nicht«, sagte Valerie. »So bewußt, wie Ihre Frau
ihre Rolle spielt, könnte es sein. Es könnte aber auch sein, daß
sie sie nur für ihren Begleiter spielt. Das ist schwer zu sagen.«
»Jedenfalls«, sagte Martin, »spielt sie eine Rolle, denn das ist
ganz ihre Art.«
Inzwischen hatten Valerie und Martin den Hauptgang beendet, und der Maître hatte nachgegossen. Eine Weile beobachtete Valerie mit Interesse das andere Paar, dessen Aussehen
und Benehmen sich Martin vor Augen führen konnte, auch
ohne es zu sehen.
Er kannte bei de Rovignant die selbstbewußten Bewegungen
des Kopfes mit dem helmartigen Haar, wenn er von sich
sprach, und die wegwerfende Art der Schulterwölbung, wenn

er von anderen sprach, dazu den herausfordernden Blick, wenn er eines von beiden vor Frauen tat. Er kannte die Art, in der de Rovignants gesunde Hand mit der Zigarette oder mit einem Geldschein spielte, wenn er wie beiläufig seine weittragenden Zukunftspläne entwickelte. Und bei Katrin kannte er die Art, das Haar zurückzuwerfen, wenn sie sich in Szene setzte, die halb geschlossenen Augen, wenn sie glaubte, verführerisch zu wirken. Es fiel Martin leicht, sich ihr bestimmtes, stereotypes Lächeln vor Augen zu rufen, wenn sie vorgab, auf das einzugehen, was andere ihr sagten, oder gar mitzufühlen, was andere fühlten. Auch die tötende Kälte in ihrem Blick kannte er, wenn sie dies nicht einmal heuchelte. Er spürte ein unangenehm flaues Gefühl seinen Magen durchpulsen, als er daran dachte, daß Valerie das alles jetzt auch beobachtete. Er wußte genau, daß Valerie, käme sie überhaupt noch einmal auf diese Begegnung zu sprechen, mit keinem Wort eine Bemerkung über Katrin machen würde. Aber mit der Klarsichtigkeit, die der trockene Chablis in seinem Kopf hervorgerufen hatte, war ihm fast prophetisch bewußt, daß sie ihm selbst die Gretchenfrage stellen würde. Er wunderte sich deshalb nicht im geringsten, als sie nach einer Weile sagte: »Das einzige, was mich wirklich interessiert, ist, wie diese Ehe eigentlich zustande gekommen ist. Oder ist Ihnen die Frage unangenehm?«

»Nein«, sagte Martin. »Im Gegenteil. Ich kann mit kaum jemand darüber sprechen. Wenn ich Paul damit komme, sagt er, daß er mir schon vor 15 Jahren geraten habe, mich scheiden zu lassen, als es noch einfach gewesen wäre. Jetzt sei es ihm egal geworden. George meinte, eine flaue Ehe nimmt man eben hin wie Nebel an einem Herbstmorgen. Katrins Vater fand, daß diese Ehe der billigste Ausweg aus einem Riesenskandal wäre, den Katrin angezettelt hatte. Für Katrin war die Heirat der letzte Rettungsanker in Sichtweite, als sie nach einem nicht zu Ende geführten Studium nicht die geringste Lust hatte, sich auf eigene Füße zu stellen. So ist diese Ehe zustande gekommen, Valerie, ob Sie es glauben oder nicht.«

»Aufs erste Wort«, sagte Valerie. »Und Sie?«

»Wie meinen Sie das?«

»Sie haben mir nun erzählt, was Ihr Freund George gedacht hat, was Ihr Freund Paul gedacht hat, was Ihre Frau gedacht hat und Ihr Schwiegervater. Aber was haben Sie eigentlich selbst gedacht?«

Martin seufzte und stach mit der Gabel nachdenklich ein Eckchen der Crêpe ab.

»Ich . . .«, setzte er an und brach dann wieder ab. »Ich? Nun ja, ich glaubte irgendwie, ich könne die Westerholdts schließlich nicht auf dem Skandal sitzen lassen, den meine Verlobte ihnen eingebrockt hatte. Ich hatte Verpflichtungsgefühle, um Katrin aus der dummen Geschichte wieder herauszuholen, in die sie, wie ich glaubte, ohne ihr Verschulden hineingetappt war. Ja, das dachte ich. Und da hätten die wohl recht, dachte ich außerdem, die sagten, jetzt werde es aber langsam Zeit, das alles endlich zu legalisieren. Sie wollten es ja hören, Valerie, nun wissen Sie es.«

Martin Conrath hätte volles Verständnis dafür gehabt, wenn Valerie, die schöne, kluge, elegante Valerie, jetzt laut und schallend gelacht hätte. Aber nichts dergleichen geschah. Valerie sagte gar nichts. Sie nahm die Brille wieder ab, verwahrte sie in ihrer Handtasche und sah Martin mit ihren dunkelgrauen Augen, in deren Mitte ein schwarzer Onyx zu liegen schien, nachdenklich an.

»Aber das strotzt ja alles vor Dummheit!« sagte sie nach einer langen Pause.

»Stimmt«, sagte Martin. »Genau so war ich damals. Deswegen ist es ja auch schiefgegangen. Wenn ich ehrlich bin, ist es mehr meine Schuld als ihre.«

»Und was soll nun werden?«

»Ich habe Ihnen ziemlich viel erzählt, nicht wahr«, sagte Martin. »Ich weiß nicht, ob das von dem Chablis kommt, von der Umgebung oder von der Freude über diesen Abend mit Ihnen. Wenn Sie mich so direkt fragen: Es wird Sie nach allem, was ich Ihnen sagte, nicht wundern, daß ich den Auftritt meiner Frau nur als bewußte Provokation ansehen kann. Falls Sie also ein wenig Theater mitspielen, werde ich Ihnen, wenn wir jetzt da unten vorbeigehen, de Rovignant vorstellen und Katrin, und ich werde Sie daran erinnern, daß Sie beide sich schon seit langem kennen.«

Es geschah, wie Martin es vorgeschlagen hatte. Jean Gabin ließ Mokka und Gebäck auftragen und deponierte diskret eine Rechnung in enormer Höhe, die Martin ebenso diskret bezahlte.

Danach verließ das Paar die Galerie und schritt die Treppe nach unten. Martin entdeckte Katrin und de Rovignant in ihrer Ecke, machte zu Valerie eine gut gespielte kurze Bemerkung und führte sie zu dem Tisch, hinter dem Charles de Rovignant sich zögernd und sichtlich überrascht erhob.

»Monsieur de Rovignant«, stellte Martin den Präsidenten des Unternehmens vor. »Madame Valerie . . .« und nach einem kaum merklichen Zögern ». . . Armbruster, Valerie Armbruster aus der Schweiz.«

Valerie reichte de Rovignant die Hand, nannte den Namen der Außenhandelsbehörde, für die sie arbeitete, und erntete damit ein Heben seiner Augenbrauen und einen Handkuß.

»Meine Frau Katrin kennen Sie ja bereits."

»Gewiß«, sagte Valerie. »Ich entsinne mich genau. Es war unvergeßlich.«

Zu einem Händedruck zwischen den beiden Frauen kam es nicht.

»Möchten Sie Platz nehmen?« sagte de Rovignant. »Dann lasse ich noch Stühle bringen.«

»Ich habe Doktor Conrath gerade gebeten, mich im Hotel abzuliefern«, sagte Valerie gewandt. »Danach steht er Ihnen zur Verfügung.«

Es folgte eine frostige Verabschiedung, die unter Katrins eisigem Blick bis zur Unpersönlichkeit gefror.

»Was bedeutet das alles?« fragte Valerie, als beide in Martins Wagen saßen und in Richtung Concorde die Champs-Élysées hinunterfuhren.

»Das bedeutet Krieg bis aufs Messer«, sagte Martin. »Aber machen Sie sich keine Gedanken, es hat überhaupt nichts mit Ihnen zu tun. Das ist eine langfristige Strategie meiner Frau. Wäre es heute nicht gekommen, dann ein anderes Mal.«

Martin bog in die kleine Sackgasse ein, in welcher Valeries Hotel lag. Sie stiegen aus.

»Ich danke Ihnen für den Abend«, sagte Valerie.

»Ich muß das tun«, antwortete Martin, nahm Valeries Hand, von der sie den Handschuh gezogen hatte, und küßte sie. »Immer wenn Sie in meinem Leben erscheinen, steht ein Wendepunkt bevor.« Er zögerte ein paar Sekunden. »Würden Sie mir auch Ihre andere Hand zeigen?« setzte er dann hinzu.

»Aber gewiß«, sagte Valerie, zupfte den Handschuh von der Linken und hielt sie vor Martins Augen.

»Also doch nicht verheiratet«, sagte Martin.

»Geschieden«, antwortete Valerie. »Finden Sie nicht, daß Sie ziemlich lange gebraucht haben, um mich das zu fragen?« Sie schwieg ein paar Augenblicke lang und sagte dann: »Meine Maschine nach Genf fliegt morgen Punkt zehn von Charles de Gaulle. Wenn Sie Lust haben, meine Hände noch einmal bei Tageslicht zu inspizieren . . .«

Ihr Lächeln ließ wieder zwischen Nase und Oberlippe die entzückende kleine Querfalte entstehen, von der Martin, als er später darüber nachdachte, wußte, daß er sie schon beim erstenmal bewundert hatte, als er Valerie begegnet war. Valerie Armbruster wandte sich um und ging durch die Drehtür ins Hotel. Martin Conrath sah ihr nach, bis die Tür wieder unbeweglich und reflektierend stillstand. Regungslos glotzten die aufgeklebten Etiketten der Kreditclubs und Automobilverbände in das Neonlicht der Straßenbeleuchtung. In diesem Augenblick kam es Martin vor, als führe er ein Doppelleben, und das eine, das bessere und wahre, sei soeben mit Valerie Armbruster in diesem kleinen Hotel im Herzen des Quartier Latin verschwunden.

9

General Mordechai – Motta – Gur hatte zutreffend vorausgesehen, daß die französisch-irakischen Beziehungen auf nuklearem Gebiet seine Regierung veranlassen würden, über die Arbeit von Mossad und Aman hinaus, offizielle Schritte einzuleiten, um Klarheit über Umfang und Ziele dieser Zusammenarbeit zu gewinnen. Die Regierung in Jerusalem, daran gewöhnt, daß das Überleben des Landes nur allzuoft vom Mut zur Ergreifung von Präventivmaßnahmen abhing, wartete die Ratifizierung der französisch-irakischen Vereinbarungen, die im September des Jahres 1976 stattfand, gar nicht erst ab. Außenminister Allon beauftragte bereits im Januar 1976, nachdem das Kabinett den Bericht des Generals Shopir zur Kenntnis genommen hatte, den Botschafter Israels, von der Regierung in Paris Erklärungen zu dem französisch-irakischen Vertrag zu verlangen. Frankreichs Außenminister, Jean Victor Sauvagnargues, verweigerte im Verlauf zweier dringlicher Besuche Botschafter Gazits am Quai d'Orsay jegliche nähere Auskunft. Er gab zwar Erläuterungen und Kommentare, aber sie erwiesen sich bei genauer Überprüfung als ungenügend. Yigal Allon entschloß sich zu einem formellen diplomatischen Protest, den Gazit im Februar Frankreichs Außenminister am Quai d'Orsay vortrug. Doch Sauvagnargues berief sich auf die Erklärungen vom Januar und fügte listig hinzu, daß sie nicht den geringsten Grund für eine offizielle Demarche der israelischen Regierung in dieser Angelegenheit böten. Deshalb könne seine Regierung zu ihrem Bedauern nichts anderes tun, als den israelischen Protest gegen ihre

Zusammenarbeit mit dem Irak ebenso höflich wie bestimmt zurückweisen.

Man war in Jerusalem nicht weltfremd genug, um diese Entwicklung nicht vorausgesehen zu haben, und so war man auf sie auch vorbereitet. Mag es unter friedliebenden, gerecht denkenden und idealistischen Menschen auch Zweifel und Bedenken hinsichtlich der Notwendigkeit des Einsatzes nachrichtendienstlicher Mittel und Methoden geben, niemand wird bestreiten können, daß der israelischen Regierung, wollte sie das Land nicht dem Risiko atomarer Erpressung und vielleicht sogar des Untergangs aussetzen, gar keine Wahl blieb. Nach dem Scheitern der diplomatischen Bemühungen mußte die Regierung die Erforschung dessen, was sich im Irak anbahnte, den Institutionen anvertrauen, die Intelligenz und Zuverlässigkeit genug besaßen, um eine solche Aufgabe erfolgreich zu lösen.

Die Sitzung der Mossad-Spitze fand an einem Mittwoch im März statt, und an ihr nahmen auch Premierminister Rabin und Verteidigungsminister Shimon Peres teil. »Ich habe hier einen Bericht von Motta Gur«, sagte Rabin, suchte ein Blatt aus den vor ihm liegenden Unterlagen heraus und las vor: »Sag Peres und Rabin, noch ist alles nur aus Papier. Aber wenn es einmal aus Stahl und Beton sein wird, ist es zu spät. Wir werden dann tanzen müssen, wie Hussein und Ghaddafi pfeifen, selbst dann, wenn wir in Dimona erfolgreich sind.«

»Wir *sind* in Dimona erfolgreich«, sagte der Mann am Kopfende des Tisches. Er war General und Leiter des zentralen Geheimdienstes Mossad. Sein Name bleibt in aller Regel unbekannt. Rabin erwiderte: »Gewiß, aber es geht noch weiter. Einen Atomkrieg in dieser Region würden wir selbst allenfalls führen, um unsere eigene Haut zu retten. Leute wie Hussein und Ghaddafi würden es schon tun, um ihre Ziele durchzusetzen.«

»Ich habe selten eine kürzere, präzisere und intelligentere Lagebeurteilung gelesen als diese«, sagte Peres und wischte sich mit einem Taschentuch den Schweiß vom Nasenrücken.

»Sie stammt von Shlomo«, sagte Rabin. Shopir richtete sich im Sitzen höher auf und sagte: »Stimmt, ich habe das Motta eingebleut. Er hat es also doch weitergegeben.«

»Dann ist das andere schnell erledigt«, sagte Rabin. »Wenn Shopir recht hat – und er hat recht –, dann ist es seine Aufgabe herauszukriegen, welche nuklearen Kapazitäten Hussein von Giscard geliefert bekommt.«

»Es ist *meine* Aufgabe«, sagte der General am Kopfende des Tisches. »Denn diese Aktivitäten werden in Frankreich anrollen. Und Übersee ist Aufgabengebiet von Mossad.«

»Wir sollten die Kompetenzen eindeutig und endgültig regeln«, sagte Rabin.

Shimon Peres zögerte nur kurz. »Es geht um militärisches Potential eines arabischen Nachbarstaates«, sagte er. »Und in unseren Nachbarstaaten aufzuklären ist Sache von Aman. Damit hat Shlomo Shopir eine übergreifende Verantwortung für diese Frage.«

Über General Shopirs zerfurchtes Gesicht glitt ein Zug der Befriedigung, der die von Blatternarben herrührenden Unebenheiten auf Wangen und Nase deutlicher hervortreten ließ. Peres bemerkte es und wandte sich dem General zu.

»Ein Fressen für Sie, Shlomo, nicht wahr? Aber ich gebe zu, daß wir für so etwas einen Falken wie Sie brauchen.«

»Auch Begin und Sharon könnten keinen Besseren finden, wenn sie an der Macht wären«, sagte Premierminister Rabin spöttisch. »Haben Sie schon ein Konzept?«

Der General griff nach einer vor ihm auf dem Tisch liegenden Mappe und entnahm ihr einen Stapel Fotografien, die er an Peres weitergab.

»Mossad hat einen hervorragenden Mann bei Gazit in Paris. Hauptmann Motta Molech. Er hat das Unterzeichnungszeremoniell analysiert und ausgewertet. Hier sind Abzüge der Fotos und Ausschnittsvergrößerungen der Männer im Hintergrund. Die meisten von ihnen sind Leute des CERBAG-Konsortiums oder Leute von Navalset Industrielles de la

Méditerranée und von Technucléaire. Das sind die Wissenschaftler und Techniker, die Details kennen. Molech ist dabei, von jedem einzelnen ein möglichst exaktes Persönlichkeitsbild zusammenzustellen.«

Die Fotografien machten die Runde, und die Männer betrachteten aufmerksam die vergrößerten Aufnahmen, die unter anderem die Gesichter de Rovignants, Dr. Martin Conraths und Paul Mialhes zeigten. Mialhe hatte man gerade in dem Augenblick aufgenommen, als er sich zu Martin hinüberbeugte und den Redner als Heuchler bezeichnete. Mit dem Vorgehen Motta Molechs waren alle einverstanden. General Shopir sagte: »Mit der Aufklärung in Tuwaitha werden wir erst beginnen können, wenn dort gebaut wird. Solange müssen wir uns auf französischen Boden konzentrieren.«

Es trat eine Pause ein, während der Ytzhack Rabin die Fotografien noch einmal betrachtete, sie dann hintereinanderschob und mit den Worten an Shopir zurückgab: »Und wenn wir Gewißheit haben, Shopir? Was dann?«

»Wir dürfen Irakern, Syrern, Libyern oder Palästinensern nie erlauben, Atomwaffen zu besitzen«, sagte der General kühl. »Sollten wir Gewißheit erhalten, müßten wir alle Vorbereitungen zu einer Atomwaffenstationierung präventiv unterbinden, notfalls mit Gewalt.«

»Ich höre Sharon reden«, sagte Rabin.

»Sie haben mich gefragt, Ytzhack«, sagte Shopir. »Und ich habe geantwortet. Aber ich bin nicht der Premier, sondern der Chef des militärischen Nachrichtendienstes. Ich habe Fakten zu liefern, zu entscheiden haben Sie.«

»Lassen Sie uns beim Wichtigsten bleiben«, sagte Peres. Wenn uns die Franzosen nicht freiwillig sagen, was sie Hussein verkaufen . . .«

»Ihre Seele«, murmelte Rabin. »Und zwar gegen Öl.«

»Das würde jedes westliche Land tun«, erwiderte Peres. »Sogar Amerika. Lassen Sie uns sachlich bleiben. Wenn sie es uns also nicht sagen wollen, muß Shlomo uns die Nachricht beschaffen. Einverstanden?«

Mit einem Blick in die Gesichter der Anwesenden hakte Shimon Peres diesen Punkt der Tagesordnung ab und wandte sich dem nächsten zu.

Jedoch riefen die Ereignisse des Jahres 1976, welches eine zunehmende insgeheime Erweiterung der Verbreitung von kernwaffenfähigem Know-how oder wenigstens von Versuchen hierzu mit sich brachte, auch andere Mächte auf den Plan. Die Sowjetunion, welche innerhalb ihres Blockbereiches über eine große politische Macht und einen ebenso großen wirtschaftlichen Einfluß verfügt, wachte streng und eifersüchtig über die Einhaltung der Nichtverbreitungsvereinbarungen. Die Volksrepublik China entwickelte ihre nukleare Option ohne konkrete Hilfe von außen, und so galt die Sorge Henry Kissingers in erster Linie den blockfreien Ländern und den Ländern der internationalen Spannungsgebiete. Denn niemand konnte ein geringeres Interesse als Amerika daran haben, durch Ölgier und Wirtschaftsegoismus der sozusagen freiheitlichen Industrienationen in einen Atomkonflikt der von diesen mit den entsprechenden Technologien ausgerüsteten Entwicklungsländer oder gar mit der anderen Supermacht hineinmanövriert zu werden. Aufgeschreckt von den Nachrichten über die verantwortungslosen Geschäfte auf diesem Gebiet, erzwang Kissinger ein Treffen der hieran in erster Linie beteiligten Staaten England, Frankreich, Westdeutschland, Italien, Kanada und Japan. Diese Konferenz sollte zum Ziel haben, die bisher schon bestehenden Einschränkungen der internationalen Atomenergiekommission in bezug auf die technologische Weiterverbreitung noch mehr einzuengen, und war für den Monat Dezember nach London einberufen. Sie fand so weitgehend unter Ausschluß der Öffentlichkeit statt, daß selbst die Presse westlicher Länder kaum Notiz von ihr nahm und sie auch keinen Eingang in die Jahreschroniken oder Nachschlagewerke fand. Nichtsdestoweniger fand sie statt, und ihre Auswirkungen waren beträchtlich. Cassyan

Combrove kam mit diesem Verhalten seiner Regierung auf sehr einfache und einleuchtende Weise in Berührung. Es war selbstverständlich, daß das State Department als Arbeitsgrundlage für seine Verhandlungsposition auf eine exakte Aufstellung und Analyse der nuklearen Aktivitäten auch in demjenigen Bereich angewiesen war, der von United States Intelligence Board nachrichtendienstlich Cassyan Combrove anvertraut worden war. Der Minister beauftragte mit dieser Aufgabe den Unterstaatssekretär und Leiter der Nahost-Abteilung George W. Ballacue, der seinerseits den Auftrag an den zuständigen USIB in Langley weitergab. Von dort erhielt Cassyan Combrove die entsprechenden Anweisungen, Mitte November durch Kurier.

Combrove hatte es sich für seinen Aufenthalt in Paris, der vielleicht sein letzter, möglicherweise aber auch erst sein vorletzter sein sollte, besonders schön gemacht. Obschon persönlich kalt und unzugänglich, hatte er Freude an Ästhetik und Kultur. Von den ungemütlichen Mietzimmern und den unterkühlt ausgestatteten Diensträumen seiner ersten Stellung in der Schweiz bis hier in dieses exklusive Haus im Zentrum von Paris war es ein langer Weg gewesen, an den er bisweilen noch immer dachte. Er hatte ihn über das besetzte Deutschland nach Südamerika und Ostasien, von dort über Japan nach Lagos und Leopoldville und schließlich nach London geführt, wo ihm vor Jahresfrist der begehrte und einflußreiche Nahostposten mit Residenz in der französischen Hauptstadt angeboten worden war. Überall, wo Cassyan Combrove eingesetzt gewesen war, hatte sein Wirken Spuren hinterlassen und war an Ereignissen ablesbar, die internationales Aufsehen und bisweilen auch Empörung ausgelöst hatten. Jedoch war die Öffentlichkeit vergeßlich, ihr Gewissen schnell beruhigt, und außerdem war Cassyan Combrove so geschickt im Verwischen von Spuren und im Vertuschen von Fakten geworden, daß keines dieser Ereignisse mit seinem Namen in Verbindung gebracht werden konnte, weder Diem in Vietnam noch ein Lumumba im Kongo oder René Schneider in Chile, von anderen, deren Namen in der Öffentlichkeit gar nicht bekannt geworden waren, ganz zu schweigen.

Combroves luxuriöse Wohnung befand sich im ausgebauten Dachgeschoß seines Amtssitzes. Wenn er durch eines der Fenster nach Südwesten hinausblickte, sah er entlang der schnurgeraden Rinne der Avenue Hoche direkt auf den machtvollen Quader des Arc de Triomphe, der sich in zwei oder drei Kilometern Entfernung aus dem Dunst schälte, der an vielen Tagen des Jahres Frankreichs Hauptstadt einbettet. In einem lichtdurchfluteten Zimmer, ausgestattet mit einem Schreibtisch, Bücherregalen und einer bequemen, hellbezogenen Sitzgarnitur, empfing er den Kurier aus Washington. Eingehend und gewissenhaft überprüfte er die Legitimation des Besuchers und forderte ihn erst danach auf, Platz zu nehmen. Der Name des Mannes war ihm vertraut. Zu fragen, ob er einen Drink wünsche oder rauchen wolle, kam dem Asketen Cassyan Combrove überhaupt nicht in den Sinn. Während der Kurier sich niederließ und voller Staunen den Raum musterte, in dem er sich befand, öffnete Combrove den Umschlag und unterrichtete sich über den Gegenstand der Botschaft. Er legte Schreiben und Umschlag auf seinen Arbeitstisch, beschwerte beides mit einem rohgebrochenen Achat und wandte sich seinem Besucher zu.

»Sie haben mir einen Auftrag überbracht«, sagte er, während er sich in einem der tiefen Sessel niederließ und seinen Gast aufmerksam ansah. »Der erfordert keine Antwort. Sagen Sie, ich hätte ihn zur Kenntnis genommen und würde entsprechend verfahren. Aber ich möchte die Gelegenheit wahrnehmen, Ihnen mündlich eine Sache zu unterbreiten, über die schon zwei ausführliche schriftliche Gutachten bei USIB liegen. Ich versäume keine Gelegenheit, auf ihre Dringlichkeit im Interesse unseres Landes aufmerksam zu machen. Sie werden dieses Anliegen in Washington vortragen und darauf hinwirken, daß man sie dem Präsidenten nicht vorenthält.«

Der Besucher nickte.

»Sie sind ein Kurier der Agency«, fuhr Combrove fort. »Ich brauche Sie also auf Vertraulichkeit nicht aufmerksam zu machen.«

»Sprechen Sie, Sir«, sagte der Mann und streckte die Beine aus. »Wenn Sie es nicht könnten, säße ich nicht hier.«

»Dieses Land«, begann Combrove, »gewährt einem Mann Asyl, der nach meiner Einschätzung fähig ist, die Welt in Brand zu setzen. Er ist ein persischer Schiit. Ein fanatischer Mullah, Ruhollah Ayatollah Khomeini. Der Mann ist iranischer Emigrant, geschworener Feind des Schahs und seiner Regierung; fundamentalistischer Moslem mit einem ungeheuren Charisma bei den verarmten Massen. Diesem Mann hat Frankreich zwar jede politische Betätigung verboten, aber es duldet mit geschlossenen Augen die permanente Übertretung dieses Verbots durch den Ayatollah. Schon hat er erheblichen Zulauf, nicht nur unter den anderen Emigranten, sondern auch bei der Bevölkerung seines Mutterlandes. Dieser Mann wird das Regime des Schahs stürzen und die puristische Herrschaft des Koran ausrufen. Er wird versuchen, seine reaktionäre Diktatur auf die Golfstaaten auszudehnen, wenn ihm nicht im Verlauf der nächsten beiden Jahre das Handwerk gelegt wird. Die Golfstaaten aber sind das Herz der westlichen Wirtschaft.«

»Was soll man dagegen tun, Sir?«

»Denken Sie nach, Mann«, sagte Combrove. »Und übermitteln Sie die Nachricht genauso, wie ich sie Ihnen gegeben habe.«

Der Mann lächelte. »Sie wissen so gut wie ich, Sir, daß die Agency in der Weltöffentlichkeit in Verruf gekommen ist und daß Ford die Einstellung aller außergewöhnlichen Aktionen verfügt hat.«

»Das brauchen Sie mir nicht zu sagen«, antwortete Cassyan Combrove. »Es ist der Grund, weshalb ich zu Ihnen spreche. Wir haben viele außergewöhnliche Aktionen unternommen, die dem Lande nichts genützt, aber die Agency in Verruf gebracht haben. Es darf einfach nicht passieren, daß jetzt die einzige Aktion unterbleibt, die für Amerika von existentiellem Interesse ist. Es ist meine Pflicht als Direktor für Nah- und Mittelost, meine Regierung so oft und so intensiv auf die unserem Land drohenden Gefahren hinzuweisen, bis sie den Ernst der Lage einsieht.«

»Sie schlagen vor, den Ayatollah aus der Welt zu schaffen«, sagte der Mann aus Washington. Combrove antwortete: »Es ist ein Gebot der Stunde, den Ayatollah daran zu hindern, die Welt in die Luft zu sprengen. Wer diese Notwendigkeit begriffen hat, wird ihre Umsetzung in die Tat nicht an der Wahl der Mittel scheitern lassen. Ich sage voraus, daß die Zahl der Opfer, die der Ayatollah für seine Revolution fordern wird, in die Hekatomben geht, sofern es ihm gestattet wird, diese Revolution zu entfachen. Berichten Sie in Washington, Sie hätten den Eindruck von mir mitgenommen, daß uns diese Sorge auf den Nägeln brennt.«

Cassyan Combrove erhob sich, um anzudeuten, daß er nichts weiter zu sagen habe.

»Das ist eine Frage der Kompetenz«, sagte der Fremde und stand ebenfalls auf.

»Richtig«, antwortete Combrove. »Und meine Kompetenz hat sich in so vielen Fällen als ausreichend erwiesen, daß es Amerika teuer zu stehen kommen könnte, würde es mir in diesem äußerst wichtigen Fall nicht vertrauen. Wie sind Sie untergebracht, und wann reisen Sie?«

Der Besucher antwortete, daß er noch am selben Abend zurück in die Staaten fliege, und verabschiedete sich.

Nachdem der Fremde die Wohnung verlassen hatte, setzte Cassyan Combrove sich an seinen Schreibtisch und studierte das Schriftstück, das man ihm aus Langley geschickt hatte, in allen Einzelheiten. Als er das getan hatte, legte er es vor sich auf die Schreibtischplatte, lehnte sich in seinem Sessel zurück, schloß die Augen und dachte lange nach. Als er die Augen wieder öffnete, war es bereits dunkel. Ein Blick aus dem Fenster zeigte ihm vor dem rötlich erhellten, samtenen Großstadthimmel den magisch angestrahlten Arc de Triomphe.

Doch Cassyan Combrove war es im Augenblick nicht nach diesem Panorama. Er stand auf, zog mit ruckartigen Bewegungen die cremefarbigen Gardinen zu, schaltete eine indirekte Beleuchtung ein und griff zum Telefon.

»Hallo«, sagte er. »Hast du fürs Dinner schon was vor?« Sein Gesprächspartner verneinte das, und der Amerikaner fuhr fort: »Wenn du vom Hotel de Ville über die Arcole-Brücke gehst und am anderen Ufer auf der Insel gleich links ...«

»Dann komme ich ans Restaurant Colombe«, sagte der Mann am anderen Ende der Leitung. »Und dort werden wir zusammen essen.«

Combrove lachte. »Stimmt, James.« Combrove schob den Jackenärmel vom Handgelenk zurück und sah nach der Uhr. »Um neun? Paßt dir das?«

»Natürlich«, sagte Cassyan Combroves Gesprächspartner. »Gibt es einen besonderen Anlaß?«

»Ich bringe ihn mit«, sagte Combrove. »Aber nur, wenn es dir gelingt, die separierte Nische mit dem Zweiertisch reservieren zu lassen.«

»Und warum nicht bei dir?«

»Ich habe das Bedürfnis nach Intimität«, sagte Combrove. »Hier ist mir dafür alles zu leer und zu groß. Ich habe eine gute Nachricht aus Langley.«

Der Mann, den Combrove James nannte, versprach, sein möglichstes zu tun und im Lauf der nächsten Viertelstunde zurückzurufen, wenn es ihm nicht gelänge, die Zweiernische zu reservieren. Da kein Rückruf kam, bestellte Cassyan Combrove sich ein Taxi und verließ das Haus. Um diese Zeit war er in dem großen Gebäude meist allein, und die Leere bedrückte ihn bisweilen. Mehr und mehr ließ das herannahende Alter es ihn als Mangel empfinden, daß er nie das Engagement aufgebracht hatte, sich eine persönliche Beziehung und ein Zuhause zu schaffen. Während Cassyan Combrove unten auf der Straße das Taxi erwartete, dachte er darüber nach, auf welchen vier Säulen sein Leben ruhte: Entsagung, Ehrgeiz, Macht und Haß.

Das Colombe war eines der ältesten Lokale der Stadt. Im Sommer legte man Wert auf Fremde, jetzt jedoch gehörte das Restaurant den Einheimischen. Man kannte Combrove, ohne allerdings zu wissen, wer genau er war. Die Räume waren dämmerig, denn das Lokal war nur von Kerzenkandelabern und einigen wenigen Petroleumleuchten erhellt, die jene behagliche Atmosphäre verbreiteten, die Combrove zu bevorzugen begann. Er fragte nach dem Tisch von James R. Cambdon, und man führte ihn zu der ihm wohlbekannten Nische. Sie war mit altem, dunklem Holz getäfelt, auf welchem antike Stiche mit historischen Ansichten der beiden Seine-Inseln hingen. Cassyan Combrove setzte sich und wartete. Er saß gerade aufgerichtet, die Hände vor sich auf dem Tisch gefaltet, und behielt den Eingang im Auge. Etwa nach einer Viertelstunde betrat der Mann, den er erwartete, das Lokal. In ihm hätte kaum jemand, dem er von früher vertraut war, Franz Xaver Bachau wiedererkannt. Walther Schellenbergs bester Mann aus dem Hitlerreich und der Reitstallbesitzer aus den Wirtschaftswunderjahren war trotz seines Alters und der Krankheit, die ihn zeichnete, eine moderne Erscheinung geworden. Das Haar war weiß, aber noch immer voll und fiel mit der gleichen Tolle in die Stirn wie ehedem. Die dunkelblaue Iris schien die Augenhöhlen jetzt fast völlig auszufüllen. Bachau trug Zahnprothesen, und diese hatten den Schnitt seines einstmals brutalen Mundes verändert. Der Kinnbart, der bei Martin und Paul einst ein gewisses Aufsehen erregt hatte, fiel bei der Bartmode der ausgehenden siebziger Jahre und in einer Stadt wie Paris überhaupt nicht mehr auf. Alles in allem sah der Mann, der sich James R. Cambdon nannte, auch wie ein Engländer aus. Travellerhut und Wollschal zeigten das gleiche Muster und kontrastierten wirkungsvoll zu einem dunkelgrünen Trenchcoat, dessen Futter das Muster von Hut und Schal wiederholte. James R. Cambdon gab Hut und Mantel am Empfang ab und kam in die dämmrige Nische, wo Cassyan Combrove ihn erwartete. Seine Bewegungen und sein Gang hatten nichts Hinfälliges, doch zu diesem Zeitpunkt wußte er auch noch nicht, wie es wirklich um ihn stand. Die Männer begrüßten sich mit Handschlag, und Cambdon ließ sich nieder. Sie kamen rasch zur Sache, nachdem sie Essen und Getränke bestellt hatten. Nach allgemeinen Floskeln war keinem von ihnen zumute. Ohne große Erklärungen zog der Amerikaner das Schriftstück hervor, das ihm aus Washington geschickt worden war, und reichte es Cambdon. Zum Lesen brauchte James R. Cambdon eine Brille. Er zog sie hervor, faltete die Dokumente auseinander und rückte sie so, daß er den Text im Licht der auf dem Tisch flackernden Kerzen zu lesen vermochte. Als er damit fertig war, faltetete er die Blätter pedantisch wieder zusammen, gab sie Combrove zurück und steckte die Brille zu sich. »Und?«

Auf diese knappe Frage hin teilte der Amerikaner James R. Cambdon das Ergebnis seines etwa fünfundzwanzigminütigen Nachdenkens mit, in das er verfallen war, nachdem der Kurier aus Langley ihn verlassen hatte.

»Die Regierung hat kalte Füße bekommen«, sagte er, während er die gefalteten Blätter wieder in die Innentasche der Jacke schob und sie gewissenhaft zuknöpfte. »Ihre in der Sonne der Freiheit lebenden Busenfreunde verhökern zuviel Uranium und zuviel Kerntechnik an Leute, die zwar primitiv sind, aber bezahlen können. In den Industrieländern will man gut leben und verdienen, aber mit dem, woran Europa so gut verdient, will Washington nicht ins Universum geblasen werden.«

James R. Cambdon nickte und sagte: »Und um das zu verhindern, trommelt Kissinger diese Konferenz für nächsten Monat zusammen. Aber wo sind die guten Nachrichten, Cassyan, die du mir versprochen hast?«

»Die sind verschlüsselt«, sagte Combrove. »Implizit sozusagen. Hör zu . . .« Der Amerikaner rückte weiter nach vorne, näherte sein Gesicht dem des anderen und senkte die Stimme.

»Es gibt in der Region, die meiner Aufklärung untersteht, eine Menge Dinge, mit denen ich Kissinger füttern kann. Von Ghaddafis untauglichen Versuchen, eine fertige Bombe in

China zu kaufen, und seinem Einfluß auf Pakistan, über Assads Versuche, französische und indische Nukleartechnik zu bekommen, bis hin zu den Bemühungen der Saudis und Pakistans in Belgien, Frankreich, Westdeutschland und Holland. Über all dies werden wir ihm ausführliches Material vorlegen, womit er auf seiner Konferenz prunken kann.«

Cassyan Combrove machte eine Pause, als ein Kellner in roter Seidenweste Besteck zurechtlegte und das Essen auftrug.

»Ich sehe immer noch nicht die gute Nachricht«, sagte Cambdon, nachdem das geschehen war. Cassyan Combrove, gleichzeitig Sadist und publikumsgieriger Hysteriker, genoß es, seinem Zuhörer seine Eröffnungen scheibchenweise vorzulegen. »All das haben wir recherchiert und werden unserem Freund Kissinger über seinen Unterstaatssekretär Ballacue mitteilen, was er wissen will.«

»Ballacue, Ballacue«, überlegte Cambdon kauend. »Ich höre diesen Namen nicht zum erstenmal, Cass.«

»Natürlich nicht«, antwortete Combrove. »Damals war der Mann vielleicht nicht so wichtig wie heute, aber immerhin war er in den sechziger Jahren US-Konsul in Bayern, und wir hatten seinen Einfluß zu berücksichtigen in einer Sache, die bei deinem Prozeß eine Rolle spielte.«

»Conrath«, sagte Cambdon, aufmerksam geworden. »Ich erinnere mich. Das ist lange her.«

»Es gibt eine Sache«, fuhr Cassyan Combrove fort, »in der wir zwar recherchieren, mit der wir Kissinger aber nicht füttern werden. Zumindest nicht, solange er uns nicht danach fragt. Und das ist das französische Atomgeschäft mit dem Chef der irakischen Baath-Partei, Saddam Hussein.«

»Der irakische Regierungschef ist Hassan Al Bakr«, sagte Cambdon.

»Ich weiß«, antwortete sein Tischgenosse, verzehrte sein letztes Stück Cordon bleu, wischte sich die Lippen ab und legte sein Besteck zusammen. »Aber Saddam Hussein ist der kommende Mann in Bagdad. Er ist der einzige arabische Führer, der den Mut und die Autorität hat, Israel kompromißlos Paroli zu bieten. Und er weiß, was er dazu braucht. Soweit wir vermuten, kauft Hussein von Frankreich einen Osiris-Reaktor mit höchster Neutronenflußdichte, bei dessen Betrieb Plutonium PU 239 entsteht. In einer Vereinbarung mit Italien soll Hussein auch das Herzstück einer Wiederaufarbeitungsanlage bestellt haben, mit deren Hilfe er das spaltbare, reine Plutonium erhalten kann.«

»Das sind für mich alles böhmische Dörfer«, bekannte James R. Cambdon.

»Dann wird es aber höchste Zeit, daß du dich informierst. Denn es besteht die Möglichkeit, daß aus böhmischen Dörfern in nicht allzu ferner Zeit ausradierte israelische Städte werden!«

James R. Cambdon wurde aufmerksam und hielt im Essen seiner Filetspitzen inne. »Willst du mir das nicht etwas näher erklären?«

»Habe ich dich endlich dort, wo ich dich haben wollte!« sagte der Amerikaner befriedigt. »Wenn du dich mit moderner Physik auch nur ein bißchen beschäftigt hättest, dann wüßtest du, daß auch auf diesem Wege Plutoniumbomben im Maßstab derer von Hiroshima und Nagasaki herstellbar sind.«

Cambdon schob bei diesen Worten die Reste seiner Mahlzeit mit dem Messer auf dem Teller zusammen. Er fuhr sich mit der Serviette über die Lippen und sagte: »Du wirst Hussein, wenn ich dich richtig verstehe, an seinem Vorhaben nicht hindern.«

»Du verstehst mich richtig, James«, sagte Combrove. »Wundert dich das?«

Cambdon legte seine Serviette auf den Tisch und sagte: »Im Vertrauen, Cass, ich habe bisher deinen Haß auf die Zionisten für eine Marotte gehalten, die du eben brauchst. Der eine braucht eine Liebe, der andere einen Haß.«

Cassyan Combrove nickte langsam mit dem Kopf und erwiderte: »Ich glaube, daß du das nie richtig verstanden hast. Dein Führer war bisher der einzige Mensch in der Geschichte, der mit dem Judentum konsequent umgegangen ist. Auch er

brauchte seinen Haß, allerdings war sein Haß gegen die Juden völlig unbegründet. Ihm und euch Deutschen haben die Juden nichts getan. Eure Judenvernichtung war reiner Mord.«
»Ihr habt gegen Deutschland Krieg geführt, gnadenlos und unerbittlich.«
»Aber doch nicht, weil Hitler die Juden verfolgt hat, sondern weil er die Vereinigten Staaten in noch nie dagewesener Weise herausforderte«, sagte Combrove. »Wer das tut, muß bezahlen. Auch in Zukunft.«
Als sein Tischgenosse ihn, ohne etwas zu sagen, unbewegt anstarrte, fuhr Cassyan Combrove fort, wobei das Zynische aus seiner Redeweise verschwand, die etwas Puritanisch-Prophetisches annahm: »Amerika ist ein herrliches, freies, reiches und mächtiges Land, James, für das es sich lohnt zu leben, zu arbeiten und Opfer zu bringen. Die Macht in diesem Lande aber haben die Juden. Im Finanzbereich, in den Medien, in der Politik. Denk nur an Kissinger! Die Zionisten in Jerusalem manipulieren, über einen Anteil von lächerlichen zweieinhalb Prozent Juden an der Gesamtbevölkerung, Amerikas Weltpolitik, stürzen uns in militärische Risiken, erpressen von uns unermeßliche Summen, Kredite, Lieferungen, Hilfs- und Unterstützungsleistungen. Und alles nur, weil einige Größenwahnsinnige vom Reich Israel träumen, wie weiland Adolf Hitler vom Großdeutschen Reich.«
»Und das willst du dadurch ändern, daß du Saddam Hussein zu seiner Bombe verhilfst?« antwortete Cambdon zweifelnd.
Cassyan Combrove beugte sich nach vorn: »Die Herrschaft in Amerika gehört wieder in die Hände der echten, anständigen, aufrichtigen Amerikaner. Und nicht in die Hände von Bastarden, die ihre Politik ausrichten nach den Bedürfnissen von zwei oder drei Millionen Fremden, die auf einem Stück Wüste leben, das uns nichts angeht. Das ist mein amerikanisches Prinzip, James, und das halte ich für mein Land für richtig. Man muß diesen Burschen in Jerusalem die Nägel schneiden, bis sie die Macht über unsere Administration, unsere Politik

und unser internationales Engagement verlieren. Wenn unsere Politiker das nicht tun, werden es Leute wie Saddam Hussein tun müssen.«

Als Bekräftigung fegte Cassyan Combrove mit dem Handrücken ein paar Brotkrumen von der Tischdecke. Dann sah er James R. Cambdon direkt ins Gesicht. »Ich habe mich gehenlassen«, sagte er lachend. »Vergiß es und bestell uns noch eine Flasche Château Neuf du Pape.«

»Fazit?« fragte Cambdon.

»Fazit«, wiederholte Combrove, wieder nachdenklich geworden. »Über die französisch-italienisch-irakischen Verbindungen werde ich Ballacue und Kissinger nicht informieren. Diese Tür möchte ich mir offenhalten, solange es geht.«

»Bist du in Washington vertrauenswürdig genug, um dir das leisten zu können?« fragte Cambdon.

Cassyan Combrove lächelte ein Lächeln, das aussah, als springe das Eis auf einem gefrorenen Hochgebirgssee. »Ich habe ihnen einen Loyalitätsköder hingeworfen«, sagte er. »Ich habe ihnen zum dritten- oder viertenmal empfohlen, einen gewissen Ayatollah Khomeini rechtzeitig aus der Weltgeschichte zu eliminieren, bevor er unermeßlichen Schaden anrichten kann. Ford und Kissinger werden diesem Rat ganz gewiß nicht folgen, und ein Demokrat wird es erst recht nicht tun, weil man nach Watergate in Amerika angefangen hat, Politik mit Moral zu verwechseln. Das ist zwar verständlich, aber gefährlich. Und wenn Khomeini erst einmal die Ölregion in Brand gesteckt hat und fanatische moslemische Horden den Westen terrorisieren werden, dann wird man sich der Voraussicht Cassyan Combroves erinnern und auch der Tatsache, wie umsichtig und vertrauenswürdig er doch ist.«

James R. Cambdon sah durch das Geflacker der Kerzen das Gesicht seines Tischgenossen, das in diesem Augenblick nichts Menschliches mehr hatte.

Wie ein Film lief noch einmal der Beginn ihrer Beziehung vor seinem inneren Auge ab. Die erste Begegnung in der Schweiz und dann, Jahre später, das Wiedersehen in München. Combrove hatte ihn durch Zufall in einer fragwürdigen Umgebung aufgestöbert und hinaus nach Pullach geholt, in das gleiche geheimnisvolle Haus, das auch Paul Mialhe und Martin Conrath kennengelernt hatten. Combrove hatte ihm folgendes Konzept unterbreitet: »Sie werden es vielleicht schon bemerkt haben, Bachau, ich möchte nicht gerne, daß jemand von diesem Gespräch erfährt.«

Bachau hatte das zugesichert: »Vorausgesetzt, daß ich damit gegen kein Gesetz verstoße.«

»Keine Angst«, sagte Combrove. »Gesetzliche Bestimmungen werden durch unser Gespräch überhaupt nicht betroffen, es sei denn solche, die Sie bereits verletzt haben. – Sie führen eine Existenz im Schatten. Ihr Monatseinkommen beträgt nach Abzug der Unkosten weniger als das eines Facharbeiters. Dafür schinden Sie sich täglich, einschließlich der Wochenenden, zehn Stunden und mehr mit Lappalien ab.«

»Was soll ich sonst am Wochenende tun?« hatte Bachau gefragt. »Vielleicht mit einer netten Freundin ins Grüne fahren? Kommen Sie zur Sache, Mr. Combrove. Jedenfalls haben Sie über mich ganz gut recherchiert.«

»Ich bin bei der Sache«, sagte Combrove. »Das werden Sie sofort merken. Aber vorher möchte ich, daß Sie mir zwei Fragen beantworten, die Ihr Gewissen in keiner Weise belasten . . .« Eine Weile herrschte Schweigen im Raum. Combrove nahm Tasse und Untertasse und versuchte seinen Kaffee. Er war zu heiß.

»Was wollen Sie wissen?« hatte Bachau gefragt und zugesehen, wie Combrove die Tasse vorsichtig wieder auf den Tisch zurücksetzte.

»Wir haben in der Schweiz zwar auf verschiedenen Seiten, aber auf der gleichen Ebene gearbeitet«, sagte Combrove. »Ich möchte wissen, ob Sie über das hinaus, was mir bekannt ist, an irgend etwas schuldig sind oder beteiligt waren, was in den Nürnberger Prozessen zur Debatte stand: Kriegsverbrechen, Verbrechen gegen den Frieden, Verbrechen gegen die Menschlichkeit, Mord?«

Als Bachau schwieg, fuhr der Amerikaner fort: »Ich gebe Ihnen mein Wort, daß ich die Wahrheit auch dann nicht gegen Sie verwenden werde, wenn sie ungünstig für Sie sein sollte.«

Franz Xaver Bachau hatte sich daraufhin entschlossen, zu antworten. »Nein«, sagte er. »Nichts dergleichen. Sie wissen, wie ich gearbeitet habe, und diese Methode habe ich niemals überschritten. Ich habe meinen Befehlen gehorcht und mehr nicht. Zu einem Mord wäre ich unfähig, ob Sie es glauben oder nicht.«

»Ich glaube Ihnen«, antwortete Combrove. »Schon deshalb, weil die Unwahrheit zu Lasten Ihrer persönlichen Zukunft gehen würde.«

»Und die zweite Frage?« sagte Bachau.

»Sie betrifft Ihre Erfahrungen als Sicherheitsspezialist, Mr. Bachau. Wir hatten uns kürzlich im Interesse der Staatsraison mit einem Mann aus Panama eingehender zu beschäftigen, als ihm angenehm war. Die Kanalzone ist neuralgischer Punkt für mein Land, das wissen Sie. Jedenfalls hatten wir übersehen, daß die Witwe US-Bürgerin war. Sie kann beweisen, auf welche Weise ihr Mann ums Leben gekommen ist und daß er ihr unterhaltspflichtig war, und jetzt klagt sie auf Schadenersatz. Auf über zwei Millionen Dollar, was sagen Sie dazu?«

»Daß eine Witwe einen Geheimdienst haftbar macht? Oder daß sie zwei Millionen von ihm will?« fragte Bachau.

»Das erstere, Bachau«, sagte Combrove. »Das erstere. Das ist noch niemals dagewesen. Mich interessiert, wie Ihre Leute in einem solchen Fall reagiert hätten. Ich habe in den Archiven nirgends etwas darüber gefunden.«

»Unsere Leute«, sagte Bachau nach einer Weile und lachte spöttisch. »Unsere Leute wären in einem solchen Fall geschaßt und an die Front geschickt worden. Bei unseren Leuten ist so etwas überhaupt nicht vorgekommen. Meine Antwort ist unverbindlich, Mr. Combrove, beachten Sie das wohl, ich spreche nicht aus eigener Erfahrung. Es gibt zwei probate Mittel.

Entweder ist das, was Sie tun, legal und durch gültige Gesetze gedeckt, dann gibt es keine begründeten Schadenersatzansprüche. Oder es darf niemand übrigbleiben, der von der Sache weiß, dann gibt es keinen, der Ansprüche stellt. Unsere Leute haben eine Mischung aus beidem angewendet. Ein drittes, mehr in unsere Zeit passendes Mittel wäre Geld. Geben Sie der Frau die zwei Millionen, die sie haben will, und lassen Sie den Prozeß niederschlagen. Aber ich warne Sie! Das schützt Sie nicht davor, sich vielleicht auch mit der Witwe näher beschäftigen zu müssen, als ihr angenehm ist. Wenn sie nämlich anfängt, Ihre Leute mit der Sache zu erpressen, müssen Sie die Witwe zum Schweigen bringen und womöglich Ihre eigenen Leute auch. Wenn Sie meine Antwort hören wollen: Wer mit Mord anfängt, muß bereit sein, weiter zu morden. Man sollte sich deshalb gut überlegen, ob und wann man damit anfängt. Denn es wird schließlich schwerfallen, ein Ende zu finden.«

»Sie gebrauchen harte Worte, Bachau. Ihre Leute hätten die Ausübung ihrer Pflicht niemals ›Mord‹ genannt.«

»Ich hätte es damals auch nicht so nennen dürfen«, sagte Bachau. »Die Sache mit den Wölfen, mit denen man heult, verstehen Sie?«

»Haben Sie eigentlich nie ein schlechtes Gewissen gehabt?« hatte Combrove wissen wollen, und Bachau hatte bescheiden gelächelt. »Für Gewissen war ich ein viel zu kleines Licht. Da gab es Wichtigere, die das in großem Maßstab zu verantworten hatten. Und . . .«, Bachau unterbrach sich und versuchte, sich an das Zitat zu erinnern. »Einer der engsten Mitarbeiter des Reichsführers, ein Zyniker, wissen Sie, aber was heißt das schon in diesem Geschäft, hatte da eine originelle Theorie, die vom offiziellen Herrenmenschendogma etwas abwich. Der Mensch, sagte er nämlich, ist ohnehin eine Mißgeburt, eine Übergangslösung zwischen Vieh und Gott. Als Vieh funktioniert er nicht mehr, weil ihm der Instinkt abhanden gekommen ist, und als Gott funktioniert er auch nicht, weil er nicht dessen Weisheit, Allmacht und Liebe besitzt. Eingesperrt in seinen lächerlichen Käfig aus Sexus, Irrtümern und Stoffwechsel kann er die Vollkommenheit nie erreichen und nur auf die nächste Schöpfung hoffen.«

»Denn alles, was entsteht,« hatte Combrove gemurmelt, »ist wert, daß es zugrunde geht. Einer von Ihren Leuten soll das gesagt haben, oder?«

»Goethe«, antwortete Bachau. »Aber er hat es schließlich den Satan sagen lassen.«

»Sehr gut«, sagte Combrove. »Ich wußte, daß Sie mein Mann sind, Bachau.«

»Ich? Ich bin nicht Ihr Mann, Combrove. Damals haben sich sehr viele die Finger dreckig gemacht, darunter auch ich. Ich mache das nicht noch einmal, das müssen Sie verstehen!«

»Sollen Sie ja auch gar nicht! Sie sollen nur nicht kleinlich sein, wenn Sie sehen, daß andere es tun müssen. Wir haben ein schmutziges Geschäft, Mr. Bachau. Glauben Sie nur nicht, daß mir das Vergnügen macht.«

»Warum betreiben Sie es dann immer noch?« fragte Bachau trocken.

»Weil ich eben so hineingerutscht bin«, antwortete Combrove. »Als ich damals zu Dulles nach Europa versetzt wurde, da ahnte ich nicht, wo das enden würde. Dann bleibt man dabei, plötzlich weiß man eine ganze Menge, dann weiß man noch mehr, und eines Tages weiß man so viel . . .« Combrove hob die Schultern.

». . . so viel«, ergänzte Bachau, »daß Sie nicht mehr aussteigen können, ohne sich selbst zu gefährden. Und für Sie als Sieger gibt es nicht einmal einen Prozeß, der Ihnen Absolution erteilen könnte.«

»Bachau«, antwortete Combrove nach einer Weile mit einem Hauch gequälter Ärgerlichkeit in der Stimme, während er den Zucker in seiner Kaffeetasse verrührte, »wir sollten die Hunde der Vergangenheit endlich schlafen lassen.«

»Ich habe sie nicht aufgeweckt, Combrove«, hatte Franz Xaver Bachau geantwortet.

»Also gut, reden wir über die Zukunft«, sagte der Amerikaner. »Sie sind zu intelligent, zu dynamisch und zu begabt, um weiter so lächerlich mit Ihren Gäulen zu vegetieren. Ich erhalte in Kürze einen der wichtigsten Posten, die mein Ressort zu vergeben hat, die Direktorenstelle in London. Ich brauche einen Mann als Gegengehirn, als zweite Klappe sozusagen, wenn die erste nicht fällt, verstehen Sie? Einen Mann, der sich in dem Job auskennt, ohne ihn auszuüben, einen Berater, dem etwas einfällt und der in der Lage ist, messerscharf zu analysieren. Daß von seiner Existenz niemand etwas erfahren darf, ist die einzige Bedingung.«

»Und wie soll ich die erfüllen?«

»Ich habe ein Konzept«, antwortete Combrove und entwickelte seine Pläne. »Wir müssen jetzt Ihren Prozeß provozieren, Bachau, damit Sie aus dem Schußfeld der Justiz kommen. Ich setze Sie auf freien Fuß und sorge dafür, daß Sie freigesprochen werden. Dann können Sie untertauchen, ohne daß ein Hahn danach kräht. London gehört zu den Städten, wo man rasch und nachhaltig seine Identität ändern kann. Ich garantiere Ihnen bis an Ihr Lebensende eine gutbürgerliche Existenz, und zwar in den interessantesten Städten der Welt. Sie brauchen nichts zu verantworten, nicht aktiv zu werden, nichts zu entscheiden. Sie müssen nur zur Verfügung stehen, mitdenken, analysieren. Trauen Sie sich das zu?«

»Mit wem schließe ich den Vertrag?« hatte Bachau gefragt. »Mit Ihrem Staat oder mit Ihnen?«

»Mündlich«, sagte Combrove. »Mit mir. Aber ich räume Ihnen alle Sicherheiten ein, die Sie wünschen, darunter volles Vorschußkonto für die nächsten zehn Jahre, mit Verfügung nur durch uns beide gemeinsam, oder was Sie sonst vorschlagen.«

Lange hatte Franz Xaver Bachau seinem Gegenüber ins Gesicht gesehen. Was konnte Combrove zu diesem ungewöhnlichen Angebot veranlassen? Zwei Dinge standen in Bachaus systematisch denkendem Juristengehirn fest. Zum einen sollten von dieser Verbindung, die Combrove sich wünschte, offenbar nicht einmal seine eigenen Leute etwas erfahren, und zum anderen bezahlte Cassyan Combrove das alles entweder aus eigener Tasche oder aber er hatte große Summen, aus denen er es bezahlte, unkontrolliert zur Verfügung. Ob Combrove nur, weil er einst einer von Walther Schellenbergs besten Leuten gewesen war, der Meinung war, er sei das geeignete Gegenhirn? Bachau war versucht, den wirklichen Grund an anderer Stelle zu suchen. Vielleicht war Cassyan Combrove persönlich doch nicht so standfest und unanfechtbar, wie seine asketische Lebensweise glauben machte. Und vielleicht brauchte er aus diesem Grunde einen Rückhalt. Er, Franz Xaver Bachau, war in den Fünfzigern, was man ihm nicht ansah. Für ihn war es eine faszinierende Chance, noch einmal, wenn auch unsichtbar, für ein paar Jahre in Reichweite der Hebel zu sitzen, die von den Mächtigen bedient wurden, noch einmal die prickelnde Erregung großer Entscheidungen zu empfinden, auch wenn ein anderer sie nach außen hin traf.

»Ich muß mir Bedenkzeit ausbitten«, hatte er gesagt, und Combrove, den man in diesem Augenblick für einen Prediger in einer Quäker- oder Mormonengemeinde hätte halten können, hatte zustimmend beide Hände gespreizt.

»Ganz wie Sie wünschen, Bachau. Ich möchte Sie nur noch einmal daran erinnern, daß Ihnen derzeit niemand auf der Welt ein annähernd ähnliches Angebot für ein menschenwürdiges Dasein machen kann. Vergessen Sie das nicht. Ich werde Sie anrufen. Sagen wir, heute in einer Woche.«

Und er hatte angerufen. Franz Xaver Bachau hatte seinen Prozeß bekommen und war mit Combroves Hilfe freigesprochen worden. Dann hatte er in London die Identität von James R. Cambdon angenommen, eines Captains der britischen Burma-Armee, der dort vermißt und, ohne Hinterbliebene oder Hinterlassenschaft, niemals für tot erklärt worden war.

Von da an war James R. Cambdon neben Cassyan Combrove auf der Straße der Geschichte einhermarschiert, auf der Combrove unauslöschliche Spuren hinterlassen hatte, an deren

Zustandekommen James R. Cambdon zwar ebenso unschuldig, aber auch ebenso beteiligt war wie früher Franz Xaver Bachau an den Verbrechen seiner Oberen. Nun war er alt, und er war krank und müde, aber noch einmal schlug ihm Cassyan Combrove beim traulichen Kerzenschein des Restaurants Colombe eine faszinierende Aktion vor.

Alles, was in dem intimen Lokal am Quai aux Fleurs von Cassyan Combrove konzipiert wurde, hat sich in der Arena der Weltpolitik ohne Abstrich so zugetragen. Was Frankreich anbetraf, so brachte Kissinger bei den Verhandlungen die Sprache auf Geschäfte mit der pakistanischen Regierung. Weder Amerika noch Frankreich erwähnten auf der Londoner Dezember-Konferenz etwas von dem, was sich zwischen Frankreich, Italien und dem Irak abzuzeichnen begann. Es herrschte allgemeine Befriedigung darüber, daß es gelungen war, die weit vom nahöstlichen Spannungsfeld entfernten pakistanischen Projekte nachhaltig zu entschärfen.
Unsichtbar jedoch hinter dem Schutz hochgewirbelter Staubwolken und der Selbstzufriedenheit über die Bändigung einer damals absolut noch nicht erkannten Gefahr, vollzog sich von da an ungestört und in weit unheimlicherer Nähe der Aufbau eines hochgradigen Vernichtungspotentials unter der harmlosen Bezeichnung Tammuz 17 in Tuwaitha, 20 Kilometer südostwärts von Bagdad. Aus den Augen verloren zwar von den erleichterten Großmächten, jedoch mit zunehmender Aufmerksamkeit beobachtet von zwei unterschiedlichen Institutionen, dem israelischen militärischen Nachrichtendienst Aman unter General Shlomo Shopir und seit kurzem der Central Intelligence Agency, unter den Augen ihres Direktors für Nah- und Mittelost, Cassyan Combrove, in der Nähe des romantischen Parks Monceau im Zentrum von Paris.

10

Die entscheidende Phase für Dr. Martin Conrath trat einige Monate später ein. Innerhalb dieses Jahres waren die Arbeiten des Konsortiums, dem auch die Technucléaire angehörte, auf dem Gelände in Tuwaitha bei Bagdad erheblich vorangetrieben worden. Bis Ende 1977 hatte im Irak alles unter der unmittelbaren Leitung französischer Techniker, Praktiker und Wissenschaftler gestanden. Auch Martin war zu zwei längeren Aufenthalten in den Irak geschickt worden. Er hatte, unterstützt von Paul Mialhe, dafür gesorgt, daß alles, was dort geschah, fest im Griff der französischen Verwaltung blieb und der Firma nichts entging, was sich bei den Bauarbeiten ereignete. Im Herbst 1977 trat jedoch im Ablauf der Arbeiten eine Änderung ein. Auf einer der regelmäßigen Organisationskonferenzen unterrichtete ein Präsidiumsmitglied der CEA die Teilnehmer von der Absicht, irakisches technisches und wissenschaftliches Personal für den Weiterbau und für den Betrieb der nach Bagdad zu liefernden Anlagen in Europa ausbilden zu lassen. Man ließ durchblicken, daß etwa dreihundertfünfzig irakische Wissenschaftler, Ingenieure, Techniker und Studenten an französische und auch italienische Universitäten und in Unternehmen der Energiewirtschaft geschickt und dort in den fortgeschrittensten Methoden der Kerntechnik ausgebildet werden sollten.

»Ich frage dich, was Saddam Hussein dieses Projekt kostet«, sagte Martin, als er sich im Anschluß an diese Konferenz in der dämmrigen Cafeteria im Erdgeschoß des Wolkenkratzers mit Paul unterhielt. Paul zuckte mit den Schultern. »Ist das mein Bier? Er wird das Geld schon haben, Martin. Schließlich verhökert er ja genügend teures Öl an uns und an andere.«

»Daß man dich immer erst darauf stoßen muß, einen Schritt weiter zu denken«, antwortete Martin. »Ich zweifle nicht daran, daß er das Geld hat. Aber ich frage mich, was ihn veranlaßt, es für einen Zweck auszugeben, der ihm nicht den geringsten wirtschaftlichen Nutzen einbringt. Erinnerst du dich daran, wie ich dich vor einem Jahr nachts aus dem Bett klingelte? Na also! Der Irak ist keine Industrienation, und er wird auch keine. Technologie in einer solchen Größenordnung ist für die verrückt. Ich werde einfach den Gedanken nicht los, daß im Irak machtpolitische Ziele verfolgt werden.«

»Und?« sagte Paul. »Kannst du etwas daran ändern?«

»Ich sehe einen gefährlichen Zusammenhang darin, daß sie gleichzeitig mit der Vergrößerung ihres Personals unseren Einfluß zurückdrängen, Paul. Die wissen genau, daß sie niemals in die Lage kämen, ihre Bombe zu bauen, solange alles unter unserer Kontrolle steht. Da steckt doch ein Konzept dahinter: Ausbildung eigener Leute, gleichzeitig Verminderung fremden Personals, und am Ende steht das Ziel, unabhängig von ausländischer Hilfe eine Bombe zu entwickeln, womöglich noch, ohne daß jemand es merkt.«

»Das ist an den Haaren herbeigezogen«, sagte Paul und löste zwei Päckchen Zucker in seiner dritten Tasse Espresso auf. »Ich weiß gar nicht, warum du dich so hartnäckig um Dinge kümmerst, für die du nicht bezahlt wirst.«

»Ich habe eben eine Affinität zu Israel«, sagte Martin. »Und du weißt, warum. Ich will genau wissen, was dort unten geschieht. Wir sind durch die Technucléaire direkt involviert. Es mag Tausende geben, die von alledem gar nichts ahnen. Aber wir sind beteiligt, und ich will es wissen.«

Paul Mialhe trank seinen Espresso, schwenkte mit dem letzten Schluck den Zucker auf, trank auch den Rest und stellte die Tasse fort.

»Sieh nur zu, daß du nicht eines Tages mehr weißt, als dir gut tut«, sagte er und kramte Kleingeld aus seiner Hosentasche hervor, um zu bezahlen. Am nächsten Tag schlug wie eine Bombe die Nachricht ein, Ägyptens Präsident Anwar el Sadat habe Israel ein Friedensangebot gemacht. Die Welt hielt den Atem an und wartete darauf, was Menachem Begin dem Ägypter antworten würde.

In Martin Conraths Privatleben kam es in diesen Tagen zu einer einschneidenden Entwicklung, und zwar durch den Tod Berthe de Rovignants. Er war nicht unerwartet eingetreten, und so, wie die Dinge seit jenem Abend bei Roger Lamazère lagen, mußte Martin damit rechnen, daß Berthes Todestag die Offensive seiner Frau gegen den Fortbestand ihrer Ehe einleiten werde. An jedem einzelnen Tag, der verging, ohne daß etwas geschah, fragte er sich, welchen Anlaß sie sich wohl für die unvermeidliche Szene aussuchen würde. Der Anlaß, der dann eintrat, war eine Lappalie, ein verwaltungsmäßig begründeter Aufschub der an sich vorgesehenen Erweiterung seiner Vollmachten und Kompetenzen, bis zu dem Tag, an dem Martins Einbürgerung von der Regierung endgültig genehmigt und ausgesprochen sein würde. Eine Lächerlichkeit also, keiner Bemerkung wert. Martin hatte seine Frau von Saclay aus angerufen und den Fehler begangen, ihr am Telefon zu sagen, daß er ihr abends etwas wenig Erfreuliches mitzuteilen habe.

Als er nach Hause kam, war Katrin ganz in Blau. Sie besaß eine Kollektion von Morgenmänteln, zu welchen gleichfarbige Kopftücher gehörten. Die schönste Kombination mit den wärmsten Tönen, die Katrin nach seiner Meinung am besten stand, war von tiefem Weinrot, das sie sich für kühle Herbstabende vorbehalten hatte. Es gab noch eine eigelbe, eine honigfarbene, eine türkisgrüne und die hellblaue Version dieser Garnitur. Martin wußte, daß es ein schlechtes Vorzeichen für den Verlauf des bevorstehenden Gespräches war, als er Katrin im blauen Gewand die Treppe herunterkommen sah. Sie fand, daß die Farbe des Stoffes ihre Augen wirkungsvoll betonte, doch Martin konnte diesen Morgenmantel nicht ausstehen. Er machte seiner Frau die angekündigte Mitteilung, während er sich einen Drink mixte und Katrin hinter ihm die Gardinen vor die Fenster zog. Martin hörte, wie Katrin hinter ihm in ihrer Tätigkeit innehielt, und spürte ihre Blicke auf seinem Rücken. Sie fragte kühl, ob er verrückt geworden sei, ihr so etwas nebenbei zu sagen, oder ob er etwa schon vorher Whisky getrunken habe. In das entstandene Schweigen spülte der Fernseher den Lärm einer Sportreportage ein, und es war sicherlich die einzige gemeinsame Gefühlsregung zwischen ihnen, daß sie beide im gleichen Augenblick den Apparat hätten in Stücke schlagen mögen. Katrin schaltete das Gerät ab. Martin drehte sich zu seiner Frau um. Sie richtete sich auf und sah ihn an. Er hatte das Glas in der Hand und ließ das Eis darin hin und her rutschen.

»Und da lachst du auch noch«, sagte Katrin.

»Jetzt hör mal zu«, sagte Martin, um einen winzigen Grad gelangweilter, als in diesem Augenblick gut war. »Übertreibe doch nicht, was ist denn schon? Eine Legitimation wird vielleicht ein paar Monate später erteilt werden, als wir sie erwartet haben. Reg dich nicht auf und trink endlich auch einmal einen Whisky, das beruhigt.«

Aber Katrin wollte weder zur Beruhigung etwas trinken noch eine Erklärung, eine Entschuldigung oder eine Spekulation über wirkliche oder vermeintliche Gründe hören. Vielmehr spielte sie diese willkommene Gelegenheit nach einem seit Martins Anruf am Nachmittag genau entwickelten und einstudierten Konzept planmäßig bis zur einkalkulierten Krise hoch.

»So«, sagte sie, »dann läßt du dir also jetzt auch hier widerspruchslos den Boden unter den Füßen wegziehen? Ich habe es ja immer befürchtet, daß du unfähig bist, etwas von Bestand aufzubauen und mir auf Dauer den Rahmen zu bieten, auf den ich Anspruch habe.« Martin, überrascht von ihrem Zorn, war zunächst bestrebt, einzulenken. »Du hast mich doch, als wir geheiratet haben, in einer weit schwächeren Position akzeptiert.«

Aber Katrin hatte eine Anspielung auf ihre Heirat und auf die Zeit, in der sie stattgefunden hatte, erwartet. Martin sah, wie sie in gut gespielter Hysterie die Hände vors Gesicht hielt und scheinbar verzweifelt die Finger spreizte.

»Mein Gott«, sagte sie. »Erinnere mich nicht daran, wie wir geheiratet haben. Ich habe den größten Fehler meines Lebens gemacht, als ich auf dich gesetzt habe, du Versager.«

»Du hast ja gar nicht auf mich gesetzt«, sagte Martin erbost. »Du mußtest ja den Mund halten und froh sein, daß sich jemand fand, der bereit war, euch aus der Sackgasse herauszuhelfen, in die du deine Eltern und dich durch deine adelige Affäre hineingeritten hattest! Auf mich gesetzt hatte Zacharias.«

»Ja«, sagte Katrin. »Und ich habe ihm geglaubt, ich einfältiges Ding. Ich habe ihm geglaubt, daß du eine Zukunft vor dir hättest, Stellung, Gesellschaft, Einfluß, gefeierter Wissenschaftler in Spitzenposition. Und was ist daraus geworden? Ein Fachidiot mit angeblichen Spezialkenntnissen, der für andere die Kastanien aus dem Feuer holt und dem man dafür noch die Vollmachten vorenthält.«

Sie unterbrach sich und änderte ihren Tonfall, indem sie sprach wie zu sich selbst: »Was für ein Glück, daß wenigstens aus dem Kind nichts geworden ist. Wenn ich jetzt auch noch mit einem Kind dastünde und alle Welt aufheulen würde, wenn ich die Konsequenzen zöge aus deiner Weltfremdheit, deiner Unfähigkeit und Arroganz. So bin ich zum Glück wenigstens allein.«

Wieder änderte Katrin wirkungsvoll die Tonlage. »Steh doch nicht so albern da«, fauchte sie. »Wie ein Drittkläßler, der an Vaters Schnapsschrank erwischt worden ist. Kipp das Zeug schon endlich runter und stell das Glas hin, damit man mit dir reden kann!«

»Du willst also weg«, sagte Martin, ohne Katrins Aufforderung Folge zu leisten. Das brachte seine Frau für Sekunden aus dem Konzept. Sie stand mitten im Zimmer wie ein bläulich schimmernder Eisberg. Endlich sagte sie: »Das mußt du doch einsehen. Wie komme ich denn dazu, bis in alle Ewigkeit auszubaden, was du eingerührt hast. Irgend etwas mußt du ja falsch gemacht haben. Ohne Grund versagt man nicht jemandem das Vertrauen, der sich jahrelang für einen abgerackert hat.«

»Und dein neuer Platz ist ja inzwischen freigeworden«, sagte Martin. »Ich sehe die Zusammenhänge deutlich, Katrin.«

»Stell endlich das Glas weg«, schrie Katrin unbeherrscht. »Oder ich nehm' es dir fort! Du kannst doch eine solche Unterhaltung nicht führen wie auf einer Party, mit dem Glas in der Hand.«

Doktor Martin Conrath blieb unbewegt stehen und hob das Whiskyglas. Er sah über den Rand hinweg seiner Frau ins Gesicht und trank es dann in einem einzigen, langen Zug leer. Danach stellte er es auf den Kaminsims.

»Dann hast du mich also nicht einmal damals geliebt«, sagte er.

»Nein«, sagte Katrin.

»Auch nicht, als wir das Kind erwarteten?«

»Ich habe dich nicht einen Augenblick lang geliebt«, sagte Katrin. »Ich habe dir vertraut, ja, in jeder Beziehung. Aber du hast mich in jeder enttäuscht.«

»Wenn ich an de Rovignants Stelle wäre«, sagte Martin nach einiger Zeit, »dann hätte ich *mir* gegenüber diesen Vollmachtsaufschub durchgesetzt und *dir* davon erzählt.«

Katrin wußte nicht, wie sie das, was Martin gesagt hatte, aufnehmen sollte.

»Ich hätte das getan, um dir die Basis für den Absprung zu verschaffen«, erklärte Martin. »Ja, das hätte ich getan. Und ich bin sicher, daß er es auch so gemacht hat. Aber ich würde in einem solchen Fall erwarten, daß de Rovignant selbst mit mir spricht, statt zu dulden, daß du vor deinem Mann eine billige Show abziehst.«

»Charles«, sagte Katrin. »Ich meine de Rovignant, . . . und mit dir sprechen, was bildest du dir eigentlich ein? De Rovignant verdient das Zehnfache wie du, und du erwartest . . .«

»Katrin«, sagte Martin geduldig, aber seine Frau ließ sich nicht mehr bremsen.

»Ja, ja, ja, ich weiß schon«, rief sie mit hochrotem Gesicht und begann in ihrem langwallenden Morgenmantel im Zimmer hin und her zu gehen wie eine Tigerin im Käfig. Manchmal kam aus der blauen Seide eines ihrer schönen, hellbestrumpften Beine hervor, die vor Jahren in Göttingen den Professor für altenglische Literatur fasziniert hatten. Doch Martin gestand sich ein, daß auch dies ihn schon lange nicht mehr interessierte. »Ich weiß schon«, fuhr sie fort. »Jetzt habe ich die Maske fallen lassen, willst du sagen. Aber er heißt nun mal Charles, ich kann es nicht ändern. Und du . . .« Sie blieb stehen und sah Martin eiskalt und verachtungsvoll an. »Du bist ja sogar im Bett ein Versager. Du würdest mir keinen Scheidungsgrund liefern, nicht wahr? Sogar in dieser Beziehung hab' ich eine Niete gezogen. Auf Knien bitten müßte ich dich wahrscheinlich noch, mich rauszulassen aus diesem Käfig.«

Martin Conrath merkte in diesem Augenblick mit Erschütterung, daß Katrin nicht imstande war, an irgend etwas anderes zu denken als an sich selbst.

»Darf ich vielleicht doch noch einen Whisky trinken?« fragte er nicht ohne Ironie. »Du bietest einem schon eine Menge, wenn ich mir das so überlege . . .«

»Mach doch, was du willst«, sagte Katrin heftig. »Wenn du jetzt auch noch mit Trinken anfängst, dann ist das Maß voll!«

»Ich warne dich«, sagte Martin, als er sich den Whisky zurechtgemacht hatte und Katrin gegenüberstand, eine Hand in der Hosentasche, das Jackett unternehmungslustig zurückgeschlagen. »Charles de Rovignant ist auch einer, der nur an sich selbst denkt. Der würde nie etwas für einen anderen um des anderen willen tun, auch nicht für eine Frau. In dieser Hinsicht würdet ihr großartig zusammenpassen.«

»Aber im Gegensatz zu dir ist de Rovignant ganz oben«, sagte Katrin. »Wenn ein Mann ganz oben ist, ist es mir gleichgültig, ob er an sich denkt, und wenn er nicht oben ist, ist es egal, an wen er denkt. Das nützt dann sowieso nichts.«

»Und wie stellst du dir alles im einzelnen vor?« fragte Martin. »Scheidungsgrund kannst du von mir keinen bekommen. In diesem Punkt hast du recht.«

»Die Sache darf dich auch nichts kosten, wie ich dich kenne«, sagte Katrin höhnisch. Martin blieb vollständig ernst. »Nicht einen Sou, Katrin, und es kommt auch nicht in Frage, daß Zacharias hier auftaucht, um mit mir über die hundertfünfzigtausend zu verhandeln, um die du ihn ärmer gemacht hast, bevor du auf mich verfallen bist.«

»Daß Zacharias hier auftaucht, kannst du gar nicht verhindern«, antwortete Katrin, und Martin sah sie überrascht an.

»Wie meinst du das?« fragte er schließlich.

»Er kommt morgen nachmittag um fünf nach drei«, sagte Katrin. »Am Gare de Lyon mit dem TGV aus Marseille. Die Eltern sind in ihrem Bungalow bei Antibes. Ich habe Papa angerufen, und er hat sofort zugesagt. Ich schätze, er will dir ein Angebot machen.«

Vor Martins Augen schien das Zimmer zu verschwimmen, es vollführte leise und gleichmäßig schwankende Bewegungen, einzig die eisblaue Gestalt Katrins blieb senkrecht wie ein aufrecht stehender Perpendikel, um den sein eigenes Gehäuse zu pendeln beginnt. Martin ließ das Glas kreisen. Eis klickte an Eis. Er spürte ein unbändiges Verlangen, das Glas zu heben und den Inhalt in Katrins geschminktes Gesicht zu schütten. Sie ahnte wohl, welche Anwandlung Martin in diesem Augenblick überkam, denn sie sagte mit ihrer dunklen, spottenden Stimme: »Dazu hast du auch nicht die Courage. Also trink es lieber aus.«

Mit diesen Worten wandte sie sich um und ging nach oben. Martin Conrath trank langsam seinen Whisky aus und begann darüber nachzudenken, wie das Angebot aussehen könne, das Katrin angedeutet hatte. Er zweifelte nicht eine Sekunde daran, daß Zacharias angereist kam, um aus dem Scheitern der Ehe seiner Tochter Katrin ebenso ein Geschäft zu machen, wie er es mit der Heirat getan hatte.

Martin hatte durch Veröffentlichungen, Laudatien und

Ordensverleihungen schon zu einem Zeitpunkt von Zacharias Westerholdt gehört, als er noch gar nicht wußte, daß dieser Mann eine Tochter hatte, geschweige denn einmal sein Schwiegervater werden würde. Wieviel war da von genialen Unternehmereinfällen, eiserner Energie und zielstrebigem Wachstumspotential die Rede gewesen, von Stützen und Eckpfeilern der Gesellschaft, von wagnisfroher Initiative im Spannungsfeld einer expandierenden Ökonomie. Es mußte für Zacharias ein furchtbarer Schlag gewesen sein, als ihm eines Tages die Erkenntnis gekommen war, daß sie alle zu hoch gesetzt hatten, daß nichts von Ewigkeitswert geschaffen worden war. Übriggeblieben waren schließlich unzählige leerstehende Wohnblocks, die dann, wenn auch nur mit Mühe, zu Unterpreisen verkauft wurden, und Überkapazitäten, gebildet durch Überbeschäftigung und Überinvestitionen. Aber schließlich ist Zacharias eine zähe Natur, dachte Martin. Irgendwo wird schon noch ein Funke glimmen. So dick konnte er sich eine Asche gar nicht vorstellen, daß ein Mann wie sein Schwiegervater nicht doch wieder darunter hervorkriechen und in einem verzweifelten Anlauf noch einmal alles von neuem aus dem Boden stampfen würde. Und ganz so sah Zacharias auch aus, als er jetzt weit draußen am Ende des Bahnsteigs aus dem orangefarbenen Expreßzug kletterte, der sich durch das Weichengewirr in den Bahnhof geschoben hatte und lautlos anhielt. Mit funkelnden Brillengläsern unter dem dunkelblauen Hut, den obligaten Diplomatenkoffer in der Hand, steuerte er auf Martin zu.

»Hast du dein Gepäck aufgegeben, Papa?« fragte Martin.

»Nein«, trompetete Zacharias. »Für die eine Nacht reichen Schlafanzug und Zahnbürste. Hausschuhe wirst du ja für mich haben. Aber . . .«, er beugte sich vertraulich zu Martin hinüber, während sie zwischen anderen Reisenden den endlosen Bahnsteig entlangschritten, ». . . ich habe einen riesigen Hunger. Im Flugzeug und im Zug kann ich nichts hinunterbringen. Und außerdem . . . wir sollten uns erst einmal zu zweit aussprechen, bevor das Mädel mitredet.«

Zacharias Westerholdt ließ keinen Zweifel daran, daß er es vorzog, das Geschäft, um dessentwillen er nach Paris gereist war, unter Männern abzuhandeln. Martin schlug das Bahnhofrestaurant Le Train Bleu vor, eine Attraktion, die sein Schwiegervater noch nicht kannte. Der Haupteingang befand sich im Obergeschoß, an der Stirnseite der riesigen Bahnsteighalle, unter einer mächtigen Bronzeuhr mit goldenen Zeigern und goldenen römischen Ziffern. Rechts und links führten ausladende, herrlich geschwungene Freitreppen mit bronzegeschmiedeten, kunstvollen Geländern empor. Das Restaurant war in dem Zustand belassen, in dem es gegründet worden war. Dunkles Holz, blinkendes Messing, schwarzes Leder, riesige, portierengesäumte Bogenfenster bestimmten den Raum. Er war überwölbt von verschwenderischen, sonnigen Deckengemälden, auf denen man die Städte bewundern konnte, die einst »le train bleu« und jetzt der TGV auf seiner Fahrt in den Midi berührte. Die Bilder waren eingefaßt von blattvergoldetem Stuck in den Wölbungen, Ecken und Nischen. Hier stand Martin Conrath seinem angeblich bankrotten Schwiegervater gegenüber, während sie beide darauf warteten, daß Madame die zwei Plätze für sie fand. Er hatte den Druck seiner arbeitsgewohnten Pranke verspürt, hörte seine kräftige Stimme und nahm zum erstenmal mit Bewußtsein wahr, daß Zacharias ein wenig kleiner war als er. Endlich hatte Madame einen Platz für sie gefunden. Er bot den Blick hinaus auf die gigantische Bahnhofshalle mit ihren pausenlos ankommenden und abfahrenden Zügen.

»Tolle Sache das«, sagte Zacharias, als er sich niederließ und interessiert hinaussah. »Prima Anlage für die damalige Zeit! Wie viele Abfahrten und Ankünfte täglich? Wie viele Passagiere? Zweckmäßig angelegt, das muß man sagen. Und sachgerecht gebaut.«

Aus ihm sprach jetzt ganz der Bauunternehmer im großen Stil, der wußte, wovon er redete. Es lag in diesen Worten nicht der leiseste Hauch von Trauer darüber, daß bei der Kohut-KG möglicherweise bald nichts mehr zweckmäßig angelegt und sachgerecht gebaut werden würde. Diese Phase seines Lebens schien hinter Zacharias zu liegen, abgeschlossen und verpackt wie ein Paket, mit dem er sich eine Zeitlang abgeschleppt und das er dann irgendwo niedergelegt hatte. Martin empfand erneut jene widerwillige Sympathie, die er diesem rauhbeinigen und skurrilen Charakter von jeher entgegengebracht hatte.

»Hör mal«, sagte er endlich. »Ich finde, du nimmst es wirklich verdammt leicht, oder irre ich mich?«

Zacharias legte die Speisekarte vor sich auf den Tisch, nahm die Brille ab und steckte sie ein.

»Bestell mir mal was, mein Junge. Von dem französischen Krimskrams hier verstehe ich einen Dreck, und sonst macht das immer Mutter für mich. Es ist mir gleich, was du nimmst. Du wirst es schon richtig machen. Was sagtest du übrigens eben? Wovon hast du gesprochen?«

»Na, ich meine . . .« begann Martin. »Ich denke . . . Katrin vergeht vor Sorge, und du . . .«

»Ach so, du meinst wegen der Firma!« Erleichterung breitete sich auf Zacharias' Gesicht aus.

»Na, Zacharias«, sagte Martin und versuchte, einen völlig überflüssigen, feinfühligen Anlauf zu nehmen. »Alle Welt ist doch voll davon, daß du . . . daß ihr . . .«

». . . daß wir in Schwierigkeiten sind«, gab Zacharias in der ihm eigenen offenen Art zu. »Ich doch nicht, Martin! Da hat euch einer 'nen Bären aufgebunden.«

Wie er so dasaß, das grobknochige Gesicht mit dem schon ein wenig spitzen Kinn braungebrannt und von vielen Fältchen durchschnitten, von denen sich jetzt, als er lächelte, die rechts und links der Augen vertieften, während das volle weiße Haar ihm wie Schaum über die flache Stirn floß, da schien wirklich an den Gerüchten nichts dran zu sein.

»Ich doch nicht, Junge«, wiederholte Zacharias nachdrücklich. »Die Firma, ja, die ist möglicherweise soweit, wenn sie nicht bald ein paar solide Aufträge bekommt. Kohut und Jaeger haben zuviel reingebuttert und den Hals nicht voll genug bekommen. Aber ich doch nicht!«

Was denn der Unterschied sei, fragte Martin, nachdem er beim Kellner die Bestellung aufgegeben hatte.

»Junge«, sagte der alte Herr. »Wofür glaubst du eigentlich, daß ich die letzten fünfundzwanzig Jahre gearbeitet habe? Doch nicht dafür, daß ich jetzt für den Wahnsinn, den andere angerichtet haben, hafte und danach womöglich am Bettelstab gehe? Das würdest du mir doch nicht zutrauen, Martin, oder? Ich habe auf diese Pleite seit fünfundzwanzig Jahren gewettet. Für Kohut ist das schlimm jetzt und für Jaeger auch. Die haben nämlich selber an das geglaubt, was sie den anderen eingeredet haben. Laß die alle mal ruhig machen, habe ich mir gedacht, du hast ja Zeit. Wenn die ersten Blocks dann leer bleiben, wenn die Arbeitslosen kommen und man sich erst mal zu streiten anfängt, wer alles verschuldet hat, die Unternehmer oder das Publikum, die Japaner, die Amerikaner oder die Gewerkschaften, wenn die alle aus ihrem holden Traum erwachen, dann, Zacharias, mußt du dein Schäfchen im trokkenen haben.«

»Wenn ich dich recht verstehe«, sagte Martin, »meinst du damit, alles wäre nicht so schlimm, wenn man maßgehalten hätte, wie Erhard das wollte?«

Zacharias Westerholdt nickte eifrig. Er hatte bereits angefangen, sich mit der Vorspeise zu beschäftigen, die der Kellner vor ihn hingestellt hatte.

»Maßhalten, ja«, sagte er kauend. »Und da der Mensch nicht maßhalten kann, konnte das nur platzen. Fünfundzwanzig Jahre habe ich denen gegeben, als sie damals angefangen haben, diese Illusionisten. Und die sind vorbei. Auf die Sekunde.«

»Fünfundzwanzig Jahre soziale Marktwirtschaft«, murmelte Martin nachdenklich. Sein Schwiegervater deutete mit der Gabel auf Martins Brust.

»Soziale Marktwirtschaft, daß ich nicht lache. Es gibt gar keine soziale Marktwirtschaft! Jede Marktwirtschaft ist unsozial. Alles andere ist eine fromme Zwecklüge der Godesberger Kuchenverteilungssozialisten. Marktwirtschaft muß sich am

Grenznutzen orientieren, und dazu braucht sie Leute, die sich überlegen, was sie sich leisten können. Das kann man ganz deutlich beobachten an dem engen Zusammenhang zwischen Konjunktur und Geldwertschwund. Immer dann, wenn sich nicht alle alles leisten können, regulieren sich die Preise, und das Geld bleibt stabil. Nur ein vorgeschobener Salonsozialist wie der Schmidt kann diesen Blödsinn von fünf Prozent Arbeitslosen und fünf Prozent Inflation daherreden. Allerdings nicht ungestraft. Eine wachstumsfixierte, angeblich soziale Marktwirtschaft mit freier Fortschrittsentwicklung produziert auf lange Sicht nur Überkapazitäten und Heere von Arbeitslosen. Du wirst es sehen.«

»Mein Freund Paul Mialhe sagt das gleiche wie du.«

»Dann hast du einen intelligenten und mutigen Freund«, sagte Zacharias Westerholdt, spuckte ein Knöchelchen seiner Froschschenkel zurück auf den Teller und fuhr sich mit der Serviette über die Lippen.

Martin lachte. »Du redest wie ein echter Reaktionär.«

»Ich *bin* einer«, sagte Zacharias stolz. »Nur Reaktionäre reden heute nicht um den heißen Brei herum, sondern hauen mit der flachen Pranke mitten rein. Aber für meine Partner war schließlich wichtig, was ich tat, nicht was ich redete. Wenn diese Esel jetzt um immerwährendes Wachstum beten, dann kommen sie mir vor wie eine ahnungslose Tiefbaufirma, die auf fortwährenden Sonnenschein hofft, damit man es nicht so merkt, daß die von ihr gebauten Straßen bei Regen nichts taugen.«

»Nun«, sagte Martin, »der politische Wind in Deutschland wird sich auch wieder mal drehen«.

»Das ändert gar nichts«, erwiderte Zacharias Westerholdt. »Gar nichts! Weil die anderen auch auf Wachstum setzen. Ich habe versucht, denen begreiflich zu machen, was sie tun. Wenn ihr auf Wachstum setzt, habe ich gesagt, dann seid ihr wie ein Arzt, der seinem Patienten gegen Durchfall ein Abführmittel verordnet.«

»Und was haben sie dir geantwortet?«

Zacharias Westerholdt begann zu lachen und verschluckte sich beinahe dabei. »Sie sagten . . .«, stammelte er hustend, »sie fänden mein Beispiel zu drastisch, sozusagen unfein. Und außerdem müssen sie ja schon deswegen weiter Wachstum schaffen, weil sie damals damit angefangen haben. Von dem Tiger kann keiner mehr runter!«

»Und dann?« fragte Martin.

»Dann bin ich bei denen aus der Partei ausgetreten«, sagte Zacharias, als er sich wieder so weit erholt hatte, daß er zusammenhängend reden konnte. »Denn für eine Partei, die sich weigert, die Realitäten zu akzeptieren, zahle ich keinen Beitrag. Nicht eine Mark. Und jetzt schlage ich vor, daß wir zu unserem eigenen Problem kommen.« Er beugte sich vertraulich zu seinem Schwiegersohn über den Tisch. »Du hast sie allmählich satt? Bis oben hin?« Es war unverkennbar, daß er mit dieser Bemerkung seine Tochter meinte.

»Wir haben uns auseinandergelebt«, antwortete Martin zurückhaltend, da er sich kein Bild machen konnte, worauf der alte Herr in seiner Bonhomie hinauswollte. Zacharias nickte wie zur Bestätigung. »Habe ich dir ja vorhergesagt, nicht wahr?«

»Woher weißt du das eigentlich?« erkundigte sich Martin.

»Sie hat es mir gesagt«, antwortete der alte Herr und hielt sich anschließend strikt an sein Prinzip, wonach echte Reaktionäre stets mit der flachen Hand mitten in den heißen Brei hauen. »Du hättest sie satt, sagte sie, sie dich auch, und außerdem hätte sie einen anderen. Stimmt das alles?«

»Stark vereinfacht, ja«, antwortete Martin, der gespannt war, auf welchem Gleis der alte Herr das Gespräch letztlich würde führen wollen.

»Was ist denn das für einer, den sie da hat?« wollte Zacharias Westerholdt wissen und unterbrach jetzt sogar seine Mahlzeit, so gespannt war er auf Martins Antwort.

»Sie hat ein Verhältnis mit Charles de Rovignant. Das ist der Präsident unseres Unternehmens. Seine Frau starb vor ein paar Wochen.«

»Also stimmt das doch alles«, sagte Zacharias Westerholdt mit befriedigtem Erstaunen und widmete sich erneut seiner Lammkeule.

»Was?« fragte Martin.

»Was sie mir am Telefon gesagt hat«, antwortete der alte Herr. »Hör mal, Junge, eure Firma ist doch steil im Aufwind, oder? Auch international. Ich habe mich informiert.«

»Immens«, antwortete Martin.

»Und was hat sie für Garantien?«

»Die Firma?« fragte Martin. »Das weiß ich nicht. Da mußt du beim CEA fragen oder beim Ministerium.«

»Nein, ich meine nicht die Firma«, sagte Zacharias. »Ich meine deine Frau. Wird dieser Präsident sie nehmen, gesetzt den Fall, sie wäre frei?«

»Das weiß ich auch nicht«, antwortete Martin und war nahe daran zu lachen. »Da mußt du ihn schon selber fragen. Oder Katrin. Ich kann dir darauf keine Antwort geben.«

»Ich meine nur«, sagte Zacharias. »Es könnte doch sein, daß du dich irgendwie darum gekümmert hast, weil du sie doch los sein willst. Und das schaffst du bei Katrin nur, wenn sie nach oben heiratet. Ich meine das nicht abwertend, mein Junge . . .«, beruhigte Zacharias seinen Schwiegersohn. »Aber es gibt doch keinen Zweifel, daß dieser Mann einen riesigen Einfluß auf die Wirtschaft hat.«

»Ich verstehe«, sagte Martin. »Riesig, ja.«

»Na eben. Hat sie dir einen Scheidungsgrund geliefert?«

»Nein«, sagte Martin. »Ich kenne bisher nur ihre Vorstellungen von der Zukunft, nicht ihre Erlebnisse in der Vergangenheit. Es gibt jedenfalls nichts, woraufhin ich es wagen würde, einen Prozeß anzufangen, wenn du das meinst.«

»Ja, genau das meine ich«, sagte Zacharias. »Sie ist eben doch meine Tochter, die weiß, daß man sich im Leben seine Optionen offenhalten muß. Und du lieferst ihr natürlich auch keinen Grund. Du wärst ja auch dämlich, wenn du das tätest. Du hast deine Lektion gelernt, seit du sie geheiratet hast.«

Zacharias Westerholdt schwieg eine Weile und fühlte sich

schließlich verpflichtet festzustellen: »Ich würde natürlich nicht so reden, Junge, wenn ich wüßte, daß eure Ehe für einen von euch noch eine Herzenssache ist. Aber das ist nicht der Fall, und somit kann man sie behandeln wie ein sauberes Geschäft.«

»Natürlich«, sagte Martin. »Und jetzt willst du mir ein Angebot machen.«

»Ich beglückwünsche dich zu deiner Vernunft«, sagte der alte Herr und bekräftigte diese Feststellung mit einem letzten enormen Bissen Fleisch, den er sich zwischen die Zähne schob. »Sieh mal, Katrin ist für mich nun mal kein seelischer Aktivposten, sondern ein finanzieller. Um was anderes zu sein, hat sie zuviel von . . . von . . .«

»Von dir«, half ihm sein Schwiegersohn weiter.

»Na ja, wenn du es so willst«, sagte Zacharias. »Ich meine . . . ich würde Katrin raten, eine Scheidung einvernehmlich zu akzeptieren. Ich würde dir dabei das Haus in der Cité des Fleurs überlassen, die Prozeßkosten bezahlen, dafür gut sein, daß Katrin keine weiteren Ansprüche an dich stellt, und wir beide bleiben Freunde.«

Zacharias Westerholdt trank einen mächtigen Schluck Wein, wischte sich nochmals mit der Serviette über den Mund und sah Martin gespannt an. »Na?«

»Das ist ja ein fabelhaftes Angebot«, sagte Martin. »Und was soll ich dafür tun?«

»Eigentlich gar nichts«, sagte Zacharias. »Voraussetzung ist nur, daß Charles de Rovignant ein Eheversprechen abgibt. Und daß er sich nachher zu seiner Frau, ihrem Vermögen und ihrer Familie loyal verhält.«

»Und wie hat man dieses ›loyal‹ exakt zu verstehen?« fragte Martin.

»In Form von Beteiligung an Aufträgen«, sagte Zacharias Westerholdt in der entwaffnenden Offenheit, die sein polterndes Wesen erträglich erscheinen ließ. Martin Conrath staunte.

»Ich denke, deine Schäfchen sind im trockenen, Papa?«

»Persönlich schon, Junge. In diesen fünfundzwanzig Jahren, in denen ich voraussah, was alles schiefgehen würde, habe ich Jahr für Jahr die Hälfte meines Einkommens auf die Seite getan. Das heißt, daß ich jetzt weitere fünfundzwanzig Jahre so leben kann wie bisher. Ab geht die Geldentwertung, dazu kommen die Zinsen. Bei etwas Glück hält sich das die Waage.«

»Und warum brauchst du dann eine Beteiligung an Bauaufträgen?«

»Sieh mal«, sagte der alte Herr. »Du wirst es nicht für möglich halten, aber ich bin sentimental. Einmal ist die Firma ein Lebenswerk, das man ungern pleite gehen sieht. Und zweitens ist Kohut zwar ein Glücksritter und Jaeger ein blauäugiger Vollidiot, aber mit beiden bin ich ein schweres Stück Weges marschiert, und da dreht man doch ungern die Pirouette und verschwindet auf französisch. Verstehst du das?«

Martin Conrath verstand. Nur eines interessierte ihn bei der Sache noch. »Aber wir bauen in Frankreich, Papa, und viel in Übersee. Wie stellst du dir das praktisch vor?«

Zacharias machte eine wegwerfende Handbewegung, die anzeigte, daß er Charles de Rovignant, falls er Katrin, geschiedene Conrath, geborene Westerholdt, heimführen würde, für ebenso großzügig einschätzte wie sich selbst.

»Das ist doch eine Kleinigkeit, Martin. Wofür gibt es Arbeitsgemeinschaften, Syndikate, Konsortien? Das kann man alles arrangieren. Es kommt nur darauf an, de Rovignant entsprechend zu motivieren.«

Zwar entzog es sich Martin Conraths Vorstellungsvermögen, wie man es würde anstellen können, den Präsidenten der Technucléaire zu derlei Geschäften zu motivieren, doch er vertraute dem Gespür seines Schwiegervaters, der versprach, das schon richtig einzufädeln, wenn es jemandem gelänge, ihn Charles de Rovignant vorzustellen. Martin beschloß, Paul darum zu bitten. Paul würde sich mit sarkastischem Vergnügen in diese Aufgabe stürzen, wenn Martin ihm mitteilte, daß er bereit sei, nach so vielen Jahren seinem freundschaftlichen Rat zu folgen, und wenn er ihm berichtete, auf welch listige Weise sein Schwiegervater beabsichtigte, die eigene Tochter preisbeeinflussend weiterzuverhökern, wie einen Posten Dachplatten, der ihm noch gar nicht gehörte, ein Warentermingeschäft sozusagen auf erhöhtem psychologischem Niveau.

Aber aus der geplanten Kaffeestunde mit Paul in seinem Büro an der Défense am folgenden Morgen wurde nichts, weil das Glück sein Horn über Martin in einer solchen Fülle ausgoß, daß er sich halb betäubt hinter seinen Arbeitstisch in den Sessel gleiten ließ, bevor er die Terminnotiz ein zweites Mal las, die seine Sekretärin ihm übergeben hatte, als er sein Büro betrat.

»Ohne Obligo, habe ich der Dame gesagt«, verkündete sie. »Ich kann nur zusagen, daß der Frühtermin vor der Post noch frei ist. Ob und wie Sie selbst darüber verfügt haben . . .« Monique Morissot spreizte in gespieltem Bedauern die Unterarme und Hände ein wenig ab und hob die Schultern.

»Sehr tüchtig, Monique. Sehr gut haben Sie das gemacht. Sie sind äußerst umsichtig. Wo wartet die Dame auf Rückruf?«

»In ihrem Hotel, Monsieur Conrath. Die Nummer steht auf dem Zettel.«

Martin sah wieder auf den Zettel in seiner Hand und registrierte, daß Monique Morissot die Nummer des kleinen Hotels im Quartier Latin aufnotiert hatte, wo er Valerie auch bei ihrem letzten Aufenthalt in Paris angerufen hatte. Dr. Martin Conrath wählte diese Rufnummer, sobald seine Sekretärin das Büro verlassen hatte. Er erreichte den Empfang und wurde in das Frühstückszimmer weiterverbunden, wo man die Dame aus der Schweiz an den Apparat holte, die noch die Reste eines Croissants hinunterschlucken mußte, bevor sie ihm zu sagen vermochte, daß sie sich mit ihm treffen wolle.

Martin wußte nicht, wie ihm geschah, als er wirklich und wahrhaftig ihre Stimme hörte, obwohl er nach ihrem letzten Treffen zuerst Tag für Tag, dann Woche für Woche und zuletzt nur noch Monat für Monat darauf gewartet und schließlich die Hoffnung aufgegeben hatte.

»Ist das wirklich wahr?« sagte er. »Wo soll ich hinkommen, Valerie? Sie glauben nicht, was für eine Freude Sie mir machen.«

»Mir geht es auch so«, sagte Valerie. »Ich will es Ihnen nicht verschweigen. Aber es ist diesmal nicht nur ein persönlicher Besuch. Ich habe Sie um etwas zu bitten.«

»Alles, was Sie wollen«, sagte Martin eifrig. »Wo wollen wir uns treffen?«

Zu seinem Erstaunen antwortete Valerie: »Ich sagte es schon Ihrer Sekretärin, am liebsten in Ihrem Büro. Erstens möchte ich es gerne kennenlernen, und zweitens paßt es besser zur Sache. Wir können dann irgendwo zusammen zu Mittag essen, und morgen muß ich wieder im Dienst sein. Haben Sie den Konflikt in Ihrer Ehe gelöst?«

Martin Conrath mußte schmunzeln. »Sie wollen es aber genau wissen. Vorverhandlungen haben stattgefunden, die Sache wird sich regeln lassen. Warum fragen Sie?«

Valerie lachte. »Weil ich Sie nicht noch zusätzlich in Schwierigkeiten bringen möchte. Wenn wir uns privat sehen, will ich nicht an Probleme denken, verstehen Sie das?«

»Ich finde das . . . wie soll ich mich ausdrücken . . . sehr, sehr nett von Ihnen. Wann wollen Sie kommen?«

»Sofort«, sagte Valerie und fragte, wie sie fahren müsse. Martin schickte sie zur RER und nannte ihr die Station. Das ginge schneller als mit einem Taxi, in einer halben Stunde könne sie auf der Défense sein.

Als Valerie Martins Büro betrat, hatte ihr Monique Morissot den Trenchcoat nebst Regenhut bereits abgenommen. Valerie war sportlich gekleidet, Cordrock, Kaschmirpullover und eine Perlenschnur, dazu ochsenblutfarbene Lederstiefel. Es gab eine wenig aufwendige Besucherecke, und dort ließen sie sich nieder.

»Bei mir zu Hause wollten Sie wahrscheinlich nicht anrufen«, sagte Martin. »Ist es wegen Katrin? Oder wegen de Rovignant? Damals im Lamazère?«

»Es ist wegen de Rovignant«, sagte Valerie. »Aber nicht wegen der Begegnung im Lamazère. Wenn Sie wollen, können wir nachher darüber sprechen, wenn wir das Geschäftliche erledigt haben.«

»Das Geschäftliche? Sie machen mich gespannt.« Martin lächelte unbewußt in einer bestimmten nachsichtigen Art, in der manche Männer zu lächeln pflegen, wenn sie einer Frau Sachlichkeit oder Logik nicht zutrauen.

»Sie sollen nicht so lächeln«, sagte Valerie, wechselte die Stellung ihrer Beine und ordnete den Rock. »Ich bin das von zu vielen anderen Männern gewöhnt. Bei Ihnen stört es mich. Ich bin nämlich sehr selbständig! Vergessen Sie nicht, daß ich geschieden bin und weder von dieser Scheidung noch von meinem elterlichen Vermögen existieren kann. Ich muß einen Beruf ausüben, der mich ernährt, und das, weswegen ich Sie aufsuche, gehört zu meinen Pflichten.«

Es war ein nebliger Tag, und die Spitze der Tour Technucléaire war in Wolken eingehüllt. Vor dem großen Panoramafenster war nichts als diffuses Grau, und manchmal schlug ein Regenschauer seine Perlen lautlos gegen die gleichgültigen Glasscheiben. Man konnte in der Tat vergessen, daß es irgendwo Wüsten gab, glühende Landstriche, Ölregionen, Pipelines, Kamelkarawanen und majestätische Sonnenuntergänge. Martin mußte sich dazu zwingen, seine Vorstellungskraft auf das zu konzentrieren, was seine Besucherin ihm in ihrer leidenschaftslosen und doch weiblichen Art wie beiläufig vortrug.

»Sehen Sie, in der Agentur, für die ich arbeite, komme ich zwangsläufig mit einer Menge Menschen von überall her in Berührung. Ich habe Ihnen ja erzählt, daß mir auch die Technucléaire und Charles de Rovignant ein Begriff waren, bevor ich ihm damals im Lamazère persönlich begegnet bin.«

Martin nickte. »Und was für Menschen sind es, deretwegen Sie hier sind?«

»Sie machen es mir leicht«, sagte Valerie. »Denn es wäre gar nicht so einfach, an der richtigen Stelle anzufangen. Ich will es Ihnen ohne Umschweife sagen, damit Sie sich darauf vorbereiten können, wovon nachher die Rede sein wird. Es geht um einen jungen Oberstleutnant, den Militärattaché der saudiarabischen Botschaft in Bern. Bitte haben Sie Verständnis dafür, daß ich den Namen vorerst nicht nennen möchte. Ich konnte ihn mir übrigens erst merken, nachdem ich mich zweimal darin geübt hatte, ihn zu notieren.«

»Namen spielen keine Rolle«, sagte Martin. »Ich kann mir nur überhaupt nicht vorstellen, was es sein könnte, womit ich Ihnen und Ihrem arabischen Oberstleutnant helfen soll.«

»Das kann ich auch nicht genau«, antwortete Valerie. »Aber Sie sind der einzige, mit dem ich überhaupt über das reden kann, was dieser Mann mir anvertraut hat. Und ich habe ihm versprochen, es zu tun. Es geht um eine allererste Kommunikation, aber sie soll vertraulich bleiben. Wie weit darf ich ausholen?«

»So weit Sie es tun müssen, um mir verständlich zu machen, um was es geht.«

Martin erhob sich, ging zu seinem Schreibtisch und schaltete eine Gegensprechanlage ein. Die Sekretärin meldete sich. »Keine Telefongespräche, bitte«, sagte Martin. »Keine Unterschriften, keine Besuche. Alles verschieben auf nachmittags. Einen Augenblick, Monique ...«, unterbrach er sich und wandte sich zu Valerie um. »Einen Drink? Whisky, Cognac, Campari, Calvados? Was möchten Sie?«

»Campari Soda«, sagte Valerie.

»Campari Soda«, wiederholte Martin in die Sprechmuschel. »Und für mich wie gewöhnlich.«

Er kam zurück, setzte sich wieder, sah Valerie gespannt an und sagte: »Und nun schießen Sie los.«

»Die Technucléaire baut nukleare Anlagen für die Regierung des Iraks«, sagte Valerie. »Das ist in Fachkreisen allgemein bekannt. Aber wissen Sie auch, daß es Länder gibt, in denen man sich darüber beträchtliche Sorgen macht?«

»Ich bin kein Politiker«, antwortete Martin. »Ich bin Physiker, Techniker, wenn Sie so wollen. Aber ich kann mir das vorstellen. Israel zum Beispiel, oder auch der Iran. Zwischen Irak und Iran gibt es so etwas wie eine Erbfeindschaft. Es geht um die Kurden und um das Schatt el Arab.«

»Zu den Ländern, die sich Sorgen machen, gehört auch Saudi-Arabien«, sagte Valerie. »Und jetzt kommt das, was mir der saudische Militärattaché auf einer Gartenparty in Genf anvertraut hat . . .«

Martin Conrath unterbrach seine Besucherin und sagte: »Einen Augenblick, Valerie, bevor Sie weitersprechen . . . haben Sie etwas dagegen, wenn ich Paul Mialhe bitte, sich das auch anzuhören? Paul – Sie erinnern sich an damals in München?«

»Natürlich«, antwortete Valerie. »Sie möchten gerne einen Zeugen haben.«

»Nein, das ist es nicht«, sagte Martin. »Aber das ist mir alles eine Schuhnummer zu groß, verstehen Sie? Die Verantwortung und so. Ich glaube, Paul könnte das alles auch besser beurteilen als ich.«

»Wenn er verschwiegen ist?« sagte Valerie.

Monique Morissot kam mit dem Tablett und stellte die Getränke vor Valerie und Martin auf den Glastisch. Martin sagte: »Bitten Sie Monsieur Mialhe zu mir, Monique. Aber verraten Sie ihm nicht vorher, was für einen Besuch wir haben. Und machen Sie ihm auch gleich das Übliche zurecht.«

»Whisky mit Leitungswasser«, sagte Monique Morissot voller Abscheu. »Und das Ganze auch noch lauwarm.«

»Er mag es nun einmal so.«

»Ich werde es veranlassen«, sagte Monique und verließ das Büro.

Paul sah im Vorzimmer den Damen-Trenchcoat und den Regenhut und schloß aus irgendwelchen Kleinigkeiten, daß deren Besitzerin Schweizerin war. Als er also den Kopf durch die Tür zu Martins Büro schob, tat er es so, als vergewissere er sich nur, ob es auch stimme. Als er sah, daß es wirklich Valerie war, die ihm entgegenblickte, bedachte er sie mit einem Handkuß, der Monique Morissot vor Neid erblassen ließ, als sie mit dem Tablett, auf dem das lauwarme Getränk stand, hinter Paul das Büro betrat. Martin machte ihr, als sie den Whisky zu den anderen Gläsern auf den Tisch gestellt hatte, das Zeichen für: »Von jetzt ab völlige Ungestörtheit.«

Martin setzte den Freund ins Bild, und Valerie fuhr fort: »Der junge saudische Offizier in Genf hat mir folgendes gesagt: Man weiß in Riad sehr wohl, daß Saddam Hussein die von Frankreich und Italien gekauften Anlagen wirtschaftlich niemals nutzbar machen kann, und zieht den Schluß, daß ihn nicht ökonomische, sondern militärische Gründe bewegen.«

Valerie unterbrach sich und beobachtete überrascht den Blick unverhüllten Respekts, den Paul Mialhe seinem Freund zuwarf.

»Dazu muß man wissen«, fuhr Valerie fort, »daß Saddam Husseins irakisches Regime als militant und aggressiv gilt.«

»Und zwar nicht nur in Israel«, fügte Paul hinzu.

»Sie wissen das?« fragte Valerie.

»Ich habe vor wenigen Tagen eine Abhandlung darüber gelesen«, sagte Paul. »In der Furcht des Herrn leben außer Israel der Iran, Kuwait und die anderen Golfstaaten.«

»Stimmt«, sagte Valerie. »Dann renne ich wahrscheinlich offene Türen ein, wenn ich Ihnen sage, daß auch Saudi-Arabien in der Furcht des Herrn lebt – wie Sie es ausdrücken, Monsieur Mialhe –, und zwar weil der Irak unter Saddam Hussein ganz unverhüllt eine arabische Hegemonie anstrebt.«

»Und zu einer Führungsrolle braucht man bekanntlich Macht«, sagte Martin. »Deshalb beobachtet man auch in Riad die irakisch-französischen Atomexperimente mit größter Sorge.«

»Mit allergrößter«, fügte Valerie mit Nachdruck hinzu. »Denn man hält in Saudi-Arabien nicht Israel, wohl aber den Irak für ein destabilisierendes Element.«

»Eine hochpolitische Mission, in der Sie uns hier aufsuchen,« sagte Martin Conrath nachdenklich.

»Gar keine Mission«, antwortete Valerie. »Ich gebe nur etwas weiter, was mir gesagt wurde, und das weiterzugeben ich versprochen habe, weil ich zufällig den Mann kenne, bei dem es vielleicht Sinn hat, es zu tun.«

»Saudi-Arabien hat seit 1975 ein Atomabkommen mit uns«, sagte Paul Mialhe.

»Stimmt«, sagte Valerie. »Auch das hat mir mein Gewährsmann bestätigt. Aber es ist ein Abkommen, das die Lieferung einer minimalen Versuchsausrüstung vorsieht.«

»Die außerdem noch durch eine andere Firma erfolgt«, ergänzte Paul, »die gar nicht in der Lage ist, in dieser Größenordnung zu konzipieren und zu liefern, wie wir das tun.«

»Jetzt sind wir beim springenden Punkt«, antwortete Valerie. »Ich muß aufpassen, daß ich mich nicht verheddere, denn was mir der Attaché berichtet hat, ist ziemlich kompliziert. In Saudi-Arabien herrscht ein Feudalregime, konservativ, aber nicht puristisch, fortschrittlich, aber nicht progressiv, das eifersüchtig über die Macht des Prinzenclans wacht. Der Clan hat innenpolitisch Furcht in zwei Richtungen: vor zukünftigen puristischen Revolutionären vom Schlage eines Ayatollah Khomeini einerseits und von einer Kaste hochgebildeter, westlicher Modernisten andererseits, die das Land benötigen würde, wenn es aus außenpolitischen Gründen die Entwicklung seiner Atomtechnik vorantreiben müßte. Noch hat sich Saudi-Arabien dem allem entziehen können, aber je intensiver Saddam Hussein an seiner Nuklearoption arbeitet, desto drängender wird das Problem für Saudi-Arabien. Können Sie mir bis hierher folgen?«

Fasziniert hatten die beiden Männer der jungen Frau zugehört, die in militärischen und gesellschaftlichen Kategorien redete wie ein Politprofi.

»Sprechen Sie weiter«, sagte Paul. »Wir sind gespannt.«

»Die Regierung in Riad zögert«, setzte Valerie ihren Bericht fort. »Aber es gibt eine progressive Gruppe von Wissenschaftlern, Offizieren und Geschäftsleuten, welche die irakische Gefahr für groß und das Zögern der Regierung für gefährlich halten.«

»Und diese Leute wollen mit uns sprechen«, erriet Martin und wandte sich Paul Mialhe zu. »Das ist eigentlich ganz folgerichtig, findest du nicht?«

»Es wäre ein Beweis für die Richtigkeit deiner Theorie«, sagte Paul. »Wenn es wahr wäre.«

»Es ist wahr«, sagte Valerie leidenschaftslos. »Der Attaché sagte, die einzige Gruppierung, bei der man sich im Rahmen des bereits bestehenden saudisch-französischen Abkommens über eine Ausweitung und Verbreiterung der zu liefernden Kerntechnologie informieren könnte, sei die Technucléaire. Und als ich ihm sagte, daß ich dort den Hauptabteilungsleiter für Reaktortechnik sehr gut und den Präsidenten flüchtig kenne, bat er mich, seine Botschaft weiterzugeben. Das ist alles.«

»Das ist alles, so«, sagte Paul Mialhe, während erneut Regenfahnen über die Scheiben wischten. »Und was sagst du dazu, Martin?«

»Das übersteigt unsere Kompetenzen«, sagte Martin, stand auf, ging zum Fenster und sah hinaus in den Regen. »Ich bin hier angestellt, um die Technik zu entwickeln, Paul, nicht um Unternehmens- oder gar Weltpolitik zu betreiben. Wenn du meinst, daß du de Rovignant unterrichten solltest, dann tu es. Jetzt kannst auch du meine Befürchtungen nicht mehr auf die leichte Schulter nehmen, nicht wahr? Es sei denn, du hättest alles, was Valerie uns erzählt hat, sofort wieder vergessen.«

»Ich gebe zu, ich kann mich jetzt nicht mehr taub stellen«, murmelte Paul. »Es steht im Raum. Es betrifft unsere Firma. Und ich bin Franzose.«

»Eines bleibt zu beachten«, sagte Valerie. Die saudischen Interessenten gehören Gruppierungen an, die, vor allem bei Auslandreisen, streng überwacht werden. Wenn bei der Technucléaire Interesse an einem Informationskontakt besteht, soll ich weiter nichts übermitteln als ein mündliches ›ja‹. Man wird dann die Partner auswählen und Mittel und Wege vorschlagen, um ein unauffälliges Gespräch zu arrangieren. Vertraulichkeit bleibt Voraussetzung, denn die Gewährsleute des Attachés sind in ihrer Heimat exponierte Persönlichkeiten.«

»Oppositionelle?« erkundigte sich Paul.

»Wohl nicht«, antwortete Valerie. »So, wie ich es verstanden habe, eher Progressive, die einen Prozeß zu beschleunigen wünschen, den ihre Regierung ohnehin einleiten muß. Aber dazu müßten sie voll informiert sein.«

Paul Mialhe war viel zu sehr loyaler Angestellter der Technucléaire und auch viel zu sehr Franzose, um auch nur eine Sekunde lang ernstlich darüber im Zweifel zu sein, wie er sich verhalten müsse. Er stellte bei der Besucherin zwei oder drei Rückfragen und erfuhr, daß man Valerie darum gebeten hatte, den Verzicht auf schriftliche Festlegungen zu erbitten.

»Ob es mir gelingt, de Rovignant durch einen mündlichen Bericht zu motivieren, steht in den Sternen«, sagte Paul abschließend. »Aber ich werde es versuchen.«

Martin fand, daß es die Sache der Firmenleitung und letztendlich der CEA sei, ob sie aus dieser Information etwas zu machen beabsichtigte oder nicht.

»Mir ist das persönlich egal«, erklärte Valerie. »Ich habe Verpflichtungen weder dort übernommen, noch übernehme ich sie hier. Meine einzige Absicht war, ein offenbar fehlendes Kommunikationsglied herzustellen, und im übrigen ist es mir ein Vergnügen, wieder einmal nach Paris zu kommen.«

Damit war die offizielle Unterredung beendet. Zur Mittagszeit verließen Paul Mialhe, Martin Conrath und ihr Gast das Verwaltungsgebäude. Sie fuhren mit einem Zug der RER bis zur Etoile, schlenderten die regennassen Champs-Elysées hinunter, schlüpften in der gemütlichen Brasserie George V. unter und fanden im Hintergrund des im englischen Stil gehaltenen Lokals ein freies Tischchen, das eigentlich nicht einmal Platz für zwei bot. Sie rückten zusammen. Das Restaurant war erfüllt vom Gesumm der Gespräche, denn jeden Mittag nehmen hier ungezählte gehobene Angestellte der umliegenden Banken, Versicherungen und Agenturen ihre Mahlzeit ein. Gegen zwei, halb drei wurde es ruhiger. Paul sah auf die Uhr, erklärte, er habe noch etwas zu erledigen, stülpte seinen Hut auf und hängte den Mantel über den Arm, denn draußen auf der Straße waren die Schirme zusammengeklappt worden.

Es hatte zu regnen aufgehört. Innerhalb einer erstaunlich kurzen Zeit fanden Valerie und Martin sich in der dämmerigen Brasserie völlig unbeachtet und allein, und Martin berichtete seiner Begleiterin, was seit jenem Vormittag auf dem Flughafen Charles de Gaulle, als er bei Tageslicht Valeries Hände betrachtet hatte, geschehen war.

»Was mir gefällt, ist Ihre Offenheit«, sagte Valerie, nachdem Martin ihr erzählt hatte, wie sein Gespräch mit seiner Frau und das mit seinem Schwiegervater verlaufen waren.

»Warum soll ich ein Geheimnis daraus machen? Wenn sich nicht ein hochpolitischer Besuch aus der Schweiz angemeldet hätte«, fügte er lächelnd hinzu, »hätte ich heute mit Paul darüber gesprochen.«

»Ich denke, mit Ihrem Freund geht das nicht so gut«, sagte Valerie.

»Seit er weiß, daß er recht behalten hat, schon«, antwortete Martin. »Aber Paul ist Junggeselle. Mit ihm kann ich mich beraten, welchen Anwalt ich nehme, was ich im Prozeß vorbringen soll und was nicht, und was für einen Anzug man zum Termin trägt. Für das Menschliche fehlt ihm die Antenne, weil er die Ehe für eine Verschwörung gegen besser anwendbare Energien hält.«

»Und Sie?« fragte Valerie. »Haben Sie sich mit Ihrer neuen Lage schon arrangiert?«

»Ich kann mir noch gar nichts vorstellen«, sagte Martin.

»Ihre Phantasie reicht vermutlich nicht aus, um sich ein Dasein ohne Frustrationen ausmalen zu können. Auch diese Entwicklung ist ohne Ihr Zutun eingetreten, nicht wahr? Gedacht hat Ihr Schwiegervater, gedacht hat Ihre Frau, Martin Conrath hat wieder einmal lediglich reagiert.«

Martin hob die Schultern. Was sollte er auch sagen? Schließlich hatte sie recht.

»Und Sie, Valerie?« sagte er. »Noch immer überzeugt geschieden?«

»Sie wollen sagen allein? Ja! Noch immer. Prätendenten genügend, Martin. Aber für Flirts bin ich zu alt, und um das Risiko einzugehen, zum zweitenmal an den Falschen zu kommen, noch nicht alt genug.«

Er sah sie fast unmerklich den Kopf schütteln.

»Was haben Sie denn?«

»Ich habe mir gerade etwas überlegt«, antwortete sie.

»Und was, Valerie?«

»Das ist gar nicht so leicht auszudrücken. Ich dachte nur, irgend etwas müßte mit Ihnen passieren, das Ihr Ich von Grund auf fordert.«

»Vielleicht ist es dafür schon zu spät«, sagte Martin. Er kam aber noch einmal auf ihre Worte zurück, als Valerie auf der belebten Straße in das Taxi stieg, das der Patron herbeigerufen hatte. Martin hatte ihr den Abend angeboten, aber Valerie hatte eine Liegewagenkarte für den Nachtzug, der um sechs Uhr vom Gare de Lyon auslief.

»Und außerdem müssen Sie gerade jetzt sehr vorsichtig sein, daß Sie der Gegenpartei keine Argumente liefern. Ich weiß das aus eigener Erfahrung.«

Das Taxi hielt in zweiter Reihe, und der Fahrer ließ die Tür aufspringen.

»Warum machen Sie sich Gedanken darüber, daß mit mir einmal etwas passieren müßte?«

Sie schüttelte den Kopf, hob die Schultern und stieg ein. »Ich weiß es nicht«, sagte sie, bevor sich die Tür schloß. »Keine Ahnung. Einfach so.«

Der Fahrer schlug die Tür zu, das Taxi fädelte sich in den dicht fließenden Verkehr ein. Während er dem Wagen nachsah, wußte Martin Conrath plötzlich, daß die Frau, die darin saß, ihn liebte. Als er darüber nachgrübelte, seit wann auch er so für sie empfand, fiel ihm vorerst immer nur der Abend ein, an dem sie ihn vor der im Neonlicht funkelnden Drehtür im Quartier Latin stehengelassen und ihr Lächeln in das kleine Hotel mitgenommen hatte. Weiß Gott, dachte Martin, Valerie hatte recht, es war höchste Zeit, daß mit ihm einmal wirklich etwas passierte.

11

Von da an ging alles sehr schnell. Paul Mialhe hatte nur einen einzigen Abend dazu verwendet, um mit sich über die Bedeutung dessen ins reine zu kommen, was Valerie Armbruster ihm und Martin bei ihrem vertraulichen Gespräch aus der Schweiz übermittelt hatte. Gegen elf Uhr nachts war er entschlossen, Valeries Bitte zu entsprechen und den Präsidenten des Unternehmens vom Besuch Valeries und dem Inhalt ihrer Unterredung zu berichten. De Rovignant hatte Paul Mialhe für zwei Uhr mittags bestellt und die Bedeutung von Valeries Mitteilungen sehr rasch begriffen.

»Das heißt, Mialhe, daß wir in Riad mit einer Verdrei- bis Verfünffachung des bisherigen Volumens einsteigen könnten, wenn man sich in der Rue de la Fédération dazu aufrafft, diese Offerte ernst zu nehmen.«

»Das wäre die eine Voraussetzungsschiene«, sagte Paul. »Die andere können wir nicht beeinflussen, weil sie sich in Riad abspielt.«

»Das bedeutet, daß die progressive Gruppe, von welcher Frau Armbruster spricht, stark genug ist, um entweder selbst an die Macht zu kommen oder aber ihren Einfluß bei der konservativen Regierung durchzusetzen.«

»Und das wiederum wird weitgehend von der Durchschlagskraft ihrer technischen und politischen Argumente abhängen, also davon, wie und durch wen wir dort unsere Position vortragen lassen. Frau Armbruster hat das mit den Worten umrissen: ›Aber dazu müssen Sie voll informiert sein.‹ Kein Zweifel, die Saudis sehen das genauso wie Sie, Monsieur de Rovignant.«

Der Präsident nickte und schob mit der rechten Hand den behinderten linken Arm zurecht, als er sich eine Zigarette anzündete. Paul Mialhe kam mit seinem Feuerzeug zu spät. De Rovignant dankte dennoch und blies den Rauch durch die Nase. »Welche von unseren Töchtern war bis jetzt in Riad tätig?«

»Die Franceatom«, sagte Paul und schob das Feuerzeug zurück in die Tasche. »Aber nur kleinformatig und im Versuchsmaßstab.«

»Und wozu brauchen die mehr? Die Leute dort unten schwimmen doch auf Öl und haben, wenn sie richtig wirtschaften, für die nächsten fünf Jahrzehnte keine Energiesorgen.«

Paul Mialhe schwieg, und das um einige Sekundenbruchteile zu lange, um nicht de Rovignants Neugier und Interesse zu wecken. Der Präsident nahm die Zigarette zwischen zwei Finger und fixierte Paul: »Wollten Sie nicht etwas sagen, Mialhe?«

»Eine ähnliche Frage legt sich auch Dr. Conrath vor«, sagte Paul nach einer Weile. »Er ist der Ansicht, daß die gleiche Fragestellung auch auf die Regierung in Bagdad zutrifft. Und seine Schlußfolgerung lautet, daß die Motive nur militärischer Natur sein können.«

Die Antwort des Präsidenten überraschte Paul. »Das ist auch meine Ansicht«, sagte de Rovignant. »Es muß die Ansicht jedes folgerichtig denkenden Menschen sein, demnach auch die der Männer, die sich Sorgen um die Sicherheit Saudi-Arabiens machen. Und natürlich auch die der Israelis.«

De Rovignant bemerkte Pauls Erstaunen, brach ab und setzte erneut an. »Das überrascht Sie, Mialhe? Sie haben bisher geglaubt, ich hätte diese Probleme verdrängt? Ausgeklammert, nicht wahr? Aber das ist nicht der Fall. Ich weiß sehr wohl, daß der Irak mit unseren Zusagen für die Lieferung hochangereicherten Urans und mit dem mit italienischer Hilfe produzierten spaltbaren Plutonium über kurz oder lang imstande sein wird, Atombomben zu basteln. Sie werden das durch Uraniumspaltung oder auch durch Plutoniumzertrümmerung tun können, je nachdem, welches von beiden sie früher zur

Verfügung haben. Aber ist das mein Problem? Oder Ihres? Oder das von Dr. Conrath? Sehen Sie mal, mich hat man dazu angestellt, dieses Unternehmen zum Funktionieren zu bringen und dazu, das zu leisten, was man von ihm erwartet. Was daraus nachher wird, ist Sache der Regierung und allenfalls noch der CEA, aber doch nicht meine. Und schon gar nicht Ihre oder die von Conrath. Kann ich etwas dafür, daß Saddam Hussein gleichzeitig mit uns und den Italienern flirtet? Oder daß die Regierung die Eurodif angewiesen hat, angereichertes Uran nach Bagdad zu liefern? Oder Navalset einen fertigen Reaktorkern? Wo kämen wir hin, wenn wir uns die Gedanken anderer Leute machen würden? Die machen sich auch nicht unsere.«

»Sie werden also die Offerte aus der Schweiz an CEA weiterleiten?«

»Selbstverständlich werde ich das tun, Mialhe. Ich könnte es gar nicht verantworten, es nicht zu tun. Glücklicherweise bin ich nicht verpflichtet, über die politischen Folgen unterrichtet zu sein, verstehen Sie? Über Außenhandelsüberschuß, Devisenwirtschaft und Arbeitsplätze haben andere zu entscheiden, und ich möchte nicht an deren Stelle sein. Ich nehme an, wir werden von den Entscheidungen in der Rue de la Fédération unterrichtet werden.«

»Über die Glaubwürdigkeit der Offerte und die Seriosität der Kreise, die hinter ihr stehen, wird man Ermittlungen anstellen müssen«, sagte Paul und stand auf, da er nach de Rovignants letzten Worten das Gespräch als beendet ansah.

»Natürlich«, sagte de Rovignant. »Aber lassen Sie das die Sorge derjenigen sein, die an dem Zustandekommen des Geschäftes am meisten interessiert sind. Die haben auch die entsprechenden Mittel und Einrichtungen zur Verfügung.«

Charles de Rovignant schob die Manschette von der Uhr, die an dem verkrüppelten Arm saß. Paul war schon auf dem Weg zu der mahagonischimmernden Doppeltür, als de Rovignants Stimme ihn noch einmal zurückrief.

»Und sagen Sie Conrath vorsorglich«, klang es vom Schreibtisch herüber, »daß er auf jeden Fall zu den Männern gehören wird, die mit den Saudis sprechen, wenn dieser Kontakt zustande kommen sollte. Auf einen Experten wie ihn werden sie im XV. nicht verzichten.«

Diese Ziffer war eine Kurzbezeichnung für das Commissariat à l'Energie Atomique, das CEA, das seinen Sitz in der Rue de la Fédération hatte, die im fünfzehnten Arrondissement lag.

Es gab weder für dieses Commissariat noch für die Regierung irgendeinen Grund, sich dem angebotenen Kontakt zu versagen. Man empfand es sogar als günstig, daß solche Informationen zunächst vertraulich ausgetauscht werden sollten, damit alles, was späterhin offiziell geschah, schon von vornherein Hand und Fuß hatte und nicht fruchtlos zerredet und vor einer skeptischen Öffentlichkeit breitgetreten werden mußte. Interne Untersuchungen hatten ergeben, daß, falls die Saudis in der Größenordnung der Iraker zu investieren wünschten, die Zusammenstellung eines Konsortiums, ähnlich der CERBAG, in kürzester Frist möglich sein würde. Die CEA beauftragte mit der Durchführung der notwendigen Schritte und auch der vorher erforderlichen Recherchen M. Jérôme Leroux, den administrateur général adjoint, der in aller Stille daranging, die Fäden zu knüpfen und die Vorbereitungen zu treffen. Es ergab sich, daß man es in Saudi-Arabien nicht mit einer oppositionellen Fronde, sondern mit einer Gruppierung von Männern zu tun hatte, deren Einfluß bei ausreichendem Informationsstand und entsprechender Vertraulichkeit groß genug zu sein schien, um die Regierung zu veranlassen, Maßnahmen im Interesse der Sicherheit des Landes und damit auch der Energieversorgung des Westens zu beschleunigen und zu verstärken. Diese Gruppe würde sich mit den gleichen vertraulichen Wünschen auch an andere westliche Länder wenden. Im Fünfzehnten wußte man, daß, wer zuerst kommt, auch zuerst mahlt. Frankreich hatte keinerlei Veranlassung, nicht zuerst zu mahlen. Wozu hatte man sich schließlich jenes scharfgeschliffene Schwert der CEA geschaffen, das einerseits straff am kurzen Zügel der Regierung lief und andererseits die volle Autorität besaß, seine verflochtenen Produktions- und Forschungsunternehmen mit ihren vierzigtausend hochqualifizierten Mitarbeitern flexibel und unbürokratisch überall dort einzusetzen, wo es im Interesse Frankreichs notwendig erschien.

Der erste Rausch des im vergangenen November begonnenen ägyptisch-israelischen Liebesfrühlings war verflogen und der Ernüchterung gewichen. In allen Planungsstäben und Sicherheitsgremien beider Hemisphären war man sich darüber klargeworden, daß nicht die Friedensliebe Anwar el Sadats ihn zu seiner spektakulären Reise nach Jerusalem getrieben hatte, sondern seine egoistische Vernunft. Die Motive hatten sich aufgehellt und waren transparent geworden. Sadat konnte sein durch den Staudamm äußerst verwundbares Land angesichts der israelischen Atomrüstung nicht länger im permanenten Spannungszustand mit Israel halten. Menachem Begin war nicht bereit, für Frieden im Westen einen einzigen Dollar mehr zu bezahlen, als er unbedingt mußte. Die Rückgabe des Sinai an Ägypten erschien ihm als äußerster Preis. Die Palästinenserfrage wurde nur am Rande berührt. Über eine Verminderung des Kernwaffenpotentials hatten Begin und Shamir mit Ägypten nicht einmal gesprochen. Die Gefahr war geblieben, und Ägyptens Sicherheit hing nach wie vor von Israels gutem Willen ab. Es gab also auch in Ägypten einflußreiche Kreise, die an einer Verstärkung der saudiarabischen Nuklearoption interessiert waren. Diese Strömungen flocht Jérôme Leroux mit dem ihm eigenen organisatorischen Talent zusammen, bis daraus ein Konzept entstand, das inoffiziell von allen denen gebilligt worden war, die offiziell von dem, das sie billigten, gar nichts wußten. Dieses Konzept ging davon aus, daß Zweck und Inhalt der beabsichtigten Kontakte nichts Feindseliges gegen das Regime in Riad zum Gegenstand hatten und das politische Risiko mithin gering war. Die saudischen Privatleute hatten sich bereit erklärt, die Gespräche in dem kleinen Wüstenort Bir Ibn'Hirmas an der

Hedschasbahn nahe der jordanischen Grenze, am Rande der Nefud-Wüste, stattfinden zu lassen. Die ägyptische Seite stellte hierzu einen ihrer regelmäßigen Flüge von Hurghadah über das Rote Meer zur Verfügung, mit denen ägyptisches und britisches Personal transportiert wurde, das bei der Hedschasbahn beschäftigt war. Die drei CEA-Männer hatten die Reise als Privatleute anzutreten, erhielten jedoch durch Vermittlung des Militärattachés an der saudiarabischen Botschaft in Bern gültige Visa für sein Land. Versicherungen für den Notfall wurden von der CEA-Administration für die drei Reisenden abgeschlossen. Auf diese Weise wurden die legitimen Handelsinteressen des Landes und der CEA gewahrt, das Risiko blieb so gering wie möglich, und der zu erwartende Erfolg wog es in jedem Falle auf.

Als folgenschwerer Irrtum erwies sich indessen die Erwartung, daß diese Operation sich in vollem Umfang würde geheimhalten lassen. Allerdings muß man zugunsten Jérôme Leroux' und seiner Akteure berücksichtigen, daß niemand Anlaß hatte, das besondere Interesse Cassyan Combroves an der nuklearen Entwicklungssituation im Nahen Osten zu vermuten. Er aber hatte das angeborene Talent, großräumige Entwicklungen, die in der Luft lagen, zu wittern und sofort auf sie zu reagieren. Der Informationsfluß vom 15. Arrondissement bis zum Park Monceau war einfach gewesen. Kein Regionaldirektor für ein so wichtiges geographisches Gebiet wie Kleinasien und Nahost könnte darauf verzichten, seine Spione in einer Organisation wie der CEA zu etablieren, einer Körperschaft, die infolge ihrer überaus effizienten Gliederung und Aufgabenverteilung an der Machtpolitik in diesem Teil der Welt wirkungsvoll beteiligt war. Die Spione hatten die Bewegung aufgespürt, welche durch den saudiarabischen Stein im sensiblen Teich der CEA entstanden war, und hatten sie pflichtgemäß gemeldet. Wußte Cassyan Combrove erst einmal, daß sich überhaupt etwas bewegte, dann wußte er auch bald, was und wie wichtig es war. Bald war über das saudisch-französische Tête-à-tête ein mäßig dickes Dossier entstanden, das Harry Lyndon Doolee regelmäßig ergänzte und das er Cassyan Combrove ebenso regelmäßig vorlegte.

Der Frühsommertag des Jahres 1978, an dem dies turnusmäßig nach einem festgelegten Terminplan geschah, hatte für Cassyan Combrove und, wie sich später zeigen sollte, auch für Martin Conrath eine besondere Bedeutung.

Der Amerikaner und James R. Cambdon ähnelten mehr zwei an der Schwelle des Alters stehenden, nicht schlecht versorgten Rentnern der oberen Mittelklasse als zwei erfahrenen Geheimdienstexperten, wie sie sich schlendernden Schrittes durch die herrlichen Räume des Palais Nissim Camondo bewegten. Dieses fast unverändert in der Gestalt seiner Glanzzeit erhaltene, aber als Museum der Öffentlichkeit zugänglich gemachte Palais lag, nicht weit von Cassyan Combroves Residenz entfernt, ebenfalls am Park Monceau. Es war aus einem Combrove bisher verborgen gebliebenen Grund ein Lieblingsplatz James R. Cambdons, der diesen Ort bevorzugte, wenn er und Combrove sich wichtige Mitteilungen zu machen hatten. Cambdon verbrachte auch manchmal Stunden in der stillen Rotunde der Bibliothek, wenn er nachdenken wollte. Daß der Internist bei Cambdons Besuch heute morgen dem bärtigen Österreicher mit dem britischen Namen nach Auswertung der Röntgenaufnahmen empfohlen hatte, seine Angelegenheiten zu ordnen, und ihm noch eine Lebenserwartung von zwei bis vier Monaten gegeben hatte, erfuhr der Amerikaner im Porzellankabinett des Palais zwischen weißgetönten Barock-Einbauschränken, angefüllt mit kostbaren Fayencen. Cambdon war ein Romantiker und erwartete Teilnahme. Er hatte auf der Welt niemanden mehr, außer einem einzigen Freund. Das war der Amerikaner Cassyan Combrove, der sich jetzt von den herrlichen Sèvres-Tellern, die er betrachtet hatte, zu ihm umwandte und ihn musterte, als habe man ihn soeben in einem dämmrigen Aquarium auf die Fische eines anderen Gelasses aufmerksam gemacht.

»Wie alt bist du jetzt?«

»Ich bin Jahrgang 1905«, sagte Cambdon. »Das weißt du doch. Du vergißt es nur immer wieder.«

»Dann ist deine Uhr eben abgelaufen«, antwortete der Amerikaner. »Du hast ein interessantes Leben gehabt und darfst dich nicht beklagen.«

»Ich beklage mich ja auch nicht«, sagte der andere. »Ich muß mich nur daran gewöhnen. Es ist etwas ganz anderes, wenn man das Ende seines Lebens kennt, als wenn man alles noch auf unbestimmte Zeit vor sich herschieben kann.«

»Oder glaubt, das tun zu können«, erwiderte Combrove. »Ich erinnere mich an unser erstes Nachkriegsgespräch damals in Pullach: Denn alles, was entsteht, ist wert, daß es zugrunde geht. Jetzt wird es sich zeigen, ob du hart genug für deinen Job gewesen bist, Franz Xaver Bachau. Ob du imstande bist, das, was du zu verantworten hast, mit dir in die Grube zu nehmen, oder ob du es ungeschehen machen möchtest.« Ein trockenes und spöttisches Lachen erklang. »Ich bin gespannt darauf, wirklich.«

James R. Cambdon wußte, daß er nicht jammern durfte. Er hatte eigentlich auch keine Angst vor dem Tod, eher vor den Schmerzen, die mit ihm verbunden waren. Immer hatte er die Worte des Professors im Ohr: »Ich empfehle Ihnen, Ihre Angelegenheiten zu ordnen, Monsieur Cambdon.«

Combrove und er beendeten ihren Besuch des Palais, durchschritten die von der Sonne durchflutete Eingangshalle und überquerten den weitläufigen Hof mit der schön geschwungenen Auffahrtsrampe. Auf die Straße gelangte man durch eine gewölbte Tordurchfahrt. An ihrer linken Wand befanden sich in halber Höhe zwei steinerne Erinnerungstafeln, die kleinere unter der größeren. In schwarzgetönter Antiquaschrift trugen sie in französischer Sprache einen eingravierten Text. Während Cassyan Combrove schon dem Straßentor zustrebte, blieb Cambdon vor den beiden Tafeln stehen. Der Amerikaner, der es bemerkte, wandte sich um und trat neben ihn.

»Was steht eigentlich auf diesen beiden Tafeln, James?« Da Cassyan Combrove zwar das Deutsche recht gut, die französische Sprache mit ihrem melodisch-musischen Schmelz jedoch nur unzureichend beherrschte, hatte er sich niemals die Mühe gemacht, diese Texte zu entziffern. Cambdon las sie seinem Begleiter in der Originalfassung vor.

»Und was heißt das übersetzt?« fragte Cassyan Combrove, und James R. Cambdon erläuterte: »*Dieses Museum, angegliedert dem Museum der Bildenden Künste, wurde der Französischen Republik übereignet durch den Grafen Moîse de Camondo, 1860–1935, Vizepräsident der Union Centrale des Arts décoratifs, in Erinnerung an seinen Sohn, Nissim de Camondo, 1892–1917, Leutnant im 2. Jagdgeschwader, gefallen im Luftkampf am 5. September 1917.*«

Da er in der Übersetzung abbrach und schwieg, fragte der Amerikaner nach einer Weile: »Und was steht auf der kleineren Tafel?«

Das einzige, was Cassyan Combrove auf dieser kleineren Tafel zu entziffern vermochte, war das Wort Auschwitz. Cambdon fuhr in seiner Übersetzung fort: »*Madame Leon Reinach, geborene Beatrice de Camondo, ihre Kinder Fanny und Bertrand Reinach, die letzten Abkömmlinge des Schenkers, von den Deutschen 1943–44 deportiert, starben in Auschwitz.*«

»Wurden dort ermordet, willst du sagen.«

»›Sont morts‹, steht hier«, antwortete Cambdon. »Und das heißt starben.«

Die beiden Männer wandten sich zum Gehen und traten aus der schattigen Tordurchfahrt hinaus in das gleißende Sonnenlicht des Junitages.

»Und das beschäftigt dich«, sagte Combrove.

»In der Tat«, antwortete Cambdon. »Denn sie wurden wirklich alle ermordet.«

»Was willst du damit sagen?« fragte der Amerikaner, als sie auf dem Bürgersteig nebeneinander herschritten und Kindern auswichen, die von einem mit Kreide auf das Pflaster gezeichneten Quadrat in ein anderes sprangen.

»Mich wundert die Größe und die Vornehmheit«, sagte James R. Cambdon. »Denn eigentlich müßten sie uns hassen.«

»Mich nicht«, sagte der Amerikaner. »Mich nicht. Denn mein

Land hat niemals auch nur einen einzigen Juden in Auschwitz ermorden lassen. Und ich habe auch niemals einen einzigen Juden dazu getrieben, sich aus Furcht davor das Leben zu nehmen.«

»Aber es gibt viele bei euch, die es ebenso getan hätten wie wir, wenn man ihnen die Möglichkeit dazu gegeben hätte«, sagte James R. Cambdon kalt. »Heute, zwei oder drei Monate vor meinem Tode, fühle ich mich berechtigt, dir das zu sagen, Cassyan. Und du gehörst zu diesen.«

Eine Weile ging der Amerikaner schweigend neben seinem Begleiter her und dachte nach.

»Ich habe es ja gewußt«, sagte er schließlich. »Ich habe immer geahnt, daß du ein Gewissen hast. Ich habe immer geahnt, daß du es nicht durchstehen wirst. Jetzt weiß ich, was dich an diesem Palais Camondo fasziniert: Es sind die Schatten deiner Vergangenheit, die du nicht verjagen kannst, weil deine Natur nicht stark genug dazu ist.«

Es dauerte nicht lange, bis die beiden Männer die Residenz Cassyan Combroves am entgegengesetzten Ende des Parkes erreichten. Den Rest des Weges legten sie schweigend zurück. Cambdon begleitete den Amerikaner in sein Büro, weil die sachliche Erörterung eines Problems anstand, die schon vor einigen Tagen verabredet worden war. Der Amerikaner schnitt das Thema an und handelte es mit seinem Besucher so nüchtern ab, als habe es die Mitteilung, die Cambdon ihm gemacht hatte, gar nicht gegeben. Als sie damit zu Ende waren, lehnte Cambdon sich in den Besuchersessel vor Combroves riesigem, goldverziertem Schreibtisch zurück und sagte: »Du bist schon ein verdammt kaltschnäuziger Bursche, Cass.«

Combrove hob, während er gleichgültig auf seinem Schreibtisch Papiere ordnete, die Schultern. »Wenn wir das nicht wären, hätten wir gar keine Chance, mit dem KGB fertig zu werden. Oder mit der israelischen Mossad, um in meinem Dezernat zu bleiben. Das ist der Unterschied, James. Ihr wart nicht hart genug, aber kriminell. Wir sind nicht kriminell, aber dafür kaltschnäuzig genug für die Wirklichkeit.«

»Und was ist mit deinem Haß auf Israel?«

»Laß dir von mir etwas sagen, James«, antwortete der Amerikaner. »Wenn ihr nicht die Juden in Europa in einer gleichzeitig tragischen und dummen Weise verfolgt hättet, dann gäbe es unser Problem nicht. Dann hätten die Zionisten heute noch keinen Staat in Palästina. Zusammengeschmolzen und gefestigt hat das Judentum erst der Druck, den ihr entfesselt habt. Wer vor der Gründung Israels im Judentum eine Gefahr sah und das Problem intelligent hätte lösen wollen, hätte dafür sorgen müssen, daß die Juden verstreut blieben und keine Ghettos bildeten, sich nicht im Leiden verschworen und zu Märtyrern wurden. Ich und meine Gesinnungsfreunde müssen heute nur deswegen gegen die Zionisten ankämpfen, weil ihr versagt habt, wenn du verstehst, was ich meine.«

»Ich dachte immer, du seist Antisemit«, sagte Cambdon.

»Ich bin kein Antisemit«, sagte Cassyan Combrove. »Ich gebe zu, daß ich kein Judenfreund bin. Aber ich bin Amerikaner. Und im Staat Israel sehe ich eine erpresserische Gefahr für mein Land. Das ist alles. Ich würde es genauso sehen, wenn das Volk ein anderes wäre als das jüdische . . . ja . . .?« Cassyan Combrove wandte sich zur Tür, denn es hatte geklopft. Der eine der beiden hohen, goldverzierten Flügel öffnete sich, und Harry L. Doolee betrat das Büro seines Chefs. In der Hand hielt er das Dossier über die Technucléaire, das in den signalrotem Umschlag für besonders wichtige Vorgänge gebunden war. Combrove streckte die Hand über den Schreibtisch Doolee entgegen, und der junge Mann händigte ihm die Akte aus. »In dieser Sache bewegt sich etwas«, sagte Doolee. Combrove schlug das Aktenstück auf und warf Doolee einen fragenden Blick zu.

»Es kommt zu einem Treffen, Sir, das man gern geheimhalten möchte.«

»Was aber nicht ganz gelingt, nicht wahr?«

Der junge Mann lächelte dünn und hob halb bedauernd die Schultern. Wozu wären wir sonst da, sollte das heißen, dafür werden wir schließlich bezahlt.

»Sie finden die Notiz vorne aufgeheftet«, sagte er. »Es handelt sich um eine französisch-ägyptisch-saudiarabische Abmachung. Datum, Ort, Zweck und Teilnehmer des Treffens habe ich vermerkt.«

»Gut«, sagte Cassyan Combrove und überflog die erste Seite des Dossiers. »Wenn ich noch Rückfragen habe, rufe ich Sie.« Während Harry Lyndon Doolee über dünne, seidene Orientteppiche auf knarrendem, dunklen Parkett zurück zur Tür schritt, blieb der Blick Cassyan Combroves an den Namen haften, die ziemlich weit unten auf der vertraulichen Notiz standen, in Klammern gesetzt und wie beiläufig vermerkt. Der Amerikaner lehnte sich in seinem Schreibtischsessel zurück und begann, die gesamte Akte mit erwachender Aufmerksamkeit von hinten her zu studieren.

»Die Sache scheint dich jetzt erst wirklich zu interessieren«, sagte James R. Cambdon, nachdem der Amerikaner den Besuch vor seinem Schreibtisch vergessen zu haben schien. Combrove hob den Kopf und sah Cambdon an.

»Es ist so«, sagte er. »Wirklich. Du erinnerst dich an den Abend, ungefähr vor eineinhalb Jahren, als wir zusammen im Colombe zu Abend aßen?«

»Als du mir sagtest, daß du der Londoner Konferenz die französisch-irakischen Beziehungen verheimlichen würdest? Ja, ich erinnere mich, warum?«

»Bei diesem Gespräch tauchte auch der Name George W. Ballacue auf.«

Cambdon nickte, und Combrove fuhr fort: »Weißt du auch noch, was auf dem Münchner Oktoberfest geschah?«

Cassyan Combrove wartete auch hierauf das Kopfnicken seines Gastes ab, griff nach einem Markierungsstift, hob auf dem ersten Blatt der Akte die Namen Paul Mialhe und Dr. Martin Conrath in leuchtendem, gelblichem Grün hervor, falzte den Ordner mit der Handkante und reichte ihn umgeschlagen Cambdon über den Tisch.

Der Besucher fischte seine Brille aus der Brusttasche hervor, schob sie vor die Augen und las. Dann hob er wortlos den Blick und sah Combrove an.

»Ja«, sagte der Amerikaner, »du hast schon richtig gelesen. So schnell kann aus einem James R. Cambdon wieder Franz Xaver Bachau werden.«

»Sie waren ja damals schon Freunde«, sagte Cambdon und gab Combrove das Dossier zurück. »Und der Franzose hat ihn nachgezogen.«

Combrove heftete erneut seinen Blick auf die angemerkten Stellen in dem Dossier. Vor seinem inneren Auge liefen noch einmal wie schemenhaft die Ereignisse aus der Anfangszeit seiner Karriere in der Schweiz ab, die er schon halb vergessen hatte. Aber unverändert drastisch hob sich auf dem Rasterfeld seines Erinnerungsvermögens jener Abend hervor, an welchem Martin Conrath seinem ohnehin sensiblen sozialen Selbstvertrauen die einzige wirkliche schwere Demütigung seines Lebens zugefügt hatte. Er klappte die Akte zu und legte sie vor sich auf die Schreibtischplatte.

»Unangenehm für diese beiden Bürschchen, daß sie ausgerechnet uns noch einmal über den Weg laufen müssen.«

»Was hältst du von diesen saudischen Aktivitäten der Technucléaire?« fragte Cambdon.

»Ich weiß es noch nicht, James«, sagte der Amerikaner nachdenklich. »Ich habe das noch nicht durchdacht.«

Er schwieg eine Weile und setzte dann von neuem an: »Fühlst du dich fit genug, mir noch diesen Analysebericht zu machen? Umfang und Gegenstand des gegenseitigen Interesses, Zeitprognosen, Auswirkungen innerhalb der Ablehnungsfront, strategische Feldveränderung in der Region, Auswirkungen auf das saudisch-amerikanische und das amerikanisch-israelische Verhältnis? Das Übliche, du weißt schon. Als Grundlage für meine Entscheidung in dieser Sache.«

»Als letzter Akt, sozusagen«, antwortete Cambdon und streckte die Hand aus. »Schlußgesang und Abgang.«

Er nahm das Dossier in Empfang, das der Amerikaner ihm reichte, und erhob sich. »Es ist mir ein Trost, daß ich immer zuverlässig für dich gearbeitet habe.«

Als James R. Cambdon sich verabschiedete, war es das letzte

Mal, daß die beiden Männer sich lebend begegneten. Cassyan Combrove stand am Fenster, als Cambdon das Haus verließ. Combrove sah ihn den gepflasterten Hof durchschreiten, sah das schmiedeeiserne Gittertor, das der unsichtbare Pförtner mechanisch öffnete, aufschwingen und Cambdon auf die Straße hinaustreten. Spätestens in diesem Augenblick wurde er sich des schweren Fehlers bewußt, den er soeben begangen hatte. Er hatte philosophische Vorträge über den Zusammenhang von Macht und Gewissen gehalten und praktisch das Naheliegendste nicht bedacht. Gewiß, er konnte Cambdon von der Ausfertigung der Analyse wieder entbinden und ihm das Dossier abnehmen lassen. Aber auf alles andere, das nicht in den Akten, sondern in James R. Cambdons Gehirn verzeichnet war, hatte er keinerlei Einfluß mehr. Cassyan Combrove wandte sich, als er den anderen nicht länger sehen konnte, um, durchquerte das Zimmer und ließ durch den Druck auf einen Knopf die schweren weinroten Plüschportieren auseinanderrauschen, die eine die ganze Wand bedeckende, riesige Karte des Nahen und Mittleren Ostens freigab. Er richtete Strahler auf die Karte und machte sich mit Hilfe einer Lupe auf die Suche nach einem winzigen Ort im Nordwesten der saudiarabischen Wüste Nefud namens Bi'r Ibn Hirmas. Als er ihn gefunden hatte, befahl er Doolee mit einem Lineal zu sich und wies ihn an, Hurghadah und Bi'r Ibn Hirmas durch einen feinen Bleistiftstrich miteinander zu verbinden. »Der Kurs des Flugzeugs«, sagte der junge Mann, nachdem er das getan und sich wieder aufgerichtet hatte.

»So ist es, Mister Doolee«, sagte sein Vorgesetzter. »Für alle Fälle.«

Daß er angerufen worden war, erfuhr Martin Conrath noch am Abend des selben Tages, und zwar nicht von Katrin, die jetzt öfter ihr gemeinsames Zuhause mied, sondern aus einem mit Kugelschreiber gekritzelten Zettel, den die Zugehfrau geschrieben und neben den Telefonapparat gelegt hatte, bevor

sie das Haus verließ. Martin sah diesen Zettel im Halbdäm-
merlicht des Entrees und schaltete den Murano-Lüster ein,
um die Notiz zu entziffern. Er konnte mit der Mitteilung, ein
Herr bäte um seinen Rückruf, zunächst überhaupt nichts anfangen, und die dazu notierte Rufnummer sagte ihm gar
nichts. Um sicherzugehen, daß es sich nicht um einen Irrtum
oder eine Belästigung handelte, rief er zuerst bei der Zugehfrau an. Sie bestätigte ihm mit einem Wortschwall, daß der
Herr selbst zwar keinen Namen genannt, dafür aber ausdrücklich nach ihm, Doktor Martin Conrath gefragt und außerdem erklärt habe, es sei für Martin sehr wichtig. Kopfschüttelnd legte Martin auf, hob erneut ab und wählte, noch
immer stehend und im offenen Mantel, die genannte Rufnummer. Dort meldete sich nach einigen Sekunden ein Mann,
der in französischer Sprache nicht seinen Namen, sondern die
Nummer seines Anschlusses nannte. Martin erklärte ihm, er
habe die Nachricht erhalten, und bat ihn, ihm zu sagen, wer er
sei. Auf diesen Wunsch war der Fremde vorbereitet.
»Ich möchte Sie gerne treffen, Monsieur Conrath, aber wenn
ich Ihnen meinen Namen nennen würde, dann würden Sie
sich vermutlich weigern, und ich würde das sogar verstehen.
Ich würde es aber bedauern, denn ich habe Ihnen Mitteilungen zu machen, die für Sie sehr wichtig sind.«
»Und die entsprechend kosten, nicht wahr?« sagte Martin, der
an eine Erpressung dachte. Sein Gesprächspartner lachte.
»Nein«, sagte er. »Nichts dergleichen, Monsieur Conrath. Ich
kann verstehen, daß Sie mißtrauisch sind. Aber ich will Sie
weder erpressen noch Ihnen etwas verkaufen.«
»Warum sagen Sie es dann nicht jetzt? Hier am Telefon?«
Martin Conrath hatte Grund zum Grübeln. Da der Mann ein
fast akzentfreies Französisch sprach, kam es ihm gar nicht in
den Sinn, ihre Beziehung in der Vergangenheit zu suchen.
Aber die Stimme kam ihm bekannt vor, als der Fremde antwortete: »Dazu ist die Sache zu kompliziert, wissen Sie. Und
auch zu wichtig. Und außerdem möchte ich Sie gerne noch
einmal sehen.«

»Haben Sie mich denn schon einmal gesehen?« fragte Martin. Der Fremde ging darauf nicht ein. Er fragte: »Kennen Sie das Musée de Cluny, Monsieur Conrath?«

»Drüben im Quartier Latin? Dem Namen nach, ja.«

»Das ist ein altes Kloster und zugleich ein Museum. Dort sind frühmorgens nur sehr wenige Menschen, und man ist ungestört. Im Obergeschoß befinden sich die berühmten Gobelins der Dame mit dem Einhorn. Es ist ein kreisrunder und übersichtlicher Raum mit einer Sitzbank an der Wand. Treffen Sie mich dort morgen früh um neun Uhr dreißig.«

»Wie soll ich Sie erkennen? Und welche Garantien geben Sie mir, daß . . .«

»Wenn Sie wollen, können Sie Ihren Freund Paul Mialhe mitbringen«, sagte der Fremde. »Das ist Garantie genug. Also, bis morgen.«

In dem Augenblick, da der Fremde auflegte, wußte Martin, mit wem er gesprochen hatte. Er rief die Nummer sofort noch einmal an, aber der Fremde hatte vorgesorgt. Der Anschluß war belegt und blieb es bis zum Morgen des übernächsten Tages, als Commissaire François Koenig auf Zimmer 202 der Polizeipräfektur an der Place Louis Lépiné ihn wieder anwählte.

Martin Conrath rief sofort in Paul Mialhes Wohnung an.

»Sitzt du, Paul? Ja? Hör zu, Franz Xaver Bachau will mit uns sprechen . . . Bachau, ja, du hast richtig gehört . . .«

Paul stellte Fragen, die Martin nicht beantworten konnte, weil er gar keine Gelegenheit gehabt hatte, Bachau die entsprechenden Fragen zu stellen. Er wußte nicht, ob der Ex-Nazi für immer in Paris war oder nur vorübergehend, ob er noch mit Cassyan Combrove in Verbindung stand oder nicht, und schon gar nicht, auf welche Weise er in den Besitz von Martins Adresse gelangt war.

»Wenn ich mir das alles durch den Kopf gehen lasse«, sagte Paul, nachdem er sich von seinem Erstaunen erholt hatte, »dann meine ich, daß wir uns morgen um halb zehn anhören sollten, was dieser Herr dir zu sagen hat. Ich bin sicher, daß es ungefährlich ist, denn das Musée de Cluny ist streng gesichert und bewacht. Vielleicht hat er es aus diesem Grund sogar vorgeschlagen.«

Die beiden Freunde betraten zur vereinbarten Zeit den Ehrenhof der Museumsanlage mit ihrem schönen, mittelalterlichen Baukörper aus der Blütezeit fürstlich-französischer Gotik. Sie lösten ihre Eintrittskarten bei einer mürrischen und schmuddeligen Schwarzhaarigen, die sich daranmachte, ihren versäumten Morgenschlaf fortzusetzen, sobald die Schritte der beiden Männer auf der knarrenden Eichentreppe verklangen. Bachau stand in der nur schwach erhellten Rotunde vor den Gobelins und betrachtete mit Interesse die bezaubernde Dame mit dem Einhorn. Als Paul und Martin den Raum betraten, wandte er sich um. Es gab für keine der Parteien den geringsten Zweifel. Sie erkannten sich gegenseitig sofort. Bachau zeigte mit einer flüchtigen Handbewegung auf den Gobelin.

»Kaum zu glauben, daß man so etwas malen kann, geschweige denn wirken.«

»Sie werden nicht gekommen sein, um uns einen Vortrag über Kunst zu halten«, sagte Martin und bemerkte, wie gealtert und hinfällig Bachau aussah. »Was haben Sie uns zu sagen? Es waren keine sehr erfreulichen Umstände, unter denen wir uns letztesmal begegnet sind.«

»Ich muß Ihnen gleich sagen«, begann Bachau, »daß ich kein freier Mann bin, damit Sie nicht unter falschen Voraussetzungen mit mir sprechen. Und auch kein gesunder. Ich werde Ihnen natürlich alles erklären, dazu bin ich hergekommen. Aber Sie müssen mir versprechen, daß Sie beide schweigen gegen jedermann.«

»Ich muß das von dem abhängig machen, was Sie mir sagen«, antwortete Martin. »Nur mit dieser Einschränkung verspreche ich es Ihnen. Auch namens meines Freundes. Aber Sie haben Informationen, Einzelheiten, Tatsachen, die mit meiner Person in unmittelbarem Zusammenhang stehen. Wo haben Sie die her?«

Eine Weile schwieg Bachau und sagte dann: »Wir haben uns

im Leben ein einziges Mal gesehen, Conrath. Das kann bisweilen genügen. Wenn Sie wissen wollen, woher ich meine Informationen beziehe, dann muß ich Ihnen nicht etwas von mir, sondern etwas von Mister Combrove erzählen, den Sie ja auch kennengelernt haben.«

»Das habe ich mir gedacht«, murmelte Martin. »Irgendwann und irgendwie müssen Sie Combroves Freund geworden sein.«

»Combrove ist nicht mein Freund«, sagte Bachau. »Er ist in gewisser Weise mein Chef. Es ist in seinem Programm nicht vorgesehen, daß jemand hinter dieses Geheimnis kommt, verstehen Sie? Und Sie sind hinter dieses Geheimnis gekommen. Beinahe jedenfalls. Und Sie sind der einzige Mensch, der Cassyan Combrove jemals körperlich gezüchtigt hat. Soll ich Sie ins offene Messer rennen lassen? Sehen Sie mal, Sie sind der erste, mit dem ich in deutscher Sprache rede, seit ich als James R. Cambdon mit Combrove nach London ging. Für mich gibt es nur das, was mir täglich auf der Straße begegnet. Ich habe keine Familie, meine Vergangenheit ist verkümmert, die Brükken sind eingerissen, meine Zukunft ist gleich null.«

»Kommen Sie zur Sache, Bachau«, sagte Martin ungeduldig. »Ihr Privatleben interessiert mich wenig. Sie sind also bei Combrove angestellt?«

»Sozusagen«, antwortete Bachau. »Mit einem Gehalt, das er selbst bezahlt. Und ich bin von ihm abhängig, denn er hat dieses Gehalt vorausbezahlt. An das Geld kann ich nur mit seiner Unterschrift heran.«

»Und er wirkt nur mit, wenn Sie tun, was er will«, sagte Paul Mialhe, der die Zusammenhänge mühelos durchschaute, nüchtern. »Stimmt«, sagte Bachau. »Ich lebe gut, aber ich darf kein Gewissen dabei haben.«

»Haben Sie denn überhaupt eins?« fragte Martin Conrath. »Sonst wäre ich nicht hier«, antwortete Bachau. »Und ich bitte Sie, das in die Waagschale zu werfen. Noch kann ich ebensogut wieder von hier weggehen und Sie über etwas im unklaren lassen, was für Sie tödlich ausgehen kann.«

Franz Xaver Bachau sah forschend von einem zum anderen.

»Also, reden Sie schon«, sagte Martin schließlich.

Bachau fuhr fort: »Cassyan Combrove bekleidet den zweitwichtigsten Posten der Agency, nämlich den des Direktors für Nah- und Mittelost. Und es ist durchaus möglich, daß er eines Tages den wichtigsten bekleiden wird. Sie müssen an seinen Werdegang denken. Combrove war im Zweiten Weltkrieg in Ostasien, ein labiler Junge auf einem der grausamsten Kriegsschauplätze der Weltgeschichte. Dort hat er seine Seele verkauft. An die Härte hat er sie verkauft und an die Flagge. Denn vor der Flagge, vor der Machtentfaltung und vor der Repräsentanz seines Landes hat er die Hochachtung eines ganz kleinen Mannes, dessen Vater als freier Bürger den Reichtum des Landes – für andere freie Bürger, versteht sich – als Schlachtergehilfe in Chicago erschuftet hat. Hut vom Kopf, Hand aufs Herz, right or wrong – my country. Combrove ist ein wirklicher Patriot, ein fanatischer Amerikaner, überzeugt von Amerikas Messias-Rolle für die Freiheit in der Welt.«

Bachau hatte sich, soweit seine Krankheit das noch erlaubte, in Fahrt geredet, doch jetzt wurde er von Martin gebremst.

»Und warum erzählen Sie mir das alles?«

»Weil Sie es wissen müssen, Mann, bevor Sie mit Cassyan Combrove noch einmal auf Kollisionskurs gehen.«

»Und warum, um Himmels willen, sollte ich das tun?«

Die Männer verstummten, als eine strenge, engberockte Aufseherin aus der Tiefe des schwarzen Erdteils den Saal betrat und sie mit auf dem Rücken verschränkten Händen im Vorüberschlendern mißtrauisch durch eine goldgeränderte Sonnenbrille betrachtete.

»Sie sind schon mitten drin in dem Konflikt«, sagte Bachau, als die Negerin verschwunden war. »Combrove arbeitet für sein Land, aber gegen die Politik seiner Regierung. Er verurteilt die Abhängigkeit Amerikas von israelischen Bedürfnissen. Er unterstützt die irakische Machtentfaltung gegen Israel. Er hat den wirklichen Charakter Ihrer und der italienischen Lieferungen an Bagdad bewußt unterdrückt und auf der Londoner Dezember-Konferenz von 1976 seinen eigenen Außenminister und dessen Unterstaatssekretär George W. Ballacue absichtlich belogen. Er ist informiert über die Aktivitäten Ihrer Technucléaire in Saudi-Arabien, und auf seiner Liste der Beteiligten stehen Ihre beiden Namen.«

Martin und Paul warfen einander einen ausdrucksvollen Blick zu.

»Und welchen Standpunkt geruht der Intelligence-Director für den Nahen Osten zu den saudischen Kontakten unserer Regierung zu beziehen?« fragte Paul nach einer Pause. Bachau ging auf die Ironie des Franzosen nicht ein.

»Er ist sich darüber noch nicht schlüssig«, antwortete er. »Aber ich denke, da es sich dabei keinesfalls um eine israelfreundliche Aktion handelt, wird er nicht die Absicht haben, sie zu unterbinden. Doch er erinnerte sich sofort an Ihre beiden Namen, als sie in einer Aktennotiz auftauchten.«

»Und wie reagierte er?« fragte Paul Mialhe.

»›Unangenehm für diese beiden Bürschchen, daß sie ausgerechnet uns noch einmal über den Weg laufen müssen‹«, sagte er. Und ich beschwöre Sie, sich darüber im klaren zu sein, was das für Sie bedeuten kann.«

»*Kann*«, sagte Paul betont.

Bachau sagte: »Bei Cassyan Combroves Kompetenzen ist auch ein Kann schon sehr gefährlich.«

Die drei Männer verließen den Saal der Gobelins und machten sich auf einen langsamen Gang durch die restlichen Räume des Museums.

»Und warum sagen Sie mir das alles?« fragte Martin, während sie eine Vitrine mit sakralem Schmuck betrachteten. Ohne seinen Blick von den Juewelen eines herrlichen Krummstabes zu wenden, sagte Bachau: »Das einzig Beständige ist die Vergänglichkeit. Ich habe das eingesehen. Combrove nicht. Er ist, obwohl er es immer bestreitet, ein Hasser der Juden aus Neid. Aus Neid auf die Gabe, mit Geld umzugehen, nach oben zu kommen, Einfluß zu gewinnen, aus Neid auf das Musische der Rasse, auf die Kunst des Überlebens, die die Juden seit Jahrtausenden auszeichnet, auf den Humor, die Gelassenheit, die Schlauheit, die Distanz, den Geist, das Talent, auf alle die Dinge, die er mit seinem scharfen, aber begrenzten Verstand nicht besitzt und auch nicht erlernen kann. Seine ganze Machtbesessenheit ist nichts als Reaktion.«

Während Bachau das gesagt hatte, waren die Männer weitergeschlendert. Der Rest des Gesprächs fand in der großen, fast fünfzehn Meter hohen Halle des antiken Kaltbades statt, durch dessen große Fenster man hinaus auf den Park und den Boulevard Saint Germain sah.

»Unterschätzen Sie nicht, was ich Ihnen mitgeteilt habe«, sagte Bachau unvermittelt. »Diese Leute sind vor einem Diem nicht zurückgeschreckt, vor einem Trujillo nicht, vor einem Schneider nicht und vor einem Lumumba nicht. Die Dunkelziffer dürfte enorm sein. Auf Combroves Abschußliste steht sogar der Ayatollah Khomeini, nur wird da seine Regierung nicht mitspielen.«

»Aber Sie, Sie spielen mit, Bachau«, sagte Martin Conrath. »Sie lassen sich ein hohes Gehalt zahlen und sind mit von der Partie?«

»Ich kann da nicht mehr raus«, sagte Bachau sachlich. »Es war mein Leben lang mein Schicksal, wo drin zu sein, wo ich nicht mehr raus konnte. Heute weiß ich, daß alle Agentenorganisationen der Welt gerade davon leben, von Leuten, die raus wollen, aber drin bleiben müssen. Ja . . .«, fuhr er nach einer Pause fort, ». . . ich bin mit von der Partie. Ich kenne seine Gedanken, ich filtere seine Pläne und halte ihn aufrecht. Denn wenn ich das morgen nicht mehr tue, dann bin ich übermorgen ein toter Mann, egal, wohin ich mich verkrieche, Conrath. Die Familie der Combroves besitzt eine weltumspannende Macht, das dürfen Sie nicht vergessen.«

Die Männer waren auf ihrem Rundgang in das intime Kabinett der Skulpturen gelangt.

»Hüten Sie sich davor, Combrove noch einmal zu begegnen«, sagte Bachau. »Ich kann Ihre Mutter nicht mehr lebendig machen, aber vielleicht kann ich dazu beitragen, daß Sie es bleiben.«

Vom Skulpturensaal führte eine unauffällige kleine Tür ins Freie, zurück auf die Cour d'honneur. Durch diese Pforte entfernte sich Franz Xaver Bachau unbemerkt. Als die beiden Freunde reagierten, war es bereits zu spät. Draußen auf dem Hof drängelten Schulklassen, und eine Schlange stand an, die bis auf die Straße hinausreichte. Zwischen diesen Menschen war Franz Xaver Bachau verschwunden. Paul und Martin fanden sich auf dem Hof wieder und starrten sich ratlos an.

»Was sagst du jetzt?«

»Ich bin sprachlos«, antwortete Paul.

»Können wir es riskieren zu fliegen?«

»Wir können«, sagte Paul. »Was Bachau sagte, klang einleuchtend. Gegen unseren Kontakt mit den Saudis können sie nichts haben. Und außerdem, was, meinst du, würde de Rovignant sagen, wenn du ihm mit einer so persönlichen Geschichte kämst und sagtest, du könntest deswegen nicht fliegen?«

Wahrscheinlich wäre alles anders verlaufen, hätte nicht Madame Angélique Lobineau am folgenden Morgen gegen sieben Uhr aus dem Fenster gesehen und dabei bemerkt, daß in der Mitte der Anlagen des Boulevard Richard Lenoir, an dem sie wohnte, die kreisrunde Gitterabdeckung für einen der Lichtschächte des Kanals von seinem Platz entfernt und neben der gemauerten Öffnung auf den Rasen gelegt worden war. Daß sich jedoch niemand beim Schacht befand, kam ihr sonderbar vor. An dieser Stelle verläuft der Kanal St. Martin, der den Fluß Ourcq mit der Seine verbindet, auf einer Länge von fünf Kilometern zwischen dem Square Frédéric Lemaître und dem Gare d'Arsenal unterirdisch und folgt dem darüberliegenden, durch eine Grünanlage in zwei Fahrbahnen geteilten Boulevard. Dieser unterirdische Wasserlauf ist ein Kunstwerk der Tiefbautechnik des vergangenen Jahrhunderts, und dennoch kennen nur wenige Pariser seinen Verlauf. In einer Breite von zwanzig Metern und einer flach gedehnten Wölbungshöhe von zwölf Metern, kunstvoll mit Backsteinen gemauert, nimmt der rußgeschwärzte Tunnel die trägen, schmutzigen Fluten des Kanals auf, gesäumt von zwei backsteingemauerten Treidelpfaden und alle 150–200 Meter abluftversorgt durch jene kreisrunden Schächte, an deren einem Madame Lobineau an diesem Morgen eine Unregelmäßigkeit aufgefallen war. Sie meldete ihre Beobachtung telefonisch dem zuständigen Polizeirevier, und gegen dreiviertel acht erschienen zwei uniformierte Beamte in einem Kleinwagen, stapften quer über die Grünanlagen und blickten in die Röhre hinab. Als sie unten, weil es finster war, nichts gesehen hatten, versuchten sie mit einer nicht unerheblichen Kraftanstrengung, den runden Gitterkäfig wieder über den Schacht zu heben. Daran hinderte sie jedoch Angélique Lobineau, die mit südfranzösischem Temperament den Polizisten die Frage zurief, ob sie denn glaubten, jemand habe das Gitter abgehoben, um eine faule Tomate in die Tiefe zu werfen oder hinunterzuspucken. Ihre Logik überzeugte die Ordnungshüter, und sie ließen das Gitter wieder auf den Rasen plumpsen. Von ihrem Revier aus verständigten sie die Präfektur. Die hatte alle Mühe, ein Motorboot der Wasserpolizei flottzumachen und es durch die winzige Schleuse, die dem Botanischen Garten gegenüberliegt, in das Arsenalbecken zu manövrieren. Es wurde elf Uhr vormittags, bis dieses Boot mit vier Mann Besatzung, zwei starken Scheinwerfern und Bergegerät von Süden her in das weit geöffnete Tunnelmaul einfuhr und mit laut von der Backsteinwölbung widerhallendem Tuckern seinen Weg in die Eingeweide der Stadt antrat. Geisterhaft schwebte über den Männern die matte Helligkeit der Krypta unter der Julisäule vorüber, in welcher die Toten von 1831 ruhen. In regelmäßigem Abstand glitten die runden Augen der Lichtschächte über sie hinweg, bis sie nach einer Viertelstunde Fahrt unter demjenigen anlangten, auf welchem die Gitterabdeckung fehlte. Sie hielten das Boot an, und der Dieselmotor hackte im

Leerlauf. Die Leiche des Mannes fanden sie im Lichte eines der beiden Scheinwerfer zwischen treibenden Apfelsinenkisten und Plastikfolien an das Mauerwerk des westlichen Treidelweges geschmiegt. Der Tote wurde ordnungsgemäß geborgen und auf dem kürzesten Wege zur gerichtsärztlichen Untersuchung gebracht. Seine Identität war nicht feststellbar, denn in seinen Taschen fand sich nicht der geringste Hinweis auf seine Person. Sicher war nur, daß der Mann ertrunken und nicht etwa tot in den Kanal befördert worden war. Ob der Mann schwimmen konnte oder nicht, war nicht festzustellen. Auch die Frage, ob er selbst den Tod gesucht oder ihn durch Fremdeinwirkung gefunden hatte, blieb offen. Die Gitterabdeckung des Luftschachtes war zwar für einen einzelnen Menschen schwer zu heben, aber andererseits entwickeln gerade Lebensmüde oft übermenschliche Kräfte. Allerdings zeigte sich bei der Obduktion eine so umfangreiche, bösartige Deformierung des Bauchraums, daß der Mann von seiner Krankheit gewußt haben mußte. Alles in allem sprachen also zahlreiche Indizien für einen Suizid, jedoch war ein stichhaltiger Beweis hierfür nicht zu liefern.

Versehen mit sechs stark vergrößerten Hochglanzfotos ging der Bericht der Gerichtsmedizin an die Präfektur. Da die Verwaltung nicht gerade versessen darauf war, die Bestattungskosten zu übernehmen, die von Rechts wegen die Angehörigen zu tragen haben, galt das vordringliche Interesse des Commissaire François Koenig der Aufklärung der Identität des Toten. Aus diesem Grund erschien eines der Bilder schon am nächsten Tag in den Medien, mit der Aufforderung, wer den Toten kenne, solle sich beim Stellvertreter des Commissaire, einem Mann namens Raoul Lacace, melden.

Manches spricht dafür, daß das deutsche Reiseflugzeug am 7. September 1978 nicht in den Randgebieten der Wüste Nefud abgestürzt wäre, hätte sich Paul Mialhe an dem Tag, an dem Bachaus Fotografie in den Zeitungen erschien, nicht bei dem Osiris-Reaktor in Saclay aufgehalten. Wäre Paul im Hause gewesen, hätte Martin ihn mit dem Zeitungsfoto überrascht, und Paul hätte ihm davon abgeraten, sich an der Identifizierung des Leichnams zu beteiligen. Da er aber seinen Freund nicht um Rat fragen konnte, machte sich Martin Conrath, eingelullt durch die dem Foto beigegebene Erklärung, daß es sich wahrscheinlich um einen Selbstmord handele, in seiner Mittagspause auf den Weg zur Präfektur, um seiner Menschenpflicht zu gehorchen. Er erschien in dem winzigen Amtszimmer des Angestellten Lacace und gab dort zu Protokoll, daß es sich bei dem Toten um einen ehemaligen SS-Obersturmbannführer namens Franz Xaver Bachau handle, den er von früher kannte und dem er vor zwei Tagen durch Zufall in Paris wiederbegegnet sei. Ob der Mann gesucht werde? Nein, das wohl nicht, er habe seinen Prozeß gehabt und sei freigesprochen worden. Ob zu Recht oder zu Unrecht sei offen geblieben, aber jedenfalls sei das Urteil rechtskräftig. Ob der Mann Familie gehabt habe? Nein, das sei seines Wissens nicht der Fall, sagte Martin. Wo er gewohnt habe? Das wisse er nicht, antwortete Martin. Schon während dieses Gesprächs beschlich Martin Conrath das unangenehme Gefühl, daß er vielleicht eine Dummheit gemacht hatte, und er weigerte sich am Schluß, Lacace seinen Namen zu nennen, obschon der ihn darauf hinwies, daß dies seine Pflicht sei und Martin hierzu auch gezwungen werden könne. Doch Martin blieb bei seiner Weigerung, und endlich entließ ihn Lacace. Als Martin das Amtszimmer verlassen hatte, ergriff Raoul Lacace den Hörer des Telefons und wählte eine Nummer, die er von einem auf einen senkrechten Spieß gesteckten Notizzettel ablas.

»Monsieur Doolee«, sagte er, als der Teilnehmer am anderen Ende der Leitung sich meldete. »Sie haben mir eine Menge Geld angeboten, falls ich es Ihnen mitteile, wenn ein bestimmter Mann sich für den unbekannten Toten interessiert. Dieser Mann war hier. Ihre Beschreibung paßt auf ihn. Er behauptete, der Tote sei ein ehemaliger Nazibonze namens

Franz Xaver Bachau. Er kenne ihn von früher her und sei ihm vor ein paar Tagen hier in Paris wiederbegegnet. Mehr hat er nicht gesagt.«

»Okay«, antwortete Harry Lyndon Doolee. »Wohin soll ich Ihnen das Geld schicken?«

»Ich will Ihr Geld nicht haben. Ich hätte Sie auch gar nicht angerufen, weil ich zu denen nicht gehöre, die so was für Geld machen, weil da immer was stinkt, verstehen Sie? Aber wenn Sie mir an Stelle des Geldes noch einmal den Namen des Mannes geben? Denn er hat sich geweigert, ihn zu nennen, und ich brauche ihn für meine Akten.«

In seinem Sekretariat am Park Monceau lächelte Harry L. Doolee dünn und sagte: »Dieser Mann war Dr. Martin Conrath, Cheftechniker der Technucléaire. Er wohnt in der Cité des Fleurs, Monsieur Lacace. Damit wäre die Sache für uns erledigt, und wir danken Ihnen.«

Der Commissaire François Koenig wunderte sich, daß die Selbstmordakte Canal St. Martin zwei unterschiedliche Namen aufwies. Ein Deutscher namens Dr. Martin Conrath hatte die Leiche als die des Österreichers Franz Xaver Bachau identifiziert, während der Arzt, der den Toten zuletzt behandelt hatte, dessen Namen mit James R. Cambdon angegeben und seinen Patienten für einen Engländer gehalten hatte. Die Adresse in den Listen des Arztes war falsch, die Telefonnummer, die er genannt hatte, noch immer belegt.

Am Park Monceau betrat Harry Lyndon Doolee das Zimmer seines Chefs, näherte sich dem Schreibtisch, übergab Combrove die Notiz, die er gefertigt hatte, und sagte: »Sie hatten recht, Sir. Dr. Conrath hat sich auf der Präfektur gemeldet, Mister Cambdon als Franz Xaver Bachau identifiziert und zu Protokoll gegeben, daß er ihn vor wenigen Tagen hier in Paris getroffen habe. Seinen Namen verschwieg er.« Cassyan Combrove saß weit zurückgelehnt hinter seinem Schreibtisch und ließ Doolees Aktennotiz zwischen den Fingern wippen. »Wenn ein todkranker Bachau nach fünfunddreißig Jahren sein Gewissen verspürt und sich mit einem deutschen Halbjuden trifft, dessen Mutter er auf dem Gewissen hat, Doolee, von was redet er da? Von früher?«

»Wohl kaum.«

»Erbittet er Verzeihung von Conrath?«

Doolee lächelte, also fuhr Combrove fort: »Oder wird er etwas gutmachen wollen? Ihn warnen? Ihm Dinge erzählen, von denen wir nicht wünschen, daß sie publik werden?«

»Die Gefahr besteht immerhin, Sir.«

»Wie würden Sie reagieren, Mr. Doolee?«

»Ich würde Vorsorge treffen, Sir.«

»Und wie würden Sie das machen, Harry?«

Der junge Mann lächelte bescheiden. »Dazu bin ich nicht lange genug im Dienst, Sir. Das würde ich lieber Ihrem Weitblick überlassen und Ihrer Erfahrung.«

Während Harry L. Doolee kehrtmachte und das Zimmer verließ, schob Cassyan Combrove die Notiz, die der junge Mann ihm übergeben hatte, in die Innentasche seines Jacketts und nahm die Brille ab, um sie mit einem weichen Läppchen blank zu reiben: für die wenigen, die Cassyan Combrove näher kannten, ein untrügliches Zeichen dafür, daß er intensiv nachdachte.

Seine letzte Ruhe fand Franz Xaver Bachau an einem tristen, aber trockenen und windstillen Frühsommertag in einem Gemeindegrab des kleinen Friedhofs Pic-Pus hinter dem Rothschild-Krankenhaus im 12. Arrondissement, in Anwesenheit zweier mürrischer Totengräber und eines Polizeibeamten, der sich, als die ersten Erdbrocken auf den hellen Brettersarg kollerten, die Mütze abnahm, weil es schwül zu werden begann.

I 2

Der unauffällige Renault wartete seit sieben Uhr morgens.
Um diese Tageszeit bestand noch die Möglichkeit, an der Stelle, wo die Cité des Fleurs in die Avenue Clichy einmündet,
einen Parkplatz zu finden. Außerdem hatte man beobachtet,
daß Madame Conrath bisweilen schon ziemlich früh das
Haus verließ, zum Beispiel dann, wenn sie beim Friseur oder
der Kosmetikerin angemeldet war. An diesem Donnerstag trat
sie gegen acht Uhr morgens aus der Tür. Der Mann, der am
Steuer saß, erhielt die Meldung von einem Kollegen, der vor
dem Hause der Conraths postiert war, über Sprechfunk und
machte den beiden ein Zeichen, die nebeneinander auf dem
Bürgersteig hin- und herschlenderten. Diese beiden Männer
machten unverzüglich kehrt und faßten das offenstehende
Einfahrtstor zur schmalen Wohnstraße der Cité des Fleurs ins
Auge. Dort erschien im eleganten Mantel nach wenigen Minuten Katrin Conrath, selbstbewußt und mit wehendem blonden Haar. Ein paar Sekunden lang warteten die beiden Männer gespannt, ob die Frau sich in ihre Richtung wenden
würde. Als sie es wirklich tat, fand sie sich nach wenigen Metern zwischen den beiden, die sie mit energischer Geste unter
die Achseln ergriffen und in den Renault schoben, dessen
Fondtür vom Fahrer aufgestoßen worden war. Dort saß sie,
noch bevor sie einen Laut hatte herausbringen können, in der
Mitte zwischen ihren beiden Verfolgern, während der Mann
am Steuer den Motor anließ und sich in den Verkehr einfädel-
te. Derjenige, der hinter Katrin aus der Cité des Fleurs kam,
schob die Antenne seines Funkgerätes zusammen, sah dem

Wagen eine Sekunde lang nach und machte sich dann in entgegengesetzter Richtung davon. Im Innern des Autos hatte Katrin Conrath ihre Fassung wiedergefunden, versuchte, sich dem Griff der beiden Männer zu entwinden, und schrie sie mit zornfunkelnden Augen an: Was sie sich einbildeten, bei ihr wäre absolut nichts zu holen, und außerdem habe die Concierge in der Wäscherei alles beobachtet und telefoniere in diesem Augenblick bestimmt schon mit der Polizei.

»Das macht nichts, Ma'am«, sagte Harry Lyndon Doolee, der vorn saß, und wandte sich zu Katrin um. »Wir wollen absolut nichts Ungesetzliches von Ihnen, und bis die Polizei die Spur aufgenommen hat, sind Sie längst wieder Ihr eigener Herr.«

»Warum verhalten Sie sich dann wie Kidnapper?« keuchte Katrin und versuchte, dem Griff der beiden Männer zu entkommen. »Lassen Sie mich doch los, und sagen Sie mir endlich, was Sie von mir wollen!«

Doolee machte mit dem Kopf ein Zeichen, die beiden Männer ließen sie unverzüglich los, und Katrin Conrath ordnete empört ihr Haar und ihre Kleidung, während Doolee sagte: »Mein Chef möchte weiter nichts als eine Auskunft von Ihnen. Aber es ist eine dringliche Sache, und wenn wir Sie zuerst förmlich gebeten hätten, wäre es zu Rückfragen gekommen, und es wäre kostbare Zeit verlorengegangen.«

»Und wer ist Ihr Chef?« fragte Katrin.

Doolee sagte: »Sie kennen ihn nicht, und es tut auch nichts zur Sache. Wir müssen nur um Ihr Einverständnis bitten, Ihnen für ganz kurze Zeit die Augen verbinden zu dürfen. Eine reine Vorsichtsmaßnahme.«

Katrins linker Nachbar holte eine Brille mit Gläsern hervor, durch die man weder von innen noch durch die Seiten blicken konnte. Katrin wollte protestieren, aber Doolee unterbrach sie in freundlichem Ton: »Ma'am, hören Sie, wir wissen, daß wir nicht mitten in Paris die Ehefrau des Cheftechnikers der Technucléaire kidnappen können. Aber es wird für Sie besser sein und Ihnen Schwierigkeiten ersparen, wenn Sie guten Gewissens keine Angaben darüber machen können, wo Sie gewesen sind und mit wem Sie sich unterhalten haben. Also seien Sie vernünftig und setzen Sie für ein paar Minuten diese Brille auf.«

Der Mann neben Katrin hielt ihr die Brille erneut auffordernd hin, und Katrin resignierte, nicht zuletzt deshalb, weil sie sich darüber klar war, daß die Männer sie zwingen würden, wenn sie nicht gehorchte.

Der Wagen bog in die Avenue Hoche ein, dann in die Sackgasse am Rande des Park Monceau und durchfuhr das schmiedeeiserne Gittertor mit seinen vergoldeten Spitzen. Katrin Conrath wurde zuvorkommend aufgefordert, die Brille wieder abzunehmen, sobald man sie ins Vestibül geführt hatte. Ihre Bewacher waren zurückgeblieben, und Doolee geleitete Katrin ins Obergeschoß, wo sich Combroves Diensträume befanden.

»Mrs. Katrin Conrath, Sir«, verkündete Doolee, als er die Tür öffnete und Katrin eintreten ließ. Combrove erhob sich hinter seinem Schreibtisch und ging seiner unfreiwilligen Besucherin entgegen. Er schnitt alle zu erwartenden Proteste dadurch ab, daß er die Entschuldigungen Doolees für das unkonventionelle Verhalten wiederholte und dann, sobald Katrin ihm gegenüber vor dem Schreibtisch Platz genommen hatte, zur Sache kam.

»Ihr Mann befindet sich, soviel wir wissen, auf einer Reise nach Saudi-Arabien, Ma'am.«

»Das ist richtig«, sagte Katrin. »Seit vorigen Sonnabend. Warum?«

»Sie haben in dieser Zeit noch nichts von ihm gehört?«

»Doch«, sagte Katrin. »Er hat am Samstagabend von Kairo aus angerufen und mir gesagt, daß sie Sonntag früh weiterreisen. Er fügte hinzu, daß möglicherweise einige Tage verstreichen würden, bis er wieder Nachricht geben könne.«

»Sehen Sie«, sagte der Amerikaner befriedigt. »Und diese Nachricht erhalten Sie von mir, Mrs. Conrath.«

»Ich wüßte gern, mit wem ich spreche«, sagte Katrin.

»Auf Konventionen kann ich im Augenblick keine Rücksicht

nehmen«, antwortete Combrove. »Ich erwarte von Ihnen nichts weiter als eine der Wahrheit entsprechende Aufklärung. Und die wäre ungewiß, wenn Sie wüßten, wer ich bin.«

»Ich kann Sie nicht zwingen«, sagte Katrin resigniert, und ihr Gegenüber hob bestätigend und zugleich mit gespieltem Bedauern die Schultern. »Gewiß nicht, Ma'am.«

»Wie lautet die Nachricht, die Sie mir geben wollen?«

»Das Flugzeug, mit welchem Ihr Mann, Paul Mialhe und Charles de Rovignant die Reise nach Saudi-Arabien angetreten haben, ist in einem nordwestlichen Randgebirge der Wüste Nefud abgestürzt, Ma'am. Ein einziger Mann hat nach unseren bisherigen Erkenntnissen dieses Unglück überlebt.«

Cassyan Combrove brach ab und suchte im Gesicht seiner Besucherin nach einer Gefühlsregung. Doch das Gesicht Katrin Conraths blieb völlig unbewegt. Combrove begriff, daß Conraths Frau darauf eingestellt war, mit ihm zu pokern. Er fuhr fort: »Die Auswertung unserer Aufnahmen hat ergeben, daß die beiden Piloten und einer der Passagiere schon unmittelbar nach dem Aufprall der Maschine ums Leben gekommen sein müssen. Es verblieben also zwei Passagiere, die sich einige Stunden nach dem Absturz zu Fuß auf den Weg gemacht haben, wahrscheinlich um den Golf von Aqabah zu erreichen. Von diesen beiden Männern hat einer die vorgestrige Nacht nicht überlebt. Den Weitermarsch – die Männer marschieren der sengenden Hitze wegen nur nachts – hat gestern abend nur noch einer angetreten. Er war zum Zeitpunkt meiner letzten Information noch 19 Kilometer Luftlinie von der Golfküste entfernt. Der Mann, der unmittelbar beim Absturz mit den Piloten umkam, trug einen dunklen Anzug. Von den beiden, die sich auf den Fußmarsch durch die Wüste begaben, hatte einer einen hellen Anzug oder auch Mantel und der andere dunkle Kleidung an. Der Mann, der gestern abend als letzter übrigblieb, war dunkel gekleidet.«

Cassyan Combrove unterbrach sich und hoffte auf eine Reaktion seines Gegenübers. Jedoch Katrin wußte instinktiv, daß sie im Vorteil war, und schwieg. Der Amerikaner war gezwungen fortzufahren: »Sie kennen diese drei Männer persönlich sehr gut, Mrs. Conrath. Ich möchte deshalb von Ihnen wissen, wer der letzte Überlebende ist. Das ist alles.«

»Das ist eine ganze Menge, wenn Sie mir nicht sagen, wozu Sie es wissen wollen«, murmelte Katrin.

»Sehen Sie«, antwortete Combrove, »was ich Ihnen sagte! Die Wahrheit werden Sie mir nur mitteilen, wenn Sie meine Identität nicht kennen, daher der etwas ungewöhnliche Weg, Sie hierher zu bitten. Es gibt eine Reihe von Möglichkeiten. Ich könnte zur Justiz gehören, die mit der Aufklärung dieses Falls befaßt ist. Auf welche Weise der zweite Überlebende umgekommen ist, ist völlig offen. Ein Mord ist in einer solchen Situation nicht ausgeschlossen, er ist sogar wahrscheinlich. Ich kann zum Beispiel auch von der Versicherungsgesellschaft sein, die diese Reise gedeckt hat, denn es sind große Summen versichert worden. Ich kann auch im Auftrag der Anwälte Ihres Mannes handeln, die die Scheidungsklage eingereicht haben. Der Termin liegt ja schon im Oktober. Sie sehen also, es kann vielfältige Interessen geben, die es wünschenswert machen, die Wahrheit in Erfahrung zu bringen.«

Katrin war fieberhaft bemüht herauszufinden, welche Möglichkeit die richtige war, oder ob es noch andere gab, die der Mann gar nicht erwähnt hatte.

»Und wie soll ich Ihnen helfen?« fragte sie abwesend. Combrove antwortete: »Wir wissen, daß Charles de Rovignant hochgradig an Diabetes leidet. Können Sie sich vorstellen, was es heißt, drei Tage in der Wüste zu existieren, tagsüber eine Hölle aus Hitze, nachts eine Hölle aus Kälte, Tag und Nacht eine Hölle aus Stein und Sand. Hielte Ihrer Meinung nach Charles de Rovignant diese Belastung aus?«

Katrin saß da, antwortete nicht und starrte Cassyan Combrove mit weit geöffneten Augen an.

»Oder Mialhe?« fuhr Combrove fort und zog ein Papier hervor, das er überflog. »Mit 220:140 Blutdruck, beginnender Angina pectoris und Koronarstörungen? Ein Lebemann?«

Cassyan Combroves Augen hoben sich von dem Papier und wanderten zu Katrin Conraths Gesicht.

»Keiner von beiden könnte das«, sagte Katrin fast unverständlich. »Das halte ich weder bei Paul noch bei Charles für wahrscheinlich.«

»Demnach spräche nicht sehr viel dafür, daß der Mann in dem dunklen Anzug, der gestern früh nur 19 Kilometer vom Golf von Aqabah entfernt war, Paul Mialhe gewesen sein könnte«, sagte Combrove.

»Ich weiß natürlich nicht, was de Rovignant auf diesem Flug getragen hat. Aber er bevorzugt grundsätzlich helle Kleidung«, sagte Katrin mechanisch.

»Und Dr. Conrath dunkle«, sagte Combrove. »Nun sehen Sie sich den Mann im ehemals dunklen Anzug mal an, der einen Flugzeugabsturz und insgesamt vier Tage und Nächte Wüstenmarsch überstanden hat, mit rund 12 bis 15 Kilometer Tagesleistung im Durchschnitt.«

Der Amerikaner zog eine Schublade seines Schreibtisches auf, entnahm ihr den Stapel Fotografien, die Tom Osborne in Neapel von seinem Späher Big Bird hatte schießen lassen, und knallte sie stolz vor Katrin auf das polierte Holz, wie die Bilder eines neuen Wagens oder eines Rassehundes, den man zu verkaufen gedenkt. Katrin nahm sie auf und betrachtete sie eines nach dem anderen. Die Fotografien, auf die sie starrte, hätten ebensogut Aufnahmen von der Mondoberfläche sein können. Sie zeigten steinige Hochebenen, von Sandstreifen durchzogen, übersät von Felstrümmern und durchfurcht von ausgetrockneten Tälern und Klüften. Die Stellen, wo Big Bird den Mann entdeckt hatte, waren farbig markiert. Auf weniger wichtigen Partien der Fotos waren Datum und Uhrzeit der Aufnahme und der Entwicklung sowie auf der Rückseite der Zeitpunkt des Eingangs in Combroves Dienststelle eingetragen. Anfangs waren noch zwei Männer auf den Aufnahmen zu erkennen. Es ist nicht verbürgt, welche Empfindungen Katrin bewegten, als sie sich vergegenwärtigte, daß einer dieser Männer, der helle Kleidung trug, von Aufnahme Nr. 5 an nicht mehr zu sehen war. Es war mehr als ein vages Gefühl, das ihr sagte, daß dies Charles de Rovignant war. Jedoch schwieg sie darüber zu Combrove. Die Leiche dieses Mannes war nicht nur von Martin Conrath, sondern auch von Big Bird nirgends entdeckt worden. Von Aufnahme Nr. 6 an starrte Katrin auf die Dokumente des Überlebenskampfes ihres Mannes. Sie wußte genau, daß er es war. Nur ein Mann wie er, selbstdiszipliniert bis zur Enthaltsamkeit, womit er sie bisweilen an den Rand der Weißglut gebracht hatte, mit einem eingewurzelten Gefühl für Pflicht, Leistung, Zuverlässigkeit und Verantwortung, konnte es sein, der da vor ihren Augen der lebensfeindlichen Wüste Meter um Meter seiner Zukunft abkämpfte, der ganz offenkundig nicht verrecken wollte und nicht aufgab. Erkennen konnte man ihn wahrlich nicht, den Mann auf dem Weg durch die Nefud. Aber sie hatte dennoch nicht den geringsten Zweifel, als sie das drängende: »Nun?« ihres Gegenübers hörte und die kalten Karpfenaugen auf sich gerichtet sah.

»Ich kann ihn nicht erkennen«, sagte sie. »Aber wenn ich an den Anzug denke und die Konstitution . . . Wie oft hat er meinem Vater erzählt, daß er bei den Nazis erzogen worden ist, daß er an Entbehrungen und Strapazen schon frühzeitig gewöhnt war und daß es nicht so hart kommen könne, wie er es schon kennt.«

»Schwören könnten Sie also nicht«, hörte Katrin die Stimme ihres Gegenübers. »Aber Sie haben eigentlich keinen Zweifel?«

Katrin versuchte vergeblich, sich in der Kürze der zur Verfügung stehenden Zeit darüber klarzuwerden, welche Konsequenzen ihre Antwort haben könnte. Daß Charles de Rovignant zu den Toten des Flugzeugabsturzes gehörte, war gewiß. Alle Hoffnungen, die sie sich auf eine Zukunft an seiner Seite gemacht hatte, mußte sie begraben. Auch soviel wußte sie, daß Martins Rechtsanwälte die Anträge für das Scheidungsverfahren gestellt hatten, da sie selbst auf Anraten ihres Vaters mit allem einverstanden gewesen war. Als nächstes würde ein Urteil ergehen. Der Mann auf der anderen Seite des Schreibtisches hatte ihr das bestätigt. Unklar war ihr allerdings *ihre* Lage, wenn Martin überlebte. Cassyan Combrove erkannte ihren Zwiespalt mit erfahrenem Blick.

»Was für Folgerungen werden Sie aus meiner Antwort ziehen?« fragte Katrin.

Combrove legte den silbernen Brieföffner, mit welchem er lasziv gespielt hatte, zurück in seine Schale und sagte: »Nehmen wir einmal an, es ginge darum, daß die speziellen Erfahrungen und Kenntnisse Ihres Mannes auf seinem Fachgebiet von großer Bedeutung wären.«

Diese Antwort brachte Katrin nicht einen einzigen Schritt weiter. Gleichzeitig aber war sie sich darüber klar, daß sie mehr als dies aus ihrem Gesprächspartner nicht herausbringen würde. Sie resignierte und sagte: »Sie können es für sehr wahrscheinlich halten, daß der Mann auf diesen Fotos weder Charles de Rovignant noch Paul Mialhe ist. Wenn Sie mir nicht mehr sagen können, kann auch ich Ihnen nicht mehr sagen.«

Combrove und Katrin hatten sich erhoben, und Combrove stand hinter seinem Schreibtisch, als Doolee die Tür öffnete und zu seinem Chef sagte: »Ihr Anruf vom Flottenstab in Neapel, Sir. Soll ich durchstellen?«

Cassyan Combrove nickte und sagte zu Katrin: »Die neueste Meldung über das Befinden Ihres Gatten. Wenn er es ist.«

Das Telefon summte, der Amerikaner nahm den Hörer ab und meldete sich. Dem Gespräch, das er mit dem Staff-Sergeant Tom Osborne im Auswertungsraum der Kommandozentrale der 6. US-Flotte führte, hörte Katrin Conrath mit wachsendem Erschrecken zu. Combrove fragte nach Osbornes Einschätzung des körperlichen Zustands des Mannes und danach, wie lange er marschiert war. Er verlangte Zeitangaben und Ortsschilderungen. Schließlich legte er auf und wandte sich Katrin zu.

»Der Mann, wer immer es ist, hat Glück gehabt, Ma'am. Er brach gestern 11 Kilometer vor der Golfküste zusammen, wurde aber aufgefunden. Er gelangt wahrscheinlich an einen

Ort namens Al Maqnah. Es kommt darauf an, ob er von dort den saudischen Behörden überstellt wird, oder ob man ihn über den Golf zu den Israelis abschiebt.«

Cassyan Combrove kam hinter seinem Schreibtisch hervor und durchquerte das Zimmer. »Kommen Sie.«

Katrin folgte ihm zu der weinroten Plüschportiere, die der Amerikaner auseinanderrauschen ließ. Er schaltete die Strahler ein. »Hier, sehen Sie.«

Katrin bückte sich und sah den Nagel seines kleinen Fingers eine Linie nachziehen, die von Al Maqnah auf der arabischen bis zu dem Ort Di Zahav auf der israelischen Seite quer über den Golf von Aqabah führte. »Das sind 20 Kilometer«, sagte er wie zu sich selbst. »Vielleicht auch 30. Von dort bleibt ihm praktisch nur eine einzige Möglichkeit, nämlich die Straße am Golf entlang, hinauf nach Elat.«

Combrove richtete sich wieder auf, schaltete die Strahler ab und ließ die Wandkarte verschwinden.

»Sie sehen also, daß er mit ziemlicher Sicherheit durchkommen wird, Ma'am. Unter diesen Umständen brauchen Sie kein Geheimnis mehr aus seiner Identität zu machen. Konnten Sie Dr. Martin Conrath identifizieren oder nicht?«

»Natürlich kann ich nicht schwören«, sagte Katrin. »Aber wenn es auf eine Entscheidung für mich allein ankäme, hätte ich nicht den geringsten Zweifel.«

Cassyan Combrove nickte und streckte seine knochige Hand aus, die Katrin ergriff.

»Ich glaube, Sie haben das Klügste getan, was Ihnen offenstand, Mrs. Conrath. Wir danken Ihnen.«

Unten im Vestibül, wohin Doolee Katrin begleitet hatte, wartete dieses Mal nur noch einer der Männer auf sie, der ihr wieder die dunkle, bereits aufgeklappte Schutzbrille hinhielt, die Katrin gehorsam vor die Augen schob. Man führte sie hinaus auf den Hof und half ihr in den wartenden Wagen. Schon wenige Augenblicke, nachdem das Fahrzeug angefahren war, versuchte Katrin, die Brille von der Nase zu ziehen, fühlte sich aber an beiden Händen festgehalten und hörte einen ihrer Begleiter sagen: »Noch nicht, Ma'am, noch wenige Augenblicke, bitte. Wenn ich Ihre Hände loslasse, können Sie die Brille abnehmen.«

Als dies geschah, befand sich das Auto schon auf dem belebten Boulevard Berthier und schickte sich an, in die Avenue de Clichy einzubiegen. Als der Wagen an der Einmündung zur Cité des Fleurs anhielt und sie in die Freiheit entließ, kam Katrin sich vor wie in einer anderen Welt. Als sie die Straße überquerte, sah sie auf der anderen Seite eine Gruppe von Polizisten, die Vermessungen vornahmen und Fotografien von der Stelle anfertigten, wo sie heute früh in den fremden Wagen gezerrt worden war. Als die Concierge, die dabeistand und Erklärungen abgab, sie bemerkte, erstarrte ihr Gesicht vor Erstaunen.

Katrin bestritt alles. Nein, die Frau müsse sich getäuscht haben.

»Aber ich habe doch beobachtet . . .«, stammelte die Frau.

»Nein, Madame, Sie haben sich geirrt«, bestand Katrin auf ihrer Darstellung. »Ich hatte einen Termin beim Arzt und bin abgeholt worden, das ist alles. Sie sehen ja . . .«

Katrin schob den Mantelärmel von der Uhr. Seit sie zum erstenmal in das Auto gestiegen war, waren gerade 70 Minuten vergangen.

Zum gleichen Zeitpunkt, da Katrin Conrath dies feststellte, stand Harry Lyndon Doolee mit einem Block in der Hand vor dem Schreibtisch seines Chefs und nahm eine Weisung auf: »Buchen Sie mir die nächstmögliche Flugverbindung nach Elat, Doolee.«

»Dienstlich oder privat, Sir?«

»Privat, Doolee«, antwortete Cassyan Combrove. »Auf meine Kosten. Von dieser Reise braucht niemand etwas zu erfahren. Übrigens auch dann nicht, wenn ich nicht von ihr zurückkehren sollte. Aber das nur vorsorglich. Haben wir uns verstanden, Doolee?«

»Yes, Sir«, sagte Doolee, an Anweisungen dieser Art gewöhnt, und stellte keine weiteren Fragen.

Ebenfalls zu diesem Zeitpunkt lag Martin Conrath auf einem Stapel stinkender Pferde- oder Kameldecken auf der Pritsche eines ausgeleierten Landrovers, sah über sich das ausgebleichte Leinen eines Sonnenschutzes schwanken und hörte das kräftige Hämmern eines Automotors, der sich über eine sandige Piste fraß. Wie jedesmal in den vergangenen fünf Tagen hatte Big Bird recht behalten. Zwar hatte Martin Conrath die Fahrstraße zwischen den Dörfern Al Bid und Ash Shaykh Humayd, ohne es zu merken, überschritten und war erschöpft, mit sich auflösenden Schuhen, brennender Haut und schmerzenden Knochen nach Westen getaumelt, doch hatte er sich am Donnerstagmorgen etwa 70 Meter entfernt von der Stichpiste gesehen, die von Al Bid zur Küste nach Al Maqnah abzweigt. Dort hatte er im Schlagschatten eines Felsens im ersten Erschöpfungsschlaf das Geräusch eines vorüberfahrenden Autos zu hören geglaubt. Mit letzter Kraft war er auf allen vieren weitergekrochen und auf der von Reifenspuren durchfurchten Sandpiste endgültig zusammengebrochen. Dort fand ihn der Arzt jener Region, der ihn auf seinen ratternden Landrover lud und mit nach Al Maqnah nahm, wo er für die beiden Tage im Monat, an denen er sich um die 400 bis 500 Seelen dieses Landstreifens zu kümmern hatte, ein primitives Domizil besaß. Dort angelangt, begann er, Martin Conrath ärztlich zu versorgen. Während er das tat, erzählte er dem im Halbschlaf vor sich hindämmernden Martin in französischer Sprache Dinge, von denen der nur wenige im Gedächtnis behielt. Der Mann hieß Pierre Grévilly, war Doktor der Medizin der Universität Grenoble, als Truppenarzt der französischen Armee in Algerien desertiert, zum Islam übergetreten und hierher verschlagen worden, wo er für die Dörfer Haql, Al Humaydah, Al Maqnah, Al Bid, Ash Shaykh Humayd, und Al Khuraybah sowie für ein paar hundert nomadisierende Beduinen der einzige Arzt war. Er besaß ein Kamel für die unwegsamen Wüstengebiete, in denen die Beduinen bisweilen ihre Zelte aufschlagen, und den alten, sandfarbenen Landrover, mit dem er bis hinunter nach Ash Shaykh Humayd und Al Khuraybah kam. Der letzte seiner Patienten wohne 150 Kilometer entfernt. Ja, natürlich, erzählte er weiter, nachdem er einen Blick Martins auf eine abgestoßene und verschrammte Funkanlage in einer Ecke der Hütte aufgefangen hatte, das müsse verwundern, aber es gäbe in dieser ganzen Region kein Telefon. Übrigens auch kein elektrisches Licht. Später solle von Aqabah aus ein Telefon bis nach Haql kommen, aber das werde noch lange dauern, und so könne man vorerst die Verbindung der Orte untereinander nur mittels Funk herstellen. Es sei noch gar nicht so lange her, da sei das Kamel hier das einzige Verkehrsmittel gewesen, und die Leute seien einfach gestorben, wenn sie eine Blinddarmentzündung hatten. Noch lange erzählte der vollbärtige französische Deserteur, bis seine Stimme hinter der dunklen Welle wohltuenden Schlafes versank, der Martin überfiel. Am nächsten Mittag war er so weit, daß er dem Arzt erzählen konnte, wie er hierhergekommen war. Der Bärtige in seinem angeschmutzten Burnus lauschte aufmerksam und bedächtig. Nein, noch sei über das Ereignis, das Martin geschildert habe, nichts durchgekommen, und deshalb gäbe es auch keine Anweisungen dafür, was er, Dr. Pierre Grévilly, zu tun habe. Der Franzose stopfte sich eine Pfeife und steckte das Mundstück da ins Gestrüpp seines Bartes, wo sich die Lippen verbargen.

»Ich möchte Sie gerne über den Golf bringen lassen, verstehen Sie?« kam es am Pfeifenschaft entlang aus dem Bart heraus. »Denn wenn ich Ihnen als westlichem Zivilisationsmenschen etwas ersparen will, dann ist es eine Schutz- oder Beugehaft und Verhöre bei unserer hiesigen Polizei. Dies ist keine Demokratie hier«, fuhr er fort. »Daran muß man sich erst gewöhnen. Wenn hier einer mit einem Stern am Kragen irgend etwas sagt, dann sind Sie dran. Unwiderruflich. Und die Verhörmethoden in diesem Land sind sehr verschieden von denen, die Sie und ich gewöhnt sind. Für Sie ist es gewiß besser, wenn Sie hinüber nach Elat kommen, als wenn Sie hier in die Mühle geraten. Morgen früh werden Sie abgeholt, wenn nicht vorher etwas über Sie durch den Funk kommt. Punkt fünf. Da ist gar nicht so leicht durchzukommen. Die ganze Küste steckt voller Korallenriffe. Aber unsere Leute sind Fischer, und keine ungeschickten. Sie haben ihren Draht auch nach drüben. Der Golf ist hier 30 Kilometer breit. Drüben gibt es auch Fischer, es gibt funktionierende Kontakte . . .« Grévilly lächelte bei diesen Worten vor sich hin, als wisse er mehr, als er während einer harmlosen Plauderei preiszugeben bereit sei.

»Sagen Sie«, murmelte Martin, als der Franzose eine Pause machte. »Ziehen Sie sich da nicht einen Schiefer ein, wenn Sie jemand illegal einfach verschwinden lassen, den Ihre Regierung vielleicht sucht?«

»In der Lösung dieser Frage habe ich schon Erfahrung«, sagte der Arzt. »Ich habe an Ihnen eine ansteckende Krankheit diagnostiziert. Eine Epidemie, das kommt für die kurz vor der Atombombe. Und das kann mir hier in der ganzen Region niemand widerlegen. Die Behörden müssen es mir glauben. Mit so etwas kann ich Sie nur noch nach drüben abschieben.«

Als der Franzose Martin am nächsten Morgen gegen halb fünf Uhr weckte, stellte Martin auf seiner Armbanduhr fest, daß es der 13. September war. Katrins Geburtstag, dachte er flüchtig und zog die Khaki-Sachen an, die der Arzt ihm gestern abend noch zurechtgelegt hatte. Grévilly hatte Tee heiß gemacht. Sie tranken ihn und aßen Fladenbrot dazu. Nach dem Frühstück traten sie vor die Hütte und gingen hinunter zum Wasser. Dort ordnete ein Mann mit nacktem Oberkörper, barfuß, in langen, weiten, unten zugebundenen Hosen und mit einer Art Turban auf dem Kopf, die Ruder in einem unförmigen Boot. Er sah nur flüchtig zu den beiden Weißen herüber. Der Mann hielt jetzt das Boot am Rand fest und ließ Martin von dem mit Kies bedeckten Strand aus einsteigen.

Als Martin saß, schob er das Boot vom Strand ab und sprang mit nassen Füßen herein. Während sie langsam vom Strand abtrieben und der Mann die Ruder einhängte, winkte Martin Conrath dem Franzosen zu. Grévilly stand allein in dem Halbkreis der noch wie leblos daliegenden Hütten, die Hände in den Taschen seiner Leinenhose, die erste Zigarette schon zwischen den Lippen.

»Ich schreibe Ihnen mal«, rief Martin zu ihm hinüber.

»Tun Sie das nicht, Conrath«, antwortete der Zurückbleibende. Er zog die eine Hand aus der Hosentasche und nahm die Zigarette aus dem Mundwinkel. »Ich habe Ihnen nicht meinen wirklichen Namen genannt. Ich will, daß niemand meine Kreise stört. Ich komme zurück nach Frankreich, wenn auch bei den französischen Behörden für meinen Fall die Verjährung eingetreten ist. Vielleicht begegnen wir uns dann noch einmal.«

Damit drehte der Franzose sich um und ging, eine bläuliche Rauchwolke aus Mund und Nasenlöchern blasend, die in der stillen Morgenluft vor seinem Gesicht stehenblieb, zurück zu der Hütte. Gleichmütig ruderte der Araber Martin durch das blaugraue Wasser zwischen den gefährlichen Korallenbänken hindurch. Als sie um die flache Landzunge bogen, sah Martin weiter draußen einen Segelkutter treiben, der offenbar vom anderen Ufer herübergekommen war, dessen Berggipfel jetzt allmählich aus dem noch dunklen Nachthimmel hervortraten, der über ihnen nach Westen zurückwich. In dem Kutter befanden sich zwei Araber, wie Martin aufgrund ihres Aussehens und ihrer Sprache feststellen konnte. Alles schien abgesprochen. Es fiel kein Wort. Einer der Ruderer und einer der beiden anderen Männer hielten die Boote aneinander, und Martin sprang hinüber. Mit einem kurzen Wort erkundigte sich der Kutterfischer bei Martins Ruderer, ob Martin wirklich kein Gepäck habe. Der machte eine bedauernde Handbewegung, der andere zuckte mit den Schultern. Sie stießen die Boote voneinander ab. Martin Conrath saß im Heck und sah zu, wie die beiden Männer das Boot in den Wind brachten, der jetzt stark und gleichmäßig von Süden her wehte. Martin versuchte, ein Gespräch mit den Männern in Gang zu bringen, erntete aber nur Erstaunen und Blicke, die sie einander zuwarfen. Dann sahen sie ihn an.

»Zwei Stunden«, sagte schließlich der Ältere in einem nur schwer verständlichen, holprigen Englisch. »Zwei Stunden, du schlafen, Mister.« Dabei deutete er auf den trockenen und rissigen Bootsboden, wo ein Stück zusammengelegten Segels und eine Taurolle Martin tatsächlich verlockten, seine Glieder auszustrecken. Er tat es und zog eine Zwischenbilanz.

Gewiß, bis hierher war er durchgekommen. Aber würde er es auch weiterhin schaffen? Was wartete dort drüben auf ihn? Als er jetzt nach oben den Mast entlang in das gelbliche Segel starrte, das sich vor einem langsam sich blau färbenden, wolkenlosen Himmel blähte, kam es ihm vor, als habe sich sein ganzes Leben bisher ausschließlich auf den Augenblick konzentriert, da er in etwa zwei Stunden den Boden Israels betreten würde. Wieviel war von der Katastrophe schon bekannt, in welche der nukleare Ehrgeiz de Rovignants und der CEA die Technucléaire gestürzt hatten? Wie berechtigt oder unberechtigt waren seine durch Franz Xaver Bachaus Eröffnungen genährten Befürchtungen, daß Cassyan Combroves mächtige Hand und langer Atem bei der Katastrophe der Skyservant im nordwestarabischen Bergland mit im Spiel war? Und wie berechtigt war seine bis heute verdrängte, aber jetzt hervortretende Furcht, daß Combrove, falls er herausfinden sollte, daß Martin auf dem Wege zu israelisch besetztem Territorium war, aus zentralem politischem und persönlichem Interesse versuchen würde, das zu verhindern? Wie ein drohendes Menetekel stand die Erinnerung an den ungeklärten Tod Franz Xaver Bachaus vor Martins innerem Auge. Nur ein weltferner Narr hätte hoffen dürfen, in einem in permanentem Kriegszustand befindlichen Land wie Israel dem intelligentesten Geheimdienst, den die Welt je hervorgebracht hatte, durch die Maschen schlüpfen zu können. Mit halbgeschlossenen Augen musterte Martin die beiden Araber, die gelassen und schweigsam das Segelboot bedienten. Und je länger er das tat, desto sicherer wurde er, daß bereits diese Burschen zu den subalternen Chargen der allgegenwärtigen Mossad gehörten, die drüben auf ihn wartete. Da er aber am Ablauf der Dinge absolut nichts mehr ändern konnte, gab er sich der Verführung des einlullenden Bootsgeräusches hin. Er hörte noch das Ächzen der Schäkel, das sanfte Rauschen vorbeischießenden Wassers, dann schlief er ein. Zwei Stunden hatte der Mann gesagt . . .

Als er erwachte, war das Geräusch des Wassers leiser, der Wind ruhiger geworden, und das Boot schien langsamer zu gleiten. Martin richtete sich auf und spähte über den Bootsrand. Greifbar nahe lag die felsige, kahle Küste des Sinai vor ihm. Durch das wunderbar blaue Wasser glitt das Boot der Einfahrt zu einer kleinen Bucht zu. Es zog jetzt langsam durch ruhiges Wasser. Inzwischen war hinter ihnen die tödliche Sonne der Nefud aufgegangen und bestrahlte die majestätische Szenerie der Küstengebirge und darunter den halbkreisförmigen, hellgelben Sandstrand, den türkisfarbenes Wasser umspülte. Unmittelbar am Strand entlang führte eine schmale Piste. Auf dieser Piste stand, deutlich im hellen Licht erkennbar, ein erdbrauner Jeep, und neben ihm befanden sich zwei Männer mit dunklen Tellermützen und in kurzärmeligen Khakiblusen. Sie blickten dem Boot entgegen, einer von ihnen mit einem Feldstecher. Martin stand auf und hockte sich auf das Dollbord. Dabei bemerkte er, wie der eine der Polizisten befriedigt das Glas von den Augen nahm. Martin verschränkte die Arme vor der Brust und sah die beiden Araber an, die das Boot jetzt knirschend auf den Strand steuerten, nachdem sie schnell und geschickt das Segel hatten fallenlassen. Aber die Männer waren empfindungslos dafür, daß Martin sich verraten vorkam. Für den Ehrenstandpunkt hatten sie keinerlei Organ. Einer von ihnen sprang nach draußen, der andere kam zu Martin ins Heck, damit das Boot hinten schwerer wurde und vorne weiter aufs Land gezogen werden konnte. Der Mann vorne hielt das Boot und streckte Martin gleichmütig die Hand hin, aber Martin verließ das Boot voll Wut, ohne sie zu ergreifen. Diese beiden und der Mann, der Martin drüben durch die Korallenriffe gerudert hatte, Pierre Grévilly und die beiden israelischen Polizisten, von denen der eine jetzt auf Martin zukam, während der andere auf der Motorhaube seines Jeeps irgendeine Eintragung auf einen Block kritzelte – sie alle steckten nach Martins Dafürhalten unter ein und derselben dreckigen Decke. Der Polizist stolperte, als er auf Martin zutrat. Indigniert und ein wenig aus seinem militärischen Gleichgewicht gebracht, legte er die Hand an die Mütze und fragte, ob Martin Papiere habe und sich ausweisen könne. Martin tastete an die äußeren Brusttaschen des Hemdes und stellte zu seiner Erleichterung fest, daß der heimtükkische Franzose immerhin daran gedacht hatte, seinen von der Botschaft in Paris immer wieder verlängerten deutschen Reisepaß aus seinem zerfetzten Anzug zu nehmen und ihm zuzustecken. Der israelische Beamte prüfte alles Seite für Seite und verglich die Fotografie mit Martins Gesicht. Dann lächelte er unergründlich und ließ den Paß in einer der großen Außentaschen seiner kurzärmeligen Bluse verschwinden. Der zweite kam von dem Fahrzeug herangeschlendert, und Martin Conrath machte sich auf eine förmliche Festnahme gefaßt. Aber der Polizist sah ihn nur neugierig an.

»Was sagt er?« fragte er seinen Kollegen, von dem er wohl annahm, daß er Martin bereits verhört habe.

»Warum reisen Sie illegal ein, Sir?« fragte der erste, anstatt seinem Kollegen zu antworten. Martin blickte in zugleich mißtrauische und neugierige Augen von der Farbe reifer Schwarzbeeren.

»Das ist eine lange Geschichte«, sagte Martin nach einiger Überlegung. »Sie sind sicher über alles informiert.«

»Dann erzählen Sie Ihre Geschichte auf der Präfektur in Elat«, sagte der erste und fügte hinzu: »Wir sind nur darüber informiert worden, daß heute hier jemand illegal an Land gehen würde.«

»Ich wollte ja überhaupt nicht an Land gehen«, protestierte Martin. »Das ist alles nicht von mir ausgegangen. Ich habe damit gar nichts zu tun.«

»Da siehst du es«, sagte der zweite zu seinem Kollegen. »Da geht es schon los. Damit sollen sich die Herren in Zivil herumschlagen, laß ihn uns abliefern!« Er wandte sich an Martin. »Steigen Sie ein, Mister, damit wir hier wegkommen, bevor es zu heiß für uns alle wird.«

»Nein, da vorne bitte«, sagte der zweite, als Martin auf dem Rücksitz Platz nehmen wollte. Martin stieg also rechts neben den Fahrersitz, den der zweite Polizist einnahm. Der erste schwang sich auf die Rückbank. Beide rauchten, als der Fahrer den Wagen anließ und in einer hochgewirbelten Wolke Sandstaubes aus der Bucht steuerte. Im Abfahren sah Martin noch, wie einer der beiden Araber sich eine Zigarette drehte, während der andere schon der Länge nach im Schatten lag und das Gesicht bedeckt hatte. Martin versicherte noch einmal, daß alles gar nicht von ihm ausgegangen sei, aber der Polizist winkte ab. »Wissen Sie«, sagte er nach einer Weile, nachdem er den Jeep weiter oben auf eine breitere Asphaltstraße gesteuert hatte, »wissen Sie, wir haben Krieg. Im Augenblick wird zwar gerade nicht an den Grenzen geschossen, sondern nur mitten im Land. Aber hier ist so ziemlich alles Krieg, die Araber, die Hitze, die Sonne, der Wind, der Staub . . .« Er nahm die Mütze ab und entblößte schwarzes, wolliges Haar. Ganz frei von arabischen oder afrikanischen Einflüssen schien seine Familiengeschichte nicht zu sein. »Alles ist Krieg hier«, wiederholte er und legte die Mütze zwischen Martin und sich. »Und wir haben strenge Bestimmungen. Die beiden Burschen vom Schiff, wissen Sie, was hätten die schon anderes tun können, als uns zu verständigen? Was glauben Sie, was mit denen passiert, wenn sie eine illegale Einreise decken? Und noch dazu aus einem arabischen Land. Woher sind Sie, Sir? Aus Deutschland sagten Sie? Oder England? Wie? Die Haare würden Ihnen zu Berge stehen, wenn Sie wüßten, wie wir die anfassen, bis wir aus ihnen rausgebracht haben, was wir wissen wollen.«

»Müssen«, sagte der andere von hinten. »Wissen müssen, meinst du wohl?«

»Jawohl«, erwiderte der Fahrer. »Und das wissen diese Brüder auch. Das würden die niemals riskieren. Das kann man sich vielleicht bei Ihnen in Europa leisten, den Luxus, jemandem zu erlauben, etwas bei sich zu behalten, was die Behörden eigentlich wissen müssen. Bei uns hier wäre das tödlich für den nächstbesten an der übernächsten Straßenecke. Deshalb müssen wir's herausholen aus denen, die etwas wissen. Die beiden Hassans, die Sie rübergebracht haben . . . Geld haben die schon genommen, aber die Polizei haben sie auch verständigt, das ist die Schlauheit von denen. Aber die Haare würden Ihnen zu Berge stehen . . .«, sagte er noch einmal.

»Und es geht wirklich nur um diese illegale Einreise?« fragte Martin erleichtert. Der Fahrer drehte ganz kurz den Kopf zu seinem Kameraden nach rückwärts. »Ich weiß nichts anderes, du?« Dann warf er einen zweiten Blick zu Martin herüber. »Oder liegt irgendwas gegen Sie vor?«

»Nicht, daß ich wüßte«, sagte Martin, plötzlich ein bißchen heiser geworden.

»Na, das werden dann die Kollegen in Zivil schon wissen«, sagte der andere von hinten. »Denen werden Sie Ihre Geschichte genau erzählen müssen. Aber keine Angst, die Büros sind klimatisiert.«

Während der restlichen 140 Kilometer, die sie bis Elat zurückzulegen hatten, wechselten sich die beiden Polizisten am Steuer ab. Sie überholten israelische Militärkolonnen mit Ablösungen für die Truppen am Sharm el Sheyckh. Später bogen sie um eine Felsnase und sahen die Stadt ziemlich nahe vor sich liegen: Ein ausgeleerter Baukasten weißer Klötze, Karst und Gebirge ringsum, gelblich, rötlich, bis hin zu rostfarben, wie die Panzertürme einer futuristischen Festung, gekrönt von den silbrigen Öltanks der Ashqelon-Pipeline, die hier beginnt. Auf der Reede ankerten Schiffe, von denen schwer auszumachen war, ob sie für Elat oder für den jordanischen Hafen Aqabah bestimmt waren, der ein wenig weiter östlich vor dem Gebirge lag. Sie zogen die Köpfe ein, denn sechs Phantom-Kampfbomber heulten in Formation von links her über sie hinweg.

»Arschlöcher«, maulte der Mann am Steuer, der vor dem ungeheuren Lärm erschrocken war. Sie näherten sich der aus dem Boden gestampften Stadt. Schwer zu sagen, welcher Zug überwog, ihr Charakter als Hafenstadt, Bergwerksort, Zivilisationsvorposten, Industriestadt oder beginnende Touristenmetropole. Die Straßen waren gerade, unpersönlich und mit Hitze, Menschen und Autos angefüllt. Da es in diesem Teil der Erde keine Unbilden der Witterung gibt, herrschte leichte Bauweise vor. Nur wenige Gebäude waren mehrstöckig. Draußen an der Bucht wuchsen Hotelzeilen aus dem meist hellen, bisweilen kaffeebraunen Sandstrand empor. Es gab Busse, Campinganhänger und Wohnmobile, Bildungsreisende, Tauchfanatiker, Sonnenhungrige und Blumenkinder. Sonderbar, das alles hier zu sehen, an der Stelle, wo vor sechzig Jahren der halbverdurstete Lawrence von Arabien das sonnenglühende Wadi Al Araba herunterwankte und das Meer erreichte. Sie fuhren im Jeep langsam durch die etwa 15 000 Einheimische zählende Stadt. Martin Conrath sah blendende, sonnenbestrahlte Gebäudefronten, die Obergeschosse zu bogenförmigen Loggien zurückgenommen, sah ein Ladenzentrum, einen gepflasterten Innenhof, liebevoll hochgepäppeltes Grün dazwischen. Die Polizeibehörde befand sich in einem zweistöckigen, flachgedeckten Gebäude im Zentrum.

»Denk daran, hinten reinzufahren«, sagte der zweite Polizist. Der Fahrer nickte und quetschte den bulligen Wagen durch eine schmale Einfahrt. In einem Hof, in dem schon andere Autos, unter ihnen auch ein oder zwei Polizeiwagen, parkten, hielt er an.

»So«, sagte er. »Kommen Sie, Mister. Wir sind da.«

Er rückte die Mütze gerade, rückte Koppel und Schulterriemen zurecht und ließ Martin vorangehen. Sie betraten das schneeweiß gekalkte, an maurischen Stil erinnernde Gebäude, auf dessen Dach Antennenmasten in den wolkenlosen Himmel ragten und leicht im Wind schwankten. Über eine schmale Treppe gelangten sie in den ersten Stock, wo sich die Büros der Polizeibehörden befanden. Der Mann ging mit Martin durch schmale Flure, erhellt durch Türen mit Milchglasscheiben, vorbei an Fernschreib- und Kopiereinrichtungen und klopfte endlich an eine Tür, auf deren Glaseinsatz das Wort »Border-Police-Group« in englischer und hebräischer Sprache prangte. Martins Begleiter schien aus seinem Gesicht eine Frage abzulesen, denn er sagte, während er auf die Antwort auf sein Klopfen wartete: »Die über den Golf kommen, landen alle hier. Aber Sie haben ja wenigstens einen gültigen Paß.«

Als drinnen jemand »Come in« sagte, traten sie ein. In dem Raum gab es zwei Schreibtische. Hinter dem einen saß ein junger Mann im offenen Hemd mit niedrigem, schwarzem Haaransatz und breiter Nase. Ein zweiter Mann, der in diesem Augenblick durch eine andere Tür das Büro betrat, war älter, hager, mit vollem, ergrauendem Haar, hellgrauen Augen und schmalen Lippen. Beide trugen offene Safariblusen mit kurzen Ärmeln. Martins Begleiter salutierte und nahm die Mütze ab.

»Hier ist er«, sagte er. »Programmgemäß gelandet wie angekündigt.«

»Auf diesen Franzosen ist wirklich Verlaß«, sagte der jüngere der beiden Zivilisten, stand auf, verschränkte die Arme vor der Brust und musterte Martin interessiert.

»Welcher von ihnen ist es?« fragte der Ältere den Polizisten. Der Uniformierte öffnete die Blusentasche, entnahm ihr Martins Paß, schlug ihn auf und las ab: »Dr. Martin Conrath.« Dann übergab der Polizist das Dokument dem Grauhaarigen. Der Mann las ebenfalls die Eintragungen und verglich das Foto mit Martins Gesicht. Schließlich klappte er den Paß wieder zu, behielt ihn aber in der Hand und sagte: »Wenigstens für die Saudis haben Sie ein gültiges Visum, Dr. Conrath, allerdings nicht für uns. Deshalb müssen wir Sie in Jerusalem durch die Computer laufen lassen. Das ist Vorschrift. Auch wenn man es Ihnen ansieht, daß Sie nicht gerade ein Arafat-Terrorist sind.« Er streckte die Hand aus und reichte sie Martin. »Aretz«, sagte er, »ich bin Ytzhack Aretz, und das ist mein Kollege, Dov Neustadt.« Auch der Jüngere reichte Martin die Hand. Erstaunt hörte Martin, wie Aretz zu dem Polizisten sagte: »Warten Sie mit dem Wagen, vielleicht müssen Sie Mr. Conrath zu seinem Hotel bringen.«

Der Mann warf Martin noch einen Blick zu, salutierte dann erneut und verließ den Raum. Man konnte förmlich durch die Tür hindurch spüren, wie er draußen stehen blieb, sich eine Zigarette anzündete und angestrengt nachdachte.

»Sie haben mich erwartet«, sagte Martin, nachdem er mit den beiden Zivilisten allein war. Aretz machte eine auffordernde Handbewegung, und die drei Männer setzten sich. Über den in der Zimmermitte zusammengeschobenen Schreibtischen kreiste lautlos ein träger Ventilator.

»Einen von Ihnen haben wir erwartet«, sagte Aretz, griff in sein Schreibtischfach, brachte einen Pappbecher hervor, stellte ihn vor Martin hin und machte eine fragend-auffordernde Bewegung mit einer Flasche. Martin dankte, schob Aretz den Becher ein Stückchen weiter zu, und der Israeli goß ein. »Wir wußten nur nicht, ob wir Charles de Rovignant zu erwarten hatten oder Sie.«

»Sie sind also informiert«, sagte Martin. »Das vereinfacht die Sache.«

»Sagen wir«, schaltete sich Neustadt ein, »wir kennen Ihre Mission, wir kennen die Teilnehmer, die Durchführung und den Verlauf. Aber wir wissen nichts über ihren Zweck und ihre Ziele. Darüber breitet Paris einen Mantel des Schweigens.«

»Paris?«

»Natürlich«, sagte Aretz. »Wahrscheinlich werden Sie noch gar nicht wissen, daß man das Flugzeugwrack inzwischen entdeckt und die aufgefundenen Leichen identifiziert hat.«

Aretz angelte zwischen den Aktenstücken, die seinen Schreibtisch bedeckten, nach einer Notiz und las die Namen ab: »Pilot

Patrick Hillary, Co-Pilot Jack Fitzgerald und ein leitender Angestellter der Technucléaire namens Paul Mialhe.«

Obwohl Martin darauf vorbereitet gewesen war, daß der Israeli diesen Namen aussprechen würde, löste die Gleichgültigkeit, mit der dies geschah, einen Schock aus. Aber schließlich konnte Aretz nichts von dem wissen, was Martin und Paul miteinander verbunden hatte.

»Mein bester Freund«, murmelte Martin. »Aber Sie sagen mir natürlich nichts Neues.«

»Es tut mir leid«, sagte Aretz. »Aber für uns ist dies nur ein Fall, ein Vorgang sozusagen, den wir zu bearbeiten haben. Es blieben zwei Überlebende, von denen einer während des Marsches auf ungeklärte Weise verschwand und bisher nicht aufgefunden wurde. Derjenige, der durchkam, konnte also nur einer von Ihnen beiden sein. Charles du Rovignant oder Sie. Den Namen hat uns der Franzose nicht avisiert.«

»Ihr Mann, dieser Arzt da drüben?«

Es war Neustadt, der Aufklärung gab. »Der Golf ist sozusagen ein Trampelpfad für arabische Terroristen. Wir würden hoffnungslos überrannt von ihnen, wenn wir unsere Antennen nicht schon drüben installiert hätten. Der Mann, der sich Grévilly nennt, ist für uns unbezahlbar und wird dort von den Behörden toleriert, weil auch das amtliche Saudi-Arabien den Terrorismus uns gegenüber nicht duldet.«

»Grévilly ist Dovs Entdeckung«, sagte Aretz stolz. »Er hat sich auf Zeit verpflichtet. Wenn die abgelaufen und seine Verjährung eingetreten ist, wird er von uns mit einer neuen Identität versehen und in die Zivilisation entlassen.«

»Für beide Teile ein brauchbarer Handel«, sagte Neustadt.

»Haben Sie Anhaltspunkte, was eigentlich passiert ist?« fragte Martin.

»Natürlich«, sagte Aretz. »Ihre Maschine wurde von der US-Fregatte ›Vanguard‹ abgeschossen, die am Sharm el Sheyckh regelmäßig zusammen mit unseren Seestreitkräften Luftraumüberwachung fährt. Der Bericht des Kommandanten liegt vor. Er hat Befehl, tieffliegende Flugzeuge abzuschießen, die keine Kennung abstrahlen, wenn sie durch sein Radar erfaßt werden.«

»Aber die Maschine *hatte* eine Radarkennung«, sagte Martin verblüfft. »Das wurde uns sowohl von ägyptischen als auch von saudischen Offizieren ausdrücklich bestätigt. Sonst hätte die CEA diesen Flug weder durchgeführt noch geduldet.«

»Die Radarkennung hat bei diesem Flug nicht funktioniert«, sagte Neustadt trocken und zuckte mit den Schultern. »Das ist eine Tatsache. Der Grund wird kaum noch festgestellt werden können. Was für einen Reim Sie sich daraus zimmern wollen, bleibt Ihnen überlassen, Mr. Conrath.«

Aretz fügte hinzu: »Auf jeden Fall sollten Sie sich aber Gedanken darüber machen, was Sie zum Tode Ihres Gefährten de Rovignant aussagen wollen, denn bei Ihnen zu Hause reißt sich schon die Presse um den Vorfall.«

»De Rovignant war schwach konstitutioniert, verlor die Nerven und ist am 9. September gegen fünf Uhr nachmittags tödlich verunglückt. Er war zuckerkrank und hielt es nicht durch«, sagte Martin.

»Ich glaube Ihnen das«, antwortete Aretz. »Ich war zweimal mit Sharons Panzerdivision auf dem Sinai dabei. Ohne Wasser im ariden Klima, ich weiß, was das heißt. Es ist fast wie ein Wunder, daß *Sie* es überlebt haben.«

»Wir sind dafür gar nicht zuständig«, fügte Dov Neustadt hinzu. »Wir sind nur die Grenzpolizei. Alles andere klären unsere Kollegen von der Regulären. Ich würde Ihnen raten, einen Anwalt zu nehmen.«

»Ich habe keinen Pfennig Geld«, sagte Martin plötzlich ernüchtert, als er zum erstenmal seit Tagen wieder mit dem Banalen und Nächstliegenden konfrontiert wurde.

»In Ihrem Paß liegen Ihre Kreditkarten«, sagte Aretz, öffnete das Dokument, entnahm ihm die Karten und reichte sie Martin hinüber. »Sie können ja auch mit Ihrer Frau oder mit Ihrer Firma telefonieren. Notfalls helfe ich Ihnen aus.«

»Das würde er tun, er ist nämlich 'n Menschenfreund«, spottete Dov Neustadt. »Aber zuerst sollten Sie lesen, was man in Frankreich über die Sache sagt.«

Der Israeli griff nach einem Packen Zeitungen und ließ sie vor Martin auf die Schreibtischplatte plumpsen. Martin nahm die Journale eines nach dem anderen und las an den aufgeschlagenen Stellen die Überschriften: »Geheim«, stand da. »Gefährliche Geheimniskrämerei der CEA«, »Nuklear-Machtanspruch führt zu Flugzeugabsturz in Nahost«, »CEA-Direktor nach Flugzeugabsturz verschollen. Betrogener Ehemann und Untergebener im Spiel?«, »Was geht bei der CEA hinter verschlossenen Türen vor?«, »Atomarroganz der Industrie kostet vier Menschenleben. Was wurde aus Charles de Rovignant?«, »Wir fordern die Wahrheit über die Toten der Nefud«.

Martin Conrath legte die Zeitungen zurück auf den Tisch. »Ich kann natürlich nicht nachweisen, daß ich schuldlos bin«, sagte er.

»Das brauchen Sie auch nicht«, antwortete Aretz. »Der Staatsanwalt muß Ihnen das Gegenteil nachweisen, und das wird er nach Lage der Dinge nicht können. Aber ich möchte dennoch nicht in Ihrer Haut stecken. Seien Sie wachsam und vorsichtig. Schön . . .«, fuhr er nach einer Pause fort. »Das wär's fürs erste. Ich bringe Sie jetzt in Ihr Hotel. Ihren Paß müssen wir leider hierbehalten, bis wir aus Jerusalem eine Rückbestätigung haben, aber Sie können sich in der Stadt und in der Region frei bewegen.«

Aretz stand auf, Neustadt und Martin folgten.

»Ach so«, fuhr Aretz auf einen erinnernden Blick Neustadts hin fort: »Würden Sie bitte einmal hierher ans Fenster kommen, Mr. Conrath.«

Martin trat ans Fenster und blickte neben Aretz durch die halbgeschlossenen Kunststofflamellen hinunter auf die Straße. Gegenüber befand sich ein Kaffeehaus. Tischchen standen unter schattenspendenden Bogenwölbungen. Nach rückwärts ging es in die Tiefe eines dämmrigen Gastraums.

»Sehen Sie sich einmal den Mann an«, sagte Neustadt. »Den,

der da drüben halb hinter diesem kümmerlichen Oleander sitzt und Zeitung liest. Kennen Sie den?«

Martin Conrath nahm das Glas, das Aretz ihm reichte, obwohl er gar keines gebraucht hätte, um den Mann wiederzuerkennen, der dort unten halb verborgen neben dem Oleanderspalier saß und in seiner Zeitung blätterte. Es war Cassyan Combrove, und Martin hatte seinen runden, intelligenten Kopf mit der knolligen Nase, auf welcher die scharfe, randlose Brille saß, in Lebensgröße vor sich.

»Was ist denn mit dem Mann?« fragte Martin und zwang gewaltsam seine Nervosität zurück.

»Der sitzt seit vorgestern abend von früh bis spät an der gleichen Stelle und wartet auf etwas«, sagte Dov Neustadt. »Wir haben noch keine exakten Informationen, aber der Bursche könnte immerhin aus der französischen Politik oder aus Ihrem Atom-Management sein. Möglich, daß er sich für Sie interessiert. Wir haben deshalb vorsorglich angeordnet, daß unsere Büros vorübergehend nur von hinten betreten werden. Kennen Sie diesen Mann?«

Martin fühlte forschende Augen auf sich gerichtet. Er konnte später nur schwer rekonstruieren, welche Schaltvorgänge zwischen der ersten und der zweiten Frage des Israeli in seinem Gehirn abliefen, bevor er die zweite Frage nach Zehntelsekunden spontan und wahrheitswidrig, aber mit Überzeugung in der Stimme, dahingehend beantwortete, daß er diesen Mann noch nie in seinem Leben gesehen habe. Drohend stand vor seinem inneren Auge die lebendige Erinnerung an den Nachmittag bei George und Ethel Ballacue, an den Nikolausabend, als der unterkühlte Colonel Blake Torrington seine Rechercheergebnisse mitgeteilt hatte, und an den Vormittag mit Franz Xaver Bachau in den dämmrigen Räumen des Musée de Cluny. Er mußte sich eingestehen, zu den Männern zu gehören, die zuviel wußten, und das gänzlich ohne eigenes Dazutun. Am deutlichsten erinnerte er sich an die Fotografien des toten Bachau und an dessen letzte Worte: »Vergessen Sie es nicht, die Familie der Combroves hat eine weltumspannende Macht.« Als sich in Martins Gehirn in Sekundenschnelle wie in einem elektronischen Relais alles dies vollzog, wurde ihm klar, daß Cassyan Combrove bei dem rätselhaften Absturz des Flugzeuges Regie geführt hatte. Mit aller Deutlichkeit wurde ihm klar, daß Aretz und Neustadt recht hatten und daß wirklich er es war, um dessentwillen Combrove dort drüben hinter dem Oleanderspalier saß und geduldig wartete. Für Combrove war es eine Leichtigkeit, durch seine Leute die Radarkennung des Flugzeuges manipulieren zu lassen, um ihn, Martin, mit dem Ballast der Ereignisse aus der Schweiz und alldem, was der tote Bachau ihm noch anvertraut haben mochte, nebst dem brisanten saudiarabischen Flirt der Nahost-Politik des Quai d'Orsay unter den Trümmern einer befehlsgemäß abgeschossenen, nicht identifizierten Skyservant ein für allemal zu begraben. Eine Skyservant mit fünf Mann Besatzung war gewiß nicht die Schwelle, über die der zukünftige Herr des USIB und der CIA im letzten Moment vor der Krönung seiner Karriere zu stolpern gedachte. Martin wußte aber auch, daß es die Situation nur erschweren würde, wenn er versuchte, den israelischen Grenzschutzbeamten all dies klarzumachen, weil er dabei mit jenem 8. Mai 1945 anfangen müßte, an welchem Captain George W. Ballacue mit den Panzerspitzen der 3. US-Armee in Krumbach einmarschiert war. Dumpf spürte Martin, daß es, falls Cassyan Combrove seinetwegen dort drüben saß, um sein Leben ging. Und seitdem er Hillarys und Fitzgeralds Leichen gesehen, Steine über Paul Mialhes Gesicht gehäuft und de Rovignants Ende miterlebt hatte, war ihm sein Leben ungeheuer kostbar. So wie er damals bei den Worten Bachaus erschrocken war, regte sich heute Martins Wille zum Widerstand. Seine persönliche Beziehung zu Cassyan Combrove durfte nicht zu einer amtlichen werden. Martin Conrath schätzte Macht und Einfluß Amerikas in diesem Lande hoch ein. Und auch die Abhängigkeit Israels von dieser Macht und diesem Einfluß. Würde er Neustadt und Aretz jetzt eingestehen, welcher Art seine Beziehung zu dem Mann da drüben war, dann würde es Cassyan

Combrove sein, der überlebte, nicht er. Darum log er. Aretz und Neustadt nahmen ihm die Lüge ab; gern sogar, denn sie erleichterte ihre Situation, nahm ihnen Verantwortung, umging Komplikationen. Denn wenn die amerikanische CIA in Israel auch nicht beliebt ist, so wird sie doch respektiert.

Neustadt blieb im Zimmer zurück, Aretz brachte Martin durch die verschiedenen Diensträume zur Treppe. Im Hof stand der Jeep, mit dem Martin hierhergebracht worden war. Daneben lungerten die beiden Polizisten, der eine von ihnen schäkerte mit einer blonden Touristin, die auf irgend etwas wartete. Sie nahmen Haltung ein, als Aretz mit Martin herankam.

»Liegt etwas gegen ihn vor?« fragte der Jüngere.

»Ich sagte doch, Sie sollen ihn zu seinem Hotel bringen.«

Die beiden Polizisten schmunzelten wissend. »Also, steigen Sie schon ein, Mister«, sagte der eine.

»Sie wissen doch noch gar nicht, wohin«, sagte Aretz und bot eine Zigarette an. »Mr. Neustadt telefoniert mit dem Har Shani.«

Jetzt sahen die beiden Polizisten sich gegenseitig an, dann wandte der eine von ihnen sich Aretz zu. »Mein Kamerad hat gedacht, Sie meinen das ironisch«, sagte er. »Aber ich habe es ihm gleich gesagt, paß auf, habe ich gesagt, der soll wirklich ins Hotel. Siehst du, ich habe recht gehabt. Sie können ruhig einsteigen, Mister.«

»Steigen Sie hier ein«, sagte Aretz und öffnete die Tür einer klapprigen, schwarzen Limousine schwedischen Musters. »Es ist besser, ich bringe Sie selbst hin. Die kennen mich dort. Sie können wieder Ihre Streife fahren, oder wozu Sie sonst eingeteilt sind«, rief er den Polizisten zu.

In einer Wolke gelblichen Staubes kurvte die Limousine aus dem Hof. Das Hotel Har Shani war einer der Neubauten, die in Strandnähe an der künstlichen, kleinen Lagune aus dem Sand gewachsen waren, um den Touristenverkehr anzukurbeln. Aretz hielt vor dem landseitigen Eingang. Der Chef war in Khaki, Shorts und Kniestrümpfen. Er nahm Martins Personalien auf. Aretz reichte den Paß über die Theke, und der Chef notierte die Nummer. Er machte, als er das Dokument wieder geschlossen hatte, eine fragende Geste und gab es Aretz zurück, als dieser die Hand ausstreckte.

»Ein Flugzeugabsturz drüben in der Nefud«, sagte Aretz. »Mr. Conrath hat ziemlich viel mitgemacht. Ein paar Tage wird er sich hier erholen müssen.«

»Kein Gepäck, Sir?« fragte der Chef. Martin verneinte. Ein bedauernder und dennoch geschäftsmäßiger Blick des Hoteliers traf Martin. »Das Zimmer ist leider noch nicht fertig.«

»Wie lange wird es dauern?« fragte Aretz.

Der Mann sah auf die Armbanduhr. »Ein bis zwei Stunden, wenn Sie solange . . .« Eine Handbewegung in Richtung auf eine kühle Lounge folgte.

»Ich weiß etwas Besseres«, sagte Aretz. »Wenn Sie sich kräftig genug fühlen, zeige ich Ihnen etwas, was Sie sehen müssen. Das wird gerade so lange dauern, bis Ihr Zimmer fertig ist.«

Martin war es recht. Beide Männer verließen die Rezeption und bestiegen draußen in der brütenden Hitze wieder den Wagen. Sie fuhren in nördlicher Richtung. Rechts konnte man einen kleinen Flugplatz sehen und die Anlagen einer im Bau befindlichen Eisenbahnlinie, dicht dahinter die jordanische Grenze. Alles flimmerte in der Hitze des frühen Nachmittages. Wo diese Straße endet, liegt das Tote Meer, liegen die Städte Sodom und Jericho. Das steht in fremdartigen Zeichen auf den Schildern, welche die Fahrbahn begleiten. Das bis zum Rand mit Hitze gefüllte Tal säumen überwältigende, rostfarbene Bergketten mit Gipfeln, die wie in Purpur getaucht scheinen. Als sie auf der schnurgeraden Straße außerhalb der Stadt dahinfuhren, wandte Aretz sich Martin zu und fragte, was er von diesem Lande halte.

»Ich habe immer viel davon gehalten«, sagte Martin. »Und ich hätte mich auch um eine Einbürgerung bemüht, wenn ich nicht vorher in Frankreich hängengeblieben wäre.«

»Frankreich.« Aretz nickte. »Auch ein schönes Land. Haben Sie zu Israel irgendeine Beziehung?«

»Ich hatte eine jüdische Mutter«, sagte Martin einsilbig. Aretz sah geradeaus auf die Straße und fragte erst nach einer ganzen Weile: »Und? Theresienstadt, Auschwitz?«

»Sie hat sich vorher das Leben genommen«, sagte Martin. Ytzhack Aretz unterließ jedes Anzeichen eines Bedauerns oder der Teilnahme. Solche Schicksale waren hier an der Tagesordnung, nichts Besonderes, man begegnete ihnen auf Schritt und Tritt. Etwas später gelangten sie an ein nach links weisendes Schild mit der Aufschrift »King Solomon's Pillars«. Aretz bog ein. Hier liegen die Kupferminen von Timna, vor sich hinrostende, staubbedeckte Gebäudekomplexe mit zerborstenen, gedrungenen Schloten. »Hier sollen schon Salomon und Herodes das Kupfer für ihre Tempeldächer hergeholt haben«, sagte Aretz. »Seit zwei Jahren sind sie stillgelegt. Unrentabel. Nach zwei Jahrtausenden unrentabel! Da können Sie sehen, in was für einer Zeit wir leben.«

Nach einer Weile begann die Steigung, mit welcher sich die Straße an den Steilhängen des schöngeschichteten Har-Shani-Massivs emporwindet.

»Mich zieht es manchmal zu unserer Gedenktafel an den Sechstagekrieg«, sagte Aretz. »Ich hoffe, Sie haben nichts dagegen? Von dort oben haben Sie einen unvergleichlichen Blick.«

Martin war einverstanden. Nach einiger Zeit zweigte eine sandige und noch schmalere Straße von der asphaltierten Fahrbahn ab, und Aretz steuerte die Limousine hinauf. Dieser Weg war sehr staubig und erklomm in halsbrecherischen Serpentinen die Flanken und Geländerippen des Gebirges. An einer besonders unübersichtlichen Stelle begegnete ihnen unerwartet ein von oben kommendes Fahrzeug, das mit hoher Geschwindigkeit um die Haarnadelkurve bog. Nur mit Mühe konnte Aretz die Limousine knapp am Absturz der Hangseite zum Stehen bringen, während der andere Wagen in einer Staubwolke bergab verschwand.

»Zum Teufel«, fluchte Aretz, und Martin starrte, als er nach rechts blickte, in eine bodenlose Tiefe. »Wer hier abstürzt, hat ausgesorgt«, hörte er den Israeli neben sich sagen. Erst nach einigen Minuten der Entspannung konnte Aretz die Fahrt fortsetzen. Es dauerte nicht mehr lange, bis sie den Scheitelpunkt des Höhenzuges erreichten. Hier stand ein aus rötlichem Naturstein aufgeführter Obelisk, an dessen Westseite eine Bronzetafel eingelassen war. Die Männer verließen den Wagen und gingen zu dem Obelisken. Martin las die Inschrift auf der Tafel. Dort stand vermerkt, daß von dieser Stelle aus am 6. Juni 1967 das soundsovielte israelische Panzerkorps mit der soundsovielten und soundsovielten Division zum Angriff angetreten sei, um der drohenden Abschnürung der lebenswichtigen Versorgungswege durch den arabischen Totalitätsanspruch des Obersten Nasser zuvorzukommen.

»Alles schon wieder halb vergessen«, sagte Aretz nach einer Weile. »Aber wir sollten immer daran denken.« Er wandte sich Martin zu. »Schon ein bißchen ungewohnt für Sie, die Begegnung mit der jüdischen Wirklichkeit, nicht wahr? Ganz uneingefärbt durch sogenannte objektive Kommentatoren und ölgierige liberale Politiker, weit vom Schuß.«

»Man wirft Ihnen ja vor, Kriegseroberungen festschreiben zu wollen«, sagte Martin, und Aretz stieß ein Lachen hervor.

»Und das müssen wir uns widerspruchslos anhören, Conrath. Sagen Sie so was mal den Russen, was die Ihnen wohl antworten! Für die sind die Ergebnisse der Kriege, die man ihnen aufgezwungen hat, sakrosankt, bei anderen wollen sie das nicht wahrhaben.«

»Viele bei uns halten die PLO für die rechtmäßige Vertretung der vertriebenen Ureinwohner dieses Landes und ihre Forderungen für berechtigt.«

»Bei Ihnen in Europa reden viel zu viele Leute mit, die gar nicht wissen, worum es hier überhaupt geht«, sagte der Israeli verächtlich. »Leute, die meinen, daß emotionale Aufwallungen und wohlfeiles Geschwätz genügen, um ein historisch gewachsenes Problem zu lösen. Vertrieben, daß ich nicht lache! Kein Mensch hat hier jemals einen einzigen Araber vertrieben. Was, meinen Sie, würden die Russen und Polen sagen, wenn irgendein Fanatiker eine schlesische, pommersche oder

ostpreußische Befreiungsfront gründen und mit Hilfe amerikanischer Waffen polnische Kinderheime beschießen oder
russische Busse in die Luft sprengen würde? Und dabei hat
man Ihre Landsleute dort wirklich vertrieben. Niemand betrachtet das heute mehr als eine historische Ungerechtigkeit.
Die Geschichte hat Tatsachen geschaffen. Jeder Versuch, sie
militant zu ändern, würde mit Feuer und Schwert unterdrückt.
Aber hier erlaubt man einer Handvoll radikaler Guerillas ungestraft, die Lunte ans Pulverfaß zu halten. Sagen Sie, sind Sie
eigentlich mehr Deutscher oder mehr Jude?«
Martin Conrath zögerte eine ganze Weile auf diese direkte
Frage. »Ich weiß es nicht genau«, sagte er schließlich. »Weder
noch. Am ehesten fühle ich mich eigentlich als Franzose.«
»Wenn man sich in Ihre Lage hineindenkt, verständlich«, sagte Aretz. »Allerdings auch ziemlich bequem. Schauen Sie mal
da rüber.«
Nach Westen hin verlor sich die Wüste Negev in der Ferne.
Endlos, grenzenlos, nirgends dem Blick Einhalt gebietend, ein
erstarrtes Meer sandiger Wellenzüge, welche die niedriger
stehende Sonne mit violetten Schatten aufzufüllen begann.
»Den Sinai wird die Regierung hergeben müssen. Das kostet
der Frieden mit den Ägyptern, und Begin wird diesen Preis
bezahlen«, sagte Aretz. »Niemand weiß bis jetzt, was daraus
werden wird.«
Da ein starker Wind wehte und an ihren Haaren zerrte, stiegen Aretz und Martin wieder in die Limousine, und Aretz ließ
sie die steile Straße zurück ins Tal rollen. Auf der Fahrt kam er
ins Reden, und es schien so, als freue er sich, einmal jemanden vor sich zu haben, in dessen Person sich der Alltag der
heftigen Gegensätze dieses Landes nicht schon in der gleichen Weise verkrustet hatte wie bei seinen Mitbürgern.
»Wie es auch immer ist, wir müssen einfach Frieden machen,
Conrath«, sagte er. »Mit den Ägyptern wird es dank Sadats
Einsicht gehen. Auch mit Jordanien. Mit Syrien und dem Irak
wird es schwierig sein, weil deren Führer überheblich und unberechenbar sind. Begin glaubt, sich den Frieden mit den Palä-

stinensern sparen zu können, solange er die arabischen Nachbarstaaten militärisch in Schach halten kann. Aber wir müssen unseren Frieden auch mit den Palästinensern machen.«

»Und wie soll das geschehen?« fragte Martin.

»Das weiß ich nicht«, antwortete Aretz mit entwaffnender Offenheit. »Es gibt aber andere, die es wissen müssen. Und es gibt viele in diesem Land, die wissen, wie es nicht geschehen kann, nämlich so, wie Begin und seine Likud-Leute es sich vorstellen, ausschließlich durch Schaffung vollendeter Tatsachen, die dann nur noch militärisch abänderbar sind. Unser Land verdankt Begin viel, Conrath. Und es verdankt auch Arik Sharon unendlich viel. Ohne Sharons Division, die allein den Yom-Kippur-Krieg entschied, ständen wir vielleicht nicht hier. Aber Begin und seine Leute haben Erez-Israel-Träume. Sie betreiben keine Verständigungspolitik, sondern stellen Großmachtansprüche. Und das ist keine Basis für einen beständigen Frieden unterhalb der militärischen Schwelle. Was die Regierung tut, führt immer wieder zu neuer Gewalt. Vielleicht werden wir jedesmal siegen, weil wir eben besser sind. Aber das ist keine dauerhafte und keine humane Basis. Zur Humanität aber sind gerade wir durch unsere Geschichte verpflichtet. Wir müssen Vertrauensrisiken eingehen und Opfer bringen. Begin glaubt, beides vermeiden zu können, solange er der Stärkere ist. Er wird deshalb alles daransetzen, stärker zu bleiben. Aber das ist keine Lösung.«

An diese Betrachtungen des nachdenklichen Mannes schloß sich ein langes Schweigen. Sie passierten wieder die gespenstisch in der Nachmittagsglut daliegenden stillgelegten Minen und fädelten sich auf die schnurgerade Straße Nr. 85 ein. Kurz bevor sie den Stadtrand von Elat erreichten, sagte Aretz: »Am besten kommen Sie noch einmal mit hinauf ins Büro, vielleicht ist schon etwas aus Jerusalem da.«

Der Israeli fuhr den Wagen zurück in den Hof. Oben im Büro war Dov Neustadt noch im Dienst. Er reichte Aretz die bedruckte Fahne eines Fernschreibens, das inzwischen aus Jerusalem eingelaufen war. Aretz las es durch und sagte dann zu

Martin: »Ihr Paß ist Ihnen wieder auszuhändigen, Mr. Conrath. Sie können sich ungehindert im Lande bewegen. Aber eine maßgebliche Person in Jerusalem läßt Sie bitten, sich noch einen oder zwei Tage hier aufzuhalten, man hätte gerne Verbindung mit Ihnen aufgenommen.«

»Was für eine maßgebliche Person, Mr. Aretz?« fragte Martin. Der Israeli lächelte. »Solche Männer nennen bei uns ungern ihre Namen. Aber ich versichere Ihnen, daß die Bitte durch und durch seriös ist. Soviel kann ich Ihnen sagen, daß man bei Raphael auf Sie aufmerksam geworden ist.«

»Raphael?« sagte Martin. Dov Neustadt antwortete nicht ohne einen Anflug von Respekt in der Stimme: »Raphael ist die Deckbezeichnung für unseren wissenschaftlich-technischen Komplex, Mr. Conrath. Fällt unter anderem auch in Ihr Fachgebiet. Ich würde so etwas nicht ohne weiteres ausschlagen.«

»Sagten Sie mir nicht vorhin, Sie hätten einmal beabsichtigt, sich bei uns naturalisieren zu lassen, wenn Sie nicht vorher in Frankreich hängengeblieben wären?« fragte Aretz. Er erinnerte sich, daß er Martins Paß noch bei sich trug, öffnete die Blusentasche, zog ihn hervor und setzte sich an die Schreibmaschine, um ein Übergabeprotokoll auszufertigen.

»Stimmt«, antwortete Conrath. »Aber was hat das damit zu tun?«

»Ytzhack meint«, sagte Neustadt, »ob Sie sich schon haben durch den Kopf gehen lassen, wie stark Ihre Stellung bei der Technucléaire nach den Ereignissen, die hinter Ihnen liegen, wohl noch ist.«

»Ich verstehe«, sagte Martin. »Ich habe das noch nicht getan, aber ich werde es nachholen. Ich werde so lange im Har-Shani-Hotel bleiben, bis ich von Ihnen höre.«

Aretz sagte: »Okay«, stand auf, legte Martin das Protokoll zur Unterschrift vor und übergab ihm dann seinen Paß. »Soll ich Sie zurück ins Hotel fahren, Mr. Conrath?«

Martin dankte. Es mache ihm Spaß, zu Fuß durch die Stadt zu gehen, und außerdem müsse er sich wohl oder übel noch eine

Zahnbürste und einen Schlafanzug kaufen. Während des ganzen Nachmittags hatte Martin der Gedanke an den wartenden Cassyan Combrove nicht in Ruhe gelassen. Beim erstenmal, als er das Gebäude betreten hatte, war ihm aufgefallen, daß die Toiletten zur Straßenseite hin lagen und daß sie Milchglasfenster besaßen. Auf dem Wege zur Treppe vergewisserte er sich. Er hatte recht. Er begab sich zum Fenster und kratzte zum Erstaunen einiger anderer Besucher der Toilette mit dem Daumennagel ein Loch in die Farbschicht. Er beobachtete durch dieses Loch aufmerksam das Kaffeehaus. Nach einiger Zeit konnte er erkennen, daß Combrove noch immer dort war. Er hatte nur den Platz gewechselt und sich nach innen gesetzt, wo es klimatisiert war und wo Martin ihn trotz des Spiegelns einer Scheibe deutlich erkennen konnte. Er las jetzt keine Zeitung mehr, sondern hatte ein Getränk vor sich stehen und beobachtete den Eingang. Es hatte den Anschein, als sei sich Combrove gar nicht mehr darüber im ungewissen, ob Martin überhaupt in der Stadt sei. Bei den zahllosen Kanälen, über welche solche Leute verfügten, war es durchaus denkbar, daß Combrove bereits genau wußte, wo Martin sich aufhielt und seit wann. In Martins Kopf lief jetzt alles mit so präziser, kalter Berechnung ab, wie er sie bisher nur für seine wissenschaftlichen Arbeiten, niemals jedoch für sich selbst aufzubringen vermocht hatte. Er hielt sich einen angemessenen Zeitraum in der Toilette auf, verließ sie dann wieder, ging nach unten und trat auf die belebte Straße. Er sah weder direkt noch aus dem Augenwinkel hinüber zu dem Kaffeehaus, aber er bewegte sich so, daß Combrove ihn bemerken mußte. Alles Weitere ließ er an sich herankommen. War Combrove seinetwegen hier, dann würde er ihm jetzt folgen. Folgte er ihm nicht, hatte Martin sich getäuscht. Auf jeden Fall war es besser, den Amerikaner in dem Glauben zu belassen, Martin ahne von seiner Anwesenheit in der Stadt nichts. Wollte Combrove eine Unterredung, würde er Martin ansprechen, wollte er wissen, wo Martin wohne und was er für Absichten habe, würde er ihm folgen und alles aufmerksam beobachten. Hatte der Amerikaner es wirklich auf sein Leben abgesehen, würde er seine Aktion wahrscheinlich nicht hier in der dichtbevölkerten und dennoch isolierten Grenzstadt zur Ausführung bringen, wo jetzt allmählich die Behörden und Betriebe Dienstschluß hatten, wo die Straßen angefüllt mit Autos und schlendernden Touristen waren. Hier glaubte Martin sich selbst vor einem Cassyan Combrove sicher. Er betrat einen Laden, eine Art Bazar, erstand, was er brauchte, und verstaute alles in einer einfachen Leinentasche, die er gekauft hatte und sich über die Schulter hängte. Dann schlug er die Richtung nach Norden ein, wo er auf der Vorbeifahrt mit Aretz eine Autovermietung gesehen hatte. Der Gedanke war ihm gekommen, als sie auf der Rückfahrt zum zweitenmal dort vorbeigekommen waren. Es war ein ziemlich frei liegendes Gelände, umgrenzt von einem Maschendrahtzaun, nachts brannten hohe Peitschenlampen. Am Eingang stand eine Baracke, in welcher sich das Büro befand, im Hintergrund gab es eine windschiefe, aus Brettern zusammengehauene Halle für Wagenpflege und Reparaturen. Martin Conrath betrat das Büro. Der Patron war ein dicker Mann, dem der Schweiß in Strömen von der Halbglatze rann, obwohl er in einem Liegestuhl gelegen hatte, aus dem er sich jetzt erhob, während er sich mit einem Aktenstück frische Luft zufächelte. Der Ventilator, der träge unter der Decke kreiste, bewirkte nichts weiter, als daß der klebrige Schweiß, der die Haut bedeckte, statt einer heißen eine kalte Schicht bildete. Durch das halberblindete Fenster konnte Martin sehen, daß ihm der Amerikaner tatsächlich bis hierher gefolgt war. Er trug einen leichten hellen Hut und mit Rücksicht auf seine alternden Augen zum Schutz gegen die grelle Sonne eine dunkle Brille. Schräg gegenüber befand sich eine Reihe kastenförmiger, einstöckiger Häuser. Zu einem von ihnen gehörte ein winziges Elektrogeschäft, an dessen Schaufenster Combrove stand und auf den Wagenverleih achtete. Daß Cassyan Combrove sich selbst um ihn bemühte, dachte Martin, als er ihn dort stehen sah, konnte eigentlich nur zweierlei bedeuten, daß nämlich sein Haß und seine Angst, daß Martin seine Vergangenheit durchschaute, zu groß waren, um den Fall einem seiner Handlanger anzuvertrauen, und außerdem, daß er Martin noch immer für einen weltfernen, schwärmerischen Träumer hielt, der dort versagt, wo es um ihn selber geht.

Martin sah wieder auf den Dicken, der Anstalten machte, erneut in seinen Liegestuhl zu sacken, nachdem Martin ihn nicht angesprochen hatte. Er brauche einen Wagen, sagte Martin zu ihm, ein kräftiges Ding, das auch ein bißchen Sand aushalte. Ob er so was habe? Ja, sagte der Mann, er hätte da einen alten Landrover, hochbeinig und robust, mit Abschlepphaken und so. Aber nur einen. Wo Martin denn hin wolle? Och, sagte Martin, nur so ein bißchen rum in der Gegend, vielleicht zum Echos-Circuit hinauf, zum Denkmal des soundsovielten Panzerkorps, oder die Piste am Har Shani entlang, wo es in die Negev hineingehe. Er sei eben ein Spinner, sagte Martin lachend zu dem Mann, einer, der für die Einsamkeit was übrig habe, und von der gäbe es hier ja eine ganze Menge. Wo die Karre denn sei? Der komme erst spät abends wieder, sagte der Mann, wann Martin den Wagen denn brauche? Das ist verdammt gut, dachte Martin, das könnte gar nicht besser sein. Er mußte sich jetzt nur geschickt verhalten.

»Morgen vor Sonnenaufgang«, sagte er. »So um fünf rum. Geht das?«

»Ich schlafe hier«, sagte der Dicke. »Das geht. Sie brauchen dann nur ans Fenster zu klopfen.«

»Schön«, sagte Martin und verließ die Baracke. Der Dicke kam hinter ihm zur Tür und wischte sich den Schweiß ab.

»Ich will gleich alles erledigen«, sagte Martin und zog Geld und Papiere heraus. Der Dicke wehrte ab, aber Martin drängte ihm Geld auf. Der Dicke mußte zurück in die Baracke, um eine Rechnung auszuschreiben, und kam mit Quittung und Wechselgeld wieder. Martin steckte alles zu sich und sagte: »Richten Sie mir das Ding fein her! Benzin, Öl, Kühlwasser, Luft.«

»Schon gut«, sagte der Dicke. »Mach' ich schon richtig, Sir.«

»Also, bis morgen früh«, rief Martin, schon vom Einfahrtstor aus, und winkte dem Dicken noch zu, der sich mit dem Taschentuch über die Stirnglatze wischte und wieder in seinem muffigen Loch verschwand. Dann schob Martin die Hände tief in die Hosentaschen und schlenderte auf der linken Straßenseite stadteinwärts, in Richtung auf den Strand und sein Hotel.

Wenn alles geklappt hatte, dann mußte Martin jetzt in der Vorhand sein und den Ablauf dessen, was kam, bestimmen können, vorausgesetzt, es war ihm geglückt, Cassyan Combrove in dem Glauben zu lassen, daß er über dessen Anwesenheit völlig ahnungslos war. Und das war durchaus möglich. Es war mehr als 18 Jahre her, daß Martin seinen Widersacher zum letztenmal von Angesicht zu Angesicht gesehen hatte. Wenn der Amerikaner sich auch auf Martins Ahnungslosigkeit nicht verlassen durfte, so konnte er sie doch zumindest für möglich halten. Dann brauchte er nicht damit zu rechnen, selbst der Gejagte zu sein, wenn er jetzt wirklich bei dem Dicken in der Baracke stehen sollte. Der band dem Amerikaner dann vermutlich das Märchen von dem Einsamkeitshungrigen auf, welches Combrove, so wie er Martin einschätzte, wahrscheinlich auch glaubte. Combrove mußte gesehen haben, daß Martin mit dem Dicken etwas ausgemacht hatte, und würde ihn ausfragen. Der Dicke würde es ihm haarklein erzählen, schon weil er nichts anderes zu tun hatte. In die Einsamkeit will er fahren, der romantische Spinner, würde er sagen, zum Echos-Circuit oder zum Denkmal des soundsovielten Panzerkorps oder ein Stück in die Negev hinein, morgen vor Sonnenaufgang. Weiß eben nicht, was das allein schon heißt, hier leben zu müssen. Und wenn Combrove eine ganze Batterie von Achtunddreißigern mit sich herumschleppt, dachte Martin Conrath, er wird gar nicht dazukommen, mit ihnen zu schießen, denn er wird mir morgen früh vor Sonnenaufgang in die Falle gehen. Er mußte ihm in die Falle gehen, weil er nicht wußte, daß Martin inzwischen gelernt hatte, wie unser Leben abläuft, egoistisch, zur Selbstbehauptung zwingend und – wenn es sein muß – brutal, hinterhältig und gemein. Martin verharmloste nichts, schon gar nicht die Gefährlichkeit seines Gegners. Er wußte, daß er in einer Situation war, in welcher legale Machtmittel versagten. Vor einem Cassyan Combrove konnte ihn keine Polizei der Erde schützen. Vor der Macht der Combroves mußte er kapitulieren oder sich in Zukunft von permanenter Angst peitschen lassen, wenn er sich nicht auf eigene Faust zur Wehr setzte. Morgen früh vor Sonnenaufgang würde entweder Cassyan Combrove krepieren oder sie beide. Daß Martin allein umkam, war so gut wie ausgeschlossen.

Im Hotel ließ Martin den Manager wissen, daß er wieder sein eigener Herr war. Danach bestellte er sich eine Flasche Whiskey aufs Zimmer sowie Briefpapier, Briefmarken und einen Schreibstift. In einem langen Brief an George W. Ballacue zeichnete er all seine Erlebnisse gewissenhaft auf. Sollte er morgen noch leben, würde er diese Seiten ebenso sorgsam zerreißen, wie er sie geschrieben hatte. Sollte das aber nicht der Fall sein, dann würde er die Gewißheit mitnehmen, daß die Welt die Wahrheit erfuhr. Er schrieb an diesem Brief fast die ganze Nacht. Dabei trank er systematisch, denn er wußte, daß er noch vor Sonnenaufgang mehr Mut benötigen würde, als er eigentlich besaß. Er dosierte den Whiskey so, daß er in jenen Zustand heiterer Schwerelosigkeit geriet, welcher der Reaktionsverlangsamung und Urteilslosigkeit vorausgeht. Diesen Zustand hielt er geschickt aufrecht, bis draußen vor der Balkontür der erste Tagesschimmer sichtbar wurde. Er verschloß den Brief, frankierte ihn und stellte ihn so auf, daß das Zimmermädchen ihn sehen und besorgen würde, es sei denn, er kam vorher lebend und gesund wieder zurück. Martin verschloß sein Zimmer, steckte den Schlüssel zu sich und schlich sich aus dem still daliegenden Hotel.

Während er die Richtung zu dem Autoverleiher einschlug, entfaltete der Morgen seine Pracht. Im Osten lagen die Höhenzüge schwarz vor türkisfarbener Helligkeit, im Westen waren die Bergrücken und Gipfel des Har-Shani-Massivs in gespenstisch fahles Licht getaucht. Darüber lagerte abschiednehmend das Schwarzblau des weichenden Nachthimmels. Die Wüstenstadt schlief. Es war die Pause, während welcher der Nachtwind eingeschlummert war und die Morgenbrise noch nicht wehte. Nur zwei Lastzüge mit Milch klapperten von Yotvata die Nr. 85 herunter. Ohne Hast machte Martin Conrath sich auf den Weg durch kümmerliche Gärtchen, vorbei an schlafenden Villen, hinaus auf die Hauptstraße. Blaugrau lag hinter den jetzt stumpffarbigen Häusern das Wasser des Golfs. Martin sah auf die Armbanduhr. Es war kurz nach halb fünf. Wenn der Dicke gestern gespurt hatte, und wenn er, Martin, keinem Hirngespinst nachhing, dann mußte Combrove schon irgendwo auf ihn warten. Er hatte es ihm weiß Gott nicht schwergemacht. Martin suchte nicht nach dem Amerikaner oder seinem Wagen. Wenn seine Berechnung richtig war, dann mußte Combrove ihm in Kürze folgen. Der Dicke war wach und wirtschaftete schon auf seinem Grundstück herum. Als Martin durch das Tor kam, lehnte er gerade einen Besen an die Barackenwand und klopfte die Hände aneinander ab. Martin vermutete, daß er sich weder gestern abend noch heute morgen gewaschen hatte. Der Dicke ging in die Baracke und kam mit den Wagenschlüsseln zwischen unförmigen Fingern wieder heraus. Martin nahm sie ihm ab, und der Mann begleitete ihn zu dem Landrover, einem bulligen Kasten mit hochgezogenem Verdeck.

»Soll ich es runterklappen?« fragte der Dicke.

»Ach, lassen Sie nur«, meinte Martin. »Die Sonne kommt ja doch bald hoch.«

Der Dicke zeigte seinem Kunden die Zündung und die Gänge. Martin ließ den Motor an, der kräftig in die Morgenstille donnerte; eine Qualmwolke stieß aus dem Auspuff. Martin stieg ein, richtete den Spiegel und fuhr los.

»Wann kommen Sie wieder?« wollte der Dicke wissen, als Martin an ihm vorbeifuhr. Martin hielt das Fahrzeug noch einmal an. »Gegen Abend«, sagte er. »Für morgen können Sie ihn wieder vergeben.«

Er legte den Gang ein, orientierte sich und bog dann nach rechts in Richtung Timnah aus dem Grundstück. Der Dicke schmiß hinter dem Fahrzeug das Gittertor zu. Wahrscheinlich wollte er noch eine Runde schlafen. Gleichmütig ratterte der Landrover nordwärts. Martin hatte seine Augen mehr im Rückspiegel als vorn auf der Fahrbahn. Er bemerkte seinen Gegner nach etwa fünf Minuten. Er fuhr ungefähr dreihundert Meter hinter Martin her und hielt diese Distanz ein. Ab und zu ließ er sie sogar noch ein bißchen größer werden. Soweit Martin in dem stark vibrierenden Rückspiegel sehen konnte, hatte sein Verfolger einen französischen Wagen genommen, schnell und leicht. Martin behielt ihn im Auge, damit er ihm nicht unerwünscht nahe kam. Er hatte keine Ahnung, was Cassyan Combrove sich vorgenommen hatte. Aber es stand zu befürchten, daß er Martins Rückkehr nach Frankreich, ja vielleicht schon seine Aussage vor israelischen Behörden, zu verhindern beabsichtigte. Martin dachte in dieser Phase nicht weiter darüber nach, sondern konzentrierte sich ganz auf seinen Plan. Hier auf der Straße konnte Combrove nichts unternehmen, denn der Verkehr war inzwischen lebhafter geworden. Fahrzeuge, die für ihre Fahrt vom Norden herunter die Kühle der Nacht ausgenützt hatten, kamen ihnen entgegen. Combrove hielt seinen ursprünglichen Abstand ein. Als Martin an die Minen herankam, blieb er, um seinen Verfolger zu täuschen, ein paar Sekunden wie unschlüssig stehen und ließ die Bremslichter aufleuchten, so als wisse er noch nicht genau, was er wolle. Schließlich bog er, noch ein wenig zögernd, nach links ein und gab wieder Gas. Der Landrover rollte durch das Minengelände. Als Martin das Werksareal durchfahren hatte, folgte ihm nur noch ein einziges Fahrzeug, das von Combrove. Doch jetzt, da ihn nur noch wenige Minuten von der Entscheidung trennten, durchschlich ihn ein Gefühl der Kälte. Auf einer Ebene lief alles exakt nach dem Schaltplan ab, auf den er mit allen Gehirnzellen achtete, auf einer anderen meldeten sich die Skrupel wegen der Tat, die vor ihm lag. Nein, entschied er endlich, es waren keine

Skrupel am Platz. Mit seinem Gewissen hatte er während der Nacht, als er an George Ballacue geschrieben hatte, schon Frieden geschlossen. Auf einer dritten Ebene allerdings etablierte sich die eigene kreatürliche Angst, die er nicht mehr ganz verdrängen konnte. Martin wußte wohl, daß er ein robustes Fahrzeug mit hohem Eigengewicht steuerte, er wußte, daß er das Moment der Überraschung und damit auch das der vollen Konzentration auf seiner Seite hatte, und dennoch . . . seine Beine waren kalt bis an die Schenkel herauf, und das nicht nur von der Morgenkühle.

Die Steigung begann. Combrove war weit hinter ihm. Noch immer mußte er der Meinung sein, daß Martin völlig ahnungslos sei, denn sonst wäre er ihm hier herauf gar nicht gefolgt. Vielleicht entsichert er schon seine Achtunddreißiger, dachte Martin, und plaziert sie neben sich auf dem Beifahrersitz. Als Martin von der asphaltierten Fahrbahn auf die rötliche, staubige Erdstraße abbog und Combrove ihm folgte, da schnappte die Falle für einen von beiden endgültig zu. Martin Conrath konnte nur noch durchführen, was er sich vorgenommen hatte. Oben endete die Straße am Denkmal für das Panzerkorps. Von dort gab es kein Entrinnen mehr. Martin wußte, daß er diesen Punkt nicht erreichen durfte.

Dröhnend wand sich der Landrover die Serpentinen empor, blauviolett lag die Tiefe des Tales unter Martin da. Immer, wenn ein Bergrücken oder eine Felsrippe ihn den Blicken des Amerikaners verbarg, beschleunigte Martin auf die höchstmögliche Tourenzahl, um den Abstand zu vergrößern und damit gleichzeitig die zur Verfügung stehende Zeit zu verlängern. Schon sah er die Kurve vor sich, in welcher Aretz um Haaresbreite den Zusammenstoß vermieden hatte. Er wunderte sich, daß er die Idee, die ihm im Anschluß an das gestrige Erlebnis gekommen war, jetzt als brutale Wirklichkeit erlebte. Dann fühlte er, wie sich seine Gesichtsmuskeln spannten, er steuerte um die Kurve, sein Blick fiel in die Tiefe. Noch zwanzig Meter, dann kam die Stelle, wo er den Landrover wenden konnte. Martin schlug das Steuer ein, die Vorderräder kletterten am Sandhang hoch, er warf das Steuer in die Gegenrichtung, es dauerte keine zehn Sekunden, bis der Landrover in Fahrtrichtung abwärts stand. Martin hörte brausend den Pulsschlag in seinen Ohren, während er wartete und die Sekunden zählte. Endlich dampfte die Staubfahne von Combroves Wagen, rötlich von der aufgehenden Sonne durchleuchtet, über die Felsflanke empor. Den Wagen selbst konnte Martin noch nicht sehen. Zwanzig Meter etwa mußte er mit dem Landrover zurücklegen. Hoffentlich hatte er richtig gerechnet. Mit eiskalten Armen und Beinen, aber mit ebenso eiskaltem Gehirn, legte Martin den Gang ein und ließ die Kupplung los. Bergab beschleunigte der Wagen ungeheuer schnell. Vater unser ... dein Wille geschehe ... und vergib uns unsere Schuld ... Er preßte die Zähne aufeinander und stemmte die Arme steif aufs Steuerrad. Noch war die Kurve leer, lag der Abgrund unmittelbar vor dem Stoßfänger. Aber jetzt kam das Auto herum, dicht vor dem Kühler des Landrovers! Kain, wo ist dein Bruder Abel ... Martin hielt krampfhaft das Steuer gerade, erwischte den anderen mit dem wuchtigen Rammschutz schräg von der Seite und schleuderte ihn weit aus der Fahrbahn hinaus. Blech krachte, Glas fiel wie Regen auf den Landrover herunter, Staub qualmte trocken auf. Im Bruchteil einer Sekunde sah Martin den Amerikaner den Mund weit aufreißen und die Arme schützend erheben, dann splitterte Combroves Kopf durch das Glas der Scheibe und verschwamm im Rot, kurz bevor die staubige, dunkelblaue Karosserie aus Martins Gesichtsfeld kippte. Aber auch Martin konnte nach der ungeheuren Erschütterung den Landrover nicht auf der Straße halten. Kraftlos waren beide Arme. Langsam und fast feierlich drehte sich der Landrover nach vorn, schlug um, prallte donnernd auf und schleuderte ihn in weitem Bogen aus dem Sitz, schmiß ihn ins Gestein, wo er leblos liegenblieb. Aber durch den zögernd sich verziehenden, rötlichen Sandstaub sah Martin, bevor ihn das Bewußtsein verließ, die Unterseite von Combroves umgekipptem Wagen tief unten im Geröll hochragen. Beinahe wie eine

Fata Morgana nahm er mit dem verlöschenden Raster seines Auffassungsvermögens wahr, daß ihm offenbar gelungen war, was er im Zustand nüchterner Rationalität nicht einmal zu erträumen gewagt hatte: Er hatte Cassyan Combrove, den Direktor dieser Region des mächtigsten Geheimdienstes der Welt, in den Tod geschickt. Und selbst wenn es auch ihn erwischt hatte – sein Gegner würde das nicht mehr realisieren. Für wenige Sekunden breitete sich in Martin Conrath ein wohliges Glücksgefühl aus, bevor ihn die Sinne endgültig verließen. Aus der noch nicht vom Sonnenlicht erfaßten Tiefe brodelte eine schwärzliche Qualmwolke nach oben ... stand senkrecht in der unbewegten Luft ... prasselte ... Es war die gleiche Qualmwolke, die weiter unten auf der Route Nr. 85 ein Unteroffizier und ein Soldat der israelischen Militärpolizei bemerkten, die in einem offenen Jeep nordwärts fuhren.

13

Die Streife der Militärpolizei war bereits acht Minuten später nach riskanter Bergfahrt an der Unglücksstelle. Das war um fünf Uhr vierundvierzig Minuten. Die Beamten stellten die Spuren eines schweren Zusammenstoßes fest und alarmierten unverzüglich über Funk die Verkehrsstreife in Elat. In der Zwischenzeit eruierten die Militärpolizisten, daß einer der beiden kollidierten Wagen durch die Wucht des Zusammenstoßes von der Fahrbahn gestoßen worden, auf einer schmalen Geröllterrasse unterhalb der Straße aufgeprallt war und sich überschlagen hatte, worauf das Fahrzeug über den Terrassenrand gekippt und in den Abgrund gestürzt war, wo es etwa 50 Meter tiefer Feuer gefangen hatte und bis zur Unkenntlichkeit ausbrannte. Mit dem Feldstecher hatten die Militärpolizisten ausmachen können, daß für den in dem brennenden Wrack eingeklemmten Fahrer ein Entrinnen nicht möglich gewesen war. Er mußte den Tod schon beim Zusammenstoß der beiden Fahrzeuge oder spätestens beim ersten Aufprall seines Wagens auf der Geröllterrasse erlitten haben. Eine spätere gerichtsmedizinische Untersuchung zeigte, daß der Tod durch Schädelbasisbruch und Bruch der Halswirbelknochen verursacht worden war. Das zweite Fahrzeug, ein schwerer Landrover, schien von der Berghöhe gekommen zu sein und den entgegenkommenden Wagen mit ungeheurer Wucht erfaßt zu haben. Dank seiner Massenträgheit und seines Gewichtes sei dieser Wagen aber nicht über die Geröllterrasse hinwegkatapultiert worden, sondern auf dieser liegengeblieben. Der Fahrer sei dabei herausgeschleudert und mit anscheinend schweren Verletzungen bewußtlos aufgefunden worden. Die Militärpolizisten hatten ihn flach gelegt, Fotos angefertigt und gewartet, bis die Verkehrsstaffel aus Elat eintraf. Das war laut Protokoll um sechs Uhr fünfzehn Minuten der Fall. Man hatte den Verletzten geborgen und in das Luftwaffenhospital nach Etzion gebracht. Die Unfallstelle war untersucht, vermessen und fotografiert worden. Später war es unter enormem technischen Aufwand gelungen, das zweite beteiligte Fahrzeug zu bergen. Die verkohlte Leiche war nicht zu identifizieren. Die Ermittlungen der Verkehrspolizei ergaben allerdings einige Besonderheiten: Der verletzte Deutsche war Cheftechniker der großen Firma Technucléaire in Paris. Dieser Mann war am Tag vorher illegal aus Saudi-Arabien eingereist. Mit dem Fall war bereits die Grenzpolizeigruppe befaßt. Ytzhack Aretz hatte bei seiner Vernehmung ausgesagt, daß er mit dem deutschen Atomphysiker die Fahrt mit dem Auto hinauf zum Denkmal des Panzerkorps am Nachmittag vor dem Unfall gemacht hatte und beinahe an der gleichen Stelle verunglückt wäre. Der Deutsche habe diese Stelle und ihre Gefährlichkeit genau gekannt. Eine zweite Besonderheit bestand darin, daß die beiden beteiligten Fahrzeuge am Tag vor dem Unfall bei einem und demselben Autoverleiher angemietet und bezahlt worden waren. Der Dicke habe über die eingetretenen Totalschäden gejammert und riesige Schwierigkeiten mit den Versicherungen vorausgesehen. Der eine Mieter, ein Amerikaner, habe sich bei ihm mit einem Führerschein ausgewiesen, der auf den Namen Bob Roper und eine Adresse in Beirut lautete. Einen solchen Mann gäbe es aber dort nicht, und es habe ihn auch niemals gegeben. Gleichwohl schiene es aber so, als habe zumindest der Amerikaner den Deutschen gekannt. Jedenfalls habe er sich unaufdringlich nach den Absichten des Mannes erkundigt, der ihm den robusten, geländegängigen Wagen vor der Nase weggemietet habe. Ob der Name Conrath genannt worden sei? Nein. Aber es habe doch den Anschein gehabt, als ob der Amerikaner gewußt habe, wen er vor sich habe. Mehr konnte der Dicke dazu nicht sagen. Erst später gab er auf Befragen zu Protokoll, daß Conrath zumindest keinerlei Anstalten gemacht habe, seine Absichten irgend jemandem vorzuenthalten. Eher könne man schon sagen, er sei überraschend redselig gewesen. Eine ganz besondere Note erhielt die Angelegenheit noch dadurch, daß das arabische Stubenmädchen des Hotels Har Shani im Zimmer des Deutschen einen Brief an den Unterstaatssekretär im US State Department, George W. Ballacue, vorgefunden und auftragsgemäß besorgt habe. Von Ballacue wußte auch der Polizeichef in Elat, daß er die Israelpolitik der Vereinigten Staaten maßgeblich mitgestaltete.

Das war der Stand der Dinge, als Martin Conrath am 17. September nachmittags gegen vier Uhr nach der letzten von insgesamt drei schweren Hüft- und Beckenoperationen im Militärhospital der Luftwaffenbasis Etzion aus der Narkose erwachte. Der Patient hatte bis zu diesem Augenblick überhaupt noch nicht ausgesagt, weil er nicht vernehmungsfähig gewesen war. Beim leitenden Sanitätsoffizier des Hospitals lagen bereits eine ganze Reihe von Anträgen auf Sprecherlaubnis vor. Als erster hatte sich direkt aus Washington George W. Ballacue bis nach Etzion durchtelefoniert. Erstaunlicherweise war er der Ansicht, daß Dr. Conrath gar nicht mehr am Leben sei, und mußte sich erst von dem leitenden Arzt aufklären lassen. Ballacue hatte seinen privaten Besuch in den nächsten Tagen angekündigt. Die nächste Anwärterin war die Verkehrspolizeibehörde der Südregion, welche gehalten war, zur endgültigen und abschließenden Feststellung des Sachverhaltes eine Vernehmung des überlebenden Beteiligten durchzuführen. Den Beamten war jedoch bedeutet worden, daß ärztlicherseits die Erlaubnis für belastende oder erschöpfende Gespräche noch mindestens eine weitere Woche lang nicht in Aussicht genommen werden könnte.
Alle diese vorsorglichen Maßnahmen versagten jedoch, als am 19. September gegen zehn Uhr dreißig vormittags ein oliv-

grüner Hubschrauber der Luftwaffe mit dem Davidstern als Kennzeichen in einer Wolke aufgewirbelten Staubes auf dem Flugfeld niederging. Die beiden Piloten blieben, die Kopfhörer über die Ohren gestülpt, auf ihren Plätzen, während drei Offiziere in graugrüner Uniform die Maschine verließen, begrüßt von dem Kommandeur der Luftbasis und seinem Adjutanten sowie zwei Fahrern, die neben den zur Verfügung gestellten Kraftwagen warteten. Die kleine Kavalkade setzte sich in Bewegung und hielt vor dem Stabsgebäude des Hospitals an. Hier blieb der miteingeflogene Ordonnanz-Offizier bei den Kraftwagen zurück, während die beiden Fliegeroffiziere General Shopir vom militärischen Nachrichtendienst und seinen Gehilfen, Major Mordechai Molech, in das Dienstzimmer des leitenden Arztes begleiteten und die Vorstellung vornahmen. Der Arzt ließ das Krankenblatt des Patienten Dr. Martin Conrath und den Oberarzt kommen und informierte sich über den Rekonvaleszenzzustand des Genesenden. Danach erhob er den Mossad-Männern gegenüber Einwände. Doch mit den drei Offizieren hatte unsichtbar noch eine bedeutende Potenz das Flugfeld von Etzion betreten, und das war die Macht. Der General aus Jerusalem wußte den Arzt – einen fünfundvierzigjährigen österreichischen Juden, den dessen Eltern am Tag des deutschen Einmarsches gerade noch rechtzeitig aus Wien hatten herausbringen können – rasch davon zu überzeugen, daß absolut übergeordnete Interessen des Landes auf dem Spiel standen, gemessen an denen es darauf, ob ein beliebiger einzelner etwas mehr oder weniger Kopfschmerzen hatte, überhaupt nicht ankam.

»Sie lesen ab und zu die Zeitung«, sagte Shopir zu dem Mediziner. Der Arzt lächelte. »Ich bin für Menschen verantwortlich«, sagte er. »Aber wenn mir die Zeit dazu bleibt, lese ich auch mal eine Zeitung.«

»Dann will ich Ihnen etwas sagen«, antwortete der General mit der kurzangebundenen Ruppigkeit, für die er bekannt war. »Bevor Sie es vielleicht überlesen: Saddam Hussein läßt in Bagdad von den Franzosen eine Atomfabrik bauen, in der er wahrscheinlich morgen Plutonium und übermorgen Bomben gegen uns herstellen kann. Und der Mann, dessen Vernehmung Sie unterbinden wollen, ist einer der wenigen, die uns darüber Aufschluß geben können.« Er wandte sich an den Major. »Motta . . .«

Molech öffnete seine Mappe und entnahm ihr jene Fotografie vom 18. November 1975, die die Sache ins Rollen gebracht hatte. Er reichte sie dem Luftwaffenarzt.

»Erkennen Sie Ihren Patienten auf diesem Foto?«

Der Arzt mußte nicht lange suchen, sondern deutete schon nach wenigen Sekunden auf den hinter dem Tisch zwischen Charles de Rovignant und Paul Mialhe stehenden Martin.

»In der Tat«, sagte er. »Das ist er.«

General Shopir nickte befriedigt. »Dann«, sagte er, »sind wir auf der richtigen Spur.«

»Der Mann ist eigentlich noch nicht vernehmungsfähig, General.«

»›Eigentlich‹ sagt gar nichts«, antwortete Shopir. »Das ist nicht Fisch und nicht Fleisch, verstehen Sie? Ist er, oder ist er nicht?«

»Hat das nicht noch bis morgen oder übermorgen Zeit?« fragte der Arzt. Molech war es, der antwortete:

»Es kann sein, daß es noch drei Jahre Zeit hat, es kann aber auch sein, daß es in den nächsten fünf Minuten zu spät ist, Doktor Weidenbaum. In diesen Bereichen entscheiden die Viertelstunden, in denen einem ein anderer zuvorkommt.«

»Schön«, sagte der Mediziner nach einer Weile und gab die Fotografie an den Major zurück. »Aber Doktor Conrath muß einverstanden sein, Besuch zu empfangen.«

Weidenbaum telefonierte mit dem Oberarzt. Während er wartete, sagte General Shopir: »Es wird zweckmäßig sein, ihm nicht auf die Nase zu binden, wer ihn zu sprechen wünscht, Doktor.«

Der Arzt nickte bestätigend und gab Shopirs Wünsche an den Oberarzt durch. Schon nach kurzer Zeit kam der Rückruf mit dem Inhalt, Dr. Conrath sei damit einverstanden, Besuch zu empfangen. Dr. Weidenbaum bewilligte den beiden Herren aus Jerusalem eine Viertelstunde und brachte sie in den Intensiv- und Operationstrakt, wo Martin in einem Einzelzimmer in einem hochgeschraubten Bett unter einem Griffgalgen die eintretenden Offiziere erwartete. Der Chefarzt ließ die beiden Herren wissen, daß er persönlich draußen auf dem Korridor darüber wachen würde, daß die bewilligte Viertelstunde nicht überschritten werde, und verließ das Krankenzimmer. General Shopir verlor keine Zeit mit ausschweifenden Vorreden. Die beiden Männer nahmen die Barette vom Kopf, zogen sich Stühle heran, und Molech legte auch Martin die bewußte Fotografie vor.

»Damit Sie von Anfang an wissen, worum es geht, Mr. Conrath«, sagte Shopir.

Martin gab dem Hauptmann das Bild zurück und antwortete: »In der Tat, nachdem Sie diese Fotografie besitzen und in Uniform erscheinen, ist es kein weiter Schritt bis zu der Vermutung, warum Sie hier sind.«

»Dies ist Generalleutnant Shlomo Shopir vom militärischen Nachrichtendienst Aman«, sagte der Jüngere. »Und mein Name ist Motta Molech, Major und rechte Hand des Generals.«

Martin nickte nach dieser formvollendeten Vorstellung aus den Kissen heraus mit dem Kopf.

»Schön«, sagte der General. »Wenn Sie sich zu dieser Fotografie bekennen und wenn unsere Ermittlungen zutreffen . . .«

»Sie treffen zu«, sagte Molech, und der General fügte hinzu: »Er muß es wissen, er hat sie nämlich geführt. Wenn das also alles den Tatsachen entspricht, dann sind Sie der Chefkonstrukteur des französischen MTR-Reaktors ›Osiris‹ in Saclay.«

»Ich kann das nicht bestreiten«, sagte Martin.

»Gut«, ging der israelische Offizier einen Schritt weiter. »Dann müssen Sie also auch in vollem Umfang darüber informiert sein, welche Technologien die CEA ins Ausland verkauft und vor allem, welche Folge-, Personal-, Ergänzungs- und Wiederaufarbeitungsverträge sie geschlossen hat.«

»Das ist eine ganze Menge, wofür Sie sich interessieren«, sagte Martin nach einer Weile. »Darf ich eine Gegenfrage stellen?«

»Bitte«, sagte Shopir und lehnte sich auf seinem Stuhl zurück, mit dieser schlichten Bewegung andeutend, wie wenig er es gewohnt war, daß ihm Gegenfragen gestellt wurden. Motta Molech schlug in die entstandene Kerbe: »General Shopir ist nach dem Premierminister der zweitwichtigste Mann in diesem Staat, Mr. Conrath. Vielleicht können Sie daraus, daß er sich selbst um diese Sache kümmert, deren Wichtigkeit ersehen.«

»Sie ist auch für mich sehr wichtig«, sagte Martin. »Klären Sie mich deshalb bitte darüber auf, ob Sie mit staatlicher, mit Behörden- oder mit Polizeikompetenz zu mir sprechen.«

Der General und Major Molech sahen sich mit einem verblüfften Blick an und hefteten dann die dunklen, intelligenten und kompromißlosen Augen wieder auf Martin. Da weder Shopir noch Molech antworteten, fuhr Martin fort: »Ich bin nämlich leitender Angestellter der Firma Technucléaire, die wiederum eine Tochter des halbstaatlichen CEA-Kommissariats ist. Außerdem bin ich als Deutscher, der auf seine Einbürgerung in Frankreich wartet, diesem Land natürlich verpflichtet. Ich kann als Physiker mit technischen Aufgaben die politischen und militärischen Auswirkungen der Dinge, die Sie wissen wollen, überhaupt nicht beurteilen. Ich kann nicht wie ein Schuljunge Kenntnisse ausplaudern, nur weil sie für Sie von Wichtigkeit sind.«

»Hören Sie«, sagte der General nach einer Weile, »jeder Nachrichtendienst der Welt hält Mittel bereit, um zu erfahren, was wir wissen wollen. Das wird Ihnen bekannt sein.«

»Ich hatte zweieinhalb Stunden lang Gelegenheit, mich mit zwei Angehörigen Ihrer uniformierten Polizei darüber zu unterhalten, auf welche Weise Sie aus den Arabern herausholen, was Sie wissen wollen.«

»Sie sind kein Araber«, sagte Shopir. »Ich weiß auch nicht, was Ihnen die Polizisten gesagt haben. Aber welche Maßnahmen auch immer sie angedeutet haben, wir sind sicher, daß sie gar nicht erforderlich sein werden, weil Ihre eigene Vernunft Sie dazu bewegen wird, uns auf unsere Fragen zu antworten. Klär ihn auf, Motta, damit er sieht, daß wir recht haben.«

Der junge Major klappte erneut seine Mappe auf, entnahm ihr Unterlagen und trug leidenschaftslos daraus vor:

»Sie sind am 13. September dieses Jahres ohne gültiges Visum und auf illegalem Weg aus einem arabischen Land nach Israel eingereist, Mr. Conrath, ohne bisher nachgewiesen zu haben, daß diese Einreise weder Spionage- noch Subversionszwekken oder einer terroristischen Betätigung dient.«

Molech brach ab, und Shopir fuhr fort: »Dieser Tatbestand allein berechtigt unsere Behörden, Sie bis zur völligen Klärung der Motive und Hintergründe in Haft zu nehmen. Weiter, Motta . . .«

»Sie waren der Gefährte Ihres Vorgesetzten Charles de Rovignant, außerdem Ihr Rivale und der Geliebte Ihrer Frau, als er während des Marsches durch die Randgebirge der Nefud auf bisher noch ungeklärte Weise ums Leben kam. Sowohl Saudi-Arabiens wie auch Ägyptens und Frankreichs Strafjustiz bestehen auf einer restlosen Klärung dieser Vorgänge. Die Bestimmung der Zuständigkeiten in dieser Angelegenheit ist eine Sache von Monaten.«

»Und wir können diesen Zeitraum noch wesentlich erweitern«, fügte Shopir hinzu, »ohne mit rechtsstaatlichen Grundsätzen in Konflikt zu kommen. Das nur zu Ihrer Information. Jeder Anwalt würde Ihnen das bestätigen.«

Motta Molech fuhr in seiner Aufzählung schockierender Fakten fort: »Sie sind beteiligt gewesen an einem Verkehrsunfall mit tödlichen Folgen. Die Ahndung dieses Vorfalls obliegt unserer Strafjustiz, und die nimmt sich Zeit für die Klärung solch undurchsichtiger Tatbestände; vom unsicheren Ausgang dieses Verfahrens einmal ganz abgesehen.« Major Molech klappte die Mappe zu und stellte sie neben seinen Stuhl auf den Steinboden.

»Sie können also unbesorgt sein«, sagte der General kühl. »Wir haben überhaupt keine Veranlassung, Zwang anzuwenden. Trotz all dieser für Sie wenig erfreulichen Fakten interessieren sich unsere Raphael-Leute für Ihre Mitarbeit als Experte. Denn daß Ihre französische Firma nicht mehr besonders gut auf Sie zu sprechen ist, brauche ich Ihnen wohl nicht zu sagen.«

Der Offizier sah zur Tür, die in diesem Augenblick heftig geöffnet wurde. Mit vorwurfsvoll erhobener Hand stürmte Dr. Weidenbaum ins Krankenzimmer und rief: »Die Viertelstunde ist um, meine Herren. Ich kann Ihretwegen keine Ausnahme machen. Der Patient braucht Ruhe.«

Shopir und Molech erhoben sich und stülpten die Barette auf. Molech holte seine Mappe und klemmte sie unter den Arm. General Shopir sah Martin an.

»Also?«

Der Arzt drängte.

»Ohne jedes Obligo«, sagte Martin. »Was *genau* wollen Sie wissen?«

Die beiden Offiziere wandten sich mit neu erwachtem Interesse nochmals zu Martin Conrath um. Molech öffnete seine Mappe wieder und las von einer Notiz folgende Fragen ab: Erstens, genaue Megawatt-Zahl von Tammuz I und Tammuz II. Zweitens, die Neutronenflußdichte für Tammuz I. Drittens, den Anreicherungsgrad des Brennstoffes, der von Frankreich an den Irak geliefert wird. Viertens, Stärke und Machart der Stahlbetonhülle von Tammuz I. Fünftens, die Aufarbeitungskapazität, über die mit Italien verhandelt wird. Sechstens, alle Ergänzungsvereinbarungen der Abmachungen vom 18. Dezember. Siebtens, alle Geheimhaltungsklauseln zu diesem Vertrag.«

Molech schloß seine Mappe, und Martin sagte: »Das alles sind für Frankreich und seine Kernindustrie streng geheime Daten. Ich würde mich des Landesverrats schuldig machen, wenn ich sie Ihnen preisgäbe. Darüber kann ich allein nicht entscheiden. Ich verlange einen Anwalt.«

Eine Weile starrten der General und sein Begleiter Martin wortlos an. Dann fiel ihr Blick auf den auffordernd wartenden Arzt, und sie verließen den Raum. »Morgen brauche ich eine halbe Stunde«, herrschte General Shopir den Mediziner draußen auf dem Korridor an.

»Tut mir leid, General«, sagte der Wiener. »Sie haben Glück, wenn Sie morgen noch einmal fünfzehn Minuten bekommen. Nichts ist wichtig genug, um Ihnen Dauerverhöre mit Repressionsandrohungen zu erlauben.«

Nach diesen Worten wandte der Arzt sich abrupt ab und gab die Weisung, Martin Conraths Blutdruck, Temperatur und Herztätigkeit zu überprüfen. Die beiden Offiziere verließen das Gebäude und gingen zu ihrem wartenden Wagen.

»Jedenfalls hast du dich geirrt«, sagte Motta Molech, »wenn du damit gerechnet hast, in Conrath einen liberal aufgeweichten Westeuropäer vor dir zu haben, der Wachs in deinen Händen ist.«

»Es ist zum Kotzen«, sagte der General, »daß diese Kerle immer nur Rückgrat haben, wenn es gegen uns geht. Wenn sie uns helfen sollen, werden sie rechtsstaatlich und moralisch. Dieser Wiener mit seinen verdammten fünfzehn Minuten! In einer Viertelstunde krieg' ich den Conrath nie weich.«

»Den wirst du überhaupt nicht weich kriegen, Shlomo«, sagte der Jüngere und öffnete seinem Chef und Freund die Wagentür. »Es sei denn, es gelänge dir, ihn politisch zu überzeugen.« Der Generalleutnant stieg ein. »Erst mal sehen, was der Computer über seine Vergangenheit ausspuckt«, sagte er, gewohnt, erfolgreich mit dem Kopf durch die Wand zu gehen. »Zurück zur Maschine«, schnauzte er den Fahrer an und dachte, als der Wagen gestartet wurde, darüber nach, ob gekränkter persönlicher Ehrgeiz oder der Mißerfolg in der Sache den Grund für seinen Ärger bildete. Wahrscheinlich hätte er diese Überlegungen nicht angestellt, wenn er geahnt hätte, was der Computer zutage fördern würde.

Im Ernstfall war natürlich nicht daran zu denken, daß der Chefarzt des Luftwaffenhospitals in Etzion dem Chef der Aman, Generalleutnant Shlomo Shopir, den Besuch bei einem genesenden Patienten völlig hätte untersagen können. Da er jedoch eine schrankenlose Belastung des Rekonvaleszenten, von dem noch nicht einmal feststand, ob er völlig wiederhergestellt werden könnte, nicht verantworten mochte, blieb es auch am folgenden Tage bei einer Sprecherlaubnis auf Zeit, welche Dr. Weidenbaum nur deshalb um einige Minuten verlängerte, weil der General sich bereit erklärte, ohne die Anwesenheit Major Molechs mit dem Patienten zu sprechen. Aber diese Unterhaltung verlief stürmischer, als Dr. Weidenbaum und Shopir es erwartet hatten. Als der General auf demselben Stuhl wie am Vortag neben dem Bett Martin Conraths saß, entnahm er seinem Aktenkoffer Papiere und Unterlagen, die auf Molechs fernschriftliche und telefonische Anfragen hin am Vortag und in der Nacht eingegangen und zusammengestellt worden waren. Er begann das Gespräch mit den Worten: »Ich nehme an, Dr. Conrath, daß Sie in der Zwischenzeit nachgedacht haben und zu dem Ergebnis gekommen sind, daß Sie die Pflicht und Schuldigkeit haben, an den Juden im allgemeinen und an Israel im besondern etwas gutzumachen.«

Wie er das zu verstehen habe, fragte Martin, und der General erläuterte: »Aus unseren Unterlagen ergeben sich beschämende Tatsachen, die Sie nicht bestreiten können. In Anbetracht der israelfeindlichen Kontakte der CEA zu saudiarabischen Progressisten sollten diese Tatsachen Sie dazu führen, Ihre Haltung zu überdenken und hoffentlich zu ändern.«

»Wenn Sie mir etwa meinen Teil an den Geschäften meiner Firma zum Vorwurf machen wollen, General, so darf ich Sie daran erinnern, daß ich als Angestellter zu tun habe, was mir gesagt wird. Die gleiche Verpflichtung haben ja auch Sie als Offizier.«

General Shopir verzog das breitflächige Gesicht. Seine zwischen tiefem Braun und samtener Schwärze angesiedelten, skeptischen Augen blickten Martin abschätzig an.

»Stellen Sie keine Vergleiche zwischen uns an, Dr. Conrath. Sie sind unpassend. Ich bin nicht bereit, mich mit einem Mann wie Ihnen über Grundsatzfragen auseinanderzusetzen.«

»Und wie sehen Sie mich, wenn ich fragen darf?« sagte Martin gereizt. »Was sind das für beschämende Tatsachen, von denen Sie eben gesprochen haben?«

Der Israeli lehnte sich zurück und verschränkte – das abgewetzte weinrote Barett vor sich auf den Knien – die Arme vor der Brust, um seinen Worten mehr Gewicht zu verleihen. »Wir sehen Sie, nach allem, was wir von Ihnen wissen, als standpunktlosen Opportunisten, dem gegenüber ich mich nicht für genötigt halte, moralische Rücksichten zu üben. Ich sagte Ihnen schon gestern, daß wir viele Möglichkeiten haben, Ihre Anwesenheit in diesem Lande auszudehnen.«

»Und ich sagte Ihnen«, antwortete Martin, »daß ich einen Rechtsanwalt verlange, bevor ich weiter mit Ihnen spreche.«

»Den können Sie haben«, sagte der General. »Aber auch der Anwalt wird Sie nicht vor der korrekten Anwendung unserer Gesetze schützen.«

»Ich verlange außerdem ein Gespräch mit einem Angehörigen meiner Botschaft«, sagte Martin. General Shopir hob – wie zu bedauerndem Zugeständnis bereit – die Schultern, auf deren Achselklappen die gekreuzten Kanonenrohre seiner Rangabzeichen matt schimmerten. »Der deutschen, Dr. Conrath, oder der französischen? Geht es bei Ihnen nach dem Paß oder nach der Gesinnung? Ich weiß das nicht so genau.«

»Sie wissen ebensogut wie ich, daß es nach dem Paß geht«, sagte Martin bitter.

»Gut«, antwortete Shopir. »Aber auch Ihre Botschaft wird am Gang der Dinge nichts ändern können. Und wenn sie die Wahrheit erfährt, wird sie's auch nicht mehr wollen. Die können Ihnen frische Socken besorgen, Briefpapier und Geburtstagskuchen. Wenn Ihnen das genügt, von mir aus.«

Ermüdet und erschüttert murmelte Martin Conrath etwas, das sich anhörte wie »Erpressung«. Die Antwort, die der Israeli ihm gab, brachte in seinem Gedächtnis die Entgegnung zum Klingen, die ihm vor vielen Jahren in München Franz Xaver Bachau gegeben hatte, als er und Paul beabsichtigten, Bachau wegen seiner Schuld am Tod von Martins Mutter zur Rechenschaft zu ziehen: »Zu Erpressung oder Nötigung gehört immerhin die Drohung mit einem rechtswidrigen Nachteil oder Übel. Die Tatsachen, auf die wir hingewiesen haben, waren damals in diesem Land geltendes Recht, vergessen Sie das nicht.« Sie reden genau wie Schellenbergs bester Mann, wollte Martin dem Israeli sagen, wie der SS-Obersturmbannführer Franz Xaver Bachau. Aber wozu eigentlich? Bachau war tot und Paul Mialhe. Und Combrove auch. Was wollte denn dieser Mann neben seinem Bett im sandfarbenen Uniformhemd, der ununterbrochen redete? Und was er redete, dieser Mann!

Er, Martin Conrath, habe schon frühzeitig zu den begeisterten jungen Anhängern der Nazis gehört und deren Vorbildern und Führern nachgeeifert. Er sei Mitglied der Hitlerjugend gewesen und habe widerspruchslos sich für den Krieg dieses Führers mißbrauchen lassen, obwohl er eine jüdische Mutter gehabt habe. Er habe bei nationalsozialistischen Schulfeiern die Hakenkreuzfahne hochgezogen und Gedichte aufgesagt. Er habe die Freundschaft eines Parteigenossen und Nazilehrers gesucht und daraus persönlichen Nutzen gezogen. Er habe sogar nach dem Krieg diesen Nazi noch schützen wollen. Er sei der Sohn eines Mannes, der sich nicht gescheut habe, in Kenntnis der Greueltaten seiner Auftraggeber den Nazis ihre Raketen zu bauen, und der sich schließlich seiner unerwünschten jüdischen Frau durch einen Mord entledigt habe. Jawohl, durch einen Mord! Es gebe sogar ein Protokoll des Kriminalsekretärs der Gestapo-Leitstelle Stralsund, Robert Steiner, vom 14. Februar 1942, wonach sich Oberingenieur Dr. Carl Conrath erkundigt hätte, ob der Mord an einem jüdischen Ehegatten von der Nazi-Justiz wirklich nicht als Straftat geahndet würde.

Völlig zermürbt von dem Schwall dieser Suada, die über ihn hinwegspülte, bemerkte Martin erleichtert die Silhouette Dr.

Weidenbaums in der offenen Zimmertür. Der Arzt erinnerte den General nachdrücklich an das Ende der zugestandenen Besuchszeit. Martin hörte, wie der Israeli seine Unterlagen zusammenpackte und verstaute. Dann sah er die schwarzen Augen und das weinrote Barett mit dem goldgestickten Emblem direkt über sich und hörte die Stimme des Generals: »Wir wollen Ihnen das alles ja gar nicht vorwerfen, Conrath. Mißverstehen Sie mich nicht. Aber Sie sollten sich überlegen, ob Sie in alledem nicht doch vielleicht einen Anlaß sehen, unserem Lande einmal einen Dienst zu erweisen, statt es pausenlos zu frustrieren.«

Da zog der Arzt den Offizier am Ärmel aus dem Zimmer, und die Tür schloß sich hinter den Männern. Kurze Zeit darauf erschien die Schwester, um auf Weisung des Chefarztes die physischen Auswirkungen des Besuches auf den Patienten festzustellen. Während sich die Schwester noch um Martin bemühte, hörte sie ihn etwas murmeln.

»Wie meinten Sie?« fragte sie und beugte sich zu Martin hinunter.

»Können Sie für mich ein Telegramm aufgeben, Schwester?« hörte sie den Patienten sagen.

Natürlich, das könne sie, sagte die Schwester, sobald sie heute abend die Flugbasis verlasse und in die Stadt fahre. Und dann notierte sie den Text, den der Patient ihr diktierte. Das Telegramm war gerichtet an Valerie Armbruster-Gastyger in Genf und hatte folgenden Wortlaut:

»Bitte so rasch wie möglich Originalbrief Ruth Conrath von 1942 – STOP. Luftwaffenhospital Etzion, Elat, Israel – STOP. Danke, Martin.«

Daß das nächste Flugzeug, das Martin Conraths wegen auf der Piste von Etzion landete, eine zweimotorige Kuriermaschine der Luftwaffe war, rührte von der Abneigung George Ballacues und seiner Frau Ethel gegen Hubschrauber her. Zwar hatte George seinen Besuch ausdrücklich als privat angekündigt, aber dennoch wußte Israels Luftwaffe, was sie dem Vertreter des mächtigen Landes schuldig war, welchem sie die Kampfflugzeuge verdankte, die ihr die imponierende Luftüberlegenheit im nahöstlichen Bereich garantierten. Also hatte das Oberkommando einen ehrenvollen Empfang befohlen, und George und Ethel fanden, als die Maschine zum Stillstand kam, am Fußende der kurzen Treppe Kommandeur, Adjutanten und Kraftwagen vor, die sie zu den Stabsbaracken und anschließend zum Sanitätsbereich brachten. Daß Martin Conrath der Besuch der Ballacues willkommen war, verstand sich von selbst. Schon vor Tagen hatte Martin Dr. Weidenbaum anvertraut, daß er George erwarte. Die Stimmung im Krankenzimmer war, nachdem Arzt und Personal Martin mit seinen Besuchern allein gelassen hatten, zunächst ein wenig gehemmt. George versicherte ihm, daß er vor seiner Frau keine Geheimnisse habe, daß sie seine Gedanken kenne und seine Entscheidungen teile. So kannte denn auch Ethel Ballacue den Inhalt des Briefes, den Martin am Vorabend seines Zusammenstoßes mit Cassyan Combrove an ihren Mann geschrieben hatte.

»Du hast uns beide zu Mitwissern gemacht«, sagte George. »Denn daß ich Ethel einen Brief nicht vorenthalten würde, aus dessen Inhalt ich vermuten mußte, daß du nicht mehr am Leben bist, war doch wohl zu erwarten?«

»Ich habe einfach in meiner Nervosität nicht an die Möglichkeit gedacht, daß ich überleben, die Absendung dieses Briefes aber trotzdem nicht verhindern könnte«, sagte Martin.

Es trat Schweigen ein, dann schilderte Martin den Ablauf der Ereignisse so, wie sie sich tatsächlich abgespielt hatten.

»Cassyan Combrove ist also bei dem Zusammenstoß ums Leben gekommen«, sagte George am Ende des langen Berichtes. »Und niemand weiß es?«

»Nein«, sagte Martin. »Nicht einmal General Shopir, der mich schon zweimal verhört hat.«

»Shopir?« sagte George. »Hat der dich in den Krallen? Dann hast du einiges zu gewärtigen. Das ist Israels bester Mann auf diesem Posten.«

In knappen Worten schilderte Martin seinen Freunden die

Lage, in der er sich befand, einschließlich alles dessen, was die Männer von Aman von ihm erfahren wollten. George Ballacue sah Martin, nachdem er geendet hatte, lange nachdenklich an, stand dann auf, ging ans Fenster, blickte über den Milchglasrand hinaus auf das sonnendurchglühte Flugfeld und sagte schließlich, ohne sich umzuwenden:

»Es ist dir doch klar, Martin, daß ich das, was du mir eben erzählt hast, offiziell gar nicht wissen darf?«

»Kanntet ihr denn Combroves wirkliche Einstellung gegenüber Israel?« fragte Martin. »Wußtest du wirklich, daß er euch im Dezember 76 über unsere kerntechnischen Lieferungen an den Irak bewußt hintergangen und euch Dinge verschwiegen hat, die für euch von größter Bedeutung sind?«

»War Bachau denn glaubhaft, als er dir das erzählte?« fragte Ethel. Martin dachte an alle Einzelheiten des Gesprächs mit dem vom Tode gezeichneten Bachau im Musée de Cluny zurück. »Ohne jeden Zweifel«, sagte er dann. »Jedes Wort entsprach der Wahrheit. Der Mann hat den Ballast seines ganzen Lebens bei mir abgeworfen. Am nächsten Tag war er tot. Und das war Cassyan Combroves Werk.«

George Ballacue wandte sich um und lehnte sich rücklings an die Fensterbank.

»Ich frage mich«, sagte er, »wie ich dich aus alldem wieder herauskriege. Natürlich war Combrove mir nicht geheuer. Schon seit Blake Torrington über ihn recherchiert hatte, nicht. Einzelheiten, wie du sie eben berichtet hast, wußten wir nicht. Das können solche Burschen geschickt kaschieren. Und außerdem entziehen USIB und CIA sich personell unserem Einfluß. Combrove hatte das volle Vertrauen von Dulles und danach von Helms, und über deren Rückendeckung auch das des Präsidenten.«

»Aber George«, sagte Martin, »dann ist doch alles, was ich dir eben berichtet habe, für dich, für Carter, für den gesamten Camp-David-Komplex, ungeheuer wichtig?«

»Es würde zweifellos die israelischen Entschlüsse in diesen Verhandlungen entscheidend mitbestimmen«, sagte George.

»Was meinst du mit ›würde‹, George?«

»Damit will ich sagen«, antwortete der Amerikaner, »daß ich mir absolut noch nicht schlüssig darüber bin, ob ich diese Informationen weitergeben werde oder nicht. Du und ich wissen, daß Cassyan Combrove nicht mehr am Leben ist. Aber so, wie du es schilderst, sind wir beide die einzigen, und nur wir beide wissen vorerst auch, wie er umgekommen ist und warum. Ich muß das auf jeden Fall für mich behalten, weil ich dir anderenfalls in Israel nicht einen einzigen Schritt mehr weiterhelfen kann.«

»Aber dann werde *ich* es Shopir sagen, George. Sie müßten mir doch ungeheuer dankbar sein!«

»Das wirst du auf keinen Fall tun, Martin, wenn du noch auf meinen Rat vertraust. Nach meiner Einschätzung brennt General Shopir nicht Cassyan Combrove, sondern der Atommeiler Saddam Husseins auf den Nägeln. Nun hat er einen kompetenten Mann in den Fingern, der ihm darüber alles sagen kann, was er wissen möchte. Wenn er auch nur ahnt, wie gut du deinen Unfallgegner kanntest, wird er dich mit einem Mordprozeß so lange unter Druck setzen, bis du ihm alles sagst, was er erfahren will. Cassyan Combroves Tod hätte für ihn keinerlei ethischen Stellenwert, sondern nur den, dich damit in die Zange zu nehmen. Glaube mir, so wie du mir damals in München vertraut hast, als Blake Torrington und ich dich und Paul gewarnt haben. Dein Freund ist tot. Ich möchte, daß du am Leben bleibst. Aber du bist in die Feuerzone der Weltpolitik geraten. Sie werden dich in die Presse nehmen wie eine Zitrone, bis sie dich soweit haben.«

»Was im höchsten Grade unmoralisch wäre«, sagte Ethel.

Und George antwortete: »Das ist eine Überlebensfrage, Ethel. Da gibt es keine Moral.«

»Welch ein zynischer Standpunkt«, sagte Martin.

»Es ist aber so«, sagte George Ballacue. »Die Wirklichkeit ist der größte aller Zynismen. Jedenfalls für die, die sie nicht verdrängen.«

Wieder herrschte lange Zeit Schweigen im Raum, nur unterbrochen vom Heulen einer Kette startender Phantomjäger.

»Es gibt eine Möglichkeit, alle Repressalien zu vermeiden«, fuhr George fort. »Nämlich die, daß du ihnen sagst, was du weißt.«

»Lieber George«, antwortete Martin matt. »Wie stellst du dir das vor? Hast du deinem Brotgeber gegenüber nicht auch die Verpflichtung übernommen, Stillschweigen über alles Vertrauliche zu bewahren, womit du in Berührung kommst?«

Der Amerikaner schwieg. Die senkrecht stehende Sonne lastete vor dem Fenster.

»Du meinst, das sei etwas anderes«, fuhr Martin fort, als George nicht antwortete. »Weil dein Brotgeber ein mächtiger Staat ist und meiner nur eine private Firma? Aber bei meiner Firma geht es um Dinge, deren Tragweite ich nur schwer beurteilen kann. Allerdings war ich lange genug für die Technucléaire tätig, um zu wissen, daß ich mich mit einer Preisgabe meiner Kenntnisse Schadenersatzansprüchen aussetzen würde, die meine Existenz vollends zerstören könnten. Ich kann meine Entscheidung gar nicht aus freien Stücken treffen.«

In das erneut entstehende Schweigen hinein öffnete der Chefarzt mahnend die Tür. Er bemerkte, daß der Besuch George und Ethel Ballacues den Patienten weit weniger belastete als die Besuche Shopirs. Deshalb schritt er auch nicht mit der gleichen Entschiedenheit ein wie sonst, sondern erinnerte das Ehepaar nur mit einem besorgten Blick auf die Armbanduhr daran, ihren Besuch nicht allzu lange auszudehnen.

»Den Mossad-General werde ich morgen wieder auf fünfzehn Minuten setzen«, verkündete er anschließend unheildrohend. »Vorausgesetzt, Sie wollen ihn überhaupt noch einmal sprechen, Mr. Conrath.«

»Ich werde wohl müssen«, sagte Martin und versuchte in seinem Gedächtnis noch einmal alles zusammenzufassen, was der Israeli ihm im Falle des Scheiterns ihrer Verhandlungen angedroht hatte. »Sobald ein Brief aus der Schweiz eintrifft«, sagte Martin, »werde ich ihm allerdings einige Dinge mitteilen, die dem fähigsten Nachrichtengeneral der Welt bisher anscheinend entgangen sind.«

»Meinst du Shopir?« fragte George und stand auf. Martin nickte. »Er läßt ja doch nicht locker.«

George sagte: »Hättest du etwas dagegen, wenn ich dem Gespräch beiwohnen würde?«

»Im Gegenteil«, sagte Martin. »Vorausgesetzt, daß *er* es zuläßt.«

»Das wird er müssen«, antwortete George. »Ein solcher Wunsch gehört zu den wenigen Dingen, denen auch ein Shlomo Shopir sich nicht widersetzen darf, ohne Verwicklungen heraufzubeschwören, die er vor seiner Regierung nicht verantworten könnte.«

Der Amerikaner wandte sich an den eintretenden Arzt: »Für wann hat der General sich angemeldet, Doktor?«

»Für zehn Uhr dreißig morgen früh, Sir«, antwortete Weidenbaum. George Ballacue nickte und sagte: »Dann stärken Sie ihn, Doktor, und beschneiden Sie dieses Gespräch zeitlich nicht allzusehr.« Es schien, als habe George Ballacue noch etwas hinzufügen wollen, aber er brach unvermittelt ab. Nicht nur seine Frau, sondern auch Dr. Weidenbaum und Martin spürten, daß er fürchtete, Martin Conrath werde am kommenden Tag einen schweren Kampf zu führen haben. Nachdem Ethel und George sich von Martin verabschiedet hatten, wandte George sich unter der Tür noch einmal um und sagte: »Ich bin heute mit Menachem Begin, Moshe Dajan und Arik Sharon zum Abendessen in Jerusalem verabredet, Martin. Ich werde sehen, was ich für dich tun kann.«

Dann wandte er sich um und folgte seiner Frau, die schon vorausgegangen war.

Der nächste Tag, der endgültig über Martin Conraths weiteres Leben entschied, war ebenso heiß wie die vorangegangenen. Die Eilsendung aus der Schweiz traf bereits mit dem Morgenflugzeug ein und wurde Martin noch vor der Ankunft Ballacues und General Shopirs durch die Stationsschwester ausgehändigt. Martin öffnete den Umschlag und entnahm ihm den in Seidenpapier verwahrten Originalbrief seiner Mutter vom Heiligabend 1942, mit dem vor ziemlich genau 18 Jahren in München alles seinen Anfang genommen hatte. Er las die eng beschriebenen Seiten noch einmal durch, um sich alles ins Gedächtnis zurückzurufen, was Ruth Conrath sich in der Hoffnungslosigkeit dieses Weihnachtsabends von der Seele geschrieben hatte. Er las vom ungetrübten Glück ihrer Ehe mit seinem Vater, der Freude über das erste und einzige, gesunde und intelligente Kind, von der nahenden Herrschaft des Bösen in Deutschland, dem Erlaß jener Gesetze, die die Handschrift des Psychopathen verrieten. Das abgrundtiefe Erschrecken, das durch das Land ging, spiegelte sich in den Zeilen seiner Mutter. Er las noch einmal, was sein Vater auf sich genommen hatte, um seine Ehe, seine Frau und sein Kind durch diese Zeit des Grauens zu bringen, durchlebte die Ängste seiner Mutter, ihren Haß auf Franx Xaver Bachau und Cassyan Combrove und die tiefe Verzweiflung, die sie durchlitten haben mußte, bevor sie zur doppelten Giftdosis griff. Er empfand fast körperlich die Scham über Valeries Mutter, die diesen Brief bis in den Tod einfach vergessen hatte. Und dann war da die Scham über die Erniedrigung, die darin lag, daß er heute vielleicht nur deshalb imstande war, mit einem General Shopir zu verhandeln, weil der Parteigenosse Arno Hoelzner ihn damals an Hitlers Geburtstag hatte die Hakenkreuzfahne hochziehen lassen. In diese Empfindungen mischte sich der Haß auf den selbstgerechten israelischen Offizier, der die Leiden seines Volkes für sich allein gepachtet zu haben schien und daraus die Legitimation bezog, zur Erreichung seiner Ziele nicht wesentlich anders vorzugehen, als es in Deutschland die Verfolger der Juden getan hatten. Als Martin zu Ende gelesen hatte, legte er die engbeschriebenen Seiten auf das Beistelltischchen neben seinem Bett. Er faltete das Blatt auseinander, das Valerie Armbruster in ihrer großen, steilen, noch immer ein wenig kindlichen, aber sehr aufrichtigen Schrift an ihn gerichtet hatte. Dabei kam ihm zu Bewußtsein, daß die ersten Zeilen einer Frau, die sich persönlich um seinen Zustand kümmerte, nicht von Katrin, sondern von ihr stammten. Valeries Schlußsatz drückte unverhüllte Sorge aus: »Ich kann mir sehr wohl vorstellen, welchen Grund Ihre dringliche Bitte hat, Ihnen den Brief Ihrer Mutter zu übersenden, und ich wünsche Ihnen von ganzem Herzen, daß Sie alles unbeschadet überstehen. Wann immer und wie immer ich Ihnen nützlich sein kann, lassen Sie es mich wissen! Ihre Valerie.«

Martin legte den Brief zu dem seiner Mutter und dachte gerade über die sonderbare Tatsache nach, daß diese beiden Schriftstücke einträchtig übereinander auf seinem Nachttisch lagen, als draußen auf dem Rollfeld General Shopirs Hubschrauber landete und zum Stillstand kam. George Ballacue war – ungeachtet seiner Abneigung gegen Hubschrauber – mit ihm und Major Molech eingeflogen, und Martin sah die Besucher die Maschine verlassen und den Jeep besteigen, der, eine Staubwolke aufwirbelnd, zum Sanitätsbau herübergefahren kam und vor dem Eingang hielt. Martin hörte die Schritte der drei Männer, als sie den Flur entlangkamen. Major Molech klopfte an die Tür, öffnete sie und ließ die beiden anderen vorangehen. Nach einer knappen Begrüßung begann der General die Unterhaltung. Der untersetzte Major schien an diesem Tag keine andere Funktion zu haben, als in einer Ecke zu sitzen und Protokoll zu führen.

»Wir haben uns bereits lange unterhalten, Dr. Conrath«, sagte Shopir. »Wir haben keinen Hehl daraus gemacht, daß Sie für unsere Regierung in der gegenwärtigen politischen und militärischen Situation eine überaus wichtige Persönlichkeit sind. Sie sind der Chefkonstrukteur einer kerntechnischen Einrichtung, die in einem uns feindlich gegenüberstehenden Land entsteht und nach unserer Überzeugung das Kräftegleichgewicht in dieser Region aus den Angeln heben und zu einer Gefahr für uns, für andere arabische Staaten, wahrscheinlich sogar für die gesamte Weltzivilisation werden kann. Sie sind der Mann, der uns dies mit einem Wort bestätigen oder unsere Besorgnis zerstreuen kann. Die Einzelheiten der zwischen Ihrer und der irakischen Regierung geschlossenen Verträge werden geheimgehalten. Warum?«

»Es ist wahr«, sagte George. »Wären die Einzelheiten dieser Verträge harmlos, könnten sie unbesorgt veröffentlicht werden. General Shopir und der Premierminister haben recht. Auch die französische Regierung könnte die israelischen Befürchtungen mit der Veröffentlichung der Verträge zerstreuen. Warum tut sie es nicht?«

»Sie tut es deswegen nicht, weil sie mit den Großmächten in Konflikt geraten würde und ihr Projekt stoppen müßte«, sagte General Shopir kalt. »Das liegt auf der Hand, Mr. Ballacue. Aber wir brauchen den Beweis dafür.«

»Sie können unmöglich von mir Erklärungen verlangen, die meine Regierung und meine Firma mir abzugeben verbieten«, sagte Martin. »Ich habe Sie das bereits wissen lassen, General, und dich auch, George.« Er wandte sich erneut an Shopir: »Warum klären Sie nicht auf andere Weise auf, General? Ihr Nachrichtendienst wird doch in der ganzen Welt bewundert.«

»Wir klären auf«, sagte der Offizier und wandte sich an Molech. »Motta . . .«

Der Major hatte bereits seinem Aktenkoffer einen Stoß Fotografien entnommen und reichte sie dem General, der sie an Martin weitergab. Martin musterte die Aufnahmen. Shopir fuhr fort: »Wir erkennen die Umrisse von Baugruben und können trotz ausgezeichneter Tarnung ihren Umfang abschätzen. Aber wir wissen nichts über den Reaktortyp, der dort entsteht. Wir sind nur sicher, daß diese Anlage für eine wirtschaftliche Nutzung durch den Irak zu groß wird.«

Martin schob die Fotografien hintereinander und betrachtete das aus großer Höhe aufgenommene Gelände, auf dem er bereits zweimal gewesen war. Es wäre so leicht gewesen, dem drängenden Israeli alles zu sagen, was er wissen wollte, und damit seine Ruhe zu erkaufen. Aber das erstere belastete sein Gewissen mehr als das letztere seine Nerven, und deshalb schwieg er. Der General fuhr fort: »Haben Sie jemals der Erprobung einer Atomwaffe beigewohnt, Dr. Conrath?«

Martin gab die Fotografien an Molech zurück und antwortete: »Meine Verträge mit der Technucléaire lauten dahin, daß ich für die Konstruktion kerntechnischer Anlagen zur Erzeugung wirtschaftlich nutzbarer Sekundärenergie zuständig bin, General. Ich habe niemals an irgendeiner Aktivität auf dem militärischen Sektor meines Fachgebiets teilgenommen, wenn es das ist, was Sie meinen.«

»Schauen Sie einmal zum Fenster hinaus«, sagte der Israeli. »Versuchen Sie einmal, sich über dem Land da draußen den Atomblitz vorzustellen, der für Minuten die Sonne verdunkeln würde. Weiter im Norden gibt es Städte, Siedlungen, Menschen . . . Rührt sich immer noch nichts bei Ihnen?«

»Ich bin kein Oppenheimer, der erschrak, als er sah, was er angerichtet hatte. Die Gewissensfrage, diese Mächte entfesselt zu haben, ist abgehakt, General Shopir. *Ich* habe damit nichts zu tun.«

Der Israeli hatte sein cholerisches Temperament in aller Regel unter Kontrolle, wie sein Beruf es ihm abverlangte. Deshalb sahen sowohl Major Molech als auch George W. Ballacue überrascht zu ihm hinüber, als sein Gesicht langsam rot anlief und er mit mühsam beherrschter Stimme sagte:

»Nein, Sie haben damit nichts zu tun, Martin Conrath, das ist wahr. Sie und Ihresgleichen hatten nie etwas damit zu tun. Nur, daß Sie Ihrem Ehrgeiz und Ihrer Karriere Ihr Gewissen opfern und einem Psychopathen wie Saddam Hussein die Mittel konstruieren, mit denen er unser Land in Sekundenschnelle zusammenschmelzen kann zu einer strahlenverseuchten Hölle . . .« Es hielt den General nicht auf seinem Stuhl. Er sprang auf, schritt im Zimmer hin und her, blieb schließlich stehen und stützte sich mit Händen, deren Knöchel weiß hervortraten, auf das Fußende von Martins Bett. »Schon Ihr Vater tat ja das gleiche und baute seinem Führer die Raketen, unter deren Schutz es ihm beinahe gelungen wäre, unsere kultivierte Rasse endgültig auszurotten. Er hat ja auch schon seinem Ehrgeiz und seiner Karriere sein Gewissen und selbst seine Frau geopfert, nur weil sie Jüdin war.«

»Das ist nicht wahr«, schrie Martin, und George Ballacue fügte scharf hinzu: »Mäßigen Sie sich, General. Sie haben einen Rekonvaleszenten vor sich, und außerdem haben Sie kein Recht . . .«

»Ich habe kein Recht?« rief Shopir, richtete sich auf und wandte sich an den Major. »Motta, das Protokoll des Gestapomannes Robert Steiner über seine Verhandlung mit Carl Conrath vom 14. Februar 1942 in Peenemünde!« Der General wandte sich erneut an George Ballacue. »Da hat Conrath senior sich nämlich bei der Gestapo erkundigt, wie er für den Mord an der Mutter dieses Herrn hier straffrei bleiben könne!«

Während der Major das Dokument aus seinen Unterlagen hervorsuchte, um es George Ballacue zu überreichen, ging der General zum Fenster und sprach, ruhiger geworden, weiter: »Ich habe kein Recht, Sir? Ich will Ihnen sagen, was für ein Recht ich habe. Ich habe das Recht eines Mannes, der mit fünfzehn Jahren im Todeslager Majdanek das Wohlgefallen eines Oberscharführers der SS fand und aussortiert wurde, nach offizieller Version, weil er nähen, putzen und Reitstiefel wienern konnte. Das Recht eines Mannes, der seine Eltern Arm in Arm, mit geschlossenen Augen, zusammen mit 200 anderen, einen Choral singend, in die Gaskammer gehen sah; das Recht eines Mannes, der den Choral leiser werden und schließlich verstummen hörte, als alle, die ihn sangen, tot waren.« Der Offizier wandte sich wieder um, stand düster und untersetzt vor der Helligkeit des Fensters und fuhr fort: »Das Recht eines Mannes, der die Form des Kamins, den schwarzen Rauch und den Geruch verbrannter Leichen niemals vergessen wird; das Recht eines Mannes, der dieser Hölle als Kind entkam und das Recht eines Mannes, der das Entsetzen heute noch spürt, das ihn ergriff, als er bemerkte, daß niemand ihm glaubte, was er berichtete.

Diese Erinnerungen teile ich mit meinem Regierungschef Menachem Begin. Niemand in diesem Lande wird das jemals vergessen, und jeder wird bis zum letzten Atemzug dafür kämpfen, daß so etwas unserem Volk nicht noch einmal widerfährt; sei es mit Blausäuregas oder, Doktor Conrath, mit gespaltenem Plutoniumkern. Vielleicht denken Sie jetzt anders darüber, ob ich ein Recht habe zu urteilen oder nicht.«

Inzwischen hatte Major Molech das Dokument, das er suchte, gefunden und reichte es dem Amerikaner.

»Lesen Sie, Sir«, sagte der General, als George W. Ballacue zögernd nach dem Papier griff.

Alle sahen hinüber zum Bett, als Martin plötzlich sagte: »Lies es nicht, George. Gib es ihm zurück. Es ist nicht wahr, es ist Unsinn, was dort steht. Ich darf das behaupten, denn ich kenne die Wahrheit und kann sie beweisen.«

Martin zog den Brief seiner Mutter hervor und hielt ihn Shopir hin, der zögernd herankam und ihn entgegennahm.

»Lesen Sie«, sagte Martin mit einer ungeduldig auffordernden Handbewegung. »Damit Sie endlich erfahren, welches Recht *ich* habe, Ihnen zu widersprechen.«

Der General ging ans Fenster, hielt die Blätter ins Licht und begann zu lesen. Er brauchte dazu außerordentlich lange, und es schien ihm trotz des klimatisierten Raumes heiß zu werden, denn er zog ein Taschentuch hervor und trocknete sich wiederholt den Schweiß ab. Viertelstunden tropften zäh dahin, bis er schließlich fertig war. Endlich faltete Shopir die Blätter, trat ans Bett und gab sie Martin zurück. Er sagte in verändertem Tonfall: »Ich muß um Verzeihung bitten, Mr. Conrath, das habe ich nicht gewußt.«

»Es liegt mir fern, mich deshalb aufzuspielen«, sagte Martin. »Aber Sie sind nicht der einzige, der dem Tod von der Schippe gesprungen ist. Und es gibt außer Ihnen noch andere, die den Verlust von Angehörigen zu beklagen haben. Wenn ihnen auch das Grauen des Chorals und der Anblick des Rauchs erspart geblieben ist.«

Es trat ein langes Schweigen ein, Molech verstaute das Dokument geräuschvoll wieder an seinem Platz, und General Shopir fuhr sich ein letztes Mal mit dem Taschentuch über die

Stirn, bevor er es wieder wegsteckte. Dann wandte er sich erneut an Martin.

»Sie werden mich besser verstehen, Conrath, wenn Sie erfahren, was wir über Saddam Hussein wissen. Die Welt verdrängt wie üblich, daß wir es mit einem autoritären Mörderregime zu tun haben, wobei eine sunnitische Minderheit eine schiitische und kurdische Mehrheit mit Gewalt, Einschüchterung und Liquidation terrorisiert. Saddam hat mit seiner Baath-Partei die Macht fest in der Hand. Sein auf ihn eingeschworener Chefterrorist ist sein eigener Schwiegersohn und ein Vetter Al Bakrs, ein Mann namens Khairallah, der durch eine perfekte Tötungsmaschinerie überall da morden läßt, wo es ihm befohlen wird. Der jüngste bekanntgewordene Fall ist die Liquidation des ehemaligen irakischen Ministerpräsidenten Al-Naif, unmittelbar vor dem Hilton-Hotel in London. Aber dieser Fall wird nicht der letzte bleiben, denn Saddams sunnitische Diktatur verfolgt zwei öffentlich erklärte Ziele: das eine ist die unbeschränkte Vorherrschaft im gesamten ostarabischen Raum.«

Der General machte eine Pause.

»Und das andere?« fragte Martin.

Anstelle des israelischen Generals antwortete der amerikanische Unterstaatssekretär: »Das andere ist die Vernichtung Israels, Martin. Wir wissen das. Und wir können und werden es nicht zulassen.«

»Gesetzt den Fall«, sagte Martin, »ich würde Ihnen jetzt eröffnen, daß der Irak in einem Jahr die industrielle Kapazität hat, um in zwei Jahren die Bombe herzustellen, was würde dann geschehen?«

»Das sind staatspolitische Dimensionen von höchster Brisanz, nach denen Sie mich fragen«, sagte Shopir ausweichend.

»Aber man muß zugeben«, sagte George, »daß auch das, was Sie von Dr. Conrath wissen wollen, staatspolitische Dimensionen von höchster Brisanz berührt, General.«

»Sie haben bis heute morgen geglaubt, mich zwingen zu können, Ihnen meine Informationen preiszugeben, nicht wahr?«

sagte Martin. »Jetzt wissen Sie, daß Sie keinen aalglatten Opportunisten vor sich haben, sondern daß Sie einen Mann überzeugen müssen, der es ebenso ernst meint wie Sie.« General Shopir wandte sich mit vor der Brust verschränkten Armen zu Major Molech. »Du hast es mir gestern schon vorausgesagt«, murmelte er. Die vier Männer schwiegen. Wieder fegte draußen auf dem Rollfeld eine Kette F 16 über die Piste und hob mit ohrenbetäubendem Heulen ab, um in Gedankenschnelle schwindelnde Höhen zu erreichen.

»Also gut, aber Sie stehen mir wenigstens dafür ein, Sir, daß nichts von dem, was hier gesprochen wird, je gegen uns verwendet werden kann.« Die dunklen Augen des Generals wanderten von Ballacues Gesicht zu Martin Conrath und wieder zurück. Der Major in der Ecke klappte seine Protokollkladde zu und schob den Stift in die Außentasche seiner Uniformbluse. »Ich stehe dafür ein«, sagte George. »Auch für Dr. Conrath.« »Was für einen Grund sollte ich haben, irgend etwas gegen Ihr Land zu unternehmen?« sagte Martin, und der Israeli fuhr fort: »Um so mehr Grund sollten Sie haben, etwas *für* dieses Land zu tun, wenn ich Ihnen die Strategie des Regierungschefs erläutere, die vorerst noch zu den größten Geheimnissen unserer Politik gehört und die ich auch Ihnen nie anvertrauen würde, wenn nicht Ihre Primärkenntnisse der irakischen Atomoption für uns so unabdingbar wichtig wären. Also, hören Sie zu, ich werde es kurz machen. Unsere allgemeine politische und geomilitärische Situation darf ich als bekannt voraussetzen, nicht wahr? Von allen arabischen Ländern ist Ägypten das einzige und erste, das zu der Einsicht gelangt ist, es sei besser, wenn es mit uns Frieden macht. Die Gründe dafür sind ohne Belang.«

»Ich kenne sie aber«, sagte Martin. »Und sie scheinen mir durchaus nicht ohne Belang für unser Gespräch. Sie liegen in den rund 200 einsatzfähigen atomaren Gefechtsköpfen Ihrer Streitkräfte, in Ihren Staffeln von KFIR C2, Ihren F-15 und F-16 sowie in Ihren Jericho-Trägersystemen MD 660 und MD 620, womit Sie Ihre Gefechtsköpfe an jeden Punkt brin-

gen können, den Sie treffen wollen. Zum Beispiel an den As-
suan-Staudamm, General. Die Ägypter haben Angst, sonst
nichts!«

Dem Israeli gelang es nicht, sein Erstaunen über die Detail-
kenntnisse seines Gesprächspartners zu verbergen.

»Sie sind nicht nur über Ihren eigenen Bereich gut informiert,
Dr. Conrath, sondern auch über den unseren. Doch Sie übersehen eines: die überwiegende Mehrzahl unserer Atomwaffen sind taktische und Gefechtsfeldwaffen, die nicht für die
Massenvernichtung konzipiert sind. Sie sollen uns vor kon-
ventionellen Überfällen sichern, aber nicht unsere Feinde aus-
löschen. Was wir befürchten, ist, daß es bei unseren arabischen Gegnern genau umgekehrt ist. Und deshalb brauchen
wir Ihre Aussage.«

Martin dachte eine Weile nach und sagte dann: »Ich bin kein
Militärexperte, aber wenn ich Sie richtig verstehe, besitzt Israel eine ausreichende Zweitschlagskapazität, um befürchtete
Erstschläge wirksam abzuschrecken. Warum dann diese offensive Denkweise?«

George antwortete anstelle des Generals: »Das hat General
Shopir mir gestern auseinandergesetzt, Martin. Man hält eine
Reihe von arabischen Führern für impulsiv und unberechenbar und muß folglich verhindern, daß sie über zuviel Macht
verfügen. Darum geht es Mr. Begin.«

»Aber gibt es denn irgendein Anzeichen für eine bevorstehende Aggression?« fragte Martin. »Mit Ägypten werden Sie in
diesem oder im nächsten Jahr Frieden haben. Jordanien gilt als
klug geführt und gemäßigt. Saudi-Arabien auch. Mit Libyen
haben Sie keine gemeinsame Grenze, und Syrien ist so stark
von Rußland abhängig, daß es ohne Genehmigung der Sowjets nichts unternehmen kann. Glauben Sie denn im Ernst,
daß ein noch so aggressiver Irak im Alleingang einen Ver-
nichtungsfeldzug gegen Israel vom Zaun brechen wird, noch
dazu, wo Sie selber zugeben, eine massive Zweitschlagskapazität zu besitzen? Das alles klingt sehr unglaubwürdig, General Shopir.«

Der Israeli, der seinen Platz neben Martins Bett wieder einge-nommen hatte, erhob sich erneut und begann eine schweigsa-me und offensichtlich sehr nachdenkliche Wanderung durchs Krankenzimmer. Dann geschah etwas Unerhörtes. Nach einer Weile blieb der Offizier mit auf dem Rücken verschränkten Händen vor Major Molech stehen und sagte: »Motta, ich gebe zu, das ist noch niemals vorgekommen. Aber ich muß dich bitten, mich mit Dr. Conrath und Mr. Ballacue allein zu lassen. Die Zeit wird kommen, da ich dir erklären kann, war-um. Vertraust du mir, dann geh.«

Ohne ein Anzeichen von Erstaunen und ohne ein Wort des Widerspruchs stellte der drahtige Israeli seine Mappe neben seinen Stuhl, griff nach seinem Barett und verließ das Zim-mer. Der General wandte sich wieder zu Martin.

»Was jetzt gesprochen wird, darf dieses Zimmer nie verlas-sen, Dr. Conrath, auch nicht unter Erpressung, Drohung, Zwang oder Gewalt. Darauf Ihr Wort?«

»Sie sind es, der etwas von mir wissen will, nicht ich von Ihnen«, sagte Martin. »Wenn Sie meinen, daß Sie sprechen sollten, dann sprechen Sie.«

General Shopir wandte sich an den Amerikaner, dessen erfah-rener und kühler Beobachtungsgabe die Sekunde der Unsi-cherheit des Generals nicht entging. »Was meinen Sie, Sir, kann ich offen sprechen?«

»Ich kann Ihnen da keinen Rat geben, General«, sagte George. »Das Risiko ist allein das Ihre.«

»Aber du weißt anscheinend, um was es geht«, sagte Martin. »Es ist gestern abend bei Begin in aller Ausführlichkeit zur Sprache gekommen«, antwortete George W. Ballacue. »Ich nehme an, wir reden von der gleichen Sache, Shopir?«

»Sie haben recht, Conrath«, sagte der Israeli zu Martin, nach-dem er sich offensichtlich entschlossen hatte, das Risiko auf sich zu nehmen. »Unser mittelfristiges Problem in den näch-sten zehn Jahren sind nicht die arabischen Staaten, sondern die Palästinenser.«

»Ich habe mit Leuten in diesem Lande gesprochen«, antwortete Martin, »die der Ansicht sind, sie müßten mit den Palästinensern einen menschlichen Frieden machen.«

Der General stieß ein verächtliches, bitteres Lachen hervor. »Solche Leute sind anständig, gutwillig und human, aber wirklichkeitsfremd, Conrath. Ich will Sie nicht mit dem Philosophenstreit langweilen, ob unser Recht auf dieses Land auf Abraham zurückgeht, auf Moses, auf David, Salomon, Herzl oder Balfour. Wir verteidigen nun mal unser Recht auf Palästina. Ich bin kein Philosoph, sondern Soldat und damit ein Verfechter der normativen Kraft des Faktischen. Wir haben dieses Land in Besitz genommen und es kultiviert. Die arabische Bevölkerung besitzt keine zivilisatorischen und kolonisierenden Impulse. Sie ist uns unterlegen.«

»Und hat sich mithin unterzuordnen«, ergänzte Martin und erntete einen erstaunten Blick des Generals.

»Wenn Sie so wollen, ja«, sagte er nach einigen Sekunden der Überlegung. »Hinter Ihren ironischen Worten schimmert die Vermutung durch, wir landhungrigen Zionisten hätten die alteingesessenen palästinensischen Araber von ihrem Besitz vertrieben. Aber nicht wir waren das, sondern die arabischen Stammesbrüder, die in einem halben Dutzend gegen uns entfesselter Vernichtungskriege die Bewohner der Kriegsschauplätze aufgefordert haben, hinter ihre Kampflinien zu fliehen. Sie würden mit den siegreichen arabischen Armeen in ein von den Zionisten befreites Palästina zurückkehren. Nun, der Sieg blieb aus. Die betrogenen Flüchtlinge – nicht Vertriebene – blieben, wo sie waren. Sie wurden von den Staaten, die sie betrogen haben, weder integriert noch eingegliedert, sondern bewußt isoliert und in Ghettos gepfercht, wo sie sich vermehrten, radikalisierten, fanatisierten und militarisierten. Drei Millionen sind es inzwischen, wohlfeile Faustpfänder einer offensiven, israelfeindlichen Politik ihrer Gaststaaten. Ich will Ihnen keinen Geschichtsunterricht erteilen, Conrath, aber das müssen Sie wissen, bevor wir überhaupt weiterreden. Denn Sie haben diese Fakten ja nie erfahren im dekadenten, ölgierigen Europa, das sein schlechtes Gewissen über das pausenlose Streben nach Wohlstandsmaximierung in einer Welt, in der jährlich Millionen von Menschen verhungern, dadurch kompensiert, daß es die bequemste Partei ergreift und für die angeblich von den Juden vertriebenen Araber eintritt. Darüber wird die objektive historische Wahrheit aus dem öffentlichen Bewußtsein verdrängt.«

Erschöpft schwieg Shopir einige Sekunden und gab Martin Gelegenheit zu der Frage: »Und alle, die einen menschlichen Frieden mit den Palästinensern wünschen, sind demnach Toren, Schwachköpfe und Träumer?«

»Ignoranten«, sagte der Israeli leidenschaftslos. »Sie wissen, wie vielerorts auf der Welt, nicht, was der Generalstabschef und der Chef des Nachrichtendienstes wissen. Wenn Sie meine Erfahrungen hätten, hätten Sie keine Illusionen mehr, Conrath. Wenn Sie an entscheidender Stelle stehen, rennen Sie gegen eine Wand von Dummheit und Ignoranz. In unserem Falle weiß der allergeringste Teil unserer Bevölkerung, was die Palästinenser im Libanon gegen uns aufhäufen. Dort lagert jetzt schon illegales Kriegsmaterial, das genügen würde, alle Benelux-Armeen vollständig auszurüsten, bedient von fanatisierten, in den Lagern zum Haß erzogenen jungen Menschen, denen man die Wahrheit ebenso vorenthält wie Ihnen, Conrath. Und der Libanon, der weich-liberalisierte Wurmfortsatz des Nahen Ostens, vom Luxus geschwächt, von Cliquen beherrscht und in Glaubensrichtungen aufgespalten, hat nicht mehr die Kraft, das zu unterbinden. Um zum Ende zu kommen, Conrath, innerhalb der nächsten zwei oder drei Jahre muß unsere Armee offensiv werden, um die militanten und verhetzten Palästinenser aus dem Lande zu vertreiben, bevor sie selber zur Offensivkraft gelangt sind.« Es entstand ein Schweigen.

George Ballacue sagte: »Begin hat gestern abend versucht, auch mich davon zu überzeugen. Sie scheinen im Kabinett zu der Ansicht gekommen zu sein, daß der Palästina-Konflikt nicht mehr friedlich lösbar ist. Was Arafat verlangt, sei zuviel, sagen sie, als daß Israel verantworten könne, es zu geben.

Und was Israel geben könne, sagt Begin, ist Arafats radikalisierten Massen zuwenig.«

»Friedlich nicht mehr lösbar«, wiederholte Martin. »Was heißt das im Klartext, George?«

Anstelle George Ballacues antwortete jetzt der General: »Es wird Krieg geben, Conrath. Wir werden einen letzten, entscheidenden Krieg führen müssen, um die Situation militärisch herzustellen, die wir friedlich nicht mehr erreichen können. Aber wir werden das nur riskieren, wenn wir sicher sein können, daß Saddam Hussein kein Nuklearpotential gegen uns aufbaut, das unser Risiko unkalkulierbar werden ließe. Deshalb will der Premierminister von Ihnen, als dem Konstrukteur dieser Anlagen, wissen, *was* dort entsteht. Das ist alles. Meine Karten liegen auf dem Tisch, Dr. Conrath. Decken Sie die Ihrigen auf.«

Martin Conrath fühlte die Augen George Ballacues und General Shopirs auf sich gerichtet. Er wandte sich an George: »Hast du Begin gestern abend widersprochen, als er dir dieses Konzept auseinandersetzte? Hast du General Shopir widersprochen? Du, mit deinen Idealen von Freiheit, Frieden, Selbstbestimmung und Menschenwürde?«

»Man kann nichts daran ändern«, sagte George düster, »daß selbst Ideale, die man für unwandelbar hält, manchmal im Verlaufe eines einzigen Menschenlebens ihre Durchschlagskraft verlieren.«

»George«, bestand Martin auf seiner Frage. »Es ist doch ausgeschlossen, daß du bereit bist, ein Konzept zu unterstützen, wie es dein Land vor noch nicht fünfzig Jahren blutig bekämpft hat?«

»Junge«, sagte der Amerikaner. »Ich habe diese Theorien gestern zum erstenmal gehört, und ich bin genauso erschrocken wie du.«

»Und was willst du tun?«

»Ich werde, bevor ich mich entscheide, über die Zusammenhänge zwischen Moral und Politik nachdenken«, sagte George.

»Denken Sie auch daran«, sagte General Shopir, »daß noch nie in der Geschichte das moralisch Wünschenswerte auch das politisch Durchsetzbare war.«

»Wenn ich Sie recht verstehe«, sagte Martin, »dann leiten Sie aus der Überlegenheit der jüdischen Rasse die Vorstellung ab, zur Kultivierung dieses Landes mehr leisten zu können und eher dazu berechtigt zu sein als andere, die hier wohnen oder gewohnt haben.«

»Diese Parallelen herzustellen ist unzulässig«, sagte Shopir. »Auch für einen Mann wie Sie.«

Martin antwortete: »Ich habe keine Parallelen gezogen, General. Sie tun das. Ich habe Feststellungen getroffen, und Sie können diesen Feststellungen nicht widersprechen. Außerdem pressen Sie Ägypten, das Ihnen entgegengekommen ist, einen ungeliebten Frieden ab und planen, Ihr Sicherheitsbedürfnis mit einem unverhüllten Präventivkrieg zu befriedigen.«

»Wir sehen das für unser Land als den einzigen und letzten gangbaren Weg an.«

»Das mag sein, General Shopir«, sagte Martin. »Und von Ihrem Standpunkt aus haben Sie vielleicht auch recht und können das verantworten. Aber ich für meine Person sehe darin nicht den Erfolgssaldo, das politische oder militärische Soll und Haben, verstehen Sie? Wenn ich General wäre, würde ich vielleicht auch so entscheiden wie Sie. Aber ich bin Zivilist. Ich sehe vor mir die Schlachtfelder, bedeckt mit ausgebrannten Panzern und den Leichen Gefallener. Ich sehe tote Kinder in zusammengestürzten Schulen und Ströme von Flüchtlingen.«

»Sie sehen palästinensische Gefallene, palästinensische Kinder und palästinensische Flüchtlinge. Wie wäre es, wenn Sie einmal an die israelischen Gefallenen, israelischen Kinder und israelischen Flüchtlinge denken würden?«

»Statt daß Sie dankbar wären, an alledem nicht schuldig zu sein«, sagte Martin. »Ich sehe vor mir all das, was Sie als General verdrängen müssen, weil Sie den Gedanken daran nicht ertragen könnten. Sie können sich dieser Entscheidung vielleicht nicht entziehen. Ich kann es. Ich will an Ihrem Krieg nicht dadurch mitschuldig werden, daß ich Ihnen die Informationen liefere, die Sie brauchen, um ihn zu führen.«

Der General starrte mit vor der Brust gekreuzten Armen Martin an, der blaß und erschöpft in seinem Bett lag. Endlich löste der Israeli seine Arme. George sagte: »Hast du dir das alles genau überlegt, Martin? Es geht für dich um mehr als um dein Gewissen.«

»Mehr als das Gewissen gibt es nicht«, sagte Martin. »Ich weiß, daß meine Position schwierig wird. Die Technucléaire wird sich für kompromittiert halten. Aber ich kann das nicht damit kompensieren, daß ich den israelischen Falken dazu verhelfe, ihren Krieg zu führen.«

»Sie könnten für Raphael arbeiten«, sagte der General. »Sie hätten dort ein weites Feld.«

»Ich würde darauf eingehen, wenn ich von Ihnen gehört hätte, daß Sie den Frieden suchen, General, nicht den Krieg.«

»Ist das Ihr letztes Wort, Conrath?«

»Gewiß, General Shopir.«

»Wir werden andere Informanten finden«, sagte der General. »Und wir werden andere Wege gehen müssen, um an sie heranzukommen.«

»Ich kann dazu nichts weiter sagen«, antwortete Martin.

George erhob sich von seinem Stuhl. Er kannte Martin Conrath gut genug, um zu wissen, daß er seinen Entschluß nicht mehr ändern würde.

»Lassen Sie mich noch einmal einen Blick in den Abschiedsbrief Ihrer Mutter tun, Dr. Conrath«, sagte Shopir nach einer Weile des Schweigens.

»Gerne«, sagte Martin, nahm den Brief vom Nachttisch und reichte ihn dem General. Shopir trat neben das Bett, nahm die Blätter entgegen, entfaltete sie und las den Brief ein zweites Mal von Anfang bis zum Ende. Dann faltete er die Seiten wieder, schob sie in den Umschlag und legte den Brief zurück an seinen Platz. Er sagte kopfschüttelnd: »Es ist mir unverständlich, wie ein Mann im Besitz eines solchen Dokumentes nur eine einzige Sekunde lang im Zweifel sein kann, wo sein Platz ist.«

»Selbst so ein Brief verliert seine moralische Beglaubigung, General, wenn jemand sich darauf beruft, der im Geiste mit denen einig ist, die er anklagt.« Es war das Letzte, was Martin dem israelischen Offizier zu sagen hatte.

Die Verabschiedung war kalt. Die Kontrolle, die Dr. Weidenbaum anordnete, unmittelbar nachdem der Hubschrauber gestartet war, ergab einen heftigen Rückfall, der Martin noch weitere drei Wochen in Etzion festhielt. Als Dr. Weidenbaum ihn entließ, eröffnete er ihm, daß er sich nie mehr ganz ohne Stock würde fortbewegen können. Ein halbes oder ein ganzes Jahr intensiver Gymnastik würden ihn zwar von den Doppelkrücken befreien, doch eine Behinderung würde bleiben.

Den vorletzten Besuch während seines Aufenthaltes in Israel erhielt Martin Conrath in einem kleinen, nicht sehr sauberen Hotel in Jerusalem, wo er die Entscheidung der israelischen Behörden über seinen Verbleib im Lande oder seine Abschiebung abwartete. Der Portier hatte den Namen des Besuchers nicht genannt, und so war Martin, als er an Krücken aus dem klapprigen Lift trat, überrascht, in einem der mit mürbem Leder überzogenen Clubsessel seinen Schwiegervater zu entdecken. Zacharias Westerholdt erhob sich, kam Martin entgegen und half ihm zu einem zweiten Sessel, wo Martin seine Krücken zusammenstellte, sie an den Kamin lehnte und sich niederließ. Im Gegensatz zu seiner Tochter hatte der Unternehmer Herz und fragte Martin mit ehrlicher Anteilnahme nach seinen Erlebnissen, seinem Befinden und nach der ärztlichen Prognose. Martin gab dem alten Herrn Auskunft, soweit er es für geboten hielt.

Schließlich rückte Zacharias mit seinem Anliegen heraus. »Ich weiß nicht, ob du dich nach all den Aufregungen noch daran erinnerst, mein Junge, aber am 30. Oktober, das ist übermorgen, ist der Gerichtstermin in eurer Scheidungssache. Eure

Ehe wird an diesem Tag geschieden, wenn du die Klage nicht vorher zurücknimmst.«

Nein, gestand Martin, daran habe er in der Zwischenzeit wirklich nicht mehr gedacht. Aber warum er denn die Klage zurücknehmen solle.

»Nun«, sagte der alte Herr. »Charles de Rovignant ist ja nun tot, und das entzieht unserer Vereinbarung aus dem Gare de Lyon ein wenig die Geschäftsgrundlage. Meinst du nicht, daß es vielleicht ganz gut wäre, wenn vorerst alles beim alten bliebe? Ich meine . . . einmal könnte man damit den Skandal vermeiden, denn du bist ja sicher informiert über die infamen Mutmaßungen?«

»Das würde weder dir noch Katrin etwas nützen«, sagte Martin. »Daß die Technucléaire sich von mir trennt, wird noch das Geringste von allem sein, was ich zu erwarten habe.«

»Aber immerhin«, sagte Zacharias Westerholdt, »deine Beziehungen zur Technucléaire hast du doch nun einmal. Ich könnte dich bei mir in die Firma nehmen, und vielleicht gelingt dir eine Kooperation mit deinem alten Verein. Na, was sagst du?«

Unter seiner weißen Haartolle heraus sah Zacharias Westerholdt seinen Schwiegersohn gespannt an.

»Ich ziehe nichts zurück, Zacharias«, sagte Martin. »Ich freue mich, daß du mich rechtzeitig an die Scheidung erinnert hast. Der Gedanke erleichtert mir mein Gebrechen, denn wenn ich mir vorstelle, wie Katrin mit einem Mann umspringen würde, der behindert ist . . . nein, Papa, ich ziehe nichts zurück.«

»Es kann dann aber nicht bei meinem Versprechen bleiben, dir das Haus in Paris zu lassen, Junge, das ist dir doch klar? Voraussetzung war ja . . .«

»Daß deine Tochter Charles de Rovignant heiratet. Ja, ich weiß. Und das geht nun nicht mehr. Aber ich bleibe dabei, Papa, behalte dein Haus und behalte deine Tochter. Sie wird bestimmt jemanden finden, der eine solche Mitgift nicht ausschlägt.«

Zacharias Westerholdt sah seinen Schwiegersohn ein paar

Sekunden lang an wie ein Wundertier. Dann beugte er sich zu ihm hinüber und klopfte ihm jovial auf die Schulter.

»Brav, mein Junge«, trompetete er anerkennend. »Ich bewundere deinen Charakter. Was du nicht wissen konntest, ist, daß de Rovignant seine Versicherungssumme für den Todesfall schon auf Katrin gestellt hat. Ich vermute, daß sie das von ihm verlangt hat. Allein damit ist Katrin gut versorgt. Außerdem scheint sich auch bereits einer gefunden zu haben, dem das konveniert, um's humorig auszudrücken. Katrin hat das Betriebskapital und einen schicken Prinzgemahl mit gesellschaftlicher Reputation, dem so eine Mitgift . . .« Der alte Herr lachte plötzlich lauthals los. »Genau meine Redeweise übrigens. Du hast doch eine Menge gelernt bei mir. Das ist schließlich auch was wert, hahaha . . . Selbst wenn du auf meine Vorschläge nicht eingehst, damit kämen wir beide doch noch recht honorig auseinander, mein Junge. Was hast du weiterhin vor? Gehst du zurück nach Paris?«

Martin erwiderte, daß das nicht wahrscheinlich sei, und akzeptierte den Whiskey Soda, zu welchem sein Schwiegervater ihn in der winzigen Lounge des Hotels einlud. Als Zacharias Westerholdt etwas später im hellgrauen Anzug, den blauen Hut auf dem Kopf und das obligate Aktenköfferchen in der linken Hand, die Drehtür des Hotels durchschritt, um das Taxi zu besteigen, das ihn zum Flughafen bringen sollte, sah Martin Conrath seinen Schwiegervater zum letztenmal im Leben.

George und Ethel Ballacue suchten Martin an jenem denkwürdigen 30. Oktober, an welchem das Pariser Gericht seine Scheidung aussprach, in dem kleinen Hotel auf. Bei diesem Besuch überbrachte George seinem Freund die Ausreisepapiere.

»Es war ein mühsamer Weg, Martin«, sagte er. »Aber ich habe es erreicht. Ich habe Shopir davon überzeugt, daß es ihm nichts nützen würde, dich hier festzuhalten, weil du einen unangreifbaren Standpunkt bezogen und weil du nichts mehr zu verlieren hast. Ein Verfahren wegen de Rovignants Tod wird nicht hier, sondern allenfalls in Frankreich stattfinden, wahrscheinlich aber gar nicht eröffnet werden. Die Anzeige wegen illegaler Einreise haben sie auf meine Fürsprache hin fallenlassen, und das Strafverfahren wegen des Verkehrsunfalls haben sie niedergeschlagen.« George Ballacue beugte sich in seinem Sessel weit zu Martin hinüber und fügte mit leiser Stimme hinzu: »Sie haben es getan, weil sie inzwischen wissen, wer der Tote ist und was sein Tod für sie bedeutet, mein Junge. Das sei alles, was er für dich tun könne, sagte mir der Justizminister, vorausgesetzt, daß du das Land binnen drei Tagen verläßt.«

»Woran denkst du?« fragte Ethel, als Martin nicht antwortete und in sein Glas starrte, in dem der Whiskey langsam warm wurde. Martin hob den Blick.

»Ich denke an jenen Morgen im Mai 1945, als es George so schwerfiel, mir meine Geschichte zu glauben«, sagte Martin, trank das Glas leer und stellte es zurück auf den Tisch. »Ich denke, es wird am besten sein, ich erzähle den Rest der Geschichte gar nicht erst. – Was wirst du unternehmen, George?«

»Ich habe mich entschlossen, meinen Rücktritt einzureichen«, sagte George. »Es ist eine neue Zeit angebrochen, es sind neue Leute und eine neue Politik. Wenn sie glauben, die Probleme mit Gewalt lösen zu können, müssen sie auf meine Unterstützung verzichten.«

»Es war deine Erinnerung an Freiheit, Frieden, Selbstbestimmung und Menschenwürde, die George nicht mehr aus dem Kopf gegangen ist«, sagte Ethel. »Er kann es nicht verantworten, länger im Amt zu bleiben. Und ich habe ihn darin bestärkt.«

Ethel Ballacue küßte Martin auf beide Wangen, als das Ehepaar sich verabschiedete. Martin versprach, sofort zu schreiben, sobald seine Zukunft Kontur gewonnen habe.

Zwei Tage darauf landete Martins Maschine mit Verspätung auf dem nebligen Flughafen Kloten, auf dem helle Lichter brannten. Eine Frau mittleren Alters, die kein Bordgepäck dabei hatte, trug den einfachen Koffer, in welchem sich seine wenigen Sachen befanden. Auf seine Krücken gestützt, ließ Martin sich vom Rollband in die Halle transportieren, wo Valerie Armbruster auf ihn wartete. Schon von weitem sah er sie suchend den Kopf recken. Aber er konnte weder winken noch sich schneller auf sie zubewegen, als das Rollband lief. Als er bei Valerie anlangte, half sie ihm auf festen Boden. Von der Frau, die Martin begleitet hatte, nahm sie den Koffer in Empfang, dankte ihr und sagte zu Martin: »Du kannst dir gar nicht vorstellen, wie sehr ich auf diesen Augenblick gewartet habe.«

»Ich werde dir immer eine Last sein«, sagte Martin.

»Du wirst mir nie eine Last sein«, sagte Valerie und ging langsam neben Martin her, als er zum Ausgang humpelte.

»Du liebst mich wirklich«, sagte Martin.

»Ja«, gestand Valerie. »Seit dem Abend bei Lamazère. Und du?«

»Ich dachte immer, seit dem gleichen Abend. Aber jetzt weiß ich es: Ich liebe dich seit dem Septembernachmittag in München, an dem du unsere Bekanntschaft mit der Frage eingeleitet hast, ob du störst«, sagte Martin und lächelte ihr zu. Sie winkte ein Taxi heran, half Martin beim Einsteigen und nannte die Adresse.

Valerie und Martin heirateten wenige Wochen später in einer kleinen Dorfkirche im winterlichen Arosa.

Sein Arbeitsverhältnis mit der Technucléaire hat Martin Conrath im gegenseitigen Einvernehmen gelöst. Die Verfahren gegen ihn sind nie eröffnet worden. Das Ehepaar Conrath kommt gut zurecht. Valerie hat ihre Stelle bei der Genfer Handelsagentur beibehalten. Das Paar hat eine Eigentumswohnung erworben und sie mit den schönsten Stücken aus Valeries Elternhaus eingerichtet. Das Haus in Chur ist umgebaut und an drei Parteien vermietet worden, nachdem sie Franz Gastyger ein knappes Jahr nach ihrer Hochzeit im Alter von 84 Jahren zu Grabe getragen haben. In Genf hat Dr. Martin Conrath eine Beschäftigung als Aushilfs- und Nachhilfelehrer für Physik, bisweilen hält er auch Fortbildungskurse für interessierte Laien im Rahmen der Erwachsenenbildung. Manchmal, etwa ein- bis zweimal im Jahr, erhalten die Conraths Besuch von George und Ethel Ballacue aus den Vereinigten Staaten. Martin Conrath bewegt sich jetzt mit nur einem Stock vorwärts, wobei sein langsamer, durch die Beckenverletzung verursachter Gang ihm etwas Würdevolles verleiht, wenn er und seine Frau zu einem der Straßencafés an der Seepromenade schlendern, Eis bestellen und den anlegenden und abfahrenden Dampfern zusehen.

Am Dienstag, den 9. Juni 1981, las Martin Conrath, als er die Zeitung aufschlug, eine Erklärung der israelischen Regierung folgenden Inhalts:

»Am Sonntag, den 7. Juni 1981, hat die israelische Luftwaffe den Atomreaktor ›Osirak‹ in der Nähe von Bagdad angegriffen. Unsere Piloten haben ihre Mission erfolgreich ausgeführt. Der Reaktor wurde zerstört, alle unsere Flugzeuge sind sicher zu ihren Stützpunkten zurückgekehrt. Die Regierung fühlt sich verpflichtet, der Öffentlichkeit zu erklären, warum sie diese Entscheidung getroffen hat. Wir haben lange Zeit mit wachsender Sorge den Bau des Atomreaktors ›Osirak‹ verfolgt. Aus Kreisen, deren Zuverlässigkeit über jeden Zweifel erhaben ist, haben wir erfahren, daß dieser Reaktor allen Tarnungsversuchen zum Trotz dazu bestimmt ist, Atombomben herzustellen. Das Ziel solcher Bomben würde Israel sein. Dies wurde vom Staatsoberhaupt des Irak klargestellt, nachdem iranische Flugzeuge leichte Schäden an dem Reaktor verursacht hatten. Saddam Hussein unterstrich, Iran habe dieses Ziel überflüssigerweise angegriffen, da es nur zum Einsatz gegen Israel bestimmt sei. Die Atombomben, die mit diesem Reaktor hätten gebaut werden können – entweder aus angereichertem Uran oder aus Plutonium – wären von der Größe der Bombe von Hiroshima gewesen. Daher bestand eine wachsende tödliche Gefahr für

die israelische Bevölkerung. Aus den zuverlässigsten Kreisen erfuh-
ren wir den Zeitpunkt der Fertigstellung des Reaktors und den Zeit-
punkt seiner Inbetriebnahme.

1. Zu Beginn des Juli 1981
2. Zu Beginn des September 1982.

Mit anderen Worten: Der irakische Reaktor wäre in kürzester Zeit
betriebsbereit und ›heiß‹ gewesen. Unter diesen Umständen hätte kei-
ne israelische Regierung einen Bombenangriff auf den Raktor riskie-
ren können, da ein solcher Angriff eine tödliche radioaktive Verseu-
chung der Stadt Bagdad zur Folge gehabt haben würde, was schwere
Verletzungen von Zehntausenden der unschuldigen Einwohner bedeu-
tet hätte. Wir wären in einem solchen Fall gezwungen gewesen, passiv
der Produktion von Atombomben im Irak zuzusehen, dessen regieren-
der Tyrann nicht gezögert haben würde, sie gegen die Städte Israels
einzusetzen. Deshalb hat sich die israelische Regierung entschlossen,
ohne weitere Verzögerung zu handeln, um das Überleben unseres Vol-
kes zu sichern. Die Planung war exakt. Der Angriff war für Sonntag
vorgesehen in der Annahme, daß die ausländischen Experten, die
beim Bau des Reaktors beschäftigt sind, an diesem christlichen Feier-
tage nicht auf der Baustelle anwesend sein würden. Diese Annahme
hat sich als richtig erwiesen. Keinem ausländischen Experten ist etwas
geschehen. Zwei europäische Regierungen haben gegen Entschädigung
in Öl den irakischen Tyrannen beim Bau seiner Atomwaffen unter-
stützt. Wir fordern sie erneut auf, von diesem entsetzlichen, un-
menschlichen Handel zurückzutreten. Wir werden unter allen Um-
ständen verhindern, daß ein Feind Massenvernichtungsmittel gegen
unser Volk baut. Wir werden zur rechten Zeit die Bevölkerung Israels
mit allen uns zur Verfügung stehenden Mitteln verteidigen.«

Valerie kam mit dem Morgenkaffee auf den Balkon, von dem
man einen prachtvollen Blick hatte.

»Was sagst du dazu?« fragte sie, als sie sah, daß Martin den
Artikel gelesen hatte. »Alle Welt ist empört über Israel. Piratenakt heißt es. Jedes Wort, sagen sie, sei erstunken und
erlogen.«

Martin ließ das aufgeschlagene Blatt auf eine Liege fallen,
stand auf, ergriff seinen Stock und trat an die Brüstung, von

wo aus er lange auf die im frühsommerlichen Glanz daliegende Gebirgskette sah.

Er sagte: »Jedes Wort ist wahr, Valerie. Was man auch immer daraus für Schlüsse zieht, wozu auch immer Begin diese Wahrheit benützen wird, aber jedes einzelne Wort in dieser Erklärung ist wahr. Ich habe das Ding, das sie da zusammengebombt haben, eigenhändig berechnet und konstruiert. Ich weiß, daß jedes Wort, das hier steht, wahr ist.« Er wandte sich zu Valerie um und fuhr nach einigen Sekunden fort: »Wenn ich in der Haut der Israelis stecken würde, hätte ich den Reaktor auch zerstört, bevor es zu spät war.«

Die Kaffeekanne in der erhobenen Hand, sah Valerie Conrath ihren Mann verwundert an. »Und davon hast du mir nie etwas erzählt?«

»Ich habe mein Wort gegeben, Valerie«, sagte Martin einsilbig.

Dieses Wort hat Martin Conrath dem israelischen General Shopir, der 1942 dem Tod in Majdanek entkam und vierzig Jahre später im eroberten Beirut einem Bombenattentat zum Opfer fiel, gehalten. Er hat zu niemandem, weder zu George und Ethel Ballacue noch zu seiner Frau jemals wieder über diese Dinge gesprochen. Übrigens auch nicht über Cassyan Combroves Tod.

Menachem Begin und seine Generale haben, gestützt auf das durch das Unternehmen »Babylon« gesicherte Kernwaffenmonopol über die Region, ihren Präventivkrieg im Libanon bekommen, aber – wie von Ytzhack Aretz vorausgesagt – in einem moralisch fragwürdigen und militärisch halbherzig geführten Feldzug weder eine Entscheidung erzwungen noch ihr Problem gelöst, sondern ihrem Land geschadet und Schuld auf sich geladen.

STATT EINES EPILOGS

»Ich lebe, wie meine Zeitgenossen, im Niemandsland und werde wie sie dahingehen. Wir haben die ungeheuren Mächte angerufen, deren Antwort wir nicht gewachsen sind. Da faßt uns das Grauen an. Wir stehen vor der Wahl, in die Dämonenreiche einzutreten oder uns auf die geschwächte Domäne des Menschlichen zurückzuziehen. Hier mögen wir uns fristen, solange der Boden noch Nachfrucht bringt.«

Ernst Jünger: »Ortners Erzählung« (Kapitel des utopischen Romans »Heliopolis. Rückblick auf eine Stadt«)

Knaur Ⓚ

le Carré, John
Dame, König, As, Spion
Einer der fähigsten Männer im britischen Geheimdienst ist Doppelagent. Erfolgreich verfilmt. 320 S. [455]

Smileys Leute oder Agent in eigener Sache
John le Carrés ebenso atemberaubender wie intelligenter Agententhriller um den sagenumwobenen Chef des britischen Geheimdienstes. Mit Alec Guinness verfilmt. 426 S. [1062]

Cruz-Smith, Martin
Gorki-Park
Dieser atemberaubend spannende Agententhriller – von der Kritik euphorisch gefeiert – wurde ein Welterfolg. 336 S. [1147]

Kaminsky, Stuart
Tod eines Dissidenten
»Jede Person, die ein Verbrechen begeht, erhält ihre gerechte Strafe, und nicht eine einzige unschuldige Person, die sich einem Gerichtsverfahren unterziehen muß, wird schuldig gesprochen.« So lautet das Motto der sowjetischen Gerichte – oft wiederholt und selten geglaubt. Im Grunde also keine Probleme für Inspektor Rostnikow bei der heiklen Untersuchung eines Mordes… 240 S. [1323]

Forsyth, Frederick
Des Teufels Alternative
In einer aberwitzigen Verkettung von Ereignissen gerät die Welt über Nacht an den Rand der Katastrophe. Weltbestseller! 512 S. [799]

In Irland gibt es keine Schlangen
Zehn Stories voll überraschender Einfälle, erzählerischer Kraft und einer faszinierenden Wirklichkeitsnähe. 320 S. [1182]

Osborn, David
Jagdzeit
Einer der spannendsten, schonungslosesten und härtesten Romane über den »american way of terror«. Erfolgreich verfilmt. 192 S. [507]

Der Maulwurf
»Eine Story, atemberaubend hart und heiß, schnell und packend, intelligent und mit untrüglichem Sinn für das juste milieu.« (Nürnberger Nachrichten) 219 S. [1009]

Schach der Dame
Die Schauplätze dieses hervorragenden Thrillers sind die obersten Etagen der Weltpolitik. Doch die unsauberen Machenschaften und die keineswegs zimperlichen Methoden, die dort vorherrschen, erinnern fatal an unsere alltägliche politische Wirklichkeit. 288 S. [1241]

Trevanian
Im Auftrag des Drachen
Ein Thriller voll Nervenkitzel und Amüsement. Erfolgreich verfilmt. 304 S. [461]

Der Experte
Ein ironisch-parodistischer Superthriller. 255 S. [535]

Ein Herzschlag bis zur Ewigkeit
Ein Thriller in der besten Tradition des Kriminalromans. 304 S. [663]

Shibumi oder der leise Tod
Seiner Jugend in Japan verdankt Nikolai Hel tiefe Einblicke in die alten Geheimlehren und die Taktik des unauffälligen Tötens. Als Berufskiller kommt Hel diese Technik zugute. Als er sich aus diesem Job zurückzieht, holt ihn seine Vergangenheit auf tragische Weise ein… 448 S. [1064]

Nathanson, E. M.
Das dreckige Dutzend
Ein erregender, harter Kriegsroman. Erfolgreich verfilmt. 445 S. [214]

Nemow, Alexander
Geschäfte in Baku
Baku, die Millionenstadt am Kaspischen Meer, ist das heißeste Pflaster der Sowjetunion. Hier herrscht eine Mafia so selbstverständlich und gnadenlos wie in Süditalien und in den Metropolen der USA. Und Baku ist der Schauplatz dieses Polit-Krimis der Spitzenklasse. 288 S. [1236]

Thriller